U1047577

荣如德译文集

X

上海译文出版社

柯切托夫《叶尔绍夫兄弟》

叶尔绍夫兄弟

〔苏联〕柯切托夫　著
龚　桐　荣如德　译

第一部

1

他们还没有跨进门坎就拥抱起来了。

“你好，我亲爱的！你好，孩子！”主人很激动，连嗓音都变了：不像平常那样洪亮而浑厚，“进去，进去，不要怕，”他推着客人的后背，愉快地说，“但愿这个房间的豪华奢侈不会让你受惊！……”

客人跨进门坎，环视了一下。这是个相当大的房间，除了他进来的那扇门以外，就是四堵墙壁，两扇窗户，天花板和地板。地板很干净，还散发着油漆的气味。这里既没有桌子，也没有椅子，什么家具都没有。只在一扇窗户下面，平放着一只装得鼓鼓的破旧的大皮箱，箱子上铺着四条雪白的手帕。上面放了很多吃的：有鳟鱼和鲶鱼罐头，一段还没有切开的尺把长的香肠，一个圆面包，一小块荷兰干酪，另外还有一些洋葱头、番茄和黄瓜，这些东西的中间是一瓶伏特加和两只廉价的浅红玻璃酒杯。一条薄薄的有条纹的垫褥卷成一卷，放在墙角，上面还放着一条叠起的绿色驼绒被子，这就是全副卧具了。用花纸裱糊了的墙壁上，有好几个地方都用大头针插着几张练习簿上撕下来的白纸。

“请入席，请入席，亲爱的维季卡！要不然我的私人厨师又该唠唠叨叨地抱怨：又是火鸡焖得太久啦，又是甲鱼汤也炖过头啦。你知道这些甲鱼汤可真不好侍弄！”

宾主两人面对面在箱子两边坐了下来，主人是老话剧演员亚历山大·古良也夫，客人是不久前才庆祝过三十八岁生日的画家维塔里·卡扎柯夫。

“让我们首先高举珍贵的威尼斯酒杯来干一杯琼浆玉液，然后再谈。”主人把两个酒杯斟满。“为我们的重逢干杯！”说着，两人碰了碰杯，一饮而尽，皱了皱眉头，就吃起来了。他们随手掰着面包，切着香肠，叉着鲶鱼，嘴里不断地说：“这些远东沙丁鱼的味道可真美！”或是“烤龙虾是最好的酒肴。”他们津津有味地嚼着黄瓜，把这些黄瓜一会儿说成是乳瓜，一会儿又说成是嫩瓜，并不时地闻闻生葱[①]。

“你到底还是没有把你的女王带来，”古良也夫举起了酒杯说，“真顽固，藏着不给人看。”

“我不已经对您说过了吗，亚历山大·里沃维奇，她上夜班，十一点以后才能回来。”

“那就让她十一点以后来好啦。”

“那已经很累了，来不了。”

“可惜，好朋友，真可惜。有什么办法呢。让我们为你夫人的健康，为她的成绩，为她出色的劳动干杯吧！她叫什么名字？”

“伊斯克拉[②]。”

“真的吗？好一个美妙的名字！”

“是在二十年代取的。时代是那个样子，亚历山大·里沃维奇……”

“不管是什么时候取的，总之，是个美妙的名字。为伊斯克拉干杯！……”

吃了一些干胡瓜鱼以后，古良也夫说：

“你提起了二十年代……在二十年代，我和你父亲两人正是年轻力壮。当时我们都觉得自己是精神的巨人，气势非凡。我们扮演过水

---

① 嗜酒者常在喝酒时嗅一嗅生葱，这样可以喝得更多。

② 伊斯克拉（Искра）在俄语中是“火花”的意思。

兵、政委，那些既是破坏者又是建设者的革命人物。可是现在，维季卡，我尽演些没血性的软骨头……呸！每逢我半夜回到这儿，钻进自己的小窝，脸上的油彩还没有擦净，就往墙角里的褥子上一躺。你知道，我真恨不得痛哭一场，要不然就像狗一样狂叫一阵。唉！管它像个什么呢！我的性子变坏了，变得很孤僻，要不是在街上碰到你，今天我一定还是一个人闷坐在这儿。我一下子就认出你来了，对不？多少年了！十七年还是十八年？我是什么时候参加你父亲的葬礼的？让我们来纪念纪念他吧，他是个少有的好心人，”古良也夫站起来，走到角落里，从卷着的褥子后边又拿出一瓶酒来。“名牌。”他开着瓶塞说。

“别喝得太多了吧？”卡扎柯夫担心地说，“要不，我们歇一会再说？”

“歇一会儿？这可以。喘喘气也好。你来看看我的收集品。起来，到这儿来。抬起脚跟，你看这是什么？”古良也夫指着墙上的一张白纸问。

“这个吗？”卡扎柯夫像美术陈列馆里的观众一样，眯起了眼睛，往后一退，又向旁边走了一步，以便选择一个能够看得最清楚的角度。“不用说，这自然是《九级浪》的复制品。”

“不是！”古良也夫叫了起来，“我这儿又不是啤酒店，休养所，或者是候机室，用不着《九级浪》和《松林里的熊》来作摆设。这是列努尔[①]的作品，我的亲爱的，列努尔！奥久斯特·列努尔。这是他的原作。你仔细看看这美人的脸儿，多么大的眼睛，里边蕴藏了多少情感……上帝，这双眼睛里什么表情没有啊！这是我专门为你弄来的，我记得你还在念书的时候就对法国印象派画家感兴趣。可是

---

① 奥久斯特·列努尔(1841—1919)，法国印象派画家。

我自己，维季卡，也许是出于我这种俄罗斯人的纯朴，我也欣赏列维丹[①]，库因芝[②]和科洛文[③]的作品。”古良也夫指着墙上的纸片说：“我喜欢列宾[④]，苏里柯夫[⑤]。你看我这个人多么老脑筋。我们来为他们干一杯吧，也该喝了，也歇过了。可是——等一下！……我们还没有纪念过你的父亲呢。为他干一杯。唉！他是个多么好的人呵！……”

为卡扎柯夫已故的父亲干了杯以后，古良也夫问：

“难道你就永远离开你的莫斯科了吗？你为什么到这儿来？”他把宽大的上衣脱下，丢在地板上。他吊着背带，衬衫的硬领敞着，这样，蓝色白点的领结就歪到了一边；稀疏的白发很蓬乱，眼皮有些浮肿，灰色的眼睛眯缝着，但并没有笑意。

卡扎柯夫看着他，心想这和父亲在世时那个几乎天天到他们家里去的人是多么不同呵！那时，这个画家还是个小孩子，他常去看这位演员演出的戏，很羡慕他，也常常为他担心。这位演员一出台总是背着毛瑟枪，挂着手榴弹，穿着军服，要不就是皮外套。打起仗来总是面对比自己力量强大得多的敌人。他说的那些话并不很通顺，但是充满了热情，使人不禁想从椅子上蹦起来，也投身到战斗中去消灭白匪、武装干涉者和协约国的走狗们。当时年幼的卡扎柯夫称呼亚历山大·古良也夫为舒拉叔叔。这是个年轻的叔叔，总是那么愉快，总是那么精力充沛；他会用手帕、纸牌、火柴和钱币变几百种戏法。时间真是一种可怕的力量，舒拉叔叔的变化太大了。以前的舒拉叔叔不喝酒，也不知道忧愁，那时候当然也没有谁能够强迫他扮演这些渺小的人物。

---

① 列维丹(1861—1900)，俄罗斯风景画家。

② 库因芝(1842—1910)，俄罗斯风景画家。

③ 科洛文（1858—1908），俄罗斯现实主义画家。

④ 列宾(1844—1930)，俄罗斯现实主义画家。

⑤ 苏里柯夫(1848—1916)，俄罗斯现实主义画家，与列宾齐名。

古良也夫问维塔里是否永远离开莫斯科，可是维塔里似乎没有听见他的问题。与古良也夫的会见使他鲜明地回忆起他的童年和青年时代。

他和父母在一起的时间是不多的。白天父母在家里，可是他在学校，当他回家来的时候，父母又该上剧院去了。但是他仍然深深地爱着他们，对于他来说，他们是世界上最光明磊落，最有智慧，最美丽的人。妈妈是由于汽油炉爆炸而死的。她的衣服着了火，全身都烧伤了，她在医院里受了三个星期的痛苦折磨终于还是死去了。在她死后，舒拉叔叔立刻也离开了莫斯科。走前他给维塔里的父亲留下一封信，信中承认他十年来只爱着她——娜达丽娅·安德烈耶芙娜一个人。他说要不是发生了这件不幸的事故，无论她或是父亲都还不会知道这件事，说现在他要离开这种对于他来说已失去了任何价值的生活。

父亲一下子就失去了两个最好的朋友。由于太悲伤，他开始喝酒。一个冬天，他喝醉了之后在雪堆上睡着了，因而得了严重的肺炎，就再也没有治好。舒拉叔叔从伏尔加沿岸某个地方远道赶来参加父亲的葬礼。那是卡扎柯夫最后一次看见父亲的老朋友。这已是战前好几年的事情了。

“为什么要永远离开呢？”卡扎柯夫终于回答了古良也夫的问题，“我在这儿住上一两年，也可以体验体验生活，积累一些素材。塞翁失马，安知非福，说不定还会有些好处。老实说，一开始我是坚决反对到这儿来的，我想，离开莫斯科，丢下自己的住宅，抛开一切已经习惯了的东西，和熟人、朋友们分手……这样做都是为了什么呢？难道只是为了自己的妻子在机关里呆腻了，不耐烦只检查别人的工作，想要参加生产，去亲自炼铁吗？但是我又一想：不值得把事情闹到翻脸的地步。反正过个一两年，她自己就会想回到莫斯科的，她终究已经过惯了那种舒适的生活……无论怎么说，她到底是个女人。您说，我说得对不对？”

古良也夫把空酒瓶摇了摇，说：

“空了。可是我们在这个世界上还没做完应做的一切。”他站了起来，身子摇晃了一下，说，“你知不知道这么一首诗？

在这个贫穷的世界上，
他已经做完了应做的一切，
如今他的灵魂——
像一艘黑色的帆船，
驶进了那扇紧锁着的天国之门。

这是说的一个垂死的老海盗。”古良也夫又摇晃了一下。卡扎柯夫看到舒拉叔叔已经醉得相当厉害了。

“不要了，我不能再喝了。”他觉得自己大概醉得还要厉害。

“要，”古良也夫固执地回答说，“要！”一边说着一边就走了出去。

卡扎柯夫把古良也夫扔在地板上的上衣拉过来，侧身躺在上面，闭上了眼睛。他觉得身下的地板似乎在团团转，一会儿侧向这一边，一会儿又倒向那一边。他心想，这下可糟了，他和伊斯克拉两人在这个城市里才住了三个星期，他就醉成这样。这是他们六年的共同生活中很少有的事。他怎么回家去呢？怎么去见伊斯克拉？对她说什么呢？

古良也夫手里拿着一瓶酒回来，看见卡扎柯夫睡在地板上，身下垫着他的上衣。

“你瞧！……”古良也夫想把他叫醒，“好心肠的人总不会见死不救的。你知道隔壁住的是谁吗？是你妻子的上级，高炉总工长。他和我一样，也是个光棍。老婆是在战争时期死去的。嗯，现在该为你干一杯了。”

卡扎柯夫没有回答。

古良也夫把房里的灯熄了，走到开着的窗前，双手牢牢地抓住窗台，凝望着远方。窗外，工厂和大海连成一片。烟雾蒙蒙，高炉里发出的火光，在远处渐渐地变成了一条月光大道，黑夜里，把宁静的大海分成两半。一艘轮船沿着这月色照耀下的海上大道向前行驶，远远看去，很像一盏灯笼。轮船和工厂之间浮动着捕鱼机帆船的幢幢黑影。

古良也夫回到箱子边，左手拿起酒杯，右手抓起酒瓶。月光照着沉睡着的卡扎柯夫的脸。这张脸的模样是这么熟悉，使得他心中升起了无限的惆怅和回忆。

他满满地倒了一杯酒，对着那个只有他才能看得见的人朗诵起来：

他们空谈得不少，
尽是些胡扯八道。
可我心头的悲哀，
谁也不能向你表白。
把我千挑万剔，
说我是薄幸人。
唉声叹气地对你同情，
你也就相信了他们。

“是啊，是这样……”他把杯里的酒一饮而尽。“我心头的悲哀，谁也不能向你表白。”

前厅的门铃响起来。古良也夫开了灯，看了看表：已经两点半了。半夜三更的是谁呢？邻家的老头子在家里，已经睡了。他的姑妈，一位慈祥的老太太——对于亲近的人，只要她有，她什么都乐意给，这瓶酒就是从她那里拿来的——也睡下了，还有谁呢？门铃又响了，于是古良也夫就走去开门。

2

灼热的铁水在出铁槽里翻滚着，缓缓地流入铁水包。烟团和火焰在出铁槽上盘旋飞舞，冲过浇铸场上那薄薄的棚顶，像霞光一般腾上八月的夜空。

伊斯克拉·卡扎柯娃交班的时间快要到了，再过几分钟铁水就会出完，炼铁工人要重新堵上出铁口，然后着手清理出铁槽并涂上炭质耐火材料。这些工作是由另一个工长领导的，那个工长已经来了，正在炉边检查风眼。伊斯克拉向他交完班，到淋浴间去冲洗掉身上的烟垢，就可以回家去了。

她在工厂里工作了刚刚三个星期，在她的一生中，还从来没有感到这样的疲乏，但也从来没有感到像现在这样的幸福。只有在这里，她才明白了大学毕业以后的那六年过得实在是非常糟糕。即便不能说是完全白过，可也的确不能说有什么意义。她拿到矿冶工程师证书后的一个月，到库兹涅茨克住了几天就结了婚。说起来很奇怪，她的女伴们在毕业后都想留在莫斯科，或者至少不要离莫斯科太远。甚至不只是莫斯科人，就连那些从遥远的边疆来上学的人也是这样。有的人本来没有病，却要千方百计弄到一张患病证明；有的去托有地位的亲戚朋友，而亲友们也就居然把这些年轻的冶金专家们安插到莫斯科的各个机关里；还有的姑娘则忙着草草出嫁，只要尽快地得到丈夫的庇护，也就顾不得选择一个称心的爱人了。

伊斯克拉却是自愿到库兹涅茨克去的，到了那儿，一切都安顿好了，可是……

这个“可是”就是画家维塔里 · 卡扎柯夫。

画家卡扎柯夫追求她有一年多了，他们是在马格尼托哥尔斯克认识的。那时伊斯克拉正在进行最后一次生产实习，卡扎柯夫也到那儿的平炉车间去创作一幅巨画。他们在工厂食堂里同桌吃饭，经过彼此自我介绍就认识了。卡扎柯夫听到伊斯克拉的名字时，大为赞扬。他说：“伊斯克拉，太动人啦！谁想得出这么美的名字来呀！”

回到莫斯科后他们继续来往。可是当伊斯克拉决定去库兹涅茨克的时候，他们的关系差一点没有破裂。当时卡扎柯夫苦苦劝她，恳求她留下来，但她双手捂住耳朵，不听那一套，只是固执地对卡扎柯夫说：“跟我一起去吧！”但结果是她一人走了。到了工厂里，她被派在平炉车间做配料工作，这个工作枯燥无味，非常单调。周围没有女伴，和谁也不熟，独自生活的悲哀和困难折磨着孤零零的伊斯克拉，使她很苦恼，每到夜里就在宿舍哭上一阵。

就在这当儿，画家卡扎柯夫来了。没有伊斯克拉，他简直不能想像以后怎么过下去，没有她，他不能工作。于是他来这里找到她，和她结了婚，然后把她带走了。很多人想留在莫斯科，但并不是都能如愿，而伊斯克拉要离开莫斯科，却怎么也离不开。

如果问，伊斯克拉爱维塔里 · 卡扎柯夫吗？是的，她爱他，不然她也不会嫁给他。他既聪明又漂亮，当然这还不是她爱上他的原因。他很有才能，但这也不是全部理由。主要的是和他在一起很好。什么叫“很好”呢？这很难解释，好就是好呗，就是说很合得来，没拌过嘴，没吵过架，更没有发生过什么伤心事。他们在首都安安稳稳地工作了六年。开始精简机构的时候，伊斯克拉突然提出，不管维塔里同意不同意，她一定要到工厂去工作。大大出于她意料之外的是，这一次维塔里竟然没怎么反对，他平心静气地劝了她差不多有一个星期，最后同意跟她一起去，而且还说这次离开莫斯科，不知对伊斯克拉怎样，对他来说一定有好处。

“一个真正的艺术家需要什么呢?”他说，“画布、画笔、颜料，除此以外，其他一切就都在于自己了。有些人认为我们这种人就只习惯于住宽敞的住宅，用巴维尔和尼古拉朝代的家具，手头出入的尽是大宗钱财，出门就坐小汽车，还要住别墅，认为我们的脑筋已经僵化了……全都是胡说八道。这回让我和你去住阁楼吧，我一定要创作出真正有价值的作品来。”事实上，维塔里的成绩的确很不坏，他已经画了两幅出色的画，一幅画的是一个正在出铁的炼铁工人，整个脸被火光映得通红闪亮，神情坚决有力，使人马上意识到这就是生活的主人；另一幅画的是一个守着一篓鱼在休息的渔夫。他们也并没住在阁楼上，厂里给了他们一个很好的房间，并且还答应将来要给他们一套住宅。至于伊斯克拉本人，那就不必多说了。莫斯科的那种机关生活难道能和这儿相比吗?在机关里每天只是和公文打交道，忙忙碌碌地从一个办公室跑到另一个办公室，耳朵里听到的尽是计算机的嗒嗒声。可是这儿呢?在这儿却是指挥工人们把矿石、焦炭、石灰石配好装到炉里去，然后建立熔化制度。过几个小时，铁水就在出铁槽里滚滚流动起来了。这些铁是用你自己的双手炼出来的，是你和这些站在灼热的出铁槽旁注视着缓慢滚动着的铁流的人们一起炼出来的。这种亲密的同志式的情感该是多么好呀!

伊斯克拉交完了班，洗过澡，换好衣服，就踏上了通往工厂大道的柏油小路。在这黑黝黝的夏夜里，温暖湿润的海风从背后吹来，好像在催促她快些回家。在出口处忽然听见有人叫她：

“伊斯克拉·瓦西里耶芙娜!”

当她认出了这是总工长普拉东·叶尔绍夫的弟弟季米特里·叶尔绍夫时，心里就乱了。又是他，这位轧钢机操纵技师，他总是下夜班之后等着送她回家，已经送过她两次了，每次都是默默地在她旁边走着，只是不时地问她："您生我的气吗？"她回答说不生气，不过她认为没有任何必要送她，他只是白操这份心。季米特里说，没有什么，因为他也是刚下班，而且反正是同路。每次他总是把她一直送到轮船街。这是她住的地方。

这次，当季米特里走过来的时候，伊斯克拉勉强地抑制住自己的愤怒对他说：

"叶尔绍夫同志，您这是干什么？……"

"不干什么，伊斯克拉·瓦西里耶芙娜。您嫌我送您吗？我怕出什么事。我们这个城里什么样的人都有，并不都是先进工作者或是合理化建议者，而且……"

"看来主要原因还是这个'而且'吧，从来还没有人打扰过我，再说我一坐上车……"

"不必坐车，还是走走好。在车间里吸够了瓦斯，肺里也需要换换空气，轻松轻松，对吗？"

伊斯克拉很想坐车，但她想起维塔里今天去看望一位父亲生前的好朋友，老演员舒拉叔叔去了，便同意走回去。

这次季米特里没有沉默，他问：

"您相信命运吗？"

"命运？我可没考虑过这个问题。"

"很遗憾。"

"您为什么对我信不信命运这么感兴趣呢？"

"现在先不告诉您，以后再说，因为您今天的心情不大好。这会儿我倒是对另外一个问题感兴趣：您到我们这儿来有没有长期打算？是暂时住些天呢，还是打算永远留下来？”

“您提了一个使人很难回答的问题。我怎么能肯定说是‘永远’呢？我是不想跑掉的，可是没准将来会发生什么情况……”

“明白了，”他打断了她，“只有我们这种做工的才会一辈子固定呆在一个地方，知识分子是可以随便调动的，反正到处都有人给他们安排好吃的住的。”

“照您看来，知识分子就像那些老是飞来飞去的小蜻蜓啦？”

“的确有点像。”他停下来，用手挡住风划了一根火柴，点上烟卷接着说，“在你们当中就有人给德国鬼子效过劳。”

“你们当中也有这样的。”伊斯克拉顶了他一句，“也有过这种人，没什么可说的。”

“什么？”季米特里停了下来，“哪些人？您指的谁？”

“就是您说的那些人，那些给德国鬼子效过劳的人。他们里面干什么的都有。叶尔绍夫同志！不能根据劳动的性质来看人。我真不明白，嘴里说是送我，可又尽力来挑剔知识分子的毛病，我也是个知识分子，这总不能说是友好的态度吧！”

“这么说，您是没有弄懂我的意思？有什么办法呢？不懂就不懂吧，到时候，您自然会懂的。再见，您到家了。祝您晚安！”

伊斯克拉站在台阶旁边，谛听着他那双皮靴踏在碎石路上发出清脆的响声。步伐是那么坚定，那么充满信心。他好像知道伊斯克拉在后面看着他，于是在黑暗里喊道：

“至于命运……是有的，您躲不开它！”

伊斯克拉走上宿舍的二楼，在门下边摸到钥匙，开了门，把灯拧亮。她习惯地看了看四壁上那一幅幅的油画：炼铁工人，休息着的渔夫，浪花拍溅的海面，从农庄运来的、在喧闹的市集上发着绿油油的光泽的青菜，在透过蒙蒙烟雾斜射过来的晨曦中走向工厂入口的工人们……房间里散发着油彩的气味。在墙角里乱七八糟堆放着画架、硬纸板，以及一些奇奇怪怪的城市生活完全不需要的东西：一副长短不同的渔夫用的船桨、一个马车轮子、闪电牌煤油灯、骑士戴的钢盔、带马刺的长筒马靴……维塔里把这一切都叫做“模特儿”。当他在家的时候，这些东西并不显得这么呆板，可他现在不在，整个房间冷冷清清，好像没有人住的一样，很不舒适。

闹钟正指着一点。伊斯克拉懒得到厨房去做饭，便从床头小柜（她和维塔里把这个小柜当食橱用）里拿出了干酪、香肠和面包，从玻璃瓶里倒了冷开水就吃起来了。以前在大学里准备考试的时候，她就常常这么干。她同班中连她在内只有三个女同学最后终于成了冶金专家，其他的都没有学完，大部分做了主妇，去为舒适的家庭生活操心思了。她不由得想起了她和维塔里在莫斯科住了六年的房子，想到已经有一个星期没接到妈妈的信。妈妈为了照顾小柳茜卡才到莫斯科去的，她现在和外孙女留在那里，等着伊斯克拉在工厂一切安排就绪后把柳茜卡接走。

闹钟滴答滴答地走着，时针快指到两点了。在这异乡的城市里，维塔里还从来没有这么久地把她一个人留在家里过。唉！维塔里呵！你怎么能和一个比自己大二十多岁的人泡个没完没了？你们两个人的兴趣想必完全不一样，有什么可谈的？

伊斯克拉太累了，她多么想赶快躺到床上去睡觉呵！但不等维塔里回来，她不能睡，这已经成了习惯了。她用手支着低垂的脑袋在桌旁坐了一会儿。再也忍不住了，便脱下从工厂穿回来的外套，披上大衣走到街上，不由自主地往维塔里白天告诉她的那个地址奔去。

她找到了古良也夫的住处。所有的窗户都是黑的。她不安地走上楼去按了按电铃。

“是您？”古良也夫开了门喊出口来，“我从来没见过您，甚至照片也没看过，可是在我的想像中，您正是这样的！”

这个上了年纪的人身上发出一股伏特加的味道。伊斯克拉感到很难过，卡扎柯夫家的老朋友原来竟是这个样子！于是，她冷冷地问：

“维塔里在哪儿？”

“请原谅！”古良也夫不好意思地说，“我把您的丈夫估计得有些不足。请进来。这就是他，可怜的孩子，在地板上呢。”

“维季卡，亲爱的！”伊斯克拉坐到维塔里旁边。“你怎么啦？醒醒吧，醒醒吧。我求求你，快回家去。”

她扶起了他的头，可是这个头像死人的一样马上又落了下去，手也像死人的，只有伊斯克拉用颤抖的手指触摸到的急促不匀的脉搏证明他还活着。伊斯克拉含着泪对古良也夫说：

“他会死的，他有心脏病，您做的什么好事呀，难道不害羞吗？”

“他们空谈的不少……

你也就相信了他们。”

古良也夫念完了这么两句，然后说：

“如果我也有心脏病，如果我也要死掉，那么有谁会对什么人说：您做的什么好事呀，难道不害羞吗？”

伊斯克拉没理他，她在想一切办法使她的维塔里醒过来。

“没有用，”古良也夫说，“天亮以前，他是不会和我们在一起了，而是在另一个世界的什么地方。早晨醒过来以后，脑袋会要命地痛上一天或是两天。这一切不幸的根源，也不光是他一个人的不幸，是我们这种人的通病：会喝，喝得很好，可就是没学会吃菜。也许您注意到了，无论在哪个晚会上，无论在哪个筵席上，剩下的是什么呢？——空酒瓶和满满的菜盘子。”

“我求求您，别再瞎扯啦！”伊斯克拉忍不住了，“您真狠心！”

“我不是狠心，而是看问题客观。我非常希望这个躺在您膝上的人得到幸福，在这一点上我并不次于您。他对我说来可能比对你更可贵些。他是唯一能把我和过去联系起来的人。我认得他的父亲，我们是朋友，是非常好的朋友。我也认得他的母亲……”

他本来一直在房里踱来踱去，现在突然停了下来，用手掌捂住眼睛，但马上又拿开。然后打开墙角里的垫褥，躺了下去，不再作声了。

“我的天哪！”伊斯克拉低声自语着。假如不是在这空荡荡的屋子里，在别人家里，假如不是有这么一个穿着皱巴巴的吊着背带的裤子，脖子里还带着个轻佻的花花绿绿的领结的老头子在这里，大概她也要哭起来，用泪水去冲洗她那愚蠢而又可怜的维季卡的脸了。但是在这儿她哭不出来。而且在这里什么也做不成。这个人说得对，不到早晨，维季卡是起不来的，这多么可怕呵！而更可怕的是早晨他真的得大吐特吐，他的脑袋会痛得像要裂开一样。六年来这种事情也有过几次，但那不是在别人家里，不是在这鬼地方，是在自己家里，而且是只有在新年，或者是伊斯克拉过生日的时候才会这样，可今天呢？非年非节有什么喝头？

伊斯克拉捡起古良也夫扔开的绿被子，铺在地板上，把灯熄灭，躺在维塔里的身边，抓着维塔里的手，数着他的脉搏。她睡不着，想起那个在墙角的垫褥上打鼾的人，他说得诚然不错：“男人们不会吃菜。”有时候你费尽心思给客人们办些好菜好饭，可到头来，都是原封不动，只把伏特加喝光。维季卡也是什么都不吃。这回大概也是什么都没进口。她很想知道，他们这里有些什么吃的？在家里吃的那顿干巴巴的晚餐根本没有起作用。现在她很想吃点什么。她起来开了灯，看了看皮箱上的东西，拿起一把叉子，心里想这可能是维季卡用的，就吃起小鳁鱼来了。

眼泪顺着她的双颊流下来，鼻子下面和双唇上都湿了。她不时沉重地叹着气，但这并没有妨碍她吞下刚才那桌筵席剩下的全部佳肴。

3

季米特里·叶尔绍夫在和卡扎柯娃工程师分手以后，朝着她的背影喊了几句关于命运的话，就穿过整个城市，走了好久，到峡谷街上一所小土房里去，这是他死去的父母在三十来年前从尤卓夫卡城郊搬到此地来以后盖起来的。峡谷街是郊区的一条小胡同，顺着斜坡一直通到被雨水冲成的峡谷里。胡同里很多人都是从顿巴斯来的，因此，在每一所房子周围，都密密地种了许多樱桃树。

要借着稀稀朗朗几盏路灯的微弱的亮光走到家可不容易！刚刚才下过雨，路上的泥土吸足了水分，走一步滑一步，鞋底上粘满了重重的泥，使你觉得脚上穿的不是皮鞋，而是几普特[①]重的铁锤。这次总算月亮还帮了点忙：照亮了这条有着许多积水的车辙的道路。这儿一点也不像城市，倒像穷乡僻壤。市苏维埃对这个郊区不怎么重视，城市建筑都在向着与工厂相对的滨海地区发展，以便尽可能离高炉和平炉的煤烟远一些。

季米特里的哥哥姐姐们都已经不住在父亲的小土房里了。有的很久以前就搬走了，有的刚离开不久。老大普拉东是高炉车间的总工长，两年前才搬到厂里的宿舍去。现在这所小房子里只住着两个人：季米特里和侄子安德烈——他的父亲，老二依格纳特在战争中牺牲了。安德烈在厂里的技术夜校毕了业，现在是高炉车间的工长。小伙子已成人了，很快就会结婚，那时他也要搬出去，结果这所老房子里就

① 俄国旧计量单位，1 普特＝16.38 千克。

会只剩下季米特里一个。

季米特里走到栅栏门前，刚抓住被夜露沾湿了的冰冷的门柄，便听见白杨树下传来一声低微而熟悉的叫声：

“季玛！”一个女人从门旁的条凳上站了起来。“我冻坏了！”

“为什么不到屋里去？”

“我一个人坐在那里有什么意思？老鼠吱吱地乱叫，怪害怕的。”

“进去吧！该吃晚饭了。”季玛挽着冻得冰冷的女人的腰肢，把她推进门去。

他拧亮了灯，脱下外衣和一件套头的黑色紧身毛衣，到隔壁去洗脸。这是一间没有门扇的小房间，过去是厨房，母亲生前就整天在这里忙碌。

瘦削的、皮肤像茨冈人一样黝黑的女人也脱去了短外套，只穿着一件短短的薄薄的连衣裙，沾满了污泥的鞋子也脱了，赤着脚走来走去。她从带来的手提包里取出了一包包的食物问季米特里：

“季玛，要做些热的吃吗？”

“有些什么吃的？”

“煎鸡蛋，加番茄和香肠，你要想吃我就做。”

“好！你煎吧！要不要我来给你点煤油炉？”

“要！”

看他们两人谈话的口气和态度很像一对老夫妻。但事实上他既不是丈夫，她也不是妻子。他叫她廖丽亚。廖丽亚的年龄和他相仿，也可能比他小两三岁。她住在离这儿有十二公里远的渔村里，每个星期六都到这儿来，星期日晚上再回去。在公休的时间里，她要在这儿做很多事情：整理房间，擦地板，给季米特里洗衣服，甚至还开辟了一块菜地，种上了各种各样的蔬菜。

他们是在战后两年相识的。那时季米特里刚从德国复员回来。她也是从德国回来的，不过不是直接从德国来，她曾在白俄罗斯某地住过，在异乡流浪了一些时候。在火车里她和别人不一样，成天望着窗外，脸背着人。季米特里明白她为什么这样；她的容貌全毁了，满脸都是刀伤和烙伤的疤痕。季米特里笑了笑，心想："和我倒是一对。"便坐到她旁边去，打量着她那身破破烂烂、显然是别人的衣服，问："你当过俘虏吧？"

"当过。"她回答说。

"哪儿人？"

当她说出他故乡的名字时，他高兴起来了。便打听起熟识的人们来。

她身边没有钱，于是他就负起了照顾这位同路人的全部责任，她那可怜的身世不能不激起季米特里这个热心人的同情。她告诉他，她的亲人全都牺牲在德国鬼子的手里了，现在她不知道该到什么地方去。于是季米特里就把她带到这座小房子里来，住了几个星期。她成天躺在园子里的草地上，眼望着天空，沉思着。后来她说，她应该开始工作了。季米特里本想把她安插到工厂去，但她不愿意，说不想留在城里。于是就到捕鱼队去补渔网，一直补到现在。她住在集体宿舍里。起初季米特里对廖丽亚只是出于怜悯，后来逐渐产生了友谊，像对待自己的姊妹一般地对待她。除此以外在很长一个时期里没有产生过任何其他感情。也许当时廖丽亚不可能引起任何人的其他感情，——她的外貌太不吸引人了：额头及下巴上满是伤疤，一只眼睛是假的，那是在明斯克用玻璃做的，做得不大好，本来她的眼睛是深色的，几乎是黑的，可是假眼的颜色却浅得多，成黄褐色的了。

时间不断地消失，也许是海风多少抚平了她脸上的疤痕，也许是季米特里已经看惯了它们。终于他发现了廖丽亚那匀称的身材和善良的富于同情的心灵。总之，有一天，他拥抱了她，享受了她的温暖，从此在他俩之间就产生了另一种关系，季米特里对这个也习惯了。如果廖丽亚有一个星期六没有来，他便会想念她，并且可能去找她。

可是廖丽亚对他的感情如何呢？还不明确。他们从没谈到过感情问题，还是和以前一样地生活着。他把自己工厂里的一切讲给她听，而她也向他讲捕鱼队里的情况。廖丽亚总是回避谈起往事，她不能回忆过去，只要一想到过去就会马上哭起来。所以季米特里也避免提这些问题。去他的，让过去的一切滚得远远的吧。

还在几年前廖丽亚就曾问过他："你为什么不结婚？"

"和谁结婚？"季米特里忧郁地问她。

"年轻漂亮的好姑娘不有的是？"她说。她并没有提到自己。

"好的，漂亮的？"季米特里重复着她的话，"那我把你放到哪儿去呢？"

廖丽亚高兴而惊愕地看了他一眼，走上去紧靠住他，默默地拥抱着他，有好久好久……

鸡蛋煎好了。廖丽亚叫季米特里吃饭。季米特里看到桌子上还有一瓶伏特加，便不满意地问：

"这是干什么？难道我是个酒鬼？"

"难道只有酒鬼才能喝酒吗，季玛？人在快乐的时候往往就要喝酒，苦恼的时候也要喝，还有庆祝节日的时候……该喝酒的场合可多着哩。"

"可我和你又有什么苦恼呢？快乐好像也还不太多，所以，廖丽亚，没什么值得庆祝的。你知道我不喜欢这东西。"他把酒瓶推到一边，吃起煎鸡蛋来。

"不过我还是要喝一杯，"她说，"今天是我的生日。"

这是廖丽亚第一次谈到自己的生日，季米特里从未问起过这种事，因为这是属于过去的事情，而过去的事是不能提的，这是他们的默契。听到她的话，季米特里不知为什么感到很高兴。

“原来是这样，你也不早说！祝贺你，廖丽亚，祝你万事如意！”他替自己跟廖丽亚各斟了一杯酒（这些小酒杯还是过去家里留下来的），两人碰了杯，一饮而尽。

“要不要我唱支歌？”廖丽亚说着便走到安德烈住的房间里拿来了七弦琴，调了调弦，一支接一支地唱起了动人的情歌。也许她唱得并不算好，但季米特里却觉得很好，很动听。他坐在桌旁，一只手支着头，用心地听着。

当廖丽亚唱起了一支和先前唱的那些迥然不同的歌曲时，他好像给刺了一下。他非常喜爱这支歌，它是这样地激动着他，使他一听到这首歌就想站起来，在黑夜里迎着风，漫无目的地走着——让风使他的胸怀凉爽，让漫无目的的散步给他带来安慰，使他忘却过去经受的一切。廖丽亚唱道：

“敌人烧毁了故乡的草房，
杀害了我的全家，
战士啊，现在你将走向何方，
去向谁倾诉自己的悲伤！”

季米特里站起来，走到窗前，凝视着窗外的一片黑暗。

“普拉斯柯维亚，请原谅我
就这样来到了你的身旁：
本该为人们的健康而畅饮
我却为死去的亲人洒下了祭觞。”

廖丽亚看到了季米特里那紧张的神情，本不应该再唱了，应该停下来。但她却不能不唱完这支歌，因为她也在自己的面前看见了别人所看不到的东西。

正当卡扎柯娃工程师深夜在别人家里吃着鲻鱼，用别人的白手帕擦着泪水沾湿了的嘴唇时，峡谷街上这所旧土房里的人已经睡下了。周围一片漆黑，挂钟滴答滴答地响着，季米特里向廖丽亚讲着一周来在工厂里，他那车间里轧钢机旁所发生的一切。他说他曾建议加大平炉送来辗压的钢锭。

“再也想不出提高轧钢机效率的办法了。这门技术可以采用的好像都已用上了，我又不是魔术师。”

廖丽亚悄悄地笑了起来。

“这有什么可笑的？”季米特里不高兴地问。

“你谈的这些使我想起前些日子在报上读过的一篇文章。是批评一本书的，批评家嘲笑作者在那本书里描写丈夫和妻子躺在被窝里谈工厂的事儿——螺钉啦，螺帽啦等等……他问：难道人们在被窝里会谈这些事？可我们不就在谈这些吗？所以我觉得可笑……”

廖丽亚沉默下来了，季米特里也好久没有作声，后来他说：

“听我说，那个批评家嘲笑得不对。当然可能作家没有把这件事写好，但这却是生活里的真实情况。我为什么要给你谈轧钢机，钢锭这些事呢，而且也在被窝里。这是为什么？就因为这是我生活中主要的东西。那个批评家很可能也在被窝里和妻子谈他写了一篇多么高明的文章并且会得到多少稿费。究竟他的文章又有哪点比那些螺钉或我的钢锭好呢？唉，就还有这种人，我们劳动，创造，而他们却只是嘲笑，并靠这个赚钱糊口，这就是知识分子……”

“你何必这么说，季玛，多刺人，‘这就是知识分子’，可你得明白，你自己不也是知识分子吗？”

“你这可是太夸大了。”

“我一点也不夸大。你虽然只念过七年书，但这并不能说明什么。你上过多少次业务进修班，读过多少书，听过多少课，你总认为，你反正是个工人。可你想一想，你是个什么样的工人。你操纵的机器差不多就相当一个工厂，这是工程师的工作，季玛！当你咬着牙说‘这就是知识分子’的时候，你大概是想说另外一种人，而决不是指那些发展科学技术，发现各种规律的有学问的人。你当然是指那些对社会毫无益处的人，他们学习来学习去，可是只学到批评别人，对什么都撇嘴，对什么都看不上眼，而自己却什么也不会。”

“说得对，”季米特里说，“很透彻，你真聪明，可你在渔村里多可惜！你还应该学习。到这里来好吗？进城来吧，难道就打算补一辈子渔网吗？”

“那边很好，在海上没有人打扰我。”

“这里有谁打扰你了？”

“别谈了，季玛，别问吧，我不想谈这些。”

她沉默下来。季米特里抱住她，把她拉到自己身边。但突然不知为什么，在他的面前，从老鼠活动着的暗处出现了卡扎柯娃工程师。卡扎柯娃同志！伊斯克拉·瓦西里耶芙娜！伊斯克拉！多可笑，一点也不像人名，倒像是个小狗的名字。但他没笑出来。他感到很不安：为什么会想到她呢？是什么原因，还伴送起她来？简直有些可耻。这位卡扎柯娃同志有什么特别的地方么？身材只有一米半左右，小眼睛乌溜溜的，总像在生气，加上一个翘鼻子——简直是副猴子相。可是这个女人，说起话来的那副神气，好像她就是英国女皇。他何苦要向她谈那些什么关于命运的话呢？如果只是为了要她想到还有比她更强的力量，完全可以说些更聪明的话。

季米特里回忆起和伊斯克拉第一次见面的情况。那大约在十天以前，他到三号高炉去找大哥普拉东。炉子正在出铁，他就站在出铁口旁边看这幅他从小就喜爱的金属诞生的景象。他正看得出神，忽然听见有人喊：“同志，外人不准到这里来。”他抬头一看，就是这只穿着工作服，系着皮带的猴子。人胖胖的，却长了个马蜂腰。于是他不太礼貌地回答：“我们两个到底谁是外人？”

“我想是你，同志，请你走开，这儿不是散步的地方！”

他本想回答她，说他比她更清楚这是什么地方，是做什么用的，但是忍住了，走到了一边去，久久地看着这位在高炉车间里还从未见过的奇怪人物。这个人指挥着炉子上的工作，说着和总工长普拉东一样的话，下着同样的命令。他后来问普拉东：“实习生吗？”“工长。”普拉东很随便地回答说，似乎一点也不觉得这有什么不寻常的。

季米特里以后又去看了这位人物一次。而在几天前，他干脆下班后到工厂出口处走到她面前去，做了自我介绍。他们谈了一会儿。的确，她不大和气。每句话里她都暗示着好像告诉他：“你走你的路好了，干什么老缠着人。”但他还是一次又一次地在工厂门口等她。她那副傲然的神气使他很生气，尤其使他冒火的是她竟不承认自己比他弱，从对他的态度上看来，甚至她不仅认为自己和他平等，好像还要高他一头似的。

“你怎么不说话了，廖丽亚！谈点什么吧！”他粗鲁地说。

廖丽亚用热吻代替了回答。

天快亮时，开门声把他惊醒了。安德烈回来了，黑地里在桌上摸索着，看样子一定是饿了。

季米特里起来，走到他房里去，开亮了灯，问他：

“你到哪里去逛了一天？”

“那里。”侄子含混地回答。

“那里……”季米特里学着他的腔调说，“要是做出丑事，还得我们替你出赡养费吗？”

安德烈耸了耸肩：

“除了赡养费以外，我的叔叔们再也想不出别的东西了。雅沙叔叔也提到过这个。”他拿起桌子上剩下的食物，咀嚼起来，脸上的肌肉一上一下地动着，两只灰色的大眼睛像叔叔的一样，无畏地望着前方。

“你们车间有什么消息？新来的女工程师发火了吗？”季米特里问。

“卡扎柯娃工长吗？她发什么火？矿石很正常，焦炭也叫人满意。”

“喏，一般说来，她懂不懂？”

“为什么不懂？大学毕业的，有文凭。”

季米特里想听的不是这样的回答。他希望安德烈仔仔细细地对他叙述一番，不是关于焦炭，不是关于矿石，而是关于那……他甚至自己也不知道关于什么，只要不是矿石也不是焦炭就好。

“见你的鬼。”他气愤地说了一句，走到门旁把脚伸进套鞋，披上棉袄就到房后的樱桃园里去了。

天亮了，大自然一片寂静。田野上飘来一阵阵草香，草坪已刈过两遍了。雄鸡喔喔啼着，邻家井上的绳索绞得咿呀作响。

季米特里坐到一棵早就伐倒的老白杨树桩上，陷入了沉思。

4

普拉东·季莫菲耶维奇读完了信，把它又放回信封，仔细地看了看邮戳上的地名。信是从一个遥远的村庄寄来的，在路上足足走了三个星期。他摘下眼镜，离开桌子坐到敞开的窗前。

天就要亮了。窗外苍茫的大海波涛汹涌，温暖的晨风混杂着树胶和鱼腥的气味，阵阵地吹抚着普拉东那稀疏的白发，但他并没感到清爽，心里反而很不痛快。昨天是周末，他稍微消遣了一下，没想到又喝多了。本来倒打算得很好：到菜园里坐坐，聊聊天，在火堆里烧点马铃薯吃，谁知结果完全不是这样……

从厨房里迎着海风吹来了煎油饼的香味，煎锅发着嗞嗞啦啦的响声——普拉东的老姑妈乌斯金诺芙娜从清早起就在忙着做饭。

过了一会儿，她系着一条白围裙，手里拿着一把刀来到了房门口，朝着普拉东放在桌子上的信扬了扬头问：

“写了些什么？”

“哼，写了些什么！”普拉东用拳头擦了一下额头，皱着眉说，“要回家，问我们同意不同意。他说在那边无依无靠，连个亲人也没有。”

“同意不同意呢？你看弄到这个样子，无依无靠的……你怎么回他？”乌斯金诺芙娜不自觉地用围裙角擦着满是油腻的刀刃，把围裙也弄脏了。

“又来了，怎么回？我又不是他的爸爸。他自己做主嘛。想怎么着就怎么着吧！”

“他又没一定要怎么着，只不过要你出个主意，怎么做更合适些罢了。”

“怎么做更合适些，怎么做更合适些，看你这个唠叨劲儿！”普拉东从椅子上站了起来说，“家里难道就连一点酸黄瓜水也没剩下？”

他在食橱里摸了半天，瓶瓶罐罐里一点可以解酒的东西都没有。他决定到邻居古良也夫那里去一趟。那间房子本来空了好久，演员古良也夫是几个月前才搬进来的，这位邻居很少在家，成天呆在剧院里，不是演出，就是排练，没说的，真是个勤劳的人，就是爱喝两盅，这个也没法替他掩饰，因为他经常是醉醺醺的。

普拉东敲了敲古良也夫的门。门里答应的是一个女人的声音，这不觉使他大吃一惊。

“请进！”

在这间主人还未来得及买家具的房子中间，站着普拉东车间里的新工长——卡扎柯娃工程师，由于睡眠不足，她的一双眼睛浮肿着。在她的脚下，一个男人躺在那满是干酪皮和黄瓜头的地板上，另一个倒在墙角里。普拉东咳嗽了一声，手捻着胡须，准备回去。但卡扎柯娃工程师挥手叫住了他：

“等一等，叶尔绍夫同志，别走。您看他老睡老睡，怎么也弄不醒，我简直不知道该怎么办了。”

“请原谅，这是谁？”普拉东很有礼貌地问她。

“这是我的丈夫，叶尔绍夫同志，我丈夫。他是昨天晚上来的，可是现在走不了啦。我真想把他快点弄回去。”

“快是快不了的。既然没能早回家，事到如今可就哪里也去不了啦，非得把罪受够了才成。”

“请您帮帮忙吧，您知道该怎么办。”

普拉东看到箱子上刚喝了一点儿的那瓶酒，大概就是软心肠的乌斯金诺芙娜昨天借给古良也夫的，他的劲头儿就来了，便说：

“试试看吧！”

这时候古良也夫也醒来了。他们两人一起动手，把维塔里扶了起来，拖到普拉东家里，按到桌旁，强迫他喝了一小杯酒[①]。酒一喝完维塔里就冲到洗澡间里去，关在里面也不作声，过了半个钟头才出来，面色苍白，悄悄地在伊斯克拉耳旁说：

“救救我吧，亲爱的伊斯克拉，我要死了。非常非常不好受。”

---

① 人喝醉了以后，再喝一小杯酒，可以帮助醒酒。

最使人生气的是普拉东和古良也夫对维塔里一点也不尊敬。

“好汉子！”普拉东看着伊斯克拉把一条湿毛巾放到躺在卧榻上的维塔里的胸口上，冷笑了一声说。

“别这样啦！”伊斯克拉站了起来，“他这么难受，你们还好意思笑他。”

“您别来责备我们。”普拉东安详而又矜持地说，“应该为自己的丈夫害羞。又不是小孩子，四十岁的人了。”他走到电话机前要求接通城里——因为这是厂里的内线电话——叫来一部出租汽车。

二十分钟后卡扎柯娃工程师带走了自己的丈夫。古良也夫也回去了。普拉东久久地在房间里踱来踱去，自言自语地嘟囔着：“怎么会有这么多带女人气的男子汉！”

他在书架旁停了下来，看着书架上方挂着的那些带镜框和不带镜框的照片，上面摆成三个扇形，下面是两个横排，全是叶尔绍夫家的人，有合照的，也有单照的。有人在没事的时候数过，一共是四十三个人。其中当然有叶尔绍夫家的老家长，他是被希特勒匪徒害死的；有在他死后不久也去世了的这个大家庭的母亲；有在战争的第一年就死去的普拉东的妻子玛丽亚·费多罗芙娜；在战场上牺牲了的弟弟依格纳特和两个长着大额头的侄子；也有至今还健在的那些——姐夫、妹夫、女婿、儿媳、小姨以及他们的子女。叶尔绍夫家干哪一行的没有呵！炼铁的、炼钢的、党的工作者、大学生、演员，甚至还有那积极热情的社会活动家，和古良也夫一样，脖子上也系着个领结的剧院经理，雅柯夫弟弟。

只缺一个人，就是第四十四个，本来他在这些照片中完全能够在两位老家长的左右占据一个应有的位置。

普拉东站在书架前思索了一会儿，摊开双手。怎样做更合适些！谁又知道怎样才能更合适些呢？……

乌斯金诺芙娜把厨房里收拾停当后又回到房里来。她打开五屉柜最上面的一个抽屉，在一个糕饼盒子里翻了半天，盒子里尽是些因年代久远而变黄了的纸头：房租、水电费收据和一些奇怪的秘方，谁也不知道这是什么时候，什么人，给谁开的治什么病的药方，此外，还有一些在一九四七年就作废了的纸币。她在这些乱纸头中间翻出一个年轻人的照片，把它安放在柜子上，靠着绿色的小花瓶，瓶里插着一小束像雉尾一样斑斓的羽毛草。

普拉东走近来，仔细地端详着照片。照片上的人像叶尔绍夫家所有的人一样，有着一个高大的前额，凹陷下去的深色的眼睛，厚厚的嘴唇和一副招风耳。凭这副相貌就不会和别家的人搞混，这是绝对没错的。可是他却干出了丑事，丢了全家的脸。

“他多大了？”乌斯金诺芙娜似问非问地打破了沉默。

“好像快四十了吧。参军时还是个共青团员……你还是去找点酸黄瓜水来好不好，要不我就到邻居家去。”普拉东突然生起气来。“喉咙干得都痛起来了。”

“你反正得到邻居家去。”乌斯金诺芙娜板起了脸说，“你就不能像样地过上一个星期天，昨天什么时候才回来的，都十二点多了……还说什么在菜园里来着。”

“是在菜园里，姑妈，真的。你可以去检查。我把番茄秧都扎好了……”

“番茄秧，番茄秧！你回来的时候都说了些什么话？笑话菲力波芙娜，说她不是个女人，像个干炸乌鸦。亏你想得出来！还惹克拉芙基娅生气。尽说些不三不四的难听话……”

普拉东低着头听她说。哪个星期六都要闹上一出：总是喝多了酒。虽然他也下过最大的决心，每次只喝二两，最多不超过三两。可是一喝就过了头，而且越喝越多。也真是造孽，偏偏会遇上左邻右舍这些多嘴多舌的女人们……

“孩子们哪里去了？”他问。

“正经人家早就各干各的活儿了，谁能这么蠢？天都晌午了，还给自己找罪受。”

普拉东骂了一句，但声音很轻，免得让耳朵有点聋的姑妈听见。他也讨厌自己总是和别人不一样。别人这会儿一定在家里做点什么事或是到海边去，可他却不是这样，总有些别的麻烦：要到所有受了气的女人们那里去赔不是。这些臭娘儿们也就威风起来，嘴唇噘得老高，好像她们多么清白似的，好像她们从未听见过这类不礼貌的话。当然过一会儿她们就表示宽大，说什么：算啦，这有什么，自己人嘛，都了解，不是恶意的，谁都可能发生这种事等等。可是起初她们总是那么装腔作势，装腔作势……

“姑妈，把上衣给我。”

乌斯金诺芙娜把挂在衣橱里的一件出门用的黑上衣取下来刷了一下（虽然看起来并不脏），递给他，说：

“要是人家请你吃东西，可别把这衣服弄脏了。”

“为什么要请我吃东西呢？”

“因为女人家的心是不记仇的。只有你们一骂起人来就没个完，非把人家骂死不可。可你怎么给斯捷潘写回信呀？”

“给斯捷潘么？”普拉东把手臂伸进乌斯金诺芙娜递过来的上衣袖子里，说，“这真伤脑筋，姑妈。我看，他要是愿意来，就让他来吧。总还是亲兄弟，是不是？不过为什么要我一个人来决定这么重要的一件家庭大事呢？就是我一个人做了决定也还不能解决问题，兄弟们要说话的。各人有各人的看法。”

“谁叫你一个人决定？你们就在一起商量商量好了。”

“我就是在问孩子们哪里去了。该让萨尼亚骑车子到雅柯夫和季米特里那里去一趟。”

普拉东嘟嘟囔囔地说着，手搔着脑袋走出去。

乌斯金诺芙娜拿起放在桌上的信，边读边想，慢慢地从头到尾读了一遍，把那些特别使她不安的地方又读了第二遍。读着读着就流下了眼泪。她掀起刚才擦刀时弄脏了的围裙把泪擦干，走到窗前，把手掌拢在嘴边，对着海上拖长了声音，尖着嗓子喊道：

“萨——尼——亚！鲍——里——亚！”

海边上，在工厂的左边，沿着海岸，一些褐色的人影隐隐约约地出现在沙滩上，又好像是在拍岸的浪花中闪来闪去。

乌斯金诺芙娜知道，不管孩子们在哪里，迟早会听见她的喊声。邻居或朋友也一定会转告给他们，说奶奶叫他们回家。

在收拾房间和擦地板的时候，这个老太婆陷入了沉思。她在想那封信，想写信的斯捷潘。她自己是不怎么责备这个斯捷潘的。她总觉得他还是个小孩子。但弟兄们却有另外的看法。他们说，全家算上吃奶的和在幼儿园的一共是四十四口人，由于在卫国战争中英勇杀敌的表现和在和平年代里出色的劳动，共获得二十八枚勋章和上百枚奖章。可是就在这个工人血统的家庭里却出现了懦夫和叛徒。这就是他，老四斯捷潘，叶尔绍夫兄弟中的倒数第二个。这是在战后过了半年才知道的。为了他，哪个兄弟没遭到过麻烦！雅柯夫受了多少批评和指责，几乎连剧院经理的位子都坐不稳了。他当时对着自己的上级分辩说：“亲爱的同志们！我可没在叛徒伏拉索夫的军队里呆过，我身上吃过三颗希特勒的子弹，这些你们总能搞清楚的。”虽然没有马上搞清楚，但终于还是搞清楚了。普拉东倒没碰上特别的麻烦。只是把他叫到党委会去谈了一次话，说他没把自己的弟弟教育好，也就算了，但普拉东本人却为此久久不能自安。不管别人怎么样，他那忠实的老姑妈乌斯金诺芙娜可是知道他成夜不眠，老是在自言自语的，没有脸见人。有一天他在厨房里叫姑妈：“老太太，你来，对这些东西又该怎么看呢？”在他面前的桌子上摆满了斯捷潘留下来的大大小小各式各样的文件。“你看，这是四个年级的成绩优良奖状，这是国防航空化学建设后援会的会员证，这些是各种各样的证明书……他是个少先队员，也是共青团员……又是伏罗希洛夫射手……一个青年工人……可他怎么会干出这种下贱事来呀？什么原因使得他去对自己人开枪呢？”

“也许他根本没对自己人开过枪，普拉东！可能他为了活命，才在他们的队伍里装装样子，他到底还年轻呢！”乌斯金诺芙娜说出了自己的看法。

“当然，可能就是这样的。”普拉东同意她的看法。“可是，你认为这样就会把他的罪过大大减轻吗？我们的爸爸，你的哥哥可没用这种办法来逃命。还好，他没活着看到这桩丢人事，没看到自己的亲儿子成了叛徒。”

随着岁月的消失，家庭的创痛也逐渐平复了。他们把斯捷潘的照片从墙上取了下来，藏到五屉柜里，很少再想起他。他在一个遥远的地方服劳役。几年来只来过两三封信，向家里人问候，说自己活着，很健康。从来不问什么事，也不问起任何人，更不提自己的情况。可现在突然来信要求回家！还在两年前他就由于大赦被释放了。两年来，他没有被拘禁，而是一个船坞的自由工人。

前室的门砰地响了一下，走进来的是普拉东的小儿子萨尼亚，他生着宽宽的肩膀，很结实，已经满了十六岁，快要在工艺学校毕业了。他进门就问：

“奶奶！叫我了吗？”他在食橱的盘子里抓起一块烤焦了的饼，一边吃着，一边说，“真香！看你给爸爸烤的饼多好吃！”

“傻瓜，小傻瓜！”乌斯金诺芙娜忍不住笑了起来。“我给他做这么好的饼吃，可是还挨他的骂，嘟嘟囔囔地以为我听不见呢！喏，小伙子！骑上你的自行车到两位叔叔那里去一趟，就说爸爸要开个会，讨论一个重要的紧急问题。”她想了想，又做了决定，“把这封信也带去，给他们看看，就知道是怎么回事啦。”

等普拉东挨门挨户地向那些受屈的女人赔完罪，萨尼亚也已经回来了，并带回了雅柯夫和季米特里的回话：

“他们说吃过午饭一定来。”

两兄弟不是吃过午饭立刻就来的，而是过了好久，当天色已经黄昏，海岸上灯塔的红光已经亮起来了的时候。雅柯夫先到，接着季米特里也来了。他先把廖丽亚送上船，然后才到这里来。

兄弟三个在开着的窗户前，围着桌子坐了下来，乌斯金诺芙娜摆好了茶就走开了。她倚着门框，手放在围裙里面。

他们久久地沉默着，把斯捷潘的信传来传去，反复地看着。雅柯夫把一张印着个大胡子学者像的邮票撕了下来，说是他的瓦西卡在集邮，就把邮票放到上衣的小口袋里。雅柯夫四十九岁了。和大哥普拉东一样，他的劳动生涯也是在尤卓夫卡工厂的平炉车间里开始的。但是，还在战前很久，当全家刚刚搬到这里来的时候，他就脱离了祖传的行业，不再做冶金工人了。事情是这样引起的：他先在工厂的管乐队里吹小号，后来就做了这个乐队的队长，再以后就领导厂里的文工团，又当上了俱乐部主任和文化馆主任。战后从前线回来，又成了本市剧院的经理。雅柯夫从来没害过什么病，一向不发怨言，成年穿着一件使他显得年轻了的运动员式的上衣。他发胖了，长起了双下巴，肚子也渐渐大了起来。为了和这种不称心的现象作斗争，每天早晨他都在床边起蹲两三次，再照照镜子说：“不起作用。”然后才去吃早饭。

季米特里的性格显然和哥哥雅柯夫完全不同，虽然在外表上看来兄弟两个没有什么差异，都是高额头，深眼窝，招风耳，只是季米特里身材生得又瘦又长。雅柯夫喜欢开开玩笑，说句俏皮话，而季米特里却总是板着一副严峻阴郁的面孔，不喜欢多讲话。也许就因为这一点，也许是因为他脸上有深深一道从左鬓角划过脸颊一直到上嘴唇的大伤疤，而更主要的也许是因为他的轧钢技术非常熟练，别人都来不及供应钢锭，所以厂里的人不仅尊敬他，甚至还有些怕他。

“我想，我们三个人就可以决定这件事了。”普拉东说，“姐姐妹妹和姐夫妹夫们不用再问了吧。”

“你知道，普拉东！”雅柯夫说，“从法律上讲，斯捷潘完全不需要征求亲属们的同意，即使我们不给他回信，他也满可以回来。问题在另一方面，如果他征求我和你的意见，那他就是想通过这个来了解我们对他的态度：是永远不再承认他是这个家里的人了呢，还是允许他有回来的机会？对他来说这才是主要的。”

这时季米特里接过去说：

“雅柯夫说得对，对斯捷潘说来最主要的是我们对他的态度，而对我们说呢，最主要的是他来了以后，怎么和他相处。”

“怎么，这就是说，我们还可怜这狗崽子，张开两支胳臂去欢迎他吗？他是叛徒不是？”普拉东气得脸通红。

“他是你弟弟。”从房门口传来乌斯金诺芙娜的声音。

兄弟三个都转过身来，向她惊讶地看了看。

“我简直不能想像，”雅柯夫点着烟说道，“无论如何也想像不出，如果像现在这样和他坐在一张桌子上，我该怎么办？这可真难为人。”

“也许他并没有罪。”乌斯金诺芙娜又插进来说，“听说有个煤气厂的工程师，忘记姓什么了，回来以后，人家当面向他道了歉，这次又让他去免费休养，还应许给他房子。”

“道了歉，就是说没有罪，那就是这个人的确受了冤枉。”季米特里打断了她的话。脸上的伤疤搐动着。“可是并没有人向斯捷潘道过歉。他在信里提都没提过这个。他服过劳役，只是碰上大赦才被放出来的。”

“不管怎样，”普拉东说，“对这种事要谨慎。事情不同，结局也就不同。比如盗窃案，按大赦处理就很不一样。有的人被释放完全是出于对他们的怜悯。做了坏事了，好啦，饶了你这一次吧，以后可别做坏事了。苏维埃政权是宽大的，它之所以宽大是因为它的强大。因此就应该分清楚，哪些人是由于宽大政策被释放了的，哪些人确实是冤枉了的。一句话，咱们大伙别自寻安慰了。如果斯捷潘没罪，并且不承认自己有罪的话，那他就不会在信里忘记写上这一点。可是他从来没提过一个字。总之，我们这样决定吧，寄封航空信，最好是打个电报告诉他：来吧，兄弟，不会饿着你。你们看行不行？”

“让他住在哪儿呀？住集体宿舍？要是他不愿去工厂工作的话，又有什么集体宿舍呢？”雅柯夫问。

“到我这儿来吧，我和安德烈住的房子还有空，可以挤一挤。”季米特里说。

“那廖丽亚怎么办？”雅柯夫向普拉东递了个眼色，“要是她万一害起羞来，不肯来了……”

季米特里连头都没有动一动，只是向雅柯夫瞥了一眼，眼色是这样的阴沉，使得雅柯夫赶快说：

“不说啦，不说啦！你看你，怎么搞的，你这家伙连开玩笑都不懂。一辈子也不能老这样，什么事都是一本正经，那还不疯了？”

季米特里说：

“玩笑也有各式各样的，就因为开了个玩笑，该隐把亲弟弟亚伯给杀了[①]。”

“也就是你们车间的人有这种看法。”雅柯夫忍不住脱口而出。

---

① 这是《圣经》上的故事。该隐是亚当的长子，害死了自己的弟弟亚伯。

“是呵，季玛，你在《圣经》这方面的知识还差些。”普拉东笑了起来。

“那有什么办法呢？还得去钻研钻研福音书啰。”季米特里站起来，对雅柯夫说，“功勋活动家，咱们搭个伴吧！我可以送你到家，真的，你不用害怕，我不是该隐。”

5

市委书记戈尔巴乔夫正上班去。这是一个秋高气爽，阳光灿烂的早晨。房屋后面，笼罩着一层轻纱般的薄雾，而时隐时现的海面上，雪白的浪花一起一伏地翻滚着。港湾里船舶上深沉的汽笛声此起彼落地互相呼应。已是早秋天气了。下过几场雨后，街心花园的鲜花又盛开了起来，芳香扑鼻，沁人心肺。这种时候在这些大街上走起来真是令人心旷神怡。然而又有谁知道春天种这些花之前曾费了多少力气呵！光是大大小小的会就不知开了多少！难道市民们了解这些情况吗？当时市苏维埃执行委员会为了推掉这件麻烦事，什么理由没想出来过？又是没有经费啦，又是人手不够啦，又是搞不到种子和树苗啦，等等，等等。

戈尔巴乔夫身体不舒服，走得很慢。他思索着他这位书记要处理的困难问题。城里住着几十万人口，个个都要找到满意的报酬优厚的工作，个个都想得到舒适的住宅，个个都想吃得好、玩得快活——一句话，要过人这个奇异的生物所应过的绚烂多彩、内容丰富的生活。这个城市生活中的任何一个部门戈尔巴乔夫都得过问，都得由他直接间接地对党，对这些想吃得好、住得好、生活得好的人们负责。

他的工作担子很重，可身体又这么不好，最近常常回忆起年轻时代的情景，这说明他已进入老年了。他走过一座新近修复的二层楼房，这里原来是女子中学的校舍，他忽然想起曾设在这儿的省肃反委员会，回忆起当年的自己—— 一个通讯员小鬼，回忆起那些严厉的政委和特派员们、那些不知劳苦的肃反工作人员，以及协助肃反工作的共青团员们，他回想着那些动荡的不眠之夜，对白匪和富农叛乱的镇压，那些围剿，追捕……他想应该在这幢楼房上挂一块纪念牌，因为在这个城市里革命年代的纪念物留下来的实在太少了。应该让青年们知道，不是一般的知道，而是具体了解，在这幢房子——十年制中学校舍里，曾经有肃反委员会工作过，让他们知道曾经有过贫农委员会，有过革命法庭、余粮征集队，还有过红色近卫军、妇女代表……让他们知道今天街旁的这些芬芳扑鼻的鲜花是经过无数次的战斗得来的。在没种上这些花之前，这是一条光秃秃的尘土飞扬的石子路。这里曾经洒满了战士的鲜血，也曾不止一次地被哥萨克骑兵的马蹄践踏过。

戈尔巴乔夫沿着市委会的楼梯走上二楼。他感到心口很痛，于是把手伸进上衣去揉了几下。穿过接待室的时候，他作出精神抖擞的样子，向等待接见的人们点头招呼，并且愉快地对秘书说：

“您好，茜玛奇卡！星期天过得怎么样？”然后把嗓音压低得只有秘书一个人能听到，“请等一会儿再放人进来。”

走进办公室，他打开保险柜，拿出一个小盒子，里面放着一个扁扁的药瓶、一个滴管和一些碎糖块。药瓶上印着“戊酸薄荷酯”，他往一块糖上滴了六滴，放到舌头下面，顿时嘴里感到一股清凉的薄荷味道，这使他想起新经济政策时期一家私商做的白白的喷香的小姜饼，想起离市委会不远的面包房，在那院子里……他发现自己又在回忆过去，这可不是吉兆。不管怎么说，这是衰老的象征，但又一想，五十二岁——这难道真已经是老年了么？奇怪，青年时代和成年时代是何时飞逝的，又是怎么度过的呢？接着他又笑了起来，这不是自己对自己装糊涂吗？他明明很清楚，自己活了很多年头，也经历了很多事情，那些年月并不是飞过去的，而是年复一年地逐渐消逝的。他，伊万·戈尔巴乔夫，这位党的战士，每年都做了一些事情，也可能这些事迹初看起来并不那么炫目，但却都是很有意义、很重要，而且是必须做的。

他把小盒子锁进了保险柜，按了一下铃，对进来的茜玛奇卡说：

“请第一个人进来吧！”

进来的是一个穿着讲究的人，从上到下干干净净，平平整整。他的年纪一时很难确定，头发几乎全白了，脸有些浮肿。他不慌不忙，但也不太迟慢地走进了办公室，等主人说了请坐后才在圈椅上坐下来，用他那对聪明而神色困倦的眼睛把戈尔巴乔夫打量了一下。

“请谈吧！”戈尔巴乔夫说。

“戈尔巴乔夫同志，请不要以为我是来向您诉苦的。我姓阿尔连采夫，是共产党员。这是我的党证，请您看一看。我的党龄很长了，还在大学时就入了党，当然是在战前。事情是这样的，戈尔巴乔夫同志……请您不要在意，我本来可以不打搅您，坐上火车或飞机直接到莫斯科去见部长尼古拉·费多罗维奇，甚至也可以去见某位部长会议第一副主席……可这都是鸡毛蒜皮的小事，没有必要去惊动那些大人物。事情是这样的，我自愿来到您的城市，因为我们部里精简机构，虽然我相信这不会轮到我头上，但为了给这次工作减少些麻烦，我自己主动递了申请书，这样，就把我派到你们冶金工厂来了。无论是凭学历，还是凭在机关领导工作的经验，我都是个冶金专家。可是您说怎么样？这儿的厂长真是古怪，说什么：很欢迎您来，请到工段上去担任工程师的职务吧！”

“您想到哪儿去？”

“戈尔巴乔夫同志！我向来不调皮任性，比如我并不强求担任总设计师或总工艺师的职务。大家还不了解我，可以说还有待于同志们的观察。但当个什么平炉或是高炉车间的主任……”

“可是那儿已经有人了。”

“在这种情况下不用我来向您说明应该怎么办。厂长会有办法可想的。戈尔巴乔夫同志！我不是那种不好说话的人，我还向厂长提供过办法。您知道我来这里有一星期了，也曾经作过一些必要的了解。高炉车间的总工长什么文凭证件都没有，只不过有点实际经验。”

“您说的是普拉东·季莫菲耶维奇·叶尔绍夫吗？”戈尔巴乔夫问。

“对，就是他。这儿所有人的姓名您大概都能叫得出来。您是本地人吧，戈尔巴乔夫同志？”

“是的，阿尔连采夫同志，是本地人，命中注定，这是我的不幸。”

“这有什么不幸的呢？如果有人在莫斯科问我是不是本地人，我就回答他是本地人，丝毫也不抱怨自己的命运不好。”

“那是莫斯科，阿尔连采夫同志！是首都。而我们这儿是外省，是小地方。”

“是呵，您说得对。”阿尔连采夫把话题转回来，“叶尔绍夫是个有实际经验的人，当然啰，我们也曾经器重过这些老头子……”

“叶尔绍夫的年纪也不过半百！”

“那也一样，对一个炉前工来说，这已经是退休的年纪了。我是说，过去我们曾经器重过这些有实际经验的人。然而现在情况不同了。现在首先得要有学问，有文凭。技术都是新的，这些只有实际经验的人们是对付不了的。您说是不是？”

“阿尔连采夫同志，您说首先得要有学问，有文凭，可这两者难道是一回事吗？据我了解，这是两个截然不同的东西。您调查的材料很准确，叶尔绍夫的确没有文凭，但很有学问。他已经做了七年的主任技师，或者像工人现在称呼他的那样叫做总工长。他已经掌握了从采矿开始的全部炼铁过程。亲爱的同志，看样子我不能支持您，我同意厂长的意见，他做得对，您应当先在工段上工作一个时期。大学毕业后您还没直接参加过生产吧？”

“我一直担任负责的领导工作。”

“领导工作是领导工作。这里是四座高炉……您有必要一下子就负起这么大的责任来吗？在工段上干一个时期吧，积累些经验，衡量一下自己的力量……”

“您知道我多大岁数了？四十三岁。再重复一次，我有丰富的领导经验，现在再去学徒已经晚了，况且也没必要。”

“这里也有从莫斯科，好像也是从您那个部里来的工程师，姓卡扎柯娃……”

“您比什么呀，戈尔巴乔夫同志！她还是个毛丫头，没有一点儿生活经验。我断定她到这里来只不过是开开心而已，她有什么必要非到这儿来不可呢？丈夫是个画家，她大可不必工作，坐在家里享福。我认得她，是在总局拨弄计算机的。”

“总而言之，阿尔连采夫同志，我个人不同意您的意见，而是赞成厂长的做法。别的也没什么可说的了。”

“这么说，我非得到莫斯科去见尼古拉·费多罗维奇不可了。您认得他吗？”

“不认识，没见过面，只听说过这个名字。”

“看来，可能还得去见扎哈尔·彼得罗维奇本人。……”

“扎哈尔·彼得罗维奇也只是在照片上看到过。”戈尔巴乔夫冷冷地打断了他，然后又突然问，“您认得加夫里拉·阿列克赛耶维奇吗？”

“对不住，这是什么人？”

“他吗？……您从这儿出去，顺街往右拐，街心花园里那座纪念碑就是为他立的。他是我们过去的省委书记，是他接受我入党的。有一个富农的儿子为了给他那被剥夺了财产的爸爸报仇而暗杀了他。您去看看这座纪念碑吧，加夫里拉·阿列克赛耶维奇是个非常好的人。再见，阿尔连采夫同志！”

“再见！”阿尔连采夫站了起来。“要是以后上级有人来麻烦某些本地同志，您可不要怪罪我。”

他走了。戈尔巴乔夫从窗户里看着他。他走出市委后，没向右拐，没到街心花园去，而是向左拐了，大概是到旅馆去的。

下一个来访的也是工程师，而且也是冶金工厂的。他的样子和阿尔连采夫可完全不同，衣服皱巴巴的，衬衫又那么脏，胡子也没有刮。没等让座就坐下了，态度远不是那么沉着自信。他顺手抓起几支铅笔转来转去，手指头又瘦又黄，好像没有洗过。说起话来也是急急忙忙的：

“市委书记同志！我不是党员，但还是找你来了，因为您代表城里的最高政权。如果在您这里也得不到结果的话，就得到克里姆林宫去了。即便卖光了东西，我也得去。”

“我是什么最高政权？”戈尔巴乔夫说，“只不过是市委的一个干部。”

“喏，所有的大人物都这么说，表示表示谦虚，也可能是为了做做样子。不管怎么样，您总是代表政权。请帮帮忙吧！他们压制合理化建议。”

“压制什么建议？”

“对我国国民经济有非常重大意义的建议，可以节约几百万卢布。请看，这就是我的建议说明书……”

戈尔巴乔夫打开了一个厚厚的卷夹。

“这至少得看上三个小时……请问您贵姓？”

“克鲁季里契。”

“克鲁季里契同志！您最好还是把这件事先给我讲一讲。”

“书记同志！您懂技术不？高炉方面的技术？”

“从前我在冶金工厂做过工，不过不是在你们高炉车间。我参加过平炉的建设。”

“我也不是高炉车间的，我根本不在车间工作，是在技术学校领导实习，也常常到高炉上去。我想说的是这么回事，在目前，绝大部分的高炉设备要不停地使用一两年，这期间不能进行有计划的检修，也就是说两次检修之间的期限要拖得很长，在这种情况下，我们该怎样解决有关检修工作的组织问题呢？必须把这工作组织得明确、有效而合理。因此，我建议把高炉的全部检修工作移交给修配车间，对不对？”

“这件事我好像过去听说过。不过记不清……是不是已经有过这种试验……好像也是这样做过的，可是后来我们的炼铁工人们为了某种原因拒绝了修配车间的帮助。”

“这全是坏分子干的。我们必须马上把集中检修制度恢复起来。集中制度就是社会主义制度。现在我们的情况是什么样子呢？现在生产车间的工人们，其中也有高炉车间的工人们，都自己在那里乱修。生产车间自己修理的质量总比不上专门从事检修的车间做得好，因为生产车间每天都有可能，而且一定会发生各种临时情况使修理工作不能顺利进行，甚至完全停止。此外，他们修理以后也没有人验收——总不能自己验收自己的活儿吧。这样，便没有了监督。没有工作单，也没有检修计划，谁愿意怎么修，就怎么修。因此生产率很低。”

他滔滔不绝地谈着，说得头头是道。戈尔巴乔夫请他把报告留个两三天。他要看一看，和专家们交换一下意见，然后再和厂里商量商量，他认为克鲁季里契的论点也许有正确的部分，不过他已经长期脱离生产，可能对现代某些生产过程的组织不够了解，等他把问题研究之后，再和克鲁季里契见面。

克鲁季里契向他道了谢，并且说，他相信戈尔巴乔夫会支持他，说他一见面就对戈尔巴乔夫有好感，看出他是个踏踏实实干工作的人，没有官僚主义，也不摆架子。然后，心满意足地走了。

戈尔巴乔夫一个又一个地接待来访的人，越来越感到身上不舒服。快到吃午饭时，他完全支持不住了，便到第二书记的办公室里去，对他说，他要回家去躺一躺，"马达"有点运转不灵，大概今天下午不会再来了。第二书记也开玩笑说，"阀门"该上上油了，"活塞套环"也得换一换才行。

回到家里，戈尔巴乔夫装做只不过是头痛，在书房的沙发上脸朝着墙躺了下来。他的妻子安娜·尼古拉耶芙娜拿着药瓶在旁边站了一会儿，看他不睁眼，以为他想独自静静地躺一躺，便悄悄地走出去了。

房里只剩下戈尔巴乔夫一人。他躺着，躺着，渐渐感到一种从未有过的莫名的悲哀。不是吗？全都不在：妻子、儿子、女儿都走了，扔下他孤零零一个人。很可能他的心脏突然硬化，很可能他会突然死去，家人们回来时他已经不在人间了，永远也看不见他了……这些人真怪，无忧无虑，对什么都这么漠不关心。要是妈妈，唉！如果她还活着……他想起当他患猩红热的时候，妈妈总是坐在床边。他喉咙痛了，妈妈便把装着热炉灰的袜筒扎在他脖子上。他渴了，便给他喝那么可口的东西。呵，那汤……他清楚地记得妈妈为他做的那人世上味道最美的汤——鳟鱼汤。

他闭着眼睛躺着，感到嘴唇上有一股咸味，似乎又闻到一股强烈的鱼腥味。这味道又使他回忆起过去，他似乎看见了年迈的妈妈，看见了她那褐色的干瘪的双手和那对充满了忧虑的眼睛——妈妈时时刻刻都在为孩子们，为他，小瓦尼奇卡担心呵。突然他听到惊惶的叫声：

"瓦尼亚，瓦尼奇卡！你流泪了，你怎么啦？"是安娜站在他的面前。

“别胡说，哪儿来的眼泪？你最好还是关心关心我吧！”他回答得有些粗鲁，想努力掩饰自己的心情。

“好的，好的。咳，看你脾气可倒不小。我活着不就为了照顾你吗？”

“好的，好的！”戈尔巴乔夫学着她的腔调，“那你就为我做碗鳟鱼汤好不好？哪怕一辈子就做这一次，又花不了几个钱，一条鳟鱼加两块马铃薯。”

“行，瓦尼奇卡，可这该多难喝，你一定不会喝的。”

“怎么难喝？我小时候就一直喝它，妈妈常做。不会喝，不会喝……你怎么知道我不会喝？”

“好，好！就给你做，只要能买得到。”

“妈妈就总能买得到。”他固执地说。

晚上给他端来一碗鱼汤，这是安娜走遍了全城，费了好大劲，才在码头旁的啤酒馆里找来这么几条从波罗的海运来的又瘦又瘪的鱼干儿。

鱼汤的味道刺鼻难闻。散发着皮靴、马具和烟熏等等的气味。戈尔巴乔夫喝了一匙，又苦，又咸，简直令人作呕。但他还是喝了，赌气喝了，因为对他来说，这是童年时代的汤，是妈妈曾经做过的汤。

6

安德烈第一次看到这位把浅黄头发剪得短短的姑娘是在夏季的露天电影院里。他下班回来，路过市立公园，停下来看了看画着一对正在接吻的恋人的电影广告，于是买了张票。这位长有一头浅发的姑娘和她的女伴就坐在他前面的一排。她们俩小声谈论着。安德烈听得出这位浅黄头发的姑娘不喜欢这个电影，她把这个电影批评得几乎一无是处。

电影散场后，他就跟在她们后面，沿着林荫道一直走到公园出口。他仔细地打量着这位淡黄头发的姑娘。她走路的姿态是那么安详，那么优美，她的每一个动作，安德烈都觉得很动人。他听到这位姑娘说："拍电影的大概以为年轻人就喜欢看缠绵悱恻的爱情片子。不错，谁都喜欢看看爱情片子，可是，阿洛奇卡，今天我们看到的难道是爱情吗？我看只不过是建立了一个舒适的小窝罢了。这是多么庸俗的小市民调子！""卡芭，你总是说得这么极端……我却喜欢这对新婚夫妇。他们那些事儿也都是生活里的实在情况，比如说，他第一次把她领到家里去见妈妈的情景；两个人一起端详他们那刚出生的小孩子；还有给孩子买澡盆……""别说了，"卡芭打断了她的话，"听起来就叫人心烦，更不用说看了，谁喜欢看这种庸俗的片子。阿洛奇卡，难道你能够设想罗密欧和朱丽叶给自己未来的孩子买澡盆……""卡芭奇卡，你说那是什么时代？""我们总是把什么都往时代身上推，说什么过去的人还会飞呢，而现在可不同了，现在就请在地上爬吧！结果就只能像高尔基所说的那样：'人们不再传颂关于我们的故事，也不再为我们歌唱了'。"

安德烈很想继续跟在她们后面听听卡芭对生活的看法，但是这一对女友已经穿过人群，走出了公园。安德烈不敢紧紧跟着她们，他停了下来，惋惜地望着她们的背影。他不像有些小伙子，与姑娘们结识竟是那么大胆：走上前去，没到一分钟就挽起姑娘的胳臂，请她同去看电影或划船了。对于安德烈来说，和姑娘结交是件非常复杂的事，需要十分慎重，非有第三者，或是某个偶然的机缘帮忙不可。

浅黄头发的姑娘就这样从他的眼前消失了。这是一个月以前的事。现在她又在安德烈身边出现了。这次没有女伴，只她一个人，她在安德烈后边排队，等着租船。

海面平滑如镜，又是一个暖和的傍晚。想划船的人很多，都耐心地排队等着。

安德烈没有回过头来，但他始终感觉到她在旁边。她一会儿嘴里哼着什么，一会儿用脚尖拍打着地面，胳臂肘无意间还碰了安德烈几下。虽然只有一刹那的接触，可是一股热流已经传遍安德烈全身。当快轮到他时，他简直不知道该怎么办。有两个方案：一是把船让给她，二是请她坐到自己船上来。自然，这两个办法都可能遭到她的拒绝，但是最可怕的是她会说她为什么要和一个素不相识的人划船。如果她真这样说了，那该多么难为情。然而尽管如此，他还是选择了第二个方案。他生怕在这一生中不会再有另一次的相遇了，城市是这么大，人在城里简直像大草堆中的一枚针。

安德烈感到心跳得厉害，两颊发烧，可是他无法控制自己。当他听到一声："轮到您了！"刚靠岸那只船的当啷作响的锚链也交在他手里时，他转过身来，甚至没敢看这位姑娘，用一种好像不是他自己的声音说：

"我们一起去划吧，您愿意不愿意？"

"好吧！"他突然听到这出乎意料的回答，"不过得让我划，我每天都来这里练习。"

"好的，好的！"他几乎没喊起来。刚想扶她上船，可是她那两条颀长的腿早已迈到船上去了，显得那么轻巧、敏捷、沉着。安德烈坐在船尾，她坐下来划桨。船离开了码头，迅速、平稳地向前荡去。卡芭划得非常好，她的两把桨不打水，也不像根扁担似的在空中晃荡，而是恰好擦过水面，浸到水里，然后又出来，几乎没有一点声音。

"您划得太好了！"安德烈称赞说。

"是吗？"她高兴地问，"顺便问问，您是海员吗？"

“我是炼铁工人。”

“就是在那儿吧？”她甩了一下脑袋，朝海上黄褐色的烟雾后面的冶金工厂说。

“就是那儿。”

“在高炉上工作不容易吧？”

“初当炉工的时候，由于不习惯，的确有些困难，可是现在，和其他工作也差不离，只是比其他工作更有趣。”

“难道会更有趣吗？为什么？”

“在古代，很久很久以前，这种工作是作为神话来传颂的，在当时看来，从泥土里竟能炼出铁来，的确是不可思议的。更不用说高炉了。您还没见过高炉吧？”

“见过，只是离得远远的。在炉边一定很热，很呛人……”

“有时很热，热得不得了，但可以习惯，您以后到我们那儿去看看吧。”

“那您就请我去吧！我一定去，不过得在暑假，九月一号以前。”

“您在哪儿学习？”

“医学院，四年级。”

“一年以后就是医生了吧？”

“怎么会是一年以后？我才上四年级，我们一共要学六年哪。还要在课桌后面坐上三年，想起来都有些可怕。您不知道，我可真腻了。中学十年，大学过了三年，已经是十三年，再加上三年，一共十六年。一辈子有四分之一的时间都用在啃书本上。”

“我学习了十一年，上了七年小学，四年技术学校，而且还是夜校。白天工作。”

安德烈很想一直谈下去，一直听下去，他恨不得把他的一生，也就是整个二十四年的经过都讲给她听，也很想听听她整个过去的经历。

他们的交谈完全把他吸引住了，他感到这是他有生以来最有趣的谈话。他们在海上荡呀荡呀，竟没有觉察他们早已越过了离岸最远的警戒线，也没有注意到座落在岗峦上的城市已经浸入玫瑰色的晚霞中了。

“您叫什么名字？”卡芭问。

“安德烈。”他很不好意思地说，“对不起，我还没有自我介绍，我叫安德烈，姓叶尔绍夫。我以为，既然我知道您的名字，您也一定知道我的名字。”

“您知道我的名字？”她惊奇地问。

“只知道一半，不是全名。我听见有人叫您卡芭。”

“全名是卡彼托林娜。一开头儿，在小学的时候，我因为起了这么个名字可伤心啦。现在已经习惯了，甚至还很喜欢。”

“我也很喜欢。”

“您到底是从哪儿听来的？”

安德烈就谈起他如何在看电影的时候坐在卡芭的后面，散场后又如何跟在她们后边在林荫路上走，无意中听到了她和女友的争论。

“怎么，难道我不对吗？”

“关于罗密欧和朱丽叶买澡盆这一点您谈得非常成功。”

“真的吗？您同意我的意见？近来我们有些人把爱情描写得没有任何美的感受，没有任何崇高的情感，爱情失去了自己的独立意义。您明白吗？——独立的意义。结果爱情只不过是家庭生活开始之前的一段序曲罢了。有的人甚至连这序曲都不一定需要，就直接拉开家庭生活的帷幕，把这些琐碎的家务事也叫做爱情。现在有些人形成一种看法：只是为了结婚才谈恋爱。”

“过去不也是这样吗？”安德烈微笑着说，“历来都一直是这样的。”

“咳，”卡芭放下了桨说，“谁都不愿意理解我。我是说爱情应该是崇高而美丽的，它鼓舞人们——无论是男的还是女的——去建立功勋，它能激发人们的才华、创造力和高尚的情感。爱情是不容许人们偷看的，就像不容许偷看别人的卧房一样。请原谅我说话粗鲁。我就是这样的人。哟！”她这才发现时候已经不早了。“天都黑了，可我们离岸大概已有五公里远啦。”

“我看不止五公里……”安德烈估量了一下距离。“只怕还要多些。不过没关系，您不要害怕，又没有风，我们一定能回去。让我来划吧，您练习得也够了。”

“我可不害怕，”卡芭不慌不忙地说着，把桨给了安德烈，就坐到船尾上去了，“别说是划船了，就是游泳我也能游到岸上。”

“您游得这么好？”安德烈把船掉过来说。

“从八岁起父亲就教我了。”

“他是做什么的？”

“做党的工作。”

只听见吱吱嘎嘎的桨声，安德烈划得平稳有力。划船还从来没有使他这么愉快过，也从来没给他带来过这么大的欢乐。天更黑了，他只能依稀可辨地看见坐在船尾上的卡芭的轮廓，已经看不清她那好胜的高高挑起的眉毛、她那双无比美好的灰色大眼和剪得短短的浅黄头发了。泛着金属光泽的海面衬托着她那微微向后仰起的头，细细的脖颈和浑圆的肩膀。

“您结过婚了吗？”卡芭问。

“哪有的事！”安德烈叫了起来。

“怎么叫哪有的事？二十四岁了，又有技术，能自己挣钱……您挣多少钱？”

“一千五，有时还要多些，要看计划完成的情况怎么样。”

“您看，您的工资够您成家了，如果妻子也工作，那就更够了。”

“总而言之，没有，没有结过婚。”

她说的这些话和她说话的态度都使安德烈感到不痛快。他觉得她的话里含着一种瞧不起他的意味，好像认为他也是属于她所指责的那种不善于恋爱的人，那种认为平凡的家庭生活是必要的，而爱情却只不过是家庭生活的可有可无的序曲的人。

“可能有未婚妻，或是女朋友？”

“都没有。”他冷冷地回答说，显得很不高兴。

“您不要生气。”她似乎在黑暗中看见安德烈那皱着眉头的脸。“我完全不想使您生气，我只不过随便问问。您看！”她突然喊起来。

安德烈转过身来，看到远处的岸上升起了绿色的信号灯。

“这是给我们发的信号。”他加劲划着桨，船走得更快了，海水在船底下哗哗响。

可是无论他怎么使尽全身的力气，划到岸时也已经十点多了，而收船的时间是九点。管船的人骂了他们半天。他们也没理会便走了。

岸上的游人已经寥寥无几，只有那一对对的情侣，像影子似的坐在海滨公园的长椅上。电车的铃声在空旷的街道上显得愈加震耳，听来令人心惊。

“我送您回去吧！”当他们走上高坡，快到市中心的时候，安德烈说。

“不，不要送，我自己回去。我不喜欢别人把我看成胆小鬼，或是把女人看作弱者。”

“我不是因为这个……”

“不管因为什么。”

“那么……”

“我们还见不见面了？”

“见！”

“您愿意？”

“还用问吗？”

“那好吧，您把电话号码记下来。如果您还想划船，就打个电话，我要在家，我们就一起去。”

“没有纸，也没有笔。”安德烈拍了拍口袋，懊丧地说。

“可以记住，号码很好记，22000。”

虽然卡芭告诉他的电话号码确实很容易记。但一路上他仍然一个劲儿地背着：“22000。”他不断地重复着这些数字，仿佛一架开动了的机器似的：“22000，22000。”一回家，马上把这个号码记在他那工段长日记本上了。

“你在干什么？记账吗？”季米特里叔叔问。他正躺在被窝里看书。季米特里在睡觉之前总要看上半个到一个小时的书，最常看的是一本英语自修课本。如果第二天不上早班，他能嘟嘟囔囔地一直念到半夜，把英语的词和句子读得怪声怪气的。

安德烈含含糊糊地答应了一声，就吃起面包香肠来，喝着叔叔剩下的半温不热的开水。叔侄两个的生活过得很马虎，在工厂里吃的那顿午饭还算正常，早晚胡乱吃些什么就算了，只有星期六和星期天，廖丽亚在的时候，才能过过像样的家庭生活。

安德烈吃完晚饭，就回到自己的小房里，往被子里一躺，两手枕在头下，眼睛望着黑漆漆的天花板。眼前只看见小船和在泛着金属光泽的海面的背景上的那个向后微仰的头，那细细的脖颈和浑圆的肩膀。耳边只听见她的声音——卡芭的声音。

“安德留沙！”季米特里突然打断了他的沉思，“我就是这样了，不谈我的事吧。可是你，一个年轻力壮的漂亮小伙子，怎么能够心甘情愿地忍受我们现在这种狗都不如的生活呢？”

“生活就是生活，你怎么了？”安德烈无精打采地回答说。

“你也该结婚了，想法弄一间房子吧，要不我就把这所小房给你腾出来，我自己搬到哪儿去都行。要是拾掇拾掇，这所房子还挺不错的。墙壁、天花板、地板都还结实，只要把房顶修补修补，再把那些讨厌的东西，什么老鼠啦、灰土啦、发霉的破破烂烂啦打扫出去就行了。听见没有？”

“算了，你还是自己结婚吧，把脏东西清理清理。我也可以走的。”

“你怎么那么糊涂！我不是和你说了，凭我这副相貌要谈这种事可不那么简单。自然，也可能会找到几个肯嫁给我的女人。不过将来会怎么样呢？家庭生活中免不了有时会有种种龃龉、口角，她很可能来一句‘你这个丑鬼’或是别的什么。这种事女人们是干得出的，那我可受不了，一定会闹出乱子来，这是可以预料到的。”

“说不定也有人永远不会说这种话。”

“也可能有人不会说，不过我自己得经常作好挨骂的思想准备，要么就成天疑神疑鬼，她是不是又在说我什么，或对我有什么看法。”

“廖丽亚可什么也不会说。”

“廖丽亚！廖丽亚是另一回事，她自己就是个不幸的人。”

“她很爱你，这是谁都看得出的。”

季米特里没作声。

“那么就跟她结婚吧，”安德烈接着说。

“够了，真是个心理学家！”季米特里突然发起火来，“还大谈生活的道理……你在向谁谈，向我谈吗？你也清楚，我可是看够了生和死的场面，看得清清楚楚，生死的滋味我也尝过了。”

是的，这一点安德烈知道得很清楚，他的叔叔季米特里·叶尔绍夫真是出生入死，历尽艰险。德国人占领了城市还没几天，就在工厂里当场向他开了几枪。一个鬼子还用刺刀在他脸上砍了一刀。他竟能够活下来，并且一直活到现在，这可是德国人所想不到的。

“我不是对你讲道理，只不过谈谈我的看法。”安德烈说。

季米特里熄了灯，屋里变得漆黑。只有一缕月光通过厨房的窗照进了安德烈的边房。要是在划船的时候月亮升起来该有多好！月下的海洋该多么美呵！

安德烈又想起了卡芭，心里在和她谈话，用各种热情的称呼叫着她。他翻来覆去地总是不能入睡，虽然有时也蒙眬片刻，但只要刚一睡着，马上就又醒了。

黎明时连一点睡意都没有了。窗外天已破晓，再躺也躺不住了。他怕惊醒叔叔，轻轻地穿上衣服，也没洗脸，就走出了家门，绕着最远的路向工厂走去。他经过市中心，几小时以前他就是在这儿和卡芭告别的，他曾把她那冻得冰凉的小手握在自己的粗硬的手掌里。他甚至还弯到海边的租船站去转了一圈。

尽管在街上转了很久，他仍然提前半个小时到了车间。他爬上铁梯，来到自己的炉子上。卡扎柯娃工长还在值班。管道中的热风通过风口吹入炉内，发出呼呼的声响。如果在观察孔上放一块暗玻璃，就可以透过它看到炉内正在熔化着的一切，它沸腾翻滚着，再过一小时就将变为铸铁。这里所发生着的巨大的原始过程，正如火热的岩浆迸发出来形成我们的大地的过程一样。还没有人真正仔细地观察过高炉内部的情形——也无法仔细观察这熊熊大火，高炉生产中有许多问题人们还不清楚，还有待于研究。它还会给冶金工人们带来许多意外的不幸，甚至于生命危险。在炉旁工作不容许有丝毫的懈怠和疏忽。

“安德烈·依格纳契耶维奇！您今天怎么这么早？”伊斯克拉亲切地问他，她脸上带着值夜班的人所特有的疲劳：眼圈发青，脸颊黄黄的，有些浮肿。但她克制着疲劳，尽力装得精神很好的样子。

“闹钟没对好。”安德烈回答说，“炉子上怎么样？您谈谈吧。”

卡扎柯娃工程师把夜间炉子的情况很详细地向安德烈作了交代。可是安德烈所听到的完全不是她的声音，也完全不是什么铁水和焦炭……

7

往高炉上装换风口必须沉着，并且要有熟练的技巧。在这种时候时间不是以分，而是以秒来计算的。热风在压力作用下沿着叫做喷嘴的一根钢管通过专门的孔进入高炉。喷嘴平常都烧得通红。为了使它冷却，就在周围装上一层圆锥形的钢套。套子中间是空的，里面有冷水循环流动，这种装置就叫风口。风口常被烧坏，烧坏了就要换新的。这需要先从炉子上卸下喷嘴，再卸下烧坏了的风口，换上新的，然后再把喷嘴装上。一个炉子上共有十五个风口，围在它的四周，由于它们常被烧坏，不是得换这个，就是得换那个，所以几乎每天都有这项工作。

普拉东·季莫菲耶维奇站在一旁，看着他手下的年轻人像战士般飞快地拧下螺栓，从灼热的炉子上卸下烧红了的喷嘴，取下烧坏了的风口。炉子上张开着的洞口发出刺眼的光亮，长长的火舌凶恶地向外喷射出来。洞口里面是人类至今还不很了解的铁炭魔鬼在翻滚，在沸腾。站在这个魔鬼对面的是几个男人和一个小小胖胖的女人。他们的动作是那么迅速，拿起工具就像战士拿枪一样。刹那间他们卸掉旧风口，刹那间又把新的装到冒着熊熊烈火的洞口上，把喷嘴安好，拧紧螺栓。于是因装换风口而暂时停下来的送风恢复了，高炉又呼呼地叫了起来。

卡扎柯娃工程师用手腕把一缕被热气熏烤得卷了起来的头发从前

额掠到脑后，走到热水管前去洗手，黑黑的煤水从手上流了下来。

“伊斯克拉·瓦西里耶芙娜！”普拉东走到卡扎柯娃面前大声喊着说。因为高炉声音太大，不这么喊是听不见的。“看你的小手成什么样儿啦！丈夫会不高兴吧，他生气不？”

“别说了，”卡扎柯娃懊丧地回答，“丈夫倒不说什么。可我总不太高兴，两只手都快跟锉刀一样了……什么都顺心，就这点不好，我想来想去，也想不出个办法，看样子永远也不会想出什么办法来。”

“普拉东·季莫菲耶维奇！你好！”厂长契比索夫径直穿过铸造场，跨过一个个的出铁槽来到炉前。他和普拉东、卡扎柯娃以及正在抽烟休息等着出铁的工人们一一握过手，然后把普拉东拉到一边问：

“喂！你认得克鲁季里契这个人吗？”

“克鲁季里契？”普拉东捻着胡须问，“这是什么人？”

“你知道不？市委书记戈尔巴乔夫打电话来问我说：你们高炉车间的集中检修怎么搞的？普拉东·季莫菲耶维奇！你说咱们这工作怎么搞的？”

“安东·叶戈罗维奇！你自己也知道是怎么回事。不是两年前我们就决定把它取消了，试验一下吗？部里也同意试行取消。现在看来，这样做很好。可这和克鲁季里契有什么关系？”

“我想，这准是克鲁季里契跑到戈尔巴乔夫那里去，夸了一番集中检修制度的好处，提议成立修配车间，专门负责全厂的检修工作。可能还说我们压制他的建议。你没压制吧？”

“想起来了，”普拉东说，“这一定是那个工程师，带着一帮学生来过一两次……他是技术学校的吧？”

“是技校的。”

“他来的时候，我们正在修理什么。他说我们不务正业，说修理工作对我们是个累赘。我说没什么，我们对付得了。后来他拿着个恢复修配车间的方案，当做自己的发明到我这儿来。我就把道理一五一十地给他解释了一番。他又去找车间主任，大概也是碰了个钉子：此路不通，请向后转。”

“我想起来了，他也到我这里来过。详细情况已经记不清楚，大概是我把他打发走了。”

“这种人哪，既不愿听人家的意见，又不去研究实际情况，只知道从形式上去挑剔。”

“各人都有各人的观点和道理嘛。”

“戈尔巴乔夫会弄清楚。虽然他不是冶金工人，我记得很清楚，他是搞建筑的。他参加过平炉的建设，是工程主任。那是哪一年，你知道吗？一九三〇年，已经是二十五年前的事了。我们还一起住过窑洞呢！那时候轧钢车间那地方还是一片芦苇荡，是野鸭子歇脚的地方。”

“照你看，不必理会这个克鲁季里契吗？”契比索夫问。

“为了妥当起见，你去翻翻档案。当时我们所以要推翻集中检修制度的论点和根据全有书面材料。这样也好有个准备。”

“好吧，一定去找找。你抽不抽雪茄？”契比索夫从上衣兜里掏出两支由黑褐色烟叶卷起来的小纺锤棒儿说：“看这商标：‘威伯 · 诺尔达克烟草公司 · 超级品’，最好不过的了。来，咬下这头，吐掉，把另一头放在嘴里。给你火柴。吸，用力吸！怎么样，劲儿大不大？老弟，这才是咱们炼铁工人抽的烟呢。”

契比索夫心满意足地吸着这最烈性的烟，同情地望着由于不习惯而呛得难受的普拉东。又对他说：

“还有，最近大赦，从别处回来了一个工程师，姓沃罗别内，昨天到我这里来过。是个炼铁的，你要了吧，怎么样？”

“沃罗别内？他回来了？安东 · 叶戈罗维奇！你了解不了解他？”

“我怎么能了解他？只是从材料里知道一些。过去我在扎波洛什工作，离你们这么远。你们战前的干部我一个也不认识。”

“我们却了解他。当时我们都撤退了，可沃罗别内留在德国鬼子这儿了。这倒也没有什么，留下来的不只他一个，比如我父亲、弟弟季米特里，还有别的好多人也都没有走。但沃罗别内不光是留下来，他还给德国人干活，虽说这也可以不算，别的人也干了，但都是硬给赶到厂里去的，而他和一般人不同，他是自愿替德国人修高炉的。”

“算啦，普拉东！过去的事已经过去了，再也拉不回来了。这个人也受到了应得的惩罚，总不能罚他一辈子吧。总之，我们还得给这个沃罗别内工程师工作，派到你这儿来，好么？”

“我这儿没地方安插！”普拉东回答得很坚决，“你别派来，这儿的编制已经满了，我不要。你要真派他来，就先把我撤职！”

“你发什么火？咱们平心静气地谈谈。”

“平心静气？我亲爹就死在这上料坑里。听说给折磨得都不成人形了。可当时这个沃罗别内工程师就正享受德国鬼子赏给他的残汤剩菜！”

契比索夫要去挽他的臂膀，但他说了一声：“别碰我！”把手一甩就走了。

他离开了工作台向前走去，大概自己也不知道要去哪里。

契比索夫摇了摇头，望着他的背影站了一会儿，然后便去巡视庞杂的高炉设备。他走进上料坑，上料车就从这里往炉顶上送料。定量车把称好的矿石、焦炭和石灰石装到上料车里。操纵定量车的是个瘦瘦的中年人，契比索夫不认得他。

“您好！”他向司机伸出了手。

“您好！”

“怎么样？有没有困难？缺什么不缺？”

“就是太热，您瞧，真受不了。”

“是呵，朋友，直冒汗，在这儿真呆不住。”

“可我成天在这儿挨烤。”

定量车当当的响着，从一个料斗滑向另一个料斗，按照规定的比例把各种原料称好，然后倒入上料车里。司机一边操纵着车，一边继续说：

“厂长同志！得想个办法把温度降低些。应该考虑考虑换热器的问题，它的温度太高，热都是从它那里来的。本来在这个洞里呆着就够难受的了，再加上这么个热家伙，我们这帮可怜鬼非进棺材不可。”

“我们一定想办法，”契比索夫说，“安个通风机行不行？”

“安了，可是不解决问题。”

“我们要想办法，一定想办法，让工程师和设计师们开动开动脑筋，这一点我可以向你保证。现在我要问你一个问题，你在这儿工作很久了吗？”

“两年多。”

“遗憾。我原想问问你叶尔绍夫老头的事。他战前就在这儿管车。德国人来了以后，大概也是……”

“不要大概了，就正是。这您完全可以问我，厂长同志！这事我很清楚，厂里的人都知道。叶尔绍夫和另一个老头儿把炉子给德国鬼子封住了，封得完全停了工，一直停到咱们人回来。这是怎么一回事呢？是这样：德国鬼子来了，咱们给他们留下的当然都是不能开工的炉子，有一些地方给破坏了，特别是送气装置。新来的厂主就开始修复，有一个咱们的人帮了忙。修好了，可是还不行，还和先前一样开不了工。铁在里面是凉的，怎么也热不了……我也不知道德国佬从我们厂子得了多少生铁……反正是糟透了。党卫军到处钻，到处探听，可是什么也没有探听出来。如果不是咱们的人——听说是个什么工程师——给报了信，他们是永远也探听不出来的。”

“是不是沃罗别内？”

“不知道。没听说过这个人，可能就是他。总之是探听出来了，原来是我们总工长的父亲老叶尔绍夫和另一个老头儿送的料不合适，没按比例配。您也懂，石灰石加多了，炉子马上就会凉下来。这两个人立时就给弄死了。听说死得很惨。”

当然契比索夫过去也听说过叶尔绍夫的父亲是在厂里牺牲的，但并不知道这些详细情况。他向司机告别，再一次答应解决上料坑里的高温问题，然后慢慢地走出来。外面阳光很好，他穿过空地，从海边绕过大大小小的车间，把整个工厂巡视了一遍。他爱这个工厂，他在这儿已经工作了三年多，认得厂里的很多人。比如那个此刻正从轧钢厂到平炉上去的轧钢车间主任马久森（大概是为钢锭问题到那里去吵嘴的），他的妻子和他共同生活了七年，但不久前离开了他。别人把这事告诉了契比索夫。契比索夫问是什么原因，旁人说是“为了彩色摄影”。契比索夫说：“这个古怪人，自己不小心，照上了个什么女人吗？”“哪里，不是这么回事！恰恰相反，他妻子也说，别说别的女人，就连自己的妻子也忘得一干二净，成夜成夜地坐在洗澡间里洗照片。在这上头花的钱也就数不清了。妻子求他扔掉这闲事，回心转意关心关心自己的爱人吧，不济事。妻子受不了，就走了。”“他呢？”“还是拍照片。”“妻子哪里去了？”“跑到党委会去诉苦。党委会的人把两只手一摊，说拿他怎么办呢？要他把照相机砸碎吗？”这是多么不幸，可又多么可笑的事！马久森还是个有名的工程师，干练的车间主任呢。

工厂里无论是谁，每人的生活上都有着一时不易觉察的，但却是独特的一面。今年夏天契比索夫曾到职工村去转了一圈。一天的时间当然一条街也走不完，然而即便是在一条街上，他也已经看到了许多令他惊奇的事，使他考虑了很多问题。平炉工作队长鲁契柯原来爱养鸽子，家里什么样的漂亮鸽子都有。契比索夫在他的鸽子棚里呆了足足一个小时，鲁契柯把自己的这些饲养物一一指给他看，给他讲它们的脾气习性。机工车间的工程师安东诺夫爱花成癖：什么西番莲呵，灯笼草呵，以及奇奇怪怪的花儿都有。他有一幢单独的小房，是自己盖的。房子四周没有空地，一连片全是花坛，弄得你走无处走，坐无处坐，除了花就是花。有些人爱养兔子；很多人喜欢摩托；不少人自己买了小汽车："莫斯科人"牌啦，"胜利"牌啦；还有个技师爱用木头雕刻各种动物，没有合适的木头时，便用黏土捏。

假如契比索夫会写作的话，他一定写一本书来描写他在自己生活中所遇到的人们以及他们那些稀奇古怪的事儿，但不幸的是他怎么也写不出。七年前他曾尝试过，打算写一篇真人真事。他坐下来，很快地写了几句，这几句他至今还记得清清楚楚，是这样写的：

"秋季已到，车间计划完成百分之一百二十。现在可以把社会工作、生产和每人自己的个人问题更好地结合起来。炼钢工人格拉西莫夫说……"

他把写好的读了一遍，决定把炼钢工人格拉西莫夫的话删掉，于是把纸揉成一团扔到字纸篓里去，他想想不对，又从字纸篓里把纸团找出来弄平，然后撕得粉碎。不行，写不出来！遗憾，太遗憾了！他羡慕那些会写作的人。有时候，某些中央报纸的记者也顺便来工厂访问，虽然这种事不太多。契比索夫很喜欢陪他们一起参观车间，和他们聊聊天。有一次来了一位莫斯科的作家。契比索夫把他留在办公室里谈了整整一天，晚上又请他到自己家里，介绍给妻子和孩子们，殷勤地招待了他，最后还留他过夜，但作家没留下，说他睡前还要工作一会儿，但文件夹在旅馆里，所以必须回去。契比索夫躺下睡觉时还在想像着作家在自己房间里办公桌旁工作的情况：他的笔尖在纸上飞跑着，倾泻出一行行的词句，当你读这些词句时，会觉得它们是那么简单，那么平凡，好像它们只能是这个样子。但当你自己拿起笔来时，这些词句就不知跑到什么地方去了。

虽然契比索夫过去从没有听说过这个作家，也没读过他的任何作品，但对他仍然很尊敬，允许他到任何车间去，回答他提出的任何问题。作家在回莫斯科时，再三向他道谢，答应给他寄书来，并且要亲笔题辞。契比索夫耐心地等了几个月，可是书一直没有寄来。这又有什么，各人都有各人的工作，一定是莫斯科沸腾的生活把作家忙得晕头转向，忘却这事了。

这些来去匆匆的访客，正像人们常说的，只不过是工厂太空里一掠而过的流星。常和契比索夫交往的是本地报纸的编辑布绥林。他是个新闻记者，战前到过国内很多地方；他换了不少个编辑部，战后就在这里定居下来。他和契比索夫是打猎时认识的。两人有时也互相拜访，但打电话交谈的次数居多，而且多半是由于编辑部收到了批评工厂的稿件。在这种情况下，布绥林往往说："安东 · 叶戈罗维奇，你要注意，如果你不妥善地处理掉这件事，我们可就要干预了。"契比索夫也知道编辑部真会来干预的。有一次就在报上痛责了厂长，批评他拖延贯彻两个合理化建议。建议本身倒是鸡毛蒜皮的小事，但报纸却把它弄得轰动全省，最近还在《真理报》上转载了。

布绥林知道契比索夫向往写作，有一次便对他说：

"你参加我们编辑部组织的文学小组吧！可能会有收获的。参加小组的人都很认真。有你们厂的几个工程师，工人就不必说了，很多，有十五个，一位女医生，一位区委的领导同志，还有几位教师，再加上我们的记者。一般说来，是个不坏的集体，对你不会有失体面。"

"不，不去，我没有作品。你们那里要分析谁写了什么，可我没什么东西好分析，我只不过有愿望。不行，没希望，我的朋友。上帝安排人做什么，就做什么吧！"

契比索夫在厂里走了一圈，回到自己的办公室。刚坐下来，电话铃就响了。真巧，说到布绥林，布绥林就打电话来了：

“安东·叶戈罗维奇！你好！我的朋友，有人告你的状。”

“我吗？每天都有告状的。费多尔·费多罗维奇！我已经习惯了。也开始锻炼自己的免疫力。”

“你有这样一种战斗情绪很好，但我得警告你，事情很严重，安东·叶戈罗维奇！有个工程师是这样写你的，你听着：‘即便不从我的建议有多大的价值出发——它可以节约几百万卢布——也不能不对契比索夫的态度感到愤慨。我激动地向他提出我的建议，对他推心置腹，他却麻木不仁地坐在他那厂长的安乐椅上，两只冷酷无情的眼睛望着我，活像养尊处优的高官显贵。’”

“停一停，什么养尊处优，高官显贵，真是这样写的吗？还是你开我的玩笑？”

“我为什么要开你的玩笑？今天又不是四月一号[①]。我继续往下念吧：‘幸而并非所有的人都是如此，也有作风与他完全不同的人。最近市委书记戈尔巴乔夫同志接见了我……’”

“这是克鲁季里契写的！”契比索夫打断了他的话，“关于高炉车间集中检修的问题。”

“正是。这么说，你已经感觉到自己有错了？”

“感觉到了。这个狡猾的家伙！关于戈尔巴乔夫的作风他谈了些什么？”

“他这样写的：‘戈尔巴乔夫同志身体可能不太舒服，我亲眼看见他手按着心脏。但他认真地听我的话，最后他说我完全正确，他支持我与厂里的官僚主义作斗争，并留下了我的说明书和全部材料，等下

① 指欧洲传统的愚人节，在这一天可以互相说谎取笑。

次见面再还给我。他态度谦虚，对人关怀备至。这才是真正的领导人，名符其实的布尔什维克，不愧为群众的教导者。’”

“既然市委已经答应支持他，那么他还要求编辑部做什么呢？”

“要求我们登载他的文章。刚才读给你听的那篇是附文，还有一篇是关于集中检修的。我认为这篇文章写得很有道理。安东·叶戈罗维奇，归根结底，你们的检修究竟是怎么回事？”

“我们早在两年前就根据工人的请求把它下放到各个车间去了。试验的结果，这样做是成功的。”接着契比索夫详尽地叙述了这件事的始末，最后他说，“总之，我一定处理这件事，要找找过去的材料。如果你愿意的话，我们就一起来研究。”

“好！你给我打电话吧，我一定来。”

契比索夫放下听筒，按了按电铃，对进来的秘书说：

“卓娅·彼特洛芙娜！您坦白地告诉我，我的眼睛是冷酷的吗？”

“您怎么啦，安东·叶戈罗维奇？您是不是不舒服？”

“我是不是养尊处优的高官显贵？”

“我一点也不懂。”卓娅·彼特洛芙娜站在办公室中间，惊奇地耸起双肩，摊开两手。

“您是在装模作样，不愿伤首长的心……那么算了吧。上帝保佑您，给我叫个人来，是谁负责档案室？”

于是，卓娅·彼特洛芙娜就这样耸着双肩，两手摊开着走了出去。

8

阿尔连采夫没有到莫斯科去见尼古拉·费多罗维奇和扎哈尔·彼得罗维奇，也没到工段上去工作。厂里把他先安置在总工艺师手下做一名工程师。他和新同事们相处很随便，但同时却又不失尊严。他懂得很多，什么都会，到了科内第一天，就写了一份极重要的材料，使得总工艺师佩服得把工程师们一个个请到自己办公室来看这份材料，并说：“我的老弟，真是人才，不是一般的，是了不起的人才。到底是部里的干部。”

第二天，阿尔连采夫请了两个工程师去吃饭，一直吃到饭店打烊，账是他付的，怎么也不让别人掏钱。第四天又请了两个，玩到半夜了，但他们还没尽兴，又不知从哪儿弄到一条小汽船，黑夜里在海面上驶来驶去，到处溅起泡沫浪花。这在此地看来是那么不寻常，简直是神话传奇。年轻的工程师们让这位新同事给弄得神魂颠倒。阿尔连采夫向他们大谈部里的见闻，谈部长和领导干部们的逸事，这些都是他们闻所未闻的。他在莫斯科交游很广，不仅熟识部里的人员以及冶金专家们，而且还和演员、画家、作家们有来往。他笑着说：“听说有一个一点名气也没有的末流作家偶然来到这里就把你们厂长给迷住了。等着吧，当然不是现在，过一段时间，冬末或是春天，会有人到我这里来做客的。你们猜是谁？”阿尔连采夫说出了几个作家的名字，这使大家惊讶得屏住了气。可能吗？这些人都几乎算得上古典大师，甚至很难想像他们还活在世界上。

有个星期天，阿尔连采夫租了一条汽船，组织了一次游览。汽船沿岸驶去，在离岸不远的清静的海湾里停了下来。大家跳下船，从沙坡上走下去，走到一座长满野梨、野苹果的小树林里。这时大家才发现坐在驾驶员旁边一直没讲话的那个胖子，不像他们估计的是驾驶员助手，而是旅馆餐厅的厨师。他篮子里的东西都是用来烤羊肉的：用醋和酸酒泡过的羊肉、串条、铁篦子，甚至还有干橡木块。厨师在摊开的毛毯上面铺上从餐厅带来的干净桌布，摆上了各色各样的酒菜。阿尔连采夫请大家都斟上酒，然后简单地谈了几句话：

“亲爱的朋友们！请允许我这样称呼你们，因为就在这短短的几天里，我已经发现你们都是善良、诚实、友好的人，你们的工作很多，非常多。因此，亲爱的朋友们，我坦率地说，我们的生活很枯燥，我们太不会开心了。”

“对呵！”立刻就有两个人喊起来。阿尔连采夫继续说：

“我们所谈的，所议论的除了工作还是工作……”

“这也对呵！”

“所以我要号召你们：撇开这些公事吧！别再谈它，也别再去想它。让我们自由自在地过日子，让我们来加强我们之间的友谊吧！因为友谊——这是人最宝贵的东西。朋友们！为友谊干杯！”

“干杯！”在叮当的碰杯声中，大家都喊了起来。

不一会儿，烤羊肉上来了。香喷喷的使人垂涎三尺，吃起来味道可真美。有些人还是第一次吃这种菜。个个吃得心满意足，赞不绝口，又说又笑，心里想着莫斯科的生活该有多么了不起。嗐！莫斯科呀！那儿都是什么样的人物，什么样的气派呀！

阿尔连采夫主持这次野餐，他很沉着，脸上总带着有点儿嘲讽意味的微笑，这种微笑令人感到好像是在褒奖人，又好像是在以长辈的身份教训人。大概他酒喝得最多，但举止丝毫不失分寸。他会喝，喝起来很轻松，这也表现出一种气派！

第二天，科里不少人都由于不习惯喝酒而感到头痛。但谈起昨天的情景来，个个还是那么兴高采烈。

有一个工程师走到阿尔连采夫面前说：

“请原谅，康斯坦丁·罗曼诺维奇！我想问您一个小问题。请原谅……这次……这次野餐花费可不小吧？”

“您是不是想知道我从哪儿来的钱？”阿尔连采夫微微一笑，亲切地搂住这位工程师的肩膀，和他并排在走廊里走着说，“刚刚出版的九月号……”他说出一本综合性的杂志的名字，“里面有我一篇文章，很长。正确些说，不是文章，是些思想随笔，题名《一个工程师的札记》。我正在考虑改组工业领导的途径问题。在我们的实践中不少例子可以证明，问题不在于缩减机构，机构可以缩减，也可以不缩减，这不会有多大效果。主要的是应该使领导机关，包括各部门和各管理局的专业划分更细一些，这样，领导就可以更具体，业务能力会更强。您认为怎样？”

“毫无疑问，是这样的。”

“这就是钱，”阿尔连采夫突然结束了自己的谈话，“我得到一笔稿费——几千卢布。我不是吝啬鬼，我乐意和同志们在一起坐一坐，吃吃喝喝。您知道，我一个钱也积存不下，正像马雅可夫斯基所写的那样：‘虽然是个巧木匠，却是一件家具也没送回家’。……”

阿尔连采夫也常到市报编辑部去，并认识了布绥林，他们常常谈论技术方面的新成就，也常常谈论莫斯科。阿尔连采夫对编辑部说：可以把他看做是一个作者，当然也不要指望得过多。在这儿，阿尔连采夫也说将要有著名的作家到他这儿来做客。“这可太好了！”布绥林高兴得叫起来。“能和这些文学大师会见，对我们的文学小组来说，将是一个转折点。给我们安排一次会见吧！我这一辈子都感激您。”阿尔连采夫请布绥林不必怀疑，客人们如果冬天不来，初春就一定会来。阿尔连采夫在编辑部的工业组呆了很久，和组长及两位工作人员谈了话。他很关心市级领导机关对工厂和厂长契比索夫以及一些主任、工程师们的印象如何。他们把这些都详细地讲给他听了。他翻了翻报纸的合订本，并在自己的笔记本里做了一些摘录。

在工厂里，阿尔连采夫碰到了厂长的秘书，卓娅·彼特洛芙娜。这是一个浅黄头发、高高个子的女人，有三十多岁。阿尔连采夫走上前去，像个老相识似的向她问好。虽然他只到厂长那里去过一次，卓娅·彼特洛芙娜却一下子就认出了他，并想起了他那对聪明而神色困倦的眼睛，那白得过早了的头发、安详而庄重的举止；这样的人相信，生活中的一切都会按他所需要的那样安排，不会是另外一个样子。

“今天我们一起看戏去。”他和她握手时说。

“今天我不能去。”卓娅·彼特洛芙娜回答说，有些不知所措。

“那就明天。”

“明天也不行。”

“那么什么时候呢？”

“很难说……”事实上卓娅·彼特洛芙娜也真感到为难了。话一开口就使人很难断然拒绝，而这种邀请也没法使人感到惊奇，但又很难用一种敏捷而又恰当的语言来确定自己和这个人的某种关系。看来问题只在于时间了——不是明天就是后天。“很难说。”卓娅·彼特洛芙娜又重复了一遍，“工作很多。”

“好吧，”他又一次轻轻地，但很温柔地握了握她的手，并说，“一切都由我来安排，再见！”

过了几天，卓娅·彼特洛芙娜在自己的办公桌上发现一封信，信封里装着一张戏票。她知道这是什么意思。这就是说：阿尔连采夫手里也有一张，他们要在剧院里见面。戏票的日期恰恰又是星期六，而星期六晚上她是有空的；再也无法推辞了。

“这真讨厌。”卓娅·彼特洛芙娜想。她不知道该怎么办才好。她有什么理由要和一个素不相识的人去看戏？但是，另一方面，要是不去，人家不会认为我太乡气了吗？真笑话，您看：这位小姐拒绝了别人的邀请，只是为了怕别人背地说她的坏话。

卓娅·彼特洛芙娜犹疑了半天，想出一大堆托词，但自己又一一反驳掉，结果还是到剧院去了。阿尔连采夫在门口等她。他穿得很随便，但显然是经过一番考虑的，他的身上微微散发着一种香味，这种香水不像卓娅·彼特洛芙娜所知道的那些。他很高兴，也很客气。

幸好，在剧院里一个熟人也没有碰到。卓娅·彼特洛芙娜也高兴起来了。

剧目是新的。剧作者虽然没有什么天才，但善于捉摸观众的心理，刺激他们的神经。剧的全部过程就是大家都在欺侮一个好人。党组织、工会、行政领导以及一些个别的令人讨厌的人物都在欺侮他。他在生活的海洋里苦苦挣扎，因此引起了观众的怜悯，而一些妇女——那人类中软弱的半数，竟洒下了同情的泪水。

第三幕结束时，阿尔连采夫说："扮演主角的那个古良也夫是个天才非凡的演员。您认识他吗？"

"看您，我怎么能认识他？"卓娅的脸都红了。她简直不能设想她能和本市最著名的演员相识。

"那好，等这场戏完了，咱们到后台去向他祝贺。"

"您认识他吗？"

"我是第一次看他演戏。但这没有什么关系，亲爱的卓娅·彼特洛芙娜。"

剧终时，这个好人终于从不公平的待遇中挣扎了出来，妻子和女儿高兴地拥抱着他。他高傲地昂起头凝视着剧场的最高处，表示他在瞩望着光辉的未来。

阿尔连采夫和卓娅走进后台化妆室时，古良也夫正在卸妆。

"请原谅，亚历山大·里沃维奇，"阿尔连采夫一面说着一面把双手伸给古良也夫，"请原谅，我们打扰您了，但是我们不能不向您祝贺。非常感激您使我们得到这样的艺术享受，您演得太好了。"

"很高兴，很高兴，请坐吧！"古良也夫回答得相当冷淡。

"我们稍稍呆一会就走。希望您不会拒绝和我们一起吃晚饭吧。"

"吃晚饭？在哪儿？"

“随您的便。可以在‘斯巴达’，可以在‘海鸥’，也可以到水上餐厅去。”

“没有什么好吃的，我的朋友们。”

“我担保这一次一定会有好吃的。”

古良也夫在考虑。卓娅望着阿尔连采夫，感到很窘，同时也感到吃惊，阿尔连采夫对待这位演员是那么随便，那么轻易地邀他一起去吃晚饭，而尤其使她不安的是阿尔连采夫并没有征求她的同意，他若征求她的意见，她一定会拒绝的，但现在是很难拒绝了。看样子，古良也夫马上就会同意。要是这时她突然说她不愿同他们一起去，这可有多不好意思？而且也不礼貌。那样就会把事情弄得很僵。但是，她要是跟两个男人一起到饭店去吃饭，又得担些什么样的风险呢？首先，她不知道阿尔连采夫和古良也夫会对她有什么看法，要知道，已经是十一点多了。其次，如果让厂里人，特别是契比索夫厂长知道了，该多难为情啊！假如阿尔连采夫和古良也夫是她的老朋友或是熟人，那当然是另外一回事。可这是第一次见面，就要到饭馆去！

“好吧，一起去吃晚饭。”没等她考虑好，也没等她做出什么决定，古良也夫就同意了。

他们坐上一辆出租汽车，到山岗上的海鸥饭店去了。如果在白天或是在月光明朗的夜晚，从这儿可以看到整个城市和大海。但是今天夜里的海上却是漆黑一团，海洋在狂啸。城市上空落着绵绵小雨。

饭店里人很多，但阿尔连采夫马上找到了饭店的负责人，于是他为他们拿来了一张备用的小桌。紧跟着来了个服务员，甚至厨师长也出来了。他向阿尔连采夫问好，像对待一位有地位的老顾客似的。阿尔连采夫连菜单都不看，就点了一些酒菜，厨师会意地点着头，说：“可以，尽力照办。”服务员把点的菜记了下来。古良也夫也活跃起来了。“能不能来个蘑菇素烧鲟鱼？”他问。“怎么不能呢？当然可以，不过要等一下。”

“以前有个时期，”点好菜后，古良也夫好像是在为自己辩解似的说，“以前有个时期我很讲究吃。二十年前，列宁格勒的阿斯托里亚饭店，莫斯科的格兰特饭店，都会做这种素烧鲟鱼。”

酒菜很快就送上来了。他们两人喝了一杯酒，卓娅·彼特洛芙娜也跟着干了一杯。接着就聊起来了。阿尔连采夫说：

“你们这座城市很美，从莫斯科搬到这儿来，我一点也不后悔。”

“您从莫斯科来？”古良也夫问，“到这儿来有什么事情？要呆很久吗？打算做些什么？”

“我是想呆很久的。我是工程师，刚到这儿的厂里来。”接着阿尔连采夫就说，他想在金属冶炼工艺过程中采用一些新成就，改变某些东西。看样子，他的气魄很大，思路很广，观点也很全面。

又干了第二杯，接着第三杯。第三杯卓娅拒绝了，他们也没有勉强她。话题已转到了艺术和戏剧方面。

卓娅赞叹地对古良也夫说：“您演得真好！我都掉泪了。”

古良也夫忧郁地摇了摇头。

“您过奖了，可爱的妇人，而我，由于这个角色，也想痛哭一场。这角色不该我来演，整个剧对我也是不合适的。我是男低音，可敬的朋友，我是男低音，而我扮演的却是个男高音。曾经，是呵！曾经……”

他陷入了回忆。卓娅对这些很感兴趣。她目不转睛地注视着古良也夫。阿尔连采夫抓着空就对她轻声说：“注意！我要嫉妒了。”她微微一笑，用手碰了碰他的手，意思是说：不要嫉妒。使她感到奇怪的是：和这么两个人意想不到地碰在一起，是这么突然，也有些不习惯，但却一点也不感到拘束难堪。显然，这是由于他们对她并没有表现出一般人在饭店里所特有的那种庸俗的、故意做作的殷勤。而通常，“男友”和“伴侣”们一进了饭店，便开始了那种败兴的客套。他们总是这样：从服务员那里拿过菜单，递给你——女人，并说：请“女士”点菜。你两眼在菜单上看来看去，但什么也提不出来，结果还是由男人来点。他给你斟点酒或者是水，而在这以前总是先往自己的杯子里倒一点。账单他是不给你看的，匆匆忙忙把钱递给服务员，并频频地做着无所谓的手势，意思是说：“不用找了。不用。”服务员便鞠一个躬，道声：“再见！”并含含混混地咕噜着什么“二十——七十”的，接着名字爱称也上来了。卓娅·彼特洛芙娜虽然并不常到饭馆里去，却也看到每张桌上都重复同样的客套。

但跟古良也夫和阿尔连采夫在一起，却完全不是这个样子。他们都没有遵循这些愚蠢的客套，就像在家里一样随便。卓娅·彼特洛芙娜不是他们献殷勤的对象，而是与他们平等的人。她感到坐在桌旁的是三个人，而不是两个半。

“您是一个洞达世故的人，”古良也夫对阿尔连采夫说，“您很能喝酒，有古代人的豪兴，不俗气。”

阿尔连采夫对这种评语却装做没有听见似的。

“关于男低音和男高音的看法，您是对的。您有演悲剧的天才，日常生活之类的戏对你并不合适。您应该扮演领袖，而不适于扮演被侮辱的人，就是说您只适于演史剧，不管是古代或近代的，只要是历史剧。然而现在哪有适于您扮演的领袖人物呢！领袖人物只能在历史的转折点或者是在国家和人民受到严重考验的年代才会出现。可是在我们的国家里，一切都是按照计划进行，我们的领袖就是计划。我们都成熟了，只要计划做得好，考虑得周到，就不需要任何领袖。因此，亚历山大·里沃维奇，您或者扮演历史人物，或者扮演现代的普普通通的劳动者，表现他们的喜怒哀乐和日常生活。这就是现实！在我们的社会里，由于我们互相进行教育，所以人们也逐渐没有什么区别了。

这您避免不了的！”

“请问，难道您认为您自己和别人也没有什么区别吗？”古良也夫惊讶地问，“也许，您认为您和那个坐在角落里那张桌子旁，对服务员大吵大嚷，无理取闹的黄头发的蠢货，也没有什么区别吧？”

“为什么要把事情简单化呢，亚历山大·里沃维奇，”阿尔连采夫笑着又斟了一杯酒，“我说的是个过程，是一种趋向，而完全不是说这个过程已经完成，而且已经在我们身上有了某种反映。我们这辈子还是有足够的个性的。至于将来，不值得去看它。”

“最好还是多看看酒瓶，是不是？”

“我们之间发生了一点小摩擦。但这也是我们结交的开始。”阿尔连采夫说，“希望我们的交往不要在今晚就结束。真正的相识一开始总是不太顺利的。”他一杯又一杯地喝着。但古良也夫的酒杯却总不见空，因此，到饭店快打烊时，三个人中，醉得最厉害的，看来是阿尔连采夫。

“诚然你对一切问题的看法都还不成熟，你还年轻，但你还算是有头脑的。”当阿尔连采夫坦然地付了钱之后，古良也夫说，“至于这副头脑会把你引到什么方向去，那当然又是另一回事了，完全是另一回事……”

他们坐出租汽车走了一半路，以后就在蒙蒙细雨下步行。他们又谈起了艺术，谈到戏剧和绘画。古良也夫答应把阿尔连采夫介绍给一位画家，一位可爱的小伙子。问阿尔连采夫在莫斯科时知不知道维塔里·卡扎柯夫。

“当然，听说过。平平常常，但却很能干，嗅觉还算灵敏。”

“对于一位画家，一位出色的创造者，嗅觉是指的什么呢？”古良也夫说着把脚步停了下来，“你是想说鉴赏力吗？”

“是嗅觉，亚历山大·里沃维奇，嗅觉。就是说，要跟得上时代的脚步，不要落伍。落后的人是要挨打的。”

“你醉了，朋友，醉了。也许你不理解我们这些创作美好事物的人。我亲爱的，你是工程师，你只懂得金属，但对艺术您却一窍不通。嗅觉对于猎狗是可贵的，但对画家来说我真不知道它要把他引到哪里去。老兄，你不怀好意；不能冤枉维塔里。你该老实承认，你并不知道他，只不过是听到过他的名字，因此不能胡说八道。维塔里对我来说是宝贵的，懂吗？等我为你们介绍一下，你自己会看到他是个什么样的人。”

古良也夫告别后就走了。阿尔连采夫挽起卓娅那冻得冰冷的手臂，她警觉地闪开了。她那独居已久的青年女人的经验告诉她，这就要开始那种讨厌又无聊、单调又庸俗的纠缠了。大概这个晚上到现在她才第一次后悔接受了阿尔连采夫的邀请。到剧院去倒也罢了，为什么又跟着去饭馆呢？……

但阿尔连采夫并没有纠缠她。他谈起他的中国和捷克斯洛伐克之行。显然他的醉意已经过去了；两只眼睛在路灯的照耀下，显得和以前一样的困倦而又聪明。不，这不是卓娅近年来所常遇到的那些人，看来，这个人比他们都好，更有意思，更富于感情。看他知道多少东西啊！

“我说，难道您对这个女秘书的职务感到满意吗？”阿尔连采夫说。

“干吗非要说女秘书呢？就是秘书。”

“反正是一回事。”

“不，这不是一回事。我是安东·叶戈罗维奇的助手。你不要以为我坐在那儿只是为厂长安排客人的来访。我有许许多多的工作，而且并不是所有的工作都那么没意思。您这样讲是没根据的，康斯坦丁·罗曼诺维奇。”

“如果是我错了，就请原谅。您的这位首长契比索夫怎么样？是个大官僚主义者吧？”

“他是个非常好的人，康斯坦丁·罗曼诺维奇！可是前几天他突然问我：‘我的眼睛是冷酷的吗？我是个养尊处优的高官显贵吗？’这可叫我差一点坐到地板上去，心想：‘他莫非是病了，在发烧吧？’看他是那么伤心。后来我才知道，这些话是一位工程师骂他的，把他告到编辑部去了。”

“这位工程师告什么状？为什么？”

“为什么？我们为这事还翻了档案。他提过关于什么新检修法的建议，其实完全是旧东西。对这种方法谁也不感兴趣，这就闹了起来，说厂长是个官僚主义者，是高官显贵。”

“这个工程师是哪儿的？”

“是技术学校的，姓克鲁季里契。”

“愿上帝保佑他吧！”阿尔连采夫说。接着便谈起他有一次去阿尔泰山打豹子的事来了。

不知不觉他们走到了卓娅的家。阿尔连采夫吻了吻她的手，这使她很惊慌失措。然后，他就迈开他那从容不迫的脚步走了。这个人是不会轻易着急的。

9

高炉车间里刚刚开完党员大会。会上除其他问题外，还讨论了叶菲穆士金的行为，他喝醉了酒倒在街上被送进拘留所关了一夜。

“同志们，那天我给母亲送完葬，”叶菲穆士金解释说，“你们是知道的，从坟地上回来，心里那么难受……人只有一个母亲哪，再不会有另外一个了……我跑进店里买了一小瓶酒，本想留一半以后再喝，可是忍不住，难过得厉害，就一口气都喝了下去。自然，身上没有劲儿，软下来啦，实在不能动了。”

虽然大家都同情这个炉工，但还是做了决定：给予批评，警告他下次不许再犯。一个老头儿对他说：“别给我们大伙儿丢脸。”

大家走了出来。九月的傍晚已经有些冷了。几座高炉排成一列，耸立在黑黝黝的海边，在苍茫的暮色中威严地啸叫着。高炉上面不时闪烁着通红的火光，那是铁水流进铁水包时发出来的。

伊斯克拉·卡扎柯娃和工人们告别后，一个人往前走着，心里依然记挂着叶菲穆士金的事。这件事使她想起维塔里也被古良也夫灌得大醉一场。

伏特加真是一种奇怪的东西。它能把一个人改变得多厉害呵！一个聪明利落的好人只要多喝了这玩意儿，就会完全变了样：胡诌瞎扯，自己也不知道说些什么。干出的蠢事，醒过来都能羞死。难道就真的少不了这种毒物？难道就不能禁止生产和出卖伏特加？难道就真的扔不下它？

“伊斯克拉·瓦西里耶芙娜！”她听到有人在叫她。这个有些粗鲁，但却很威严的嗓音对她说来已经熟悉了。是的，这当然是他。在她肩后站着的正是季米特里·叶尔绍夫。

“实在，今天可真是凑巧，”他说，“我也在等汽车，今天试轧了一次十吨重的钢锭，所以耽搁了。”

“怎么样，能成吗？我指的是钢锭。”

“能成。”

“祝贺您。”

“谢谢！我看咱们别等了，走吧，好吗？”他建议说，“不是说现在人们缺乏氧气吗？整天除了在房子里还是在房子里。”

伊斯克拉自己也不清楚为什么竟同意了不再等汽车。也许是因为被萧瑟的秋风吹得发冷的缘故。两人步行着，谈着十吨重钢锭的事，谈着为了顺利地轧这种钢锭所必需的条件。伊斯克拉不仅懂得炼铁，而且也熟悉全部冶金生产，熟悉整个黑色金属的冶炼和加工过程。他们谈的都是业务方面的问题。后来季米特里谈起他如何第一次走上轧钢机，掌握这个庞然大物是如何不容易，不仅你自己要习惯于它，还要使它驯服于你。

“请您告诉我，季米特里 · 季莫菲耶维奇！”伊斯克拉问他，“只是请您不要为这个问题生气：您也喝酒吗？”

“还有谁喝呢？”

“不是的，我只是随便问问，您喝还是不喝？”

“我有时候也喝一点儿，伊斯克拉 · 瓦西里耶芙娜！”他回答得很清楚，似乎是在课堂上回答功课，“不过我并不喜欢这个。我看不出喝伏特加有什么好处。”

“您是不是也曾醉成那副腔调……喏，该怎么向您说呢……？”

“我也曾大醉过。有好几次。第一次是当我看到自己竟成了这么一副样子的时候，那还是在游击队里的事。一连两天都没能把我弄醒。第二次是在军队里，也是为了同一个原因。还有两次是在回到家里以后，原因么，伊斯克拉 · 瓦西里耶芙娜！还是一个。”

伊斯克拉不做声了，她借着路旁的灯光侧目端详着他那道纵贯全脸的可怕的伤疤。然后又问他：

“那么现在呢？”

“现在怎么？”

“还喝不喝了？”

“很少。我要是喝的话，那还是为了同一个原因。假如无缘无故，仅仅是为了寻开心，人们是不会老喝酒的。”

“您这样想吗？”

“我相信是这样的，偶然喝一点可能没有原因，但是常喝就不然，你总能追出根来。”

“那如果，我们假定……不，不，这只是我这么想。”伊斯克拉一边走着一边想季米特里可能是对的。就拿演员古良也夫来说吧，他为什么老喝酒呢？他自己曾告诉维塔里说他不满意现在的工作，分配给他的角色都不是他所喜欢的，他渴望能扮演真正的英雄人物。但除此而外，可能还有一个最主要的原因，就是他所爱的女人，维塔里的母亲死掉了。或者拿季米特里的大哥普拉东来说……他在战争中失去了妻子，现在是个鳏夫，年纪已经不小了，这种年纪再结婚也不容易，因而很苦闷。

“可是，如果我们假定，”伊斯克拉终于还是说了出来，“假定有一个男人，他有一个很好的妻子，在家里什么都为他准备得好好的，让他过得舒舒服服的，要是他也喝酒，那又该怎么解释呢？”

“那就是说，他心里有什么事瞒着他的妻子，也可能，这个妻子并不像自己所想像的那么好。”

“不，不，这都不对，都不对！”伊斯克拉断然说道，“这是放荡，颓废，而不是别的。如果按照您的理论，那么酗酒的现象就消灭不了啦！因为每个人的生活中总会发生什么不愉快，甚至是沉痛的事情。生活就是生活。应当教会人们善于克制自己。我们并没容许自己吸食鸦片或者麻醉剂呀！而这些东西，据说人要是想遗忘和摆脱生活中的痛苦和烦恼的话，要比伏特加有效得多呢！”

季米特里没有做声。伊斯克拉问他：

“您没有听我的话吗？”

“我听着呢。”

“也许，我这些话使您感到厌烦？但人们这么大喝特喝很使我不安。生活是多么美好，根本用不着喝伏特加。生活中有那么多的乐趣，只是要会注意它，利用它。请原谅！这个伤疤对您的生活有很大的妨碍吗？”

“有时候我曾这样想，有朝一日我若是找到那个在我脸上砍一刀的坏蛋，我一定要用你们妇女修指甲的小钳子一小块一小块地把他撕得粉碎，即使花上一个星期，甚至一个月的时间也在所不惜。我恨他们，这些跑来杀害我们、摧残我们的该死的东西！”他停了一会儿又说，“可是又说回来了，事实上不论什么人，我也不能用钳子把他撕碎的，伊斯克拉·瓦西里耶芙娜！我只不过是说说大话罢了。我们不是那种人，没受过那样的训练。在我们游击队里曾经有过这么一件事：在一次战斗中我们损失了七个同志，三个牺牲了，四个受了伤，没能救出来，被敌人抓走了。当然，他们受尽了可怕的折磨。敌人用有刺的铁丝把他们绑起来，吊到树上，在下面烧起火堆。当我们找到他们时，已经只剩下一堆灰了……我们发誓要用世上前所未有的最可怕的手段为他们报仇。是呵……在另一次战斗中，我们运气来了，捉到了十一个希特勒匪徒。审问结果弄清楚正是他们折磨过我们的同志。当时我们的队长是个顿巴斯矿工，他说：‘弟兄们！分成小组，每组分一个，谁想怎么惩办这些人类公敌，就怎么惩办吧！’您猜怎么着，伊斯克拉·瓦西里耶芙娜？我们按规矩进行了审判，结果是以苏联人民的名义把他们判处枪决。这就是我们所给的最严厉的刑罚。我们苏维埃人不是野兽，不能折磨活人。”

伊斯克拉仔细地注视着季米特里的脸说：

“可是我似乎觉得，只要能达到目的，您这个人是什么事都干得出来的。”

“这完全是另外一回事，”他回答说，“力求达到目的，不妥协，坚持不懈，这是一回事，而残暴却完全是另外一回事。希特勒匪徒是残暴的，可他们什么也没有做到。我们的一切作为都合乎人道主义，但我们却把希特勒的国家给埋葬了。”

“季米特里·季莫菲耶维奇！如果提起这些事不使您太难过的话，请告诉我，是什么人用刺刀……是什么时候、在什么情况下把您砍伤的？”

“是在很平常的情况下，四一年秋天希特勒匪徒来到了这里，厂里的人有的走了，有的留了下来。留下来的人里头有人是没有来得及走掉，有人则是因为别的原因。我是为了父亲耽搁下来的。我想说服他老人家一起走，但他却坚持自己的意见，说：‘我年纪都这么一大把了，难道还能像兔子一样从自己家乡溜掉吗？’我不但没能说服父亲，连自己也耽搁下来，想走也来不及了。我就和父母一起呆在家里，心想，城里大概有地下组织，怎么才能和他们取得联系呢？可是不早不晚就在这个时候，希特勒鬼子找上门来了，说什么：是轧钢工吗？走吧！到工厂干活去，为伟大的军队去生产钢铁。我和老爹爹一起去了。老爹爹说：‘我们给他们干活吧！干得叫他们一辈子也感恩不尽。’我们到了工厂，大门上已挂上了一块招牌：‘格尔曼·亨利钢铁公司’。父亲被派到高炉上去，他原来就是那儿的，我也被送到老地方——轧钢车间去修复机器。有一次车间里出了这么件事：来了两个家伙，领章上有一道闪电，就是说是党卫军分子。也不知道是他们喝醉了，还是蛮横得过了火，竟直直地向我奔来，好像他们面前没有人，是块空地一样。我站在那里，也像父亲那样想：我又不是兔子，在家乡的土地上我谁也不怕。总之，我站在那里，一动也不动。一个家伙朝我当胸一拳，我由于没提防，就跌倒了。摔到地上的时候，我顺手抓起一根铁棒，跳起来就那么一下子……”

“那么，究竟是谁呢？谁把您砍伤的？”

“于是警笛一响，人们都跑来了。把我这个罪犯捉起来捆上送到地沟里。我想跑掉，赶快跑掉，可是两只手臂反绑着，怎能跑得快呢？

几个兵赶上我，一个家伙就用刺刀……算了，伊斯克拉·瓦西里耶芙娜！”季米特里摆了摆手说，“我们不再谈这些事了。枪毙也枪毙过了，可是我现在还活着，并且也不想死，还要活好久呢！”

他们竟没有觉察到，他们早就走到了伊斯克拉住的房子旁边，也许他们还要在冷风里站下去，可是维塔里不知刚从什么地方回来，走到他们跟前，从背后把伊斯克拉搂住说：

“伊斯克拉！回家去吧！怎么？你刚从厂里回来吗？会怎么开到这么晚？真是开会迷了。和你在一起的这位是谁？来介绍一下。”他很高兴，满脸堆笑。

伊斯克拉把季米特里的姓名告诉了他，可是把维塔里介绍给季米特里时，只说了声：“我的丈夫。”

“同志！请到我们家里坐坐吧！”维塔里殷勤地邀请季米特里，“我们总还能找到些什么吃的，是吗，伊斯克拉？”

“我急着回去，”季米特里断然拒绝了，“家里有人等我。”他告了别，迈着他那坚定的大步走去了。

当然，家里没有任何人等着他，只在星期六才会有人等他，而今天是星期四，但他不愿见到卡扎柯娃工程师的丈夫。也可能这位丈夫是世界上最最好的好人，但不管怎么样，他都没有任何与他结识并到他家做客的愿望。他心中浸透了一种不愉快的、莫名其妙的委屈情绪。真奇怪，这种情绪是从哪儿来的呢？是怎么来的呢？他平时不总是骄傲地说吗：谁要是委屈了他，就叫那人活不到明天。

10

维塔里·卡扎柯夫对自己的工作不能有什么抱怨。伊斯克拉极为喜爱的那幅炼钢工人像卖出去了，还是莫斯科的采购部门特地来买的。《渔夫》也拿去展览了。房间四壁上又添了好几幅人物画和风景画。有了钱，有了愿意工作的好情绪，还能需要什么呢?

在莫斯科的时候，特别是最近几年来，维塔里虽然也工作了，可是没有任何兴致，心里很不痛快，只不过是为了挣几个钱谋生而已，所以构思很难。有一次他走过苏维埃大厦，那是个七月的夜晚，天已经快亮了，可是窗内却依然灯火辉煌，从里面传出来管乐队的吹奏声，隐隐约约还可以看到白色的衣裙闪过。他向门警打听里面在干什么，门警告诉他说，举行全市获得奖章的优秀中学毕业生联欢晚会。他在窗下站了一会，回忆起自己的中学时代，很想进去，可是没有得到准许。但从此这个七月的夜晚一直留在他的脑海，一天一天地逐渐形成了一幅图画：一座楼梯——不是正门口的主楼梯；从半掩着的门里可以看到房子深处，在明亮的大厅里，一对对舞伴正在翩翩起舞。画面上一个穿着咖啡色校服的稚气未脱的少女坐在楼梯旁的窗台上，手里玩弄着一块手帕，一个小伙子低了头站在她的面前。在这中学生活的最后一刻，他们正在倾诉着彼此的爱慕。

维塔里画了这幅画，花了不少力气，色彩涂得恰到好处，看上去生动逼真。在展览会上这幅画很受欢迎，观众站在这幅画前，赞声不绝："多像呀！简直像真的一样！"他为此感到自豪。可是后来从西伯利亚，似乎是从鄂木斯克有人给他寄来一本一九一一年出版的旧杂志，杂志上登了一幅很大的彩色画，使他大吃一惊，这幅画与他，维塔里·卡扎柯夫所画的那幅几乎完全一样：画面上也是一座半明不暗的楼梯，半掩着的门里露出灯火辉煌的大厅和正在跳舞的人们。也是一个穿咖啡色校服的小姑娘，只不过不是坐在窗台上，而是倚墙站着，一个穿着中学制服的小伙子站在她面前诉说着自己的爱情。

维塔里把这本杂志藏了起来，甚至在伊斯克拉面前都没提过这件事。他感到可耻，特别气人的是这幅画上竟连作者的姓名都没有。这就是说有人为了稿费，接受了编辑部的预约，花上天把半天的时间就抹成了这么一幅东西，而维塔里为这幅画却费了好几个月的时间。

又有一次，是个莫斯科夏季的炎热的中午，他走过一条小胡同，在一所破旧的小房子里，一个姑娘正坐在窗口读书。她穿了一件薄薄的连衣裙，两只脚搁在窗台上，长得很可爱，很动人。维塔里一见这幅景象就动心了，他想如果从房内，对着这正午时分明朗的阳光来看这幅窗上读书图该是怎么个情景呢？回到家里，他让伊斯克拉这样坐着试了一下，果然很有趣：光和阴影极为鲜明，色彩绚烂夺目，简直就像印象派的作品。于是他立刻把这个画面记下来，请来一位年轻的模特儿开始画起来。画布上画出来也很鲜艳。

可是当这幅画在展览会上陈列出来的时候，发生的事情却使维塔里久久不能理解：姑娘们走到画前看上一眼就嘻嘻哈哈笑着，赶快走开了；小伙子们用胳臂肘你推推我，我碰碰你，彼此递个眼色，微笑着；老太婆们看了耸耸肩膀；老头子就说"不像话！"直到观众中有人直说出来后维塔里才明白了是怎么回事。一个中年男子对妻子说："这不是叫人看画，是叫你瞅这姑娘的裙子下面。这个画家也真想得出，叫她坐到这么个地方，还给穿上这么薄的一件衣裳。""也就是你一个人才会这么看，就因为你太堕落。"妻子反驳他说："那你就看着吧，看看别人怎么看。"

维塔里也留心看着。果然，这个见鬼的批评家说得对，人们是在看裙子下面。他感到很伤心，可是不久就好了。因为这幅画竟流行起来。好多杂志和报纸上都转载了，而且还印成明信片发行。当又有人寄给他从革命前的旧杂志上剪下来的一张类似的，甚至也是题名为《中午》的画时，他已经不恼火了，虽然如此，他还是考虑起来，为什么会这样呢？为什么他总是重复前人的东西？可能是因为他不善于发现新事物；也可能因为对旧的东西比较熟悉，发现和接受起来比较容易。因为，不管是那些为旧杂志作画的人，还是我们，在学校里读的原都是同样的书本，所学习的也都是那些古典的样品和范作。都是在这久久不变、狭小单调的圈子里转来转去……

他也曾到莫斯科市郊去试过写生。画了不少实物，画面上尽是一幅幅的幽静的小溪，古老的松树，遭过雷击的橡树，摇摇晃晃的小桥，麦垄……“枯燥，枯燥，这是在依样画葫芦。”维塔里很烦恼。

大约有半年的时间，他突然画起女人像来。这使伊斯克拉感到惊讶。他想从这些人体像中找到某些新的东西，某些前人从未发现而只属于他个人的、与众不同的东西。他换了好几个模特儿。最后终于创作出一幅精心刻划的、看来非常悦目的作品。这是一个体态丰腴优美的女人，双手枕在披着金发的脑后，躺在一张黑色的熊皮上。朋友们每到维塔里的画室里来，总要看上很久，说些打趣的俏皮话。伊斯克拉简直恨透了这个裸体女人。一位老画家讽刺地说：“这个画坯子太妙了，再把她加加工画成什么都行。可以当她是等待着朱庇特的达那厄。只不过得把这位太太从熊皮上搬到一个更高贵一些的东西上，再从后面披上一条披巾，要绛红色的。要是再添上些奥林匹斯圣山的风光，也可以把这东西看成是休息着的维纳斯。了不起，卡扎柯夫，真了不起。”

维塔里又开始了新的尝试。他致力于光线、阴影、阳光的探索。这也获得了效果；有弯的，有斜的，可是很鲜艳。批评家们甚至赞赏他的勇气。但展览会上的观众对他的画却相当冷淡。只有一些瘦削的姑娘们在画前站下来说：“这里面是有些玩意儿。画家很有些才能。”

但赞赏和责骂比起来，总归是少多了。对他的指责是多方面的，说他的画里没有真实的生活，说他题材公式化，说他没有给观众任何思想教育。

维塔里不能同意这种攻击。他认为在一切事情上处处都要求有思想性，并且断言如果在风景画里——不管是森林还是田野——不加上一根高压电线杆就必定是没有思想性的看法是荒谬的、愚蠢的。他激烈地反对这种论断和要求，并且结识了一些也不同意在任何作品里都得有思想性的画家。有一次，一个年轻的朋友喝得醉醺醺地在维塔里的画室里大喊大叫："我要像维塔里·卡扎柯夫一样画裸体女人，画她们的肩膀，她们的膝盖。我要看人体一切可能的姿态。什么人能妨碍我这样做？""那有什么，您就画吧！"那个讽刺过维塔里的裸体画的老画家说，"谁也不会妨碍您，就像没有人妨碍鲁宾斯①一样。只不过您要这样做的话，就请比鲁宾斯做得好一点。别画些模仿的东西。假如您不能做得更好，就找寻自己的独特的新内容，是鲁宾斯没能做到，可您却做到了的东西。请您看看，罗丹②都做了些什么，然后加上自己的独创，自己的，自己的，必须是自己的。比如说，匈牙利的斯特罗布在有些地方显然和罗丹很相近，但他的人体塑像却具有和罗丹不同的时代风格，贯串了新的社会精神，新的思想。"唉，又是这个思想。

对维塔里说来，和伊斯克拉离开莫斯科使他获得很大成绩，这是他怎么也没想到的。他画了很多，工作得热情而愉快。且不说画出的风景已完全不是在莫斯科看腻了的那一套，就拿现在竟然很想画肖像来说，也是以前未曾有过的。

那次在门口遇见季米特里·叶尔绍夫后的第二天，他回忆起了季米特里的面孔。虽然在昏暗中他没能看仔细，但看到的一点儿也给他留下了深刻的印象。他想这可是一个坚强的人。他问伊斯克拉能不能把这位熟人想法请到家里来。伊斯克拉断然拒绝了。她说：

---

① 鲁宾斯(1577—1640)，佛兰德斯画家。

② 罗丹(1840—1917)，法国雕塑家。

“他这个人那么凶，又那么固执，你们非得吵起来不可。我不愿请他，不行，我不去。”

可是一种创作的欲望激动着维塔里，这种欲望常常预示他一幅佳作。他是这样地想见季米特里·叶尔绍夫，于是到工厂去领了一张通行证便到轧钢车间去了。

他先是站在一边，久久地看着轧钢机怎样工作。这是一个什么样的庞然大物呵，它的一切零件和部件都大得令人难以置信。他看到起重机从一个个正方形的坑里，就是加热炉或是有盖子的洞穴里取出烧红的钢锭，放进自动推车里，推车又沿轨道把钢锭送进压板机，然后再回去取另一块钢锭，这个时候第一块钢锭已经顺着压板机滚到轧钢机的辊下去辗压了，它的形状改变着，伸长了，然后变成方梁——这个过程是那么轻巧，那么随人心意，好像是一块蜡在被一双结实坚硬的手压捏一般。

维塔里沿着梯子走上了轧钢机总技师季米特里·叶尔绍夫的操纵室。叶尔绍夫正坐在转椅上，按动着面前操纵台上的各种制动杆和电钮。他的动作准确、安详而熟练，就像是一个演奏家在弹着自己熟悉的琴键一样。轧钢机的轧辊就在他面前的下边，从这间宽敞的操纵室里隔着大块的厚厚的玻璃窗可以看得十分清楚。季米特里手上每一个动作都准确地反映在轧辊上。

轧辊上的动作正像一个人的两只手把刚从火堆里扒出来的热马铃薯抛来抛去。钢锭在轧辊上滚动着，以便压出方棱，它时而这边时而那边落在辊上，从一排轧辊被抛到另一排轧辊上，仿佛有一股无形的力量把它吸过去，然后又倏地返回来，就这样钢锭跳动着，按照季米特里·叶尔绍夫的要求改变着自己的形状。

“这个热家伙有多重？”维塔里问。

“七吨，”季米特里说，“四百二十普特，我们想把它加到六百普特。”

季米特里没认出维塔里来。因为他只模模糊糊地瞥见过他一次，还以为来的是个报社记者呢，所以就对他谈起数字、经济效果以及如果把钢锭加重的话，将会怎么样等等。

维塔里凝视着他，听得出了神，在季米特里那灵巧准确的动作节拍中他听出了优美的劳动旋律。

最使人难忘的是钢锭最初接触轧辊的一刹那，——火星像水花，像喷泉似的飞溅开来，重重地打在操纵室的玻璃上，发出噼啪的声响。

季米特里的谈话又加深了视觉的印象。如果没有听见他的话，维塔里就可能会得出这样的印象：人是机器的操纵者，是这台机器的强有力的、熟练的操纵者，如此而已，但听了季米特里的话以后，维塔里就感觉到，人操纵机器并不单纯为了驾驭它，这是次要的。不，他辗轧烧得通红的钢锭是为了某种别的在车间以外，人民之中的东西！他在建设新生活，他有意识地、顽强地、勇往直前地建设着。

他那画家的眼睛看到了这一点，于是他打开画稿本，开始把所看到的一切描绘下来，他一笔一笔地塑造着季米特里那刚毅、粗犷、轮廓明晰而有特色的脸型。伤疤并没有掩盖住这些特色，但却使人产生许多问题：怎么得的呢？什么时候，是谁干的？然而维塔里不敢问；他知道有这种脸型的人一般很难说话，他一定不让你把他的像画下来，你也没有任何办法。

季米特里起初没有注意维塔里在做什么，以为他大概像一般记者一样，在本子里记些材料，但后来他担心地问道：

“您干什么？不是画画吧？”

“涂几笔，只不过打个草稿。”

“您算了吧，这可不行。”季米特里说得那么坚决，那么严厉，维塔里只好放下画稿本，收起铅笔。他明白这个人是说不通的，要想在这些火花的背景上面画他的像，必须另找出路才行。

他辞别季米特里，回到家里，又和伊斯克拉谈起要把季米特里请到家里来的事。他说如果她不愿这样做，那么他就自己去请，因为他和季米特里已经在车间里认识了。

伊斯克拉拒绝得也很坚决。

“奇怪，”维塔里开玩笑地说，“我觉得你们两人有些不对头，你们该不是在谈恋爱吧，我亲爱的？”

一个星期天他对伊斯克拉说：

“伊斯克拉！我们去做客，快准备，亲爱的，别耽搁。”

“去做什么客，到哪儿去？我可一点儿也不想动。”

“到很好的人家去。快准备，快准备。”

“只要别去找古良也夫就好。”

“不是，不到古良也夫那儿去，这点我可以向你保证，至于别的你自己就会看见的。”

原来维塔里确信伊斯克拉在这件事情上不能帮他的忙之后，他便自己去找季米特里。他很勇敢地征得了季米特里的同意，坐在轧钢机上他的旁边，久久地、详细地向季米特里打听他生活怎么样，住在哪里，他家的房子是什么样的等等，一直问到季米特里不得不对他说：

“您到我那里去做客吧，我生活怎么样，住在哪里等等，一切您都可以看到。只是我的像反正不会让你画，您想也不用想。”“我带妻子一起来。”维塔里说。“随便您带什么人，只要我不上班的时候哪一天来都行，您可以写下我的地址。”

季米特里一直不知道，维塔里不是记者，而是画家，并且是伊斯克拉的丈夫。如果季米特里知道这些，那么一切当然都会是另一个样子，根本谈不到什么做客的事了，但他不知道这些，而且也不相信维塔里真的会来找他，因此他对这次谈话一点也没有放在心上。

星期天，季米特里正坐在窗边，窗外可以看到一个小小的已经凋谢了的樱桃园，他朗读着契诃夫的短篇小说，廖丽亚在准备午饭，听着他朗读，不时愉快地笑着。听到外边有人敲门，季米特里站起来，走到外边来，于是就看到外边站着他原以为是记者的那个人，旁边是打扮得整整齐齐的伊斯克拉·瓦西里耶芙娜。

季米特里立刻觉得他的头脑中有些不妙，心脏似乎也已经停止了跳动，眼看他马上就要倒在地上，生命也就此完结了。

可是心脏并没有停止跳动，他不仅没有死，而且一切都明白了。他说："请吧，同志们，请进来，来得正巧，午饭马上就好。"他还有力量看看伊斯克拉的脸，看看这张脸上所发生的变化。

伊斯克拉看见季米特里后，明白了维塔里把她带到什么地方来，霎时她的脸变得煞白，接着又变得通红，她做了一个似乎想逃跑的动作，但逃跑已经迟了，她感到季米特里在注视自己，就和维塔里一起走进了屋子，心里恨透维塔里安排了这么一次不必要的会见。

季米特里把廖丽亚介绍给客人说：

"这是廖丽亚。"

维塔里在路上曾劝伊斯克拉到食品公司去一趟，现在便从大衣口袋里把酒瓶拿出来，放在桌子上。季米特里装做没有看见。他很高兴能看到伊斯克拉，但与此同时又产生了那种莫名其妙的委屈情绪。当他离开她家门口，第一次看见维塔里的时候，他曾经有过这种情绪，当时伊斯克拉把他介绍给他时只说了声："我的丈夫。"同时又由于廖丽亚今天在家里，而且还让伊斯克拉见到了。这也很使他感到窘迫不安。廖丽亚是他个人的，不是给别人看的，任何人都不应当看她。

为了使这两位不速之客不致感到沉闷，季米特里把自己的书拿给他们看，但是书不太多，他拿出一支很好的猎枪来，但是无论他自己或是维塔里都不是猎人，只有伊斯克拉扳了扳枪栓。他又说，很可惜收音机坏了，要不然可以听听音乐。然后又请他们到花园里去，让他们看看他父亲手栽的那些树木。维塔里问起了他的父亲，季米特里就讲了他父亲牺牲的全部经过，维塔里继续仔细地观察着季米特里的脸、身材和他的每一个动作。他发现季米特里在车间里要比他在家里显得自然、活跃得多，他于是想："我在这里什么补充材料也得不到，应该继续在车间里进行观察，要不知不觉地捉空子进行工作。"

不久廖丽亚就请大家吃饭。她很高兴，因为季米特里家里有了客人，也就是说他们两个有了客人。她尽量争取把一切弄得更像样些。这时她才第一次这样尖锐地感觉到季米特里的家当太小，使她没法子把桌面摆设得更称心。

季米特里把维塔里带来的几瓶酒开了，但自己却不喝。他连声说不行，他不喜欢喝酒，喝酒对他来说简直是受罪。

"为了庆祝相识嘛，"连廖丽亚都忍不住了，"喝一点吧，季玛。"

"不喝。"

廖丽亚感到有些不妙。她想："也许季米特里不欢迎这些客人？"为了打破这个僵局，她自己开始一杯接一杯地和维塔里对饮起来。"我是打鱼的，"她笑着说，"喝惯了。"

伊斯克拉感到很不安，她怕维塔里喝醉了。此外，廖丽亚也使她感到非常非常窘。她知道，一个劲儿地端详廖丽亚那满布伤痕的脸是不好的，失礼的。但是有什么办法呢？无论她怎么努力，眼睛依然不由自主地要去看那张脸。她眨着眼睛，瞧瞧这里，望望那里，结果显得很不自然，很造作，很不好，她觉得廖丽亚完全看出了她这种虚伪的努力。

桌上四个人中只有维塔里很愉快。他谈笑风生，说个不停，也没注意别人听了他的笑话根本没有笑。

廖丽亚愈来愈感到席间的气氛不对头。只要能消除这种气氛，她什么都愿意干。于是她拿出吉他，唱了起来。这使得大家松了一口气，紧张的空气有些缓和了。这时外面又有人敲门，她对季米特里摆了一下头，意思是叫他去开门，而自己继续唱下去。季米特里出去带进来安德烈和一个身材颀长的、皮肤白白的姑娘，安德烈向大家介绍说："卡芭。"

可以看得出，卡芭很喜欢这些人，她没怎么客套就坐下吃起来，很满意地听了廖丽亚唱歌，然后说：

"您的嗓子好极了。"

卡芭的举止很大方。但安德烈就不能这么说了。他没想到在家里会遇到这么多人，这使他很窘。原来卡芭曾不止一次地要求他带她见见他家里人，哪怕一个人也好。安德烈只好答应了她。原想带她到季米特里这儿来转一转，再到花园里去看看，然后就回城里到电影院或别的地方去。谁知这里却有这么多人，现在是走也走不掉了。

当廖丽亚放下吉他后，卡芭说：

"我可以唱吗？只是我不会弹吉他。"

"唱吧，我来给您伴奏。"廖丽亚建议。

卡芭唱得也很好，她就站在给她伴奏的廖丽亚旁边。伊斯克拉多么不愿看到这幅景象呵！她甚至闭起了眼睛。看见这两张脸在一起是可怕的，一个这么美，另一个却是这么一副残废相。她不能理解季米特里和廖丽亚怎么会碰在一起的，他们两人的脸上都有这么可怕的标记，这对季米特里来说当然无碍于事，他是男人。可是廖丽亚，廖丽亚……

安德烈和卡芭很快就走了。伊斯克拉费了好大劲儿才使维塔里站起身来。季米特里和廖丽亚把他们送到门外。

伊斯克拉搀扶着维塔里，心中不断地想着，想着……醉醺醺的维塔里使她感到厌恶。“维季卡，”她想，“亲爱的，如果你不会节制自己，你就拿出勇气来戒掉这种讨厌的东西。我不能够像有些人的妻子那样，到处跟着自己的丈夫，时不时拉着丈夫的袖子央求他：‘别喝了。’你是不应该喝酒的。要是你仍然喝下去，很可能我就会喜欢别的人了。那可是很不好的事情，非常非常不好。”

11

第三号高炉在安德烈值班的时候发生了事故：风口掉了。灼热的瓦斯和烧得通红的焦炭喷射出来。几秒钟之内高炉周围就堆满了火焰，瓦斯啸叫着，凶猛的火舌在管道四周吞吐着，灼热的气流逼得人们远远躲开，燃烧着的焦炭堆得越来越多了。

安德烈只想着一件事：必须马上使炉子停下来。他冒着火焰冲到安全栓跟前把送风停住，于是焦炭不再向外喷了，但已经掉到地上的那堆却泛起白色的热气，好像车间里的空气燃烧起来一样。

普拉东·季莫菲耶维奇跳过火堆跑来，用湿手套护住脸，指挥大家行动。

安德烈手下的青年工人们在这灼热的地狱里，在看来是不可能的情况下，也用手护着脸，闪躲着火焰，把炉道的焦炭挪开，换上新风口，装好喷嘴，卡紧螺栓……

都以为才只是一分钟之内的事，其实已经过去将近一个钟头了。等炉内恢复了送风后，又开始了一个比较简单的，但也是同样急需的工作——清理炉旁，把热焦炭搬开。这时候查明了损伤：两个炉工被烧得不能动了，其余的人由于高度受热和吸了瓦斯的关系也是行动困难。安德烈头晕目眩，全身无力，真想就地躺下来。但他支持着，并且为了鼓励大家，还说了些话，可是究竟说了些什么，自己也不太清楚。

用电话叫来了医务人员，把烧坏了的人送到市立医院去了，伤势较轻的便就地包扎。不知是谁说：

“简直像在战场上一样……尽是护士和卫生员。”

契比索夫来到了三号炉，车间、厂的党组织和工会……各部门都来了人。契比索夫下令检查事故发生的原因。这一点并不困难，专家们马上就找到了。任何人只要一走近都能看得出来：风口和喷嘴接合地方的固定装置掉了，因为在一个零件上有一道旧裂痕——这是一个不合格的铸件。

“这是谁的过失呢？”车间主任问。

“咳，谁，谁……应该查一查嘛。”契比索夫回答他说。

人们把安德烈用汽车送回家去了。虽然医生坚持要他住院，他却不愿。他使尽气力做出精神很好的样子对医生说：

“一点点轻伤，就为这个去蹲医院？像什么话！大夫。”

总之，他瞒过了大夫。自己很满意。到家以后，他直打寒战，盖上被子躺了下来，但身体一接触被子就痛。掀开被子，马上又觉得冷，再拉过来盖上，又是痛。他气恼地翻来覆去，可是怎么睡也不合适。

使他越发不安的是晚上他还要和卡芭见面。他们曾约好去逛逛秋天的公园。卡芭说她很喜欢在落叶上散步，落叶在脚下瑟瑟的响声给人以安详和舒适的感觉。怎么能让她等他，而他却不去呢？……不行，他不能不去，绝对不能。于是，快到约定的时间时，他爬了起来穿上衣服……

卡芭一下子就看出了他在生病。她叫着说：

“您疯了，安德烈！您病得不轻呀，赶快回家去。”

他微微一笑，觉得自己马上就要倒下去，便牢牢抓住卡芭的手，卡芭扶住了他说：

“看您有多傻！怎么二十四岁的人了，还像个小孩子似的，叫我拿您怎么办？”

“不知道，”安德烈勉强支持住不让自己倒下去，微睁着眼笑着说，“一点儿也不知道，随您便吧，我爱您。”

卡芭那双扶住他的手臂颤抖了一下。她把安德烈扶到公园的栅栏旁说：

“您在这儿等一下，扶住栅栏。我马上就回来，别摔倒。”

一会儿，她坐着一辆出租汽车回来了。看见安德烈坐在栅栏旁的地上，脑袋垂到膝上。便去扶他起来。

司机在他的生涯中，什么情景都见到过，对一切都已司空见惯，漠不关心。但现在也忍不住，便上去帮忙把安德烈拖进汽车里。卡芭知道他怎么想。他当然会以为：“这么一个可爱的年轻姑娘，却也和醉汉厮混起来了。”但她却一点儿也不在意，也没觉得不好意思。管它呢。

安德烈又给安顿到床上了，并且盖上被子。他浑身发痛，但什么也没说。卡芭用惊奇的眼光望着他，心里很激动。是的，是这么一回事，他不是说了么？说他爱她，很爱。他这可不是说胡话，不错，他身上很难受，可并没失去知觉，他神智非常清醒。

“您先躺一会儿，安德烈，我马上就来。”她说着就穿上衣服，跑到药房里买了一大堆各式各样的药：止疼的，治烧伤的以及安眠的等等。多得把大衣的两个口袋全塞得鼓鼓的。从药房里出来又看见公用电话，她想了想，决定打电话给家里。

“好妈妈！”她说，“要是我回家晚一些，你可别惦记。以后我会把什么都告诉你的，以后。我不能这样……我是在打公用电话……反正别着急。是的，是的，我全明白。”

这位将来要做医生的浅黄头发剪得短短的姑娘平生第一次独立地为病人治疗，这是她的第一个病人，最早最早的一个。

安德烈是一个好病人，很听话，一点儿也不任性。卡芭要他把药吞下，他就吞下。他服服帖帖地遵从卡芭的一切指示。卡芭很希望他再重复一下那句话，但他没有重复，只是闭了眼睛说：

“您什么也没有答复我。”

“可您什么也没有问过我呀。”

季米特里来了。他已经听说三号炉出事故的情形了：现在全厂都在吵嚷这桩事儿。但安德烈烧得这么重他却不知道，因为人家告诉他说，安德烈的烧伤很轻，是自己走回家去的。他说：

“没什么，安德留沙，用不了几天就会好的，瞧你有个多好的大夫！”

“季米特里·季莫菲耶维奇！”卡芭说，“现在您也得当当大夫了，我把病人交给您，夜里您要叫醒他吃这些药粉。早晨敷这个药膏。明天我自己……我一定来。这样行吗？不会妨碍您吗？”

临走前，卡芭没让季米特里觉察，悄悄摸了摸安德烈的脸颊。这个轻微的抚摸使安德烈立刻像触了电似的呆住了。

当篱笆门在卡芭身后砰的一响关上时，季米特里问：

“这是什么人？安德烈·依格纳契耶维奇！哪怕只说个大概也好。玩都在一块儿玩了，可是连亲人都不让知道。”

“她在学习，在医学院。”

“那么说，将来是死神的助手。爸爸妈妈是干什么的？”

“做党的工作。”

“这是爸爸，妈妈呢？我问的是妈妈。”

“不知道，大概是管家务。”

“怎么，还没到她家里去过吗？”

“没有。”

“怎么搞的？他们不请你去吗？也许你身上的铁味太重了吧，伙计。安德留沙，你真是个傻瓜，这么大了，结结实实的，可还是像个小孩子。当然，要是你有兴致，不妨向她献献殷勤，求求爱。但自己可不能投降，不能当软骨头。”

“季米特里叔叔，”安德烈坐起来喊道，“怎么能这样，季米特里叔叔，不能这么说。”

“你躺下，躺下。”季米特里按住他的双肩，但安德烈推开了他，呻吟了一声就倒在枕头上了。

卡芭和妈妈做了一次长长的谈话。

“你给我说清楚，”当卡芭回到家里后，安娜说，“我早就看出来你成天心神不定。你有什么心事瞒着我。”

“我一定把一切都告诉你。爸爸常常教导我要做一个直爽的、勇敢的人。我认为，他是达到自己的心愿了。是的，我要把一切全说出来。你听着，妈妈。我刚才在一个小伙子家里，他是一个非常好的人，名叫安德烈。”

“天哪！”安娜叫了起来，“卡芭奇卡！”

“你别叫，妈妈。他现在有病。今天高炉上出了严重事故，把他烧伤了。他是一个炼铁工长。”

“卡芭奇卡！”

“怎么——卡芭奇卡怎么啦？”

“你们……”

“什么你们？照你看，就得是我们吗？妈妈，如果没有什么‘我们’，而是单独的他和单独的我又怎样呢？”

“他爱……”

“不知道。”卡芭打断了她的话，说，“可能。”

“你呢？”

“也不知道。大概是的。”

“卡芭奇卡！”安娜急匆匆地说，“你还是个小孩子哩，谈不到这些事。你爸爸不会让你离开家的，现在嫁人也还太早。”

“嫁人？”卡芭惊奇地说，“谁说过这个？是我吗？”

“怎么不是？……”

“妈妈！你知道我的观点。要是我爱上什么人，我决不会让自己的爱情套上这种庸俗的结婚枷锁。你是知道这一点的，我已经对你说过多少遍了。”

“说是什么都能说，可是事到临头……”

“唉，妈妈！什么事都没有。我根本不知道我要怎么样。不会的，不会……我什么都对你说了，我做了一个坦率、公正的人。让爸爸为这个高兴吧。”

“要我高兴什么？”戈尔巴乔夫走进来说，“累死了，今天到工厂去了，那里出了事故。炉子停了工，生产也没完成。”

“主要是人受了罪，爸爸。”

“这你是从哪儿知道的，小鬼头？”

“咳，瓦尼亚……”安娜只能这么说。

“你是不是在哭，安娜？你们这是怎么回事？”

“爸爸，我刚才告诉妈妈，今天我在一个这次事故中受了伤的人床边呆了几个钟头，他是高炉车间的工长安德烈·叶尔绍夫。”

“好呵，已经能给人治病了，好样儿的。”

“你没弄懂，瓦尼亚，他们有一种关系……”

“这是指的什么？什么关系？”戈尔巴乔夫脸上的笑容消失了，“你们谈的什么？”

“就是……他们在一块儿散步……这是不是能这么说？”

“是真的吗，卡彼托林娜？”

“是的，爸爸，是真的。”

戈尔巴乔夫坐到椅子上，手指敲着桌子。

“下一步打算怎么办？”他问。

“我也不知道。”

“很久了吗？”

“大概两个月。”

“你常到他那里去吗？”

“今天是第二次。”

戈尔巴乔夫又久久地用手指敲着桌子，紧皱了眉头望着地板。

“为什么你从来也不领他到我们家来？”

“爸爸，我可以不回答这个问题吗？允许我不回答吧。如果你坚持，我当然回答，不过你听了会不高兴的。”

“如果是这样，那你更得回答，我坚持。”

“好吧，”卡芭说，她抬起眼睛望着父亲的脸，目光坦然而直率，“因为有民警。”

“我不大懂。”

“我是说，因为有民警，就是我们家门口的那个。”

戈尔巴乔夫掏出香烟盒。

“你睡前是不抽烟的，瓦尼亚。”安娜不同意他抽。

戈尔巴乔夫没睬她，取出一支烟，用手指慢慢捻了捻就抽起来。

“你要我怎么样？”

“对你，爸爸，我什么要求也没有。只不过不好意思领安德烈来就是了。因为他住的是土房子，他们家里使人感到亲切，温暖而友好，都是些出色的可亲的人。可在我们这里，民警是会看不起他的。”

“那么，照你的意思，我现在就得去把那个民警砍死不成？拿他怎么办呢？不是我叫他到这儿来的，在我搬来之前就是这样的了。”

“爸爸，我不知道这该怎么办。不过安德烈是不会到我们家来的。他甚至都不知道我住在什么地方。他只送我到海滨街。”

“也许他甚至连你的父亲是什么人都不知道吧？”戈尔巴乔夫问。

“请原谅，爸爸，他的确是不十分清楚。我只告诉他我的父亲做党的工作。”

“这可真妙！”戈尔巴乔夫站了起来，在房内踱着步，不时耸耸肩膀，笑着说，“你多傻呀，好女儿。”

卡芭听着，听着，然后说：

“当我还只有这么大的时候，”她用手在离地半米高的地方比了比，“你自己就教导我，谦虚是布尔什维克的美德，说一个人最要紧的就是在各方面都表现淳朴。难道我没有成为这样一个人吗？难道我像别的女孩子那样向你要过时髦衣服、外国尼龙、钻石戒指，或者没病没灾的就要求去休养吗？”

“没有的就是没有。卡彼托林娜，我承认，在这方面你是个好样儿的。”

“好，既然说了‘一’，就应该说‘二’，爸爸！我向你学到了很多东西，现在仍在学，以后也还要学。可是一些不应有的东西，我却不需要。你别生气。”

“什么是不应有的东西，我倒要听听看。”

“卡彼托林娜！”安娜说，“别惹爸爸生气，这真不像话，尽瞎胡闹。”

“不，不，让她说吧，”戈尔巴乔夫打断了她，“这很有意思，很有意思。”

“我就要说，比如，你完全不参加体育活动了。”

“这是对的！”戈尔巴乔夫笑了起来。

“不，不对。这样下去心脏一定会衰弱，也就不能经受体力上的劳累。你甚至连步行的情况都很少有。你去过公园吗？哪怕是一次呢，没有！到过浴场吗？没有！即便是市场吧，就连那里也没去过。你判断一切事情都只是根据记录、汇报……”

“可我今天就到工厂去过。”

“那是发生了事故才去的。而且，在你周围大概还有一大群随员陪着。可你要是一个人多好，一个人……明白吗？一个人！我多么想和你一块儿在大街上或者在海边上散散步呵！黄昏时候在沙滩上走走是很舒服的！我们手挽着手走，就像从前那样，该多好！也不是在这所什么商人的房子里住着，而是住在普通的住宅里，那里有同楼的邻居，早晨和你问问好，谈论谈论天气怎么样。难道你就不向往这些吗？”

戈尔巴乔夫用手抚摸着脖子。这丫头很多地方是正确的。他生活得当然不完全正常，但这也都有它的理由。他太劳累了，能够留给自己的时间少到不能再少。他为什么老是坐着汽车奔来驰去呢？就为了赶时间，为了不迟到，为了节省个五分钟十分钟。他为什么不到浴场去散步呢？就因为回到家里已经十分疲乏，只想躺一躺了。他晚间为什么不想串串门，找人聊聊天呢？就因为一整天他已经被人们弄得精疲力尽：整天就是和人打交道，人，人……大家都有自己的需要，每个人都有某种要求。战前他还会一点儿钢琴，现在扔下了。搞过摄影，也扔了。个人的一切家务事都丢在脑后了。

“嗯，说下去吧，”他看到卡芭沉默了，便对她说，“批评我吧，别留情。”

“不说了，”卡芭回答，“全说完了，你自己也都清楚。”

他们回到各自的房间去了。时候已经很晚了。卡芭躺在床上想着父亲和安德烈。以前父亲不也是像安德烈一样的吗！根据他自己和妈妈的叙述，卡芭想像中的父亲正是这样的。只不过父亲参加的社会工作和革命活动多一些。但是安德烈对待自己高炉上的工作不也是这么热情吗？他，这个可怜的人，这个勇敢坚强的人现在怎么样了呢？他的季米特里叔叔执行了她——卡芭——的吩咐没有呢？只要等到明天就好啦：一下课她就立刻去看安德烈。

卡芭的吩咐季米特里执行得很好。夜里两点钟他让安德烈服了药粉，这时候不论是安德烈还是他自己都还没有入睡。普拉东·季莫菲耶维奇来看安德烈，他大骂了一通，怒不可遏：

“季米特里，你要明白，我几乎是一走出摇篮就到高炉上去干活儿的。说我不懂这行——真岂有此理。你听他们怎么说？‘总工长叶尔绍夫同志是个只凭经验干活的人，从工作中一点一滴摸索出来，熟悉了业务，这是他的光荣。但应该为受过教育、有文凭的人让路了。不然就会不止一次地再发生类似今天的事件。’看这些东西混账到什么地步？只凭经验干活的人！我为国家炼了三十八年的铁，来算一算吧，这有多少铁？简直是一座山，可他们还说是只凭经验。”

“为什么把一切都往你身上推呢？”安德烈问他，“事故出在我工段上，是在我值班的时候。应该由我负责。我有文凭，我不是只凭经验干活的。”

“他们没把你看在眼里，你还是个小鬼头呢。”

普拉东没回家，就住在这所土房子里了。安德烈听着他这两位熟睡了的亲人的鼾声，心里想，他们都不是很温存的，都有些粗鲁，但都很正直。安德烈从小无父无母，他们把他养大，教导他，待他一直像亲生儿子一样，使他成人，学了专业，并且有了职业，一个出色的好职业。他又想到卡芭，想到应该领卡芭到高炉车间去一次，她一定会喜欢安德烈的工作，她不是那种娇生惯养的小姐，是个好姑娘。她的父亲真不愧是做党的工作的。安德烈摸了摸卡芭的手掌触摸过的脸颊。这时也不知是他自己的感觉，还是真的如此，他依然闻得见卡芭身上的香气。使他烦恼的是卡芭似乎没听清他所说的关于爱她的那句话，也可能是卡芭没懂他说的什么。

他希望卡芭永远永远和他在一起。假如真能这样的话，那么他就要在生活、工作、学习各方面都做得使卡芭永远不会后悔自己的选择，他要成为一个使卡芭为自己的安德烈感到自豪的人。以后他会成为一个像普拉东伯父那样的总工长，他的事迹也要登在报纸和杂志上。她呢，就为人们治病，也可能到厂里的医院来……

安德烈的面前展开了一片美好的生活，这生活是那样的美好多彩。

12

黄昏时候，康斯坦丁·阿尔连采夫坐在公园里潮湿的长椅上，仰靠着弯曲的椅背。他把灰色秋大衣的领子向上翻起，双手深深插在宽大的衣袋里，摇晃着一只脚，脚上穿着坚固的厚底皮鞋。在他旁边欠身坐着一个四十五岁左右的人，这人的脑袋已经有些秃了，眼神惶惑不安，蜷缩着身子，穿着一件单薄的蓝色风衣，短得和他的身材很不相称。阿尔连采夫在技术学校里找到了他，说早就想和他谈谈，就把他领到街上来。现在已经在外面冻了一个多钟头了。

"我已经和您说过，克鲁季里契，"阿尔连采夫端详着自己的一只鞋子，"也不止一次地对别人说过，我个人很喜欢您的设计。我认为它很有价值。无论如何，它是值得重视的。"

"是呵！但是他们却把它断送了。"克鲁季里契在椅子上挺了一下，好像要跳起来似的。

阿尔连采夫看着他那翻到上衣外面的脏里脏气的衬衫领子，那落满了两肩的头皮屑，那露在外面、冻得发青的满是鸡皮疙瘩的脖子。像往常一样，阿尔连采夫脸上现出了淡然而有点嘲弄人的困倦的笑容。

“他们是谁？”他问。

“首先是叶尔绍夫，那个高炉车间的总工长。他第一个推翻了我的建议。其次就是厂长契比索夫。此外，我甚至去见过市委第一书记戈尔巴乔夫。他接见了我，说得那么好听，简直叫人入迷。可是做了些什么呢？什么也没做。我还去过编辑部，也没有结果。我们这里没有真理，康斯坦丁·罗曼诺维奇。”

“唔，您太激动了。”

“怎么是激动？我受了一辈子苦。我一共有十六个发明和改良的证书，但一个也没能用到生产上去。要是在国外，我早就成了个百万富翁了。他们只知道使自己发胖……请原谅我这样说。我却总是在挨饿。我在技术学校拿那么一丁点儿钱，只有半薪。”

“怎么会是这样？那您为什么不到别的地方去呢？”阿尔连采夫对这个问题很感兴趣。

“到别的地方去？人家不喜欢我，康斯坦丁·罗曼诺维奇。我是个耿直的人，我一生都为真理而斗争。所以才落得这样……”

“落得怎么样？”

“撤我的职。我是个不讨人喜欢的人，专给大人们惹麻烦。所以他们总是想出名堂来甩开我。”

“听我说，咱们去吃午饭吧，”阿尔连采夫说，“您知道，我也是从早晨还没吃过东西呢。到我住的旅馆去，好不好？我现在还住在旅馆里，贵得要命。听说工厂的宿舍要到年底才能盖好。”

“不知道，反正宿舍不会有我的份。现在我住在耗子洞里。是从一对老夫妇那儿租来的。”

在旅馆里，阿尔连采夫把服务员叫到房间里来，她随身带来了菜单。阿尔连采夫对克鲁季里契说：

“请您点菜吧！”

克鲁季里契咽着口水从头到尾看完了所有的菜名。他的脸是瘦削的，两个颧骨高高耸起，脸上一层干瘪的皮，胡子刮得很不干净，面色又黄又青，说不上像什么。他要的菜都是些猪肉、白菜、马铃薯之类。阿尔连采夫也低声点了些什么。然后对服务员说：

“快一点儿，亲爱的，我们都快饿死啦。”

很快就送来了一瓶伏特加，桌子上也摆上了各式各样的凉菜。阿尔连采夫斟了满满两杯酒，举杯预祝克鲁季里契的建议能够顺利地得到采用。他们干了杯，这时，他又加上一句：

“可能，您会拿到足足十万卢布呢！”

“十万？”克鲁季里契睁着两只贪婪的眼睛瞧了瞧对方。

“当然喽！您说不会吗？可是为了要得到这十万卢布，还得斗争一番才行。要会冲破重重障碍。障碍是不会少的。”

“我正好就不会这一手。”克鲁季里契大口大口地吞咽着，每咽下一口，喉咙里就发出咕嘟一响。他不等对方让酒，自己把杯子斟满，一饮而尽，接着说：“他们会把我掐死的。”

“不能屈服呀。要坚强一些，您明白，十万卢布有多大用处么？第一，您可以穿戴得很好，第二，您不会再吃这种可怜的乡巴佬吃的凉拌菜和小青鱼，也不会吃这种炖白菜和猪排。您可以到莫斯科去，那儿的一切都为您效劳，比如阿拉格瓦饭店的雅座……在格兰特旅馆，服务员在特备的存衣室里亲自接过您的大衣。您可以邀朋会友……您可知道，我的朋友，在莫斯科什么样的美人儿没有呵！”

克鲁季里契活跃起来了，他已经忘其所以，禁不住笑了起来。

“是真的？您不会是开玩笑吧！”他一遍又一遍地问阿尔连采夫，同时不停地吃着，喝着，不一会儿就醉了。

“不过得怎么斗争呢？怎么办？”他喋喋不休地说，“怎么才能比他们更厉害呢？官官相护，他们总是互相包庇。编辑部甚至连我的文章都不发表。这是为什么？就因为厂长契比索夫和编辑布绥林是朋友。难道一个人会对自己的朋友动手吗？”

“克鲁季里契，看来您确实吃够了苦头。看您把一切都说得这么尖刻。”

“我的妻子也离开了我。她受不了这种生活。要是我认识了一个女人，却不能请她客，连给她买束花也买不起，甚至还巴不得向她通融十个卢布来用用。这像什么话？堕落到什么地步了？而人们却说什么条条道路都走得通，什么创造有广阔的天地，说什么：‘你们努力吧，发挥你们的才能吧。’哼，都是空话。”

“怎能这么说呢？就拿我来说吧，我就不能抱怨自己的命运不好。”阿尔连采夫仍然带着那困倦的笑容，“我也不用向女人去要那十个卢布。”

“您的命好呗，交了好运。您并没有碍别人的事。虽然这么说……您可怎么到这儿来的呢？为什么离开了您那么赞扬的莫斯科？您不说话？不，亲爱的康斯坦丁·罗曼诺维奇，您别袒护他们！”

克鲁季里契咆哮着。他想从沙发上跳起来，但沙发前面有一张桌子。也许，他酒足饭饱，身上热乎乎的，想在房里走动走动。可是他浑身软绵绵的，已经站不起来了。阿尔连采夫知道再过一会儿他的客人连动也动不得了，就会睡在这里。那可是件麻烦事。于是他说：

“我看咱们得出去蹓一蹓，透透新鲜空气，然后再接着谈，反正今天一整夜都归我们支配。”

克鲁季里契不愿离开这里，但阿尔连采夫坚持自己的意见：

“我们需要新鲜空气，需要氧气。”他说着，把客人的大衣和那顶汗渍斑斑、褪了颜色的破帽子递给他。然后问清了克鲁季里契的地址，装作散步的样子，向着他的家走去。他们按照地址来到一家院落深处的小茅屋前面。克鲁季里契停下来郑重地说：

“这就是您的恭顺的仆人[①]所居住的府邸。请屈尊光临。”

阿尔连采夫本来就意料到会看见一些寒伧的东西，但他走进克鲁季里契的房间后，所见到的一切远比他所想像的更为可怜。这儿又闷又脏又潮，并且还散发着一股难闻的气味。低低的天花板下面悬着一个没有灯罩的满是苍蝇屎的灯泡，一张窄小的镀镍铁床已经生满了铁锈，黑漆的衣橱被蛀得在周围的地板上积起了一堆堆黄色的蛀屑，一张没铺桌布的方桌，几把摆不平的跛腿椅子，还有一只上面箍了几条生锈的铁条的木箱——这就是房间里仅有的一切。

克鲁季里契打开木箱，把自己那些发明与改进的证书一张张甩到桌子上。他说：

“我没有陷入狭小的技术圈里，我的思路很广。这难道不好吗？难道是我错了吗？比方说新式拉链吧，这是我灵机一动随便想到的。也可能它的原理并不是新玩意儿，但这里面究竟也有某些我个人的东西。可是无论哪里都没有人接受。他们说：‘要它干什么？有什么好处？’还说：‘可以照您的做，也可以照老样子做，这完全没有什么两样。’……这是我设计的机器，叫做温室萝卜联合收刨机，也没有人要。这个是带绣花装置的缝纫机。”

“没有采用么？”

“当然啰！不采用。他们说外国的样品比这个好。其实，他们是故意这样说说，好遮人耳目，采用自己的。我对您说过，官官相护。”

阿尔连采夫面对着一个倒霉发明家的典型人物。这种发明家相当不少。几世纪前他们曾经寻找过炼金的妙方，以后又去发明永动机，再后来就什么都搞——从拉链一直到什么萝卜联合收刨机。阿尔连采

① “您的恭顺的仆人”是旧俄时代写信时惯用的下款，现在常用做玩笑的语气。

夫在部里工作时，常有克鲁季里契之流的人去找他，他们指责他有官僚主义，想把他们的发明据为己有，甚至说他企图破坏，因而控诉他。其中有人能想出办法替自己那既不像样，又毫无用处的机械玩意儿签订合同，就因而发了迹；不会钻营的人就只能勉强糊口；还有一些人简直就是穷愁潦倒地混日子。但是像今晚出现在他面前的这种倒运鬼，他可还从没遇见过。

“我再对您重复一遍，”克鲁季里契说，“要是在国外我会成为百万富翁，是呵，这完全有可能。那里不崇拜什么权威。我们这里呢？只要是一个臭院士，不管他是什么样的老糊涂，也对他言听计从，好像他就是全能的上帝。而一个能干的人，就因为没有名气，谁他妈的也不肯听你的。”

克鲁季里契骂不绝口，倾泻着他的不满，他嫉妒一切人。他一直幻想能过漂漂亮亮的富裕日子，可这种日子他从来没得到过。他想穿那种坐着国际列车到高加索和黑海去旅行的人们所穿的漂亮衣服；他想和漂亮的女人们来往；他想住宽大舒适的华丽住宅，他希望这一切的一切都像中彩票似的一下子不折不扣全部到来。莫非阿尔连采夫说的是实话？莫非真会有十万卢布到手？十万！那时一切的一切就都会实现了，这种可怕的穷日子也就结束了。人们认为那时他会大吃大喝，任意挥霍金钱吗？不，他们错了！人们以为他不懂得创造的愉快，以为他只不过是个贪财的家伙？不，完全不是这样。当然，他将生活得富裕，但他也将以更大的精力去工作。他将献给国家和人民成百件最有价值的发明，他要叫某些人看看，他是个爱国者，而不像他们所想像的那样。

“康斯坦丁·罗曼诺维奇！”他冲动起来了，“让我们一起工作吧！我们一起斗争，我相信您，您不会剽窃我的发明！”

“哪儿的话，克鲁季里契，谢谢。我很受感动。”阿尔连采夫冷笑着回答，“不过我不是发明家，我没有这种脑筋。您的还是归您。只不过别妥协。您应该弄清楚，哪些人是妨碍您的力量。我不知道这些人都是谁，是那个盛气凌人的高炉车间总工长叶尔绍夫呢，还是民主派的厂长契比索夫？是市委书记戈尔巴乔夫呢，还是编辑布绥林？他们是各自对您单独作战呢，还是串通一气来对付您？我不知道究竟是谁。我只听见您这么说。但是，应该弄清楚是谁在妨碍您，并且想法把这些障碍除掉。懂吗，克鲁季里契？人民的利益要求这样做——为新的、健康的、进步的事物扫清道路。我们的知识分子习气太重了，当然，我指的是坏习气。俄罗斯的知识分子一向是沾染了这种习气的：说的很多，空谈起来没个完。可是事情做得怎么样呢？都是别人替我们做的。结果，吃亏的还是我们自己。我们应该对缺点和恶习毫不容情。如果您看到了缺点，并且弄清楚了这的确是缺点，那末，您就没有权利置之不理，一定要把缺点揭发出来，并且使它受到惩罚。也许，我说得不对。”

“对，对！康斯坦丁·罗曼诺维奇，您是个坚强的人，真正的人，您有很大的力量。”

“我有什么力量呢？一个人的力量在于他的作为。如果我有这么多的发明，如果我也能像您这样，有创造性的想像力，克鲁季里契，那或许可以说我是有力量的。力量属于您，是您！您还没意识到自己的力量。只要您一旦自觉地感到它，您就可以打开所有的门户。您要懂得，我们的时代是技术和科学的时代……过去曾经有过对自然匍匐膜拜的时代。那时我们的祖先崇拜术士，根据他们那种原始的想法，只有这种人才能抗拒大自然的威力。以后就开始了较为有组织的唯心主义时代：僧侣、牧师、教士、神父，他们被认为是神在人间的全能代表。他们操着生杀予夺大权，为所欲为。到了社会思想蓬勃发展的时代，人类感到有必要改造社会。于是，谁给予世界最得人心的思想，谁就成为人类思想的统治者。您明白我的话吗？”

“明白，明白，这还用说吗？康斯坦丁·罗曼诺维奇，当然明白！”

“因此，思想使世界翻了身。这就找到了人类社会发展的新道路。现在，谁应该成为起主导作用的领导力量呢？”

“无产阶级。”

“不错，这是教科书上的说法，也是小学校里的说法，是无可非议的。虽然，这对我们说来并不完全确切，因为在我们国家里没有无产阶级，而是工人阶级。不过，就算是这样吧。那么，谁应当组织这支力量，使它行动起来呢？”

“是党吗？”

“这也不错，绝对正确。您在政治上很成熟，克鲁季里契。很正确。可是，这有点太直线式的了。任何事物都有它的辩证关系。我们的时代，我再重复一遍，是技术和科学的时代。这就是说，应该是那些掌握科学技术的人成为起主导作用的领导力量。应该是工程师，我亲爱的，工程师，也就是我和您，我们！”

“对呀！这才对呀！您说得真好，康斯坦丁·罗曼诺维奇，是我们！”

“我这些话是要说明，如果您，发明家和工程师，要向妨碍您的官僚主义势力发动进攻，那么他们在您面前是站不住脚的。准备力量行动吧！您的一切都应该是属于您的。这就是我要说的话。好吧，再见了！我很高兴和您结识，今天这个晚上过得很愉快。要不，老听人说克鲁季里契，克鲁季里契，发明家。我想，这是个什么样的人呢？让我去看看，认识认识。好，再见了。祝您晚安！”

克鲁季里契把阿尔连采夫送到了大门口，回到房里，在自己那堆塞满木箱的各种文件里翻弄了半天。这里面每一份文件都曾经完成过自己的使命。但现在都过时了。应该想法搞点新东西出来，这个古怪的阿尔连采夫以为他像绵羊一样可以任人摆布。不，康斯坦丁·罗曼诺维奇，您错了！克鲁季里契是会斗争的。当年他的许多对手都从坐了多年的宝座上摔了下来。有些人甚至弄得身败名裂，像宇宙灰尘一样在茫茫太空中消逝了。必须工作，他是要工作的。他将会获得新的发明证书，会进行新的搏斗……

克鲁季里契从木箱里拿出一个磨破了的红皮夹，取出一张年轻女人照片。照片上有一张笑容可掬的面孔。

“索尼亚，你错了！”他对照片大声说，“你错了，是的。我不知道你在哪里。但终有一天你会因为在困难的时刻抛弃了我而后悔的。”

这个晚上，由于过度的兴奋，由于那不寻常的饮食，那伏特加，也由于那已经好久没有人和他作过的友好而明智的谈话，他感到很疲乏。于是伏在桌子上，脑袋下面就是微笑着的索尼亚的照片。他似乎感到索尼亚就站在他的身边，一只手搭在他的肩上，抚摸着他的后脑，又触触他的耳朵。是这样甜滋滋的，他不禁哭起来了。

有许多事情是索尼亚所不知道的。她过早地离开了他。他们是在大学里念书的时候结婚的。做了工程师以后，他们到过国内的很多地方。索尼亚当时是他的忠实伴侣，在和各色各样的厂长、主任的斗争中，她总是支持他。她性格直爽坦率。但是当他们生了一个儿子以后，她说她不愿意每隔上半年就换一个地方，说他脾气太坏。于是他们吵了起来。此后就经常吵架。不，就连她，这个忠实的伴侣，也不了解他。最后她终于离开了他，不知跑到什么地方去了，以后再也没有消息。是的，她的确曾和他共同历尽艰辛。那时的日子真不容易过呵：突然把你撤职了，一连几个月找不到工作，你不得不卖掉身边最后一点家当，卖掉索尼亚仅有的一点首饰，甚至是她父母留给女儿贴身戴的金十字架或者金戒指。是的，他不能否认索尼亚和他在一起受够了折磨。但是让她知道，让她来看看在她出走以后他过的是什么日子吧！有的时候他一天的食物就是两个马铃薯和一把咸盐。

他吃力地从桌上抬起了头，向着远处黑暗的角落里说道："你会后悔的，十万卢布！你知不知道十万卢布意味着什么？即便你跑来跪在我面前，还得看我要不要你呢！"他心里想，"况且，到那时候你对我还有什么用？你可知莫斯科什么样的美人儿没有呵！"他不由得想起了在阿尔连采夫房间里上菜的那个服务员，这小娘儿们也很不错呢！胖乎乎的，身材挺匀称……他微微冷笑了一下，站起身来，索尼亚的照片掉到地板上。他走去穿上了大衣，无意中在照片上踩了一脚。

外边很冷，但是他敞开大衣走着。他从来不会伤风，也没害过扁桃腺炎，因为还在他童年时候，父母就及时地替他把扁桃腺割掉了。

他走到了市中心的大街上。那里只剩下几对情侣在散步。每当他走到一对旁边，就把女的从头到脚打量一番，心里胡思乱想。这样一直走到旅馆。餐厅已经关门了，他要求放他进去，说他要见一位女服务员，不知叫什么名字，是个圆圆脸儿，怪讨人喜欢的那位。

"嗨，您还是回家去吧，公民！"旅馆的一个工作人员阴郁地对他说，"看您喝的那副样儿，站都站不住啦。"

"不干您的事！"他傲慢地回答，"我是工程师，不用您来教训我。我自己知道哪儿应该去，哪儿不应该去。"

他登上楼梯到二层楼去。他好像记得阿尔连采夫就住在这层楼的某个房间里。二楼的值班人不让他到走廊里去。但他一把推开了她，挨着房号去敲门，并对着钥匙孔说：

"罗曼诺维奇，罗曼诺维奇，是我呐！"

门里面回答他的只是骂声，没有人给他开门。偶尔有人开门，也是对他臭骂一通。但克鲁季里契对这一切都只是乐滋滋地笑着：

"你这是干吗，这么大动肝火？这儿住的人怎么都这么晦气！"

人们好不容易才把他打发出去。在人行道上他又胡搅蛮缠地和过路人讲话。

“公民！”他听见有人叫他，一个民警走过来，“公民！行了，您逛得也够了。如果您不想在拘留所过夜，为这事付出二十五卢布罚金的话，那您趁早回家去。”

他是怕民警的。兴冲冲的劲头一下子都烟消云散了。他感到寒冷，便缩起身子，扶着道旁的栅栏踉踉跄跄地走回家去，不时回过头来看看民警是否还跟在后面。

13

斯捷潘寄来了一封航空信。信里说他马上就动身，路上要走两个星期左右，十月中旬才能到家。最后他在信中写道：“深深地向你们致敬，亲爱的弟兄们。我永远也忘不了你们的好心。斯捷潘。”

于是弟兄几个重又集合在一起，再一次讨论这个尖锐的问题。这一次选了一个星期天，在季米特里所住的父母留下的土房里。普拉东带了两瓶酒来。但是谁都不想喝，季米特里本来不喝酒。而雅柯夫说他的心脏给折腾得有毛病了，神经活动不正常。没有剧本，剧院虽然还没急得着火，可也已经冒烟了。

“到你们剧院去真没有什么劲头，”普拉东说，“你们这不是诚心在散布伤感主义吗？台上又哭又号，台下也是眼泪鼻涕。”

“你这是从哪儿知道的，亲爱的？”雅柯夫感到很惊奇，“你们看，亲爱的弟兄们，多么严厉的批评家！可是他自己呢，三年里总共只去过剧院两回。”

普拉东给自己倒了一杯酒，回头看了看正坐在窗前给季米特里补衬衣的廖丽亚说：

“廖丽亚，你能不能来做个伴儿？”

“行，普拉东·季莫菲耶维奇！”

季米特里皱了眉头，看着普拉东从橱里找出酒杯，把它斟满，当他递给廖丽亚的时候，季米特里便说：

“你这是干什么，廖丽亚？”

“冷呵，季玛，多少天也暖和不过来。”她回答说，把酒一饮而尽。

“我也很冷，”普拉东沉默了一会说道，“工作都不让你好好地干，老是有一些什么委员会在那里转来转去，又查又问。就从那次事故发生以后简直安稳不下来。我问契比索夫：‘多咱才算有个完呵，安东·叶戈罗维奇？’他说：‘亲爱的，你知道，这个世界上还有许多专爱兴风作浪的人，他们正在对我们两个施加压力呢。你要是知道了，非像老虎一样吼起来不可。’我问：‘为什么，为什么施加压力？’说是：‘什么都为。’就这样，能干活儿吗？”

季米特里冷笑了一声：

“你也抹起鼻涕来了，像雅柯夫剧院里的那些人一样。”

“我不是抹鼻涕，是不痛快。”

“要是换了我就得狠狠揍那些施加压力的家伙。”

有人在叫门，廖丽亚走了出去，带进来一个七十多岁的老头儿。这是邻居马凯伊契。老叶尔绍夫在世的时候和他很要好。

“我以为就只季玛一个人在家。老婆子忘记买火柴了。我说，让我去讨几根吧。原以为只他一个人，谁想到全班人马都在这里。你们好，孩子们！好久没看见你们了。日子过得怎么样呵？喝伏特加？给我老头子来一杯吧，也好暖暖我这把老骨头。”

普拉东很高兴有人和他做伴，他给马凯伊契倒了满满一杯，廖丽亚也把自己的酒杯递了过来。

“廖丽亚，算了吧！”季米特里说。

但她还是和他们一起干了杯。

马凯伊契讲起他到郊区的一个医生那里去治关节炎的经过，是一个邻居介绍他去的。

“我一本正经，有条有理地给他说了我的病情，脱了裤子，站着给他看我的腿骨。可他说：‘这么着。老大爷，咱们打个比方，假如你是一匹阉马，或者是一只西伯利亚雄猫，再不就是一条不管什么样的牡狗，我都可以和你认真地谈一谈。可现在没办法，不管我们两个怎么努力，也不顶用。’说得这么有学问。我就说了：‘对不起。为什么不顶用？我又不是白看病，该出几个钱我就出几个。怎么对人这么不关心？’‘因为，’他说，‘正因为你是人，而我是兽医，是给牲口治病的。’原来邻居给我开了一个玩笑。”

大家都笑了。又听见门响。

“客人接二连三地来了。”雅柯夫说道。这一次廖丽亚一下子带进来两个人——维塔里·卡扎柯夫和演员古良也夫。大家都感到很奇怪。

“同志们，”卡扎柯夫说，“请原谅，打扰你们了。路过这儿，决定进来看看。季米特里·季莫菲耶维奇说过，这座房子的大门是永远对客人们开着的。”

“来吧，请坐，”普拉东说，“你们是打哪儿回来还是要到什么地方去？”

“在城里随便蹓跶蹓跶，画几幅写生。”卡扎柯夫回答说，“永不知疲劳的亚历山大·里沃维奇给我做伴，解个闷儿。”

“画了些什么？”普拉东很感兴趣。

卡扎柯夫打开了画稿本，把画稿翻给大家看。

他当然是耍了个花招。他和古良也夫两人完全不是因为顺路，而是特意到这所土房里来的。卡扎柯夫没有放弃自己的打算。这几天他一直在坚持不懈地画季米特里的像，但还需要一些线条，还需要观察。即使季米特里怪他纠缠不放，即使季米特里不欢迎他，他仍然应该把自己的事情进行到底。他请古良也夫来是为了让他多谈话，以便自己少说话，多观察。他把旧的画稿本带来纯粹是为了作掩护。这里面什么乱七八糟的东西都有：外国杂志的剪贴，超现实派和抽象派作品的照片。虽然其中也有他自己的画稿，但都是一些属于动摇不定摸索创作道路的莫斯科时期的旧作品：一色的风景画。但大家看了这些画都很喜欢。

“好地方，”普拉东称赞道，“俄罗斯！多美呵！”后来大家翻到那些杂志剪贴了，维塔里便说：

“这没有什么可看的了。”他随手想把画稿本合上。

“怎么没有什么可看的？”普拉东不同意，“很有意思。”

于是大家就传看起这些画片来。

“有意思，”雅柯夫也说，“只可惜什么也不懂，怎么净是些灌肠器一样的东西？再不就是方块块，小窟窿。”

“这是什么，是画吗？”普拉东疑惑地问。

“一般说来，嗯，是画。”维塔里回答。

“可是要它们有什么用？往墙上挂吗？还是只放在本子里不让人看呢？”

“挂起来举办展览会。保存在博物馆里。去年秋天我在巴黎参观过一个这样的展览会。有很多人去看。”

这时古良也夫插进来说：

“维季卡！别来迷惑善良人的头脑啦。同志们！这全是胡说，这不是艺术。艺术要求人们付出巨大的忘我的劳动，这首先就得要时间、时间和时间。匆匆忙忙的胡搞乱弄，创造不出任何真正有价值的东西。从事艺术的人必须献出整个身心，整个思想和全部力量。当然，如果是真正的艺术的话。但是我见过这么一个涂抹匠，”说到这里，他用手指在一张画片上弹了一下，然后接下去说，“只用一个半钟头的时间就涂出这么一大幅画。他把颜料直接从管子里挤到画布上，就像一条条五颜六色的香肠，鬼晓得画成了什么东西，可他还自鸣得意地说什么这是创作的颂歌、是解放了的思想。”

“我同意亚历山大·里沃维奇的看法，”卡扎柯夫说，“我曾经和一个法国人激烈地争论过。他大概是这样说的：‘你们苏联的绘画太糟糕了，完全是自然主义派。你们不去寻求新的道路，而只是因循守旧。反映现实的道路有两条：一条是接近现实的路，这条路导致自然主义，使绘画变成摄影。另一条则是远离现实的路，这是一条可以无限地发挥创造力的道路，在这条路上艺术家不受任何约束，他有最大限度的自由。’”

“在这条远离现实的道路上就搞出了这种玩意儿。”古良也夫说。

“当他们争论这个问题的时候，有没有问问人民，人民希望什么，喜欢什么，什么是他们能接受的，什么是不能接受的？”季米特里问。

“当然，”卡扎柯夫回答，“在某种程度上当然是问的。比方，要考虑展览会上观众的意见……”

“至于下来和人民谈一谈，讲讲自己的计划，自己的困难呢，有没有人这样做？”

“也有人这样做。”

“大概不多吧？”

“当然不是所有的人。”

“问题在于，”雅柯夫说，“存在着这么一种理论：不是每个画家或作家都能在生前就被人理解的。据说有人远远走在自己时代的前面，他是革新者，是天才，他必须在将来才能为后代人所理解。这是一种说法。顺便说说，这种说法在我们剧院的某些导演中也很流行。也还有另外一种说法：据说在艺术问题上，群众就是群氓，所以不能跟着群众跑。他们赞成什么不赞成什么又有什么关系？应该坚持向群众证明自己的正确，在这种矛盾中战胜群众，使群众跟上自己。”

“这种事情不喝他个半斤是弄不清楚的。”普拉东边说边举起酒瓶来往杯子里倒。

“有什么弄不清的？”季米特里说，“一切都很清楚，如果有人认为群众和群氓都是一回事，那他就不是好东西。他们就是这样来对待人民的。他们不明白，群氓是群氓，而群众……是有自己的见解的。”

“也是有自己的标准的。”廖丽亚轻轻地插了一句。

“对！”季米特里接着说，“这就要劳驾你们，画家和作家，去适应这些观点和标准。你又不是生活在真空中，你也是群众的一分子。难道不是这样吗？”

“对，是这样的。”卡扎柯夫表示同意。

“所以，我说，去适应群众吧。你要是能够做到这一点，群众，人民就会不仅当你已经躺在坟墓里，而且在你活着的时候也承认你，爱你。你要是做不到这一点，总是高高在上地把人们看作没有头脑的群氓，总是违反他们的意愿来证明自己的那一套——那你，卑鄙的家伙，就滚你的吧！……去蹲在自己的窝里自寻安慰，等着在你死后让后辈们去了解你吧！”

廖丽亚早已站到季米特里的背后去，轻轻地，以免使别人看见她在抚摸着他的肩膀。季米特里感觉到这个，他很高兴，他明白这就是说他说得正确，就是说她赞同他。

他们吵吵嚷嚷地争论了好久。卡扎柯夫有些醉了，他挥舞着手臂大喊大叫。古良也夫忧郁地看着他，心想：“拿你怎么办呢，你不会喝就别喝算了。”季米特里看着维塔里——伊斯克拉的丈夫——渐渐醉了，内心产生了一种幸灾乐祸的感觉。

“您的妻子呢？”他坐到维塔里身旁，自己也觉得意外地突然问道。

“伊斯克拉吗？还能在哪里，当然是在自己的高炉上。”

“画家同志，您要是能把她在炉前的样子画下来该有多好。这会是一幅多么美的图画。在高炉上工作的妇女本来就很少见，何况又是这么一位妇女！”

廖丽亚注意地听着他们的对话。

“您知道吗，”维塔里揪住季米特里衬衫上的一颗钮扣，说，“我当时几乎没吃您的醋……记不记得，那次你们站在我们家附近？原来如此——我心里想——竟然有人在追求我的妻子。”

他笑了，而廖丽亚却咬着嘴唇，透过被雨水淋湿了的窗子看着街上泛着泡沫的黑水潭。她把一些零星的印象凑到一起：季米特里无意中露出的一些话，他的心不在焉，易于激怒等等。于是她深深地感到不安。在他们的生活中轻轻地，不知不觉地，悄悄插进来一个第三者——这就是那个曾和画家卡扎柯夫一起来过的胖胖的、腰肢束得细细的女人，画家的妻子。

廖丽亚走到桌前说：

“普拉东！您怎么不喝酒呢？请给大家斟酒吧，给我也来一杯。”

“你今天的兴致怎么这么高？”

“有这么好的伙伴儿，很高兴。”

天黑了，客人们一个个地相继告辞，离开了这所土房。哥哥们也走了。

“廖丽亚！真的，你今天是怎么了？”季米特里问她，像往常一样，他准备送她到码头去。“伏特加喝多了。我从来还没有见过你这样。”

“很平常。”她低声回答，沉默了一会之后她又问：

“还有一个哥哥要来吗？”

“还有一个，就要来了。”

“他从哪儿来？你为什么从来也没有谈到过他？”

“有什么好谈的？他的事情并不那么吸引人。”季米特里用几句话简简单单地给她讲了斯捷潘的情况。

“斯捷潘·叶尔绍夫……”她说，“战前我有一个熟人，也叫斯捷潘·叶尔绍夫。你有没有他的照片？”

“你那位熟人的照片？”

“你哥哥的。”

“似乎有，大概在普拉东家里。你要想知道他的相貌可以看看我，我们长得很像。”但她只耸了耸肩。

“明白了，”他说，“我的脸不像样子。我这副相貌全毁了。”

“季玛！”她向他走近了一步，“别这么残酷，你不是这样的人。你的心地并不这样，为什么要这么说呢？”

他们走到街上后，她又问他：

“你哥哥是干什么的？在哪儿工作？”

“在工厂里开小汽车。”

“我那个熟人是海员，”廖丽亚说，“常穿着白上衣，戴着海军帽。”

“我们这位斯捷潘也喜欢打扮成海员。”

又走了一段路。

“你爱过他吗？”季米特里打破了以往的默契。

“这是为什么，季玛？”廖丽亚痛苦地回答，“不谈这个吧。我求求你。”

“好吧。”

直到码头，一路上他们再没有说过话。廖丽亚回忆着过去，她不爱回忆往事，因为这些回忆常会使她流泪。她也想起了斯捷潘·叶尔绍夫，但不是季米特里的哥哥，而是那个年轻的海员。他曾对她说过，他爱她。这句话是在德国鬼子已经逼近这个城市，他们的炮弹一颗颗飞啸着掠过大街的那天说的。他说他们的船一小时后就要出发了，叫她不要送他，因为情况很危险。但她是多么愿意送他呵！她喜欢一直把他送到港口，送到码头，送到船边，在那些箱子、木桶之间他们还要站上好久，谈着，谈着……不，最后一次他没有送她，他几乎是跑着走的。在她的耳边还响着他的誓言："不管发生什么事，不管我走到什么地方，我永远……"这个"永远"指的是他将永远爱她。那时候她刚刚过了十八岁。春天才从十年制中学毕了业，刚刚考进师范大学，准备第一次去上大学的课。但开学一次又一次地延期了，因为德国鬼子在进攻。于是大学的课她就始终没有上成……

他，那个斯捷潘在哪儿？他发生了什么事？依然活着吗？还是在滨海城市疏散时被炸死了呢？在那个时候有多少船只沉下海去，有多少海员葬身在冰冷的海浪里呵！

"算了，再也不了！"她不愿再去回忆，不禁脱口而出。但季米特里却按自己的意思理解了她的话。他说：

"这样才对，喝酒可不好，这与你不相称。"

沿岸行驶的小汽轮早已在等候旅客们了，客舱和带篷的甲板上挤满了人群。季米特里和廖丽亚在船梯边站了一会，等着开船的汽笛声。汽笛响了，在一声低沉的、震耳欲聋的长鸣之后，又响了两声短的，于是他们握了握手，并且都又说了些什么话。说了些什么呢——没听明白，也没有记住。水手拉住船梯的扶手，以便把船梯放到码头上去。廖丽亚刚上了船，船梯便在她身后砰的一声落到了岸上。螺旋桨动起来了，船离开了岸。廖丽亚的侧影出现在上层甲板上。那是他们约好了的老地方，她挥动着手。季米特里也挥手作答。

汽轮愈驶愈远。只能凭想像，才能猜出廖丽亚站在什么地方。只看得见灯光通亮的船窗，其余的一切都沉没到大海上的黑暗中去了。

如果季米特里能看见廖丽亚的话，他就会看到她脸颊上的泪水。她不能抛开对往事的回忆，同时今天发生的一切不愉快也使她太痛苦了。为什么在他们的生活中要出现这么一个画家卡扎柯夫的妻子呢？她是从哪儿来的？来做什么呢？虽然廖丽亚没有任何肯定的根据可以怀疑这个女人，但她的直觉、预感和猜测告诉她，她没有错。怎么办？要是季米特里跟着她，跟着这个女人走了，会怎么样呢？廖丽亚该怎样才能防止这种不幸呢？她对于季米特里并没有任何权利。他们只不过是两个独身的人，没有任何任何的关系。没有任何关系……可难道真的没有任何关系吗？这该是多么可怕啊。

14

在开始演最后一幕前雅柯夫走进了戈尔巴乔夫的包厢。他们谈东说西地聊着天，雅柯夫问戈尔巴乔夫喜欢不喜欢这个戏。

“演得很好，”戈尔巴乔夫回答说，“但总的说来，使人觉得难过。凡是美满的真正的爱情，就一定是白发与红颜，这在我们艺术界简直形成了一种风气。我为青年们叫屈，叶尔绍夫同志。您认为怎样？”

“我同意，”雅柯夫说，“但人们喜欢这个剧。每天都是满座。”

“这就是因为它使人激动。当然啰，整个剧里就是他们两人你追我，我追你的。观众们就很着急，不知下面究竟会怎么样？”

“古良也夫演得很好，”安娜·尼古拉耶芙娜说。

“有什么好的！”卡芭插口说道，“简直是个呆子，一个可笑的呆子。五十多岁的人，又是徘徊，又是叹息，还像个孩子一样往河里扔石子，干各种各样只有孩子们才会干的蠢事。”

“剧本就是这样的嘛，卡芭奇卡。”安娜·尼古拉耶芙娜表示不同意。

“剧本是剧本，但他也还要加进自己的东西，妈妈，你懂吗？当然，一个姑娘可能爱上一个比她年纪大的人，这是有可能的。爸爸说得不对。普希金就曾写过玛丽亚和马杰帕[①]的事。但她爱他完全是为了别的，而不是为了扔石子，为他的傻笑和跳篱笆墙。五十岁的人最好不要跳，要是中了风，那就连结婚都活不到了。”

“卡芭！看你这张嘴！”安娜·尼古拉耶芙娜说，“小孩子没规矩，叶尔绍夫同志。”

“不要打断我，妈妈。让我说完我的想法。一个年纪轻轻的姑娘为了什么才会爱上一个比她年纪大的人呢？是为了在他身上有着她那些同年朋友所没有的东西，是为了他那伟大的生活和成熟了的智慧。她渴望着协助他完成他的事业，想成为他的助手。而扔石子和那些体育活动式的费劲事儿，姑娘的同年伙伴们做起来要灵活得多。所以我说演员演得不好。他应该演一个才智出众的伟大人物，这样的人才会让人爱上，不管他年龄有多大。难道我说得不对吗，爸爸？”

“并不完全对，”雅柯夫看见戈尔巴乔夫没有答理女儿，便说，“您对演员古良也夫作这么绝对的评价是不对的。”

“我倒很想和他谈一谈。”卡芭说。

“可以，”雅柯夫说，“请到后台来吧！”

“我要把一切都照直向他说出来……”

“这还不够吗？”安娜·尼古拉耶芙娜发急了，“你已经够叫我和

---

① 玛丽亚和马杰帕是普希金长诗《波尔塔瓦》中的主人公。

你爸爸伤脑筋了，还要去找别人！瓦尼亚，别让她去！”

这个剧的结尾真叫人恶心。背景是一片燃烧着的森林。剧中的女主人公，一个年纪略嫌大了一点的二十五六岁的女子把嘴唇递给她那上了年纪的男主角；在整整四幕剧中他不断地追求她，挑起她心中的火焰，把她弄得神魂颠倒。但他自己做了这些以后又怎么样呢？当他看到森林里起了大火，需要赶快跑开时，似乎很高兴。他避开了向他倒过来的女子，嘴里喊着些什么慷慨激昂的话跑掉了。

“妈妈，爸爸！”卡芭说，“我应该去和这位演员谈谈。”

稍稍争论了一下，最后决定三个人——卡芭和她的父母——都到后台去。

“你真是个讨厌鬼，卡彼托林娜。”戈尔巴乔夫说着，领了自己的全家穿过剧院里被弄得乱七八糟的通道——每当市里开什么大会，他都要经过这些通道走上主席台。“你要是嫁给谁，那他一定是个候补圣人，大殉教者。”

在古良也夫的化妆室里，戈尔巴乔夫一家看见已经有一对男女在那里了。古良也夫认出是市委书记，便请他们坐在满是灰尘的沙发上。当然，谁也没有坐。

古良也夫介绍说：

“这是我的朋友——画家维塔里·卡扎柯夫和他的妻子，卡扎柯娃工程师。”

听到“卡扎柯娃工程师”这几个字，戈尔巴乔夫摸了摸额角说：“等一等，等一等！您是不是不久以前才从莫斯科来到冶金工厂高炉车间的？”

一听见“高炉车间”几个字，卡芭迅速地看了伊斯克拉一眼，就在这一刹那间把她从头到脚打量了一遍。原来她们在安德烈家里已经见过面了。

“是我。”伊斯克拉回答。

“您真是好样的！”戈尔巴乔夫握着她的手说。“一个女同志，到高炉车间去！我早就想来看看您。但您知道我们书记的生活……高官显贵、官僚，这就是眼下某些耍笔杆的同志所加给我们这种人的唯一的称呼。就拿这个剧本来说，出现这么一个党的领导人——简直是块木头。”

他愉快而幽默地笑着说。但伊斯克拉却从这些话里听出了他的苦恼。安娜·尼古拉耶芙娜觉得这种谈话不太愉快，便对古良也夫说：

“您演得真好！使我们很满意，非常满意。”

“我可有另外的看法。”卡芭说。

“卡彼托林娜！……”戈尔巴乔夫厉声地说。但她仍然重复了一句：

“完全不同的看法。”

“是吗？”古良也夫向她走近一些。“您认为，如果要演一个五十岁的人，工程师，一个大工地的主任，那就不要叫他耍孩子气？如果使一个姑娘爱上了自己，那就应该自始至终都很坚强，对自己所干的事负责到底，不要在恋爱面前胆怯。不要像个意志薄弱，多愁善感，哭哭啼啼的小姐，对不？”

卡芭听着，觉得非常愕然。他，这个演员，自己谈到自己所演的角色，自己的演技时所说的这一切，正是她想对他说的。

“您怎么会知道这一点？”她问。

“刚才这位可爱的年轻太太给我说的也大致如此。”古良也夫指着伊斯克拉说，“而在两个月之前，我们开始排这个剧时，我，您的恭顺的仆人自己，也对自己说过这些。”

“那您为什么还是这样演呢？”卡芭问他。

“这就要问大家了。”古良也夫用手指着周围说。原来在戈尔巴乔夫和卡扎柯夫夫妇的背后已站了不少人。“大家都要为这个戏负责。剧院里除了演员以外还有导演呢。”

雅柯夫也在这里。他把导演和他们的助手以及演员们介绍给戈尔巴乔夫，大家开始谈起话来。卡芭走到伊斯克拉身边，低声问她：

“这么说，您和安德烈·叶尔绍夫是在一个车间里？”

“是的，都在高炉车间。他也是工长。”

“您难道是工长？您不是工程师吗？”

“按学历来说是工程师[①]，按工作来说是工长，这是职位。”

“叶尔绍夫呢？他并不是工程师呵。”

“不是，他是中等技术学校毕业的。但您也知道，我们在生产上完全一样。您认识他很久了吗？”

“不太久。”

伊斯克拉把话题转到话剧上：

“我和丈夫也是来对这个剧本表示愤慨的。多么庸俗！特别为亚历山大·里沃维奇抱屈。他是我丈夫的朋友，确切些说，还是他父亲生前的朋友。他们两个无所不谈，亚历山大·里沃维奇总是什么话都对我们讲。他是个出色的好演员。有时候他兴致好，就朗诵些莎士比亚的作品……那可真叫人感动！要不就读读马雅可夫斯基的诗……没有人能像他那么深刻地了解马雅可夫斯基了。亚历山大·里沃维奇是个了不起的人。可是现在却硬要他演这种小人物。我亲眼看到有一次他在我们家里哭。正是由于这个——由于得不到满足，由于不能演到一个适合他的能力、他的个性和天才的角色才哭的。”

“可我还这样说他！”卡芭很不好意思，也很难过。

“这没有什么。他自己就是一个心直口快的人。”

---

① 在苏联，凡工科大学毕业生，都授予工程师称号，而不是职务名称。

雅柯夫利用这个机会，陪着戈尔巴乔夫去参观剧院的房子。这座建筑早就该修理了，他希望得到市委第一书记的支持。安娜·尼古拉耶芙娜和维塔里·卡扎柯夫也跟大伙儿一起去了。剩下卡芭和伊斯克拉两个人。她们走进了休息室，那儿的灯大半都熄了，她们在一张空餐桌旁坐了下来，又谈了好久。卡芭对这位少妇的生活很感兴趣，因为不久的将来她也要过这种生活了。她谨慎地向伊斯克拉打听着。而伊斯克拉则很想知道她所觉得神秘的党的领导人的家庭生活，也更加小心翼翼地探问着卡芭。关于卡芭她还没有形成什么固定的看法，只是凭人们对于像戈尔巴乔夫这种领导人的女儿所常说的那些话来推想卡芭，认为她也是个娇生惯养，受爸爸宠爱的小姐。她们往往什么也不会，但却有着可靠的前途。

然而伊斯克拉却已经博得了卡芭的好感。虽然从外表看来她有些像猴子：可笑地眯缝着一双小眼睛，长长的下嘴唇向前凸出着，但她是那么可亲，热情，使人情不自禁地想和她接近。而且，重要的是不管像不像猴子，她可是个工长，工长！只要想一想看，什么地方的工长！是在可怕的高炉车间里，那里是多么危险呵！安德烈的烧伤曾经费了多大劲儿治疗，可直到现在还没有完全好呢。

“我很愿意，”她对伊斯克拉说，“能够和您进一步熟识。如果您不反对的话，我很希望我们的交谊能继续下去，伊斯克拉·瓦西里耶芙娜！”

“当然，当然。到我们家里来吧，卡芭奇卡！我们有很多画，还有各种集子。请来看看。您喜欢绘画吗？”

“很喜欢。”

“那您就来吧。”

“有人答应带我到高炉车间去。”

“当然也欢迎您到车间去，我们要把一切都给您看，都解释给您听。可能您就会选上这个专业呢。”

“我已经选定了，我在医学院学习。”

“这个专业很好。我的父亲就是医生，乡村医生。他死的时候有两千多人来送葬。是从邻近各个村子里来的。卡芭奇卡，一个医生，当然如果他是一个真正的医生，他选择这个职业是出于责任感，出于对人的热爱，那他就不是属于自己的，他属于人民。”

“您最好和我爸爸谈谈，伊斯克拉·瓦西里耶芙娜，你们一定会很谈得来。”

“哪里，哪里，卡芭奇卡！”伊斯克拉甚至摇起手来，“怎么能打扰您爸爸，何况又是我。我就爱叽里呱啦，扯起来没个完，要是不阻止我的话……总之，不能打扰您爸爸。他太忙了。”

“真怪！”卡芭说，“所有的好人都这么说：‘戈尔巴乔夫很忙，我们不要去打扰他。’所以就不来找他。可那些……就是那些个只愿自己好，只想为自己奔走的人……他们可不觉得不好意思。他们来来往往勤快得很……结果在爸爸身边转来转去的就多半是他们，而不是正直的，令人喜欢的人。这点我已经对爸爸说过上百次了。我什么都对他说，有些话甚至是连妈妈也不敢说的。您的丈夫是个有名的画家吗？”她改变了话题问，“卡扎柯夫？我好像没有听说过。”

“不太有名，卡芭奇卡。不过在莫斯科的画家里数起来也还不算最差的。总之，请到我们家来，看看他的画吧！”

过了一会，参观剧场的人们已经回来，她们便分了手。伊斯克拉和维塔里沿着大街走回去，戈尔巴乔夫一家子也坐汽车回家了。

喝晚茶时，戈尔巴乔夫对女儿说：

“你听着，卡彼托林娜！如果你不把你的工长带到家里来，我就自己去找他。这简直不像话！一个姑娘家在外边和人家散步，也可能已经在谈情说爱，而做父母的却连这个人的面都没有见过。说不定也是那样一个老东西，像今天在台上看到的那个一样。”

卡芭说：

“那你就自己去看吧。我绝对不把他带到家里来。我不是已经给你解释过了吗？”

几天之后在工厂里出现了市委书记。他在契比索夫办公室里坐了坐，谈了谈计划，矿石以及干部的情况。又在党委会呆了一会儿，谈了谈群众工作，学习问题和吸收先进工人入党的问题。走过他曾亲自建筑过的马丁炉车间时，向炼钢工人们问了好。又到轧钢车间转了一转，到辊轧机操纵台看了看季米特里·叶尔绍夫的工作，最后，总算到了高炉车间。

他登上铁梯，走过架在装铁车通行轨上的小跨桥，轨道上正有一列热气熏人的装铁车驶过，他感到自己的心在跳。他对自己说，鬼知道这是什么，好像要去会见大不列颠帝国首相似的。这真是奇怪的、令人莫名其妙的感觉。当大儿子结婚的时候，他并没有这种感觉。小伙子把姑娘带到家里，见了面，姑娘到底是姑娘，来了，生活惯了，什么也没有改变。而现在可不知道会发生什么。这个年轻人可能把卡彼托林娜带走，他想带她到哪里，就可以把她带到哪里。他可能使她离开自己的父母，如果他们不中他的意的话——一切都有可能的。他是一种比父母的力量要大得多的力量。现在还有女儿，很快就会没有女儿了，一切都得随这个小伙子的意，他想怎么样，就得怎么样。

戈尔巴乔夫等待着和安德烈见面，他感到很激动。而当他听说安德烈·叶尔绍夫不在高炉上，因为昨天安德烈是夜班，要到明天才能来时，他甚至高兴起来。这样，见面就推迟了。推迟了也好，免得激动。

在离开车间的时候，他满意地看到了在车间光荣榜上先进工人的名字中也有安德烈。

虽然见面是推迟了，但这并没能使他安静下来。他感到心神不定，耐不下心来等到明天——既然已经决定了做某件事，那他就不能够拖延。他让秘书茜玛奇卡通过民警局打听到了这位安德烈·叶尔绍夫的住址，当天晚上就去找他去了。

庞大的吉斯牌轿车吃力地在满是坑坑洼洼的路面上行驶着，连绵的秋雨把这条位于市郊的偏僻小路弄得泥泞不堪。这里甚至连人行道都没有，在一些房屋和篱笆旁边铺着几块木板，另一些地方有几块砖头像一条链子似的嵌在污泥中，而有些地方干脆什么都没有，仿佛在告诉你："闭起眼睛只管往前闯吧，脚反正总是要弄湿的。"

戈尔巴乔夫还从来没有到过这里。他对司机说："谢苗内奇！我们这里怎么这么糟糕？"

"这得怪市苏维埃，伊万·雅柯夫列维奇，和您自己，请原谅我。你们只注意修饰几条主要的街道，那里沿街的房子年年都粉刷一新，又种花、又栽树的。这里可是从远古时代起一直就是一片荒地。"

好不容易才到了叶尔绍夫家。一出车门脚就踩到烂泥里了。他敲了敲门，出来的是一个肩膀宽宽的小伙子。一双深色的眼睛藏在高高的额下。他说叶尔绍夫不在家，在厂里还没回来；好像是党内在开会。

"这么说，他是党员？"

"是党员。"

"您也姓叶尔绍夫吗？"

"是的！"

"您在哪里工作？"

"高炉车间。"

"这么说，您不就是安德烈吗？"

"是的。"

“我正要找您。”

“我以为是找季米特里叔叔的呢。”

“我是来找您的，安德烈·叶尔绍夫同志。”

戈尔巴乔夫不等邀请，就往里面走，但当他走过前室，刚跨进门槛时，却吃惊地站住了——桌旁坐着他的亲生女儿卡芭。看到爸爸进来，她也显得有些不好意思，站起来说：

“你好，爸爸，这么说你到底还是来了。”

“是啊，来了。”他觉得自己比她更窘，比她更不安。

“进来坐下吧。把大衣脱了。屋子里很暖和，安德烈把炉子生得很旺。安德留沙！我们请爸爸喝杯茶。把火柴给我。”她走到隔壁去把茶壶锅子什么的弄得叮当乱响。传来一股煤油味——大概是点着了煤油炉。这些事她在家里可从来也没有干过。

“您也坐下吧，安德烈。”戈尔巴乔夫脱了大衣，坐到椅子上对安德烈说。

安德烈在桌子的另一边坐了下来。

戈尔巴乔夫端详着这间屋子，不禁回忆起了自己父亲在哈尔科夫市郊的那座茅屋，父亲是铁路煤车上的制动员，家里也是这样的贫穷和简陋。他想起了父亲那只脱了漆的铁皮柜。铁皮已经挤压得凹凸不平了，当父亲在家的时候，这只柜子一直放在门右边地板上，紧靠着门槛。也想起了父亲的那件连帽的帆布雨衣，这件雨衣又硬又脏，充满了机车的烟味……

“怎么称呼您，用‘您’呢还是‘你’？”[①]戈尔巴乔夫问安德烈，他的声调好像都变了。

“随您便。”安德烈回答说。

---

① 在俄语中，“您”表示尊敬、客气，“你”表示亲近。

戈尔巴乔夫本来以为他会这样回答：“当然用‘你’，这还用说吗！”没想到他竟这么说。这使他有些沮丧。

“您大概已经猜到我是卡彼托林娜的父亲了？”

安德烈点点头。

“她没有对您说起过我吗？”戈尔巴乔夫继续问他。

“说起过。”

“难道您就从来不想看看她的父母吗？”

“安德烈有过这样的愿望，爸爸！”卡芭走进房来，随口说道，“如果说他没有来，那是我的错，这一点你是清楚的。”

“不要把关系复杂化了吧，”戈尔巴乔夫说，“茶快好了吗？”

他们喝起茶来，茶杯下没有碟子，桌上没有桌布，只铺了一块绿漆布。作为茶点的面包圈就这么放在漆布上。

戈尔巴乔夫看着这一切，简直不敢认自己的卡彼托林娜了，要是在家里的话，难道她会在这样的桌子旁边坐下来吗？

他拿起一块方糖，咬了一点，开始喝滚烫的浓茶。这个狡猾的丫头没有忘记他的爱好。在家里母亲是不准喝这样浓的茶的。他拿了一块面包圈，在茶杯里蘸了一蘸。

“浓茶可以帮助消除疲劳。”他一本正经地说。

“你今天很累吗？”卡芭问。

“全厂都走遍了。就是你们那个厂，”他对安德烈说，“高炉车间也去过了。”他逐渐平静下来，声调也开始恢复了平常的样子。

“我在光荣榜上看到了你的名字，谈谈你的工作情况吧！”

戈尔巴乔夫走的时候已不像来时那样心慌意乱了。谁知道呢，也许一切并不会怎么坏；也许，这个安德烈还不是那样一种力量，他不会随心所欲地改变这个家庭，使它支离破碎。

“一块儿走吧，坐车回去。”他一面穿着大衣，一面对卡芭说。

“不，爸爸，我自己走回去。过一会我就回去，别惦记。”

父亲走了以后，她问安德烈：

“你喜欢我的父亲吗？”

“还好，能谈得来。他们大概都是这样的，不喜欢我们这些小伙子。”

卡芭笑起来了。

“他在哪里工作？”安德烈问。

“在市委。”

“大干部吗？”

“算中等的吧。”

第二天卡扎柯娃工程师交班的时候对安德烈说：

“您知道不知道，安德烈·依格纳契耶维奇！昨天谁在打听您来着？他到我们车间里来了，问起了您的工作情况。”

“谁？”

“戈尔巴乔夫，市委第一书记。”

安德烈的脸上露出一种惊慌失措的表情，他什么也没回答便离开了伊斯克拉。看他这副神气，似乎他自己也不知道应该怎么办。

15

卓娅·彼特洛芙娜好像生活在雾里。她那平静明朗的生活完结了。现在她随时都在等待着什么人或者什么事，急匆匆地东奔西跑。她变得心不在焉，无精打采。接电话时很不耐烦，对厂长的客人常发脾气。

“大家都对您不满，”契比索夫对她说，“您已经染上了那些标准女秘书的习气，而我所看重您的恰恰是相反的东西。您怎么啦，卓娅·彼特洛芙娜？”

她低着头默不作声。能对安东·叶戈罗维奇说什么呢？阿尔连采夫俘虏了她，并且牢牢地抓住不放……这一切怎能说得出口呢？卓娅·彼特洛芙娜诅咒自己表现出懦弱无力的那一刹那，当时他请她去看戏，她没有能够拒绝。这样，这个莫斯科来的工程师就解除了她的武装。如果他当时立刻就向她露骨地进攻，卓娅·彼特洛芙娜也许，而且很可能，会给他些颜色看，让他清醒清醒。但他并不这样做——他悄悄地，完全是悄悄地走进了她的生活。他尽力博得卓娅·彼特洛芙娜那十岁的女儿和她母亲的欢心。他简直使她们着迷了。在家里只听到她们不断地在谈论康斯坦丁·罗曼诺维奇。

有些妇女口头上总说：没有丈夫也能过得去，我不是男人的附属品，我自己可以过得很好，我能挣钱……是的，你能挣钱，你养家活口，这都是事实。但是一个人生活，终究不是一件很愉快的事。有人会纠缠你，向你求爱，对你说种种的甜言蜜语。你得躲避这种种麻烦，得对付它们。可你的力量是有限的，你不能够永远防御下去。而且主要的是你也没有永远防御下去的决心。不管生活怎样欺骗了你，由于你的轻信不止一次地惩罚了你，但每次遇到这种事情的时候你还是想，甚至不是想，而是在你的内心里本来就一直期待着：也许这一次不会这样，也许这一次会很好呢……

虽然阿尔连采夫坚持要卓娅到旅馆里去找他，并且嘲笑她那小市民式的狭隘成见。但卓娅一直没去。于是在一个星期天阿尔连采夫就买了两张票，把卓娅的母亲和女儿打发到剧院去看早场的戏去了。显然，他根本不考虑，她们是不是同意，打发走就完了。说来也奇怪，和他在一起真是很有意思。他很会朗诵勃洛克、叶赛宁以及卓娅所没读过的一些诗人所写的美丽的、激动人心的诗篇。他知道许多故事，他可以滔滔不绝地谈他在国外的见闻。同时他又是一个精明干练的人。一年前刚成为预备党员的卓娅已有两次听到他在工厂管理处党的会议上的发言了。他讲得很好，很精辟，对决议提出了很中肯的修改意见。人们注意地听着他，许多人对他很赞赏。和卓娅要好的几个女同事总是向她叨叨咕咕，说有这样一个人看中了她真是幸运；要是她不能把他们的关系合法化，才是傻瓜呢。

就算是傻瓜吧，卓娅也不会采取什么措施来使这种关系“合法化”。谁知道，这到底算什么关系呵。阿尔连采夫并不谈爱情。即使他提到这个，卓娅也不能撒谎说她也爱他。从她这方面来说，只不过是经不住进攻，屈服了——如此而已。他们之间的这种关系对她来说痛苦多于快乐，这种关系使她感到不安、屈辱和羞耻，因为时时刻刻得迎合他的愿望，他说什么，就得做什么。往往不得不欺骗安东·叶戈罗维奇，借口母亲生病或有什么家务事，要求提前下班；她和他的那伙朋友很合不来，却又不能不同他们周旋。在家里也得说谎，想出种种理由，不管是白天或是晚上把自己的亲人从家里打发出去一两个小时，有时深夜回家，也要找借口给母亲解释。

“柯斯嘉！你结过婚没有？”有一次卓娅问他。“我现在也是有妻子的呀，”他回答说，像往常一样摇晃着一只脚，“这有什么关系？”“你结过婚？”卓娅不知所措了，“这怎么能说没有关系呢？”“一点关系也没有，既然我离开了莫斯科。这你也看到的，我就不和她在一起生活了。”“是她……她不愿和你一起来吗？”“不是她，而是我不愿意带她来。我对她厌倦了，厌倦了，懂吗？”“不懂。”“我们不再谈这些吧。你和我在一起难道不好吗？你为什么不说话？好呢，还是不好？你说。”“好。”卓娅被迫用轻得几乎听不见的声音说。“这是最主要的。其他的都是废话，卓娅！生活是太艰辛、太复杂了，我们不能再拒绝它偶尔带来的一些小小的欢乐。站在社会前列的人对社会作出的贡献比社会给他的东西要多得多，对不对？所以我们对于自己就不要过于苛求。”

一个十月的晚上，卓娅在家里等着阿尔连采夫和他那一伙人。他曾嘱咐她说：“卓娅，来的人很杂，最好不让人看见他们在我那里。所以我把他们带到你家来。拿些钱去吧，这里有几百卢布，你安排一下。”

“安排一下！”这就是说你不仅要设法准备好饭菜，而且必须请假提早下班，想法把妈妈和女儿打发出去，并且给邻居们预先打个招呼，要是半夜里吵吵闹闹的，请他们不要太生气。

将近八点钟的时候客人们来了，坐了两辆出租汽车。阿尔连采夫把来的人一一介绍给卓娅。其中有技术学校的工程师、发明家克鲁季里契——他曾经好几次来找过厂长；有不久以前才从监狱里释放出来的沃罗别内，他也是工程师，卓娅在工厂管理处见过他，而且她还在打字机上打过一项任命沃罗别内到某车间工作的命令，她忘记是哪个车间了；有画家卡扎柯夫，当他需要进工厂的通行证时，总是给她打电话；还有演员古良也夫。阿尔连采夫还介绍了一位剧院的导演托马舒克。最后是阿尔连采夫自己。

“亲爱的朋友们！”当大家都围着桌子坐下来时，阿尔连采夫举起了酒杯说，“人最宝贵的是友谊。让我们为友谊干杯！”

“对不起，”古良也夫表示不同意，“这是极好的一杯。但未免太早了一些。我们中间有一位妇女，这里的女主人。应该为可爱的卓娅·彼特洛芙娜干杯。”

下一杯在阿尔连采夫又一次建议下，到底还是为友谊而干了杯。卓娅早就发现，这是阿尔连采夫最爱提的，大概也是他唯一的祝杯。他总是只为友谊而干杯。但这一次阿尔连采夫建议再为沃罗别内工程师干一杯，他说：

“沃罗别内工程师蒙受了许多委屈、侮辱和不公平的待遇，我们应该关心这样的人，爱护他们。我们要使他尽快地忘却他心灵上所受的创伤。身为一个党员，我应该和自己的党分担对国家命运所负的责任——不仅对我们的成就负责，也对我们的错误负责。因此我感到对不起沃罗别内同志，我承认这个错误，现在我伸出友谊的手。祝您健康，亲爱的朋友！希望您勇敢地重新踏上生活的大道，站到新生活建设者的行列里来！”

大家都喝得醉醺醺了，沃罗别内开始谈起他在北方某地的生活。他不惜加油加醋说得那样耸人听闻，使卓娅感到全身发冷。她越来越觉得不自在。不知怎的，在这个不大的房间里她觉得越来越憋闷，看来，这是由于客人们愈来愈不拘束，愈来愈放肆而起的。桌子上空烟雾弥漫，又闷又热。而最使卓娅受不了的，是她感觉到桌子下面的导演托马舒克的脚一直在追逐着她的脚。但这时托马舒克看也不看卓娅。他看看这个，看看那个，只是不看她。卓娅把自己的脚缩到椅子下面，可是就这样托马舒克也还不放松。

在没有喝醉以前，发明家克鲁季里契一直忧郁地沉默着。可是喝醉后，他突然讲话了：

“不要以为只有他们这种人才有困难。”他用一个指头指了指沃罗别内，“我没坐过牢，这并不重要。我没坐牢，这只是因为碰巧了。由于我的耿直和不妥协，这种事情随时都可能发生。我虽然没有蹲过监狱，但也喝够了人生的苦酒……”

“请再喝一杯吧。”古良也夫说着，把克鲁季里契的酒杯斟满。

“您是在取笑我吗？”克鲁季里契顶了他一句，“我不喜欢您，古良也夫。”

“我也不喜欢您，克鲁季里契。”古良也夫回答说。

“亚历山大·里沃维奇！”阿尔连采夫站了起来，“请您对克鲁季里契同志包涵些。他的生活确实很困难，也是充满了创伤，受尽了委屈。克鲁季里契同志很刚强。他是个意志坚定的人。这位不知疲倦的探索者一定能够达到自己的目的。我提议为克鲁季里契同志，为他那永不静止的探索者的思想而干杯！”

古良也夫碰都没碰自己的酒杯。

“维季卡，”他悄悄地对卡扎柯夫说，“我真有些后悔把你带到这里来。原谅我这个老糊涂吧。”

卡扎柯夫也不喜欢这伙人。一个个都似乎受到过什么不白之冤，愤愤不平，大吵大嚷。讲话那么不直爽，装模作样，吞吞吐吐。于是他也悄悄地回答古良也夫说：

“溜掉吧？”

“得别让人家发现，一个个地溜走。”古良也夫建议说。

幸亏这时卓娅由于被托马舒克的脚弄得苦恼不堪，托辞头痛到外室去了。古良也夫赶紧跟着她走出来，问她：

“亲爱的卓娅·彼特洛芙娜，您这里有没有另外的门，可以不经过这个房间走出去？”

“有，从这个台阶走出去就是花园，那里有一扇小门。”

“太好啦，我和我的朋友想溜掉。玩得够了。非常感谢您，我们过了一个很愉快的晚上。”

“您为什么不说实话呢，亚历山大·里沃维奇？”卓娅忧郁地回答，“我完全看得出来，这个晚上和这些客人您都不喜欢，您巴不得早些离开这儿。”

古良也夫默默地拿起她的手来放到唇边，然后说：

“但这可不是由于您而引起的，您是很好的。”

这时卡扎柯夫也走出来了。

“亲爱的朋友，”古良也夫对他说，“你从那边绕过房子。悄悄地走进前屋，把大衣和帽子拿来，这样也让卓娅·彼特洛芙娜少些麻烦，房间里也可以宽敞一些。”

“您为什么这样说呢，亚历山大·里沃维奇？”卓娅说，然后又对着跑下台阶的卡扎柯夫喊道：“维塔里·米哈依罗维奇！请不要着急，我去把你们的衣服拿出来。亚历山大·里沃维奇！请您原谅，我自己到前屋去。要不然在黑地里他会走错路的。”

“他不会拿别人的帽子吧？比如说克鲁季里契的帽子。你们哪儿来的这种客人？我总觉得他很脏，并且……请原谅我说话粗鲁，也许有虱子。”

“康斯坦丁·罗曼诺维奇总是……康斯坦丁·罗曼诺维奇愿意帮助每个受过委屈的人。所以全找来了……”

她去了不一会儿，就和卡扎柯夫一起回来了。卡扎柯夫已经穿戴好了，手里还拿着古良也夫的大衣。古良也夫看见卓娅替他拿来了帽子。

“我没拿错吗？”她开玩笑地说，“这不是克鲁季里契的吧？”

卓娅·彼特洛芙娜站在台阶上用羡慕的眼光望着这两个她所喜欢的人的背影，一直到在黑暗中再也听不见他们的声音时，她才感到一丝凉意，打了一个寒噤，回到屋里。这时，阿尔连采夫正在说：

“不管我们是不是党员，党都一直教导我们做一个有原则性的人。沃罗别内工程师，如果您认为谁委屈了您，给您的职位与您从前担任的职位不相称，您就该到有关部门去提出这个问题，而不应该服服帖帖地妥协。”

“康斯坦丁·罗曼诺维奇，”沃罗别内表示不同意，“问题麻烦的是我虽然在法律上已经恢复了名誉，但是党内的地位还没有恢复，只要一提起这件事，您知道，大家就……”

“您要设法恢复党籍！问题在什么地方呢？”阿尔连采夫愤懑地说，“谁拒绝您了，应该干下去，必要时一直可以提到党中央！听见没有？”

沃罗别内没有作声。

“这样沉默是不行的！这太没有原则，”阿尔连采夫说完，又转向卓娅，“卓娅，我们的客人呢？走了吗？像英国人那样，连说都不说一声。不过他们还是挺好的人，缪斯[①]的仆人。”

“我不能说古良也夫也挺好，”托马舒克接上来说道，“您怎么认识他的？康斯坦丁·罗曼诺维奇！”

“和您同一个地方，剧院里。我和卓娅一起去过一次，就和他认识了。”

“这是个蛮不讲理的家伙，”托马舒克说，“老不要脸。我和他有过一个很难堪的场面。他当着很多人的面对我说了好些混账话。我不认为和他交往会给您带来什么愉快。”

卓娅又不知道怎样才能躲开托马舒克的脚。当客人都走了以后，她把这件事告诉了阿尔连采夫。

“这个坏蛋！真应该给他一记耳光。”他像往常一样地微笑着回答。他这种微笑令人很难判断，他是在正正经经地说话呢，还是在开玩笑。

卓娅开始收拾房间。母亲和女儿这一夜倒是不会回来，她们到一个要好的熟人家里去过夜了，但早上没有时间打扫，早早地就得上班。卓娅擦洗着刀叉和碗碟。阿尔连采夫坐在沙发上发议论。他说其实世界上坏人比好人要少得多。就拿这个托马舒克来说——他的脚还不足以说明他坏，他可能是个很好的人。

“人生来就是这样，卓娅。理想的人物是不存在的。我们每个人都有好的一面，也必然有坏的一面。无怪乎批评家们批评某些作家总是把人物写得完美无缺，写成‘理想的英雄’。完美无缺——这是不真

---

① 希腊神话中专司科学和艺术的女神。

实的，就为了这个，为了不真实才批评他们。”

“不可能，”卓娅想了一想，回答说，“不可能所有的人都有两面性。”

“可能的，卓娅，可能的，所有的人都有两面，三面，五面，甚至于更多的面。这些面愈多，这个人的性格也就愈丰富，愈有趣，否则所有的人都是千篇一律，大家都像一个模子里套出来似的，那这个世界该多么无聊，多么苦闷呢？你还记不记得马雅可夫斯基怎么说的：‘宁可醉死，也不愿苦闷而死。’就拿你自己来说，你认为你自己是个好人吗？”

“不知道，”卓娅迷惘地想了想，“我想我并不比别人差。”

“看你对自己的评价多谨慎！为什么会这样呢？正因为你并不完美无缺。是呵，决不是十全十美，你也有不太光彩的一面。”

“那又怎么样！”卓娅骄傲地，把脑袋向后扬了一下。“这又能说明什么呢？”

“没有什么。我只是说，既然你自己也不是在各方面都像天使似的清白无瑕，也就不应该这样要求别人。”

“我不说我自己，问题不在于我怎么样，”卓娅激动地说，“因为我是个渺小的、微不足道的人。但是如果认为每个优秀的伟大的人物也没什么了不起的地方，甚至也许是个坏蛋，那会怎么样呢，柯斯嘉？我们还向谁看齐呢？”

“你一定要向什么人看齐吗？你这大概还是当少先队员的时候养成的习惯吧！‘向右看齐！’而站在右边的那个高个子呢，身上的各种坏品质也和他的身材一样地出人头地。”

“柯斯嘉……”卓娅不知说什么才好。她找不到恰当的字眼和理由来反驳他，但她觉得自己是对的，正确的是她，而不是他。他不对，他错了。

“你说你是好人，其实你是坏人！”她喊了起来，“你把大家都说成这样。”

“你听我说，小妮子……”他刚想说下去，就被卓娅的喊声打断了：

“我不是小妮子！”她对他这种长辈式的口吻很生气，感到受了侮辱，“我不爱听这种话。”

“不叫小妮子，那么就叫你小猫，小银鼠，小雏鸡……”

卓娅双手捂着耳朵，直到看见他的嘴唇不再动了，才放下来。

他说道：

“问题不在这里，而在于我自己也并不认为我是好人。我自己了解自己，在我身上坏东西要多少有多少。把我描绘成好人，这就是欺骗我自己也欺骗别人。”

“把好人说成坏人，这也是欺骗。”

“好人现在没有，过去没有，将来也不会有。”

“那么列宁呢？”这是卓娅所能用来为自己辩护的最后一着。

阿尔连采夫点起了一支烟，好久没有作声，直到把长长的一根烟卷吸掉了一半，他才终于说：

“这个不能和你争论，因为你用了一个犯忌的手法，这是不能允许的。还是睡觉吧，今晚我不走了，外面又脏又冷。”

“我来给你铺床，我去找妈妈一块儿睡。”卓娅回答。

“傻瓜！”阿尔连采夫说着，捉住她的手，把她拉到沙发上让她坐到自己身边，吻着她的额头、她的眼睛，抚摸着她的肩膀，又轻轻地对她说：

“小傻瓜，生气了，嘴巴也噘起来了，这些小争执值得计较吗？得了，我的心肝，你真美，看你多温柔，多可爱，那些虚构的理想英雄和你比起来又算得了什么呢？”

这声音使她想起了她家的小猫“雷士克”，每当捕到老鼠时它也正是这样呜呜地哼着，于是她可怜起自己来了，她紧贴到这个呜呜地哼着的人胸前，用颤抖的，发热的手臂搂着他的脖子哭了起来……

早晨，契比索夫看见卓娅的脸色那么苍白，就对她说：

“亲爱的，我得让您休假去。为了我，您一连熬了十三个月了。我没有休假，这不等于您必须得陪着我。因为我是个负责干部，而您是劳动群众。您写张申请书吧，我们想办法给您搞张休养证。”

“安东·叶戈罗维奇！我不想休假，最好还是发给我加班费。”

“为什么？缺钱用吗？一个人养家是有点儿困难呵！唉，生活，真见鬼……”他在房间里踱了几步，又说，“您还是找个丈夫吧，怎么样？对了，那个莫斯科人阿尔连采夫怎么老在您身边转来转去的？”

卓娅早就料到安东·叶戈罗维奇会提出这个问题，也很怕他提这个问题。她红着脸，一声不响。最近以来她常常是这样。

“您对这些外来人可要小心些。”安东·叶戈罗维奇继续说下去，“谁知道他们这些鬼东西是不是打算在这里长期落户，是不是有真心。他们这种人很可能口头上对你甜言蜜语，说得好听，但是回头一瞧：他已经提起皮箱走了，就有过这样的。不过他倒是个很聪明、很能干的干部，外表也还可以。好，算了，算了，我不说了，看您的脸都像一块红布了。但是您要记住我的话，别等以后上了当再哭哭啼啼的。”

16

斯捷潘·叶尔绍夫回到他出生的城市已经四天了。他安顿在父母生前住的那所老土房里。周围是自家的樱桃园，园子里光秃秃的。这时正是十一月末，连绵的秋雨不断地浇打着泥泞的土地。

斯捷潘很少出去。只有一次，在黄昏时候，他到市中心的大街上去走了走。他生怕遇到熟人，所以把帽檐拉得很低。不过熟人倒并没碰见。城里的人比战前多得多了，都是些年轻的小伙子和姑娘。谁知道他们是从外地来的呢，还是战前斯捷潘没留意到的那些小家伙长大了呢？在遭到战争破坏的地方修建起了更多的新房子，几条主要的街道已经变得认不出来了。只有这郊区的樱桃园，外表看来依然和遥远的战前时期一样，好像在这块土地上空没有呼啸过震耳的炮声，好像希特勒匪徒没有践踏过这块饱受灾难的土地。

斯捷潘往海边港口走去。他久久地寻找着十四号门牌——那座砖砌的二层楼房。战前总有三四个月的时间，他常沿着这条从悬崖上下来的小路到这里来。在那些日子里他曾经历过多么复杂的情感，有过多少次的沉思默想呵！如今十四号房子不见了，它消失了。在它原来的地方整整齐齐地放着一堆被雨水冲洗得漆黑的煤块。铲煤机的煤斗从煤堆上把煤扒进自己的铁掌，然后举起又细又长的臂膀送到停在码头的船上。

也许，没有这座房子倒也好。难道斯捷潘还会走进去敲一敲那熟悉的门吗？不，他最多也只能远远地绕房子徘徊一会儿就走开罢了。

他口袋里那个已经磨得露出白里子的油布包里放着一张用玻璃纸包起的照片，照片上有一个少女的脸庞。由于时间太久，照片的四边都已磨掉，只剩下中间模模糊糊一块了。但是这张脸的轮廓，斯捷潘不仅能分辨得出来，而且还看得很清楚。无论是在被俘的时候，还是后来在苏维埃国土边境的那些日子里，他都不曾忘掉过这张脸庞，他带着这张照片经历了各种考验。他已经没有任何希望再看到战争前夕送给他这张照片的姑娘了。但在他的心灵上还留下隐痛，正是由于这个原因，他才又来到了这里，也就是那个有着一对黑眼睛，脸颊妩媚动人的快乐的奥丽奇卡·魏里奇金娜住过的地方。斯捷潘明白，无论如何，今后他是不会再去到处寻找她了，因为他很怕遇见她，他怕突然看到她的眼睛，听到她的声音，可是他又不由得希望这一切都能实现。

斯捷潘到过市集广场。从这里的山上可以看到整个工厂——从高炉车间一直看到成品仓库，看到第三个，也是工厂的最末一个入口。四座黑色的高炉好像四个勇士，身着铠甲，头戴钢盔，巍然耸立在港口的岸边，它们的倒影清晰地映入碧蓝的海水中。从外面运送矿石来的船只不断地在这个港口出入。

斯捷潘没有到厂里去。他等着兄弟们和他做一次严肃的谈话。但是一直没有谈成。他刚到的那一天，三兄弟大概都是请了假到车站去接他的。他们和他握手，拥抱。但谈的尽是些无关紧要的话：路上怎么样啦，天气可真不好，老是下雨啦等等。然后他们从车站到了大哥普拉东家里，原来普拉东已经从父亲的房子里搬出去了。在那里他洗了脸，乌斯金诺芙娜拿了一条干干净净的毛巾站在旁边哭。后来他们就让他坐下喝茶。当时的情形真是很窘：他一个人坐在桌旁搅动着杯子里的茶匙，其余的人有的站在一旁令人难堪地沉默着，有的在房里踱来踱去，也是一言不发。人很多，乌斯金诺芙娜告诉他说都是自己家里人。但是很多人斯捷潘都不认得，大概是战后他不在家的时候结成亲戚的。这些年来，有人出嫁了，有人娶亲了，还有些孩子出世了。

后来大家谈起给他安排住处。问他同意不同意住在父亲生前住的那所房子里。他怎么会不同意呢？战前他不是一直在那里住了二十三年吗？傍晚时分他们打电话叫来一部出租汽车，把他送到这所樱桃园里来。季米特里说他和在战时牺牲的二哥依格纳特的儿子安德烈两人住在这里。当叶尔绍夫家的一部分人往乌拉尔疏散时，安德烈的母亲跟一个少校跑到远东去了，从那以后一直没有消息。现在安德烈住在边房里，季米特里占用了那间一面窗子临街，一面窗子对着樱桃园的上房。他们把另一间小房给了斯捷潘。

实际上整所房子都归斯捷潘一个人用了。因为季米特里在当天晚上和兄弟们一块出去后就再也没回来。从昨天起安德烈也不回来了。斯捷潘发现这个在他记忆中还是个瘦鬼的侄子已经长成一个结实小伙子了，宽宽的肩膀，又魁梧，又漂亮，只是也长着一副招风耳。他说他快二十五岁了，已经在技术学校毕了业，现在是高炉车间的工长。

斯捷潘终于和安德烈谈了一次话。这是前天的事。安德烈下班回来，穿着一件背心在厨房里洗脸，把渗入毛孔的煤烟冲到盆里去。斯捷潘站在门洞里问他多大了，在哪里，做什么工作。他当时的神色很像季米特里，无精打采地敷衍着回答斯捷潘的问题。

“你大概是优秀工人吧，是先进工作者吗？”斯捷潘似问非问地说，“受过奖吧，得到勋章没有？”

“还得什么勋章？！”安德烈用毛巾擦着脖子说，“出了一回事故，风口掉了。现在落后了，成了个落后工段，谁想骂就骂，光是报上就登过三次。”

斯捷潘很惊讶，他一直认为，凡是没有经历过他那种遭遇的人都是轻轻松松地过日子，尽情享受着生活的幸福。生活在自由天地里的人一定都是优秀工作者，突击队员，勋章和奖金获得者或是各种代表……所有的人都是幸福的，各方面都一帆风顺，生活愉快而舒适。虽然在他被释放后也曾不止一次听说过自由的人也有不顺心的事，但他对这一点无论如何不能习惯，也不能马上理解，人们是正正经经地和他谈这些呢，还是开玩笑。

“怎么会这样呢？”他问，“为什么会出事故？”

“照管得不好呗！”安德烈笼统地回答说。

过了一会儿，安德烈问斯捷潘：“您跟德国人都去过些什么地方？到过哪些战场？”

斯捷潘起初不明白他问这些干什么。但当安德烈接着问了一句：“您没到过别尔戈罗德[①]吗？”于是他懂了。原来依格纳特的儿子想知道他父亲的亲弟弟有没有对亲哥哥，也就是对他那在库尔斯克地带牺牲了的父亲开过枪。安德烈扣着衬衫扣子，眼睛盯着别的地方，但斯捷潘看得出来，这个小伙子是多么紧张地等着他的回答。

“没有。”斯捷潘说，“没到过那些地方。”

在这次谈话以后，斯捷潘明白了，原来全家都在担心的一个问题是他在为敌人服务的歧途上究竟往前走了多远，简单地说，他在叛徒伏拉索夫军队里的时候，手上是否沾过自己人的鲜血。在这些日子里他准备要回答的也就是这种问题。但除了安德烈以外，谁也没问过他。这几天兄弟们不是这个，就是那个，不时有人到这里来，但都只呆上十来分钟，问他需不需要什么，然后就走了。昨天，星期六晚上，季米特里来了，站在大门口等了一会儿，一个女人来了，他们俩在街上谈了差不多半个钟头。然后季米特里就把她带走，自己也没再回来。斯捷潘心里很不安，看样子，他妨碍了他们的约会。

他每天到货站的铁路食堂去吃午饭，早晚就在家里自己烧茶，吃点香肠面包。如果说他需要什么，那么可以说，他只需要有人跟他亲切地谈谈知心话，他希望不再过孤独的生活，希望亲人们把他叫去。他不能先去找他们，因为他感到自己没有这种权利。他等着，希望总有一天他们会来叫他的。

这一天终于来到了。是一个星期天的晚上。他听见沉重的男人脚步声在窗外黑暗中渐渐走近，接着就有人敲门。兄弟三个都来了，把带来的两瓶酒放到桌子上，又打开了一包包的青鱼、火腿、盐渍番茄、黄瓜等。季米特里从食橱里拿出盘子和杯子。

---

① 俄罗斯西南部地区的一个城市，靠近乌克兰。

“怎么样，斯捷潘！坐下来喝两杯吧！你好久都没和弟兄们在一起了。”普拉东 · 季莫菲耶维奇拖过一把椅子来说。

杯子里倒满了酒，大家为健康碰了杯，但是谁也没有喝，有人把杯子端到唇边，有人送到鼻子前，就原封不动地放到桌子上了。斯捷潘看到了这一些，不过他自己还是喝了一点点，然后就吃起酸黄瓜来。

“斯捷潘！”突然季米特里直率地说，斯捷潘从小就很熟悉他这种爽直的性格，“咱们都不是外交家。老老实实把一切都说出来吧，你怎么会弄到这步田地？”

雅柯夫 · 季莫菲耶维奇接下去说：“要明白，斯捷潘！在外面时你是自己的主人，可以说你是独身一人，无牵无挂，你自己对自己负责，不受任何约束。可如今你回到了家里，回到了故乡，那就不管你怎么闭门隐居，不管你怎么躲开别人，在别人看来你总是我们家的一个成员，是我们的弟兄。生活已经这样安排好了，没有任何力量能够割断这种关系。总而言之，不管过去，现在，还是将来我们都必须为你对大家负责。因此，我们希望……”

雅柯夫 · 季莫菲耶维奇不知怎样来确切地表达出他们弟兄想从斯捷潘的谈话中知道的东西，便捻弄着手指，打了几个响。普拉东 · 季莫菲耶维奇点头表示赞同。季米特里则把一双大而有力的臂肘支在桌子上，坐在那里一动不动。

一股使人麻木的寒气慢慢地，然而是不间断地袭进斯捷潘的身体，从脚跟一直到胸部。他早就等着这场谈话，但他怎么也想不到和自己的亲兄弟面对面谈话是这么可怕。战后在远离故乡的地方，在远离这三个与他面貌、眼睛、手势、姿态都那么相像的人的地方，他不止一次站在那些执法如山的检察员、公证人和审判员的面前。过去几年来他什么都经历过了，但从来也没有像今天晚上这样感到可怕。当他站在审判员面前回答问题时，他知道不管判决是多么严厉，也不会是无限期的，惩罚总有一个限度。可是兄弟们的判决却是一辈子的事，它没有期限，也没有一个限度，这种判决将一直到死为止。

“谈谈吧，斯捷潘！”他听到了雅柯夫的声音，“你认为需要说什么，就说什么吧！”

“你认为需要说什么……”站在法庭上要比这好受多了。要说什么是由审判员确定的。他问什么，斯捷潘就回答什么。可是在这里……在这里必须毫无保留地把整个心都掏出来。如果能使兄弟们了解他，结果将对他有好处，要是兄弟们不了解他呢？那时候就一切都完了，永远完了，也就不必指望再来一次这样的谈话了。

谈些什么？该从哪里谈起？……斯捷潘回忆起了一个明朗的秋天的日子，他，提出入党申请的共青团员，被叫到工厂党委会去。党委书记的腰带上挎着一支手枪，正在房间里踱来踱去。

“叶尔绍夫！”他说，“你和沃罗别内工程师一起归党委委员瓦西连柯工长指挥。认得他吗？是高炉车间的。委托你们一件重要的工作。对你来说，这是党第一次交给你的任务。你是开什么车的？开小轿车？好，那就去领一辆吉斯牌轿车，开始行动吧！”

炼铁工程师沃罗别内也在那里。这是个三十五岁左右的人。半年前他开始留起了小胡子，好使他那个下垂的大鼻子不致太显眼。他们两人在瓦西连柯的率领下到了高炉车间的办公室，在那里斯捷潘也参加制定了行动计划。他们的任务是：如果苏联军队撤离城市，就必须炸毁所有的高炉。

当时很多工人把工厂设备装上列车后，就随车往东撤退了。普拉东就是这样走的。雅柯夫和依格纳特被征入伍了。但还有不少人没有走，照常到厂里来，这也许是由于习惯，也许是由于没有别的地方可去。斯捷潘的父亲和弟弟季米特里就是留下来的。厂里已停止轧钢，几座平炉也停火了。只有高炉还在冒烟，它们从来没有熄灭过，它们是不能熄灭的。

一个晴朗的日子，德国炮弹落到工厂里爆炸了。就在这天，人群、汽车、马车沿着海岸向东方的草原涌去。

瓦西连柯、沃罗别内和斯捷潘完成了任务。他们破坏了供给高炉空气的复杂设备。当他们把这一切都做完时，德国坦克已经驶近工厂门前的小桥。必须马上离开这里。但就在这时发现沃罗别内不见了，他们两个找来找去，怎么也找不到。于是瓦西连柯便决定：“不再等了，这只能怪他自己。赶快上车吧！”

斯捷潘坐上司机座，踩了一下风门，发动机没响，他掀起了机器盖，才发现已经有人把火花塞全给拧掉，车子不能开了。

这时，一个看门的老头走过来说：“你们那位工程师刚才跑到这里来，就在发动机这里磨蹭了一会儿。我也不知道你们在搞什么，还以为是要这么干呢。”

他们只好把汽车浇上汽油，放火烧掉，然后就沿着海岸跟随往东撤退的人群一起步行前进。一路上，他们遭到过飞机的轰炸，遇到过冲锋部队的机关枪和大炮的射击，也受到过坦克的追赶……

不，跟兄弟们谈这些有什么用呢？看来他们也不想听他在红军部队里，在罗斯托夫、库班、矿泉地带以及北高加索山区等地方作战的情况。

“怎么，我们就这么闷着不吭气吗？”季米特里说。他依然把臂肘放在桌子上。

“当时我胆怯了。”斯捷潘说，他感到全身发冷。在法庭上他也曾叙述过他所在的连队怎样受到包围，他们如何打尽了最后一颗子弹，当时他们是处在怎样一个进退无路的情况下等等。他说的全部是真实的。但在那里没有人问他当时有什么感受。只在这里他才第一次说出了这两个字——“胆怯”。

“大概还举起了手吧?”季米特里挺直了身子。

“举了。”

“那你就不是叶尔绍夫，你知道你是什么人……你……”

“等一等。”普拉东打断了季米特里的话。“也许，你当时受了伤?”他问斯捷潘。

“没有，好好的。”

雅柯夫掏出一包香烟，普拉东和季米特里都凑上去拿了一支抽起来。

“后来怎么样啦?”普拉东说，“举起了手，就把你抓去了，给你穿上鬼子军装去打自己人，是不是? 可是，你知道吗，就在你干这些事的时候，咱们的爸爸可没让敌人把咱们的钢铁拿走。爸爸没举过手，他跟鬼子一直拼到最后一口气。”

“你再看看季米特里，让敌人糟蹋成什么样子了。”雅柯夫说，“那时他还是个小鬼呢！可是就连这么个小伙子他们也要枪毙。”

斯捷潘斜眼看了一下季米特里脸上那道大伤疤。

“依格纳特牺牲了。还有连卡，瓦列尔卡……”季米特里补充说。

斯捷潘觉得越来越冷了。下巴禁不住轻轻地哆嗦起来，上下牙齿碰得嗒嗒作响。他有好多话要说，他要把一切都说出来。但他什么也说不出，就连几个能连成一气的字也说不出来，只是沉默着，嘴里还不时嘟囔着。他受不了这种紧张，便抓起满满一杯伏特加，像喝凉水一样大口大口喝下去，由于手不住地哆嗦，撒得地板上、裤子上到处都是。

看到这个样子，谁也没说什么。他轻松了一些，不再发抖了。

“是的，我是个卑鄙的人。”他急促地说，“你们往我脸上吐唾沫吧！我决不躲避。我什么都忍受得了。只是请你们相信一点：我没开枪打过自己人。在德国人那里我们没做什么事。我们不是一群兵士，是一堆废物。我们被赶到后方去打扫厕所，后来因为没战斗力，就干脆给解散了。我是个下贱坯，下贱坯，我承认。但是在我的灵魂上可没有沾过亲人的血。没有，我说没有。你们听见了吗？我自己给了自己惩罚，这种惩罚不是任何人能给我的。我不能平静下来，永远也不能，哪怕是在睡梦里也不能！”

兄弟们静静地听着他大喊大叫，只是不断地互相对个火儿，一个劲儿地抽烟。

“你们谁也不能够理解我所体会到的东西，你们懂不懂和自己人肩并肩站在一起是多么可贵？对你们来说，这很平常。可是当你和自己的亲人们不是肩并肩，而是面对着面，枪口对着枪口的时候，还有比这更可怕的事吗？假如我要能够像你们现在一样，和亲人们肩并肩紧靠着的话，我真能吞下整个世界呵！”

“为什么你以为我们不懂得它的可贵呢？”季米特里问道，“你别来教训我们。我们没有你那套经验教训，将来也不会有。你就像一只麻雀。我在一本书上看到的，这种鸟是到处为家，哪里能弄到吃的，哪里就是他的窝。”

“不对！”斯捷潘说，“不是这样的。”

“要是不对，那你为什么不像别人那样千方百计跑到自己这边来呢？人家牙啃着地皮爬也要爬回来，这样的人不有的是吗？俄罗斯人就在希特勒集中营里也表现出英雄气概，他们成立地下组织，冲过电网去参加游击队。可是你呢？并不是因为你当了俘虏，这没有什么可指责的；一时胆怯也算不了什么，每个人的胆量都不一样；不，是因为别的，因为你参加了伏拉索夫的军队，单单为了这一点就该揍你那副嘴脸。”

“斯捷潘，斯捷潘哪！”雅柯夫也说话了，“你倒是说说看，什么叫胆怯？你怎么个胆怯法？胆怯什么，在谁面前胆怯？”

“一看到黑洞洞的枪口像眼睛一样直刺到你的心上……”

“于是就把手举起来了？”季米特里愤怒地接下去，“在那一刻你都想了些什么？”

“想什么，想活！”斯捷潘喊了起来，“活下去！我想，不是当场打死，那就还不算完蛋，也许还能逃出来，谁能料到以后会怎么样。”

“斯捷潘！”普拉东责备地摇摇头，“在任何斗争中只有一个法则。如果你为了救自己的命或保住自己的幸福，而背叛了自己人，那么你也可以苟且偷生，但必须反对自己人。在这件事情上没有折中的余地，要么就坚持立场，一直坚持到底，不管是死是活；要么就动摇屈服，一直屈服下去。中间道路是没有的。你还记不记得，雅柯夫？”他转向雅柯夫，“你还记得那个团支部书记列士卡·克拉斯诺巴耶夫吗？”

“记不清了。”雅柯夫回答。

“列士卡这个小伙子曾是我们自己人，是个工人，可是托洛茨基分子到底叫他屈服了。因为他害怕。怕什么呢？他怕那帮大嚷大叫的家伙。他们对我们这些布尔什维克批评得好厉害，在会上大骂我们。这傻瓜以为既然他们这样大嚷大叫，一定是他们的力量大，一定会是他们的天下。于是他就去迁就他们，讨他们的欢心，而且越来越厉害。后来他竟然干得比那伙无赖还要凶。当时从州委——那时候好像是叫省委，记不清怎么叫了。雅沙！是怎么叫来着？……——来了一个斗争性很强的小伙子。真糟糕，只记得他叫阿列克赛，可忘了姓什么和担任什么工作了。他们两个一见面就干了起来，刚来的阿列克赛激烈地攻击那伙人。列士卡就说：‘我不许你这样发号施令，我是这里的领导人。’但阿列克赛回答他说：‘你知道你已经成了一个什么样的领导人了吗？你踮起脚尖跑在这群疯狗前面，还老回过头来看看跑得是不是合他们的心意。你处处都要讨他们的好，要他们为你鼓掌，他们夸奖你，你还高兴，你这个混蛋。’可列士卡当时不能理解这些，仍然执迷不悟，越陷越深，终于到了不可救药的地步。假如他再回到我们这边来，我们还能相信他吗？不，亲爱的，不可能了！……后来我们清除了这堆烂污，该镇压的镇压下去，情况就安定了下来。新的伙伴们抛弃了列士卡。这原是早在意料中的事。结果列士卡在群众中孤立了。我想，他一定会懊悔这次在政治上的失足。他又恼又恨，像土拨鼠一样地成天蹲在自己洞里啃指头。”

普拉东说完，把面前的一杯伏特加转动了一下，但没有喝，就放回原处，拿起了一个咸番茄吃着，又问斯捷潘：

“预备到哪里去工作？”

这个平平常常的问题使斯捷潘很伤心。他简直不知道该怎样回答。

“这有什么好问的？还考虑什么？”季米特里说，“应该到厂里去，还能有别的地方吗？”

深夜两点多钟弟兄们才散了。斯捷潘把他们送到大门口，站在那里，一直到他们的脚步声渐渐消失在秋夜的无边黑暗中，才回到房里来。他看了一眼那些装满了酒的杯子，把灯熄灭，没脱衣服就睡下了。他把双手架在脑后躺着。周围静悄悄的，只有那座老式挂钟在嘀嗒嘀嗒地走着，窗外光秃秃的樱桃树枝被风吹得飒飒作响。

他的脑海中浮现出了父亲，季莫菲·依格纳契耶维奇的形象，还是战前一个来月登在报纸头版上的那张照片上的样子，那时这个老高炉工刚刚获得列宁勋章。斯捷潘仿佛看到了他那张满是皱纹的脸和那部像浪花一样雪白的大胡子，高炉的炙热并没有把它熏黑了，一对深色的眼睛从黑暗里盯住他，好像一直看到他的心灵深处，要想躲避这对眼睛是不可能的……

17

“同志们！不管我们愿意不愿意，我们不得不重新讨论这个问题。”契比索夫环视了一下所有坐在他办公室里的人。长长的桌子旁边和靠窗子的椅子上坐着车间主任、工长、总工程师、总冶金学家、总工艺师、总机械师、车间党支部书记、工会干部。“问题是这样的，”他接下去说，“甚至部里都打来电话了。应该考虑考虑。也许，同志们！我们当时是错了，就是说我们醉心于精简和改组机构而把检修工作交给车间，这件事做得不应该。可能技术学校的那位克鲁季里契工程师是对的。让我们冷静地恰如其分地把事情重新研究一下吧！我找到了前年的文件、记录……当时几乎我们所有的人都表示赞同高炉车间的检修工作由车间自行负责。但是时间在前进，它提出了修正。时间的检验——是最正确的检验。我们的方法通过了时间的检验没有呢？也许，仍然得采用老方法。我们这儿经常有这样的情况：没有足够的根据就把好的，经过检查、考验过的旧东西抛弃掉并且宣称这种抛弃本身就是革新。”

“更多的终究还是相反的情况，安东·叶戈罗维奇，”总工程师说，“我们常常抱住旧的东西不放，而不给新事物让路。”

“完全正确，我不反对，但也常有像我所说的这种情况：醉心于无根据的改组。谁发言？”

“让我说，”普拉东·季莫菲耶维奇站起来，走到厂长的桌子前，手捋着胡须咳嗽了一声说。“同志们！第一个发言的人应该是我，而不是别人。为什么？因为是我首先向高炉车间建议不要修配车间的照顾。大家都知道，当时车间主任支持我，还有——怎么说呢——大伙儿也都支持我。我们的根据是什么呢？谁忘了，我就提醒他。我们当时这样想的，理由是高炉设备比过去要复杂，在每个小时都非常宝贵的条件下，检修工作必须高速度进行，而能够这样做的只有那些关心炉子的高度生产率，希望尽可能少停工，尽可能多出铁的人。而这样的人是谁呢？就是炼铁工人自己。现实生活，同志们，证实了我们是正确的。我们没要修配车间的帮助，一切日常检修工作都是自己做的，用快速的方法，而且是在炉子不停工的条件下。最复杂的情况我们也都能对付得了。为什么呢？就因为炼铁工人了解自己的炉子就像了解自己一样。而修配车间的检修工呢？他对炉子能这样了解吗？不，不能。总之，我们这里一切都变了样，比如说吧，无人负责的现象就完全没有了，以前是怎样的呢？是这样的：如果出了什么事——炼铁工抽着烟等检修工来。至于说改进机械的问题，连想都没想过，因为觉得这不是自己的事。而现在呢？现在光是合理化建议每年都提出几百条，都是很好的建议。今天领导同志们都在这里，你们自己知道这些建议在我们这儿有多少已经采用到生产中去，也知道它们的经济效果有多大。而由修配车间负责检修的时候是怎样的呢？举个例说，我记得书面的东西倒是写了不少，什么事都得打报告填表格。这也不用再去说它了！我个人认为没有任何理由再恢复集中检修。”

普拉东回到自己的座位上，又用拳头捂住嘴咳嗽了一声。

“叶尔绍夫很多地方是对的，”总工程师说，“有一个时候，大概是三十年代吧，那时我们还年轻——我指的是我们的冶金工业——很年轻，我们还不会正式组织生产设备的利用，那时我们整个的注意力都集中在新的建设工程上。我们的设备都损坏了，因而那时检修工作的集中是必要的，检修的集中被称为‘联营制度’。是的！‘联营组织’在当时是进步的开始。在‘联营制度’时期创造了必要的条件来组织预防修理。因为这种修理是总机械师在车间工作进度表上硬性规定下来的。而后来呢？后来我们的干部成长起来了，我们的经验丰富了，我们的炼铁工人们成了出色的行家。他们渴望创造，要求创造性的劳动。这时‘联营’就成为障碍了。叶尔绍夫完全正确，应当认为‘联营’所具有的最危险的现象之一，就是在改善机械和设备的创造性工作中我们主要的创造力量——我们的工人阶级却没有发动起来。不仅在生产车间里是这样，甚至‘联营组织’内也是这样的，尽管这很难使人相信。要知道‘联营组织’内工人的工资制是以什么为准呢？就是要修理得不好。因为同一部机件越是常坏，因修理它而赚的钱就越多，这是有利可图的。而一切新的、需要加工和调整的活儿却捞不到什么大利。”

总工程师谈了很多。他令人信服地谈了高炉车间里检修工作分散管理的好处。然后说没有理由舍掉这个再退回到老路上去，因为目前这种试验证明是正确的，至于将来怎么样，那是另一个问题。

“也许，问题恰恰在于过去我们修配车间的工作做得不好，而集中检修的原则是正确的？”契比索夫沉思着说。

“一切都是可能的，”总工程师回答他说，“但是试验，试验本身的效果是好的，你不能避开这一点。”

以后，车间主任和工长们也都发了言，都肯定了某些生产车间靠自己的力量进行检修的这种新的检修制度的好处。

当会议快要结束，契比索夫已经说出“问题大致清楚了”时，工艺科的新工程师要求发言。很多人不认识他，因此契比索夫叫出了他的姓：“阿尔连采夫工程师发言。”

阿尔连采夫站了起来，用他那聪明、困倦的眼神看了出席会议的人一眼，又用手拢了拢银灰色的头发，然后开始说：

“同志们！我觉得，即便克鲁季里契工程师在某些细节上有错误，但是在基本问题上毫无疑问他是正确的。在我们的计划经济时代，社会主义经济时代，一切工作都是依据严格而细致的计划来进行的时候，任何一种漫无秩序，手工业式的管理方法不仅是危险的，而且简直是可笑的。这正是无政府主义的表现。是倒退，而不是前进。像这样来组织检修工作的只能是那些私商企业主、资本家，而不该是我们。是的，文件是少得多了，甚至连一份都没有；是的，工人们是在创造性地进行检修工作；是的，他们也的确是很关心缩短修理的时间问题。然而，同志们，这些情况的实质归根到底却是这样……就像是一个裁缝店在‘自己缝！’这样的口号下做手艺。裁是给裁了，而顾客却得回家去尽其所能，会怎样缝就怎样缝。结果就缝得简直使你哭笑不得。可是专干这一行的裁缝不是能缝得更好吗，是不是？自己去缝吧，自己去修理吧——这算什么话？叫外行去干内行事，如此而已。三号炉上前几天所发生的事故说明什么问题呢？正说明了这一点。这次事故也正是外行干内行事的后果，是由于缺乏真正专家的敏锐而有经验的眼光。”

“那是因为零件上有个旧裂痕，是铸件不合格。”普拉东说。

“这很可能，”阿尔连采夫回答说，并不转过身去对着他，“假设情况真的是这样吧！但是，如果有一个适当的机构能够统一负责厂里的检修工作，而这个机构中的专家又能保证炉子正常工作，能负责修理炉子的机件和装备的话，那他们老早就会想出办法来检查炉子的全部设备，及时地发现这条旧裂痕了。他们会有相应的器械去操作，他们也会来专心寻找炉子的毛病。在我们今天这样的技术时代，任何工作的成就都决定于专业化。总工程师谈到了鼓动的艺术。但‘激情’对于写诗是好的，而生产却不能以激情为基础，它应该建筑在精确的计算和严密的组织工作上。关于精简机构、改组管理制度的问题我们已经谈得很多了。要是机构的改组能够保证高度的专业化，那我是赞成的。让我再重复一遍：我确信克鲁季里契工程师的意见是正确的。是时候了！我们必须整顿厂里的检修工作。任何办家务式的试验都不应该再搞下去。三号炉的事故迫使我们必须高度严肃地来考虑这个问题。”

阿尔连采夫这一番话使得很多人茫然不知所措。他的看法，他的论据是有说服力的。

“很遗憾，提出建议的人没被请到这里来，”阿尔连采夫坐下时又加了一句，“这不大合乎情理。”

契比索夫用铅笔敲着桌上的玻璃板，沉思着。阿尔连采夫关于使检修工作集中化的好处所说的论据并未使他迷惑。但是，又提起三号炉上的事故，这却使人不愉快。由于这次事故，契比索夫已经饱受了市委、省委及部里的批评。然而事故本身却完全不意味着要回到老路上去——再使检修工作集中化。阿尔连采夫工程师是错了。这是个机关工作者，不懂得生产……于是他说：

“既然在全部发言的同志中只有阿尔连采夫同志赞成克鲁季里契的意见，那，同志们，看来我们就可以决定：我们的试验暂时还是继续下去。同意吗？”

“同意。”总工程师说。

会议结束后，过了一个星期，省报的一个记者来到了工厂。这个上衣上佩着大学校徽的年轻人到了车间，和工长们、工人们以及普拉东进行了交谈，了解三号炉发生事故的原因。普拉东把固定装置的碎块拿给他看，上面的裂痕看得很清楚，记者会意地点着头。

记者又到契比索夫那儿去，详细地打听了克鲁季里契本人的情况和他的建议的内容。

记者刚走出厂长室，阿尔连采夫就迎了上来。原来阿尔连采夫特地嘱咐过卓娅·彼特洛芙娜，要她在厂长和记者的谈话一结束时就通知他。他引着这个记者沿着长长的走廊，从这头到那头来回走了好几趟。后来，他向记者建议：

“在这里谈话不大方便。最好，请您到我的住处去。我住在旅馆里。”

“我正好住在旅馆的对面。”记者说。

“那好极了，请晚上来吧！”

晚上，他们见面了。阿尔连采夫向记者讲述他对工厂的看法：

“您知道，”他说，“在莫斯科呆过，感受过它那丰富生活的雄伟气魄的人，真是不能忍受这里的沉闷和闭塞。宗派主义习气，不是亲，就是友，都是有关系的。互相不敢得罪，这还谈得上什么批评和自我批评？也正因为这样，所以才把一些只有实际经验的半文盲安置在责任重大的技术岗位上。这种人就像勃留索夫①诗中所说的，是些‘秘密的保守者，信任的报恩人’。可是有一些工程师……例如克鲁季里契……”

“您了解他么？”记者问。从记者这句问话里阿尔连采夫断定：这个记者显然是由于克鲁季里契写信到报社去才到这里来的。他想起这个发明家，不禁很高兴：“真行，已经行动起来了。有一手。”于是回答记者说：

“我了解克鲁季里契本人倒并不如了解他的建议多。这个建议很重要，很有意义，最近几天来我不得不为它在厂长召开的会议上进行斗争。不过，您知道！那里有一道不易突破的防线。我想我还得到莫斯科去一趟，到部里去，把这些问题认真地谈一谈。”

接着阿尔连采夫又开始详细地叙述他自己关于改组工业管理的计划。

记者面对着一个聪明、坚强、勇敢的人物；他学识渊博，目光远大，对任何问题都有自己的判断。这不能不引起人的钦佩。

---

① 勃留索夫（1873—1924），俄罗斯诗人。

“您最好能给我们写一篇文章。”记者高兴地说，“文章结构和文词修饰方面，如果您感到困难的话，那我们还可以帮忙。”

“您说这个么？这对我是熟悉的，”阿尔连采夫微笑着回答，“我常给报纸或杂志写些文章，现在我正在写一本书——也像《一个工程师的札记》一类的东西。我常常注意观察，碰到过不少有趣的遭遇，见过不少有教育意义的事件。艺术性方面——这我不想过多奢求，但倒希望书里描写的事实和所提出的看法能够引起读者的兴趣，不管写什么东西，最主要的是什么呢？就是及时，能解决当前生活中的问题。譬如你要射箭——那就得中的，不是这样么？”

“或者，您就把这本书的某些章节给我们吧！”

“这以后再说，什么时候写完了，我们一定再谈。来，记者同志，我们不应当干一杯么，譬如说，为您的职业干杯？因为这是永远捍卫真理、伸张正义的美好而高尚的职业。”

“不，不，哪里话！”年轻记者甚至吃惊了，“我不会喝酒，您说的哪里话。”

“这是值得称赞的，值得称赞的，很值得。那么，祝您成功。”

记者完全被阿尔连采夫迷住了。当他走了以后，阿尔连采夫独自在窗前伫立了许久。港湾上，灯光的后面便是大海。从那里传来均匀的、无休止的呼啸声，这是大海在怒吼。风用力敲打着窗上的玻璃。阿尔连采夫面对着不可透视的重重黑暗，但却看到了希望的光芒。最近两年来，生活给予他的烦恼远远多于欢乐。这使得多年来一直是一帆风顺的他，深深感到抑郁、痛苦，使他的日子很不好过……

如果回忆一下的话，他的一帆风顺的生活还在大学时代就已经开始了，或许甚至可以说，在中学时代就开始了。他的学习成绩一直是优等。不管在中学，还是在大学，大家提起他来，总是称他为“我们的骄傲”，听到这种话他是很高兴的。久而久之，他已经习惯了这种称呼，也就更不能使自己居于一个中等生的地位了。为了能保持学习一贯优秀，他可以成夜成夜地读书，啃课本。可以整天二十四小时都不睡觉，只要能在课堂上或考试时使同学们和老师为他那优异的回答惊倒。大学毕业后他立刻被分配到人民委员会去了，这是很自然的。学校的领导为这个曾做了很大努力。可是在那里他并没工作很久，还没来得及好好显示一下自己的才能，战争就爆发了。他被征上了前线。先在训练班集训了几个月，获得了中尉军衔，被派到部队去，在炮兵连做射击排长。就在这里，他也尽力处处争第一，只要能做到这点，他忍受着疲劳，冒着一切危险和任何不幸。在跟着进攻部队前进的炮兵连里工作，是经常可能遭遇到不幸的。他负过两次伤，痊愈后又回到了原来的团队。在一次战役中，他这个连击毁了敌人的两辆坦克。有一炮是阿尔连采夫自己发射的。用的是直接瞄准法，把炮身对准坦克就射中了。后来他这个事迹登上了报，奖给他红旗勋章并晋升为上尉，当了连长。当红军转入反攻，收复了失地，越过苏联国境线把战事推向国外时，阿尔连采夫已经是前线司令部里的一位胸前挂满勋章的中校了。

战争结束后他又回到了人民委员会，这时人民委员会已经改为“部”了。他回来时穿着军装，胸前佩着三排勋章。就在这里，也依然是一帆风顺，飞黄腾达，在他面前展示着一片广阔的前景。眼看着就要当上局长，这离部长的职位也就不远了。未来的可能使他兴奋得甚至喘不过气来。

可是这一切全被那个愚蠢、荒唐的东西打乱了。这就是他的妻子。但并不是战前的第一个妻子，不是的。第一个妻子是个安静谦逊的规矩人，每月从他手里拿赡养费，抚育着两个姑娘，就是阿尔连采夫的女儿，现在已是大学生了。不是她，这里说的是第二个妻子。他们是在前线认识的，经历了艰难曲折的爱情道路。因为她原来的丈夫是位将军，那时她虽然已经爱上阿尔连采夫，却怎么也不愿扔下这位丈夫。也不知闹了多少次，最后阿尔连采夫终于战胜了将军，把这位调皮任性的美人儿带到了自己的窝里。

就是她，使阿尔连采夫陷入这样艰难的境地，这是他怎么也没能预料到的。事情是这样：部里来了一个年轻的女秘书，她长着一对蓝蓝的诱人的大眼睛，一双弯弯的眉儿新月似的从鼻梁飞向鬓角。大家都叫她加俊妮，而真名加林娜却不再被人提起了。两年前她和阿尔连采夫生了一个儿子。当然，妻子也知道了这件事情。于是乱子就闹起来了，这位战斗能力相当强的夫人到了党的监察委员会，在那里流了一通眼泪，谈到了她的青春时代。这样取得了一定的效果。回家以后，她声言说："我要把你开除出党，柯斯嘉！你不要指望我会饶过你，亲爱的，我可不是你所想像的那样好欺侮。我离开了我的费加，并不是为了让你讥笑我！你还不了解我，我的朋友。"

阿尔连采夫受到了一级一级的传讯，和他进行了谈话。提醒他说，他担负着一个重要的职位，而这种职位是只有极纯洁正派的人，而且在各方面都是极纯洁正派的人才能担任的。结果，给了他严重警告的处分。"喔，不行，有人在袒护你！"夫人说，"柯斯嘉，严重警告是不能完事的，完不了，我一定要开除你的党籍，开除党籍！"她又到了有关部门诉说阿尔连采夫虽然在党委面前保证和加俊妮断绝一切关系，但是现在却依然常到她那里去。的确，去是去过两次，是去看望那个孩子去的。说起来他总还是这个孩子的父亲嘛！到底他能不能去看自己的儿子呢？能？还是不能？——谁又来管这一点！谁又能去向这位发了疯似的女人去进行解释呢？这位将军夫人（阿尔连采夫这样来称呼他的妻子了）把事情闹得简直难以收拾……部里满城风雨，众人议论纷纷，阿尔连采夫受到了降职处分，这个时期的日子可真不好过。但妻子的怒火却还没平息下去，仍然不断地给党委写信或是亲自跑到那里去。

能够有机会离开莫斯科，这在像只被猎狗追逐的兔子一般弄得精疲力尽的阿尔连采夫说来，甚至是件值得高兴的事。朋友们也支持他说：

“走吧，柯斯嘉！亲爱的，走吧！不然，这个婆娘真会把你吞下去。你如果走了，她不会跟着你去的，她不是那样的人。你把房子、东西……一切都留给她，她就会安下心来。亲爱的，不然怕真会把你开除出党呢！”

这样，他走了，心里还惋惜着那些未能实现的希望，可以聊以自慰的仅是：他是个出色的干部，而且受过国家部级机关工作的锻炼，到了工厂里一定会受到应有的接待，也一定会得到一个恰当的职位。而在这以后，就全得看他的了。他善于表现自己，善于使自己显得与众不同，这在地方机关的干部中间做起来并不太难，无论如何，总会比在莫斯科要容易一些。而当在工作中干出一些新成绩后，就会再回到老地方去，恢复原来的职位。这说起来还是在新的基础上，到那时，那个婆娘搞出来的纠纷也就会被人忘记了。

他怀着这样的希望和打算来到了这里，然而在这里，鬼知道，却是抱住个什么普拉东·季莫菲耶维奇死死不放，甚至不敢从现任的职位上触动任何人。要是他，阿尔连采夫能够担任高炉车间总工长的职务该有多好，这在冶金这一行里是个光荣的地位。在这个职位上可以好好地表现一下自己。要做到这一点，只要好好地干上一番：在各个高炉上建立起模范制度，集中起炼铁工作上一切的革新成果，从而把高炉的产量提高就行了。他有工作能力，可以使车间成为全国最好的车间之一，全国各地的炼铁工人都来向总工长阿尔连采夫学习经验。他正是应该担任总工长，而不应该不三不四地呆在工厂管理机关里。在工厂里，任何一个直接从事生产的职务，总要比一般的管理工作来得有前途。比如，就拿总工程师来说吧，责任相当重大，然而在这个工作岗位上，你的劳动却不容易被人注意。如果工厂有了成绩，这似乎与你这个总工程师没有关系，但如果工厂工作有什么不顺利，那你这个总工程师就有罪了。大家都会为些鸡毛蒜皮的小事来骂你，而总工长呢？……就不然，这是另一回事了。这里容不得含糊，是好是坏不是靠公文、计划、报表来说明的，而是靠炼铁，靠钢铁——靠重工业基础的基础。在这里，你的工作好坏一目了然，只要你能拿出金属来，你的成绩就是不容置辩的。

是的，阿尔连采夫的前途闪烁着光芒。人们原不希望他有什么好处，但结果却适得其反。谁也不能容许这些莫名其妙的怪人去践踏一个要去移山倒海，施展才能的真正优秀的好干部。说到头来，要移山倒海是为了什么呢？是为了全民的事业。事情本来是很明显的，在他的领导下，高炉出的铁要比在那个半文盲的叶尔绍夫领导下出的铁多。

阿尔连采夫怀着厌恶的心情回忆起这个城市中敷敷衍衍冷淡地接待了他的那些人，包括厂长契比索夫，和他到党委去提意见时遇到的一些人，还有那个劝他到工段上去做工程师的市委书记戈尔巴乔夫。这些人真莫名其妙！他们解决一切问题的仙丹妙方就是一宗：“到工段上去吧，投身到现实生活中去，从基层工作开始”，说什么：“我们一开始就是做工人农民的，扶过木犁，开过机床”。简直荒谬！既然连农庄的牧童和任何车间里的小工都达到了中等教育水平，那又去回忆那些木犁和机床做什么？现在时代不同了！人民成长起来，站立起来了。任何事情都离不开科学。在普拉东 · 季莫菲耶维奇需要一星期甚至一个月花费九牛二虎之力才能做到的事，对他，阿尔连采夫说来，只需一天，或许一小时，一分钟就可以理解、搞通，并且把它解决了。可是人们偏不理解这一点，仍然抱住个老蘑菇头死不放手，把他们当做工业中的法宝。

他离开窗户，把扩音器打开。传出的乐声是嘶哑的，听起来变了调，很不好听。他想去找人串串门，因为他不习惯一个人晚上呆在家里，于是他穿好衣服，走到街上来。到哪里去呢？他已经结识了不少熟人，可去的地方多得很。但他终于决定还是去找卓娅·彼特洛芙娜。“一个可爱的女人，”他想，“蛮聪明，蛮谦虚，诚实、忠诚。这都是些多么好的品德呵！”他把她和自己的妻子比较了一下，妻子所能留在他的记忆中的就只是一副恶毒的笑脸：“你要从党里滚出去，从党里，亲爱的！”然后他又把她和加俊妮比了一下。加俊妮太蠢，除了生孩子外什么也不知道，真是个傻瓜，但却是一个多么可爱的小傻瓜呵。

18

剧院的演员们在讨论一个青年剧作家的新作品。作者是市报编辑部组织的文学小组培养起来的。剧本描写一个五十多岁的工程师，某机关的首长，爱上了一个年轻的女工程师，她也爱他。于是首长抛弃了妻子和女儿，离开了家庭。妻子在将近晚年时成了孤零零的一个人，这原是件很不幸的事情，但是她并没有消沉下去，因为她是苏联妇女，热爱自己的工作（虽然剧本并没说明是什么工作），她要为人民谋福利。在剧终的时候这个孤独的妇人在悲壮动人的音乐声中傲然凝视着舞台对面最高的一层楼座，象征着她在瞩望光辉的未来。

剧本是由导演托马舒克朗读的，因为年轻的作者怕羞，不肯来。

当托马舒克停下来的时候，古良也夫问：

“有意思，不知道这一回我该扮哪个角儿，又是这位老青年吗？”

“当然啰！亚历山大·里沃维奇。您已经有经验啦！”

“可是这个角色和我现在演的那位远东某工地主任并没有什么两样呀。只不过工地主任借口森林失火离开了那位姑娘，而这位首长却和她结成姻缘罢了。这是不可能的，简直太不像话！”

“没什么不像话的。您到会计科去看看就会知道，最近半年来我们剧院的财务情况改进了多少。场场客满，售票处还常常因为争票打起架来。当然，财务情况只是事情的一个方面，再看看另一方面，也是主要的一方面吧。观众爱上了我们剧院，我们有了自己的观众，我要强调这一点：自己的！亚历山大·里沃维奇！您还摆脱不开您那根深蒂固的浪漫主义。您离开现实生活太远啦，您还生活在过去的时代里，可是您没看到新的一代早已成长起来，他们不再穿那种涂了油的马靴，不再挂着肩带，也不再以大学没有毕业为荣，因为他们都是大学毕业的。现在的青年们对生活有另外一套看法，他们心目中的天地更为宽广，生活更为丰富多彩。他们有另外的兴趣，另外的爱好。您曾经为他们争得了自由幸福的生活，这是您的光荣，亚历山大·里沃维奇。现在您就让他们自己去确定自由和幸福的含义吧！别再去约束他们，别成为他们那年轻有力、阔步前进的脚步的累赘。”

“可是您和我差不多是一辈人呀，尤里·费多罗维奇。”古良也夫说。

“我和您不一样的地方就是我并没有脱离生活，脱离青年。”

“而我认为，”雅柯夫·季莫菲耶维奇·叶尔绍夫加入了这场争论，“亚历山大·里沃维奇是对的。我们不能靠现在这一套剧目过日子，同志们。看看我们现在上演的这些剧本吧，一个剧里妻子抛弃了丈夫，说什么他是个老官僚主义者；另一个剧里丈夫离开了妻子，只因为她年纪老了；又一个剧里谁也没有离开谁，都是些胆小鬼，想抛弃对方而又不敢，于是就在背地里偷偷摸摸；再有一个剧里则是一个婆婆妈妈的老好人受到欺侮……”

“这是谁的罪过呀？”一个上了年纪的女演员大叫着说，“难道是我们错啦？难道这些剧本是我们写的，是我们决定上演的不成？对不起，雅柯夫·季莫菲耶维奇，您这么说，倒真的有点像那个婆婆妈妈的老好人。”

“我觉得，”又一个女演员喊了起来，她喜欢扮演引诱有妇之夫的年轻女郎，“这个剧本很好。我们演过的那些剧也都是好的，至少是有内容可演。在这些剧里，你一走上舞台，就感觉到自己首先是个人，是个女人，可不像从前那样是个什么抽象的干部。人，女人，这就是值得骄傲的称号，而干部呢？干——部，说起来都觉得可笑。”

“完全正确！”一个男演员表示支持。他专爱扮演初恋的情人。“现在的人物性格可比从前丰富多了。本来，人就应该有人的性格，一切正常人的七情六欲他都应该具备。可是从前呢？比方说吧，从前在舞台上只有反面人物才可以喝酒，只有彻头彻尾的大坏蛋才能对妻子不忠实。演来演去尽是什么动员起来啦，什么紧密团结啦，又是瞄准射击，又是高喊乌拉，马蹄嘚嘚向前冲呀……就这一套。”

“我的朋友们！”古良也夫说，“听到这些话我真为你们感到害臊，感到羞耻，同志们！我们苏维埃的艺术从来就是有伟大形象、伟大主题的艺术，因此才赢得了全世界的尊敬。我们的艺术可以用一个伟大的戏剧家的话来说明：‘我说话，有如席勒。’但对于今天这些不三不四的剧本我要说：‘你说话像个公务员。’我可再也不愿当公务员了。雅柯夫·季莫菲耶维奇！如果你们采用这个剧本，我就拒绝参加演出，我坚决反对这个剧本。”

在整个争吵的过程中，剧院的艺术指导一句话也没有说。他是个老演员，有着一头白发和一个下垂的大肚子，仪表威严端庄，虽然已经上了年纪，却还很健壮。他坐在椅子上，胡须一直垂到胸前，双手交叉着放在肚子上，两个大拇指不停地绕动着，转过去又绕回来，转回去又绕过来。

“是呵，”在古良也夫提出了坚决的抗议之后，他说，“情况并不那么简单，我的朋友们。谢谢你们的建议，谢谢你们坦率地说出自己的看法。让我们再考虑考虑，琢磨琢磨。”

古良也夫心里还在愤愤不平，觉得很不痛快，于是便去找卡扎柯夫。卡扎柯夫正在画季米特里·叶尔绍夫的画像。他穿着一件沾满了油彩的方格子工作服，站在房间中央，聚精会神地盯着画布上那张有着一道大伤疤的脸。伤疤使这张脸具有一种难以遏止的热烈的表情，使人觉得这样的人能够为真理、为正义而奋不顾身地投入到寡不敌众的战斗中去；他能够为了神圣的真理，为了维护自己的信仰而赴汤蹈火，不怕牺牲。

卡扎柯夫没有立刻和古良也夫打招呼。他的目光呆滞，正在对着画布出神。好几分钟以后，才回到现实生活里来。

“嘿，已经有点像那么回事了。”古良也夫端详着画像说，“真了不起，这个人有多大力量！”

卡扎柯夫把季米特里的情况讲给他听。他知道季米特里生活经历中的每一个细节，他也谈到季米特里的父亲，谈到那个老叶尔绍夫怎样和德国鬼子进行秘密斗争而付出了自己的生命。

“我真想也为他画一张像，亚历山大·里沃维奇。可是没有具体的人我什么也画不出来，虽然我完全能够想像得出这位工人阶级的老英雄是什么样子。”

“喂，你再给我讲一遍，”古良也夫请求说，“他在那个坑里都干了些什么？是叫上料坑吗？就是上炉料的吗？说说看，说说看！”

他用一只手托着下巴细心地听着，眼睛望着季米特里画像旁边的什么地方。等卡扎柯夫讲完，他说：

“维季卡，这是一个多么纯朴而又完整的形象呵！多巨大的力量！多高尚的灵魂！再见吧，我走啦！你给了我一个主题，一个非常好的主题。”

整个晚上，古良也夫都坐在他的邻居普拉东·叶尔绍夫的家里。他们只喝茶，也没心情再喝别的东西。他向这位高炉车间的总工长打听他父亲季莫菲·叶尔绍夫的事情。普拉东很乐意给他讲，他不仅讲了父亲的一切，也介绍了叶尔绍夫全家，还把照片拿给古良也夫看。照片上的季莫菲完全不像什么了不起的英雄。在这个干瘪的小老头的外形上既看不出有什么力量，也看不出灵魂的高尚。古良也夫推开了照片，他不需要这些照片上的细节。在他的想像中已经勾勒出了另一个季莫菲的形象，要想摆脱这个形象已经不可能了。

他弄到了一张进厂的通行证。一整天都呆在高炉车间里。伊斯克拉带他去看了上料坑、上料车、定量车等等。他跟她一起站在大声吼叫着的高炉旁边，看着耀眼的铁水从出铁口汹涌地奔流出来。工人们把希特勒匪徒杀死两位老工人的地方指给他看，就是这两位老工人曾经不顾生命危险破坏了高炉，使高炉不能生产。在这里古良也夫脱了帽子，默默地低下了头。然后他又到安葬死难工人和这一对老朋友的义冢上去了一趟。

伊斯克拉看到古良也夫流下了眼泪。他不想掩饰，也没觉得不好意思。

以后他又到高炉上去过几次，但再也没问过什么，只是久久地站在炉旁，仔细地观察着周围的一切，有时拿起保护镜凑到观察孔上看看炉里的情况，有一次他要了一根铁棒去拨弄了一会儿沿小槽流动的铁水，他甚至也曾几次打通过出渣口。工人们对他已经习惯了，他不妨碍任何人，自己也不觉得有任何拘束。

有一天乌斯金诺芙娜对普拉东说：

“我们这位演员是怎么回事呀？该不是进厂去工作了吧，看他整天穿着工作服在房里走来走去的，还戴着个工人帽。”

“他们这种人就这么怪，到处都是他们进行创作的实验室，你懂不懂？”普拉东回答说。

“不大懂。”

古良也夫又到市报编辑部去打听到了青年剧作家阿列克萨辛的住址，他就是《被遗弃的妻子》的作者。古良也夫找到了他，他正在家里修理渔网。见到古良也夫进来便说：

“我星期六要去打鱼。您知道，自从和你们剧院打上交道，可真是伤透了脑筋。从前没搞什么戏的时候，倒是无忧无虑地过日子，什么事也没有。我是个无线电技术员，在海上广播站工作，值一天一夜的班，休息两天两夜。歇班的时候我就写剧本。”

“那么，这不是您的第一部作品啦？”

“这是第八部了。”阿列克萨辛一包一包地从书架上取下好几个纸包，“您看，这是一部……描写一个高级干部的儿子杀死了自己的母亲。他结识了一伙匪徒，就做起强盗来，把母亲的财物抢劫一空，然后把她杀了。这是根据《共青团报》上一篇小品文写的。这一部是写一个女大学生放弃了学习。她原来渴望学习，也考进了大学，但是她羡慕轻松的生活，嫁了一个有钱的丈夫，当然是个老头子，所以就不再上学了。这是一部描写垦荒者的剧本，到荒地上去的时候都是些很好的小伙子和姑娘，可是后来和坏分子打上了交道……”

“您这些题材都是从哪儿来的？”古良也夫问，“就算第一部是根据团报上的材料……”

“别的也是。不是报上登过的，就是听别人讲的，那个垦荒者的故事是一个同志告诉我的。他在荒地上呆了差不多一个月。”

“除了这些……怎么说呢？……除了这些纯粹是家庭问题的题材以外，您还写没写过别的意义更大的、内容更广一些的题材？”

“怎么没写过，当然写过，我一开始就是写的这些。您看，”他从一大叠纸包中抽出一个很旧的小纸包，“这个剧本还在省立剧院上演过，叫做《在战争的日子里》。”

“是吗？”古良也夫立刻活跃起来了，“难道这是您的作品？这个剧很不坏，实在，很不坏。那位厂长您写得很好，非常生动而且富有人情味，很有感染力。”

“这是我的亲叔叔。剧里写的就是他的事情，他是个修船厂的厂长，现在已经去世了。他的妻子，也就是剧里上前线去的那个医生，您还记得不记得？是我的婶婶，现在还活着，在医院里工作。我现在就住在他们家里。”

“原来这样，真是个好剧本。您要是再写些这样的剧本有多好！我亲爱的阿列克萨辛同志，您为什么不写了呢？”

“这种剧本现在没人要呀，亚历山大·里沃维奇。他们说，现在需要尖锐的批评，需要揭露，不需要粉饰现实的作品。要么就写离婚，写老夫少妻也行。”

“这是谁对您说的，阿列克萨辛同志？”古良也夫问。

“比如你们剧院的托马舒克，他就这么说。我本来还给他看过一个关于渔民的剧本，是描写他们的生活、劳动和爱情的。我觉得不坏，主要是我很了解这些人。可是怎么样呢？他说：‘现在谁还需要这些过了时的东西？您还拿劳动生产做题材。观众可不需要这种剧本，他们已经看腻了。’”

“艺术指导怎么说的？”

“他说：‘年轻人，您得好好听聪明人的话，把这些话多考虑考虑。’他自己可没读过这个剧本，我一看就知道，他连一个字也没读过。”

“苏联戏剧史您总知道一些吧！”

“当然，知道一些。”

“那么，您看没看过这样一些剧，至少，剧本您总该读过吧。”古良也夫列举了他过去曾经演过，也是他最心爱的那些表现英雄主义的革命题材的剧本。

“差不多都知道。”阿列克萨辛回答说。

“您认为这些剧本怎么样？”

“好极了！”

“好在什么地方呢？”

“能启发人的思想，能激动人心，亚历山大·里沃维奇。而且还不仅是一般的激动，它简直使你想卷起袖子马上去为某个目标而斗争。”

“那么您写的《被遗弃的妻子》这个剧呢？能启发什么思想？看了以后，会使人去为什么目标而斗争呢？您知道，这倒有些像那些专门喜欢用望远镜偷看别人家庭私事的老头子。他们一旦看到了什么绝不能公开的私房事，就高兴得搓着双手，直流口水，以为居然给他偷看了，而且还看到了些什么。”

“我的剧本可不是这样的，我提出了问题。”阿列克萨辛觉得很委屈。

“什么问题，亲爱的？嗯，什么问题呀？全是些不三不四的东西，我的亲爱的。”古良也夫动了动面前的渔网，把结网的绳子往手指上绕着，接着说：

“您知道不，阿列克萨辛？我们在剧院里读您的剧本时，我就看出来，您是有写作能力的。您的人物对白很生动，说的都是很标准的俄语，叫人听起来很自然，不觉得死板板的。您听我说，我建议您做一件真正的、有意义的工作。我这想法倒并不是为了您，而是为了我自己。但如果这件事能够成功的话，那您得到的好处要比我多得多。我建议您写一部关于叶尔绍夫老头的剧本。您听到过这个老头的事没有？”

“没有。”

“我先把主要的内容告诉您。您要是还需要知道些别的，就自己再去找。”

于是古良也夫开始详尽地、全面地介绍叶尔绍夫家的家长、老高炉工季莫菲的事迹。他讲的时候非常激动，他不只是叙述，而且已经演起来了。

“也许，这一切都不应该这样写。”古良也夫用手帕擦了擦脸上的汗说，“很可能要写成另外一个样子。不过您觉不觉得，阿列克萨辛，我们将在舞台上表现出一个多么伟大的形象呵！您有没有这个感觉？”

阿列克萨辛没有回答。不错，他认为古良也夫的确给他提供了一个有意义的题材，他明白这一点，但他又怕自己写不了这种题材。他怕时间花得很多，结果却一事无成；他怕剧院不采用这个剧本，因为这不合乎他们的要求。于是他老老实实地对古良也夫说：

“您可别见怪，亚历山大·里沃维奇，我怕写不好。”

古良也夫回到家里，第一次感到遗憾：他竟连一张写字台，一个墨水瓶，甚至一张像样的纸都没有。他在墙角里的垫褥上躺了下来，用铅笔把一些个别的台词、个别的场面记在一个已经撕得乱七八糟的小本子里。写出来的东西很不好，词不达意，一点也不生动。但他并不灰心。他站了起来，边想边演。这样效果比较好些了。很可惜身边没有速记员，只好自己把所演的内容陆续记下来。

这样过了好几天，又买了两个本子。商店里只能买到书法练习簿，用起来很不方便，因为带斜格子，所以就不自觉地像小学生一样很用心地去写，结果写出来的字体很大。

他逐渐地才意识到，不管自己怎样努力，反正他是什么也写不出来的。

他去找卡扎柯夫，卡扎柯夫不在，只有伊斯克拉一人在家。她一见到古良也夫进来就说：

“您看，柳茜卡来信啦！”

古良也夫接过了信，上面很可笑地画着两个小人，下面歪歪斜斜地写着：“这是外婆，这是我”。这几个字就和他在斜格本上写得差不多。

“她会写字了呢！是自己写的！”伊斯克拉兴高采烈地说，“她长大了。”

“想她吗？”

“怎么不想，当然想喽！她是那么有意思……”

伊斯克拉翻来覆去地看着女儿画的画，脸上浮现出微笑，眼睛里闪着光芒。古良也夫看着她，不由得想着人们的遭遇。

“伊斯克拉·瓦西里耶芙娜！您没写过剧本吗？”他问。

“我只写过诗，还在中学的时候就开始写了。现在偶尔也写写，维塔里老是取笑我。”

“写诗？”古良也夫很惊讶，“您，一个搞冶金的，整天和铸铁打交道的女人也写诗？您倒是念一首给我听听。”

“不行，不行，我从来也没给别人看过。有时候维塔里找东西，翻出来过。可把他笑坏了。他说，要是干我这一行的人也写起诗来，那离进疯人院的日子也就不远了。”

古良也夫坚持要她读。伊斯克拉最后才说：

“好吧，就念一首。可是您别笑话我，不然我就再也不信任您啦。有这么一首：

有一次我们分手的时候
你曾对我说：

‘别消逝在黑暗里，
别再增添我心上的不安，
就在这街灯下面走吧，
好让我多看你两眼。’
从此我就习惯了靠近光亮——
虽然心爱的声音再也不能听见。
再没有人对我叮咛，
更没有人向我召唤，
但在我的身上呵，
却还保留着原来的习惯。”

念到最后几行的时候，伊斯克拉的脸都红了，手指也颤抖起来。

“干吗要这么激动呢？”古良也夫说着，拿起她的手，吻了一下那颤抖着的手指。他似乎闻到了高炉的气味。母亲的情感，对铸铁的热爱以及这种可笑的儿女情长的小诗都出现在同一个人的身上，这是多么不可思议呵！

“很动人。”他说，“非常动人。再念一首好吗？”

伊斯克拉想了一会儿说：

“好吧，就再念一首：

我们离别的时候是那么轻松，
一颗眼泪也未曾滴落。
也许是我们没有真正的爱情，
也许是我们没有经受过爱情的折磨？
假如有谁情深无限，
他必会忧伤烦恼，日夜思念。

假如是瞬时的激情，
便会像那晴空的浮云一掠而过。
但是你也许会懂得，
在炙热的日子里，
即便只是浮云一朵，
也能给劳动的人们带来喜悦。”

古良也夫鼓起掌来，伊斯克拉很不好意思。

“您原来还有这么一手，真想不到。‘在炙热的日子里，即便只是浮云一朵，也能给劳动的人们带来喜悦。’唔，想不到。”

“您可别对维塔里说，我求求您。”伊斯克拉恳求他。

古良也夫答应为她保守秘密。然后又说：

“可惜您不写剧本。”他本来想把自己的想法和困难告诉她，但是想了想，又改变了主意。何必呢？各有各的心事，各有各的难处。这位可爱的妇人当然也不会例外。虽然她自己不怕高炉炙坏她那双纤细的小手，不怕高炉的气味渗透她的衣裳，头发和皮肤，但她的丈夫可不一定认为这是世界上最好闻的气味呢！

这天晚上，古良也夫冒着雨，在泥泞的街道上徘徊了很久。他眼前浮现出了自己过去艰辛的一生。在这一生中也曾有过不少美好的回忆，这些回忆又都是和舞台、和他所演的角色紧密相连的。他从来都是以他的角色的生活作为自己的生活。当他扮演的是一个英雄形象，在舞台上发出豪壮的语言，传播伟大的思想时，他生活中的一切也似乎有了重大的意义，变得崇高而豪迈；而当舞台上的形象是渺小空虚的时候，生活也就变得庸俗而烦琐。现在他是这样孤独，满腹牢骚。这算怎么回事呢？谁还需要这样的人呢？甚至连小毛丫头也跑到后台来说像他这样有才能、有经验的演员不应该演这样的角色；说他演得肤浅、造作、空虚……这真是过高的要求！他怎么能把虚伪演成真实呢？在艺术上，可以创造出各种典型形象，并不要求他们与真人真事完全吻合，只要演得惟妙惟肖，就可以使观众信服。然而却无论如何不能把虚伪演成真实，更何况是要把渺小演成伟大呢？

19

普拉东·季莫菲耶维奇坐在测温室的一张高凳子上。指示炉子工作情况的几十架仪表上的长针颤动着；红红绿绿的小灯时明时灭；自动记录仪的纸卷正在缓慢地转动。普拉东·季莫菲耶维奇翻看着一本小册子，这是库兹涅茨克的一个炼铁工人写的，普拉东·季莫菲耶维奇曾在一个全国会议上遇见过他。写得可真不错，小伙子很会动脑筋，没有什么可说的。而他，普拉东·季莫菲耶维奇本来也是可以写小册子的，可是哪儿来的时间呢？一年又一年的老是忙，忙，忙得团团转……做不完的工作。

“您在这里看什么？”他听见背后有人说话，原来是卡扎柯娃工程师走过来。

“在看一篇经验介绍。”他把封面给伊斯克拉看了看，说，“写得很有道理。”

“嗨，普拉东·季莫菲耶维奇，您知道，我们也可以写出多少有道理的东西来哇！我还没有对您说过，可是我一直在注意车间的工作，一直在观察、收集材料，考虑着。我们还有这么多缺点，这么多没有挖掘的潜力，简直不能设想。必须采取措施，坚决的措施，从技术、工艺和组织各方面同时采取措施。我还没有完全考虑成熟，我的这些结论和建议当然还不能对车间主任说。可是您，如果您愿意的话，我可以……我需要您的建议，您的指导和您的支持。”

“说吧，说吧，干吗还要来这么一大篇开场白？”

“先说电动泥炮。我们的泥炮显然太弱，这您是知道的。”

“是弱了一些，这倒是真的，伊斯克拉·瓦西里耶芙娜。”

“为什么我们不能要求给我们的泥炮装上强大一些的马达呢？难道不能这样做吗？我认为是可以的，不仅可以，而且必须这样做，其次，我们的泥炮质量是不高的，炭料也是这样，这说明什么呢？说明碾泥机上应该安装球磨机，这样炉料就可以磨得细一些，而且还可以得到脱水，这是第一。第二，应该提高碾泥机的机械化程度，使所有繁重的工作都机械化……应该安装通风设备。”

“对，对。”普拉东·季莫菲耶维奇表示同意，可是心中有些不痛快。他自己也知道，碾泥机应该改革，但也是由于日常工作没完没了，就顾不到这些。“还有什么？”他又问。

“还有好多呢，都写在这个本子上，您要是想看，就拿去看看。我再说几个问题。例如，我在管理处打听过，他们给我算了一下，最近两年来车间里炉前工的流动性是很大的，前年换了百分之四十四，去年稍为少一些，百分之三十五。为什么这样呢？就因为劳动的条件……谁都知道，高炉工人的劳动条件是怎么样的！这可不是在机床上车车或者刨刨。这就是说应该提出提高炉前工的劳动报酬和等级的问题。应该使第一流的炉工在最高一级——第十二级，其余的则相应地排下去，至少不低于八级。”

“您说得对，伊斯克拉·瓦西里耶芙娜，我们一起来给行政上加点压力。要大家工作得好，报酬也就应该给得恰当。您还有什么？”

“还有吗？我这就说。我们所有的高炉都装有现代化的检查测量仪器，这不就是吗？”伊斯克拉指了指测温室墙上那些仪表刻度算尺和字盘说道，“可是……可是这些仪器中很多都不太好使，我就不怎么相信它们，普拉东·季莫菲耶维奇。像这些……对，就是它们……应该标出上层炉料的温度，可是连动也不动，这样一来技师就不能准确地调节煤气通量了。”

“依您看来，这是谁的错呢？”

“我们大家都有点儿责任，普拉东·季莫菲耶维奇。在这种事情上决不可能只是一个人的过错。有的人可能因为平时不太注意而没有发现，有的人也可能发现了，但他听之任之，不加过问；认为自己又不比别人拿得多些，何必多管闲事？……就是这样造成的。不过这还可以说是工艺师疏忽大意，对于这些仪器的意义认识不足。”伊斯克拉从工作服口袋里掏出了眼镜盒子，可是又立刻放回去了。“我刚才说到仪器，”她继续说道，“总的来说我们的测温室也应该好好地整顿整顿，譬如说，就应该立刻安装信号灯，这样我们才能控制装料设备的操作，还有……这就和测温室没有关系了。必须在车间里建立选号直达的电话联络。要不然我们这些破电话机真能误事：既不好使，还容易坏。”

普拉东·季莫菲耶维奇觉得有些不好受，所有这一些竟然不是出于他的口。提出所有这些建议的不是他，而是一个年纪轻轻的女工程师。她所发现的许多问题，当然他也看到了，关于提高堵出铁口用的电动泥炮的功率问题，他还在一年前就已经对车间主任和厂长说过，他们表示同意，答应了他的要求，可是以后就没有动静了。关于碾泥机、球磨机、通风设备等问题，普拉东·季莫菲耶维奇也说过，不仅是说起过，而且还打过报告。可是关于测温室，关于有些仪器不灵的问题却是卡扎柯娃工程师第一个提出来的，关于建立直达电话联络也是她提出的。在她的本子上——普拉东·季莫菲耶维奇随便瞥了一眼看到的——还有一条非常重要的建议：卡扎柯娃工程师认为热风阀的刚度太低，要使阀圈冷却就必须两面通水。她还认为旁通阀的口径太小，因而使得换热风炉的时间大大地延长了。她建议加大旁通阀的口径。

这些意见如果是别人提出来的话，普拉东·季莫菲耶维奇很可能会由于固执而反对，一个建议都不接受，说一句：“你别来管闲事，没有你，我们也过得去。”可是对于卡扎柯娃工程师他可没有顶她。有时候他从旁看她在炉上指挥工作的情形，总觉得她的生活很不平凡。有许多工程师的妻子都尽量想呆在家里不工作，虽然她们中许多人的专业是绝对安全和干净的：教师、医生、音乐家等等。而她却是画家的妻子，所从事的专业对于一个妇女来说又是如此不可思议——高炉工长！她满可以坐在家里，点缀点缀丈夫的生活……不，无论怎么说，妇女总是让人难以捉摸的。有些放荡女人简直像猫一样，你一不留心，她已经唰的一声从窗洞里溜出去了，让你找都没地方找去……但有些妇女却很能吃苦，像卡扎柯娃工程师这么肯干的人，在工长中就只有侄儿安德烈还能比得上，就工作的细致、周到和主动方面都与她不相上下。其余人就不像他们那么能动脑筋，虽然经验也许要丰富些。当然，由于参加生产时间短，她的漏洞还很多，但普拉东从来不当面指出她的缺点，使她下不了台，总是很有分寸地，婉转地给她指出，从来不无缘无故责备她。使一个女人受了委屈，她就会像一朵花受了霜冻似的凋萎下去。车间主任可是什么都不在乎，他才不管你是女人还是女神，主要的是多给他出铁，其余的就和他无关了。有一次出了点事故，他狠狠地训了卡扎柯娃工程师一通。她从办公室里出来，眼泪汪汪的，因为她不习惯别人对她这样说话。炉前工之中有些人说话算得难听的了，可就连他们对她都很客气。普拉东去找车间主任，劝他说这样做不合适，到底是女人。

“那就让她守着丈夫去吧！要不就学音乐去。”车间主任嚷着说，这个车间主任还是个十分年轻的工程师，没有受到过足够的生活磨炼。

伊斯克拉在车间里所遇到的许多困难，普拉东是知道的，但也有许多他是不知道的，甚至连想也想不到的。有些工程师和工人的粗鲁使伊斯克拉很难过，有些年轻小伙子进厂不久，还没有真正受过劳动锻炼，身心都还没有与工人阶级融为一体，他们用来卖弄的那些不堪入耳的骂人话使她害怕。要是她的莫斯科的女同事们知道她在厂里所听到的和所受的一切，她们大概会大吃一惊，但所有这些连维塔里都不知道。他对他的妻子的工作条件只有一个大致的了解，而他所了解的一切也纯粹是外表：到了车间里，看到了高炉，呼吸了铸铁所散发出来的热气。但是难道在换风口时的那几分钟里他看见过伊斯克拉吗？或者在出铁的时候让他来看看自己的妻子，特别是当出炉不够顺利的时候，由于出铁口不干燥，铁水接触了水分，出铁口就像喷火器一样：瓦斯、火星、铁水像炮弹似的射过整个浇铸场，这时高炉边所发生的一切真使你想撒腿跑开。但这时无论如何不能跑掉，而应该把炉口弄干，制止这种可怕的射击。这个身材矮小的女人顽强地、耐心地与自己手下那些熏得乌黑、烫得焦头烂额的可怕的炉前工们一起做着这一切。让部里的那些太太们来了解了解，看看这一切吧，她与她们曾在一起度过了六年，和她们一起每月两次，按时地到会计处窗口去领工薪。她们也工作了，她们忠实地履行了自己的义务，她们所做的一切都是为了使管理国家冶金工业的巨大的机器能正常进行工作。但是难道她们全部精力都放到工作上了吗？只要下了班，这些太太们一到了大街上，什么公事、任务就都留在脑后，锁在办公室里了。她们是不把公事带回去的，伊斯克拉根据自身的经验很好地知道这一点。

可是高炉……难道在下班的时候能够把它锁在抽屉里或者保险柜里吗？高炉总是燃着，多少年也不灭；它时时刻刻都有可能来个恶作剧，关于这一点必须得经常记住，高炉和你成了一体，掌握了你，它不留在车间里，它跟着你一块儿回家，成为你生活中的一部分。季米特里曾对伊斯克拉讲起过普拉东。当普拉东住在父亲的房子里时，由于他经常从某个炉子的声音里听出有什么变化而随时惊醒，有几次甚至为了看看炉子上究竟发生了什么事而爬到屋顶上去——因为这些高炉从全城都可以看得很清楚。

伊斯克拉是对的：维塔里自然不了解她的情况。有时她正在考虑为了便于换风口，应该把喷嘴固定在上面，或者采用马格尼托哥尔斯克钢铁公司所使用的那种喷嘴隔热设备而没有听他讲话时，就使得他大发脾气。伊斯克拉不能不看到，她因此会失去维塔里的爱。她发现由于她经常忙于高炉的事而使他激怒。也许正因为这样，他变得比在莫斯科更爱喝酒。不错，这两天维塔里因为专心一致地在画季米特里·叶尔绍夫的像，倒是滴酒未曾沾唇。

伊斯克拉常常掀开蒙在画幅上的布，细细地端详这幅画像。她很喜欢这幅画，但同时她又觉得这位在画幅上逐渐出现的人的脸上似乎少了些什么。少了些什么呢，她自己也不能理解。她没有把这点告诉维塔里，但是显然他也因为工作中有些不明确的地方而感到苦恼。他时而停下来，时而又狂热地画下去。有时眼看就都抹掉甚至刮掉了，可是又失常似的急匆匆一笔一笔地画起来。

还好，总算季米特里·叶尔绍夫还不知道画家卡扎柯夫在画他的像。他要是知道了，一定会赶来把画布撕碎或剪掉。伊斯克拉毫不怀疑这一点。可以想像得到，当维塔里把这幅画完成并在什么地方展出的时候会闹出什么乱子来。

季米特里仍然常常伴送伊斯克拉回家，她对这个也不怎么反感了。他不再像一开始那样故意装得十分粗鲁，也不再说那些命运之类的令人费解的话。应该承认，和他在一起是很有意思的。原来他并不是那样郁郁不欢、沉默寡言的人。不错，他说话不多，但他能用几句话表达很多东西。他在讲述游击队的生活、德国人的兽行以及沦陷区人们所受的苦难时，是那样真实，那样令人感动。他读过不少书，他有他自己的爱好。他喜欢英勇壮烈、充满理想、振奋人心的作品，喜欢优美的诗歌，爱好音乐。

前几天，像往常一样，季米特里在下班后等到了她。他建议到海边去走走。潮湿的沙滩结了一层薄冰，像浇了水泥似的平坦。沙滩上堆着几堆绿色的浮冰，那是不久前被风浪打上来的。雪花静悄悄地飘着，宇宙间是那样宁静，在薄暮中一切都显出沉思的样子。

他们走到因过冬而废置的海滨浴场，在埋入沙中的长椅上坐下来，看着远处的海面。海上已是暮色苍茫。伊斯克拉忘了戴手套，一双手冻得冰凉，她紧紧地把手抄在大衣袖子里。季米特里看到了，就把她的双手握在自己的掌中说：

"完全像冰块一样了。"

他的手很暖，伊斯克拉还从没有经受过类似的感觉，一双手好像放在两把锉刀之间。季米特里的一双大手是那么硬，尽是老茧。伊斯克拉微微笑了一下。

"您这是在笑我这副爪子吧？"季米特里猜到了。他站起身来，在沙滩上捡起一块被海水打上来的有一米长的破船桨，把它横放在膝盖上，手掌往两端使劲一按，于是这片粗粗的桨咔嚓一声就给折断了。季米特里把两块破桨丢在一边，默默地坐了一会儿问道："像熊一样，对吧？为什么您不赶我走？"

"我不明白……"实际上伊斯克拉也真的没有听懂他的问题。

"现在成了个什么局面呢？我钉在您后面，缠着您，而您就一直忍耐着。为什么要忍耐呢？您就直说出来好了……"

他开始了一个危险的，而且是不必要的话题。伊斯克拉很严肃地回答说：

"我是个直爽的人，季米特里·季莫菲耶维奇，请原谅我的坦率。

最初您的……这怎么说呢？……再一次请您原谅，最初您的无聊使我很恼火。当您晚上在过道口突然叫我的时候，我的心都要跳出来了，这真是可怕，但是您终于使我习惯了……”

“就是说，看惯了，像路上的电线杆子一样，您每天都走过它，也就不以为奇了。”

“为什么要这样来解释我的话呢？完全不是这样。”

“那又该怎么解释呢？”

“可以理解得简单些，不要乱怀疑。为什么您不能这样想，我已经认为您是我的熟人，而且是一个很要好的熟人，因此我才和您一道散步……人们总不会和电线杆子散步吧，对不对？”

“会的！”他又像以前一样粗暴地回答。他蹙起眉头，脸上的伤疤都发白了。伊斯克拉后悔同意来散步。和这样的人是开不得玩笑的，他不能容忍对自己开任何玩笑，对他这样的人只能是什么都一本正经的。

他把她送到了家，一路上什么话也没有说，满脸不高兴。无论她谈起什么，他都不回答。

第二天她谨慎地向普拉东问起季米特里。

“我们的季米特里是个铁打的，”普拉东说，“对了，有一次他曾经说过——那时他还是个共青团员，可能还是个少先队员呢，我记不得了。他是这么说的：要等到世界共产主义建成的时候，你们才能埋葬我。德国鬼子虽说都把他给枪毙了，可也没能埋葬了他。我们的老头子们把他从地沟里拖了出来，他在里头已经躺了十几个钟头了，却仍旧活着，并且就这样一直活了下来，满身都是伤疤，可是仍在建设世界共产主义呢。”

现在，伊斯克拉一面和普拉东谈论着按照她的意见，应该怎样改进高炉车间的工作，一面又想起了季米特里关于世界共产主义的那些话。她不也是有点儿这样的么？在大学念书的时候，同学们有时就称她为道学先生。她和维塔里两人经常吵架，在维塔里看来都是由于小事，但对她来说这些并不是小事，而是很严肃的问题。在莫斯科的时候，来找维塔里的人有各种各样的，偶尔也有一些人会突然讲起一些有对立情绪的笑话——那些对苏维埃现实的庸俗的嘲笑。这时伊斯克拉便打断说这种话的人，当场就说：“请原谅，我可是很不喜欢听这种话。”过后维塔里就吵起来，气愤地说：“真不害羞，你就忍住点不行吗？真是的！你就少说一句又能怎么的？”

有一次一个很年轻的画家在维塔里家里，评此论彼谈得那样大言不惭，装腔作势，谩骂苏联绘画是自然主义，是死板的复写，必须寻求新的道路，只有印象派才是正确的等等。他讲到某个被埋没了的天才。这位天才虽然一生都过着贫困的日子，可是不肯出卖自己的画笔。他不屑于画那种表现垦荒者和炼钢工人生活的生气勃勃的画，而宁愿给自己的跛腿老婆画像，或者去画各色各样老朽的柳树以及莫斯科的死胡同。这都是些优秀的作品，于是他就自然而然地受到排斥，他的作品也不让展览等等。这些胡说八道本来已经叫伊斯克拉感到很不快了，而当这位画家不知怎的谈起自己的父母时，说“他们是幼稚的共产主义的追随者”，伊斯克拉就更生气了，她很尖锐地问他：“这是什么话——幼稚的共产主义？”“这吗，这……您知道，他们还是共青团员的时候就抱了这种理想。什么都得有个思想性，要求思想上的纯洁。总之，都是内战和头几个五年计划时期的观点。他们不知道什么叫生活，只知道一样——斗争。”“您的父母真是好样儿的。非常遗憾，您竟一点也不像他们。”伊斯克拉以挑战的口吻说。

维塔里一看要出乱子，就赶紧把小伙子带走了，从此他再也没有到他们家里来过。是的，她很高兴听到季米特里·叶尔绍夫谈他对于世界共产主义的理想，非常高兴。没有远大的理想是不能生活的。本来伊斯克拉一定会和这个人交上朋友。他原可以成为她和维塔里家里的常客。可是在最近一次见面的时候季米特里说了那些话以后，这一切就都成为不可能了……

普拉东·季莫菲耶维奇卷起伊斯克拉的笔记本，放到上衣口袋里，说他再仔细看看，好好考虑考虑，回头他们再一起琢磨琢磨，就去找车间主任，如果车间主任还不解决问题，就去找厂长。

那天晚上伊斯克拉又把季米特里的画像细细地看了一番，她觉得维塔里不应该这么着重轧钢技师外表上的写实。他脸上的那些可怕的伤疤本来就够惹人注目的了，而画上的这条比他本人的还要显著。她把她的想法告诉维塔里，维塔里听了以后很生气：

"难道你要我撒谎，粉饰现实吗？"

"完全不是这么回事，"伊斯克拉反驳说"当你和叶尔绍夫说话，并且谈得很投机的时候，难道你会觉得他的伤疤是这么刺眼吗？难道这个伤疤真的像你画的这样，能把其余的一切——人的心灵、思想和抱负都掩盖住吗？"

维塔里更生气了，他拿起刮刀就向画像跑去，伊斯克拉连忙往画前一站，抓住了维塔里的手：

"你疯了？神经病！怎么能够这样？你简直受不起一点批评，快给我住手！"

她好歹总算把他劝住了，维塔里气呼呼地往床上一躺，把被子连头蒙住。

伊斯克拉想把他弄起来，拖他拉他，左劝右劝——都没有用。她独自叹了一会儿气，便穿上衣服走到街上来。天气很冷，地上的积雪被月光照得闪闪发亮，踩过去发出嘎吱嘎吱的响声。她慢慢地沿街走着。

“您好！很高兴能碰见您！”她听到有人说话，看见一个高高的、身材匀称的姑娘向她走来。

“卡芭！”她认出了是卡芭，“您好，卡芭！散步吗？”

“回家去。刚刚学完英语。学校里英语教得很糟糕，所以我们决定自己组织小组，除了正课以外，还朗读、书写和会话，情况很好。已经有成绩了。”她说了几句英语。为自己能说外语而很高兴。

伊斯克拉也用英语回答了她。她们两个都明白了对方所说的，简直乐坏了。

“到我们家去坐一会儿吧！”伊斯克拉邀请卡芭，“我们家离这儿不远，就在附近，去喝杯茶。”

卡芭很犹豫。

“不知道……”她考虑着，“妈妈要惦记的。”

“还很早呢。才八点一刻。”

伊斯克拉邀请她不是没有意图的。维塔里见到这样一位可爱的姑娘不能不高兴，他一定会在她面前夸耀一番，这样，烦恼也就消失了。

果然如此，维塔里马上从被子里爬了出来，坐在桌旁兴致勃勃、喋喋不休地谈东说西，也提起在叶尔绍夫家和卡芭见面的情形。又把自己的作品拿给卡芭看。伊斯克拉劝他把季米特里的画像也拿出来。卡芭一看便叫了：

“精彩！等一等，这是什么人，知道吗？这是季米特里 · 季莫菲耶维奇！呵，您把他画得多好呵！”

维塔里很满意。把客人送走以后，便对伊斯克拉说：

“怎么样？这才是最朴实、最纯真的观众，她是怎么看的？精彩！好！可你呢？就一个劲儿地要贬低我，刺一刺我，伤害我。”

“你倒是有多傻！”

“妻子——对艺术工作者，对搞创作的人来说是最大的祸害。没有什么人能像妻子那样善于败坏人的情绪，毁掉创作的激情和灵感了。献身于艺术的人就不应该过家庭生活，不应该有美满的家庭。”

类似这样的话他已经说过不止一次，这是他的老话题，伊斯克拉对这个早就习惯了。

“傻瓜，傻瓜！”她收拾着桌子重复说。

20

斯捷潘·叶尔绍夫的工作是驾驶载重汽车。车库里谁也没有提起他的往事，也没有人以这些往事来责备他。每天除了工作外，还常开各种大大小小的会议，显得有些忙乱。但斯捷潘和车库里其他司机、技师以及工人们不同：他喜欢开会，哪怕开到深夜他也乐意。因为在整个战争期间和战后几年里他什么会也没有参加过，他太渴望开会了。如今在每次会议上他都是聚精会神地细听别人的报告和发言。自己则从来没有讲过话，因为他怕人家不会听他的。他开车技术很熟练，从没出过事故，又能节约燃料和润滑油，车子也维护得很好。总之，他工作得很满意，也很高兴。高兴的是他又重新在祖国的土地上工作，不仅国家宽恕了他，同志们也都原谅了他。像兄弟们为他召集的那种审判会，也没有人再举行过。有人甚至还很同情他，常邀他一块儿上啤酒店坐坐，喝杯酒，听听音乐。喝酒的时候也常常问起他在德国人那边当俘虏、做苦工以及后来服劳役的情况，但谈起来都随随便便的，像聊家常，没有过分尖锐的议论。有些司机和修理工也当过俘虏，虽然除了斯捷潘外谁也没在叛徒部下效过劳，谁也不认为这种效劳是好事，但大家都相信斯捷潘并不是心甘情愿去干这种事的。有人还说：“每天都得剥你一层皮，受不了哇。人嘛，就是这么一种生物：想活着。”

兄弟们也没再麻烦他，斯捷潘只独自住了一个月，季米特里和安德烈就又都搬回来了。斯捷潘以为他们离开他是想考察一下他的表现。但事实上并不是这样。他们搬走的真正原因他是一点也不知道的。

原来不管是季米特里，还是安德烈，搬走的时候都曾打算要按照新的方式，独立地安排自己的生活。季米特里搬到普拉东家里，安德烈则在雅柯夫那里安顿下来。但普拉东和雅柯夫一家都有自己习惯的生活。虽说是一家人，季米特里和安德烈总感到自己是多余的人，是他们家的一个累赘。而主要的是自己的生活也受了拘束。廖丽亚不好意思到工厂宿舍去，卡芭也不愿到雅柯夫家来。这一切都变得复杂起来，再不像以前那样了。他俩也曾想在工厂里搞间房子，但没要到。打算去向私人租用也没成功。因为大家都住得很挤，没人愿意出租。即使有人出租，要的房租也太贵，把工资都给了他还不够呢。

叔侄俩凑到了一起。叔叔说：

“安德烈！我们是两个无家可归的流浪汉。还是回去吧，这是命中注定。你相信命运吗？”

“唯心主义。”安德烈阴郁地说，其实他也很想回去，要不是觉得不太方便的话，他早就回去了。但他认为斯捷潘是外人，独自个回去总有些拘束。

这些情况斯捷潘一点儿也不知道。他以为亲人们归来是表示他们已经信任他了，弟弟和侄子两人的恋爱问题他是知道的，不过还没有见到过廖丽亚。季米特里说她吹了海风，病了。其实这是瞒着斯捷潘，没让他知道真相。廖丽亚不到峡谷街来完全不是因为吹了海风，她早已习惯于把这所小房子当做自己的家了，现在她虽然没有病，但却不愿意到这里来，因为她不愿意在这里突然和一个外人见面，何况又是这么一个为希特勒匪徒效过劳，现在甚至连亲兄弟都不信任的人。廖丽亚比别人更清楚希特勒匪徒和他们的走狗是什么家伙。她怕见到斯捷潘后必然会使她回忆起过去所遭受的苦难，一想起这些她的心便痛楚起来，因而厌恶生活，不愿再活下去。这些可诅咒的往事毁掉了她的一切：爸爸、妈妈，她那双引得小伙子们出神的褐色眼睛，以及永远不会再来的幸福——虽然当时这种幸福是完全可能实现的。现在她没有真正的幸福，将来也不会再有了，对季米特里的爱给了她一些什么呢？只是很少的欢乐和更多更多的痛苦。对她来说，只要季米特里说一句："死去吧，廖丽亚！这样做是应该的。"她就会毫不犹豫地死去，什么也不问。然而季米特里呢？他和她在一起只不过是由于习惯而已。这一点廖丽亚明白，也看得出来。不过反正一样，这没有什么，即使有很多很多的痛苦，但只要有一丝一毫的欢乐，那就让它这样下去吧。但愿这一点的欢乐不再失去就好了。为了使生活中不再发生任何新的不幸，她还是要到峡谷街上的小土房里来的。她一定会再来的，但她要克制自己，丢开过去的回忆，不再理会这个斯捷潘。但愿季米特里不要着急，等她能够鼓起勇气来。

斯捷潘一次也没见到过廖丽亚。她还没有来过。可是安德烈的姑娘——卡芭却已经来过几次了。她一来，斯捷潘便躲在自己的小房间里，他不愿妨碍他们，但是卡芭倒无所谓。她不是那种好害羞的人。她大方果断，要她难为情是不容易的。

一天晚上，斯捷潘静静地躺在床上，没开灯。他已经睡了十二个钟头，好不容易才醒来，但还是感到疲倦。他曾在糟糕透顶的道路上远程行驶了四百公里，几乎三昼夜没有睡觉，回来时已是累得只剩一口气了。此刻他躺在床上想，要是能喝一杯热茶，再加一点果酱，或是来碗滚烫的白菜汤该多好呵。这时透过纸糊的薄板墙他听见有人在说话。

"卡芭！"这是安德烈的声音，"现在我想告诉你一件很重要的事情，非常重要，我曾经对你说过一次，但是你当时大概没有明白。”

卡芭没有作声。

“我是说还是不说？”安德烈问。

“随你的便。”卡芭回答。

“难道你无所谓吗？”

“我又不知道你要说些什么呀！”

“你知道，你知道。”

“不，不知道。”

“不，你知道。”

“不知道。”

甚至连斯捷潘都知道安德烈要对这个姑娘说些什么。简直莫名其妙，干吗要装糊涂呢？

“卡芭奇卡……亲爱的……”安德烈的声音颤抖着。

斯捷潘想像着这个浑身是劲的棒小伙子现在在墙那边会是怎样一副模样呢？“唉，可怜的孩子。”斯捷潘想，他不喜欢这个小妮子的做法，为什么要装模作样？他想起当自己也是这样不清不楚地向奥丽加·魏里奇金娜表白自己的感情时，奥丽加就完完全全是另一个样子。当时他也很激动，不知道该说些什么。“我真想告诉你，奥丽加，可是怎么也不……”斯捷潘含含混混地说。“别说了，别说了！”奥丽加喃喃地说，“不需要，就这样我也全明白。”她把脸儿贴到他的胸前，于是一切都清楚了。可他们呢？

“卡芭奇卡！亲爱的……”安德烈又说了一遍，突然，他控制不住自己，用了一种可怕的声音喊出来，“我爱你呢！”接着墙那边不知什么东西咕咚一声，大概是凳子翻倒了。

响声过后一片寂静。斯捷潘好不容易才分辨出卡芭的低语声：

“安德留沙！亲爱的，我的好人。我也爱你，非常，非常爱……可你从前怎么就不能明白呢？”

“卡芭奇卡！”不知怎的安德烈的声音也低下来了，“卡芭奇卡！我要和你在一起，永远，永远……”

“我们会在一起的，安德留沙，会的。”

“永远吗？”

“永远，永远，永远……”

他们就这样热情地低声谈着，绵绵情话像电流一样传遍了整个房子，使得斯捷潘把枕头从头下拉出来放到头上蒙住耳朵。再听下去是不可能的了，而且，似乎也不应该。

一个星期天的晚上，斯捷潘一个人坐在家里阅读一种新牌子的自动卸货卡车的说明书和驾驶规程。这种车是厂里新买来的，坚固耐用，载重量达八吨，但机件也相当复杂。斯捷潘费了好大劲才搞清它的电气装置。他一边读一边留心听着街上的脚步声。因为季米特里昨天就告诉他，今天有人要来，如果斯捷潘不出去就代他好好接待一下客人。所以斯捷潘就等着这位客人，他明白这是廖丽亚。他已经不止一次地听安德烈说过她是一位出色的好姑娘，很爱季米特里。但他等了一天廖丽亚也没来，季米特里也没回来。今天虽然是星期天，但因为轧钢机上安装新轧辊，季米特里不能不去参加这件工作，所以他一早就到车间去了。

挂钟已经指到九点多了，斯捷潘才听到篱笆外有人说话。他等着敲门，但一直没有敲门声，谈话却继续着。他走到前室去打开了房门，才听出是马凯伊契的声音。

“进屋去吧，进去。”马凯伊契说，“浑身都冻僵啦！别害怕，斯捷潘在家里，他不会吃掉你的。看你这个胆小劲儿，到底是女人家。我一边走一边想：是什么人在叶尔绍夫家这儿转悠哇？还寻思是个坏蛋呢。原来是你。咳，进去吧，别害怕，要不我和你一块进去？”

“不用了，老爷爷！我等一下季米特里·季莫菲耶维奇，不用进去了。”一个女人的声音回答。

斯捷潘走到篱笆边，打开门有些不安地说：

“您怎么了？我在家里等您呢。季米特里让我接待您。进来吧！”他拉着廖丽亚的袖子摸黑走进前室。她穿着一双皮靴，身上穿了一件棉袄，带了一块灰色的毛头巾。头巾两端从胸前交叉到颈后打了一个结。她的双肩上落满了雪花，眉毛和睫毛上的雪化成了水珠。

斯捷潘看不出她有多少岁，这完全不是他想像中的廖丽亚。一种沉重的心情攫住了他，他茫然地望着她那被毁坏了的容貌和那双颜色两样的眼睛，过了好久才说：

“脱掉外衣吧！解下头巾，把上衣脱掉……”

他不明白为什么廖丽亚进来以后竟然呆住了。她站在斯捷潘面前，两只不同样的眼睛张得大大地，也是茫然地盯着他。

“啊！”她抓住胸口叫了出来，像是被什么东西刺了一下，“啊！”接着更加尖厉地叫了一声，随后猛地转过身去，朝着黑洞洞的门外冲了出去。

篱笆门砰地响了一声。

斯捷潘跟着窜到街上。还可以听见廖丽亚的皮靴踏在下满了雪的街道上发出的脚步声，但人影在黑暗中已经看不清了。

斯捷潘在外边站了一会儿，冻得难受，便回到屋里去了。既不知道该怎么想，也不知道该怎么办。他照了照镜子，看看自己脸上有没有什么东西能吓坏这个女人。他想：这个女人别是发癫痫了吧？季米特里怎么找上这么一个女朋友！真是俗话说得好：“命运捉弄人。”

季米特里回来这么晚，并不是在厂里绊住了，也完全不是因为被轧钢机拖住了身。车间的活儿老早老早就干完了。他在归途上遇见了伊斯克拉·瓦西里耶芙娜。他在公共汽车的窗口里看到她的，她正回家去。季米特里没能控制住自己，便跳下车来，追上去拦住了她，并说服了她在街上稍微蹓跶一会儿。于是他就谈起关于改造轧钢机，关于新计划的问题来。随后又出其不意地问道：

“伊斯克拉·瓦西里耶芙娜！假如季米特里·叶尔绍夫突然死去的话，您会感到惋惜呢，还是无所谓？”

“您总是提些可怕的问题，季米特里·季莫菲耶维奇！”

“这有什么可怕的，伊斯克拉·瓦西里耶芙娜？人活着活着总有一天会死去。这是自然规律早就安排好了的。并不决定于我讲还是不讲。每个人的生命都是一定的、有限的一段时间。即便你觉得它太短也没有办法。”

“我不喜欢想那些将来可能发生的事情。等它——就是您说的事情——到来的时候再考虑也不晚。”

“这么说，您很满意自己的生活喽！真该为您高兴。”

“难道您不满意自己的生活吗，季米特里·季莫菲耶维奇？”

“我吗？满意和不满意的时候都有。”

“那么，您这种忧郁症怎么能和世界共产主义搅到一起呢？”

“您说什么，伊斯克拉·瓦西里耶芙娜？”季米特里感到很困窘。

“普拉东·季莫菲耶维奇告诉过我，您还在当少先队员的时候就说过要等到世界上都实现了共产主义的时候才能埋葬您。”

“这又怎么样？笑话我吗？”

“不，没有笑话您。相反，当时我好好地想了想您的性格。我父亲也是这样的人，跟您一样，信仰十分坚定。我也有点儿这样。”

“唉，伊斯克拉·瓦西里耶芙娜！伊斯克拉·瓦西里耶芙娜……”季米特里不知所云地说着，他停了下来，默默地站了一会儿，然后挥了挥手，也不告辞就径自走了。

他在街上转了很久才往家走去，心烦意乱得难受，喉咙也干得慌，便从雪堆上捧起雪来吃了几口。回到家里时简直就冻僵了。

“喝杯伏特加暖和暖和吧！”斯捷潘从地板上拾起季米特里的帽子说。季米特里原想把帽子挂到墙上的，不料挂到钉子旁边去了。

“在哪里？”季米特里坐到椅子上问。

“在橱里，满满的一瓶。”

“我说的是廖丽亚，她在哪里？没来吗？”

“廖丽亚……别提了，真是怪事……”斯捷潘把这天晚上的事情向他说了。

季米特里听着听着就从椅子上跳了起来喊道：

“一定是你对她说什么了，准是胡说八道来着。”

“怎么？怎么？你这才是胡说八道呢。”斯捷潘不觉得自己有什么过错，便也突然冒起火来。

“住嘴！要不……”季米特里没有讲完，怒气就像在风平浪静时落下的船帆一样，一下子便平息了。他又在桌旁坐下来，把头伏在手臂上。

这时安德烈哼着歌子愉快地走进来。

“安德烈！廖丽亚跑了。”季米特里头也没抬地说。

斯捷潘又把廖丽亚的事说了一遍。安德烈说：

“季玛叔叔！我到她那儿去一趟吧！她不是住在渔村吗？你知道不知道她的详细地址？”

“哪里有什么地址！就是集体宿舍罢了。这可不像夏天坐汽船野游一样，现在天寒地冻，还得搭顺路的大卡车，在车厢里冻也要冻僵的。而且也不干你的事，还是我自己去。”

季米特里穿上衣服就出去了。

外面起了暴风雪，呼啸着，狂舞着，吹断了园里那些冻坏了的光秃的樱桃树。

“到车库去也许能找得到一辆车。”斯捷潘说。

“那太好了，可是能行吗？会不会给您车？又没有行车任务。”安德烈对斯捷潘和对其他叔伯不同，一直称呼“您”。

“向值班的解释一下就行了。难道他不是人，不通人情吗？”

“那么咱们一块儿去。”

他们和车库的值班人解释了很久。说他们是如何地需要车；说这辆车可能关系到一个人的性命，因为这个人眼下正顶着寒风，冒着大雪在雪地里跋涉，而且是在深夜里；又说很可能还关乎两个人的性命，因为廖丽亚一定也是徒步走的，在这种天气里不会碰上顺路的汽车。最后，总算把值班人说通了。深夜两点多钟他们开车上了路。两个人谁也不清楚该怎么走，也无人可问：周围一切都熟睡了。他们只能凭着感觉来判断应该走这条路，而不应走那一条。

当他们赶上季米特里时，他已经走了一半路了。他双脚深深陷在雪里，怒冲冲地执拗地走着。车灯从身后照过来也不让路，仍然不转身地向前走，也不抬手说声“带上吧”。当车子赶上来后他看到是哥哥和侄儿时也不感到惊奇，只说了一声：“唔，是你们，伙计。”

斯捷潘和安德烈把他让进驾驶室，三人挤坐在一块儿。安德烈问他：

“脚湿了吧？换双鞋吧！把我的鞋给你，好不好？”

季米特里摇了摇头，意思是不要。

卡车吃力地越过海风吹起的一个个雪堆，在公路上向前驶去。路被阻塞时，他们便下车来用铁锹铲开车轮下的雪，或是用肩顶住车厢把车推过去。

几乎快到渔村时，他们才赶上廖丽亚。廖丽亚不像季米特里走得那样快。她艰难地挪动着脚步。车灯刚照到她，她就转过身来举起了两只手等车开过来。

季米特里跳下车，大风吹得雪花满天飞舞，他和廖丽亚背着风在暴风雪里站了很久。车灯亮得耀眼，他们便转过身去背着灯光。季米特里显然是想要廖丽亚到车上来。他挥着手，拉着廖丽亚的袖子，但廖丽亚挣脱了他向前走去。他们久久地谈着。斯捷潘为了节约电关上了车灯，于是人影就很难分辨出来了。

过了很久，季米特里和廖丽亚才走到车前来。安德烈打开车门跳下去，季米特里让廖丽亚坐进驾驶室，自己坐到她旁边。安德烈爬到后面车厢里去。

他们很快就进了渔村。廖丽亚在一长排矮矮的木板房前下了车，闪进了狭小的门里。安德烈重又坐到驾驶室里，问季米特里：

“怎么？她说些什么？是怎么回事？”

季米特里没有作声，在整个归途中他一句话也没有讲。

三人回到家里已经是该上班的时候了。安德烈打开收音机，生起了煤油炉子，放上茶壶，又把茶杯摆到桌子上，切好面包和香肠。这时收音机正播送报纸上的一篇文章。报导顿巴斯矿工准备怎样迎接党的第二十次代表大会。他们的献礼是什么，要提什么合理化建议来提高煤的开采量等等。安德烈说：

“我们这儿不久就要召开州的党代会了。会上要选举出席第二十次代表大会的代表。我真羡慕那些能到莫斯科去的人，这该多有意思！上次一位出席第十八次代表大会的代表到我们技术学校来过，给我们报告大会情况，大家简直听出神了。”

“我是一切都完了。”斯捷潘说，“退了团……年龄不合适了。又没能入党。战前我就递了申请书，都该讨论了，可现在……唉！哪还能谈的上……”

他说这些话时是那样悲伤，那样痛苦，以至安德烈自从这位叔叔回来后第一次不怀警惕地，而是同情地望了他一眼。可不是吗？这位叔叔实际上同样受了希特勒匪徒残酷的折磨，也许，这种折磨较之打死还要更残酷一些呢。

“该走了。”斯捷潘看了一下钟说，“不然要迟到了。”

他们穿好衣服走了出来。东方现出一片薄薄的玫瑰色朝霞。屋顶上冉冉升起的炊烟使天空挂上一层珍珠般的色彩。夜间的暴风雪停息了，大自然中又是一片寂静。树枝上披着一层白雪，一动不动地伫立着。在这严寒的静穆中只有麻雀叽叽喳喳地在路上的车辙里蹦来蹦去。

在通往大街的转弯处现出了工厂的全景。这个工厂是那么雄伟庞大，使人一看到它就会感到莫大的慰藉。和它比较起来，和高炉后面、平炉车间的烟囱后面以及轧钢厂高耸的烟囱后面沸腾着的生活比较起来，一切家庭琐事该是多么渺小，多么不值得为它苦恼呵！对他们三人来说，工厂是不可比拟地要比他们在父亲那所小土房里的生活大得多，高得多，也重要得多。如果工厂需要，他们会毫不迟疑地亲手毁掉这所小土房子。然而，父亲的房子总归是父亲的房子，要想离开这里的生活却也是无处可去的呵。

他们过了桥，快到工厂了。当斯捷潘要向左拐，走向通往车库的另一个入口时，季米特里说话了，这是他自从与廖丽亚站了那么久以后第一次开口：

“斯捷潘！你认得廖丽亚·魏里奇金娜么？”

就像一颗炮弹在身边爆炸了一般，斯捷潘嗖地转向季米特里，急促地问：

“魏里奇金娜？是奥丽亚吗？你也认得她？”

“昨天夜间，”季米特里说，“她就和你并排坐在你的那辆卡车里。”

21

晚饭后，安娜·尼古拉耶芙娜正在洗碗，卡芭用毛巾把碗擦干放到橱里去。

“妈妈！安德烈向我求婚。你看怎么样？”卡芭说。

“天哪！”安娜手里的碗差点儿没掉下来，“你说的什么话呀！你还得上三年学呢，怎么就能提到求婚！谁听说过当学生就出嫁的？”

“首先，我一点儿也没有说过我要出嫁。”

“怎么不是……”

“等一等，让我说完。其次，难道上学的人就不许结婚吗？要是我大学毕了业就进研究班，还得再作三年副博士论文，然后再作几年博士论文的话，怎么办呢？妈妈，到那时候你要我怎么办？等到三十岁才嫁人不成？因为直到那时我才不再做学生，但是到那时候我也成了个十足的老处女了。谢谢你，妈妈！我知道你可是十七岁就嫁给了爸爸的。”

“也差不多快十八了。”

两人都很激动，都没再说话。过了一会儿，安娜·尼古拉耶芙娜说：

“你往常不是老说你永远也不嫁人吗？说你不能让庸俗的婚姻枷锁来束缚你那神圣的感情吗？”

“首先，我从来也没说过‘永远’这两个字。我只说过，爱情的结局不一定非是结婚不可。它有权利自己独立地存在着。其次，妈妈……其次，他这么孤单。他父亲在战场上牺牲了，妈妈又不好，丢下自己的儿子偷偷跑了。他生活很困难，妈妈。”

“这么说，你已经答应他了吗？”安娜问。从她的声音听来，她是完全泄气了。

“是的，妈妈！请你原谅我！”

“天哪！你爸爸该怎么说呢？能把他气死。这些日子他的心脏又这么不好。你干的什么事，卡彼托林娜，干的什么好事呀！你叫我们受多少折磨！我们为你操了多少心，费了多大劲！你父亲对哪个孩子也没像对你这么疼爱过。从来没有。抱抱你就是他最高兴的事了。那时候他还在修船厂党委会工作，一回到家来总是要抱着你……”安娜眼看就要哭出来了。

“别说了，妈妈！这是不可能的。你既折磨自己，又折磨我，也许还得再去和爸爸闹一场。我又不是去死，又不是去北极过一辈子。干吗把这么简简单单的小事闹那么大？”

“你是个不动心的人，卡彼托林娜，狠心肠。没有感情，就会发议论。”

“有的人对我就不这么看。”

安娜没有理她，接着说：

“也不能一个劲儿地发议论。真没良心。”

“这可是两回事，妈妈！没良心和不动心。”

“不，不是两回事。不动心的人就是没良心。没良心的人也就不会动心。”

“你在讲哲学了，妈妈！”

“你这无法无天的！别把自己当成是最聪明的人。”安娜叫了起来，“我没上过大学，可是跟你父亲已经在一块儿过了三十五年，这对我就全有了：又是大学，又是科学院。是呵，我跟你父亲学了不少东西。上帝保佑，但愿你生活中也能有这么一位老师。”

“你别以为我要去做自己丈夫的学生。我不上这份学。妈妈！你得弄清楚这个区别。顺便说一句，要是我说话不知轻重，就请你原谅我。是你自己和我说话的态度不对，听你的口气好像已经决心不同意我的婚事，但我并不要征求你的同意，我是想听听你的同志式的意见。”

“你要听我什么意见？我一次也没见过你这个对象，能对你说什么呢？”

“爸爸见过，据我知道，爸爸还相当喜欢他。”

“那你就到爸爸那儿去和他谈谈吧！”

“我们一块儿去。”

“我不愿去，你明明是想毁了他。”

“好吧，我一个人去。”

但安娜终于还是跟在卡芭后面去了。因为她怕卡芭一个人在父亲面前闹出什么事来。近些日子父亲不舒服，天天抱怨心痛，喘不过气来。

戈尔巴乔夫正坐在自己的书房里，伏在绿色的台灯下面准备州党代会的发言。

“可以找你吗？”听到这句话后，他的目光离开发言稿，转过身来，看见椅子后面站着妻子和女儿。

“来吧！什么事？”他还在考虑着自己的发言，漫不经心地回答。

“卡彼托林娜要嫁人。”安娜·尼古拉耶芙娜想让戈尔巴乔夫马上知道这件事，便开门见山地说了出来。然而，使她惊奇的是戈尔巴乔夫并没有从椅子上跳起来，也没有乱窜乱蹦，更没有大嚷大叫，和她的预料恰恰相反，他心平气和地说：

“那又怎么样？要我做些什么呢？”

“怎么？瓦尼亚！难道这对你无所谓？孩子的生活要毁掉了，可你光会说：‘那又怎么样？’瓦尼亚……”

“安娜！我娶了你，你嫁了我，那时候什么风浪也没发生过，没有一点儿动静，咱们一块儿来到我的小屋里，我提着你那个空荡荡的箱子，里面只装了两条裙子和一件上衣……”

“你全忘了，正好反过来，是一条裙子和两件上衣。”

“是啰，安娜，就是说，我们那时候的日子要可怜得多，可是我们就那样生活了，而且一直生活了下来。别的生活我们不需要，不过也许，你还希望过过另一种日子吧？”他用疑问的目光望着安娜。

“瞎说八道，你自己都不知道在说什么。”

“我关心的不是这个……”戈尔巴乔夫继续说，“你们都坐下，别这么愁眉苦脸地站着。我要说的是……我明白，现在什么说服和谈话都没有用。我早就知道，早晚她和安德烈是这么个结局。她幻想的那些自由的、不受束缚的感情也只不过是幻想。我相信他们两人的爱情，相信他们会有一个很好的家庭……”

“真的，好爸爸？”卡芭奔向父亲，紧紧地搂住他“你是这么说吗？”但父亲小心地把她推开了：

“是的，是这么说，也这么相信。她碰上了个好小伙子。不然有可能要比这糟糕得多呢！不过，我关心的是，再重复一遍，你们打算住在哪里，小夫妻？”他盯住卡芭，深沉的目光充满了忧思。

“不知道。”卡芭过了一会儿才回答。

“怎么不知道？”安娜叫了起来，“这还有什么疑问，瓦尼亚！难道你想把她从家里放出去吗？”

“如果没有疑问，我就不提这个问题了。”戈尔巴乔夫说“你看，她不知道。照你说，这是什么意思呢？这就是说她要离开我们。对不对，卡彼托林娜？”

“难道你跟着父母不好吗？卡芭奇卡？”安娜悲伤地问。

“妈妈，爸爸！别拿这些问题来折磨我了。从来没有过什么不好，总是好。非常，非常好。可是刚刚你们不是才说过：提了一个空荡荡的箱子，只装着一条裙子和两件上衣，就生活下来了。那么为什么我非得照另外一个样子安排自己的生活？为什么我就没有权利从一个箱子开始过日子呢？为什么？”

“你要明白，别说是住宅，就是一个房间我也不能给你张罗。”戈尔巴乔夫说。

“爸爸！你要是愿意听，我就把我的安排告诉你。”

“当然，你说吧！”

“我们就住在那所小房子里，就是你去过的那儿。我们把它整理一番……”

“那儿的烂泥都陷到膝盖……”

“这是市苏维埃的过失，而不是我和安德烈的，爸爸！这样，我们把它整理一番，然后就建设自己的生活。你和妈妈要常到我们家去做客。我们在那儿也有邻居……”

戈尔巴乔夫望着面孔涨得通红的女儿，听她说得那么兴奋。于是他心里想：一切都完了！她已经离开家了，她已经走在未来的道路上，任何力量也不能使她停住，任何力量也不能使她回转过来了。想到这里，他心里悲伤起来。安娜说得对，她曾对卡芭说过：卡芭是爸爸最心爱的孩子。是的，戈尔巴乔夫爱自己的女儿，非常爱。每天，当他在市委紧张地工作了长长几个小时之后，回到家来看到她，和她谈谈话，感受到她的温存就是他莫大的欣慰。而现在这种欣慰眼看就要失去了。虽然她说什么“你们要常去”，说什么“我也会常常跑回来”。但这只不过骗骗自己，也骗骗他们。生活会粉碎这些想法，会给你安排成连猜都猜不到的完完全全另外一个样子。想到这里，他又说：

“那个小土房子又暗又潮，简直没法住。”

“我们能收拾好，你看着吧！我盘算过，安德烈在银行里有一笔存款，大概是五千个卢布……”

“但这是他的钱呀，他的！”安娜说。

“咳，妈妈，你怎么这个样子！……爸爸！有五千卢布。安德烈挣的钱很多，花不了，一个单身汉嘛，所以就攒下来了。”

“他不喝酒吗？”安娜问。

“你放心，妈妈，他不喝酒。这样，五千卢布足够我们收拾房子了。我们的原则是不要奢华，首先是要俭朴。你也知道，我看不惯那些奇装异服的女人，穿了外国尼龙，里面的内衣都看得清清楚楚；或者穿那种只有从前做袈裟才用的料子，打扮得那么愚蠢可笑，讨厌透了……”

“没办法！”戈尔巴乔夫没等女儿说完，便站了起来走到她面前搂住她说：

“愿你幸福！只是别对父母太狠心了，别忘了我们！”

他这么一说，母女两个都哭了。他自己呢，在房内踱了几步，手指也在鼻梁上抹了起来。

“把你的安德烈带来给我看看吧！明天就带来，听见没有？要不别人问起来，是谁，什么样，妈妈该干瞪眼了。”安娜对卡芭说。

卡芭原来以为门口站岗的民警会使安德烈感到不安，其实她白担心了，安德烈甚至都没看见民警。对他来说，世界上最难堪的事莫过于这种“相亲”了。一进入市委书记的家门，他就想给人留下最好的印象：谈话要聪明而有风趣，举止要彬彬有礼而大方不拘，但结果恰恰不是这样。完全和他所希望的相反。他坐在桌旁像是被钉住了一般，什么也说不出来；不是话卡在喉头说不出口，就是虽然吐出来了，可都是断断续续的，说不连贯，像是一个一个的单词，没有任何意思。手也好像无处可放，每一个动作必定带出响声。想去拿面包，却碰翻了杯子，于是当啷一声，杯子里的矿泉水顺着桌布流了开来；刚从罐头里叉出一条鳁鱼，却又掉了下来，于是桌布上又油了一片。他苦笑着说：

“唉！我把你们这儿搞得这么脏，真像俗语说的‘大象跑进了瓷器店’。”

戈尔巴乔夫安慰他说：

“哪里！常有的事，没什么。”

父女两个尽量开开玩笑，说说俏皮话。安德烈对开玩笑连试都没敢试。安娜则一个劲地盯住客人。一边瞧，一边想：现在他已经不再是客人，就这样突如其来、意想不到地闯进他们家里来，躲也躲不掉了。要是他规规矩矩，卡芭跟着他能幸福就好。看他身子多结实，又有力气，笨手笨脚的，这种人也可能要打妻子的。妻子！这个字眼用到自己的女儿，自己亲爱的小女儿身上多刺耳呀！这个傻丫头，她不是常说大话夸海口吗，什么情感应该是美好的，自由的！看吧，这就是你的自由……

不能说安娜不喜欢安德烈。人是很腼腆，但这不算什么，这是由于不习惯，熟了就好了，安娜很能理解这一点。主要的是，外表总算生得很体面，身材魁梧，肩膀宽宽的。和这样的人在城里一起走或上剧院去，是值得羡慕的。

吃过饭，戈尔巴乔夫抽了一支烟就上班去了。临走的时候他悄悄地嘱咐安娜说不要老盯在孩子面前，以免使他们讨厌。安娜听了很生气，什么讨厌不讨厌，我还是不是母亲了？但尽管如此，她在餐室里也只呆了半个来小时就离开了。

卡芭坐到钢琴前面弹了一会儿，转过身来对安德烈说：

“安德烈！你不是要告诉我前天你们家里出了什么事吗？”

“家里人都走了。”安德烈说。

他讲起廖丽亚来了以后，见到斯捷潘叫了一声就跑了，于是他们半夜里坐着汽车去追，最后，终于搞清了，廖丽亚原来就是斯捷潘战前的爱人奥丽加 · 魏里奇金娜。

“难道斯捷潘没认出她来吗？这怎么会呢？为什么？”卡芭听了这段故事很吃惊。

“斯捷潘有廖丽亚的一张照片，从照片上看她完全是另一个人，所以斯捷潘不能认出她来了。”

“多么可怕！现在该怎么办呢？”

“不知道。昨天晚上两个人都走了。斯捷潘住到厂里的宿舍里去了，季米特里叔叔又搬到雅柯夫叔叔家去了。”

两人并肩坐在沙发上，内心充满了希望和对欢乐的期待，但同时又为别人生活中发生的波折而激动不安。他们不禁想：对他们来说这类事情是永远也不会发生的，他们的生活将是另外一个样子……

22

十二月里一个阴暗的日子，省报上刊出了一篇文章，内容是叙述冶金工厂压制了克鲁季里契工程师的一项有价值的建议。文章很长，占了第二版从上到下几乎整整三栏。作者是报社记者，他首先叙述了在苏联是如何关怀科学技术的发展；为学者、设计师以及发明家们创造了些什么条件；工作中的发明创造和合理化建议是如何得到支持。并且列举了很多工厂作为例子来说明发明创造和合理化建议能使工厂每年节约几百万卢布并推动产品产量迅速提高。关于冶金工厂过去的情况也说了很多好话，而现在呢？契比索夫继续读下去：

“自从新厂长到任以后，情况大变，开始形成一种浮在表面的领导作风，不再深入下层去掌握大型企业的规律。”

作者花了很多笔墨详尽地描述了克鲁季里契的才能，说他是一个“不断地探索，总是不能安于现状的人。而这正是那些只希望过安稳日子的人们所不喜欢的。”接着，文章叙述了这位发明家的遭遇，说他找过厂长，找过高炉总工长，找过市报编辑部，也找过市委书记，而这位书记：“口头上支持克鲁季里契，但遗憾的是，实际上对于贯彻这一有价值的建议没有采取任何措施。”这些过程描写得那么细致而带有说服力，不能不引起读者对官僚主义者和压制建议者的极大愤慨。文章又说，支持这位不安于现状的发明家的只有工人和阿尔连采夫工程师；下面列举了一些工人的名字，但契比索夫却不认得这些人。关于阿尔连采夫，作者是这样写的：

“阿尔连采夫是一位目光远大，技术知识异常渊博的人。他不能容忍契比索夫的因循守旧，因此在一次领导干部扩大会议上，他大胆发言维护天才发明家和苏维埃忠诚的爱国者克鲁季里契，抨击了契比索夫的落后观点。本来他可以获得多数人的支持，但契比索夫对问题不作任何分析，他专横地宣布说：‘事情都搞清楚了！’就散了会。这样，克鲁季里契同志的建议便受到了官僚主义的冷遇。”

文章措词很尖锐，有说服力，所举的每一件事实如果不加分析地孤立起来看，也都是无可辩驳的。契比索夫难过到了极点，在这篇文章里他被描写成一个蠢物，而且不是个简单的蠢物，还是一个凶狠的要扼杀一切新生的先进事物的蠢物。文章当然也提到了三号高炉上的事故，认为高炉车间的检修工作安排得不好，实质上是放任自流，而这种情况正是克鲁季里契所反对的。遗憾的是高炉车间的技术问题都由学识不足的普拉东 · 叶尔绍夫之类的人来决定，这也是现代技术所不能允许的。但契比索夫要这样做，这种情况很使他满意，因为要独揽大权的厂长总爱使用一些学识和经验水平不是超过，而是低于他的干部。聪明的领导者要自己周围的人比他更聪明，哪怕这些人并不百依百顺；而目光短浅的领导者则愿在自己手下有一些与此相反的干部，以便他自己不需要有什么真才实学，只凭借职位就能凌驾于他人之上。

这篇文章在厂里引起了骚动！激怒了大多数人。伊斯克拉·卡扎柯娃在车间里嚷起来：

“真岂有此理！不搞清真实情况就写文章。如果搞清主要问题，就会明白克鲁季里契的建议根本不是什么建议。这简直是诽谤。”

技术科的沃罗别内工程师却有不同的看法，他对同事们说：

“即便克鲁季里契的建议不正确，但问题并不在这里。问题在于建议所受的遭遇，在于厂里的领导怎样对待这个建议，怎样对待克鲁季里契本人。你们知道不知道克鲁季里契在挨饿？这是一个满腔热忱，自持清廉的同志。通过他这个例子可以看出我们的制度并不是完满无缺，无可指责的。如果说可以毁掉这个建议，那么也就可以毁掉别的，比这个价值要高出一千倍的对整个国家有重大意义的建议。环环相扣，一个道理……”

党委召开了会议，邀请了积极分子和文章里所提到的人们全体参加。大家逐点讨论了这篇文章。契比索夫从经济上和生产上对新的分散检修制度做了全面分析，详尽地、有根据地推翻了克鲁季里契的论点。最后，他说：

“什么也不能使我动摇，任何文章也吓不住我。我要为维护国家利益而坚持到底，这是我的任务，也是我生活的目的。但是，同志们！……”他摊开双手，“我是一个还能进行自我批评的人……也许，对这位克鲁季里契的建议了解得还不深，对他的态度也还不恰当。那么，我准备承认这些，同志们！我一定好好考虑。”

发言很热烈，几乎没有人支持克鲁季里契的建议。大家谈的是别的，谈到厂内应如何消除一切足以妨碍群众发明创造的东西。是的，大家谈得很对：契比索夫应该记住这个痛苦的经验，从这次事件中吸取应有的教训。而另一方面文章触动了厂和车间的领导干部，也未尝不是好事，正所谓“塞翁失马，安知非福”。

阿尔连采夫也应邀出席了会议，因为文章里也提到过他。这时他请求发言，得到允许后，便懒懒地睁开他那双神色困倦的眼睛说：

“我觉得，某些同志的心地过于慈悲。在处理问题上过于随随便便，也许并不是所有的人都能意识到这个问题的尖锐程度。但问题是尖锐的，很尖锐。想想吧！同志们，一个不得意的人到处都找不到真理，这难道还不能说明在我们这里已经形成一种奇怪的与党的方针政策相矛盾的制度吗？”

会场上立刻喧哗起来。有人喊：

“这太过分了。”

“应当考虑考虑再说话。”

等到党委书记让吵嚷的人们安静下来后，阿尔连采夫继续说：

“同志们！你们太神经过敏，这是不妥当的。要想对某种论断有所反应，首先必须把它搞搞清楚。比如，你们知道克鲁季里契工程师前天被技术学校解聘了吗？现在他害着病，生活条件糟到极点，像乞丐一样。在我们这个时代，在苏维埃国家里竟然会出现乞丐！而且是个什么样的人？一个天才，工程师，发明家！这又该怎么理解呢？难道这是一连串的偶然事件吗？”

大家都惊住了，谁也不作声。最后，契比索夫说：

“假如真是这样，可太不像话了，应该把犯错误的人送上法庭。不，这是不可能有的事。”

“请您调查一下吧！”阿尔连采夫从容地说。

“马上就调查！”契比索夫拿起电话听筒，叫找工厂附属技术学校校长。等校长找来之后他几乎是喊着说：

“告诉我，马上告诉我，你们把克鲁季里契怎么了？这个……这个……”契比索夫气得话都说不出来了。他从椅子上跳了起来。当那边给他解释时，他又坐了下去听着，听筒从一只手换到另一只手，叫喊着，叹息着。最后，把听筒扔到桌子上，沉重地向后一仰靠住椅背，看样子是一点气力也没有了。

“白痴！十足的白痴！”他说。

党委书记把听筒放好。

契比索夫总算克制住了自己，他用手帕擦干了脸上的汗说：

“阿尔连采夫同志是正确的，”他指着电话说，“这个……就是那位先生……真的把克鲁季里契解聘了。说他懒惰怠工，说他不领导学生实习，却只去搞什么荒唐的发明创造，写造谣诬蔑的文章。不行，同志们！必须马上采取措施，得去看看克鲁季里契，还要派个医生去。我们这儿是苏维埃政权不是？连个发明家都养不活，还让他挨饿，也不给他个像样的住处。”

虽然党委会讨论了文章，但事情并未就此结束，戈尔巴乔夫把契比索夫和报社编辑布绥林找到市委，请他们坐下来。自己在他们面前踱了几步，严肃而不客气地说：

“你们表现了党所不能容忍的官僚主义！你，契比索夫，也有你，布绥林！这个事件对我们城市的党组织说来是耻辱。你们打开报纸看一看，不管乌拉尔，库兹巴斯还是远东，到处报导的都是些什么？新发明，新创造，群众的主动性。可如今苏维埃国家里竟出现了这么一个城市在压制革新者！这究竟算怎么一回事？”

“伊万·雅柯夫列维奇！”契比索夫说，“昨天党委研究了这个问题，采取了措施。我也老老实实承认了自己的错误……”

“这就是说建议还是有用处的了？那么压制了它就更是耻辱！”

“这甚至不能算是建议，伊万·雅柯夫列维奇！这个建议否定厂里的试验，但试验的效果是好的。所以这是个争论的问题，我们认为正确的是我们这方面。我说的是另外一个错误，是说对人不够关心。听说他的生活条件非常糟糕……”

“可耻，同志们，可耻！州委打电话向我说：‘你们那里怎么出了这么桩事？’看吧，《真理报》一定要登出来，也许在社论里还要提到。这是不能容忍的事，总之，州委要给你们两人警告。你们靠私人交情处理问题。布绥林！你的编辑部收到过克鲁季里契的文章吗？”

“收到过，伊万·雅柯夫列维奇！”

“为什么没登？”

“理由很简单。我和安东·叶戈罗维奇研究了这个问题，我还特地到厂里去看过材料，也和高炉车间里的人交谈过。他们都坚持自己的做法。”

“你怎么答复作者的？”

“这样答复的：我说，编辑部不同意您的看法，而支持工人们的试验，虽然我们也毫不否认在有些地方集中修理能收到好的效果。”

“但他写了些什么呢？他并不仅仅写了这项建议，而且还写了一切阻碍群众性发明创造开展的原因，写了一个孤立的发明家要推广自己的想法该有多困难，在得不到物质保证的条件下要实现这些想法是多么困难。他写了这些没有？”

“写了，伊万·雅柯夫列维奇！”

“那么，再问一遍，你为什么不把这些登出来？”

“我也再回答一遍，既然作者在主要问题上不正确，那又有什么必要……”

“有必要……”戈尔巴乔夫猛然打断了他，“请你星期四到这儿来，虽然你是市委委员，我们也要给你处分，明白吗？”

“由您决定吧。”

“不是由我决定，而是市委，集体决定。”戈尔巴乔夫又踱了几步，“而你，契比索夫，我们也要给你警告，惩前毖后。”

契比索夫从口袋里拿出他那“优级品”的雪茄看了一眼戈尔巴乔夫椅后墙上挂的“此处请勿吸烟”的标语，还是划着了火柴。

“常去打猎吗？”戈尔巴乔夫问他们两人，“彼此常串门儿吗？也许，还玩纸牌吧？”

布绥林回答说：

“从春天起就没打过猎。至于串门儿，我十一月六号到安东·叶戈罗维奇家去过一次。”

“我是七号游行完了到他家去的。”契比索夫接着说。

“怎么，不可以吗？”布绥林以挑战的口吻问。

“什么叫不可以？”看来，戈尔巴乔夫不知该怎么回答了，“不可以，不可以，说得这么顺口为什么不可以？什么都可以，但也得考虑一下，别搞私人交情……”

“我不太懂您的意思，伊万·雅柯夫列维奇！”契比索夫说，他的声调里含着痛苦而带有责难的意味，“当然，您可以给我们处分，布绥林说得对，这‘由您决定’。但要禁止我和我所喜欢、所信任、和我想法一致的人友好，这一点，伊万·雅柯夫列维奇！就是市委会也办不到。布绥林是什么人？嫌疑犯？坏分子还是新经济政策的投机商？”契比索夫的脸都白了，手也颤抖起来。雪茄掉到地毯上，他捡起来，吹掉上面的灰尘，接着说：“也许，他杀死了自己的父亲或者抢劫了祖母？……假如我们是在游击队里或是在前线，那么我会和他一起无所畏惧地去侦察敌情。而这不是和任何人都能做到的，不是和任何人！”

“听着！你别对我大喊大叫的！”戈尔巴乔夫走近保险柜，把它打开，背对着两人站了约两分钟。当他锁上那沉重的铁门，转过身来时，脸上带着一种像是吞下了什么的样子。

“你在吃戊酸薄荷酯。”契比索夫说，他稍微平息下来，“可我和他怎么办呢？”他朝布绥林点了点头，“我们也都不是小孩子，心脏也眼看不行了。”

三人都默默地坐着。

“总而言之，星期四在市委会上见吧！”戈尔巴乔夫站起来，无精打采地说，“契比索夫！你要把克鲁季里契好好安顿一下，凭着党员的良心去作。”

但是星期四，无论契比索夫还是布绥林都没被叫到市委去。这天厂里来了一个客人，他向契比索夫自我介绍说：“我是文学评论家，这是我的作家协会的会员证。”这位文学评论家很凶，又爱吹毛求疵，自己不开玩笑，对契比索夫的玩笑也无反应。他完全不像那位答应给契比索夫寄书来的令人喜爱的作家，契比索夫常常怀着多么满意的心情回忆他呵！可这位作家完全是另外一个人。他说：

“遗憾！我们这里养成这样一种风气，这种风气必须彻底清除。当然，您已经读过我的随笔《有益的想法》了？”

契比索夫说不知怎么他竟没有读过。

“不妨读一读。”文学家皱起了眉头说。

契比索夫想领他到车间去看看。但文学家说：

“这没有必要。我不是炼钢工人，什么都不懂。随便参观游览一下没什么用处。我也不是为这个来的。使我感兴趣的与其说是钢，倒不如说是作风。”

这人是阿尔连采夫的一位老相识。他和阿尔连采夫住在同一个旅馆里，并且就住在阿尔连采夫隔壁。阿尔连采夫把他介绍给卓娅。但卓娅不喜欢这个人，她请阿尔连采夫再不要让她和这位文学家见面。阿尔连采夫对她说：“你真怪！当然，这随你便。不过遗憾得很，非常遗憾。这是一个有用处的人，文笔很锋利。难道你一点儿也没读过他的著作吗？”

是的，卓娅没读过这位文学家的著作。有一次，出于好奇，她借了一本他的随笔集来，想读读看。但读不下去，他写得很晦涩，很含蓄，枯燥无味，一点提不起兴趣。所以她又把书送还了图书馆。

阿尔连采夫把这位阴郁的文学家领到维塔里·卡扎柯夫家去看他的画。文学家带着一副闷闷不乐，索然乏味的表情看了一遍说：

“老一套，老一套。我们还是在原地踏步，没有进展。这些都是模仿。但你还是掌握了绘画技术的。你这个轧钢工人，”他瞥了一眼季米特里的画像说，“是我们绘画上过去的玩意儿了：歌颂。而现在不管是文学，还是绘画，任何一种艺术都必须要改进作风。”

“我不明白。”维塔里不高兴地说。

看来，文学家把维塔里当做乡巴佬了，他对维塔里说：

“将来你就会明白。莫斯科也不是一下子就建立起来的。”

阿尔连采夫还把自己的客人领到布绥林的编辑部所组织的文学小组去。在这些年轻的诗人、小说家和剧作家的面前，客人的话说得比较明确：

“艺术工作者首先是一个社会活动家，这从来都是这样的。他应该干预生活。什么是当前生活中最主要的呢？主要的就是和从下到上整个体系中领导作风上的败坏现象做斗争。这就是今后很多年内的主题。如果每个人都像蜜蜂一样在这里添上自己的一份劳动，那就会得到一窝丰硕的蜜。”

他的话不太连贯，时时刻刻都在引证自己的《有益的想法》，据他自己说，在这些想法里孕育着未来的文学的种子。

“不太清楚。”按照通常的习惯，布绥林也参加文学小组的会议，现在他提出了疑问，“不太清楚。那样我们文学的首要主题，即劳动的主题该怎么办呢？怎样处理工人、庄员以及党的工作者的形象？总而言之，怎样对待新生活的建设者，共产主义建设者的形象呢？”

“对这些形象先不必着忙。他们是永远不会离开我们的。此外，也应该换一个方式来描写，要不加渲染地更真实地描写所谓灵魂深处的一切曲折。但是，我再重复一遍，这在目前，完全不是主要的，主要是别的，是暴露，是揭发，是彻底清除！”

客人走了。但对契比索夫说来不愉快的事并没完结，接着就来了一桩更大的不愉快。人事部副部长打电话来告诉他说，三号高炉上风口爆炸的事故说明高炉车间的领导力量薄弱，因此，根据部里意见，应该让总工长叶尔绍夫退休。契比索夫回答说叶尔绍夫是个优秀的干部，如果让他退休，那对工厂将是一个重大损失。那边对他说正因为叶尔绍夫是个有过贡献的炼铁工人，所以在处理他的问题上方式要缓和些——以体面的方式安排他的离职，否则，就应该按规矩把他打发掉。

总之，副部长没有同意契比索夫的意见，他在电话里冷冷地说要把这次谈话向部长汇报，今后将由部长亲自解决。

当天契比索夫就写了一份公文寄到部里去，再一次说明不能让叶尔绍夫退休，但这也没起作用。没过一星期部长的命令就下来了。契比索夫把命令藏到保险柜里谁也没让看。他没有勇气把部里的决定告诉普拉东·叶尔绍夫，于是，便去找戈尔巴乔夫。

戈尔巴乔夫听了很生气，他说：

“也不问问我们就做决定，好像拿我们不当一回事。应该给部长会议，给党中央写信去，契比索夫！”

后来他们又谈了一会儿，认为像这种要不要让一个总工长退休之类的问题也去麻烦部长会议和党中央是不应该的。但是部里不考虑地方组织的意见。芝麻大的小事也要管，这样工作下去也不行。

“那么究竟怎么处理叶尔绍夫呢？俯首听命吗？”契比索夫说。

“再给部长写个报告吧！”

又写了一次报告。没料到结果却受了批评。部里警告说，如果他再这样拖延执行部长的命令，将要受到严厉的处分。现在除了向普拉东·叶尔绍夫宣布这个命令外，再没有别的办法了。但契比索夫仍然拖延着，究竟在指望什么呢？就连他自己也不知道，只不过是拖时间罢了。就为了这个，为了多拖延些时间他又去问部里，根据他们的意见，应该派谁接替叶尔绍夫的位置？能批准什么人？不批准什么人？

从前他几乎每天都要到高炉车间去走一走。现在他不去了。因为他知道自己隐瞒不住什么事情，他知道自己不是一个好演员。普拉东·叶尔绍夫一看他的神色就会知道出了什么事，如果问起来，那他可怎么向总工长解释呢？

当卓娅·彼特洛芙娜告诉他，叶尔绍夫和卡扎柯娃在接待室坐着，有重要问题要找他谈时，他甚至看了看窗外的排水管，看能不能从那里溜出去。他想让卓娅撒个谎：说他走了，出去了，没时间，或是生病了。但这全是瞎扯，怎么说都不合适。

“让他们进来吧，来吧！”他倒在椅子里说。

伊斯克拉和普拉东·叶尔绍夫开始谈起他们对改进高炉车间工作的想法，但这更加重了他的痛苦。

“这全是她，伊斯克拉想出来的。”普拉东说。

“怎么这样说，普拉东·季莫菲耶维奇！要是没有您，难道……”

“是她，是她。不过我完全支持这种意见。车间主任也同意，大概他这两天也要来找你，安东·叶戈罗维奇！”

起初契比索夫坐在那里听着，并没十分注意叶尔绍夫和卡扎柯娃所谈的问题的实质。但谈话逐渐引起了他的兴趣，便详细地问了起来。然后他们三个便着手酌量方案。最后，契比索夫说：

“有意思，很有意思！马上叫总工程师来，一起动动脑筋。”于是按了一下电铃。

23

“你那位莫斯科来的文学家简直胡说八道，纯粹胡说八道！”古良也夫站在季米特里的画像前说，“什么叫歌颂？喏，要是真的歌颂了，那么你以为这是罪过吗？任何一个时代的艺术家都歌颂美，任何一个时代的艺术家都歌颂自己的时代，自己的社会和自己的阶级。谁又能禁止我们歌颂自己的阶级？维佳！我整个灵魂都属于工人阶级，我是无产者，你呢？”

“亚历山大 · 里沃维奇！这个问题我没考虑过。”维塔里 · 卡扎柯夫说。

“不对，维佳！应该考虑。这能决定一切，决定你的立场，你的思想。只有当你清楚地确定了你是什么人，你和谁在一起，拥护谁之后，你才会懂得谁是你的敌人，你在为什么工作。为什么两三年来，我经常为了尽演些庸俗猥琐的小人物而这样恼火呢？难道你以为我仅仅为了我不能用我的低音在台上畅所欲言吗？不是的，维佳！不只是由于这个，当然这也有一定的关系，但更主要的是什么呢？主要的就在于我完完全全不了解我扮演的角色是拥护谁，反对谁的。他们既不拥护谁，也不反对谁，都是些中间分子。可我，维佳！我是个战士，我必须站在防线的一边。”

“但是这必须得有防线存在呵！”

“你以为它不存在吗？维佳，我说的这个防线只有当全世界的资本主义都倒下去以后才会毁掉。”

“这谁都知道，亚历山大 · 里沃维奇。”

“既然谁都知道，那你为什么又把它忘了呢？你是不是认为在我们这个时代，两个世界的斗争已经不那么尖锐，你现在可以远远站在一旁了？不，亲爱的！生活要把你拉到防线上去，并且放到它的一边。中立是活不下去的，这是规律。就连那些人，他们——

越过高山，穿过平原，
也曾修建过通向社会主义的桥梁，
但不等完工，
便精疲力尽地坐在了桥旁。

就连他们也逃不脱搏斗，生活会把他们吸引到搏斗中去。你那位评论家对歌颂的争论本身就是斗争的一部分。这是一个原则的争论。他说的话好像很令人信服，很能激动人心，什么客观真理就是母亲，每个公民都必须为它而战斗。可事实上呢？以这种理论为基础的实践能给人什么呢？践踏、侮辱自己最亲爱的一切——这就是归根到底它所能给予人的。逻辑就是逻辑！你丢开这种意见，就会倾向另一种意见。歌颂吧！维佳，歌颂人民，歌颂他们的功绩，这样你就永不会失足。你看，你正在为这幅画像苦恼，因为你不敢赞颂他。正如你不敢高声歌唱，就用平平淡淡的调子讲话，因而也就感受不到充分的欢乐一样。你歌唱吧！别把这条伤疤画得太显眼，因为它使人的心灵感到阴暗。抹淡一些！让它只作为生活经历的一个小注脚，而不是孤立地存在。颧骨就应该精细地表现出来。你看在这颧骨里隐藏着多大的力量！多坚强的性格！而眼睛……现在几乎一点儿也显不出来，这些铁块闪光太厉害了。”

“这是钢锭，钢坯。”

“亲爱的，原谅我在轧钢技术方面的无知，手呢？手……你注意的是什么？只是色调和层次。有阴影，有光线，这很好。但这些油彩却使人看不到那有力的能干的手了。”

他在房间内踱来踱去，不是碰着了画架，就是碰上了桌子或椅子。

“你们住得太挤。给不给你们房子？答应了没有？”他说。

“答应了。代表大会开幕前就可以搬进去。分配给我们的那套房子有两个房间，我和伊斯克拉去看过了，很不错，窗户很大，光线也好。”

“我们一定要贺新居喽。”

“那当然。”

维塔里凝视着画布上季米特里的脸。古良也夫又踱了几步，说：

“总之，你一定得叫你的工人有一双真正的、充满活力的手，这双手能创造人类美好的未来。这就是我想在你画布上所看到的。”

他在画像前站了一会儿，接着说：

“你别以为我是在教训你。我这是出声地思索，为了自己思索。维佳！现在有一个念头在折磨我。你不是对我讲过这个季米特里的父亲是在工厂里被德国鬼子弄死的吗？从那天起，我就有了一个想法：要让这个坚强的老头子出现在舞台上！这个想法总也不能让我安下心来。人总归要有一死，这是客观真理。但应该死得使别人更想活，使别人更珍贵生活，热爱生活，能生活得更美好。美好，你懂得我的意思吗？可是我自己不能把这一切写出来，又没有人肯帮助我，维佳！我很苦恼……看来，我得走了。”他突然停了下来。

“再坐一会儿吧！伊斯克拉马上就回来了。”

“不，不，一定得走了。你看我满肚子愁肠，这样跟别人在一起可不好。祝你健康，亲爱的！”

维塔里把古良也夫送走后，回来在画像前站了好久，又仔细地从各个角度端详起来，从侧面，从下边，爬到桌子上，又退到门旁……然后长叹了一口气，拿起刮刀在画布上刮起来。

这时古良也夫已到了剧院。再过一个半小时，他就得上台去往河里扔石子，在花园里跳过长凳，去向那位徐娘半老的女主角疯疯癫癫地献殷勤了。

“简直是受罪！”他走进雅柯夫·叶尔绍夫的办公室说，“还不如到工厂去炼铁，精神反倒能安稳些，也好多拿些工资。”

“您好！亚历山大·里沃维奇！”一个坐在经理旁边的年轻人愉快地招呼他。这是剧作家阿列克萨辛，他手里拿着一本厚厚的蓝皮笔记本说。“上次您走了……您还记得吗，当时我没同意写那个题材？可是那个老炼铁工人的故事您讲的多精彩！从那天起，这个老工人的影子就总站在我面前，再也甩不开了，睡了觉也梦见他。工作的时候，坐在桌子旁边又看到他。简直一点办法也没有。所以我就胡乱写了两幕。您最好能读一读，要不就让我念给您听听吧。”

“请给我！”古良也夫拿过来一张一张地翻下去，看见了对白及导演说明。他刚读了几个字就感到一阵激动的喜悦。于是，他急忙忙地对雅柯夫说：

“雅柯夫·季莫菲耶维奇！做做好事吧！今天放我假，让别人替我行不行？求求您！”

可是找不到人替，古良也夫不得不上台，但他不肯放走阿列克萨辛。他把阿列克萨辛领到包厢里坐下，而自己则一直在台上盯住他免得他溜掉。

这天晚上古良也夫演得糟透了。不是说错台词，就是晚出了场。而有一场更不像话，当女主角对他说话的时候，他竟突然说：“把您的废话收起来走远点儿吧……”虽然观众并没看出来，但托马舒克却找了经理又找艺术指导，找了艺术指导又去见党委书记，到处嘀嘀咕咕说："古良也夫喝得酩酊大醉，在台上站都站不稳了，应该立即对他采取措施！"

古良也夫刚卸完妆，谁的教训也不愿听，就去找阿列克萨辛，把他领到自己家里。他房内已经有了一张桌子和四把椅子，所以就把客人请到椅子上坐下，而不必像上次对卡扎柯夫那样，让他坐到地板上了。他说：

"您读吧！"

在他面前渐渐展开了一幅淳朴平凡的、工人家庭的生活画卷，清晰地勾划出了奥库涅夫一家人的独特性格。

"我决定让他们姓奥库涅夫。要按实际情况写成姓叶尔绍夫总不太方便，对不对？"阿列克萨辛说。

"对，这无关紧要。"古良也夫不耐烦地回答。

剧本描写了奥库涅夫家几代人：一个老头儿和他的几个儿子。在这个家庭中有自己的道德观念，有自己的生活理想，在这里没有和国家社会的利益相矛盾的个人问题。关于这一点老奥库涅夫惊讶地说：

"怎么会不这样呢？苏维埃政权是谁夺来的？是我们，奥库涅夫家的人夺来的；这个国家是谁建立的？是我们，奥库涅夫家的人。我们也就是国家。要照你所说的，我们去自己反对自己吗，是不是？"

读完时已经是深夜两点多钟了，阿列克萨辛合上笔记本说：

"就到这里，只写了两幕。"

"我亲爱的！"古良也夫伸出两只有力的手臂拥抱着剧作家说。"你写的多好！赶快把它写完吧！"他把本子拿过来，又读起其中的几个场面，自言自语地议论着这些场面应怎样在台上演出，并且表演起各个人物来。阿列克萨辛高兴极了，因为他还从来没遇到过有谁这样热烈真诚地赞扬过他的著作。

"什么时候把它写完？"古良也夫问。

“不知道，亚历山大·里沃维奇！最困难的就是后面。也可能什么都写不出来。”

“写得出来，一定写得出来。代表大会开幕前写完它，还有一个半月，行吗？”

“努力试试看吧。”

“可是你得到工厂里去，和大家谈谈。这样你就可以写得更生动些，色调更鲜明些。”

第二天，古良也夫去见雅柯夫：

“得和这个小伙子订合同，雅柯夫·季莫菲耶维奇！应该支持年轻人，鼓励他，要不然可能他就写不成，或者写出来去给别人。人家会抢去的。”

“有意思，谁来抢它？”托马舒克笑着问。——古良也夫和雅柯夫谈话时，托马舒克也在旁边。“一本描写高炉生产的小剧本也值得争来抢去！当然喽，对于做汇报和总结，它倒挺合适，那样剧目总算说得过去了。可是，票房不欢迎它，观众也不需要它。”

“何必争吵。”雅柯夫说，“现在是隔着布袋买猫，还不知是黑是白。我看，应该先把前两幕打印出来读一读。”

“我个人拒绝这种享受。”托马舒克说。

雅柯夫又把艺术指导请来。艺术指导坐下来，像往常一样，理了理大胡子，然后双手交叉放在肚子上，两个大拇指互相绕动着，一会儿往前，一会儿往后。经过深思熟虑之后他说：

“那有什么，读一读吧，读一读吧，事先总是应该读一读的。”

“昨天夜里我已经听过，而且也读过了……”古良也夫发起火来。托马舒克接下去说：

“我看您听得不见得很仔细吧，可尊敬的亚历山大·里沃维奇！您昨天连戏都没能演好。应该把您的问题提出来，您要给我们的青年一个什么样的榜样呢？没有一天您……”他的话还没说完就被古良也夫打断了：

“雅柯夫·季莫菲耶维奇！我可不愿用托马舒克对我讲话的口气来回答他。因此，请您原谅，我走了。”

但他走到街上后又考虑了起来：“到哪儿去呢？去找谁？请谁帮忙呢？要不要这会儿就去找什么人帮忙呢？现在并没发生什么特别情况，阿列克萨辛在继续写剧本，没要求预支稿费，也没打算把剧本给别人。”

他安慰着自己，尽力使自己平静下来，但是不行，平静不下来。怎么没有发生特别情况呢？不！已经发生了。这就是托马舒克。他已经不仅是反对这个剧本，而且在反对剧本的主题思想。他在艺术指导身上下功夫，把艺术指导拉到他那一边去。而艺术指导呢，对他说来重要的是要人们都奉承他，要人们听了他的名字都得战栗。而别的，就都不是那么重要了，排这个剧也好，那个剧也好，有什么区别呢？对他反正都是一样。在他看来，剧院里再没有什么可指望的，戏剧的繁荣时代已经过去了，那是他的，艺术指导的青春时代。现在只求不出问题就好，而问题是可能出的，完全有可能。他没忘记他那去世的老师的教导：要使观众感到惊讶，要出人意料，要独出心裁。哪怕头顶着地走路也好，只要做得惊人，惊人和惊人。如果……如果能肯定不会失算的话，他是会这样做的。可是，已经这样大的年纪再拿自己的历史去孤注一掷太不值得了。

托马舒克摸透了自己这位“护身符”的脾胃。每逢他到剧院来，托马舒克就布置一个大大的排场：除了没唱圣歌而外，凡是能用来对一个活着的人绝口颂扬和捧到天上去的手段都使尽了。雅柯夫认为这种情况简直穷极无聊，但又没有办法。人们不许他触犯艺术指导。各级文化工作领导机关——不管是市的、州的还是共和国的都对他说：“使不得，使不得，亲爱的！您怎么啦？这么一个大块头可动不得！”雅柯夫就说："糟就糟在是个大块头。横在中间不让人走路。只有批评，直接的、开诚布公的批评才能触动这个大块头。"

这一切古良也夫都知道，而且很清楚，因此他深感不安，生怕托马舒克砍掉这个剧本。

从这天起，古良也夫无时无刻不在盼着这个剧本快快写成。戏演得无精打采，只在和托马舒克争论时才活跃起来。这场争论是非争不可的，而且得狠狠地争。因为托马舒克准备排阿列克萨辛在这之前所写的一个剧本，内容是描写一位年老的首长抛弃了自己的妻子，爱上年轻的女工程师，而他的年老的妻子终于在为造福社会的劳动中找到了慰藉。古良也夫坚决反对这个渺小庸俗的剧本。此外，他还知道一排演这个剧必然会分散剧作家的精力，使他不能专心一志地写《奥库涅夫一家》，他要求雅柯夫管管这件事。雅柯夫也不同意排演托马舒克选的这个剧本。但，遗憾的是托马舒克不仅自己坚持排这个剧，他还把几个主要演员，甚至艺术指导都拉到自己一边去了。艺术指导到有关部门去摆了摆老资格，有关部门就把雅柯夫找去隐隐约约地暗示说，请他，雅柯夫·季莫菲耶维奇不要生气，在选择剧本这种事情上，他，不久以前的俱乐部主任和工厂乐队的喇叭手，还是该多请教请教艺术指导那样的人。于是雅柯夫跑去见市委宣传部长，请求把他从剧院调走，到他妈的什么鬼地方都成，与其在这里受嘲弄，他真的还不如回去当喇叭手。宣传部长对他说："需要忍耐。我们应该教育艺术指导这样的人，当然，不能一下子见效，要慢慢来，要有耐心。"雅柯夫说："老是教育教育，你都要进棺材了，可他这个没教育好的还是结结实实地活着。"

古良也夫看到经理也没法帮他的忙，便去找阿列克萨辛，求他：

"把您的剧本收回吧！您现在损失一个卢布，日后却能赚回几千。因为您现在写的是真正的伟大的作品。不要为小失大，反正您又不会饿死。如果需要钱用的话，我可以尽力给您凑……把我的工资给您。”

阿列克萨辛说问题不在于钱，而在于他乐意看到自己的作品在舞台上演出。只要能够上演，他可以把剧本白白送给剧院。他叫古良也夫放心，排演这个剧绝不会影响他写《奥库涅夫一家》，恰恰相反，可以给他更多的力量和信心。否则，一个剧本他收回了，而另一个又写不成，即便写成了，人家也不一定要，那时候该怎么办？不，他可不愿冒这份险。

显然，托马舒克已经对阿列克萨辛做过一番工作了。

有什么办法呢？古良也夫于是把阿列克萨辛写好了的两幕剧亲自交给打字员，打印好后又亲自分发给他认为和他同样渴望着扮演真正的角色的演员们。大家很有兴趣地读完了，一致赞许这个剧本。只有一个女演员意见不同，她经常扮演从老年妻子手里夺走老年丈夫的狠心姑娘，她说这是倒退，又是把生铁、铸铁、各种牛头刨、龙门刨、磨床以及螺钉之类的玩艺儿拌上生拉硬扯的恋爱故事端出来；她说她反对这种剧本。另一个女演员也接上去说：“没意思，枯燥透了。”

托马舒克知道了演员们除他选的剧本以外还读了另一个剧本时，大为生气，他想把这件事说成是什么违法事件，意味深长地对古良也夫说：

“最可尊敬的亚历山大·里沃维奇！您在散发地下刊物吗？这是些什么材料呢？谁写的？谁允许的？谁赞成的？您不认为这已经超出了您的职权范围吗？”

“您去告密吧！”古良也夫说。

“这是什么意思？侮辱吗？”托马舒克发怒了。

“这是友好的劝告。”

大家都知道了古良也夫和托马舒克之间的冲突，也知道了剧院中正进行着某种隐蔽的斗争，于是像往常一样，人们分成了两派。一部分人拥护古良也夫，另一部分人则站到托马舒克一边，而在托马舒克背后则还有艺术指导。气氛紧张起来了。虽然表面看来一切都很好，很有秩序，但人人都感到内在的紧张。经验告诉那些识多见广的人们：爆发是不可避免的了。这个爆发是什么性质的，还不知道。谁会倒下去，也很难说。但爆发是会发生的，而且是一定的。

24

无论父母怎样劝说卡芭不要忙着结婚，等大学毕了业再说，她都不听。她还坚持不要举行任何婚礼。她说："这是不体面的宗教习俗，是对个人生活的愚蠢的干涉。人家一喊'苦啊'①，你就得在他们面前接吻。大家挤眉弄眼，嘻嘻哈哈，取笑你，说些无聊话……不，这种小市民调子的丑事我们不要。"

叶尔绍夫家的小屋开始修理了。主要的工人是安德烈和卡芭。木匠只是叫来补补地板和修修门窗。裱糊墙壁，粉刷天棚和油漆地板——这些事都是他们自己在晚上和礼拜天干的。戈尔巴乔夫问女儿："还是得帮帮忙吧？缺什么材料不缺？""不，不缺什么，"卡芭回答，"我们什么都有。"

安娜·尼古拉耶芙娜几乎每天都到他们那里去，想帮帮忙，但是他们也不太需要她的帮助，她每次回到家里都很伤心。

卡芭很喜欢捣弄石灰浆和油漆。她罩上一件短短的蓝褂子——这件褂子还是安德烈的姑妈西拉菲玛上小学时穿的，不知怎地竟保存到现在——头上包了一块红头巾，高兴地哼着歌子，手里的大刷子在天

① 按俄罗斯民间风俗，在婚礼上，客人们一喊"苦啊"，新郎新娘就得当着大家的面接吻。

棚上刷来刷去，身上滴满了石灰浆，活像一个地地道道的油漆匠。“当家的，”她使劲压粗了嗓音，和安德烈开玩笑，“你们用天然干燥漆还是不用？用的话就得贵些，顶好预付几个钱。给两钱，犒劳犒劳。”

安德烈也弄得满身都是石灰浆和油漆。但这并不妨碍他们时不时拥抱和接吻。修理工程进行得很慢。“你的功课都拉下了，卡彼托林娜！”每当卡芭半夜里回到家来的时候，安娜就对她说，“也不能老这么疯疯癫癫的呀！”

“不要紧，好妈妈，我能赶得上。以后加把劲儿就行了。你不要担心。”

凡事都有个了结，修理也终于完了工。

结婚的日子到了，这一天安德烈·叶尔绍夫和卡彼托林娜·戈尔巴乔娃一清早就到婚姻登记处去，回到戈尔巴乔夫家的时候已经是叶尔绍夫夫妇了。卡芭把结婚证书拿给安娜看。“祝贺你们。”安娜说，可自己的嘴唇哆嗦着——眼看就要哭出来了。

戈尔巴乔夫回来了。他开了一瓶葡萄酒，大家坐下来吃午饭。这一次在座的还有卡芭的哥哥格奥尔基。他讲了些关于新婚夫妇的各种各样的笑话，大家听了都很好笑。

“你又何必不住在我们家，”安娜突然对安德烈说，“本来是很方便的……”

“妈妈，为什么要说这些话？”卡芭说，“这一点也不关安德烈的事。”

“真的，妈妈，”格奥尔基帮忙说，“一个正常的人渴望独立生活，这是很自然的。我有一个大学时的同学，非常喜爱大自然，他对我说过，‘就拿仙鹤来说，它们总是一下就盖两个窝：一个自己住，另一个放小鸟，以后就把它们留在那儿——让它们独自生活，不要老依靠父母。’”

“那是仙鹤，”安娜悲伤地说，“可我们是人呀。”

吃完午饭卡芭把自己的东西装在两只皮箱里；叫了一辆小汽车。安娜送他们回去。但是她在叶尔绍夫家呆了一会儿就明白了，她是多余的人。这使她感到难过、痛心和不可理解：她——亲生的母亲——竟是多余的人。她回到家里，哭了一晚上。戈尔巴乔夫劝她，说了许多关于安德烈和叶尔绍夫全家的好话。

“你怎么会知道他们家？”安娜说，“现在弄得两亲家都互不认识，好像生人似的。”

于是，他们商量好决定去找叶尔绍夫家最年长的人——普拉东·季莫菲耶维奇。一天晚上他们去了。

“你是一家之长，”戈尔巴乔夫坐在乌斯金诺芙娜摆好了的桌子旁边说，“对安德烈来说，显然就和父亲一样。”“不完全是这样，”普拉东回答，“只能说是半个父亲，是一部分，因为除我之外，雅柯夫和季米特里也都同样关心安德烈。”

“我们住在峡谷街的时候，我简直就是他的母亲，”乌斯金诺芙娜接着说。大家谈得很随便，很友好。安娜不断地讲起她的卡芭并打听安德烈的情况，而戈尔巴乔夫和普拉东的话题早就转到工厂上去了。看普拉东的样子，好像他还不知道部长的命令（关于这个命令契比索夫曾对戈尔巴乔夫说起过），好像他还不打算离开自己的高炉去退休。戈尔巴乔夫心想：可能契比索夫还是坚持了自己的意见。但他没问普拉东，因为他不知道契比索夫有什么打算，契比索夫说过，甚至连这个命令都不敢给普拉东看。

当戈尔巴乔夫夫妇已经穿好了大衣，要走的时候，普拉东说：

“照规矩应该举行婚礼才对，你们说呢？怎么就这么一声不响的，酒也不喝一杯？要不这在您的地位是犯禁的？”

“为什么犯禁？”戈尔巴乔夫笑起来了，“您何必这么想，普拉东·季莫菲耶维奇！”

“那又是为了什么？”

“我们的女儿就是这么固执。”安娜说。

“我们能比她更固执，”乌斯金诺芙娜接上来说，“连句话也来不及说，就举行婚礼。”

于是这位经验丰富的乌斯金诺芙娜提出了一个计划，要在这个礼拜六的晚上让安德烈和卡芭所有的亲戚都似乎不约而同地到老土房里集合，庆祝新婚夫妇共同生活的开始。

乌斯金诺芙娜说得有道理：“这不单单是一个婚礼，又是两家人结成了亲戚。而今不管怎么说，你们对我们，我们对你们，彼此双方都要负责；亲戚嘛，从古以来就是这样的。”

星期六早晨戈尔巴乔夫打电话给市苏维埃主席：“喂，包布洛夫。你知不知道有一条峡谷街？”“知道，要不我还算什么主席。那里发生什么事了吗？”“这条街道没人管，包布洛夫，连雪都没人扫。”“我们有很多街都没人扫雪，伊万·雅柯夫列维奇。除雪机不够用。我们叫居民各人自扫门前雪。”“还是想想办法吧。那里附近有没有扫街的机器？”

“有的，在山谷街。”

“那就叫他们弯一弯路到峡谷街去稍微打扫打扫，行不行？是的，需要这样做，以后我再给你解释。假如这不违法就请你办一办吧！”

安德烈从厂里回来的时候，看见自动除雪机正在认真地清理他们这条街，他感到很奇怪。因为往常这里都是用锹把雪铲成堆，让它到春天自行化掉，弄得整条街上直到六月都还是又湿又脏的。他告诉卡芭：

“你看，连我们这儿也文明起来了。”

卡芭却不这样看。她说：

“这里有问题，如果这是父亲出的主意，我可要和他大干一场！”

傍晚时客人们一个接一个地络绎到来，这更使卡芭觉得可疑。最先来的是雅柯夫和他的妻子瓦莲金娜，他们带来了葡萄酒、蛋糕和一些罐头。雅柯夫愉快地说：

“我们决定来看望看望新婚夫妇，看看你们过得怎么样。我很高兴，卡芭同志，您不顾一切地加入了我们这个家庭，给我们团里添了新兵。”

接着安德烈的姑妈西拉菲玛和丈夫坐着出租汽车来了，西拉菲玛在市立医院做医助，她的丈夫是船长，专管从海路为工厂运送矿石。

随后又来了普拉东、乌斯金诺芙娜和季米特里。季米特里看了看房子里的变化，说了一句：“干净起来了。”就坐到角落里去了。这种变化不能使他高兴，因为这一切并不属于他，也不是为了他才有的。

又来了一个妹妹——瓦里亚，这是最小的一个——比季米特里小三岁。她在雅柯夫的剧院里演些配角。她的丈夫在电车厂做技师，是有名的男高音，常常唱意大利歌曲。他曾和瓦里亚一起参加过全市业余文工团。

客人们络绎不断地到来。普拉东家墙上挂的相片中的大半人都集合到这所土房子里来了。他们带来了好多酒、菜、点心，也带来了不少礼物——各种各样的礼物堆了满床。

人们一进来，就拥抱一下卡芭和安德烈，并且说：“给你们贺新居来了。”

西拉菲玛、瓦里亚和瓦莲金娜在乌斯金诺芙娜的指挥下开始摆桌子，在她们的手提包和篮子里甚至还带来了餐具。

于是卡芭明白了，千百年来所形成的这种“宗教习俗”原来要比她的力量大得多。安德烈很恼火，怕卡芭生气发慌，然而卡芭却捉空悄悄对他说：

“没办法，安德留沙！忍耐一下吧。我们就尽力装成对这些感到非常高兴的样子，一定能通过一切考验。”

最后来的是戈尔巴乔夫和安娜。卡芭悄悄地对爸爸说：“你好，亲爱的爸爸！我们一早就等你了。和安德烈两人在街上扫了一天雪，累得要命！”

戈尔巴乔夫微笑了一下。

“你这个鬼丫头！什么也瞒不过你。”

然后他就开始和叶尔绍夫家的人认识，和大家一一握手问好。

“瞧，我们已经成了一家人，结了亲了，”他说着坐了下来，掏出烟盒，又转向安娜，“安娜·尼古拉耶芙娜！从前我们老是伤心，说我们既没有姑妈姨娘，也没有兄弟姊妹，可现在，你看，我们周围有多大力量了！”

“你这是开玩笑，还是在懊悔，伊万·雅柯夫列维奇？”普拉东仔细地盯着他。

“哪儿的话，普拉东·季莫菲耶维奇！我是高兴，衷心地高兴。”

“这说得对，如果出了什么事，你就知道这能给你帮多大忙！”

“这是没有疑问的。”

戈尔巴乔夫问季米特里，轧十吨重的钢锭的事进行得怎么样。

“挺好，”季米特里回答，“有时候我们甚至得停工，平炉供不上轧钢机。”

“这就太好了！可是为什么供不上呢？”

“因为不是全部都用十吨的模子浇铸的。还有人抱住旧的不放，戈尔巴乔夫同志！”

“还称呼姓，而且加上个‘同志’！”戈尔巴乔夫摊开双手说，“这样子不行啊，叶尔绍夫同志，我们应该更像一家人些！”

“来吧！”普拉东说，“坐下来，喝一杯，这就会像一家人了。”

座位很挤，椅子不够用，虽然已经从邻居家借来一些，还是不行，所以有几个人只好把木板架在方凳上坐。但是大家并不觉得挤，谁也不在乎这一点，没有人提出过高的要求或表示任何不满。西拉菲玛和瓦里亚两姊妹负责照料一切，所以卡芭可以不用站起来东跑西跑地张罗了。她静静地坐着，尽量不让人注意她，好在没有人说什么粗俗的笑话。她很高兴，并且希望不要喊“苦啊”。但总还是喊了。先是西拉菲玛的丈夫——船长——开始喊起来。于是就喊开了……原来，当着众人的面和安德烈接吻也并不那么可怕。当然给父亲看到了，有些不好意思。妈妈倒没什么。可是父亲，在他面前总有些拘束。

大家谈到了青年，说起而今的年轻人总是要想法子能更长久地靠父母过日子。但卡芭却不是这种人，不怕独立生活，真是好样的。船长说：

“这可是实话。孩子们都喜欢靠父母养活，但是对父母却并不很尊敬。我们那里一个机械师说过小学里的一个笑话。教师在动物课上问一个学生：‘你说说看，小伙子，什么牲口供给你鞋子？’就是指的皮鞋，而那个孩子回答说：‘爹嘛。’”

“工厂里就没有这样的白吃货。”普拉东说，“我们的人都是靠劳动生活的，劳动人民的脑袋里不会有这种混账念头。就拿我们来说……你知道不，伊万·雅柯夫列维奇？人们管我们叫什么？叫‘鲈鱼’①。”

“这可真是些鲈鱼，”乌斯金诺芙娜说，她已经喝了两三杯了。“一不对劲，一不合他们这些鲈鱼的意，马上就把你刺个满身窟窿。”

“得了，得了，不用自我批评了，姑妈。我说什么来着，伊万·雅

① 叶尔绍夫（Ершов）一字在俄语中源出ёрш，即鲈鱼。由于鲈鱼鳍尖硬如棘，俄罗斯人常用以讽喻暴躁易怒之人。

柯夫列维奇？我说——就拿我们这个家庭来说……喝！父亲可管得我们严哪，从来没娇惯过。长大起来，一个个都是好样儿的，我们什么样的人才都……”他说了一半，突然停住了，看看坐在周围的人。他脸上掠过了一道阴影，又皱着眉头说：“算了，还是让我们好好喝酒吧，为这些已经开始成家立业了的孩子们干杯！”

又干了几杯酒以后，他把妹妹西拉菲玛叫到身边来，问：“斯捷潘在哪儿？你告诉他没有？”

“怎么没告诉！我先到宿舍里去，他不在，又到车库里去，一看——汽车底下伸出来一双脚，我拉了一拉，果然是他！在修理马达。我全都告诉他了，他说：‘好，妹妹，谢谢你的邀请，谢谢你还亲自跑来。’”

“他现在在哪里？”

“这可就不知道了，普拉东，反正我已经请过他了……”

大家一直吃喝到天亮。又唱又跳，又闹着玩。西拉菲玛和戈尔巴乔夫还跳了俄罗斯舞。

当戈尔巴乔夫满脸通红，喘着气，坐下来的时候，安娜对他说：“瓦尼亚，要当心！我们可没有带戊酸薄荷酯来。”

这一晚连季米特里都喝醉了。在一片喧闹和跳舞声中，他突然拿了吉他，从边房里走出来，两眼越过挤满房间的人们望着远方，唱了起来：

敌人烧毁了故乡的草房，
杀害了我的全家。

大家都静下来了，看看季米特里那苍白的脸，他那一对凝视着的眼睛，这对眼睛在这些人们背后，看到了别人所看不见的东西。

普拉斯柯维亚，请原谅我
就这样来到了你的身旁：
本该为人们的健康而畅饮一杯，
我却为死去的亲人洒下了祭觞。

然后季米特里急遽地拨了一阵琴弦，又接着唱下去：

朋友们会重新聚首，
我们却永不再相逢……

“不太愉快的歌，”当他唱完后，不知是谁说，“不是婚礼上唱的。”

“本来也不是每个人都在结婚。”普拉东轻轻地，带着责怪的口吻回答。

家里人都懂得普拉东的意思，因为他们都知道季米特里、廖丽亚和斯捷潘的事。

为了消除季米特里的歌所引起的不愉快的气氛，西拉菲玛和瓦里亚唱起了快板。她们唱得很有劲儿，不时发出一声声的尖叫，这是模仿去年夏天来这里作巡回演出的几个姊妹演员。她们学得很像，十分可笑。

天亮了，大家决定到街上去呼吸呼吸新鲜空气。街上很冷，还留着残月的余辉。已经有人赶早路了。有的窗户里已经点起了灯。

他们在路上走着，相互挽着手，唱着歌，有说有笑。在十字路口上开始分手了。戈尔巴乔夫拥抱了卡芭，拥抱了安德烈，对他们说：“别傲气，不要忘了我们。”

安娜也久久拥抱着卡芭，吻着她，怎么也舍不得放开女儿。

当安德烈和卡芭回到了家里，才看见：在杯盘狼藉的桌子旁边坐着季米特里。原来谁也没有发现他没和大家一块出去。

“孩子们，”他说，“留我和你们一起住吧，就在那间边房里好了。要不然我简直像生了鼠疫一样，连个住的地方都找不到。”

“来吧，来吧，季米特里·季莫菲耶维奇！”卡芭连忙说“我们很高兴，是吗，安德烈？我一直就很奇怪，不知您为什么从这儿搬出去。难道有什么必要非这样不可吗？”

季米特里能回答什么呢？世界上的一切并不都是出自必要、出自理智才去做的，往往没有任何必要，而仅仅是出于情感。

他们在边房里为季米特里铺好了床。他关上门，熄了灯。但是没有睡——他只是躺着，思索着。他想得很多，太多了，一下子什么都想，因此什么也不能考虑得很仔细。昨天车间主任把他叫去，对他说厂里要举办一个轧钢机手训练班，期限是两个星期，从全国调人来学习，部里希望他——季米特里·叶尔绍夫负责领导这个训练班。他推辞说，他干这个不合适，因为他从来都没领导过任何工作，也不会领导。车间主任说：“你掌握了机器，这就是主要的，他们不需要讲话，只需要经验。而你的经验是足够的。去考虑考虑吧，礼拜一我们再谈。”这有什么可考虑的？考虑也罢，不考虑也罢，反正什么也考虑不出来，廖丽亚又不在，和她商量商量多好……

是啊，不在，廖丽亚不在……那天夜里，在大风雪中她说她再也不会来了，因为她不能站在两个亲兄弟之间……

季米特里很奇怪，他怎么了，为什么他是这样需要廖丽亚，为什么他每天都感觉到她的不在？

他翻过来覆过去，铁床被他那有力的身躯压得吱吱作响。睡不下去了，他起来开开灯，在屋里踱了一会儿步，看到了堆在角落里的自己的书，随手抓起一本来，却是英语自修课本。他高兴了，于是躺下来，随便翻到一页，念了第一句：“埃勾吐斯库埃勿累莫宁。”翻译出来是：“我每天早晨到学校去。”他回忆起自己的学校。上学，当少先队员，该有多好啊……普拉东告诉伊斯克拉的事是正确的——的确有过这么回事，是在少先队员的集会上，他说他一定要活到共产主义完全实现的时候。是的，他并没有放弃他这个理想，从来没有。他渴望，十分渴望看到共产主义。有人觉得这很可笑，他们说：共产主义，这可是和天堂也差不离——到那时人们一定都是干干净净，整整齐齐的，一尘不染，像天使一样。那日子可也无聊透啦，还不如现在这样生活好，可以吃吃喝喝，跑跑“馆子”，那时候大概连“馆子”也不会有，只有大课堂。还有些人羡慕将来的人：要什么有什么，真是天之骄子。无论到哪个商店里去，东西都随便拿，要多少就拿多少，而且全不要钱。

会这样吗？将来一切都是这样的吗？——谁也不知道，很可能不是这样，很可能，到那时也会有幸福的人和不幸的人，到那时人们也要过这种什么都可能发生的生活。但有一点是清楚的：那时总不会为吃一块面包去花费这么艰巨的劳动。大自然将变得更听话，更驯服。总而言之，共产主义——这是一个难以想象的时代，人的脑子是很难把它描绘出来的。要是能够活到那个时代该有多好！活到那个时代并亲眼看到它！为了这个理想，可以忍受许多许多。有的人不明白——一直到今天还有人想不通这一点——怎么会这样：一个人情愿放弃今天就可以得到的东西，忍受困苦，自觉地忍受。为了什么呢？为了明天，为了他自己可能活不到的那一天吗？就是说，他不为自己着想，而是为将来，在他死后生活的人们着想吗？可笑！有一句俗话要比这动听得多：“我死后任凭它天塌地陷。”什么未来的人，什么我的后代，管他们呢！我今天就要立刻享受可能享受的一切，我要大吃大喝，吃光了拉倒。

人需要美好的生活，他应该过得丰衣足食，文明而愉快。季米特里想，这是对的，正确的，但这要走另外一条道路，而不是“我死后任凭它天塌地陷”。就让这些人喋喋不休地议论那些走另外一条道路的人们吧，就让这些人把那些人叫做什么“幻想家”“入了邪的”去吧，不管有人怎么样，这些人反正是要进行自己的事情，要往前走，而不会让步的！季米特里为自己属于具有这种理想的人而骄傲。

他回忆起了自己入党的那一天，当时他并没发任何誓言，会上谈得很平常，谈他的劳动成绩，问他了不了解党章。但在思想上，季米特里却已默默地宣了誓。这个誓言甚至没用任何词句表达出来，可正是这个誓言激起了他胸中的热情，使得他的步子迈起来轻松而有力，使得他生活的乐趣永不会因任何渺小的不幸而暗淡失色。

25

斯捷潘没去参加婚礼，并不是因为他不想去：那天，派他到附属农庄运送修理农业机器的材料和备用零件去了。到农庄约莫有一百二十公里的样子。公路全被来往的车辆压坏了，而且是溜滑溜滑的，很难行驶。等到他把货卸下来，歇一会儿，再吃点饭，时间就全过去了，所以回来的时候天已经黑了下来。在一个十字路口，借着车灯的光，他看见路标上写着：“往渔村——七公里”。他没有马上理会这路标上写的是什么意思。直到过去了两三公里，他才恍然大悟，已经走过了通往奥丽亚居住的村庄的那条路。

他心烦意乱，各种复杂的感情翻腾起伏。这些痛苦辛辣的感情天天折磨着他，使他不能生活和工作。自从季米特里那天早晨说了“昨天夜间，她就和你并排坐在你的那辆卡车里。”这句话之后，他就坐立不安，好像精神有些失常了。有一次他驾着自动卸货卡车几乎撞到迎面驶来的卡车上。他没注意信号灯，结果差点没把自动卸货卡车撞碎，自己的性命也险些送掉。他自己也不清楚这是怎么回事，他追求什么，又为什么而苦恼。奥丽亚·魏里奇金娜！……他回到这个城市——他的故乡——以后，并没有寻找过她，因为他知道即便她还活着，即便她还记着他，可是他已经永远失去她了。不能，他不能在多年的分手以后去到她那里，而给她带去……他能给奥丽亚带去什么呢？难道能把自己在叛徒伏拉索夫军队里服过役这件事，或是在边疆的那些艰苦生活告诉她吗？过去他有过很多幻想，讲过不少豪言壮语，说什么要干一番轰轰烈烈的英雄事业。这类话他对奥丽亚·魏里奇金娜讲得够多了。在和奥丽亚相识的那几个月里，他在她的面前不是司机，而是个水兵。就是在工厂里他也总是穿着水兵服——有时是蓝色的，有时是白色的。为了奥丽亚，他还买了一顶带有白帽套的漂亮的水兵帽。分手时，他总是朝港口的方向走去。倘若是奥丽亚陪送他，他便大步走进入口，直奔军舰而去，然后再绕路进城回家。他布下了英雄人物的迷阵，想在奥丽亚的心目中成为一只勇敢的海狼。当时局势很紧张，正处于战争前夕，就像那时的歌曲中所唱的那样：空气里散布着暴风雨的气息。因此，他常常说他要被派到舰队的潜水艇上去工作。如果发生了什么情况，他就把敌人消灭在辽阔的海洋里。要是那时就有人告诉斯捷潘，说他的生活不会像他对奥丽亚描绘的那样，要是当时就有人对他讲了，他就不会……

经不住考验而屈服了的斯捷潘回到故乡以后，想都不敢想和奥丽亚·魏里奇金娜会面。对他来说，奥丽亚只活在他那遥远的过去，那光辉而一去不复返的过去。这些过去的日子只能引起他的回忆，或是在漫长的黑夜中，当他辗转反侧不能入寐的时候，引起他的痛苦。

可是突然间奥丽亚又出现了！他们所走的路又相遇了，而且还和亲弟弟的路交错在一起。这一切是多么不可思议，又是多么不堪设想呵！他更不能也不忍看见奥丽亚竟变成那天晚上他所看到的那副样子，那已经完全不像过去的奥丽亚·魏里奇金娜了。在那张脸上没有一点儿熟悉的痕迹，一丝一毫也没有。整个都是陌生的，丑陋的，似乎在他那张保存了多年的照片上不是她，而是别的人，完完全全另外一个人。

斯捷潘不责怪任何人，也不怀恨任何人。但从那天晚上起他却越来越不能好好工作，日子也过得越来越难受了。

得采取些什么行动。也许，应该去找季米特里解释一下，然而，最好还是不去找他——这和季米特里有什么相干呢？他又能知道什么？索性就直接去找奥丽亚，反正他已经失掉了一切，已经再没有什么可失去的了。她当然已经清楚他究竟是一个什么样的英雄。

看来，一切都很明显：应该去找奥丽亚，和她谈一谈，而不是经过中间人，不是经过第三者，这种人在这些事情中总是多余的。可是斯捷潘却一直都没有足够的勇气和决心去这样做。

假如不是看到这块写着“往渔村——七公里”的路标，也许还会这样一拖再拖地拖下去。

早就驶过了路标，远处已经可以望得见城里闪烁的灯光。斯捷潘刹住车，掉回头来，在狭窄的冬天的道路上往岔路驶去。他慢慢地开着车子，仔细地考虑着即将到来的一次沉重的会见。他深信这次会见一定是沉重的。

他找到一长排木板房子和那天晚上奥丽亚（或者像现在人们叫她的廖丽亚）进去的那扇窄窄的小门。他开了门进去，在昏暗的走廊里碰到了一个肥胖的妇人，便问她魏里奇金娜住在哪儿。胖妇人把他领到另一个门前，敲也不敲就把门大敞开，喊了一声：

“魏里奇金娜！有人找，男朋友。”

斯捷潘跨进门槛。房内灯光很暗，里面摆着六张行军床，每张床上都躺着人，有的在睡觉，有的凑着天棚上的小灯在看书。一个裹着头巾的瘦瘦的女人从床上站起来，走近了又退回一步，但已经不像上次那样惊叫了。

“您好！”斯捷潘说。

“您好！”廖丽亚低低地回答。

“我非常需要和您谈一谈。”

廖丽亚穿上钉了掌的毡靴和散发着鱼腥的旧棉袄。两人走出来，钻进卡车的驾驶室。

斯捷潘说：

“我把马达开开，叫它轻轻开动着。不然我们就要冻僵了。”

马达转动了起来，几乎听不到响声，只觉得驾驶室在微微颤动着。

一阵久久的，无止境的沉默……

“奥丽亚……这是怎么回事，奥丽亚？”斯捷潘终于说话了，他能有勇气说出这几个字，仅仅因为驾驶室里是漆黑的。

“这是指的什么？”廖丽亚问。

“所有的一切。”

“斯捷潘！”廖丽亚说，“过去的事已经过去了。但过去的毕竟已经发生了。当党卫军折磨我的时候，您知道我想的是什么吗？我在想怎样才能把您的照片保存下来。就是您和我交换照片时送给我的那张。是在最后一天。您忘了吗？”

“我什么都没有忘。”斯捷潘说着打开了驾驶室的灯，把手伸到上衣的口袋里。

“不知道您是不是把它保存下来了……”廖丽亚继续说下去，这时斯捷潘已经拿出他那磨破了的皮夹子，在廖丽亚期待的眼光下小心翼翼地把玻璃纸包着的照片抽了出来。

廖丽亚瞧了自己的照片一下就把眼睛闭上了，她沉默了一会儿，然后把照片还给斯捷潘。斯捷潘把照片放回皮夹子里，装进口袋，把灯熄掉。于是驾驶室里又黑了起来。

“是啊！”廖丽亚说，她的声音颤抖着，“我可是没有把您的保存下来。战争夺去了我的一切，就连这么一方纸片也没剩下。所有一切都夺去了！请您不要生气……”

“我生什么气？”

“我没有等您。可是我这副样子，斯捷潘！您是不需要的。我这个样子谁也不需要。您的弟弟也并不是爱我，我明白。他只不过是可怜我，出于一片好心。”

“这是不对的。”

“这是对的。如果您对我说，您如今还对我有什么感情，那才是真的不对。照片并不能说明什么，那上面并不是我，而是我的过去。您是由于过去才寻找我的。对吗？看，您没话可说了吧！本来也用不着说什么。那天晚上不用任何话我就全明白了。您不但没认出我来，而且还被我的相貌吓坏了，是吧？您不用摆手。我已经彻底学会了猜测人家这种骇怕心理。我的相貌几乎人人骇怕，只不过有人善于隐藏这一点，而有人则不会。您就不会，您没能隐藏住。”

“奥丽亚……”

“什么？”

“您太狠心了。”

“我？不！狠心的不是我，而是生活。”

“您究竟怎么啦？为什么弄成这个样子？”

“为什么？就因为他们以为我是地下工作者，但我不是。他们打我，逼我承认，可我承认什么呢？那里有一个过去是我们的人，苏联人。他想要我招出同谋者，要我说出团市委书记舒米洛夫藏在什么地方。不错，我的确偶然碰见过他一次，那是一天傍晚，他穿过我们的花园回家去看母亲，您记得吗，我们是邻居。我们家差不多紧靠海边，门牌十四号。花园后面就是他们家，十二号。当然我满可以把这个情况说出来。德国鬼子应许我，只要我一说出什么有价值的材料，他们就不再折磨我。可是我没有说。过了一些日子，他们又决定用另外一个办法，想让我做间谍。要我越过战线，装成一个难民在我们的部队中到处搜集情报，比如哪里驻着什么部队，有多少炮，多少兵力等。说实话，我现在后悔当时没有同意。那时候我应该同意，等穿过战线，回到自己人这边后再把一切都说出来。可是那时我觉得这样做太可耻。我说：'不行！苏维埃人是不会背叛祖国的……'"

假若此刻奥丽亚能看见斯捷潘的脸呵……可是她并没有看见，仍继续说下去：

"我对他们说：'我们的父亲没有背叛过，我们也不会背叛，就是我们的子女，我们也要教导他们对祖国忠诚。''你们的子女？'他们笑着说，'拿你来说吧，你就不会再有子女了……'"

奥丽亚的声音突然断了，她好久都没作声。斯捷潘忍不住问她：

"怎么啦？后来呢？"

"后来，"奥丽亚好像刚从梦中醒来似的说，"我也就没有子女了，将来也不会再有。"

"为什么？"

"就这样……他们是最会残害人的。"

斯捷潘坐在那里，心头异常沉重。他本是来找奥丽亚谈一谈，搞清对他说来是非常重要的东西的，他想得知全部事实真相。可谁又能料到这些事实竟是这样残酷？这些事实使他在廖丽亚面前羞愧得无地自容。廖丽亚从未夸说过自己勇敢和渴望建树功勋和英雄业绩。每当他——斯捷潘——隐约谈起可能发生的战斗，海面上的炮轰和鱼雷的袭击时，她总是说，这些大概是很可怕的，她一定受不了，说自己是个胆小鬼。而他可是坚信自己能做出丰功伟绩来的。

“不知怎的我竟没有死掉。”廖丽亚似乎自言自语地说，“虽然谁也没给我怎么治疗过。我好了以后，看见自己变成这么一副可怕的样子，反倒很高兴。因为这至少是不会把我送去当妓女了。我只是想着您，斯捷潘，想了很多。特别是当我们的人已经向德国进攻的时候。那时我在一个小工厂里做苦工，四周都是铁丝网。我等待着，等待着您突然到来，毁断铁丝网……可是您……”

斯捷潘垂头丧气，默默地一语不发。

“但我并不责怪您，”廖丽亚说，“在那边是不容易挺住的。我了解。”

斯捷潘什么话也说不出来。最后只能说：

“现在和季米特里怎么样？”

“您说的是什么？”

“也许，我这不受欢迎的人闯到你们的生活里来妨碍了你们？”

“不知道，”廖丽亚回答，“我怎么能知道呢？我已经说过，他只是出于一片好心，给我些温暖。也许，在内心中什么也没留下。怜悯不等于爱情，它很快就会过去的。再见吧！”她突然结束了谈话，推开车门说，“我走了！”

“再见！”斯捷潘说，目送着她在雪地上慢慢地向木房子的门走去。当她在门边消失后，他上足马力猛地加大了油门，车子开走了。

汽车飞快地驶着。道路像一条带子似的在车轮下滑过去。斯捷潘注视着这种急速的、单调的滑动，眼前又浮现出廖丽亚的经历。廖丽亚的经历对斯捷潘是一种严苛的谴责。他本来也可以挺下去不屈服，就像廖丽亚所做的那样。也可能她为这种坚贞付出的代价太大了？不！这能谈得上什么代价呢！如今他懂得了。他明白：只要能维护住一个人的尊严、忠贞和荣誉，任何代价都不能算是过分。

明朗的月光照耀着冬天的道路，使它亮晶晶的像白皑皑的平原上一条急湍的河流。在一个转弯的地方站着一个妇人，她举起手请求带上她。斯捷潘停下来，让妇人上了车。

“这可真谢谢您，亲爱的，真谢谢您！已经过去两辆了，看都不看一眼。”

“这么晚从哪儿来？到哪儿去？”斯捷潘好奇地问。

“进城去。我寻思一定会有顺路的汽车，可那两个混账东西不肯带我，又等不到别的车。我要到车站去赶火车上库特基去一趟，看看男人。他在修配厂干活儿，和米列索夫的捕鱼队在一起，已经一个多月没回家啦。”

“这么说，您是在渔村住了？本地人吗？”

“本地人。父母就在那儿住。他的父母也在……”

“您认得魏里奇金娜吗？”

“是廖丽亚吧？我们那儿谁不认识她？都认识。怎么，您也知道她？”

“是啊，听说她的遭遇相当惨。到你们那儿运鱼的司机都这么说。”

“这可是实话，公民！那女人的命真苦。大伙说法不一样。有人说，好像她战后一回来……战前她有个未婚夫，小伙子长得挺体面……她隔了四年回来了，马上去找他：‘你好！我的蓝翅膀的小鸽子。’小鸽子一见她那副相貌就说：‘再见吧！我对您什么意见都没有。’她自己没有家，是个孤儿，家里房子给烧掉了，爹娘也给打死了。她就到我们村上来，住在宿舍里，已经住了好几个年头了。别的大姑娘小媳妇儿们一拨换一拨，都是外地来渔场做季节工的。可她从没换过班，老这么孤苦伶仃地过日子，什么家私都没有，一点儿也没有。她那一身就是全部家当，就这样，可怜的廖丽亚。她不愿住到城里去，不好意思见人。说真的，哪个女人愿意拿这副样子到人前出头露面去呀！亲爱的，一个女人不管长的什么样，也总想在男人面前摆摆样子。别的人，就算怎么丑，也要烫上发，抹上口红，挎上个小包到处去飞飞眼。可是这个魏里奇金娜呢……烫发、口红都帮不了忙。”

妇人停了一下，又加上一句：

“也怪不得她那个未婚夫，不能怪罪他。”

“为什么？”

“咳，亲爱的，这还为什么，很简单。结婚是为的什么？为了过得快活。可这该多受罪，看都不能看。没说的，既然你成了这么一个丑八怪，那就忍受着点儿吧，谁也不能怪。假若不是未婚夫，比方说是丈夫，那就是另一回事了。要是她这个样子回到丈夫身边，而丈夫却夹起尾巴溜掉的话，那这个丈夫是不能饶过的。这算怎么回事？丈夫是过日子的靠山，可这算什么靠山？但最要紧的是什么呢？要紧的是希特勒鬼子弄得她不能再生孩子了：内脏全给毁了，奶子也给割掉了，还说什么‘你再也不能给你那俄国崽子吃奶了。’”

这妇人又讲了许多廖丽亚的事，讲她的生活——她的困难，她的怪脾气以及她的不愉快。但斯捷潘没再听下去。他感到心里那么苦，比吃了黄连还苦。

斯捷潘把这位饶舌的同伴送到了车站。妇人递给他十个卢布，他惊奇地说：“你干吗？我是你的服务员还是怎么的，还要给小费？”

“可所有司机都收的，还不止要十个卢布，碰到夜间，规矩人也要敲二十五个卢布呢！”

“那你就去找这种规矩人，把你的钱给他好了，假如他们要你掏腰包的话。”

等把车开进车库，已经差不多早晨五点钟了。还参加什么婚礼？

而且是这么一种心情，能顾得上参加婚礼吗？廖丽亚的形象一直站在他的面前，他看得见同路妇人所讲的她那些可怕的创伤。他没有力量去理解，像她这样一个眼睛黑黑，脸颊妩媚的温柔姑娘怎么能忍受得了党卫军的酷刑。

26

现在行了。一切都很好，伤疤在画布上不突出，不那么显眼了，它只是生活经历的一个小注脚；它说明战士作过战，经历过战火。

维塔里精细地画出了工人的双手。这是一双创造者的手，一双万能的手，这双手使大自然望而却步，它强壮、健美。凡是能除去的那些过多的闪光和机器零件都除去了，抹淡了背景和陪衬部分的色彩，撇去了一切可能妨碍人物的部分。人显得更为巨大了，他在画布上宛如活人，洋溢着意志、激情和内在的炽热。这使人想起一位天才雕刻家曾说过的话，当人们问他是如何达到自己创作上的完善无瑕时，他回答说："取一块大理石，把多余的去掉。"掌握这种灵感，这种善于摒除多余部分的分寸感，在艺术创作——真正的伟大的艺术创作中是多么重要呵！什么是艺术中的必要部分呢？为什么把它从无数的生活现象和琐节中挑选出来是这样困难呢？

伊斯克拉还从来没有见过维塔里这样兴奋和激动。她为他感到高兴。

"你看怎么样，伊斯克拉，"有一天他问她，"值得把它，"他朝着画像点了点头说，"送到迎接党代表大会的展览会上去吗？"

"我想值得。"伊斯克拉知道他是指将要在党代表大会前夕开幕的全州画展，便这样回答，"而且一定要送去。这是你最好的作品，维塔里。也许你不这样认为？"

“不，我也这样认为。但是，你知道，我担心什么？要是这个叶尔绍夫来了，认出是他自己，那真会出乱子的。他是个复杂的人。只有懒惰的、不想看见现实的同志才会以为他即使不是个十分普通的人，至少也是个简单的人。”

“你说得对，他不是个简单的人，”伊斯克拉凝视着画像，同意地说，“不过你不要担心，不会出乱子的。好口角的人才会吵闹，季米特里·叶尔绍夫不是这样，他完全不是好口角的人。”

伊斯克拉没有意识到，为什么她因为家里有季米特里的画像而感到高兴。维塔里应该，完全应该把它送去展览，这的确是他最好的作品。随着画作的进展，维塔里也成长起来，他更加坚定有力，更加自信了。如果画像能取得成就，这将会是维塔里创作路程上的转折点。伊斯克拉清晰地想像着，在这幅画前将聚集着多少人，他们会用哪些话来表达自己的感受。她愉快地、激动地想着这些。但同时又有些惆怅，因为总会有这么一天，“季米特里”就不再在他们家里了。醒来的时候，将看不见这双眼睛，这双手……说不定永远再看不见了：很可能会有人从维塔里手里把画像买去，甚至一定会买去，于是它就不知道要落到什么地方去了。换来的只是钱，或许会是很多钱。

这一切既使人高兴又使人发愁。但在伊斯克拉的生活中更多的终究还是高兴。因为很快就可以得到新的住宅——可以说就在这几天里，这样，很快也就可以把柳茜卡从莫斯科接来了。两个房间——这当然不如莫斯科的三间。但总归算不错的。伊斯克拉常常盘算她将怎样布置这两个房间。他们——她和维塔里——的家里将非常舒适。客人们会乐意到他们家来——在莫斯科的时候是成群地来的。还可以从莫斯科运些东西来。不过无论如何她自己不会也不允许维塔里把在莫斯科时摆在他的画室里的那个裸体女人像运来。简直不能想象，他怎么能这样？……领来一个完全不认识的女人，就要她把衣服脱掉——

完全脱光——安置在一张毛皮上……大概，还要求她作出某一个姿势来，然后走上前去，移动一下，纠正纠正。就这样接连两个星期，每天两小时，和她两个人单独在一起。简直可怕！不行，这个裸体的丑东西还是留在莫斯科吧。让他随便送给什么人好了。

伊斯克拉在纸上画着图样，盘算着如何安放新房子里的家具，并且要维塔里也来参加这些设计。但是和维塔里简直没办法商量，他对她的所有建议都消极地表示同意，他只顾忙着画像，脑子里什么也装不进去了。酒是一滴都不喝。奇怪的是，连常来的古良也夫也几乎不喝了。他一心在等着年轻的剧作家阿列克萨辛快些为他写完剧本。只要维塔里和古良也夫一开口，就必定只谈季米特里·叶尔绍夫的画像和阿列克萨辛的剧本。

古良也夫甚至还把阿列克萨辛领来过。这是一个很讨人喜欢的年轻人，只不过有些过于腼腆。伊斯克拉把这一点告诉给古良也夫。古良也夫回答说，腼腆要比无礼和放肆好。一个不知耻的人只能变成个无赖汉，而一个怕羞的人却可以成长为一个优秀的人物。让他去体会自己的力量吧，这个阿列克萨辛还不了解自己的力量。托马舒克决定排演他那个龌龊的小剧本这件事，目前对他来说，似乎就是他创作上的最高成就了。可是等他的新剧本写完并排演出来，他就会后悔了，他会十分后悔不该听信那个托马舒克，他会羞愧得脸上发烧。

阿列克萨辛的剧本应当在党的第二十次代表大会开幕以前写完。这个日子已经不远了。为了向代表大会献礼，几个月以前就展开了全民竞赛，现在到处都在进行着竞赛的总结。每一个州，每一个城市，每一个企业和每一个人都在准备着劳动的献礼。所以古良也夫催促阿列克萨辛赶快写完。托马舒克和剧院全体人员忙着在那个时候演出阿列克萨辛的前一个剧。季米特里·叶尔绍夫已经完全掌握了十吨重钢锭的辗压。厂长契比索夫为工厂集体准备了一件礼物——新宿舍大楼完工了。前几天他去检查了一遍，差不多每套住宅都走到了，——试了试自来水流得怎么样，电灯开关好用不好用，墙壁是不是透音得很厉害。

他在最后确定的、应领迁入证的名单上刚刚签完字，卓娅·彼特洛芙娜就把文件拿走了。厂长打开一瓶辛辣刺鼻的矿泉水喝着。

“请听电话，安东·叶戈罗维奇！”卓娅又把门稍微打开了点说，“州委来的。”

工业部长问契比索夫有没有收到一本杂志……他说出了杂志的名称。

“不，没有收到。我们好像并没有订这种杂志。”

“找一找。那里面批评了你。批评得很厉害。”

刚放下听筒，铃又响了。是戈尔巴乔夫从市委打来的。

“我警告过你，安东·叶戈罗维奇，警告过了！”戈尔巴乔夫说得十分凶狠，“我不该纵容了你，没有把你叫到党委会来。处分对于你该是很好的清醒头脑的淋浴。现在你去读一读，去欣赏吧。”

契比索夫请卓娅去找杂志。原来工厂还没有收到。他便打电话给布绥林。布绥林的编辑部里倒是有这本杂志，但文章布绥林还没有读过，他准备晚上看。

“是谁的文章？”契比索夫问。

“记得吗，来过一个莫斯科的文学评论家，《有益的想法》的作者？是他写的。文章很长，我来翻翻看——大概有三十页的样子，叫作《钢与作风》。”

通讯员到编辑部取来了杂志。契比索夫翻到写着《钢与作风》的那一页。他读着，心紧缩了。整篇文章都是写他的。《有益的想法》的作者写得很毒辣。在文章里契比索夫是以新事物的扼杀者出现的，他被描写成一个刚愎自用的人，办什么事都是："我的左脚要这么干"[①]，把他称为蜕化分子，说是对于他既不存在党的纪律，也不存在国家的纪律。作者支持那个在州报上发表克鲁季里契的奔波经历的记者，肯定说在工厂和整个城市里都把那篇文章里提出的问题蒙混过去了，市委会对契比索夫没有采取任何措施，克鲁季里契直到今天还遭受着贫困，虽然厂长曾多次保证过，要为发明家进行有益的劳动而创造一切条件。

"在我们的文学作品中，"契比索夫读下去，"创造过现代官僚主义者的一种类型——缺乏才能、脱离群众、害怕群众的类型。他躲在自己的办公室里，由机关的台阶走上自己的专用汽车的地毯，由汽车里出来又走上他的住宅的台阶。他早就不接触自己脚底下的真实土地了。""是有这样一种类型的官僚主义者，是有的。但契比索夫是不是这样的呢？"文章的作者问，"不，他不是这样的。轻信的人可能受骗。契比索夫是另一种人。他喜欢常到各个车间里走走。对每一个外来的客人他都飨以千篇一律的参观，并且像'杰米扬的鱼汤'[②]一样无尽止的招待他们。他也常到工人住宅里去，说是'深入群众'。他可能在深夜里来到平炉或高炉车间，和技师、工人们一起喝杯茶，吃吃他们从家里带来的食品。他很狡猾，具有伪装的技巧。他不反驳批评，也不会去撕毁墙报，更不写对文章的批驳。他会温和地微笑一下，说：'就得这样整我们这些官僚主义者们。'他甚至也根据报刊的风声而采取措施，譬如把谁责备一顿，对谁又申斥一番，吩咐这个，吩咐那个。他明白对批评要进行斗争，他取得了这样的经验：一方面在口头上承

① "我的左脚要这么干"是俄语中一句成语，意指极端刚愎的人任意胡作非为，随心所欲。

② 《杰米扬的鱼汤》是俄罗斯寓言家克雷洛夫的一篇寓言，叙述一个叫作杰米扬的人招待客人连吃了四盆鱼汤，还要继续让他吃，使得客人逃跑回家，再也不敢上门了。

认并且欢迎批评，另一方面在行动上却悄悄地把它压制下去。”

文章里很多地方谈到克鲁季里契，谈到阿尔连采夫，赞扬他们的天才和工作能力，也提出了发明创造的问题。文章是这样结束的：

“可以预料，党代表大会将铲除这种领导人，并且不仅是把所有的契比索夫式的人根除掉，而且要消灭产生我们现实中最可耻的现象——契比索夫劣根性的土壤。”

在契比索夫的一生中，挨批评不是一次了。报刊上，会议上，什么地方都批评过。他不得不多次地听取辛辣的言词。不久前登在州报上的那篇委屈人的文章，也曾使他深感苦恼。然而像他在《钢与作风》这篇文章中读到的这种话，他还从来没有听到过。不能想象，这会是写的他；他不能承认自己就是文章里所写的这种白痴。不，这不是他，不是他。可是，事实，事实呢？……却又像那篇文章里一样，几乎都是事实，这些事实——是的，是存在的。完全正确，没有给克鲁季里契住处，原想从新宿舍里分配给他的，但是为了某种原因——甚至不知道是为什么，在名单里没有他的名字。契比索夫自己没有追究，而参与制定名单的每一个人显然都努力想把自己最看重的工作人员塞进名单里去。也不知道，是不是恢复了这个发明家在技术学校里的职位。大概也没有。见他的鬼，为他引起了多少不愉快的事情，而这个人到底发明了什么呢？实际上他什么也没有发明。契比索夫曾召见过他，请他——既然他是一个全面的思考家——考虑一下，如何消除称量车驾驶室里的炎热，可是思考家什么建议也没提出来。

大概，这是契比索夫生来第一次不知道他该怎么办，该做些什么，从哪里着手。他并没有惊慌失措，没有。还在战争初期，当他在坦克旅做政委时，就有过一次像夏伯阳所受到的那种遭遇：司令部和队伍失散了，独处在森林中的土洞里，只有一个自动步枪排保卫着。德国鬼子探听到了这个司令部并决意要拿下它。于是他们包围了森林，用迫击炮射击司令部所在的土洞。包围圈渐渐缩小，看来是完了。连某些军官都惊慌失措了。但政委组织大家对敌人进行了决定性的反击。全体人员，不管军官还是士兵都站到周围事先挖好的掩体里去向敌人射击，凡是司令部里能找到的武器都用上了。与此同时，又用无线电叫来了坦克。当时契比索夫说："主要的是要沉着和有组织性，其他的都好办。"现在，人家又把他包围了，从各方面向他进攻。这并不怎么可怕，他对自己说，但却很令人不快。当杂志送到了订户手里——这将是近几天的事——全厂就都知道他们的厂长是怎样一个坏家伙了。那些熟悉他的人是不会相信的，但也有另一种人，对他们说来杂志上的文章就是确定不移的证据。文章上活龙活现地描绘出了这么一个贪婪骄横、胡作非为的沙皇警察的形象，会给人一个很深的印象。使人读着读着，就自然会想，为什么国家能容忍这种人做领导工作呢?

契比索夫要仔细考虑许多东西。首先需要把这篇文章里正确的和不正确的划分开来，然后再采取行动。这一次当然要提出异议，而且最坚决果断地提出异议。人家往你脸上抹灰，难道你能坐着擦擦脸就算了吗？不，这不行。

晚上请了布绥林来，他也已经读完了这篇文章。两人在家里坐着喝茶，思索着。

"有一个情况把所有一切都弄得很不好办，"布绥林说，"很快代表大会就开幕了，开起来不会少于一个礼拜。闭幕以后，像往常一样，人们就都忙着干伟大的爱国主义的事业，可你，安东·叶戈罗维奇，却去为抗议、反驳奔跑。你想，这像什么样子？"

"这么说，人家往你脸上吐唾沫，你还得说，这是上帝的甘露吗？"

"你没明白我的意思，我只不过要说明在这种形势下是很难还手的。不是时候，懂不懂？"

“唉，安东，安东，”契比索夫的妻子说，“当时跟你说过多少次，别答应，别去当厂长，还是作工程师吧。您信不信，”她转向布绥林说，“当工程师的时候，向来就只表扬他，全是表扬。报上，杂志上都登过他。完全是另外一种样子，完全不像现在这样。”

“你真没有良心，”契比索夫说，“我这么不痛快，你还……你自己本来知道，我怎么去当厂长的。你本来是知道的。你干吗不作声，你讲给费多尔·费多罗维奇听。告诉他，战后怎么把我叫去的，叫到哪里去的？你说呀！是叫到党中央去的……说是，契比索夫同志，给您一项任务。”

“你那时不会说，‘不行、不行。’要不……”

“这么说我根本就不该入党了！”契比索夫发火了。

“有不少党员，人家也并不拼命往前钻，”妻子也不让步地说，“而人家也活着，日子过得也不错。你从年轻的时候起就好吵吵嚷嚷的。总是像有妖魔附体一样……”

“这个妖魔倒作得很对，”契比索夫笑了起来，“别拼命往前钻，——这种话不是用在我身上的。我就是在打仗进攻的时候也是跑在最前面的。没什么，还不是活着回来了！”

布绥林也说：“什么袖手旁观啦；安分守己啦；宁静致远啦；凡事与我无关，不用多管啦；又是什么自己的衬衫最贴身；一跳高不过头等等，全都是腐朽的哲学。我也是妖魔附体在全国各地跑了半辈子多了。既没置间房子，也没攒下头牛羊。要是有这种可能——从头开始生活的话，我还是会这样过，第二回还是不会有房子，不会有牛羊。”

“听你们说的话——你们都是些怪人，”契比索夫的妻子说，“你们什么也不需要，不吃不喝，也不要什么遮身掩体，索性脑袋上也别要屋顶，光要天空就行了。是不是？可又为什么要革命呢？为什么要五年计划？为什么多少年来什么也不要？难道不是为了要过个不愁吃穿，安安稳稳的好日子吗？”

“对，对，对！那又怎么样呢？”契比索夫问。

“那就是说要是有人想过不愁吃穿的好日子，并且力图达到它，就不能为这说他不对。”

“又有谁为了这说过他不对呢，我最最亲爱的夫人？我也不是说，我喜欢穷得挨饿或者穿不上裤子。你也知道，这种想法我是没有的。但是你刚才说的什么安安稳稳的日子，这一点，很抱歉……我入党不是为了图安稳。我并不责怪那些想过安稳日子的人。想过的话——那就请吧，只要你能，你就安安稳稳地过下去。可是入党，那可对不起，请别入，别妨碍旁人去操心。譬如说，就上养蜂队里去呆着好了。”

“好，你既然喜欢操心，那就去操心吧，去看这些玩意儿去吧！”妻子指着桌上摊开的杂志说。“可也别抱怨。”

契比索夫沉重地叹了口气，把已经冷了的茶喝下去，然后用两个手掌摸着已经秃了的头顶。

“我不让步，不让步，费多尔·费多罗维奇，”他闷闷不乐地说，“可心里就像猫抓似的难受。”

布绥林一走，他马上就躺到床上，想要快点入睡，但是睡不着。他回想着在工厂里所作的一切，严格地检查着自己的每一个行为——对它进行评价、判断——看看在这个或那个场合下，他是不是像一个官僚主义者。他的官僚主义是不少。比如有时候急于想摆脱开某些来访者，有一些诺言也没有实现，还有许多人申请房子没有批准，可能是不对的，或许这些没批准的人倒应该搬进去，而一些批准了的人却是不该给房子。没有能事事都照顾到，没有能始终都面面兼顾。对于他来说，主要的，经常考虑、时刻不忘的是生产、计划——怎么能生产多一些、多一些、更多一些的钢和铁，许多事情都离不了它们，许多许多——不仅是国家的未来，而且还包括在地球上建设共产主义的全部事业。两年以前他曾看过一本书，作者责备一个工厂的厂长，说是铸钢车间他修建了，而对工人住宅却漠不关心，工人们住在临时搭起的棚子里，结果上帝惩罚了这个厂长——起了大风暴，棚子全刮倒了，厂长撤职滚蛋，末了连妻子也和他离了婚，——作者数落说着："这样，这样……的家伙。"

可是他，契比索夫，完全了解这个厂长。这有什么，——曾经有过这么一个时期，就是需要勒紧裤带，就是该修建铸钢车间，为国家产钢，连工人们也懂得这一点，只要能出钢，他们什么都干。党所选择的这一路线并没有错。战争说明了这一点。现在是也可以同时热心于住宅的时候了。厂里不是也有一所十分漂亮的房子完工了么。而顺便提一句，那个作家倒是应该向他所嘲笑的那位厂长脱帽致敬才是：要不是那位厂长尽了一切力量顽强地建立铸钢车间，谁知道这个作家现在会落到什么地方，也说不定会死在什么阴沟里喂蛆呢。

27

戈尔巴乔夫前来参加全州画展的开幕式。本来州委书记也要来的，但是他坐飞机到莫斯科参加党代表大会去了，所以没有来。

戈尔巴乔夫在季米特里·叶尔绍夫的画像前停留的时间最久。

"一个熟识的同志。"他微笑了一下，添了一句，"是亲戚。"

全部浏览完了以后，他又回到画像前站下来。

"这才是建设共产主义的人——淳朴而又不平凡。不平凡的意思是说，这样的人只有在新的社会主义制度下才可能有。这幅画的作者没在这儿吗？"他问。

有人把维塔里·卡扎柯夫介绍给他。

"我们好像在什么地方见过面？"戈尔巴乔夫一边回忆着，一边问。

“在剧院里。您还记得吗？在后台，在演员古良也夫那儿。”

“很高兴能和您进一步认识，卡扎柯夫同志。您创作了一幅思想性很强的、非常感人的作品。这正是最近以来我们所少有的。不是画些华而不实的大幅，就是搞些只能当贺年片用的小玩意儿。而真正的富于思想性的内容在你们很多画幅上却看不到了，画家同志们。”

在他们周围逐渐聚集了一群人。有来参加画展开幕式的画家，也有批评家和记者们。大家都想听听市委书记的谈话。各人有各人的动机，其中也有的人这样想：“这回马上又要作指示了，其实他自己对绘画又懂得什么呢？这也算鉴赏家！还是去搞他的工业财贸计划吧！”

“那么您认为在这幅画像里有思想内容吗？”一个年轻的画家问。

“当然有，”戈尔巴乔夫谈得很起劲，“关于这一点我刚才已经说过了，它的思想内容在于：这是我们的工人、社会主义国家的工人。资本家那里是没有这样的工人的。他是我们制度下的产物，是革命的产物。这是我们社会的基础，我们的成就的创造者，同时又是十月革命成果的保卫者。”

“这是什么意思呢？”年轻的画家继续提问，“意思是说，只要画笔一抹，就一定要有思想内容吗？照您看来，没有思想内容就没有艺术创作？”

“难道您不这样认为吗？”戈尔巴乔夫感兴趣地问。

“我？我不这样认为。艺术应该满足精神上的享受，达到休息的目的，而不仅仅是一个劲儿地教育，紧张得叫人喘不过气来。”

戈尔巴乔夫思索起来。

“请听我说，”他说，“假定说，您读《好兵帅克》[①]这本书的时

---

① 《好兵帅克》是捷克作家哈谢克(1883—1923)的著名的长篇小说。

候，是不是休息？”

“当然。”

“那么这本作品有思想内容没有呢？”

“思想内容？可能是有的，当然……有反对战争，反对奥匈帝国制度的思想，有关于人民智慧、民族解放的思想。但是它们不是明摆在面上的。”

“对了！”戈尔巴乔夫说，“你看，问题就在这里——思想内容是有的，但不是明摆在面上。有思想内容，但是读它的时候同样可以得到精神上的享受，达到休息的目的。这就是说，不是思想内容妨碍了精神上获得某种享受，而是不善于描写，不善于使思想内容在你面前不至于成为一个赤裸裸的可怕的骷髅。是不是这样？”

“是这样。”好几个人说。

“您当然记得很多旧俄时代画家的风景画，”戈尔巴乔夫接着说，“它们有思想内容还是没有思想内容呢？”

“有思想内容！”许多人说。

“照我看来，也是有的。”戈尔巴乔夫肯定地说，“画家以表现莫斯科近郊风景的安详的美和歌颂俄罗斯大自然来激起我们的爱国主义情感和对祖国，对这个伟大雄伟、美好无比的祖国的热爱。可以大声疾呼：‘热爱祖国吧！’但是也可以把祖国表现得使你用不着喊叫也会热爱它。难道这不是思想内容，不是崇高的思想内容吗？你们看，这里，”戈尔巴乔夫指着一幅大画说，“画的是一幢七层大楼的建筑工地。这里有起重机、砖头、木材以及穿着工作服戴着头巾的姑娘们。有高空的感觉，有风的感觉。一切都合乎常情。阳光灿烂、天气晴朗。这幅画，照你们看来，有思想性吗？”没有人回答。“而照我看来——请原谅，可能作者就在这儿，——这是一幅没有思想性的画。没有思想性的意思是说，这幅画里总的来说没有任何思想内容。有着一个善良的愿望，除此之外还有什么呢？一张五彩照片，如此而已。可是当我看着这个轧钢工人的画像时，我为我所从属的党养育出了这样的人而自豪，我感到骄傲和幸福，因为我生活在他们中间，我深信，这样的人是能建成共产主义的。渴望生活，也渴望成为这样的人——这难道不是思想内容吗？”

画展像往常一样，就设在冶金工厂文化馆的体育厅里——几乎是在城市的最中心，但是在开幕的那天和以后的几天里来的人却不多，虽然在大街上到处张贴了广告，热情地邀请人们在每天下午四点到晚十点来参观画展。

古良也夫对维塔里说：

“一点精彩玩意儿也没有。戈尔巴乔夫提得对，人们都看厌了你们那些没有思想的画了。你们是怎么想的呢？你们以为，既然大家都嫌弃华而不实的宗教宣传式的东西，那就是说，应该来个相反的极端，把观点从宣传画那里直接引到卧房里，引到生活题材和小画片里去。也就是说，你们是向小市民、酒肉鬼看齐，而不是向创造者、建设者看齐。和我们剧院里一模一样，老弟。这是在数量估计上犯错误。把少数当成多数，并且迎合少数的心理。逐渐忘记了那些在伏尔加河上和西伯利亚成批建设水电站的人，忘记那些垦荒、挖煤、炼铁、炼钢，在北方过冬、制造飞机汽车的人，以及耕种土地，为你我种植黄瓜的人们。正是他们才需要那种能增加力量，能鼓舞他们，引导他们，在伟大壮丽的事业中帮助他们的绘画。这就是为什么大家不去看你们画展的原因，维季卡，可惜……”

但是他们发愁的时间并不久。去看画展的人一天比一天多起来了。从各个工厂：冶金厂、造船厂、修船厂以及港口上都有人来。现代题材的作品吸引着人们。大家都对轧钢机主任技师季米特里·叶尔绍夫的像注意起来。特别是本市的报纸上登出了赞扬它的文章后，人们就更关心了。

不是很喜欢这幅画像，就是干脆不喜欢——中间的看法没有。它触动了每一个人。有的人责骂画家，另一些人则说是个出色的画家。人们在画像面前争执着，谈论着。认识季米特里的人们中有的说非常像，有的就说不大像，还有的人说这根本就不是他，而是一个什么想像出来的人物，并且轧钢机也画得令人费解——到底是轧钢机还是别的什么。总之，轧钢机也不像。

这个消息也传到了季米特里的耳里。为了不愿意让别人看见，他在白天展览开始以前来到展览馆，和管理人说通了，放他进了空洞无人的大厅里。他在绷着粗麻布的胶合板之间走了一会，找到了画像，就在它面前呆住了。难道他是这个样子，难道人们眼里的他是这样的吗？他发现了清扫工在盯着他，便走了开去，又在板架中间走了一会，重新走回来，站住了，沉思着。

“简直跟你一模一样，孩子，”走近来的清扫工突然这么说了一句，竟把他吓得哆嗦了一下，“正好是你这个样子。你一到这里，我马上就从这张像上认出你来了。要知道也有人给我画像来着。你跟我来。”她领着季米特里到了大厅的另一头。在这儿他看到了这个老妇人的画像。画幅不大。“这是我们这儿文化馆的一个画家画的。他说：‘叶戈洛夫娜，来，你坐一会。’结果呢——把我折腾了七天。还说是一会儿！你，兴许比这还久吧？”

没有，画家卡扎柯夫根本就没有折腾他，而现在这幅画像竟然激动着他自己。好像他看见的不是自己，而是另外一个比他好、比他更纯正、更完整的人。他是多么渴望成为一个这样的人呵。而老妇人呢？没有什么说的，很像，和真人一样，——穿的也是带点子的短外衣，头巾的两个角在下巴底下翘着，皱纹也都有，一道连着一道……

晚上清扫女工告诉维塔里：

“你画的那个人来过。仔仔细细看过了。”

“他说什么了？”

“什么也没说。有什么可说的呢？你画他的时候他还不是早就看够了。”

于是维塔里也就无从知道季米特里对画像的印象如何。他没有提出要取下来拿开就算好的了。维塔里把这个告诉了伊斯克拉。

“我在工厂里找他一下，问问他看。好不好？”伊斯克拉说。

“当然好。一定去找他一下。”

伊斯克拉来到轧钢机前。季米特里看见她来了，就把机器交给了另一个技师操纵。他们走出机器房，到了狭窄的铁板平台上。这里不时有炽热的钢渣溅过来，落在铁板上。

“您去看过画展了吗？”伊斯克拉问，“看见了您的像没有？喜欢不喜欢？您不生气吧？”

“那是我吗？”季米特里对她所有的问题只这样回答，“难道我是那个样子的吗？”

“是的，”伊斯克拉回答，“是那样的。这张像我非常喜欢，非常喜欢！”

在这一刻，季米特里愿付出一切代价，哪怕是全部生命，只要那可诅咒的伤疤能从他脸上移开一小时也好，只要伊斯克拉能看见，在被刺刀砍伤之前的他是什么样子……自从他为了斯捷潘的缘故和廖丽亚断了关系以后，就更加为这个小小的女人伊斯克拉所吸引了。他恨不得把她抱起来托在手里，再也不放她落到地上。有时候也产生一种对不起廖丽亚的自责感：觉得把她一个人扔下的这种行为很卑鄙，失去他的友情她将会难过的。这时候季米特里就对自己说，赶紧下个决心，到渔村去一趟吧。可是不知道为什么一直没能下定决心，也就一直没有去。

“伊斯克拉·瓦西里耶芙娜……！”他又像在海边上那回一样，用自己的双手握住了她的手。

“我走了，”她说，一边小心地但是固执地把手从他紧握的手掌中抽了出来，“我只是来一会儿，把炉子扔在那里，回头要挨批评了。再见！”说着便顺着小梯子下去了。

对她来说，和季米特里会见已成了一件非常非常不简单的事。如果坦白地说出来，也就是只对自己说出来，不仅不要任何人听见，而且不要别人在这时看见她的眼睛，那么她是多么想和他在一起，和他谈谈话呵！甚至于只是和他在什么地方散散步，就像上次在海边那样也好。但是伊斯克拉懂得，她这是玩火，这把火如果处理不当的话，可能突然以全力迸发出来，那时候就糟了，全都会被它烧掉——连她和维塔里的生活，连季米特里，连她自己。这样的火是不能闹着玩的。但是又总想哪怕是用一个小指头去碰一碰它。“在炙热的日子里，即便只是浮云一朵，也能给劳动的人们带来喜悦。”难道是这个吸引着她吗？绝对不是。那只不过是在纪念册上胡诌的诗句而已。不是“浮云”，更不是“一朵”，而是火，炽热的火——火，是她和维塔里之间从来未曾有过的熊熊烈火。这难道是不可理解的感情吗？难道不是从远古的石器时代，穴居时代起人们就为火所吸引，在火的面前为它神圣的威力所震慑而噤不能言吗？

在这些困难的日子里，伊斯克拉觉得非常委屈，因为维塔里很少顾得上她。他应该守在她的旁边，他应该不让她只是一个人呆着。他应该带她上剧院去，做客去，自己请客人来。哪怕作出一点表示，说明他还记得自己的妻子，还爱着她也好。哪怕买一束什么花也好……可你是怎么回事，维塔里？唉，新房子快点分配下来吧（她和维塔里已经去看过房子了），那时候就可以祝贺新居，热闹一番了。

但对于维塔里来说，在这些日子里，世界上所有的一切，甚至连伊斯克拉在内，都被自己创作所取得的成就，被画展上季米特里·叶尔绍夫的画像所取得的成就给掩盖了。不仅在市里的报纸上，而且在一家中央报纸上也登出了评论文章。在一篇庆祝党代表大会开幕的文章里，一位著名的作家举出一系列在苏维埃艺术主题上获得成就的画家，其中也提到卡扎柯夫。

伊斯克拉对自己说：生维塔里的气是不对的。不管怎么说，公正也好，不公正也好，在维塔里的生活中最重要的终归还是他的绘画，他的劳动，他的艺术。没有了他所深爱着的柳茜卡，没有了据他自己说也是他所爱的她——伊斯克拉——难道他会停止工作吗？不会的，不会。他仍然会画的，永远，在任何条件下，只要活着，只要手拿得住画笔，就会画下去。不，生气是不对的。但同时这一切又使她感到委屈。

这还不算，生活又给伊斯克拉带来了一件她无论如何也没想到的不愉快的消息。新宿舍里的房子又不分给她了。本来都已经决定了的，连证明都签发了，只等搬家了，可这下又变了卦。

这是在上班的时候通知伊斯克拉的。她正在炉上工作，炉前工在打通出铁口，这时候，车间的工会主席气呼呼地来了。他说马上要去找工厂管理委员会，要去吵一顿。但是他这些话伊斯克拉已经听不进了。她的眼泪流了下来，要是在家里，她一定要伏在枕头上嚎啕大哭一场。她跑到测温室，坐在那些闪烁着红绿灯并向人们发布某种信号的仪器之间，用手指擦去了脸颊上的眼泪，弄得她脸上一块块都是煤烟的黑污。普拉东来了。车间主任也来了。他们知道这是怎么回事以后，就都跑去打电话。但是伊斯克拉明白，一切都失去了。她已经对什么也不再指望。而她对这套房间曾经有过多么大的指望，做过多少盘算啊！现在全都完了。一转眼间什么都变了，而谁对这件事也不负责任，谁也不会再去想，这样一个粗暴无情的改变会给人造成痛苦。

她回到家里，没有见到维塔里，便到展览会上去找他。告诉他，他们的新房子不会有了。

“你说什么？这些卑鄙的家伙！”从维塔里的回答里，伊斯克拉发现，他并不太伤心。

转眼间他已经又和谁去谈论色彩光线的陪衬了。伊斯克拉离开了他，在一个小沙发上坐下。她那积极好动的天性使她不能无休止地陷于悲哀之中。在她的脑中已经出现了一个接一个的方案，要怎样才使领导上总归得实现自己的诺言。她考虑是不是到市委书记戈尔巴乔夫那里去一趟呢，他是这样一个可亲的、看来富有同情心的人。但是又想起了卡芭说的，好人都不大好意思去找她父亲，不愿意去打扰一个工作很忙的人；去纠缠他的主要是那些为了个人的需要、百般为个人捞好处的人。不，这个方案不行。她又想，跑到厂长办公室去和他吵一顿倒是不错。不过，还在很早以前有谁跟她说过，男人是不怕女人喊叫的，他们对这些叫喊只觉得可笑，要哭才行，任何一个人，甚至是心肠最硬的官僚主义者也经不起女人的眼泪。但是去哭闹，这是无论如何不行的。就算能够哭出一套不是两个房间的，而是整整四个房间的住宅来，这终归是一条可耻的道路，这条路不是她走的。

她决定到卡芭那儿去一趟。她懂得，就是这样做也并不怎么漂亮——在市委书记的女儿面前哭一顿，那就是说，女儿也许会去告诉爸爸，而爸爸就会去责骂工厂领导。但是她终于还是到峡谷街去了。

卡芭和安德烈正坐在收音机旁收听党代表大会的每日报导。

他们忙于听广播，对来了这样一位不速之客一点也没觉得奇怪。

卡芭要请伊斯克拉喝茶，说茶虽然有点凉了，但可以很快就热好的。伊斯克拉谢绝了。她觉得惭愧，为自己怀着一个不光彩的动机来到这一对可爱的年轻人这里而非常惭愧。克里姆林宫所发生的事吸引着所有人的注意，而她，一个共产党员，竟来为房子问题诉屈，这能给这对共青团员作出什么好榜样来！于是她出人意外地向主人告辞，说是路过这里，进来呆一会儿暖和暖和，便急急忙忙地走了。一路上她几乎是跑着走的，努力尽快到达市中心。她觉得，如果有人在峡谷街上或到峡谷街去的地方看见她的话，一定会猜到，她为什么到那儿去。就算是没有人看到，也是同样不妙。因为安德烈明天到车间里就会知道没有给她房子的事，他会懂得，她不是路过他们家进去暖和暖和，而是她需要卡芭，需要卡芭的父亲为她说情……那可怎么办，怎么办呢！……

她走了以后一个钟头，卡芭不解地问：

“她来干什么？”

“她不是说暖和暖和吗。”

“不，她来的时候挺心烦意乱的。大概是找她丈夫。在这种情况下总是按着自己知道的地址挨家找的。”

“这你是从哪里知道的？”安德烈笑起来了，“好像你有极丰富的家庭生活经验呢。”

28

总工长普拉东去见厂长。

“这是怎么回事，安东·叶戈罗维奇？”

“你指的什么，普拉东·季莫菲耶维奇？”

“我们工长卡扎柯娃工程师的房子给人弄走了，是哪位首长要用？”

要是以前，契比索夫就用玩笑或者譬喻来回答了。普拉东很了解，这位厂长常说应该高高兴兴地工作，尽力使工作就在今天也能成为人们一种愉快的享受，而不必等到全部实现共产主义的那一天。

可是厂长这次既没有开玩笑，也没有打譬喻，而且态度还不太冷静。

“要我怎么办？怎么办？”他站了起来，走到窗前，打开小气窗。“真见鬼，暖气烧得这么热，能把人烤死。”

街上的冷风成团地涌进了办公室。普拉东很奇怪，为什么契比索夫要放冷气进来，其实办公室里并不十分热。他继续说：

“当心，安东·叶戈罗维奇，我要去控诉！我要上告市委、州委。代表大会一结束，我就去。”

“去吧，亲爱的！去吧，你算是做好事了。”契比索夫说着，走近保险柜，砰的一声打开沉重的柜门，拿出放在上层的一张纸，扔到普拉东面前的桌子上说，“看看吧！了解一下。”

普拉东戴上眼镜看着部里的命令。他看到契比索夫由于没执行什么命令而受到了严重警告；看到总工长叶尔绍夫差不多一个月之前就应该把工作移交给别人而去退休了；他还看到阿尔连采夫被任命为厂里的副总工程师。命令上写着契比索夫对这个工程师使用不当，没有根据他做领导工作的经验而给他相应的职务，并且警告契比索夫如果一星期内他在干部使用上仍然没有妥善处置，如果他仍不改变对待部里的领导和指示的态度，那么部里就将采取进一步的措施，乃至提出他是否称职的问题。

普拉东读着这一切，感到在自己身上产生了一种很不习惯的老年的衰弱。

“你去向谁控诉？控诉谁？”契比索夫问，这时他的客人已把文件放到一边，摘下眼镜放到铁眼镜盒里，咔嚓一声把盒子关上。

“那么，就是说要我滚蛋了？”普拉东说，嘴唇抽搐了一下，“我参加过这个工厂的建设，安东·叶戈罗维奇！你为什么不对他们说呢？你怎么能同意他们这样做？”

契比索夫从保险柜里又拿出几份公文。这是他呈到部里去的公文副件，都是不同意并坚决反对部里的指示的。普拉东也都看了。然后又问厂长：

“那么这究竟都是谁搞的？是从什么人那里来的？”

契比索夫摊开双手：

“我只能说，不是我，亲爱的普拉东·季莫菲耶维奇！这你自己从文件上也能看得到，不是我，同样，关于房子，你告诉这位卡扎柯娃，也不是我的坏主意……我受到了上级的口头警告……不得不把房子给了那个……发明家克鲁季里契。人家说由于我而在全欧洲面前感到羞耻，因为我成了这样一个压制者……卡扎柯娃还年轻，她现在住的房间总还算好。让她等一等吧，我们又不是不再盖房子了。”

契比索夫说着，但普拉东并没有听，这些消息使他惊愕，使他悲痛。看来是完了，总工长叶尔绍夫已经干到头，不中用了，要他退休了。委派只有实际经验的人去搞需要数理化知识的新技术是不行的——就是这样。

普拉东明白，他不会为自己辩护。要是别人发生了这种不幸，他真的会去市委，州委，乃至党中央。可是为自己去央求，他这一生还从来没有干过。也从来没有什么场合会要他说明自己对生产所起的作用和生产是多么需要他。他没料到，甚至想都没能想到有这么一天，人家突然告诉他说不需要他了。打从十六岁起，三十九年来，他都是有用的人。革命前一年半父亲把他带到龙卓的老工厂里去学炉工，从那时候起普拉东什么没见识过？那年头有这样的高炉吗？在高炉上能这样干活儿吗？谁要想知道那个时候的情况，就去读读作家李亚什柯[①]写

---

① 李亚什柯（1884—1953），苏联作家，他在《熔铁炉》（1925 年著）一书中描写了苏联经济恢复时期人民群众的劳动热情。

的《熔铁炉》吧。普拉东常翻这本书，有几页他翻来覆去地一读再读，回忆着自己的青年时代。现在，“浇铸场”——这该是多简单的事儿！常常有人来参观，你给他介绍完了，对他说：“这儿就是浇铸场。”参观的就问：“这里浇铸什么？”“什么都不浇铸，只剩一个名字了。”可从前呢？从前，铁水出炉后就到这个场子里来，分别流进小槽，就在槽里冷却成生铁块。浇铸场里总是呛得喘不过气来。如今铁水从炉子里出来沿出铁槽直接流到铁水包里，然后送到混铁炉去准备炼钢。那时候什么温度计都没有，没有任何仪器，没有任何机械设备。什么都是用眼看，用手干，甚至炉口都是用手堵的……

可他，普拉东·季莫菲耶维奇难道只在高炉方面才为苏维埃政权所需要吗？当他还没成人，没被人称呼为普拉东·季莫菲耶维奇而只是个小鬼头东士卡的时候，就已经为苏维埃政权而战斗了，他打过哥萨克，打过德国鬼子，也打过佛兰格尔的白匪军，甚至还打过马赫诺匪徒以及一些女土匪头目——玛露霞、松卡等等，也曾打过波兰白匪。他的党内生活早在第一批共青团小组建立时就开始了。

他经历了不少场面，也做了不少工作，后来他全家又搬到这个空旷的海岸上来建设冶金工厂，从那以后，普拉东只有一次离开过自己的工厂，就是一九四一年和其他工人带了工厂设备一起疏散到乌拉尔去的那次。此外，再也没有离开过。他的大半辈子都是在这里度过的： 在这里结了婚，养了孩子，当了总工长，不止一次得到过勋章，还有许许多多在这儿经历过的事情。他从来没有考虑过这种生活要怎样结束。如果有人问他，他会说：“我一下子倒在炉子旁边，医生来了，用听筒听听我的心脏，然后说：‘上帝的奴仆普拉东·季莫菲耶维奇·叶尔绍夫安息了’。”就像一个海员不能设想自己会死在床上一样，普拉东也同样不能设想哪怕是在死前的一刻能和炉子分开。

是什么邪魔要把他这样一个健壮有力，毫不屈服的人和炉子，和工厂分开呢？这不是把他活活送进棺材吗？是的，他知道自己不会去为自己的事斗争；是的，他知道他会回家去，坐在家里，就像一只熊蹲在自己窝里一样。

“多咱举行葬礼？”他有气无力地问。

“什么葬礼？”契比索夫没明白他的话。

“你们打算多咱埋葬我？”

“你自己看到的，命令是一星期的期限。你别拖了，普拉东·季莫菲耶维奇！要一刀两断。”契比索夫停了一会，又接着说，“也许我也要跟你一样。那咱们就去住别墅，搞个小汽轮，捉了鱼就到市场去做生意，也系上条围裙。你会做生意不，普拉东？”

契比索夫开着玩笑，但脸上很不高兴，当然他想的不是鱼。这位厂长也为这同一个谜伤透了脑筋：从哪儿刮来这么一股毁掉一切的邪风呢？他懂得，生活中没有任何事情是按着“我的左脚要这么干”的原则来办的，只在小品文里为了词藻华丽才用类似的说法。所有一切并不按照脚的命令，而是按照人的意志，对某个人有好处才那样做。也就是说，在这件事上有人使了坏主意，牵扯到什么人的利益。是什么人的利益呢？契比索夫并不知道。部里本身不会采取这样的步骤，一定是有人利用了部里的压力，有人钻了部里的空子，混进部长办公室，用适当的手法打开卷宗找出所需要的公文，又以适当的手法向部长“报告”了这件事，并且加上一番渲染。部长又不是全能的上帝，他不能对这么一个大国中这么庞大的冶金工业都了如指掌，于是就在这些文件上签了字，或者说不定只是批准了，而签字却是让别人代办的。

使契比索夫高兴的是刚才发生的事情，是他在火头上把这些情况对普拉东摆出来了。要不然他还会延缓执行部里的命令，没有决心给总工长这样一个不公平的打击，也不知道还会发生些什么样的纠葛。叶尔绍夫自己找到头上来，就使事情好办了。契比索夫非常了解叶尔绍夫的处境，但又能为他想些什么办法呢？安排他到另一个工段上去，给他一个较低的职务么？这只能使人感到屈辱。就让他退休吧，这并不是一件可耻的事，这是合法的，是宪法保证了的。他，契比索夫，已经是无能为力了。真是离奇：部里远在数千里之外，竟然调配起工厂的干部来。他，契比索夫，对厂里的干部总是要更清楚一些吧！他熟悉他们的面貌，也了解他们的劳动，他们的生活以及他们的举止言行，但是部里更多的是从履历表上去了解他们的，现在却成了工厂所有人们命运的最高主宰。就算不能把负责工厂生活的全部重任完全交给他这个厂长，那么除他之外，厂里也还有党、团和工会组织，他也不是独自一人，无人监督。就假定不能把这么庞大的工厂托付他一个人，怕他会受到诱惑，会有困难，因为人总归是人，可市里总还有市委，州里还有州委，也还有市苏维埃和州苏维埃，那里面坐着的即令不是全部，至少大部都是些聪明的，了解人民、忠于人民的干部，难道他们就不能监督契比索夫厂长的工作？也可能代表大会要解决这个问题，代表们在发言中已经提出了。奇怪的是阿尔连采夫工程师竟不能了解这一点。契比索夫读过他写的《一个工程师的札记》，他不同意这篇文章的结论。文章里有很多地方是正确的，阿尔连采夫的眼光很锐利，看问题很透彻，所举的事实也都无可辩驳，但结论是不对的，全然不对。按照阿尔连采夫的意见，如要使工业管理更加灵活，就应当把部划分得更细，使部的数目增加两倍、三倍。诚然，这样会更灵活，更方便，但终究还是会统得过死，终究厂长还是要缩手缩脚，要受束缚。

他走到站起来的普拉东跟前，搂住他，两人就这样站了大约两分钟，谁也不愿看一看对方，都觉得在他们之间发生了什么不顺心的事情，觉得他们是在对两人都不同意的某件事情让步，而由于谁也使不上力量，所以都在对方面前感到羞愧。

普拉东走了出去。他发现自己身上出现了一些从没注意到的现象：原来他竟然像个老头子似的拖着脚步，鞋底在厂里的沥青路上擦得沙沙直响，膝盖发痛，背也驼了。

他在车间找到伊斯克拉，告诉她房子给克鲁季里契了，因为那是个发明家，上了年纪，尝尽生活的辛酸，而她还年轻，工厂又不是不再盖房子了。然后想了想，又把自己的事也告诉了她，说要赶他去退休，因为岁数到了，炼铁工人的退休年龄要比别的行业早。没办法，这是法律规定的，要保护老年。

"可是难道您老了吗，普拉东·季莫菲耶维奇？"伊斯克拉很气愤。

"这一双脚真是拖不动了呢，膝盖也像碎了一样咔嗒咔嗒直响……"他把一条腿屈伸了一下，虽然什么响声都没有，嘴里却说，"听见没有？像连珠枪一样。"

契比索夫把普拉东送走以后，让卓娅把阿尔连采夫找来。

"阿尔连采夫同志！想要您担任副总工程师的职务，您看怎么样？"契比索夫请客人坐到椅子上问他。

"哪儿来的这种想法？"阿尔连采夫用他那困倦的眼神盯着契比索夫问。

"是从部里来的，不瞒您说，阿尔连采夫同志，从部里。"

"看来是尼古拉·费多罗维奇想起来的。我来这里的时候他曾应许过为我安排一个和我现有经验相称的工作。"

"可能。"契比索夫同意说。

"否则就不太好看了。您记不记得您一定要把我像一个刚毕业的学生一样派到工段上去。但是我并不抱怨您，安东·叶戈罗维奇！决不。希望我们今后在工作中完全一致。我不是那种爱争吵的人……"

"我可是爱争吵。"契比索夫打断了他。他不喜欢阿尔连采夫说话时那种过分从容、自信，甚至是原谅别人、对别人表示宽大似的口吻。

这时阿尔连采夫正仰在椅子上，摇晃着一只脚。

“是的，我爱吵架。”契比索夫又重复了一句，“争吵可以打破平静，确切点说，是自满，而自满是一切事业中最可怕的。”

“这一点我同意，”阿尔连采夫微笑了一下，“完全同意，自满是生产和社会生活中最可怕的现象，但是，请原谅！我不能同意说应该用争吵来和它进行斗争。”

“应该用各种手段和它作斗争。”

“顺便说一句，安东·叶戈罗维奇！在我们工厂里，这种自满现象却相当多，甚至可以说在组织工作中，在人和人的关系上，在上级和下级的关系上家长式的习气太重了。”

“您这是指的什么？”契比索夫警觉起来。

“有些办家务的味道。结果则是纪律松弛。在莫斯科，安东·叶戈罗维奇！作风完全是另一个样子：严格、认真、明确。”

“是嘛，啪！一道命令，马上执行！啪，又一道命令，警告！真是既明确又有效。”

“这是您从理论上得到的概念，安东·叶戈罗维奇！”阿尔连采夫表示宽容地微笑着说，“如果您深入实际了解了解部里的工作，您这种概念就会改变的。”

“已经让我了解到一些了，谢谢！”契比索夫冷冷地说，为了中断这场使他发火的谈话，他站起身来，把手伸过去，“好，再见！可以开始执行您的新职责了。总工程师已经知道了您的任命。”

他看着阿尔连采夫高高昂起斑白的头，慢慢地一步一步向门走去，裤子的样式是摩登的，剪裁得很合身。

他不喜欢这个人的又瘦又长的脊背，他觉得要是脱下这身华丽的衣服，里面隐藏着的会是一个胸围窄小、瘦骨嶙峋、肌肉松弛的人形。

阿尔连采夫打开门，最后一次闪过了他那身摩登服装，门关上了。

契比索夫走到房中间，就像跳俄罗斯舞的演员拉开裙子那样，向两旁拉开自己的裤管，抖了抖。这条裤子和阿尔连采夫的裤子是比不上的，可以用它做两条阿尔连采夫穿的那种裤子。他终于感到房里冷了，便走去关上了小气窗。

“终归是要争吵的，不争吵人家就要吃掉你。”他自言自语地说，然后就给布绥林打起电话来。

阿尔连采夫走到接待室里，俯身向卓娅说：“卓伊卡！今天有个小聚会，六七个人的样子。给你这几张钞票，去安排一下吧！看你怎么这样愁眉苦脸的？对待生活要乐观些！它不喜欢愁眉苦脸的人。”

29

吹起了寒冷的东风。普拉东的家里却很暖和，屋里挤满了人，卧榻、椅子，甚至乌斯金诺芙娜从厨房里拿来的凳子上都坐满了。乌斯金诺芙娜从邻居那里借来一个小茶炊，家里那把茶壶怎么能供得上这么一大伙人喝啊。茶炊在桌子上咝咝响，在它的侧面可笑地映照出走进来倒茶的人们的面孔，有时是长长的，有时又是扁扁的，嘴巴拉到耳朵边，一些人的脸上充满关切，另一些人的脸上热情奋发，还有一些人的脸上则是一副高兴的样子。

已经好几天了，这个工厂的各个车间里都在阅读讨论刚闭幕不久的党代表大会的文件。但是光是在车间里的时间还不够，于是人们便在串门儿的时候，在友好的交往中，茶余饭后谈论谈论。这次到普拉东家来的都是左邻右舍的男人，并不都是高炉上的，哪个车间的都有，多半是普拉东的老朋友。

“我们是在往前走，往前走，大踏步地往前走。”平炉工作队长乌特金一边说，一边整理着读了无数遍的报纸，“我清清楚楚记得第一个五年计划的头一年，那时候也是党代表大会闭幕以后……那是第几次大会来着？……谁知道？”他用手掌捂住嘴咳嗽了一声又说，“就是说，在那次大会以后就一帆风顺地大大繁荣起来了。那时我还是个年轻小伙子，结结实实的，身强力壮……”

“当然还没闹咳嗽吧？”

“我可不是因为上年纪才咳嗽的，是烟抽得太多了。咱们医务所的女大夫对我说：‘要是你不把烟戒了，乌特金，就趁早别再来找我，你自己想怎么治就怎么治吧。’她倒好，说完也就算了，可你自己来戒戒看。”

“这是任性，”乌斯金诺芙娜说话了，她是这个男人大集会上唯一的女性代表，“你们男人家这么大放烟火只是胡闹，别的什么也不为。纯粹是固执，就因为旁人劝你们：‘别吸烟了，老爷子！做做好事吧！’老爷子就为这些劝告抽得更厉害……”

乌特金又咳嗽了一声说：

“咱们的祖先夏娃也就是这样害了亚当的，用自己的唠叨把人引上邪路。我们说的什么？正经事，可你说的什么？……”

乌斯金诺芙娜挥了一下手，意思是不要再纠缠了。乌特金便摇了摇头继续说：

“那时候我是混凝土工人，在东部建设工厂，总的说来，情况是有些困难，吃的不能说有营养，住的呢……是木板房。”

“我要给你说的还不止这个，”一个坐在卧榻上的老头儿开口说，“我给你讲讲我们怎么在这里修起了第一座高炉……”

“话都不让人说！”乌特金生气了，“哪来这些多嘴多舌的人！”

“你干吗唠叨起自己的吃食和住处来？那是什么时候的事儿？”

“瞧瞧这儿关于主要任务是怎么说的，主要任务是什么？你听着！”乌特金抖了一下报纸，慢慢地，一字一顿地读起来，“‘要在重工业优先发展、工业技术不断进步以及劳动生产率不断提高的基础上保证国民经济一切部门的进一步巨大发展，实现农业生产的迅速高涨并在此基础上大大提高苏联人民的物质福利和文化水平。’明白不？这就是我要说的，就为了这个我才提起吃的住的来。主要的是我们国家所做的一切都是为了要人们生活好，富裕，快活，有文化，要吃的是心眼儿里想吃的，住的比资产阶级还好。”

“费佳！”乌斯金诺芙娜说，“秋天，我在市场上买鱼，包回来一张旧杂志的纸，那上头有张画：尼古拉二世全副武装地站着，旁边一辆小汽车。那可是皇上的汽车。可是拿这辆皇上的车放到你和达丽亚去年买的那辆车旁边比比看！皇上的车在你的车面前可就成了没人要的破烂货啦！”

大家都笑了起来。乌特金也笑了，他很高兴有人提到他那辆绿色的胜利牌小汽车。

“你这是要说什么？”他很感兴趣，“我觉得你的话里有种没说出来的意思。”

“很平常的意思，”乌斯金诺芙娜回答，“没有这些，我们也过得谢天谢地了，可你还嫌少，费佳，你变得贪心起来了。”

“别说了，姑妈！”一直没作声的普拉东说，他一点儿茶都没喝，只是站在窗前透过结了冰花的玻璃看着街上，看着闪闪发光的街灯。“费佳说得对，实在。一开始就是半饥半饱地过日子，不光是住木板房，还住过窑洞哩。咱们都走过来了，勒紧了裤带，紧到不能再紧……为的是什么呢？就为的……很对，很对，费佳！……为的是劳动人民能吃得饱，穿得暖，日子过得富裕称心。”

“瞧！来劲儿了！”乌斯金诺芙娜甚至拍了一下手，“两人一起上阵了。好像我是他们大对头似的，好像我妨碍了他们的计划。你们两个真是不害羞，别的没有什么可说的了。”

“顺便说说，”一直没有机会谈谈第一座高炉建设情况的那个老头儿说，“顺便说说，说到农业……要大大提高……夏天我到我兄弟的村子里去玩，那日子，告诉你们，可不是两三年前那样了，那时候人都从乡下往城里跑，如今又都想回去了。”

“你们也不让费佳说完，”钳工巴士雷柯夫插进来说，他把面前的茶杯推开，擦了擦小胡子，“费佳说的可是正经事儿。咱们要想过得更好，就全得看咱们自己……得更齐心地干活儿……工人阶级，我看是不会丢脸的，他从来没丢过党的脸。代表大会以后咱们的确走得很快，真的就是真的。主要的是，不管问谁，都想干得……”他想不出合适的字眼，就抽起烟来。

乌特金说：

“不论什么错误偏差，都能纠正。咱们和党一起干，一切都能好起来。什么错误都不能挡住咱们，世上也没有什么力量能把咱们挡住。”

“已经纠正过多少错误了，”巴士雷柯夫喷着烟同意地说。“在农业上，这里已经谈到了，关于规律，还有别的。咱们一整顿，什么痕迹也留不下。今天我们那里一个家伙叫唤着说：‘哎呀，一会儿这样，一会儿那样，还能相信什么人？’我就对他说：‘你相信党吧，准保没错儿。干吗这么吵吵嚷嚷的。我们什么事担当不起？希特勒都给打垮了，你还要怎么样？安安分分地干活儿，执行计划去吧！’”

普拉东仍然站在窗前，嚼着胡子尖儿，内心里很不安定。朋友们在讨论代表大会上的报告、决议和感兴趣的发言，盘算着以后的生活和工作。可他，老高炉工普拉东·叶尔绍夫怎么办呢？他有什么计划？他怎样帮助党去解决那些伟大的任务？近来他照常到车间去，除了伊斯克拉·卡扎柯娃外，他没告诉过别人上面要他退休的消息，就连伊斯克拉，那也是在气头上憋不住才对她说的。但这是最后几天，很快命令一公布，同志们就都知道了。他走了，大伙留下来。车间里一切事情都没有他的份了，完成计划没有他，冶炼钢铁没有他，建设新生活……他的生活是怎么了？是结束了，还是怎么的？

好像有人推了他一下，他猛然醒悟过来。乌特金说：

“普拉东·季莫菲耶维奇！这里一段和你有关，全部内容都和你有关。你听报告里是怎么说的？是这样，我念给你听：‘虽然钢铁工业正在迅速发展，可是我们仍然感到钢铁缺乏。这是因为国民经济对钢铁的需要迅速增长了，还因为……’到了，你听着，听着……‘还因为我们的冶金工作者对于最经济最需要的钢材和新型钢铁的生产掌握得不快。’明白了吗？”

普拉东没有作声。乌特金又加了一句：

“你这就掌握新型钢铁和钢材去吧！”

“这要你去干，用不着我了。”普拉东回答，他的声音颤抖着。

大家都转过身来望着他，不知这人怎么说这种话。

“怎么说用不着你？”乌特金问。

“就这样，要我退休喽。”

“天呀！”乌斯金诺芙娜叫了起来，“你怎么不说？也得告诉兄弟们，和他们商量商量。”

窗外响起了呜咽的风声，街灯四周的小雪花发着闪烁的亮光，飞舞着。

“这种时候，”巴士雷柯夫愤慨地说，“这样的事业，怎么能没有你呢，普拉东·季莫菲耶维奇！没有你是不行的。你别理它！”

普拉东坐到桌旁，把茶杯推到茶炊前面，拧开龙头。没有水，都喝光了。他苦笑着说：

“它没了水可以再添，茶炊嘛。可是人……要是也熬干了呢？人是不能再添的。”

第二部

1

现在已是三月，但是冬天还没有过去。在阳光照射着的地方，屋檐上滴着水点，然而在背阴的地方，还是一片严寒。往年这时候，大雁和仙鹤已经渡海北飞，白柳吐出了花絮，白头翁和麻雀为了争窝而厮打，草原上传来云雀的第一声啼啭；集体农庄的渔船迎着清新的三月风浪出海试网；在渔业机械站里，经过整修的曳网渔船和机动渔船也开动了马达。

可是今年，天空中既听不见鹤唳，也听不见雁鸣；渔船还在岸上的棚子下面。空气中散发着焦油的气味，传来叮当的锤声，——修理工作因为天气严寒而耽搁下来了。

不平静的大海水色寒绿。持续两天的风暴捣碎了沿岸的冰，把一部分卷入大海，一部分冲到岸上。有些地方的冰块堆得有三层楼房那么高。

逢到晴朗的早晨，廖丽亚常常穿着棉袄棉裤和胶皮靴子，裹着好几副厚厚的绑腿，走到冰堆跟前向浪花飞溅的大海远处眺望；风吹得脸颊很疼，得用外面缝着防水布的毛皮手套遮住面孔。

廖丽亚心里充满了忧郁。她一生的全部欢乐已经一去不返。几年来，渔业机械站的站长、党支部书记以及其他人一直表示愿意帮助她，问她需要什么。他们说，要是她一年又一年地在集体宿舍里住腻了，可以分配一间房子给她：终究是个工作有年的老干部了。如果她想学习，那也好办，可以送她去训练班进修，将来当渔轮驾驶员，甚至可以当拖网绞车手，只要有志愿。

不，她不去，去学习就得进入一个新的环境，接触陌生的人，那时又将惹人注目，你得重新跟别人熟悉，还得让别人也对你习惯起来。至于一个人住一个房间，也没有必要。一个人闷着容易胡思乱想，说不定会上吊。还是跟大伙在一起好些……说真的，她不需要帮助。对于别人的关怀她由衷感激。但是，恐怕谁也帮不了她。

以前廖丽亚每星期跟季米特里见面，从星期天傍晚她离开峡谷街到下星期六傍晚她又上那儿去，这一段时间过得多快她始终不太注意。而现在，如果说这段时间漫长难挨，那还不够，现在时间干脆停着不走了，因为没有地方可去，前面是一片空虚。

廖丽亚知道季米特里迟早要跟别人结婚，思想上一直准备着有一天季米特里会像对一个偶然结识的、不值得留恋的朋友那样对她说：咱们分手吧，别记住我的坏处。她等着，等着，可是如今这一天来到了，却又像有什么冰冷而沉重的东西打在她心上。这不幸到底由谁而起？是画家的妻子卡扎柯娃工程师，还是季米特里的哥哥斯捷潘？命运为什么要把这个斯捷潘从往事中找回来使旧创复发？过去了的通常并不都能回来，有些事情永远也追不回来。宁可让他也一去不返。现在想来，廖丽亚对这个人一直怀着多少深情，历尽多少苦难，直到遇见季米特里……遇见季米特里是件好事情，——她现在这个样子斯捷潘难道还会要？那天他就倒退了几步，惊恐地望着她，正像在街上某些人看见了她一样害怕。不错，他身边还保存着她的相片。但他保存的完全是另一个廖丽亚，甚至可以说不是廖丽亚，而是奥丽亚，奥丽加·魏里奇金娜。可是她——奥丽加·魏里奇金娜——已经没有了，被德国兵的军靴踩烂了。假如她有一个孩子的话，生活会大大改观！女儿也好，儿子也好，只要有一个孩子；在孩子的心目中，她——孩子的妈妈——当然还是像过去一样美丽。万恶的刽子手们剥夺了她的一切——她的过去、现在和将来。季米特里说：命运就是你所相信的东西；你相信什么，就会去争取它；你有志争取什么，那一定能把它争取到。不，季玛，不是这样。命运不由你作主。命运是某种非常可怕的东西。它在你头上，在你周围，但不在你身上，永远不！

廖丽亚好像老是看到峡谷街的那座小屋子，老是看到季米特里；一闭上眼睛，她几乎能接触到他的手，感觉到他身上的热，这教她简直不知道怎么才好。有时她上小店去买一瓶伏特加，背着同室的姊妹悄悄地几乎把一瓶酒喝干，然后倒在床上；床在她身下像一条小船似的颠晃，廖丽亚随着波浪漂呀，漂呀，她觉得自己仿佛在向季米特里漂去。可是没漂到就睡着了。早晨醒来，头疼得厉害，她走到冰堆前，迎着像鞭子猛抽面孔一般的寒风，遥望绿色的远方……

在一个星期六，廖丽亚进城去。她走到峡谷街。她懂得怎样悄悄地开栅栏门，不使闩锁发出声响；她开了门，走到窗前，隔着纱帘往里瞧。小屋里的收音机正在播送音乐，安德烈和卡芭在房间中央明亮的灯光下跳舞。

季米特里不在家。这是意料中的事，斯捷潘不是说他又住到普拉东那儿去了吗？但是，会不会他这时也不在普拉东家里？

廖丽亚退到街上继续往前走，想去找画家卡扎柯夫的住所。她知道他住在轮船街，可是不知道哪一幢房子。她在街道中央走着，好在这里车辆来往极少；她挨次观察每一幢房屋，竭力往二楼和三楼的窗户里边瞧（这条街上最高的房屋不超过三层），看有没有画，因为画家家里的墙壁一定都挂满了画。可是什么也没看见，那幢房屋始终没有找到。于是她上普拉东·季莫菲耶维奇家去。普拉东·季莫菲耶维奇到厂里去了。乌斯金诺芙娜招待她喝茶，告诉她说，普拉东现在没有工作，退休了，不过没有把厂里党的工作扔下，现在他就在车间里开会，讨论怎样更好地贯彻党代表大会的决议。这不知已经是第几回讨论了。这样的讨论只有使普拉东·季莫菲耶维奇难受，因为讨论他虽然参加，可事情将由别人去做，轮不到他。近来他变得脾气很坏，常常骂人，真可怕。

廖丽亚听着乌斯金诺芙娜的话频频点头，一边向房间四周打量，想确定季米特里是不是住在此地。乌斯金诺芙娜大概猜透了她的心意，说："糟糕的是季米特里在我们这儿住了一阵以后又搬回峡谷街去了。要不，普拉东有一个亲兄弟在身边总好些。瞧，这张季米特里的像有多好！"她指指书架上端的一排相片，那里添了一幅季米特里工作时的肖像。"你以为这是照相吗？"乌斯金诺芙娜说。"这是画像的复制品。原画要大得多。在展览会上挂过。看的人很多很多。"

"展览会还开着吗？"廖丽亚问。

"这倒不晓得。"

廖丽亚站在那张照相版复制品跟前仔细看了好久，她时而退后些看，时而凑近些瞧，近瞧时眼睛都几乎挨着照片了。是的，这是季米特里，他是这个样子，这就是她念念不忘的人，就是她爱的那个人，就是她在梦中，在颠簸的、沉醉的海洋中漂流寻找的那个人。

廖丽亚辞别了乌斯金诺芙娜，在城里寒冷的街道上还走了一会，打听到画展早已结束，于是出城去搭顺路的汽车。

第二天——星期日白天，廖丽亚坐在床上补衣服，忽然季米特里走进房间里来。她把手里所有的东西连同针和剪刀一古脑儿塞到枕头底下，想站起来，可是腿不听使唤。

"你好。"季米特里说着向她伸出一只手。

"你好，"她也把手伸过去，"这儿坐，坐到我旁边来。"

季米特里向四周看看，廖丽亚同室的人也在缝缝补补，她们显然使他感到拘束。

"走，"他说，"到海边去走走。"

幸而风平息了，阳光下甚至有点暖意，冰堆下面开始形成一个个水坑。季米特里踩着苏苏作声的沙地，问她生活过得怎么样，是否需要什么；要不要借一点钱。他的语气很平淡，教人猜不着他的来意。是不是动了怜悯心？就算是，那又有什么可奇怪的呢？他对她的感情从来只是怜悯。以前看她可怜，现在也看她可怜——丝毫也没有改变。那为什么现在她感到委屈呢？得向他问清楚一件事，这件事对于她十分重要。既然他来了，一定得问问明白。但是廖丽亚缺乏勇气作这样的盘问。

“等等，季玛，你在这儿散一会儿步，我马上就来。”说着她向宿舍跑去。她回来的时候，季米特里发现她嘴里有伏特加的味儿，她脸上的伤疤涨得血红，褐色的眼珠异样地闪闪发光。

“你这是何苦呢，廖丽亚？”他带着责备的口气问。

“我还能怎么样，季玛？”她说，“我没有别的办法。”她打了个寒颤，忽然问道，“你爱不爱她？”

“你说谁？”季米特里愣住了。

“那个女工程师。画家的妻子。”

季米特里目瞪口呆。这个问题第一次摆到他的面前。他甚至自己也从未这样问过自己。

“什么？”他惊愕地说，“我爱谁？你在说些什么，廖丽亚？”

但这时他明白了，是的，是的，他爱她，爱那个女工程师、画家的妻子、娇小的伊斯克拉·瓦西里耶芙娜。

他觉得脖子好像被围巾扣得太紧了，把围巾放松了些。惶惑中他再也说不出一句话。有一点他不明白：既然他需要的是伊斯克拉·瓦西里耶芙娜，为什么偏来找廖丽亚，为什么？他真想大声喊叫：“廖丽卡！你帮我弄弄清楚，这到底是怎么回事。给我出个主意吧，出个好主意。”多年来，一切体己话他只跟廖丽亚一个人说，这种习惯现在又把他带到她这里来，想来向她诉说他非常需要的那个女人怎样使他苦恼，而且她显然不需要他。

“不做声？”廖丽亚说，“你已经不必回答了。再见吧，季玛，再见！”她沿着海岸，沿着冰堆跑去，不时在冻硬的沙滩上踉跄滑跌。

季米特里追上去扳住她的肩膀。她喘得上气不接下气。两个人就这样站着，不知道该怎么办。

“回去吧，”季米特里说，“你会冻坏的。”

她把脸扭过去，还没有完全喘过气来。

“廖丽亚，可惜你不是我的姐妹，真可惜。”他又说。

廖丽亚低头垂手站在他面前，一语不发。

季米特里挟住她的臂膀扶她回村里去。他把廖丽亚送到宿舍门口，说：

“也许我还会来看你。你愿意的话就到峡谷街来。你为什么不上我们那儿去？斯捷潘住到宿舍里去了。家里只剩下安德烈小两口儿。怎么样，你来不？”

她点点头。

搭不到顺路的汽车，季米特里便沿着解冻的柏油路步行回城。他的生活总是安排不好。一个共产主义的建设者，自己的生活却建设不起来……现在，他仿佛又看到了伊斯克拉·瓦西里耶芙娜，又听到她在讨论党代表大会决议的全厂大会上讲的话。卡扎柯娃的发言朴实、热情。听她的发言，好像所有这些话不是她，而是你在说。要是你起来发言，要是你也会说，那一准也是这样的话。

伊斯克拉·瓦西里耶芙娜谈到党代表大会制订的向共产主义过渡的纲领，谈到大会的决议鼓舞了人民的积极性，她说，真想不断地工作，投身在将为我们的后代用诗篇和画卷歌颂的伟大建设中，这样的生活该有多么快乐。她的发言赢得了长久的掌声。比新任副总工程师的阿尔连采夫获得的掌声时间长得多。虽然平心而论，阿尔连采夫的发言比伊斯克拉·瓦西里耶芙娜来得堂皇、系统。

最近厂里时常谈起这位副总工程师。他简直不给领导上片刻的安宁，在各方面提出了许多改进意见，跟厂长常有争执。接触阿尔连采夫的人大都夸奖他，说他对每一件事都仔细研究，善于及时提供切实的帮助，支持主动精神。可是普拉东老是骂他。也许因为阿尔连采夫任新职和普拉东退休的事是在同一份命令中决定的。不过，普拉东就此算了实在不应该。要工作谁也不能阻挠他。应当争取工作的权利，而不是坐在家里抱怨。近来他们哥儿俩一见面就吵。普拉东向他怒喝：你还年轻，等活到我的岁数再来教训我。季米特里回答说：在困难面前服输，无论什么年龄总是不对的。普拉东告诉他，卡扎柯娃工程师准备写信给市委和州委，她为普拉东被迫退休的事抱极大不平。

“那你自己呢？”季米特里问，“你向有关方面写信了吗？你对这个决定表示过不同意没有？”

“你活到我的岁数再来教训我，”普拉东又生气了，“年轻人不懂事，只会放炮。”

“伊斯克拉·瓦西里耶芙娜！伊斯克拉·瓦西里耶芙娜！”季米特里走在初春的路上，心里呼唤着这个名字。他喜欢默念她的名字。但要是伊斯克拉·瓦西里耶芙娜这时突然出现在他面前，他还能向她说些什么呢？大概只能没完没了地重复下去：伊斯克拉·瓦西里耶芙娜，伊斯克拉·瓦西里耶芙娜……

两小时走完十二公里路到了城里，他折向轮船街。天色未晚，太阳还没有下去，为了免得被人认出，他把帽子拉低些，把水兵式样的呢外衣的领子竖起来——这件外衣他冬天、秋天都穿，春天也穿，有时夏天比较冷，他也穿。

经过了那幢熟悉的房子的门口，季米特里正想拐弯，不意在街道转角上遇见了伊斯克拉·瓦西里耶芙娜。她搀着一个穿红大衣、戴花风帽的小女孩。小女孩大约六岁左右，腮帮子和大衣一样颜色，红润而又饱满，眼睛……一双眼睛跟伊斯克拉·瓦西里耶芙娜的一模一样，也是那样生动、活泼。

“您好，”他努力掩饰着窘态说，“这是您的女儿吗？”

“是的，她刚来不久。我真高兴。可把我想坏了。我把她送进了幼儿园。原来这还不是件容易事呢。名额不能满足需要。据说这几年小孩生得特别多。季米特里·季莫菲耶维奇，您也早该有孩子了。说真的，您到底为什么还不结婚？”

“我解释过了。”季米特里冷冷地说。

“嗳，这不成为理由！您太多虑了。这不能成为爱情的障碍。您以为女人都是非美男子不爱的吗？难道女人就看不到人的灵魂，难道女人在这方面什么都不懂？您大大地错了。那是男人才一定要漂亮的女子。至于女人……不，只有庸俗不堪的女人才光凭外貌爱人——只要是美男子，哪怕蠢得像块木头也行。”

“伊斯克拉·瓦西里耶芙娜，那么您会不会爱上我呢？”季米特里出其不意地问。

“可是……可是……”伊斯克拉窘极了，“可是您要知道……”她把一只戴着暖和的咖啡色手套的手放到在她身边等得不耐烦的女儿的风帽上，“我已经有了丈夫……维塔里……有了孩子……”

“我明白。”季米特里仍不放松，“这我全明白。但假定您还没有结婚，那您会不会爱呢？”

“爱情是这样一种感情……”季米特里单刀直入的问题使伊斯克拉措手不及。现在已经无法开玩笑支吾过去了。必须认真严肃地回答。“爱情是不能预料的，当它来了的时候，谁也推它不开。您有权利得到爱情，季米特里·季莫菲耶维奇，得到真挚的爱情。会有人爱您的。现在就有人非常爱您，这我是知道的。比方说廖丽亚……”

“好了，”季米特里打断她的话，努力露出笑容，“审讯结束。您没事了。”然后他弯身向小女孩问：“你叫什么名字？”

“柳霞。”

“柳德米拉，对吗？这名字好，很美。你会读书吗？”

“我认识字母，不过还不会拼写，叔叔，您怎么会有这东西的？”她用小手指指他脸上的伤疤。“那时候您疼吗？”

“很疼。怎么样，我的模样很可怕吧？”

“可怕，叔叔，跟姥姥讲给我听的一个故事里一样。”

伊斯克拉脸涨得通红。

“柳霞！”她拉了拉小女孩的手。“你怎么可以……”

“您别教她撒谎，”季米特里说，“让她永远说真话。好了，祝你们散步愉快！”他举了一下帽子，拐弯走了。

“柳茜卡，你知道你说了些什么呵！”伊斯克拉简直要哭了。“你真是个傻瓜！你怎么这样傻呀，我的孩子！回家去吧，我没有心思散步了。”

季米特里一跨进家门，卡芭就说：

“豪杜友杜？”

她知道季米特里已经自学英语有很久了。当她第一次听说时，曾经问他：

“您知道肖洛霍夫这位作家吗？”

“那还用问！谁不知道他？”

“那您读过他的小说《被开垦的处女地》没有？”

“读过。不过已经很久了——还是战前读的。”

“那里的主人公也学英语。您记得不？”

“记不清了。我说过还是很久以前读的。怎么样，他搞出些什么成绩了吗？”

“好像不怎么样。我想看看您学得成绩如何。”

她请他念了几句，对他的发音忍不住大笑，她说：“我说得够糟的了，可是您打破了纪录，季米特里·季莫菲耶维奇。”他丝毫没有见怪，只说：“教我吧。”

卡芭有时帮着他学；他念，卡芭纠正发音。他们偶尔还用英语会话。对于这句“豪杜友杜？”（“您好？”）通常他总是回答：“凡里威尔。”（“很好。”）可是今天他却用俄语回答：

“比谁都好。”

“我跟安德烈刚才在谈我们学校里的一件事。共青团召开大会讨论党代表大会的文件，忽然有一个同学说：什么成就啦、计划啦——都不是主要的。他听人家说，主要的是建设社会主义过程所犯的那些错误。主要的是个人迷信把一切都束缚住了，拉我们离开了革命的道路。”

“请问您说的那位革命家——他什么时候走过那条道路？”季米特里阴郁地问，“他究竟看到了哪些错误？”

“他讲的基本上也就是党代表大会上所谈到的。不过他说主要的是我们离开了革命的道路。没有了目标。说我们的生活是在糊里糊涂混日子。”

“那你们是怎么回答的？”

“当然，我们把他狠狠地批评了一顿。因为他把事实和捏造全混为一谈了。不过我们的批评也许没有一针见血。其实批评者自己思想上也有些糊涂。”

季米特里呷着卡芭给倒的一杯茶。

“您把这情况去告诉您父亲，”他说，“这很重要。要知道，假如再有这种人大叫大嚷，说主要的不是成就和计划，而是错误，说我们离开了革命的道路，——这样会把人们的头脑搅昏。那时候我们活也没法干，只好光唉声叹气了。要是您不反映，我去。”

“您去，那好极了，季米特里·季莫菲耶维奇。我只是他的女儿，而您代表着工人阶级。您的反映更能引起爸爸重视。”

“我不是不愿意去。可教我怎么说呢？这事情发生在你们学校里。倒像是我去搬弄是非似的。又不是我亲耳所闻，我也是听别人说的。假如事情在我们厂里，那自当别论……不过厂里不可能发生这种事，我们那儿的人素来坚强……不像……”

“您是不是想说不像知识分子？”

“差不多是这个意思。”

“知识分子也不都一样，”卡芭说，“不能一概而论。”

“我并不一概而论，而是说其中某些人。一般说来，大家对党代表大会的决议都有正确的理解。然而某些人……总而言之，您最好还是到您父亲那里去一趟，一定得去。”

2

阿尔连采夫把克鲁季里契带进了新住宅。阿尔连采夫说，现在他们差不多是邻居了，因为他也分配到了住所，也在这幢房子里，可以跟旅馆告别了。他把克鲁季里契的两间正室、厨房、浴室一一仔细地、挑剔地看过，把壁橱也打开看看，然后扔下一个空的香烟盒，试试垃圾输出设备是否好使。

“虽然比不上冬宫，甚至也不能比莫洛佐夫兄弟[1]在莫斯科郊外罗查依卡河边沃斯特里亚科沃的别墅，不过住住还可以……”

“我一个人在这里怎么办呢？”克鲁季里契跟在阿尔连采夫后面，

---

① 十九世纪俄国纺织业大资本家。

茫然若失地问道，“我连家具也没有，用什么来把这些空荡荡的房间填满呢？”

“我以前在您的洞府所看到的那些家具全部得扔掉。它们已经蛀空了……”

“那些家具根本就不是我的。是房东的。我自己只有一口箱子。”

“那更好。您可以买新的，全新的。您简直想像不出什么是全新的家具，它们有一股新鲜的木香，还没有任何人用过，它们完全属于您，是您的，您的。至于您说的怎么办……您得结婚，成家。否则您在新住宅里又会被灰尘和蜘蛛网整个儿包围起来。”

“结婚，买新家具，您说着容易，”克鲁季里契说，“每一件都得花钱。可是钱在哪儿？我的建议到现在还没有下落。”

“听我说，克鲁季里契，”阿尔连采夫在回声很大的房间里走了一遭，说道，“我劝您不要坚持这个建议。坦白说，现在这已经不是什么合理化建议，而是找麻烦。”

“可是您！……”克鲁季里契大吃一惊。“您自己不是支持这个建议的吗？”

“您真是个怪人，”阿尔连采夫笑了起来。“与其说我支持您的建议，不如说我支持您这个人。本着原则精神支持您。因为您是位发明家，是个勇于探索、敢于跟官僚主义和保守思想作斗争的人。当初我的确认为您的建议值得注意。但经过一番考虑，把材料分析研究以后，我认为目前厂里所采用的修理工作的组织办法一点也不比集中起来搞差。也许，现在这套办法还不完善，但将来会改进的。主要的是这里大家都相信这套办法不坏。而信任是一个极重大的要素。”

克鲁季里契动了怒，开始在房间里乱跑，一边大声嚷嚷，说做官的全是一个样；阿尔连采夫做了官也变坏了。

阿尔连采夫带着不介意的微笑听完了这一切。然后问道：

“您的悲剧独白结束了吗？现在让我也说几句。信不信由您，我是您真诚的朋友。也正因为我是您的朋友，我对您说：放弃您那个固执的念头吧。至于钱以及其他物质上的问题，慢慢再想办法。咱们一块儿来想。厂长有指示，要给您找一个这样的工作，让您可以得到一份体面的工资，旁的什么也不管，集中精力考虑发明和革新。您满意不？所以我说您没有理由生气。譬如说，我原来在总工艺师办公室担任的职位空出来了……您以前在技术专科学校工资多少？”

克鲁季里契说了一个数目。

“您瞧！现在您差不多可以拿四倍的钱。在技术革新和合理化建议研究室有一个位置，工资也差不多，或许还能多两百卢布左右。”

“这比较好！”克鲁季里契急忙说，“研究室。发明。这比较合我的胃口。”

“好。我替您说去。只是您得相信我，克鲁季里契。您跟妨碍您的人作斗争，这很对，但不要把朋友也当作敌人。这不是高明的策略。现在再谈家具……我去摸一下底，也许总务处能设法让您分期付款。”

克鲁季里契向阿尔连采夫走近一步，拉住他的手紧紧握着，说：

“十二万分地感谢您！您为我出了很多力，简直太多了。”他稍稍犹豫一下以后，又说，“不过您对我的合理化建议的看法无论如何不正确。难道您这样有学问、有见地的人也赞成手工业式的老办法？这有些难以相信。”

两星期后，克鲁季里契遵照阿尔连采夫的意思庆祝乔迁之喜。分期付款买家具的计划没有成功，总务处不答应。但阿尔连采夫设法使克鲁季里契从互助储蓄会借到了一大笔钱。这样数目的借款对谁也没给过。可是阿尔连采夫对工会干部们说，这是特殊情况——克鲁季里契是一位过去受人歧视的发明家，天才，应当格外照顾；说苏维埃政权的力量就在于必要时我们的制度和规定可以灵活运用；还说对于苏维埃政权最宝贵的是人等等。工会干部被说服了，钱借到了手。阿尔连采夫请卓娅·彼特洛芙娜放出眼光来帮克鲁季里契置一套价廉物美的家具。整个星期天，卓娅·彼特洛芙娜跑遍了所有的家具商店，找不到合式的：价廉的物不美；物美的钱又不够。于是她去寻找招贴栏，市内招贴栏倒有好几个，但分布在四面八方。她和克鲁季里契就是根据招贴栏买到家具的。恰好有一个人要离开，急于卖掉一批橱柜和桌椅，价钱比买进时便宜得多。卓娅·彼特洛芙娜就这样为克鲁季里契买下了家具。东西不新也不旧。阿尔连采夫夸奖她说："你真行，卓伊卡！办得好。我有奖赏。"事实上，在卓娅·彼特洛芙娜说来，这项委托很不愉快。她讨厌克鲁季里契，尤其听古良也夫说他身上有虱子以后反感更深。但她已经在任何事情上都不能拒绝阿尔连采夫了。他向她发命令，她就执行。尽管这些命令形式上始终像友谊的请求，而且照例附带着吻手，但无论怎么样，命令毕竟是命令。

乔迁酒宴的客人是根据阿尔连采夫的意见邀请的。

"您有没有朋友？"阿尔连采夫问克鲁季里契。

"我哪来什么朋友！"克鲁季里契感慨地说，"我一生受人歧视。人家见我这种人躲开还来不及。只有得意的人才有朋友。"

"由此可见，克鲁季里契，做人要永远得意，一帆风顺，"阿尔连采夫说，"不过，假如没有朋友，倒也干脆。问题是这样的。客人有两种类型：一种是朋友；另外一种是有用的人。这两种人往往合不来。比方说，您同时邀请这两种客人。您的朋友有时会不理解您为什么也邀请那些有用的人，他们会不以为然，他们会提醒您，说您在某时某地关于那些有用的人曾经说过不好听的话，他们甚至会闹出点儿不愉快的事来。可是，克鲁季里契，生活里少得了有用的人吗？老实说，您的为人之道的根本错误就在这里。您只是一个人。要知道独木不成林。可以没有一百个朋友，但要认识一百个有用的人，那时你就有强大的力量。因此，最好不要使您的朋友和对您有用的人在席上见面，应该在不同的时间分别邀请。我再说一遍，朋友是危险人物，他们可能使您跟有用的人闹翻。至于像您这样，事情就比较简单。”

他们拟定了客人的名单。其中有好几位工程师——他们是阿尔连采夫的崇拜者，有沃罗别内，还有导演托马舒克。克鲁季里契说：

“要不要把画家卡扎柯夫也请来？听说他有一位漂亮的太太。”

“卡扎柯娃？”阿尔连采夫眯着一只眼睛考虑了一下，“不妥。您得到的住宅本来是准备给他们的，所以还是不请为妙。要是能通过托马舒克把艺术指导请来，那就非常不坏。这是个有来头的人物。他因为气候关系离开了首都，他好像有一种很奇怪的病。否则您在这个地方不可能看到他。您可知道他是谁的学生？……对，对，他跟好些大师们学过！您认识些什么人，这对于您的威望很有关系。一旦您提起这样的名字，对您就会另眼相看。唉，您可也太天真了，亲爱的克鲁季里契。简直像个孩子！对了，还有件事您得做。既然您现在已经是技术革新研究室的副主任，并且有一份可观的工资，不妨雇一个家庭女工，一个月也不过花两百卢布。”

“两百卢布？差远着呢！”克鲁季里契激动地说，“得管吃管穿，比娶个老婆还贵！还得让她一天到晚在你眼前转来转去，多讨厌。我不习惯有人打扰我。”

“那不妨雇一个临时的。在莫斯科雇家庭女工很困难，因为这门职业快要被淘汰了。世界上只有两种硕果仅存的职业，那就是国王和家庭女工。不过这里还可以找到。这件事您考虑考虑。”

克鲁季里契邀请的客人都来了。如果单是克鲁季里契邀请，不少人也许不会来。然而阿尔连采夫从中起了作用。他在托马舒克身上下了很多工夫，甚至艺术指导也光临了克鲁季里契的住宅。只有卓娅·彼特洛芙娜没来。她央求阿尔连采夫不要强劝。她不愿让厂里的工程师们在那里见到她。阿尔连采夫同意了，就没有坚持。

那天玩得相当痛快。一位工程师的妻子唱了歌，并且从邻居那儿借来了吉他，由托马舒克伴奏。他还讲了几段笑话。艺术指导回忆着二十年代的事，他认为那是戏剧的全盛时期。大家还想跳舞，可惜缺少一架钢琴，哪怕有架唱机也能凑合。

阿尔连采夫请了某饭店的一位服务员来张罗宴席。大家都觉得很拘束，阿尔连采夫伺机把克鲁季里契叫到一旁，对他说：

“亲爱的，您瞧，家里没有女主人总不是个办法。如果您想展翅高飞，您得有一个宾至如归的家。可是没有一位贤主妇这是办不到的。这里不是莫斯科，这里没有‘阿拉格瓦’饭店和它的雅座。这里一切都得在家里办。得在餐桌旁把人们团结起来。在餐桌旁人们比较和气，容易接近。”

酒喝了不少，大家都已经有几分醉意，阿尔连采夫还从自己上衣口袋里掏出最后几张一百卢布钞票差遣服务员去添酒。这是他的稿费——不久前他就第二十次党代表大会的决议谈自己的感想，在报上发表过一篇文章。

席上喧闹得厉害，人人都高声谈笑，人人都要求说话，为克鲁季里契早已干过好几杯，于是就为托马舒克、为阿尔连采夫、为艺术指导干杯。醉醺醺的艺术指导有气无力地说：

“谢谢你们，亲爱的朋友们！你们没忘了我，谢谢你们对我这老头儿的尊敬。”

大家纷纷与他亲吻，他一一回吻着，感动得掉下了眼泪。

一位工程师建议举杯预祝党代表大会的决议顺利实现。

“英明的决议鼓舞着人们，展示了新的远景，在理论上把我们武装了起来。”

这个建议得到一致的拥护。

接着，沃罗别内说：

“我从来不赞成个人迷信。以前人们为他唱赞美诗的时候，我敢怒而不敢言。现在我精神上感到满足，因为事实证明我对了。”

“我可没有资格这样说，”托马舒克应道，“我以前也是那些唱赞美诗的人中的一个。当时有什么办法？你要是说半个不字……嘿嘿！再说，以前我们什么也不知道。”

“我们看到了国家的成就，看到了国家怎样成长壮大，”一位工程师情绪激动地说，“我们看到了伟大的建设。我们参加了这些建设，参加了消灭德国法西斯的卫国战争！这对于我们是最主要的。我没有想说过不字。因为我思想上跟这一切没有抵触。刚才沃罗别内工程师说他以前敢怒而不敢言，这话引起我很大的反感。”

“同志们，同志们！”阿尔连采夫站了起来“我们又不是在开会，我们是在亲密友好的圈子里。我提议为友谊干一杯。来，同志们，为我们的友谊！”

他的祝酒没有得到支持，因为已经开始了的这席谈话使所有的人都感到不安。

“我曾经喊着‘为了祖国！为了斯大林！’冲锋，”那位工程师愈来愈愤激地继续说，“是的，是这样。冒着弹雨、握着步枪冲向坦克和榴弹炮！我跟斯大林非亲非故。从他身上我看到的是党，是中央委员会，是人民，而不只是一个人。我喊着‘为了斯大林！’然而我战斗是为谁？为党，为共产主义，为人民……告诉您，您想诽谤我这样的人可办不到。办不到，沃罗别内！”

阿尔连采夫用刀猛敲玻璃瓶，把瓶子也敲破了，伏特加从桌上淌到地板上；这一来暂时打断了争执。阿尔连采夫立刻抓住这个机会，说：

“我的朋友们，感情用事、互相辱骂——这不是解决严肃问题的办法。我请求你们抛开这种调子，抛开这些字眼。请相信我，刚才你们争论的问题将来还要大谈特谈。很明显，扫除个人迷信至少在今后十年内将是党要抓的主要工作。它将贯串我们国家的全部生活。所以不宜匆忙，不必过早发表意见。这不但无济于事，而且会使问题复杂化。我们都是志同道合的朋友，在我们中间没有思想上根本对立的人，这一点毫无疑问。即使在这个或那个问题上发生了偏差，我们终究朝着一个共同的目标前进。来，干一杯！”

“是的，许多方面都要有所改变，”干了这一杯以后，托马舒克说，“无论在政治生活、经济生活，或者在我们的艺术方面。应当把艺术从必须歌颂赞美一个人的桎梏中解放出来。”

“二十年代……”艺术指导说，“是的，我们在许多方面都应当回到那个时代。那是一个飞翔的时代。艺术，真正的艺术是没有腿的，它长着翅膀。在地上走的不是艺术。艺术总是在我们凡人上空翱翔。它有翅膀，翅膀，亲爱的朋友们。不能把它的翅膀剪去，像养在池塘里的天鹅那样。艺术不应该是驯顺的家禽。”

“真正的艺术应当把人的眼睛也能给啄出来，”托马舒克说。

“请问啄谁的眼睛？”刚才激烈反驳沃罗别内的那位工程师问。

“我可以告诉您，”屋主人克鲁季里契突然插进来说，“官僚主义、贵族老爷以及骑在我们头上的一切。”

“您不愧为一个坚强的斗士，”那工程师说着站起身来，“我想我该走了。时光不早，已经过了一点钟。明天还得上班。虽然康斯坦丁·罗曼诺维奇说未来十年的主要任务是扫除个人迷信的后果，可是钢总是要炼的。也许，在您看来现在这不是主要任务，而是比较次要的，不过总得炼，康斯坦丁·罗曼诺维奇。”

“我亲爱的朋友，”阿尔连采夫狡黠地微笑着走到他跟前，“您的不妥协精神真是难得。您是个绝妙的人。”他双手紧紧握住工程师的手，这位工程师秋天曾和他一起去作过郊游，他素来钦佩阿尔连采夫的干练出众。

客人们开始告辞。艺术指导在过道里穿起他那沉重的皮大衣，戴上像从博物馆或是教堂里弄来的丝绒顶獭皮帽，蘑菇了很久。他老是把克鲁季里契的姓氏搞错，一会儿叫他库里林，一会儿叫他克鲁季林；他向主人道谢，请他去看戏。

“您直接找我，到我的包厢里来，亲爱的。才思敏捷的发明家在我们这里谁不尊敬？我们爱您，喜欢您，我的朋友库尔季林！”

客人都已散去，屋里只留下主人、阿尔连采夫和收拾餐具的服务员，阿尔连采夫拉着克鲁季里契到另外的一间书房兼卧室里去，把门关好，在沙发上坐下。

“累死了。”他说着把一条腿架到另一条腿上。

“全闹翻了。”克鲁季里契没精打采地咕噜了一句。

“哪儿的话！谁也没跟谁闹翻。不过谈了一些在心里憋了好久的话。因为过去的这一切或多或少关系到每一个人。”

“也关系到您吗？”克鲁季里契问。

“我并不指我自己，”阿尔连采夫略假思索后回答，“我的生活一直过得不坏。谁也没有妨碍过我。我始终很受器重。直到进这个厂为止。”

“这里不也很器重您吗？”

“现在可以这样说。可是几个月以前呢？”

“何必旧事重提呢？康斯坦丁·罗曼诺维奇，现在您可抖起来了。您会当总工程师，当厂长，步步高升……”

阿尔连采夫晃着一条腿。他那略呈虚肿的、酒后泛红的脸上挂着微笑。

“这样的一个士兵就不是好兵，如果……”

“我知道，我知道……如果他永远不想当元帅，是不是？这话我懂……我可从来没有这样的感觉。并不是我从来没有做过元帅梦，——我不是指这个意思。每当我认为某一件事情有了眉目，在向好的方面发展的时候，——偏偏哗喇一声，接下去我就完蛋！”

“只要您比别人棋高一着，可以教别人完蛋。如今做人就是这样：什么东西挡道，就得把它扫除。”

“那又怎么样呢？”

“将有新的人去接替。”

“新的人？他们又是从哪儿来的？还不是一个样！”

“譬如说，我跟您难道也是这样的吗？克鲁季里契，您真是个不可救药的悲观主义者。我们去接替，懂吗？我们！”

终于，阿尔连采夫也走了。服务员拿着装餐具的篮子最末一个离去。克鲁季里契把气窗打开，让烟味散去。他脱去皮鞋，趿上拖鞋，在正室、厨房、走廊里走了一阵，再回到餐室，举起两手伸伸懒腰。然后又走进书房兼卧室。这儿放着他那只包着铁皮的黑色旧箱子。克鲁季里契用穿着毡拖鞋的脚踢了踢箱子。阿尔连采夫固然神通广大，但他也是凡人，不是上帝。克鲁季里契的箱子里已经有几件东西证明阿尔连采夫也脱不了凡人的气质。诚然，自从阿尔连采夫第一次拜访克鲁季里契阴暗的洞窟、鼓励他为争自己的权利战斗以来，克鲁季里契的旧箱子里已经添了一些新的东西。当然，那时候克鲁季里契潦倒不堪，没人理睬。阿尔连采夫把他看作一个软弱、可怜、渺小的人，但这个概念完全不正确，这是阿尔连采夫的错误。记得有篇小说，好像是杰克·伦敦所作，里边写一个拳击家输掉了最后一场决定性的比赛，离开了拳斗场[1]。赛前他就没吃饱，他一心想得到一块肉。要是他有了这块肉，一切都会改观。可见及时得到这一块肉是多么重要！阿尔连采夫及时帮了他的忙，这很好。如果说克鲁季里契得到了非常需要的一块肉，这当然应该谢谢阿尔连采夫。但是，亲爱的阿尔连采夫同志，您之所以能抖起来，绝不仅仅因为部里您认识的那些有用的人帮了忙。有用的人还得收到几封必要的信。我克鲁季里契在抨击契比索夫以及其他官僚主义者的同时用好话提到了谁？您，阿尔连采夫同志，提到了您，康斯坦丁·罗曼诺维奇。您不能把您的全部成就统统归功于自己。不过，让上帝保佑他，由他自得其乐去吧。不管怎么样，用他的词儿来说，他毕竟是个有用的人。必须靠拢他。他给出的主意都有见地。就拿关于家庭主妇的事来说吧……唉，索尼亚，索尼亚！你将后悔在患难时这样轻率地抛下你的伴侣，你只好怨你自己。要不要再娶呢？要不要重新把自己的命运跟一个女人结合起来，让她在下一个患难的时刻——谁能担保自己不患难？——眉头也不皱一下地把你抛弃？不，谢谢。要是弄一个人帮助管家务，就像阿尔连采夫住的旅馆里那个怪可爱的女服务员差不多的，那倒不坏。这个主意值得考虑。可是具体怎样着手呢？出征婚启事？那时各种各样的丑八怪都上门来了。万一碰上个小偷，会把你偷得精光。或者被一个专闹纠纷的女人缠上，那时你还得整天跑法院陪她打官司。

克鲁季里契走进前厅，前厅的墙上挂着一面镜子，他拧开灯，对着镜子照了起来。人变样了：衣服虽然不新，但熨得很平；衬衫也干干净净。领带是阿尔连采夫送的。说是从巴黎带来的。的确，反面还缝着外国商标。他脸带倦容，但气度高贵；这一个多星期以来他天天刮脸，甚至对这道无聊的手续也开始习惯了。明后天领到了第一次工

---

[1] 指美国作家杰克·伦敦（1876—1916）的短篇小说《一块肉》。

资，再去买一顶帽子。

他挺着胸脯，在镜子前面站了好久……

那时阿尔连采夫在四楼自己房间里，躺在床上看早晨总工程师交给他研究的材料。这是卡扎柯娃所写的一份长达三十页的报告书。阿尔连采夫开始看的时候毫无兴趣，心不在焉，他看到的与其说是高炉车间或者材料本身，毋宁说是这份报告书的作者，他在想像中把这个女人加以品头评足，仔细端详。总的说来，这也是一个足以引起好奇心的女人，——他最后得出这样的结论，这才开始比较认真地看她所写的东西。

他发现这份报告书很有学问，其中的一些建议相当重要。如果把这一切付诸实施，如果采取卡扎柯娃提出的这一整套措施，高炉车间可以多出百分之八到十的生铁。而百分之八到十—— 一年就是好多万吨。真有一手，卡扎柯娃！阿尔连采夫开始把这一切作通盘的核算。对，对，对——妙极了！

然后，他把两手枕在头下，久久地看着天花板下一个阴暗的角落。头脑紧张地开动起来。卡扎柯娃的报告书中也有不少幼稚的东西，有许多地方措词不够妥当，道理叙述得不够清楚，显然需要一个比较有经验、比较老练的人帮助整理。如何改写这份材料，使它能说服人，阿尔连采夫已经胸有成竹。他想立刻起来着手这件工作，可是看了看表，随即关熄电灯，钻进被窝——屋里相当冷，因为新房子的暖气设备还有故障。他对自己说："明天再说，明天再说，"并且开始慢慢地数着：一、二、三……希望快些入睡。

3

在认识安德烈以前，卡芭对于爱情问题津津乐道。在她的想像中，爱情是某种超凡脱俗、被极度理想化了的感情，它一接触到日常生活就会立刻像朵花儿似的枯谢。你听她这样说，会不自禁地产生这样的想法：人必须摆脱天天环绕在他周围的一切，在爱的时刻内插上一对翅膀高高地飞翔在大地上空，这才对得起这种感情。因而她激烈地反对结婚，认为结婚就是爱情的丧钟，如果不可能干脆把它免了，至少得尽一切可能把它推迟。

“过去我根本不懂得爱情，”现在她对女友们这样说，“咱们跟小伙子们之间发生的事情，譬如各种形式的追求啦，情书啦，伴送啦，以及在晚会上你没有坐在他身边，而坐在别人身边，或者你没向他，而是向别人看了一眼等等而引起的嫉妒啦，这一切都完全不是爱情。”

跟安德烈在一起生活了三个月，卡芭才开始懂得爱情是什么，才开始懂得爱情不是凭空臆造的，而是实实在在的东西，现在她才真正有了这种感觉。人们有时说某某人跟某某人形影相随。她——这位自尊心强，有独立性格，对一切都有自己看法的卡芭，现在也真的准备像影子一样步步追随她的安德烈了。她愿意扔下大学不上到厂里去，到高炉车间去，愿意坐在一旁看着安德烈，看他干活。

在家里她就是这样。要是安德烈坐下来写工长日记，卡芭就坐在他对面，胳膊肘支在桌上，两手托住下巴颏儿看着她的丈夫。是的，他是她的，她的丈夫，丈夫。安德烈甚至被她看得不好意思起来了。

“卡芭奇卡，”他说，“你这样盯着我瞧，弄得我也……我眼睛看着日记，可是什么也看不见。”

“我可看到了一些东西。”

卡芭熟视着他脸上每一根线条，看到他沉思时怎样皱起前额，他那女孩子似的长长的睫毛微微牵动，柔软的头发慢慢地向额前垂下来。当头发眼看着快要搭拉下来的时候，卡芭忍不住把它们重新撩上去，让一绺绺的黑发溜过她的指缝。安德烈笑着吻她的手，把脸颊贴着她的掌心，轻轻地说：

“卡普卡，亲爱的。我是怎么会遇见你的？”

安娜·尼古拉耶芙娜曾经批评卡芭太重理智，缺乏热情，还说她……还说什么卡芭已经记不清了。可是如今看来，她很缺乏理智，简直近乎轻浮——要是妈妈现在看到了，还不定会怎么说。安德烈比她理智得多。要不是他，他们一定搞得一团糟。是安德烈督促她坐下来看书，是他每天早晨逼着她去学校。“我不去，”她蜷缩在被窝里诉苦，“我再也不愿到那边去。我腻了。”但安德烈毕竟还是让她起了床。她睡眼惺忪，噘着嘴唇坐在床上。“那你给我穿衣服。”安德烈催她喝过了茶，把书包塞到她手里，送她出门。她总是一次又一次地跑回来：“我忘了吻你啦，”“我吻得你不对，”“你没好好回吻我，”……这样得反复十来次。

安德烈上晚班或者夜班的时候就是这样。要是他上早班，比她早出家门，那就比较苦。她得自己起床，安德烈不在，屋里显得冷冷清清的。卡芭坐着喝茶，把安德烈的照片斜靠着桌上的糖缸，跟照片说起话来。有时她问自己：“也许这样太傻了吧？是不是我变傻了？”想了一想以后，她又自己回答：“没关系，宁可做这样的傻瓜，也比做某一类所谓的聪明人强。”

有时候——这也决定于厂里的上班时间——她和季米特里·季莫菲耶维奇同时起身。他经常绷着脸，很少说话，但卡芭知道：他心地善良，只是神秘莫测。逢到要跟他同时起身，她头天晚上就感到不安，早晨天不亮就起床，准备早点，悄悄地走动，不弄出一点声音。在季米特里·季莫菲耶维奇面前，卡芭不知怎的总有些缩手缩脚。这不是害怕，不，卡芭有生以来还从来没有怕过什么人。她十岁就曾经在夜里穿过坟场，不是因为跟小朋友们打了什么赌，只是试试自己的胆量。她敢游泳到离岸几公里以外的海面上。她……绝对谈不上怕字！不，这不是害怕，甚至也不是羞怯。这应该说是一种尊敬，一种高度的尊敬。季米特里·季莫菲耶维奇的一切都与众不同：他的经历、他的工作——卡芭的父亲也曾经谈到这一点，季米特里·季莫菲耶维奇曾经在全苏同工种劳动竞赛中得到过轧钢工第二名。可不是，他的那幅肖像画得有多好——这的确当得起为一件杰作；画家卡扎柯夫遇到季米特里·季莫菲耶维奇可真走运。还有那个廖丽亚，他们的关系……他们的关系这样不和谐，季米特里·季莫菲耶维奇跟廖丽亚分开了，卡芭感到十分惋惜……

摆好了早点，卡芭自己并不坐下，直要到季米特里·季莫菲耶维奇叫她："卡彼托林娜，您怎么不坐呀？我可不能一个人吃。细脱当，泼利丝。（请坐。）""生克友。（谢谢。）"卡芭回答后这才在对面坐下来。季米特里吃着，喝着，一方面努力再用英语说上几句。他把单词和语法规则记得那么快，使卡芭感到很惊讶。季米特里·季莫菲耶维奇在各方面都很有才能。不久以前，他在厂里为全苏轧钢技术经验交流会开过讲座，全国各地许多巨型轧钢机的操纵手都来取经。讲座举办了两个星期，大家交流了经验，也去参观过其他的工厂。这件事他自己从来不提，但卡芭在收拾屋子的时候发现了一份部长命令的副本，部长特意为季米特里·季莫菲耶维奇所做的出色的工作向他表示感谢。还有，季米特里·季莫菲耶维奇可谓博览群书！他读的书比卡芭——四年级的大学生——多得多。你可知道他从厂里和市立图书馆借回来些什么书？最近季米特里·季莫菲耶维奇读莎士比亚的作品入了迷。他借来六卷，读了一卷又一卷。

他从来不妨碍她和安德烈，不使他们感到任何不便。他善于及时离开，让他们两个人留下。他非常体贴别人，处处不失礼貌。"假如没有你，"卡芭曾这样对安德烈说，"我会爱上季米特里·季莫菲耶维奇。你不相信？我可以向你保证这完全是真话！"

安德烈也是很出色的——他沉着、善良。人们对他的反映也很好。虽然，有人说他当一个真正的高炉工人还太年轻；只有现在才会让这样的毛孩子管理高炉；在以前，高炉非足智多谋的老爷爷们管不了。不过这没关系，将来安德烈也能成为这样的智多星。卡芭想像着变成白胡子老爷爷的安德烈，不禁笑出声来。这一天还那么遥远，仿佛永远不会到来似的。她和安德烈还有好多好多年的青春，美妙的青春。

赖着不走的冬天终于被春天赶跑。峡谷街上变得无路可走——一条条的小河，不，简直是一股股的洪流顺着整条街道往谷地奔流，水势浩荡，泡沫飞溅，深可及膝。到城中心几条大街上去得借道人家的院子和小花园，连翻带钻过几道栅栏，当然也免不了跟看家狗以及它们的主人吵上几架。安德烈给卡芭买了双胶靴。她笑呵呵地说，只有从郊区来卖牛奶的女人才穿这样的靴子。

“没关系，没关系，”安德烈说，“走到比较干燥的地方，换上鞋不就得了。”

“那么靴子用木棒扛在肩后吗？”

她大笑不止，但还是穿上了，不穿不行。有一次她穿了这双靴子到父母家去。

“爸爸在家吗？”她问母亲，“我要让他瞧瞧。”她穿着沾满污泥的靴子踩到父亲书房的地毯上。“好爸爸，你瞧你多么关心我们普通劳动者的生活。像峡谷街这样的街道，城里不说几百，至少也有好几十条。”

“傻孩子，要知道现在是春天呀，春天总是地滑道烂的。”

“春天也不应该这样，春天应当一切都漂漂亮亮，非常非常漂亮。春天嘛！”

她把这次谈话告诉了安德烈，安德烈不赞成，他说：

“卡芭奇卡，你干吗这样？伊万·雅柯夫列维奇现在比什么时候都忙。你就爱给人添麻烦。”

“哟！”卡芭说，“已经挨批评了。在我这个完美理想的人身上也渐渐发现了缺点。是啊，事情就是从这些小节开始的。”

“开始什么？”

“正常的家庭生活。愈往后缺点愈多。等将来咱们手叉着腰你对着我、我对着你大吵大嚷，或者更精彩些——你揪住我的头发把我在地板上拖来拖去，那时人们就会说：‘这有什么大不了？夫妻嘛！’”

卡芭搂住安德烈，紧紧偎着他。她觉得那么幸福，简直不相信世界上还有比她更幸福的人。

空下来卡芭就拉着安德烈到花园里去把雪散开——让雪快些融化。雪融化后，她要安德烈在樱桃树下安置一张桌子和几条长凳。她天天查看树上的苞蕾——是不是快开花了。一个星期天的早晨，卡芭比安德烈起得早，她嚷着跑进屋来：“起来，马上起来！快去看，快去看！”安德烈衣服也没穿好跟着她跑到花园里。樱桃树上刚开出几朵白色的小花。“安德烈，这是咱们第一个春天！你听见没有？第一个春天！”他们就在树下接起吻来。马凯伊契爷爷隔着栅栏看着他们，回忆起自己的青年时代。但他的青年时代已经消逝太久，记不清楚了。至于像这样接吻，在他记忆中连影子都没有。“那时候年轻人规矩得多。”他这样想。至少由于年代久远的缘故他这样想。

卡芭左盼右等，盼学校快些放假。安德烈可以把自己的假期也安排在那个时候。到那时，谢天谢地，哪儿也不用去了，可以一小时、一分钟也不分开，老是在一起，在一起，在一起！

电影院每上映一部新片他们都去看——好片子也看，坏片子也看。他们手拉着手坐在那里，不管银幕上发生什么，卡芭没有一分钟会忘记坐在她身边的是谁：是安德烈，安德留什卡，丈夫。我的丈夫。我的！他们也经常上剧院看戏。最近一次看了青年剧作家阿列克萨辛写的话剧，剧名叫《被遗弃的妻子》。

“可耻，可耻，可耻！”卡芭在回家的路上说，“这个女人的一切就这样完了，多少年的生活白白地糟蹋了——她热爱她的丈夫，把心灵中所有美好的东西都给了他，可是那个男人抛开她跟另一个年纪比较轻的女人好上了。而作者居然好意思对我们说：‘没关系！没有丈夫，可是有集体，有工作。一切都挺好。’呸！一点也不好！糟透了！应当告诉观众这有多么糟糕，多么可悲，多么痛苦。这才是真话，你说是不是？可是作者的看法却是这样：既然我们没有人剥削人，既然政权属于人民，一切物质福利为人民所享有，那么一切感情、个人的幸福和不幸等问题也就不成其为问题。丈夫抛弃妻子，妻子抛弃丈夫，某人爱上某人，某人不再爱某人——这都不重要，都是繁琐小节，主要的是人剥削人没有了。可是没有了又怎么样呢？人剥削人没有了，这很好。我为自己生活在我们这样的国家里感到无限骄傲，可是我不喜欢有人在这个问题上装腔作势说假话。你认为怎么样？”

头上是五月的星空，街上飘拂着温暖的微风，远处有人在拉手风琴，更远处传来了犬吠声。他们已经走在他们所住的郊区街道上。

“咱们这地方像在乡下，你说是吗？”卡芭说，“这样挺好，既在城里，同时又在乡下。”

进了栅栏门，她继续说：

“咱们在长凳上坐一会。今天的夜晚真美。”

两个人坐下来，互相拥抱着裹在安德烈的上衣里面，静静地遐想着。

“你知道我在想什么？”卡芭问，“我还在想刚才的问题。还是关于那个剧本。我觉得有些人混淆了两件事情，虚伪失实常常就是这样产生的。你仔细听我说。人类社会已经有几千年的历史，这几千年以来，社会始终建筑在人剥削人的基础上。有的人赶车，有的人坐车。十月革命结束了这样的制度。在我们国家里，人类破天荒第一遭自己为自己劳动。这是惊天动地的大事。我简直找不出话来形容它的意义。这就是革命。一切重要问题中最重要的一个——生产关系的问题——解决了。你自己赶车，有时候很不轻松，不过这是前进中的困难。而且你也是在向着这个目标前进。你懂我的意思吗？也许我讲得不太清楚？”

“我懂，这我们在学校里早学过了。”

“别笑，往下就比较难懂了，因为这在我自己头脑里也很模糊。下面我想说的是：人类自古以来有两个最主要的问题。第一个就是生产关系，第二个是家庭关系。当然，这两个问题是互相联系着的。在资本主义世界里，婚姻常常是买卖。在过去，婚姻还曾是攸关王朝正统的事情。在我们国家里，人是自由的，他的感情也是自由的。但由此难道就能认为：只要生产关系在根本上起了变化，只要没有人剥削人，那么所有的人在个人生活中也一定都是幸福的，——难道能得出这样的结论？举个例说，安德留沙，假定我没有了，难道对你来说你们高炉车间的集体能代替我吗？”

“你怎么会没有了？”

“我不过是举个例子。我当然和你永远在一起，永远，永远。不过我是比方这样说。比方对我来说吧，任何人——无论集体，无论我将来要治疗的病人——都代替不了你。要是你把我扔了，我会整天整夜嚎啕大哭，任何轻松愉快的剧本里都没法安排我这样的人物，任何轻松愉快的剧本我都不适合，因为我是一个真实的人物。可是咱们今天看的那个人物是不真实的。所以我说：个人幸福的问题还没有解决。

当别人不愿爱你或者不再爱你的时候，还没有人知道该怎么办。这个问题将由未来的人们解决，那时他们已经不必那么艰苦地为面包、为生存而斗争了。至于现在我们有些人通过书本、戏剧和电影所做的，未免太匆忙了些，所以做得不对头。我说得太多了，是吗？”

安德烈沉吟了一会儿，然后说：

“这一切都可以理解。不过有些事情已经做了。”

“已经做了什么？”

“像托儿所、幼儿园、儿童之家等等。有了这些，即使没有父亲，做母亲的担子也可以轻一些。”

“有这些当然很好，安德留沙。可是你所说的这一切，都属于物质范围。我刚才已经说过，物质方面的问题革命已经解决，革命为我们把这一切争取来了。托儿所、幼儿园、补助金——是的，是的，母亲抚养孩子比较容易了。然而这一切难道能代替她失去的爱，难道能代替她所爱的、可是有了新欢把她抛弃的那个人？你这种看法真奇怪，安德烈。”

“你的话有不少是对的，卡芭，”安德烈又想了一会后回答。“可也不全对。问题在这里。要是同意你的看法，那就等于承认：现在我们什么也不能做，这都是未来的事情，我们只能垂手等待。要是人们都这样想，那革命也不会有了，生产关系的问题也解决不了。你说对不对？”

“完全不对！马克思和列宁找出了社会发展的规律，制定了革命的理论和实践，一切都经过反复的、周密的研究，有明确的行动纲领。”

“你说马克思和列宁……可是在他们以前也有人考虑过人类的命运。当然他们不像马克思和列宁那么科学，那么明确。最初是从空想社会主义者开始的……你在中学里学到过没有？”

“怎么没学过？托马斯·莫尔[①]、康帕内拉[②]、圣西门[③]……”

“对了，他们也考虑过未来，也曾试图描绘未来的面貌。你以为他们的空想对马克思和列宁毫无用处吗？即使作为批判的对象，也就是起了作用。难道这些空想没有引起人们深思，促使他们也来考虑一下人类的未来吗？就现在来说，写这样的剧本又何尝不是试图解决未来的问题——究竟怎样才能得到个人的幸福？”

“那为什么要把未来说成今天呢？应当写明：这是幻想，是尝试。”

“基本上我不太同意你的看法，卡芭奇卡，请别见怪。毫无疑问，今天这个戏是个坏戏，你说得对。但是作家们在考虑这些问题，这一点他们是做得对的。”

“这么说是抛砖引玉喽？”卡芭淡然一笑，“可能将来对别人有用，是吗？”

“可以这么说。”

“这对任何人都没用。这不过说明作家、剧院以及一部分嘤嘤啜泣的观众有着要不得的低级趣味。”

“既然有人抽噎掉泪，这说明这些问题必须考虑，说明这些问题激动着人们，人们希望有人给他们指出解决生活里各种矛盾的办法。人们希望这样，很希望这样！”

“那就让他们希望吧。”卡芭不高兴了，身子动了一下，仿佛想从安德烈身边闪开。但结果却是贴得更紧了，她心想：她生活里可没有任何矛盾，她有安德烈，有幸福，她吃吃地笑了。

---

① 托马斯·莫尔（1478—1535），英国思想家，空想社会主义的创始人之一，著有《乌托邦》一书。

② 康帕内拉（1568—1639），意大利空想共产主义者，在《太阳城》一书中描写了他的理想社会。

③ 圣西门（1760—1825），法国思想家，空想社会主义著名的代表人之一。

“你笑什么？”安德烈问。

“没什么。”

的确，她自己也不知道在这温暖的春夜里笑些什么。她就是觉得生活十分美好，而且心中洋溢着甜蜜的预感，预感到更美好的还在未来。

谷地那边的草原上传来嘎嘎的鸟鸣声。城市生长的卡芭不知道那是什么鸟。甲虫在黑暗的樱桃树丛中嗡嗡飞鸣。还有那香味……周围的味儿有多香哇！所有的花园里都有花儿开放，所有的花园里苗床都已翻松。花朵、泥土、小草，甚至空气的味儿全都糅合在一起，交织成一股无与伦比的春天的芳香。春天年年有，卡芭已经过了整整二十个春天。可是在她记忆中没有一个春天像今年这样馥郁芬芳。过去的那些春天卡芭差不多一个也没有记住。每年的春天全是一个样。春来了，考试也快来了；春去了，考试也过去了。春天和考试，考试和春天——这两件事结下了不解之缘。现在考试也迫近了。可是今年的春天难道仅仅是考试的春天？不，今年的春天不同往年，这是安德烈的春天，安德留沙的春天……

“安德留什卡，”卡芭说，“将来你也会这样对待我吗？……将来我已经不太年轻，头发已经开始有点儿花白，某一天你会不会对我说：‘再见了，卡芭奇卡，我不能控制自己的感情，我们过去的生活虽然很幸福，可是现在我另外有了爱人，谁能谴责爱情这种神圣的感情呢？’然后你就离开我走了。难道你会这样做吗？告诉我，立刻告诉我！要真是那样的话，我不会活下去，我不会到集体中去，我要游到大海中去淹死。不许你避而不答。我要你现在就说一个明白！”

安德烈紧紧搂住她，把她抱在自己膝上不断地吻着，不让她说话。可是卡芭突然一下子心绪坏了，钩住安德烈脖子的手也松开了。

“轻一些，”她说话的声音有些异样，“别太使劲。咱们到屋里去吧。我已经有点儿冷了。”

季米特里还没有睡，但他已经喝过茶，吃好了晚饭，用毛巾把一壶热茶裹好。卡芭到卧室里去了。安德烈在桌旁坐下，问道：

“你们轧钢车间有什么新闻没有？”

“鬼知道是怎么搞的，安德留什卡，”季米特里回答，“我怎么也不明白。党代表大会通过了这样伟大的决议，应当加油干才对。可是偏偏有个别分子说怪话，你知道，这会在群众中造成多坏的影响。”

“我们高炉车间可没有这样的分子。大伙干得挺欢。”

“他们也不会上你们那儿去。你们那边太热了，他们受不了。我们那儿凉快得多。今天有一个人……还是个副工长，按理说不是个糊涂虫，可是他在时事学习会上竟然大放厥词起来。他嚷着说：‘杂志上发表的那篇文章《钢与作风》为什么不讨论？那里头反映的完全是真实情况。咱们的厂长契比索夫滋长了自满情绪，他表面上装得很民主，其实是个官僚主义者，这样的领导应当撤换，是时候了。’可是普拉东说契比索夫是个好厂长——他跟厂长的接触比较多，对他比较了解。我个人跟厂长接触不多。只是有时候他来轧钢车间跟我谈谈。可是听了副工长这样的话，我忍不住起来发言，我说：‘你轰错了目标，咱们一起来研究怎样改进车间生产，这才是道理。撤换，撤换，你为什么尽想着撤换？为什么要把他撤换？难道咱们厂里的生产搞得不好吗？’他把杂志在我面前抖着说：‘这儿全写着！’当时气窗开着，我们是在文化活动室里学习，我把他手里的杂志拿过来从气窗里扔了出去。这下他可气疯了，他说：‘扔了？可是你扔掉了什么？是纸。真理你是扔不掉的。’你瞧，写文章的人不负责任，可是人们读了却得出这样的结论。偏偏有些人还充耳不闻，认为这是正常的争论，每个人都可以公开、坦率地谈出自己的看法来。不，安德留什卡，我可看不惯那些粗嗓门的大炮。他们关心的不是工作，而是想找机会露一手，表现一下自己。应当在工作上表现得好才对，在工作上谁也瞒不了谁，那儿没法含糊，没法做假。”

安德烈说：

“普拉东伯伯在工作上不是表现很好吗？可是他却落得个什么？这也都怪你那个契比索夫……”

“普拉东跟我解释过，”季米特里说，“这跟契比索夫不相干。契比索夫把所有的文件都给他看了。他为普拉东还挨了批评，因为他没有立刻执行命令。事情就是这样。不过普拉东自己的态度并不正确。他憋下了这口气闷在家里，像下雨天躲在埘里的鸡。他说：‘我从来没为自己争过什么，总是为别人，我不会争。’他究竟怎么会落到这光景的，我估计大约是这样。不知什么地方形成了一种错误的看法，认为担任这样的职务非有工程师的文凭不可。于是就作出了这样的决定。但这是错误的。他们将来一定会认识到。”

季米特里说完，到自己房间里去了。安德烈还坐在桌旁，嚼着面包，独自沉思。

“安德烈！”卡芭在卧室里把门打开一点点喊着，“你在哪儿呀？”

她的声音不太自然，好像有些喑哑。“恐怕着凉了，”安德烈心想，“刚才不应该在花园里坐那么久。”

他走进卧室，卡芭把门关严实了，挨到他身边，可是眼睛并不正视着他。

“安德烈，你说，有件事会使你高兴还是生气？”

“得看什么事。”接着他似乎恍然大悟，“你……”他觉得心在加速跳动。

“是的，”她说，“是的，安德烈……亲爱的。我们要有孩子了。已经有了。”

她晃了一下，脸色苍白，惊慌，但心里充满了幸福。

4

铁铲插入松软的春土并不费力：用足一踏，铲子立刻整个儿陷下去，双手再在柄上略略使劲，一片土已经脱离地面，然后就可以把它铲起来翻一个身；那片土给你一翻一扔，它自己会分成一小块一小块散落开来。

普拉东·季莫菲耶维奇干活疾徐有节，不慌不忙，但也几乎不停歇：他忘了休息。他的手机械地使着铲子，思想完全在考虑旁的事情——不考虑手里的活，不考虑乌斯金诺芙娜打算种在这里的土豆和西红柿，也不考虑年年在这集体蔬菜农场中叶尔绍夫的一畦上长出的黄瓜、胡萝卜、白菜和甜菜。这个拨给钢铁厂职工种蔬菜的农场位在近郊一些小山丘朝海一面的斜坡上。从这里可以看到伸展在海滨的城市的全貌，也看得见因为弥漫着各种颜色的烟雾而在许多工厂中显得格外突出的钢铁厂。在港口和工厂后面的大海就在你眼前闪着令人目眩的光芒；太阳照得海上灿烂辉煌。你要往那边瞧，得把手当帽檐横搁在额前，即使这样也不能瞧太久。

可是普拉东·季莫菲耶维奇并不往那边瞧，也不往两旁瞧。他只看着自己脚下的泥土。往两旁瞧只会教人难受。这么一条无病无痛、身强力壮的汉子竟跟这些人做伴来了！左边一块地上有一个棚子，是用战时被击落的一架“美塞什密特”式飞机的硬铝片盖起来的，——其中一张硬铝片上一个镶黄边的黑卐字还隐约可辨；在侍弄那块地的是一位很老的老爷爷西多林。战后他在厂里当了两三年守卫长，以后就退休了，从此在家里坐坐，到农场来种种蔬菜。他养了三箱蜜蜂，去年每箱收到四普特蜂蜜。老爷爷的菜畦后边是一位卫国战争残废军人的地，他以前是厂里的平炉工人。战争中他失去了一支右臂，可是也学会了使锹——他用左手和胸膛插锹，再用脚挺利索地把土翻松。右边是两位大娘在种蔬菜——她们是厂管理处一个工程师的母亲和岳母；这两亲家相处得挺好，两个人都很胖，站在一起就像两座热风炉；她们每天要用双耳大筐带来满满一筐吃的，整天滋补身体。不论往哪儿瞧，看到都是老爷爷、老大娘，要不就是残废，还有没到上学年龄的小孩。而他——普拉东·季莫菲耶维奇·叶尔绍夫——也在他们中间。真丢人！……可是又有什么办法呢？到厂里去挤热闹吗？出入证倒是发给了他，还是常年通用的，要去也可以。可是去了心头会松一些吗？既妨碍别人，对自己也没好处，无非增添烦闷罢了。

傍晚，当那些菜畦的“直属主人”在车间里干完了活来到这里的时候，普拉东觉得轻松些。那时可以坐在这里跟他们聊聊，说说新闻。可是白天……白天还是呆在家里为妙。他退休的时候举行了隆重的欢送仪式，致了欢送词，请他坐在主席团座位上，退休后的头几天他呆在家里，闷得慌。后来也上厂里去走走。到了车间里，从一座炉子走到另一座炉子，跟炉工们谈谈；他的嫡亲侄儿安德烈、卡扎柯娃工程师以及其他几位工长都不好意思正眼看他。后来他厂里不去了，开始看书。家里的书架、柜子以及钉在墙边用绳子吊住的木板上堆着很多书。买书的爱好还是从大儿子沃洛加开始的。但是沃洛加买的那些书连同他本人都给战争吞噬了。现在的这些书是次子鲍里亚、幼子萨尼亚和在列宁格勒音专学习的女儿柳波琦卡置起来的。

普拉东·季莫菲耶维奇长叹一声，想想这些书实在太多，他读过的又实在太少，而且看来永远也读不完，心里很难过。他从板架上找到了一本书——是关于炼钢转炉的发明者贝塞麦[①]的。他就开始读这本

---

① 亨利·贝塞麦（1813—1898），英国技术设计师，是转炉鼓风炼钢法的发明者之一。

书。发明家的一生并不轻松，但是作者写他的一生也不轻松——这本书写得那么枯燥，你勉强读了一页、两页、三页，睡魔就会缠得你直想靠到沙发上或者上床。

有几次他试着跟孩子们谈谈。可是跟他们有什么可谈呢？他们都没闲工夫，老是急急忙忙的。今年七月或八月鲍里亚就要在技术专科学校毕业，萨尼亚也将念完技工学校。独立生活就要开始。萨尼亚这孩子长大可不容易，他刚满周岁母亲就死了，把他撇给了普拉东。他好不容易把这孩子拉扯大——要知道当时不是在家乡，而是在战时后撤地，在乌拉尔……

普拉东·季莫菲耶维奇一边把菜畦的土翻松，一边逐年回顾自己的一生。难道他的一生就该这样结束在菜畦之间？季米特里骂他，说："你得去据理力争，争取你的劳动权利。应该让你复归原职。"雅柯夫的看法却不是这样。他说："退休对我才求之不得呢。像我现在做的就不是自己想做和认为应该做的事情，这样的工作我已经腻烦透了。"可是普拉东·季莫菲耶维奇既不赞成季米特里的主张，也不同意雅柯夫的说法。跑去死乞白赖为自己说情——这样的事他可不干。但是呆在家里吃养老金也不是乐事。他另有打算。现在也许不是时候，因为学年快结束了；等到秋天新学年将开始的时候，他要到技术专科学校或者技工学校，甚至到工厂办的夜大学去做些事情——向学生们传授炼铁技术，指导实习，还要上台讲课。难道他真是个大老粗不成？他也在各种进修班学习过，听过教授、讲师们讲课……也许，开始的时候他不能讲得那么好，可是从实践中积累的经验他有的是。

这就是他的打算，跟季米特里的主张不一样。

亲戚们还提出这样的建议：上市委找戈尔巴乔夫去，现在是亲家了，不妨请他质问一下契比索夫。但是给出这个点子的亲戚不可能是叶尔绍夫家族的基本成员，而是一些姻亲，他们没有在老叶尔绍夫——季莫菲·依格纳契耶维奇——的教诲下受过锻炼。他们不能算真正懂得什么是工人阶级的自尊心。才相识就去央求人家——这像话吗？

普拉东·季莫菲耶维奇把铁铲插在地上，腰干挺直。从去年夏天起将近有一年没干这活，生疏的结果在腰里感觉得到。衬衫的肩部和背部都已湿透，好像刚洗过似的。他把衬衫脱下来挂在铲柄上。太阳照在双肩、胸膛和手臂上怪舒坦的！他走到一条长凳跟前——那是两根插入地面的木桩，上面安一块板——坐下来抽烟。周围一片青翠。草坡下的垂柳绿得可爱，那里有一条蜿蜒曲折的细流——它的前身是一条久已干涸的小河。一大群山羊在柳树下歇息，约莫有两百到三百只。一只老山羊在大圆石上放哨，它全身乌黑，只有胡须是白的。牧羊的一位老爹跟两个小伙子在柳荫中睡觉。这情景使普拉东·季莫菲耶维奇联想起一本漆布封面，中央镌着十字架，角上已经磨破的《圣经》。大约四十年前，他的爷爷每逢星期日总要翻翻这本书。里头恰恰有这样一幅图画：手执长杖的牧人在树下牧羊。

"季莫菲依奇！"听到有人在喊，他转过头去。二号炉的一个炉工走到他跟前。普拉东看看表：五点钟。上一班早已结束，职工们马上就要拿着铁铲、钉耙上这儿来，可以热闹些了。

"给我支烟，季莫菲依奇。我把烟卷忘在家里了。不高兴回去拿……"

普拉东把一包在口袋里压扁了的烟卷递给那炉工。

"咱们厂里有新闻啦，季莫菲依奇，"他吸了口烟开始说。"你知道昨天宣布谁接替你的职务？你怎么也不会相信。"

"说吧，说吧，别吞吞吐吐！"

"沃罗别内工程师，就是博利斯·卡里斯特拉多维奇。"

"沃罗别内？"普拉东·季莫菲耶维奇从凳上站起来。"你在开玩笑！”

“我可以吻十字架起誓！不过我身上可没有十字架[①]，季莫菲依奇。告诉你，是正式宣布的。大伙个个咒骂，因为人人知道这个沃罗别内为赫尔曼·戈林[②]炼过生铁。小伙子们去找车间主任说不干了，车间主任跳了起来，他说：‘亲爱的朋友们，那请你们也接受我的请求。我也宁可从这儿滚蛋！’党领导来了，开了个座谈会，跟大家解释，说沃罗别内同志当然那个……犯过错误，有一些污点什么的，然而这是一位有经验的工程师，专家，战前就在车间里工作过。大伙坐着，瞧着地上，眼睛不往上看，嘴上不说，心里直嘀咕：‘跟我们讲这些干吗？得把那位大专家头朝下扔进铁水桶里去，而不是教他来领导我们。’不过这是我们心里的想法。但要是从理智出发……季莫菲依奇，从理智出发有什么可说的呢？希特勒强盗揪住了他的裤子，逼他做事。他不是铁打的。你的弟弟斯捷潘也是这样，他们按住他的脑袋往桌上捣，他也干了，可不是吗？”

“可他没开枪打过自己人。”普拉东·季莫菲耶维奇又点起了一支烟。

“沃罗别内也没打过自己人呀。反正希特勒从咱们的炉子里连个屁也没捞到。”

“那可不是沃罗别内不出力。是别人把炉子塞死了[③]。”

“是他不是他，现在也搞不清楚：日子太久了。算了吧，季莫菲依奇。往后我们就得在他的领导下干活。”

普拉东·季莫菲耶维奇将手里转着玩的一包纸烟揉成一团扔在地上，抓起那件汗湿的衬衫往头上套；衬衫没干，套上去的时候还发出响

---

① 基督徒的颈上通常挂有金属的小十字架。
② 法西斯德国首要战犯之一，一直是希特勒的顾问和代理人。
③ 使熔铁炉连同炉内的铁水一起冷却。

声。他捡起脱在草地上的上衣，离开了农场。

那炉工把普拉东扔下的一包纸烟捡起来，小心地弄平整了，把曲折、压扁的烟卷一支支抽出来摆在凳上。他把薄薄的烟纸从含口处拨开，再用唾液糊好。

普拉东·季莫菲耶维奇穿过那群使他想起《圣经》的山羊，走上市郊的街道。到了公共汽车站，跳上一辆正要起动的汽车，二十分钟后，他已经在市委书记的接待室里了。

“请报告书记同志，”他向秘书茜玛奇卡说，“请告诉他叶尔绍夫来了，普拉东·季莫菲耶维奇·叶尔绍夫。”

戈尔巴乔夫出来跟他握手，把他让进办公室，说见到他非常高兴，请他坐在圈椅里，虽然办公室里写着“请勿吸烟”，他却从抽屉里取出一匣烟向普拉东·季莫菲耶维奇敬了一支，自己也点一支。他不问普拉东·季莫菲耶维奇来找他有什么事。普拉东·季莫菲耶维奇自己开始说：

“关于我自己的事——我不谈。我这辈子算完了——这不在话下……”

“怎么算完了呢？我听说让你退休了。这有什么不好？在我们的国家里，一个人过了年龄是有权利退休的。”

“唉，伊万·雅柯夫列维奇！”普拉东·季莫菲耶维奇截住他的话头。“不是放我走，而是撵我走的。是给轰出来的。这是两码事！”

“人家为你开了欢送大会。隆重得不得了。我在报上还读到一条报导：‘欢送劳动大军中的老将’……”

“老将！难道我上了‘老将’的年纪？不过形式上是这样罢了。要是按我的精力……你瞧瞧，我像个吃养老金的人吗？我身体挺好，我要工作。干吗把我撵走？这是有人在捣乱。”

“你怎么啦，普拉东·季莫菲耶维奇，怎么说起这样的话来？这未免太过分了。”

“可是把乱七八糟的混账东西往车间里插——这就不过分了吗？”普拉东·季莫菲耶维奇在几只口袋里掏了一阵，没有烟卷，就隔着桌子伸手到戈尔巴乔夫的烟匣里去取一支烟，取时把一只放铅笔的铜杯给碰倒了。

“什么混账东西？”

“为法西斯匪帮做过事的东西。沃罗别内工程师。”

“他被安置在哪里，担任什么工作？”

“担任我的工作，当总工长。对他来说，为法西斯效劳跟为苏维埃政权服务没什么两样。”

“别这样，普拉东·季莫菲耶维奇，”戈尔巴乔夫竭力安慰他，“当然，你们那个沃罗别内不是祖国的英雄。但是个专家。要知道还在建炉时期他已经在厂里工作了，他发表过著作。”

“照你这么说，把叶尔绍夫一脚踢开，把沃罗别内恭而敬之地待为上宾，这是应该的？对他说：你干了一阵子坏事，现在请接受我们对你无上的敬意——是吗？”

“何必来这一套呢？让他炼铁就得了呗。”

“可是工人们要把他头朝下扔进铁水桶里去，那怎么说？”

“别胡扯，别胡扯！你太冲动了，普拉东·季莫菲耶维奇！不要感情用事，亲爱的。也许，你在家里闲不住，要不要给你找点儿活干？我了解你，要我扮演家庭主妇的角色我同样干不了。怎么样，给你找点儿活干吧，啊？比较适合年龄的轻工作好不好？”

“我自己会找。请不要为这事操心，”普拉东·季莫菲耶维奇生硬地说着又拿了一支烟，“当心，伊万·雅柯夫列维奇，把我惹恼了，我要上党中央。”

“你要知道，普拉东·季莫菲耶维奇，”戈尔巴乔夫心平气和地说，“人们经常用这话吓唬我，他们说：‘你简直不通人情，你颠倒黑白。我们要上党中央，你等着吧。’可是，亲爱的同志，为什么你们认为我总是颠倒是非，总是把事情做坏，总是跟人们过不去呢？我跟你是一样的人，一样的共产党员，咱们痛痒相关。有朝一日我也要上党中央去说：共产党员叶尔绍夫的行为不对。那时又怎么样呢？”

“我的行为有什么地方不对？”

“你说话不负责任，亲爱的普拉东·季莫菲耶维奇。这些话从你嘴里飞出来你不觉得太随便了吗？捣乱啦、混账东西啦、惹恼啦、要去诉苦啦……”

“我没说过要去诉苦。我不是叫苦的人，戈尔巴乔夫同志。”普拉东·季莫菲耶维奇站起来，挺出结实的胸膛，“我是工人。我不用埋怨任何人。埋怨诉苦的是居下风的人，我不是这种人。我要制止歪风，这是我所要做的。你瞧瞧这双手，”他把两只手掌心向上搁在桌上。手掌里布满了老茧、伤疤和烫焦的痕迹。指头结节累累，谁也没法把这双手洗白净，因为煤屑像刺在身上的花纹永远嵌进了皮肤。“我能装出铁口，换鼓风嘴，必要的话还能钻进一千摄氏度高温的炉子里去。这些事我都能做，自己做。现在你再去看看沃罗别内那双无耻的狗爪。再见，伊万·雅柯夫列维奇。今天咱们谈不到一块儿。”

“你别急躁，等一等。”

然而普拉东·季莫菲耶维奇还是走了，他只是说：

“不，算了，下次再谈吧。”

他走了以后，戈尔巴乔夫把工业部长叫来，对他说，钢铁厂有人来反映，那里在干部配备方面的做法不尽妥当。

“是的，伊万·雅柯夫列维奇，是不尽妥当。我也有这样的看法，”工业部长说，“部里的命令一个接着一个下来。契比索夫对我说，他简直想离开那个厂。他没跟您谈起过这事吗？他认为必须坚决反对这种强迫命令的现象。他还认为有人在厂内制造混乱，而部里却支持这个制造混乱的人。”

“那就请您把这件事仔细研究一番。为什么那么匆匆忙忙打发总工长叶尔绍夫退休？那个沃罗别内又是从哪儿钻出来的？跟厂党委取得联系，了解一下高炉车间的工人们有些什么想法。虽然这是部里来的命令，可我们也不能做消极的旁观者。”

普拉东·季莫菲耶维奇怒气冲冲地往厂里去，他直接走到轧钢车间，登上季米特里的工作台，然后哥儿俩走出车间，在空地上芜草杂生的锈烂废铁堆中走来走去，——去年残留下来的枯茎像硬毛刷子似的竖着，枯茎之间长出了嫩绿的小草。普拉东·季莫菲耶维奇把跟戈尔巴乔夫的谈话原原本本告诉了季米特里。

“真是些地道的好好先生！”季米特里颊上的伤疤牵动了一下，“他们不懂得，今天总工长叶尔绍夫被挤掉了，明天会轮到契比索夫。我们已经有一个人在学习会上开腔了……到后天他们还会把爪子伸到他——戈尔巴乔夫——这个好心人的头上。必须斗争，普拉东。我早就对你说过：必须斗争。可你像只落汤鸡似的呆着直发愣。”

“上州委会去吗？”

“要去。先在厂委会里嚷它一阵。你既然说了要上党中央，如果在这儿搞不出什么结果来，我看真得去。你说得对：我们不是叫苦的人。我们不是诉苦，不是乞怜，而是提出要求。”

“好吧。你去干活吧。让我琢磨琢磨。”

回到家里，普拉东发现家里也没烟抽。于是他去敲邻居演员古良也夫的门。

古良也夫站在房间中央，举着一只手正在念台词。

普拉东·季莫菲耶维奇听到他呆板地应答“进来”之后，便走进房间，古良也夫放下手说：“欢迎，欢迎，我来介绍一下。这位是青年作家阿列克萨辛同志，他写剧本。”

普拉东·季莫菲耶维奇向那位从桌边站起来的年轻人伸过手去。

“请坐。”古良也夫说着掇了把椅子给普拉东·季莫菲耶维奇。

普拉东·季莫菲耶维奇坐下来。

“我就要走的。我只是来要支烟抽。”

“请，”阿列克萨辛把烟匣递过去，“拿我的吧，亚历山大·里沃维奇不吸烟。”

“我们正在念一本剧本，亲爱的叶尔绍夫同志，”古良也夫在房间里来回走着说，“我打算邀请你们厂里的几位工人和工程师，我们把剧本念给他们听。我要请的也有您。现在既然您来了，不妨就请您先听一下。这个剧本跟您有关系，普拉东·季莫菲耶维奇。这里头有您和其他高炉工人讲的故事。也有阿列克萨辛同志的想象。也有一些我的东西。怎么样，阿列克萨辛同志！咱们念两段给叶尔绍夫同志听听吧？注意，他是您的主人公的儿子。”

“啊，是这样！”阿列克萨辛又从桌边站起来，“这样说来，这里头也有您呢！”他拍拍摊在桌上的稿纸，“您来得巧极了。我跟亚历山大·里沃维奇合作，一起讨论、修改、加工。您有时间听吗？”

“来吧，”普拉东·季莫菲耶维奇说着在椅子上坐舒坦些。他对剧本并不感到多大兴趣，也没心思听。可是一言回绝，转身就走终究不太好，有失礼貌，人家究竟是艺术工作者，搞创作的……

古良也夫开始朗诵。他不是念，而是在演这个剧本。他念年轻人的台词时，在普拉东·季莫菲耶维奇眼前就是个年轻人；念老年人的台词时，就是个活生生的老人。他可以权充女人，他能演工人，也能演工程师。剧本写的是某地的一座工厂和奥库涅夫一家的生活，然而普拉东·季莫菲耶维奇却看到了自己的厂和他自己的家——叶尔绍夫一家。相似的地方实在太多了，一切都跟实际情形一模一样……夹在指头中间的纸烟已经熄灭，普拉东把它忘了。他听着这个关于奥库涅夫老头的故事出了神，不知不觉地在他心目中这个老头变成了已故的季莫菲·依格纳契耶维奇，变成了他的亲爹。父亲在法西斯刽子手的毒打下不屈不挠地昂然直立：“开枪吧，你们这批明天的尸首！”听到这里，普拉东·季莫菲耶维奇觉得眼泪涌了上来，这才发现自己出了神，他干咳一声，重新点着了烟卷。

古良也夫念了两个钟点；谁也没注意时间的飞逝，没注意窗外已经暗了下来，五月的天空中闪起了蓝色的星星。在这两小时内，普拉东·季莫菲耶维奇想到的东西确实不少。

“谢谢您，作家同志，”剧本念完以后，他说，并向阿列克萨辛点头表示感谢。

“您怎么说的，叶尔绍夫同志！我哪儿称得上作家呀？”阿列克萨辛很不好意思，“我不过……才开始写作。这么说，您喜欢这个剧本？”

“不过有一点我要对您说，”普拉东·季莫菲耶维奇并不直接回答阿列克萨辛的问题，“您的剧本有一个美中不足，或者说不太明确的地方。是谁为希特勒匪徒修复高炉，是谁出卖了那些老工人等等，这些事情在您的剧本里没有交代清楚。只是说党卫军怎么样，怎么样——就完了。”

“您说得对，”阿列克萨辛听完以后说，“我到厂里去找几位工人同志谈过。本城报社的主笔布绥林同志也供给了我一些材料。亚历山大·里沃维奇也……我听大家叙述的时候总感觉到：有一个薄弱的环节，那就是您所说的。戏剧性因此被削弱了。”

“戏剧性且不谈，”普拉东·季莫菲耶维奇不耐烦地打断他说，“主要的是应该合乎事实真相。您没听说过沃罗别内这个人吗？”

“据说这个人为德国鬼子做过事。但我没对他发生兴趣。”

“应该发生兴趣。他就是为敌人修复高炉的那个人。出卖我爹的也是他——我的心感觉得到。因为其他没有人能识破老头儿的巧计，也没有人会去告密。干这事的只可能是出卖自己、死心塌地投靠敌人的叛徒。一次出卖了自己，下次就卖得更贱。必须写这样的人。否则就没法教人明白。”

“我说，亚历山大·里沃维奇，这一点很值得研究，”阿列克萨辛说，“我不是跟您说过吗？……您可记得，我说情节上一定得有一个向德国人告密的反面人物。您说这不太重要，您只要那个老头儿，主人公……”

“说真的，亲爱的，我的确只需要他——那个老头儿。”古良也夫说着笑了，“我总不可能演所有的人物。我只考虑了自己，只为我的角色着想。但总的说来，剧本还是要你写的。你就自己瞧着办。你是作者，你拿主意吧。”

5

契比索夫刚开完会。会开了将近六小时，讨论在原有生产条件下挖掘潜力增产钢铁的问题。各车间主任提出了不少各种各样的措施，这些措施至少可使工厂增产钢铁百分之十到十二。从吨数上看，这是个十分可观的数字。

会上有很多人说，第二十次党代表大会的决议指出，重工业过去是、今后还是国家工业发展的基础，是国家经济力量和军事力量的基础，读到这样的决议，真教人兴奋。因为在这次党代会以前的近两年中，形形色色的怪话不少，说什么已经到了可以优先发展轻工业、着重生产消费品的时候，不必再大抓生产资料的生产了。甚至报刊上也不时出现这一类的文章。某些人企图搅昏群众的头脑，用自己思想中的货色冒充理论上的发现，冒充党的政策。“我差点儿泄了气，”总冶炼师说，“我以为自己老朽了，变成了守旧派。我不同意把消费品生产放在优先地位的说法，要是我们把国家吃穷了，就会被人家抛在后面。不过，我心里在想，会不会有什么道理我没弄明白？也许脑细胞已经硬化，该让路给比较灵活的头脑了？现在我明白了，我还有用……”

阿尔连采夫在会上作了很漂亮的发言。他提出了一整套关于改进高炉车间工作的计划。契比索夫听着他的话，心想：“他到底是个什么样的人物？总有点儿不顺眼。不过工作能力不弱。”他想起卡扎柯娃工程师和普拉东·季莫菲耶维奇冬天曾经来找过他。他们提出了一些很值得研究的建议，当时他们曾与总工程师一起讨论过这些建议，契比索夫还关照制订实施计划。但要是把卡扎柯娃的建议——尽管还有经验丰富的叶尔绍夫作了补充——跟阿尔连采夫现在提出的东西相比，那阿尔连采夫就显得更高明了。他把一切都综合、归纳成一套利用近年来国内外在炼铁生产方面的先进经验的庞大计划。

车间新总工长，接替普拉东·季莫菲耶维奇的沃罗别内工程师大力支持阿尔连采夫，对他的计划中某些地方作了发展，他说，这还远远没有到顶，高炉车间还有别的潜力可挖。诚然，在这以前这个车间的工作有些疲沓，漏洞很多，有不少是草率的临时性措施。但这可以纠正，也一定会纠正的。

行，阿尔连采夫真行。然而契比索夫还是说：“不过您别独个儿钻在您的计划里。应该让高炉工人们自己更广泛地讨论这个计划。您要知道，工人阶级的智慧是惊人的！他们有时提出的建议，连科学院院士也会目瞪口呆。还有，您应该多跟卡扎柯娃工程师联系。我刚才从您的计划中听到的很多措施她也曾经提出过。这是个好干部，很有主动精神。因此我希望您能跟她密切合作。不要使青年人泄气。”“那自然，”阿尔连采夫带着会意的微笑回答说，“她是这个计划的主要创始人之一。据我所知，博利斯·卡里斯特拉多维奇也这样认为。”“当然，”沃罗别内应道，“她是个能干的妇女。我们一定支持。”

办公室的窗户敞开，会后烟草味很快地散了出去，代替它的又是高炉和平炉发出来的那股熟悉的、酸溜溜的味儿。无论你怎么说，说这空气不好啦，对健康有害啦，等等，可是契比索夫就是喜欢这味儿。当他在基斯洛沃茨克[①]或黑海岸度过假期回来时，虽然一个月的假期使他习惯了山地或海滨的新鲜空气，然而——尽管某些人会觉得这是奇怪和难以置信的——他万分乐意来吸这钢铁生产的味儿。嗅到了硫磺味，那就是说，他到家了。他对不在冶金部门工作的熟人这样说：“奇怪吗？不信？那为什么你们对魔鬼喜欢地狱里的硫磺味毫不怀疑呢？啊，对于魔鬼来说，那是他的老家，那么对于契比索夫，这也是老家。”

契比索夫在办公室里来回走着；两条腿移动很费力，又酸又麻；他想起医生曾经劝他办公两三小时后做几分钟简单的体操。不但早晨要做，在工作时间也必须使身体得到活动的机会，让血液循环更加畅通。他作了几次下蹲和两手向左右分开的动作。他想：“还做什么体操！连顿饭都没学会按时吃。”看看表：四点了，已经有八小时没吃东西。他还下过决心哩——每天三点钟一定吃饭。准三点。

他按铃叫卓娅·彼特洛芙娜。

“我去吃饭，您看怎么样？”契比索夫对她说，“您不反对吧？”他谛视着她的脸。“不，等一下，”他的语气忽然严肃起来，“最近我对您很不满意。您变得那么忧郁，卓娅。简直死气沉沉。您有什么地方不顺心吗？以前您有事总跟我谈。近来一个字也不提。您怎么着——跟阿尔连采夫结婚了吗？”

---

① 基斯洛沃茨克是北高加索的一处疗养胜地，那里的矿泉水能治病。

卓娅·彼特洛芙娜突然红了脸：

“这是谁对您说的？”

“说这话的人很多。可是我不懂您为什么要这样脸红？要是真的结了婚，这有什么不好？相反，这很好，如果您得到了幸福。他怎么样——跟以前的妻子离婚了吗？他在莫斯科有……”

“不知道，”卓娅·彼特洛芙娜好容易挤出一句话来回答，“我什么都不知道。我也没结婚，安东·叶戈罗维奇。我也不打算结婚。请您什么也不要问我。我求求您，安东·叶戈罗维奇。”

她眼睛望着地板，牙齿咬着嘴唇，两只手把一张纸对折起来，撕成两半，再对折，再对折，把它撕成一小块一小块。契比索夫茫然地看着她这个动作，莫名其妙。听人家说，她跟阿尔连采夫结了婚，整天形影不离，嫁给这样一个丈夫，真幸福！可现在既看不到幸福，也没结婚。那究竟是怎么回事呢？是不是那个莫斯科人把她搞得晕头转向了？不像话！

虽然不像话，不过，没人请你过问这事，怎么能硬管闲事呢？人家不请你管，不愿你问，这就告诉你应当知趣些。有什么办法呢，这是合法的愿望。

“唔……”他说，“看来我已经失去了信任。那我就去吃饭了。”

“安东·叶戈罗维奇！”卓娅·彼特洛芙娜如梦初醒。“瞧……”她把手中碎纸给他看，“这是一张字条。卡扎柯娃工程师坐在接待室里。她写了张字条问您能不能接见她。说有一个很重要的问题。您看怎么答复？”

契比索夫看看表：四点半，肚子里咕咕直响。他叹一口气，说：

“好吧，请她进来。”

伊斯克拉进来后连声道歉。她那么恳切地眯着眼睛——她在人前说什么也不肯戴眼镜，甚至维塔里也只是偶然在她猝不及防的时候才看到过她戴眼镜，——她的窘态那么真挚，以致又饿又累的契比索夫也禁不住露出笑容。

“请坐，卡扎柯娃同志，请坐。我记得，您的名字好像是比较别致的？”

“伊斯克拉。”

“父名呢？……”

“瓦西里耶芙娜。”

“那么您有什么要我做的吗，伊斯克拉·瓦西里耶芙娜？”

“是这么回事，安东·叶戈罗维奇，我大概是找到了。”她打开一只小皮包取出一叠纸。“您曾经向我们车间的工程师们提出要求，能不能想想办法降低称量车里因烧结矿造成的高温，还记得吗？”

“记得。”

“您当时还说已经请发明家克鲁季里契考虑这个问题。克鲁季里契也来过，这儿看看，那儿瞧瞧。这是很久以前的事了。也许他已经做了些什么，这我们不知道。现在我跟称量车的司机们一起想提一个建议。不过请您别笑。”

“笑什么？现在即使搔我的胳肢窝，我也不动一动，就像那些人像柱子一样……您到过列宁格勒没有？艺术历史博物馆里支撑着回廊的就是那些人像柱子。都是结结实实的汉子。对不起，我说离了题。”

“我们建议在称量车的驾驶舱里装一座……更确切些说，我们建议把整个驾驶舱变成……”

“变成什么？”

“变成一座电冰箱。跟商店里的一样。在奶品店、香肠铺都有这样的冰箱。很大很大的。温度可以任意调节。”

“听我说！……”契比索夫放声大笑，“这是个绝妙的主意，伊斯克拉·瓦西里耶芙娜！简单透顶而又妙不可言。你们可把克鲁季里契羞死了。我很高兴。得把他请来羞辱一场。”

“做什么？”伊斯克拉连连摇手，“不要不要！说不定还什么也搞不出来呢。”

“一定搞得出来！我们马上给设计师和电工们一个任务。让他们想办法安置这一切。把您的笔记留给我。明天我带了专家们下车间。今天就去也行。不过今天，再过一会我就要饿死了。您知道吗，打早晨起我还没吃过东西……您的小皮包里有点心没有？小学生带的那种，挺好吃的——又热又软的面包，外皮烤得焦脆的，还有香肠。没有？可惜。我想起的当然不是自己的而是我的孩子们的点心。从前我念书的时候可没有这样的点心。只有黑面包。制服口袋里藏一个冷土豆。一点儿盐……不过您来得很好。我们要把这件事搞起来。谢谢您。再见，再见。您的手多小啊！难道有这样小的手？”

“这已经不是小手，安东·叶戈罗维奇。这是粗手大爪了。您瞧——尽是茧子。而且脏得要命，洗也洗不干净。”

“您用轻石擦过没有？”

“试过。没用。”

“顺便告诉您，”契比索夫把伊斯克拉送到门口，对她说，“今天讨论了改进高炉车间工作的计划。这个计划的基础就是您和叶尔绍夫的建议。”

“安东·叶戈罗维奇！”伊斯克拉抬起头来严肃地望着他，“只是因为今天您累了，我才没有对您说出早就想说的一切。为这件事我要特地来找您谈一次。您对待普拉东·季莫菲耶维奇的做法完全不对。不管您觉得怎么样，我把这事写信告诉了市委。”

“市委毫无办法。这是部里的决定，伊斯克拉·瓦西里耶芙娜。”

“那我就写到党中央去。您放走了这样一位杰出的专家。”

“沃罗别内难道不好吗？”

“谁也代替不了普拉东·季莫菲耶维奇。普拉东·季莫菲耶维奇熟悉炉子就像熟悉自己一样。他跟炉子称得上知己。可是沃罗别内跟炉子的关系终究隔着一层。”

伊斯克拉走后，契比索夫筋疲力尽地倒在靠椅里。他对卓娅·彼特洛芙娜说：

“还吃什么午饭？快六点了。还是回家吃晚饭吧。今天一顿午饭省下了。”

“这样您会发财的，”卓娅·彼特洛芙娜说，“这不知是第几回了。”

“您也回去吧。”他说着戴上便帽。

“我预约了长途电话。不能走。”

送契比索夫走后，她坐到自己的秘书桌旁，开始沉思。现在对安东·叶戈罗维奇也得撒起谎来了。她根本没有预约什么长途电话。不过是因为克鲁季里契立刻就要来打字。几天前阿尔连采夫带他来，说这位发明家在写关于一项发明的说明书，需要为这份说明书准备材料。“卓伊卡，你得帮他一下忙。”卓娅·彼特洛芙娜表示可以把所有的东西替他打字誊清。但克鲁季里契说不用誊清，他还没整理出成文的东西，他要边打字，边整理。他说这样能把思想更恰当地表达在纸上。于是他几乎每天在安东·叶戈罗维奇走后到这里来打字，用一个指头笃笃地敲，像只啄木鸟。复写纸给他用去一大堆。为了他，卓娅·彼特洛芙娜也得坐在那里，——总不能把秘书负责保管的一切都交给一个外人照看。

康斯坦丁·罗曼诺维奇，康斯坦丁·罗曼诺维奇！自从您来到厂里，卓娅·彼特洛芙娜的生活中添了多少新的烦恼。只有麻烦，没有快乐。得做这件事，得做那件事。长此以往总不是办法。卓娅·彼特洛芙娜，她成了什么人？她算什么？人家已经在对她侧目而视了。连女同事们也不以为然，——起先她们以为她要跟阿尔连采夫结婚，觉得这倒也不错。可现在遇到了她，只是耸耸肩膀，说：“真奇怪，难道你乐意处在这样的状态？既不像妻子，又不像未婚妻。”当然，既不像妻子，又不像未婚妻——这倒没有什么，只要有感情，只要有爱情。可是事实上连一点儿爱情的影子都没有。阿尔连采夫需要她跑腿，替他张罗各种各样的杂务，她早已讨厌他，她想离开他，躲着他。

生活过得颠三倒四，卓娅·彼特洛芙娜什么也做不成。没有时间照料女儿，甚至很少看见她，家里的事也不做。自从阿尔连采夫分配到房间以后，他不常来她们家了，很少很少来，因此不必经常打发母亲和女儿去看戏或者上亲戚家。但是卓娅·彼特洛芙娜得上他那儿去。这非常不便，怪难堪的——那幢房子里住的都是厂里的人，在楼梯上遇见了，你不认识他，可他准认识厂长的秘书，少不了回头望望厂长的秘书这样急急忙忙来找谁？厂长的秘书的确很急。回头她还得赶回家去，以免搞得太晚。有好多次她没能脱身，阿尔连采夫把她留下了。可是第二天卓娅·彼特洛芙娜在家里就不知得听多少声长吁短叹，挨多少次埋怨的目光。母亲一句话也不说，但这声声叹息已经足够了。“我可怜的孩子，”母亲有一次对她说，“你的日子不好过。还是嫁人吧。谢尔盖·彼得罗维奇还存着希望呢。看来王子你是等不到的了。”谢尔盖·彼得罗维奇是位工程师，几年前死了妻子，他向卓娅·彼特洛芙娜求婚有很久了，他说她不会后悔的。不，没有爱情她不愿嫁人。她年轻的时候被一位船长迷昏了，糊里糊涂嫁给了他。他老在海上，很少回来，过了几年干脆不见了，留给了她一个女儿。他自己音讯杳然。卓娅·彼特洛芙娜没往各个轮船局和航运部门写信去打听，认为这不是体面事。她把这个人从自己的生活中一笔勾销，不过她自己都感到奇怪，当初是什么力量促使她嫁给这么个人的。船长已经从她的记忆中消失，甚至他的相貌也记不起来了。从此以后，她等待着真正的爱情，等来等去，现在——她等到了什么？……

已经七点钟了。克鲁季里契不知为什么还没有来。瞧，他们就是这样对待她的——两个人甚至没有一个来通知她一声。她开始可怜自己，觉得自己孤单、软弱、愚蠢，她感到牙齿在格格打颤，就从玻璃瓶里倒了点水喝。当她往杯子里倒水的时候，瓶颈哒哒地敲在杯口上。水也不能使她平静下来，泪珠自然而然地夺眶而出。她用手绢擦了很久，隔窗望着厂里的空地，那里忽而驶过一辆卡车，忽而有小火车头拖着盛铁桶或者载有钢锭模子的平车慢慢开过。她往鼻尖上擦了些粉，把抽斗、橱门锁好，慢慢地徒步走回家去；因为头痛，不愿在公共汽车里受颠晃。

“卓娅·彼特洛芙娜，”在一条街道的拐角上有人招呼她，“您好！散步吗？多美的傍晚！今天我在剧院里也没事。那边在演一出戏，不好，我拒绝参加演出。所以在这儿逛马路。”

卓娅·彼特洛芙娜慌得不知如何是好。古良也夫摘了帽子笑容可掬地站在她面前。她跟古良也夫见面已经有两三次了，每次都使她着慌。万一向他说了什么不恰当的话，万一他跟你在一起觉得乏味，那时就会认为你是个蠢货。而一个人拼命想显得聪明，那就一准变成蠢货。虽然，在那几次会面时，古良也夫在卓娅·彼特洛芙娜面前从来不显出自己俨然是跟她不同的人，他始终是那么平易近人。可是谁知道，也许这仅仅是表面一套，也许他还是在演戏。

“您上哪儿去呀？”看到卓娅·彼特洛芙娜尴尬地笑着，他问。

“不上哪儿……下班回家。”

“这么晚才回去？您的上级简直是剥削者。”

“不，这不能怨上级。上级早就让我走了。是我自己多留了一会。”

“我可以陪您一起走吗？”

“那太好了，请吧。”卓娅·彼特洛芙娜的脸涨得通红。他们并排走去。她瞧着左右两旁——看有没有人注意他们。她知道有人注意。城里认识古良也夫的人很多。

“为什么您拒绝演这个戏呢？”卓娅·彼特洛芙娜问。

“因为这个戏荒唐绝顶。地道的低级趣味。把观众当作庸人。一点也不真实。再过一个时期——一个新剧本就要诞生了。我将要演这样一个角色……”他开始讲奥库涅夫老头的故事。他在便道中央站住，拉着她系在脖子下面的黑丝绒飘带的尖角，兴致勃勃地向她叙述某些场景。“这才是个真正的形象！性格多鲜明！完整而又高尚。”

“亚历山大·里沃维奇！”卓娅·彼特洛芙娜候机会插了一句。“据说世上没有十全十美的好人。”

“这话是谁对您说的，卓娅·彼特洛芙娜？谁说的？”

“嗯……有好些人都这么说。”

“不要相信这话，卓娅·彼特洛芙娜，不要信他们！只有那些自己不好的人才这么说，他们千方百计要为自己的坏处辩护，于是就说我们都是坏人，还说什么自古以来一向如此，人就是人。您别信他们！我在世上生活了很久，就在这个世界上我看到过很多极其出色的人物。我们每个人都有自己的眼睛。有的人在任何方面单看到坏的，有的只看到好的。一般说来，这两者都不正确，但如果要我挑选，我宁愿挑后者。只看到好的比只看到坏的要好得多。不过好的坏的在一起都能看到更好。这样的眼力不是每个人都有。但是单看到还不够，卓娅·彼特洛芙娜。还得把好的和坏的加以辨别，不让坏的掩盖了好的。尤其在艺术方面。艺术比任何事情更需要把本质的和非本质的东西区别开来。请您想像一下……不过请原谅，这个例子可能不太文雅。就请您想像一下：一位著名的科学院院士，具有无比高尚的心灵，是科学界的骄傲，可是他有这么个毛病——爱挖鼻子。是的，是的，卓娅·彼特洛芙娜，我曾经认识这样一颗巨星——开会的时候，他总是坐在主席团的席位上做这个不太雅观的动作。可是我们在舞台上表现这个出色的人物时该怎么样呢？是不是应该保存他这个……这个……个性特征呢？应该不应该？啊？”

“我不知道，亚历山大·里沃维奇。我不过是个普通的观众，这个问题我连想也没有想过。”

“不应该保存！因为用鄙陋的自然主义手法硬把这个特征抬出来，这个出色的人物会使观众讨厌。观众将唾弃他在科学上的功绩，忘掉他有一颗仁慈的心，观众看到的将只是他把一个手指头伸进鼻孔。请原谅。卓娅·彼特洛芙娜，世上有绝妙的好人。他们可能有一些不足道的缺点——我要把他们这些缺点撇开，我不愿意看到这些缺点。谁也不能强迫我不这样做。我使您讨厌了吧？”

“不，不，您说哪儿的话！”

“是的，是有人那么说。您的确可能听到这种论调，”古良也夫继续说，“他们说没有理想的英雄。说理想的英雄是有害的，会起蒙蔽和催眠的作用。可是我认为，如果理想的英雄还没有的话，艺术就应该把他创造出来。没有理想不可能生活。艺术不是照相，艺术什么都能办到，它有责任创造理想的英雄。假如今天有人对我说没有理想的英雄，从这话后面我听到的是：你们从事教育人民的事业三十九年了，可是人过去怎么样，现在还是这样，你们，布尔什维克同志们，对人的工作一点也没有做。这就是我所听到的。那么这些论调的来源在什么地方呢？在那边，海外！”他把手往港口的方向一挥，“而我们某些自作聪明的人就跟着附和别人说的话。应该有这样的英雄，他可以成为人们的理想，使人们愿意像他一样，愿意向他学。应该有。更何况这样的英雄在我们中间有千千万万，必须看到他们，必须看到。甚至用不到凭空制造。就拿您自己来说，卓娅 · 彼特洛芙娜……您不就是个好人吗？”

“不知道，亚历山大 · 里沃维奇。我大概不是，我不太好。”

“既然您这样讲，那就说明不太坏。尽管可能有一些缺点和短处。但这是主要的吗？主要的是您负担着一家人的生活，在人海的波涛之上表现得英勇顽强。请原谅我这么说。可这是事实，难道不对吗？”

“我不知道。”

“那么……假如把您写进一个戏里去，演员应该演您那些缺点还是演您的英勇和顽强呢？”

“您说到哪儿去了！演我？我是那么平凡。我算得了什么？”

“您算得了什么？您是个人。这就是最主要的。好像到府上了吧？以前我在黑暗中看到过您住的那幢房子。也许现在我认错了？”

是的，这是她的家。但要是还没到，该有多好。真不愿意中断这次谈话，真不愿意跟古良也夫分手。他所说的跟阿尔连采夫经常说的那些话完全不同。古良也夫的话，卓娅 · 彼特洛芙娜觉得亲切。而听了阿尔连采夫的话你会感到痛苦，觉得生活没有乐趣，对自己失去信心。在阿尔连采夫说来，你只是个渺小的、可鄙的生物。

她极想请亚历山大 · 里沃维奇进去，请他喝杯茶，跟他一起在凉台上坐一会，这该有多好。可是万一阿尔连采夫在里边，万一他留着一张字条要她上哪儿去跑一趟什么的……唉，这种可诅咒的状态几时才能结束？再说，随随便便请这样一位名演员上她家去也说不出口。

“好吧，能和您一起度过这几分钟我非常高兴，谢谢您，”古良也夫举帽说，“首次公演时，请您光临！”

“一定，一定！”卓娅 · 彼特洛芙娜高声说着登上台阶。

6

雅柯夫·季莫菲耶维奇上莫斯科去了。两天前剧院里发生了一场规模空前的争吵。大伙全闹翻了，人们分成两派；他们剧院的集体关系本来就不太正常，这下彻底破裂了。

那天是研究阿列克萨辛的剧本。经过古良也夫的说服，朗诵由作者本人担任。阿列克萨辛念得不太高明，但剧本给大部分演员仍然留下了很好的印象。大家注意地听着，当那个在戏中专事拆散人家老夫老妻的年轻女演员间或公开嗤之以鼻的时候，大家都嘘她，说她不一定得听，反正这个剧本里没她的戏，她可以到小卖部去。可是嘘也不起作用，总是静不下来。另一个女演员——剧院里留着她仅仅因为她是托马舒克的妻子——毫不知趣地向所有的人耳语，说大门口摊上有新鲜黄瓜卖，快去，要不就晚了。托马舒克老是走出走进，更增添了不安的气氛。演员们望着他，心火直往上冒。艺术指导听了一幕以后也走出去，直到最后演员们已经在向阿列克萨辛鼓掌时才回来。

古良也夫第一个发言。他热烈推崇这个剧本；他说这个戏的演出将标志着剧院历史上一个新的阶段，将重振剧院的声望，给它灌输新的血液。

“我们总算可以把我们在广大劳动观众面前欠下的债偿付一部分了。我们给他们看了不少乱七八糟的坏戏，那些东西跟他们的生活距离很远很远。现在，这才是一个真正反映人民生活的戏。”

别的演员发言也主张接受这个剧本，并且立刻着手准备排练。有不少人则保持沉默。看着他们的脸和躲闪的目光，古良也夫直摇头发愁。他知道他们为什么不说话。他们也乐于演这样的戏，那里有戏可演，可是他们听说托马舒克反对阿列克萨辛的新剧本，因此认为最好还是等一个适当的机会再确定自己的立场。

但也有几个人公开反对这个剧本。他们嚷嚷说，阿列克萨辛的剧本里没有任何新的东西，说观众对这些搞地下活动的俄罗斯老爷爷早就腻烦了，他们看够了党卫军的暴行，也听够了在枪口前的不合情理的独白，什么钢呀，铁呀——谢天谢地，最近几年来艺术跟重工业总算分了家。

托马舒克则逐场逐景地加以批评和嘲笑。

“这是个公式化的剧本，”他下了这样的结论，“质量不高。我不谈构思……刚才某些同志严厉地批评剧本构思上的缺点，这话不对，同志们。生产主题将继续存在于艺术之中。当然，不是当作某种助熔剂，而是占一定的比例，不过总是有的。然而目前的情况明明是阿列克萨辛同志没有写好这个剧本。他的才能属于另一种范畴——他长于细致、微妙的刻划。至于对待我们今天在这里听到的那个题材，需要有一支巨匠大师的笔，一支熟练、雄健、气势磅礴的笔。”

托马舒克的胡话，雅柯夫·季莫菲耶维奇实在听不下去，他的发言愤激异常，一反平时的沉着稳健。

“作为剧院的经理，我要为争取这个戏的演出而斗争！”他说，“亚历山大·里沃维奇说得对。通过这个戏的排演，我们要制止我们剧院值得忧虑的庸俗化过程，我们要回到革命的思想性的立场，从前我们一直是那么有力量，就是坚持这种立场的缘故。”

托马舒克不时用挖苦话打断他；托马舒克的追随者们也跟着他的每一句俏皮话呵呵大笑。

雅柯夫·季莫菲耶维奇简直认不得这个集体了：是什么邪魔迷住了某些同志的心窍？是谁把他们弄成这个样子的？

“另外有一个剧本，”艺术指导说，他把双手交叠在肚子上，两个大拇指互相绕着圈儿转，“现实意义很强，这是一位著名的作者热心地提供给我们的。故事的梗概是这样的：一个人无辜被判了罪。他跟生活隔绝了一个时期。后来他回来了。妻子当然早就另外嫁了人。朋友们……有的死了，有的也失踪了，有的退避三舍。作者步步深入这个人归来以后的生活。这是困难而且复杂的生活，他得扭转周围人对他的不信任。”

“这是直接从生活中提炼出来的情况。戏剧性很强，”托马舒克插进来说，“从钢铁厂一个模特儿身上就可看到这样的情况。那里有一位姓沃罗别内的工程师，名叫博利斯·卡里斯特拉多维奇……”

“是的，”古良也夫说，“如果平白无辜受罪，这的确是个悲剧。但是姓沃罗别内、名字叫博利斯·卡里斯特拉多维奇的那个工程师并不属于这种情况！这是对主题的歪曲和庸俗化的解释。”

“工程师沃罗别内曾经死心塌地为德国人效劳！”雅柯夫·季莫菲耶维奇补充说。

“这需要证实！”托马舒克喊道。

“这已经由法庭证实了。审判是公开举行的。有工人们作证。他们什么也没有忘记。”

“朋友们，”艺术指导又开腔了，“请集中一下。我们要把这个戏排成一首歌、一篇诗。让乐队从舞台顶上高吹号角……”

“哈哈，天使的号角！这么说，你们是要布置一次末日审判！”古良也夫说，“那么谁是被告呢？”

“在最后一段台词中，”艺术指导仿佛没有听见古良也夫的话，自顾说下去，“我们的主人公将要这样说：‘向着生活！向着永远的公道！向着光明的未来！’……我们要在台上造一条宽阔的螺旋形梯道，可以通到包厢……主人公将顺着这条梯道愈走愈高，愈走愈高……”

“干脆抬他上天吧，”古良也夫说，“把他当作圣者膜拜。只要想一个办法使他头上出现真正的光轮。”

“太平庸了，”艺术指导表面上平静地说，但是一阵抽搐从须下开始微微牵动着他的面颊，“亲爱的亚历山大 · 里沃维奇，您渐渐失去了对美、对新事物的感觉，变成了一个平庸的守旧派。您有必要考虑一下自己的前途。”

“这是暗示！”一位年老的女演员喊了起来，“让不愿跟你们走的人滚蛋，是不是？您还是干脆下逐客令吧！”

“对新事物的感觉！”古良也夫愤激地说，“您不过是在重弹二十年代那些惑乱人心者的旧调，把他们异想天开的鬼花样叫作新事物。这些胡说八道只能哄小孩子，可迷惑不了我们。”

阿列克萨辛大为震惊。他没等到这一场争吵结束，就收拾起原稿，从演员们背后悄悄地溜走了，谁也没留他，谁也没送他，谁也没看见他出去。连古良也夫在激动和气恼之中也把他给忘了。

雅柯夫 · 季莫菲耶维奇第二天来到市委会，不过这回不是找负责宣传工作的书记，而是找第一书记戈尔巴乔夫。戈尔巴乔夫正坐在那里按自己的脉搏，他脸色苍白，眼睛下面现出淡紫色的肿痕。

“真见鬼，”戈尔巴乔夫苦恼地说，“跳两下，不跳了；再跳两下，又不跳了。你有什么事吗，雅柯夫 · 季莫菲耶维奇？”

“没什么，”雅柯夫 · 季莫菲耶维奇说，“刚才我在这儿的一个部里。顺便来看看。怎么样，伊万 · 雅柯夫列维奇，身体不好吗？有病就得治。还是去疗养一下吧。”

“哪里谈得上疗养？现在不比平常。你也知道，最近在世界上出现的一股歪风有多么嚣张。思想上的敌人正在向我们发动猛攻。他们利用我们批判个人迷信时期的错误这个机会把我们从头到脚骂得一文不值。”他又开始数脉搏，“还是那样，跳两下又没声音了。”

戈尔巴乔夫的病情太严重了，雅柯夫 · 季莫菲耶维奇不忍把剧院里糟糕的情况告诉他。他决定上莫斯科，到文化部去，找几个熟人，必要时还可以找到党中央去。不能这样是非暧昧，不能让剧院垮掉，也不能让它被步步紧逼的托马舒克整个儿夺走。

到了莫斯科，他在格兰特旅馆一间向阳的房间里住了下来。时当六月，天气燠热异常。旅馆里简直能闷死人，不过雅柯夫·季莫菲耶维奇差不多一直不在那边。所有的时间他都花在跑有关部门、找熟人上面。有关部门对他说：“叶尔绍夫同志，不能放弃你的立场。要坚持。不能迁就那些大炮。”是的，不能放弃立场，这他自己也知道。然而当话题涉及艺术指导和托马舒克的时候，他又听到这样的话：“得婉转些，亲爱的同志，婉转些。”雅柯夫·季莫菲耶维奇有一个朋友在某中央级报社工作，——他们年轻时一起在顿巴斯反对过托洛茨基派，——这位朋友对他说：“你要明白，雅柯夫·季莫菲耶维奇，现在是一个困难的时期。我们中有些人——我指的是一小部分知识分子，——他们挡不住国际反动派的攻势，给吓倒了，就像俗话说的那样，腿发软了。这倒没什么，会过去的。我们能制止这种情况。但是不能等待旁人替你制止这种情况。要自己斗争。要坚决地进行反击，一个共产党员就应该这样。你有自己的作战地区，那就坚持住你的阵地，但不是一般地坚持，不是防守，而是要进攻。你不要怕托马舒克之流。除了一副‘高嗓门’和一张厚脸皮，他们什么也没有。要知道真理在我们这一边。再过几个月，这帮‘雄辩家’就会销声匿迹。他们又将钻进现在从那里钻出来的洞里去。不过现在我们已经知道这洞里藏着极可恶的虫豸。”“可是，”雅柯夫·季莫菲耶维奇说，“我老听到这样的话：得婉转些，婉转些。”“本来嘛，难道他们会教你拿起棍子向左右前后乱挥一阵吗？何况有关部门那些对你说这种话的同志自己也在搔头皮纳闷：怎么办？他们有的太老了，丧失了战斗力，手指头一点就会倒下去。有的又太年轻，没有在思想斗争中经过锻炼。列宁的著作他们倒是经常阅读，可怎么在实际中运用读过的东西就不大晓得。

可不是？再说，也不一定每个人都愿意投入战斗。有的人这样想：‘不得罪任何人，难道就不能过日子了吗？’为此就必须保持意味深长的缄默，既不说是，也不说非。你可记得旧时候有这样一首童谣：‘给你一百卢布，你爱鞋买鞋，爱布买布，别说“是”也别说“不”……’总而言之——怕得罪人就没法开口。”

这位跟叶尔绍夫想法一样，对情况的估计也一样的老同志给了他很大的帮助。他还设法使雅柯夫·季莫菲耶维奇见到了党中央某部的一位副部长。在那里他们作了一次坦率、诚恳和亲切的谈话。是的，不能屈服，不能干瞪眼纵容或退让，必须进行反击，这才是一个布尔什维克应当采取的行动，假如他——雅柯夫·季莫菲耶维奇——对这一点表示怀疑，那就怪了。

不，他从来没有怀疑过。只不过在每一件事情上，除了内在的信念，除了相信自己是对的以外，还需要适当的方式方法，这也不能忽视，要不，干一件事，因为方式方法不对头，就会把它弄糟。雅柯夫·季莫菲耶维奇上莫斯科来就是为了这个，为了请教方式方法，不是为了确立信念。至于信念，从革命的最初几年起，从国内战争时期他还是个共青团员的时候起，他就抱定自己的信念，并且从来没有换过别的，始终忠于自己的信念。这种信念也从来没有把他引入歧途。

在莫斯科，他了解到那里也有那里的托马舒克。他跟一位正准备去作巡回演出的剧院经理攀谈了起来。那位经理抱怨说：“我们带去的都是些保留剧目。新的东西——这不能想像！我们的艺术指导沉迷在侦探戏里。两个剧本带有凶杀，一个剧本里几乎发生强奸……简直像在百老汇。”

有一次，雅柯夫·季莫菲耶维奇坐在他那位老同志的编辑室里，那天来了几位作家。他的朋友向他们介绍雅柯夫·季莫菲耶维奇，他把他在自己剧院里和在莫斯科各有关部门遇到的困难告诉了他们。雅柯夫·季莫菲耶维奇把另一位剧院经理关于剧本的话也补充进去。“亲爱的朋友！”一位作家说，“强大的不是会嚷嚷的人，而是不被嚷嚷吓倒的人。有些人以为机会已到，于是大喊大叫。其实这些人就在以前也是不堪一击的……在他们大放厥词的同时，也有一些人照常在那里工作，照常在写作。写人民，写人民的生活，写党的事业，仍然忠于自己的信念，忠于列宁主义。因此您不用灰心，剧本会给你们写出来的，而且是好剧本。只要给时间。”另一位作家也请雅柯夫·季莫菲耶维奇不要怀疑，像托马舒克之流的蠢动嚣张纯粹是暂时现象。要不了几个月，他们就会赤裸裸地暴露在人民面前。

那些作家精神饱满，谈笑风生，他们相信自己走的路是对的，确信任何叫嚣永远动摇不了党的方针。雅柯夫·季莫菲耶维奇也感染到了他们的乐观情绪。“我好歹也受过一些锻炼，”他心想，“党不是教过我怎样分析情况的吗？”于是他匆匆结束了在首都要办的事情，抱着彻底改变剧院面貌的决心回去了。

“奇怪，”归途中，雅柯夫·季莫菲耶维奇在火车上寻思，“有些人硬是不愿看到生活。其实只要环顾一下，周围的一切跟我们在舞台上所表现的完全是两回事。”和他同车厢的有库班一座规模巨大的国营谷物农场的总农艺师，有乌克兰某农业区的区委书记，还有一位黑海舰队海军军官；一位从捷克斯洛伐克旅行回来，现在回顿巴斯去的矿工；一位去克拉斯诺沃茨克探望在那边工作的儿子的老奶奶，她的儿媳新近生了个儿子——这已经是第三个了，——特地请她去住几天，看看小孙子。各种各样的人很多。大家谈着收成，谈着各人经历过的种种事情，谈到生活愈过愈好了，还谈到我国和捷克斯洛伐克采煤的情况。那都是些愉快而乐观的普通人，他们生活在这样的国家里感到满意，他们喜欢祖国的人民。雅柯夫·季莫菲耶维奇不禁想道：万一现在发生——当然最好不要发生——这样的事……只要对他们大家喊一声："朋友们，拿起武器——那边箱子里有步枪！"他们一定会把枪支争取一空，毫不犹豫地走上战场。甚至那位老奶奶也要跟着去：让我老太婆去给伤员包扎包扎伤口也是好的。只有托马舒克之流才会指指点点地说："哼，让没受过训练的人去送死！哼，无能的指挥！哼……"托马舒克之流在生活中任何场合总找得到理由来发几声"哼"。

雅柯夫 · 季莫菲耶维奇已经知道他回去以后该做哪些事情。他要把关于阿列克萨辛的新剧本的问题提到剧院党委会上去。必要时甚至可以在党员大会上展开讨论。剧本好还是不好，让共产党员们来评定。不能把剧院变成托马舒克和艺术指导的世袭领地。我们有舆论，有劳动人民，有党组织。

有一桩事雅柯夫 · 季莫菲耶维奇却不知道，那就是托马舒克也不在睡大觉。那天，托马舒克带了艺术指导签发的出差证明，下火车到了莫斯科的街上。他在莫斯科也有不少熟人和朋友，也有一些在部一级机构工作的知己。除此以外，阿尔连采夫还给了他几封介绍信，好去找他的一些朋友。托马舒克从这一家被邀请到那一家，成天泡在白兰地里，他们夸奖他的不妥协精神，夸奖他不向那个钢筋混凝土式的顽固经理以及诸如此类企图在艺术领域中发号施令的人低头。他们答应对有关部门施加一定的压力——不消多久，那个叶尔绍夫就会被调去采伐木材或者去领导一个什么锯木合作工场。

托马舒克还被带到一个女画家的家里去。那是一个阴郁的女人，一晚上没露过一次笑容。不知是认真还是开玩笑，那些人全把她奉为一个预言家似的玩意儿。她用好像两块木头互相摩擦发出的吱吱呀呀的声音断言着未来，她那黄得仿佛有一滴滴胆汁从毛孔里渗出来的面孔有点儿歪，因此她的私生活看来也是几经波折，才使这位木声马面的女预言家变得那么冷酷刻薄。

托马舒克想起他好像在什么时候听到过这位女画家的名字，她的作品却从来没有看见过。但这并不妨碍他极口赞美女预言家的画，似乎是她的画使他看到了绘画艺术真正的精髓。托马舒克说，他的心灵从这些画里得到的要比那些专事巴结逢迎、粉饰生活的彩画匠一方方拙劣的出品所得的多得多。在女画家家里，大家的话题只是绕着她一个人，或者你谈我，我谈你。关于这房屋四壁之外的一切，提到的只是遥远的过去，要不就是外国的东西。如果谈到绘画，那就准提到印象派和超现实派代表的名字；谈到文学，就离不开齐娜伊达·吉披乌斯、马林娜·茨维塔耶娃、阿尔卡其·阿纱尔谦柯……朗诵他们的诗，或者回忆他们的短篇小说的内容。在这伙人中间你会感到一股预示着可能发生某种变迁的空气，到那时——譬如说——党组织将不再干涉文艺事业了。谈到这点时，女画家肯定地说，她本人既是党的领导，又是人民的良心。“好大胆的女人，”托马舒克暗暗佩服，“真有种！”

谈话中托马舒克提到了离开莫斯科到外省去的画家卡扎柯夫。他说他觉得卡扎柯夫相当给人好感。那些人回答托马舒克说：是的，过去他曾经给人好感，但是没站稳脚跟，后来也滚到粉饰派那边去了。据说他把轧钢机也往画布上搬，画得差不多跟真的一样大。托马舒克说不是轧钢机，不过卡扎柯夫的确把工人阶级选为他的作品的模特儿，在画工人的像。有一个人说：是的，他看到过卡扎柯夫的这样一件大作的照相版复制品。画面上一个巨人，背景是机器。卡扎柯夫也耍起花招来了。简直跟传说里一个样。也许有人没听到过，那就请听吧。从前东方有一个国王。他的左眼是斜眼，右腿比左腿短了一截，所以说又兼瘸子。国王请了自己国内三位杰出的画师，对他们说：“给我画一张像。不过要记住——不许美化修饰，要绝对真实！要是绝对真实，重重有赏；要不是绝对真实，定斩不赦。”画师们就动起笔来。其中一个心想：“怎么能给这样一个丑八怪画逼真的像？他说的要真实是装装门面的。谁都乐意看到自己被美化。”于是他给画了个美男子—— 一双眼睛好好的，两条腿也都正常。国王看了那幅画像，立即吩咐把那个画师砍脑袋，说这混蛋好拍马，不实事求是。另一个画师吸取同行惨痛的教训，实事求是地画了一幅像。国王看了怒容满面，也把他斩了，甚至不说明原因。让你自己猜去。第三个画师比较机警，他采用了这样的办法。他画的国王正在打猎：把他的右腿搁在一块石头上，看不出它比另一条腿短还是长；还给他手里画一支枪，国王握着枪，胳膊肘搁在膝盖上，正在瞄准一只狮子的大口——左眼自然眯成一条缝，这样一来，就看不出那是一只斜眼。一切都完全真实，那个滑头画师得到了重赏。

托马舒克对这个故事非常赏识，他把它写在一本记电话和地址的小本子上。处在黄脸女预言家和她的朋友们中间，他觉得十分自在。但是，一出她家，踏上莫斯科的街道，一走进另一些人的圈子，他的情绪就低落下来。人们有的在工作，有的去垦荒，有的驾着崭新的喷气式飞机直冲云霄——人人都关心着很多事情，人人忙得不可开交，他们关心和忙碌的事情跟女预言家和她的朋友们关心和忙碌的事情截然不同。这些互相抵触的议论和见解把托马舒克一会儿从冰窖抛入火盆，一会儿又从火盆抛入冰窖。夜夜在旅馆里好久睡不着觉，心里实在太不安宁。

再过一些时候，大约在冬天，即将召开美术家代表大会，托马舒克曾目睹女预言家他们草拟合乎他们理想的美术家协会理事名单。在这以后，他的不安益发加深了。

托马舒克在生活中追求的是什么呢？他要永远做剧院里第一重要的人物，而不是第二，不是第三，更不是平常的人物。他要突出自己，要人家谈论他，物质享受愈多愈好。他与那些被他认为教条主义者的人（包括古良也夫在内）进行斗争，是因为他们挡住他的路，不让他为所欲为，他们不合潮流的思想和那份不妥协的死心眼儿刺激着他的神经。他们对托马舒克导演的戏太不以为然，可是那几个戏相当成功——掌声多，卖座好，中学十年级和大学低年级的女学生为之倾倒。没有这样的戏不能生活。那就是说，必须为争取它们的上演权而斗争，必须排除所有妨碍演这些戏的人。这就是托马舒克的想法。

在讨论女预言家和她的朋友们认为合乎理想的美术家协会理事名单时，托马舒克发现这些人的想法和他没有两样。原来他们也想在任何地方成为头面人物，占据重要职位，希望理事会里只有他们自己和他们的朋友。为什么？也无非是为了获得更多的成功、荣誉和物质享受；为了不必再去找新的题材、新的手法，不必辛辛苦苦去深入生活——这事情麻烦极了，需要伤很多脑筋，耗费极大的心力；为了在生活中步履轻松，一帆风顺。

那些战略家在拟名单的时候又是闹，又是吵，又是骂。他们跟敌人——也就是在当时有成就的人——势不两立。他们骂除了自己以外的一切人。“必要时他们也会把我踩得稀烂，”想到这里，托马舒克不免有些黯然，“要是我摔倒了，他们会踩着我的身体走过去。得时时刻刻跟他们并排儿奔跑，不窜前，但也不能落后，要不就会被当作一件废物扔在一边。”

托马舒克直到收到雅柯夫·季莫菲耶维奇要他立刻回去的一封措辞严厉的电报，才离开莫斯科。他坐的是软席车厢的双人房间。他的旅伴是一位挺阔气的、略上了几岁年纪的太太。她告诉他说，她从南方带了一些早熟草莓到莫斯科。这是件非常麻烦的事情，可是有什么法子呢？莫斯科人需要维他命！这样的事也只好干。可怜的莫斯科人——他们在两小时内就把她的草莓抢购一空：呵，抢得可厉害呢！那位太太用卖得的钱在莫斯科买了各种各样的东西。这些东西托马舒克在莫斯科街上的橱窗里都没看见过。那位太太说：“您以为什么东西都会给您摆在柜台上的吗？买东西有诀窍，得找窍门。”她打开一包包买来的东西，把女人的短外衣、裙子以及其他许许多多的商品散扔在车厢房间的沙发上。有时候她请托马舒克到走廊里去，因为有几件衣服她要试穿一下。托马舒克就得一连几小时站在狭窄的通道上，被到餐车里去就餐的来往行人挤来挤去。他生他们的气，他恨这个干投机买卖的鬼娘们，恨那些把他，一个艺术家和导演，跟这样一个把一公斤草莓卖五十卢布的黑心女人搞到一个车厢里的那些人。应该送她进教养所，可她却在这里试她的新装。说不定，这个肥猪婆买了那么多东西还不是自己用的呢；到了家里——鬼知道她住在什么地方——也许她还要以三倍的价钱转卖给当地的太太小姐。混账东西！

但托马舒克最恨的还是雅柯夫·季莫菲耶维奇。居然打电报来！立刻回去！马上动身！见他的鬼！简直把他当学徒使唤！

7

沃罗别内负责主持车间里的技术讲座。第一堂课他决定自己上。他召集了所有歇班的工人和技术人员，先来一段开场白。

“同志们，在我们地区的各个钢铁厂里，”他说，“高炉的炉龄总不超过四五年，然后就得大修，可是在乌拉尔和东方的厂里，炉龄一般能达十年到十二年。同志们，问题在什么地方呢？为什么差别这样大呢？首先是耐火材料的质量低，因而影响炉子的寿命。其次，由于工作制度存在问题，高炉安装队只图迅速完成任务，完全不关心工作的质量。对炉底和炉胸的铺砌忽视到了极点，尽管检查员的人数众多，铺砌和安装工作的质量仍然很差。除此以外，同志们，我们使用炉子的人在工作中也不能说毫无缺点。不，同志们，完全不是毫无缺点。三号炉风口喷火以及一年前一号炉在出铁口部分发生炉缸破裂的事实说明什么呢？这说明对出铁口的管理和炉身冷却制度不够重视，说明工作疏忽草率。”

“调查委员会确定造成这些事故的原因不在这里，”在听讲的安德烈说，“原因恰恰在于您刚才说的安装工作质量不高。”

“年轻的朋友，”沃罗别内微笑着回答，“首先，我希望不要在我说话的时候打岔。回头您可以要求发言，说您要说的一切。其次，我认为在这一点上您可能不太客观，因为与这些事故有牵连的不是别人，正是您的亲伯父。”

“真不知羞！”伊斯克拉站起来向沃罗别内高声说，“这种说法太不道德！无论形式上或是实质上您都不对。”

这场争吵使聚集在文化活动室里的人都起哄了。

“静一静，同志们！”沃罗别内提高了嗓门，“任何人都有发言的机会。现在先让我继续说下去。非常遗憾的是我们地区的钢铁厂，包括我们厂在内，冷却设备都是自己设计、自己制造的。应当怎么样呢？应当另外搞一个按一定的标准用机械化和保证质量的方式制造这种设备的车间。再拿电泥炮来说吧。我们的电泥炮马力就不够大。因而导致出铁口的不良情况，增加了炉底的温度，堵塞了出铁口下面的风口，降低了出铁时的风压，缩短了炉龄。必须重新设计我们的电泥炮，把加于活塞的压力提高到两百吨，我们可以用马格尼托哥尔斯克钢铁联合企业高炉车间七号炉和八号炉的电泥炮作为范例。”

沃罗别内谈到采用新的出铁口用料的必要性，谈到这种用料的成分，谈到新的流铁槽和流渣槽的泥料，谈到把出铁口用料和填炉泥料的成分磨细的球磨机等等。

伊斯克拉听着非常纳罕——这一切她跟普拉东·季莫菲耶维奇在他们的报告中都详详细细地说明了。只不过也许不如他所说的那么系统。可是沃罗别内对这一点为什么只字不提？他为什么不说这里所提到的那些建议在他之前车间里都已经考虑过了？事实上电泥炮的改装马上就要开始，马达已经有了。

“最艰巨、最费工和特别繁重的工作之一是出清中央槽道，”沃罗别内继续说，“目前槽道上的全部工序都是人工操作。需要一台机器排除槽道中旧的泥料、矿渣和剩铁，并且填好新的泥料。还有，同志们！如今建造的炉子都具有高度的生产力，每昼夜出铁的炉数也增加了，由于某些工序还没有实现必要的机械化，再加上出铁口管理制度的日趋复杂，这一切使炼铁的工作条件也大大复杂化了。结果造成我们炉工的流动性很大。我不准备列举多少多少百分比，问题不在这上面。问题在于必须提高炉工的工资。第一炉工应该得到……”

“十二级工资！”伊斯克拉再也忍不住了，“第二炉工十一级，第三炉工九级，其余的给八级。您要说的是不是这个，总工长同志？”

“对，是这个，工长同志。不过在上课的时候必须遵守起码程度的课堂纪律。”

“我认为应该保持起码程度的客观态度！”伊斯克拉感到自己激动得全身震颤，“应当说明，普拉东·季莫菲耶维奇·叶尔绍夫对这一切早已经关心到了。”

“还有卡扎柯娃工程师！”一个炉工喊道。

“首先是卡扎柯娃工程师。”安德烈说。

“这一套是要不通的，沃罗别内！”有人从座位上喊道。

“同志们，不要无政府状态，别过于冲动！”沃罗别内的语气又变得严厉了，“谁也不想夺去谁的荣誉。一件事情总有人开始，也有人继续和发展别人开始的工作。这是任何事物前进的正常过程。没有必要确定是谁第一个想到某一个主意。难道问题在于首创权吗？追求首创权——那就是自大狂的表现。我们常常争论无线电是谁发明的——是俄国人波波夫还是意大利人马可尼……”

“这事我们没有人争论，”安德烈说，“我们所有的人，甚至小学生也知道无线电是波波夫发明的。马可尼走在他之后。”

“世界上对这一点是有争论的。”沃罗别内固执地重复说，“但这种争论有什么意义？难道我们现在有无线电、我们在使用无线电不是更重要吗？”

“如果这样，那么假如有人对我们说，列宾和苏里柯夫是摩洛哥王国的画家，这也无所谓，是吗，沃罗别内同志？”伊斯克拉愤懑地质问他，“肯定他们是俄国人也没有意义，因为主要的是他们的画，是吗？”

“谁打败了希特勒？”二号炉的一个炉工问道，“是我们，还是英国人和美国人，大概也不重要？”

“希特勒是被我们、英国人和美国人共同打败的。”沃罗别内说。

“你是第一功！”

一个年轻人的这句话说得非常突然。沃罗别内哑口无言，半晌不知如何是好，他摘下眼镜，用一块鹿皮揩拭镜片。

“我们刚才讲到哪儿了？”最后他在一片寂静中问。

“讲到需要休息一下了。”有人说。

“好吧，”沃罗别内表示同意，“那就休息吧。”

休息以后，回到文化活动室去听沃罗别内讲课的人一半也不到。其余的都各自散开了。安德烈和伊斯克拉到他们的炉子那里去。再过半小时伊斯克拉应该向安德烈交班。他是特意早来听沃罗别内讲课的。

“您对这个问题是怎么看的？”他跟伊斯克拉并排走着问。

“安德烈·依格纳契耶维奇，这太不像话了！怎么能把普拉东·季莫菲耶维奇换上这么个人！您伯父近来怎么样？我一直想去看看他，可老是没去成。女儿来了，又添了麻烦。要不是因为在一间房里实在挤不开，我母亲就留下了，好歹总有个照应。可是住不下，实在住不下。她已经走了。”

“伊斯克拉·瓦西里耶芙娜，您知道您的住宅配给谁了？”

“知道！给了发明家克鲁季里契。我丈夫跟他认识。他说这是个精神分裂症患者。”

“这是什么意思，伊斯克拉·瓦西里耶芙娜？”

“这就是说，他这个人不太正常，神经有点儿错乱。”

“不，伊斯克拉·瓦西里耶芙娜。我的叔叔伯伯可不认为这样。他们说他正常得很。他们认为这个人非常狡猾，而且卑鄙。”

“这一定是季米特里·季莫菲耶维奇说的，对吗？”伊斯克拉微微一笑。

“对，是他说的，”安德烈回答，“普拉东伯伯说：‘这哪儿是什么发明家！压根儿就是个冒险家！’”

“可能他并不是一个冒险家，不过他发明了些什么——谁也不知道。厂长请他考虑一下称量车的降温问题，他什么也没想出来。可我们自己倒想出来了。他搞的全是胡扯淡。”

“不，不全是胡扯淡，伊斯克拉·瓦西里耶芙娜。至少对他来说不是。他有计划地夺去了您的住宅。同样有计划地挤进了技术革新研究室。听说还从工会借到一大笔钱。总之得意非常。为了他，契比索夫挨了狠狠的批评。”

当伊斯克拉用水管里的温水洗好手，脱去工作服，换上夏装的时候，安德烈说：

“卡芭老问起您。几时上我们家去玩玩。把您的女儿也带去。我们有一个小花园。我们栽了不少花。搞得挺美。不比冬天。还记得我们家以前那个样子吗？”

“一定来。谢谢。我们一定来。请替我向卡芭奇卡问好。”

在沿着通车间空地的铁扶梯下去的时候，伊斯克拉遇见了阿尔连采夫和沃罗别内。阿尔连采夫把她叫住，沃罗别内自顾走去。他怒容满面，显然在休息以后讲课仍旧没能像他所希望的那样进行。

“亲爱的，”阿尔连采夫笑嘻嘻地说，“您怎么这样好发脾气呀？”

“对不起，康斯坦丁·罗曼诺维奇，”伊斯克拉声色俱厉地回答，“我很不愿意听到您称呼我‘亲爱的’。凭我们之间这样的关系，称呼‘亲爱的’是对对方不尊敬的表示，同时也是为了显示自己的优势地位。”

“那么我们之间是什么关系呢，卡扎柯娃同志？”

“什么关系也不是，就是这样，因此，‘亲爱的’在此地完全不恰当。”

“好吧。那我们就公事公办——我一向尊重女同志的怪脾气。问题不在这上头，问题在于您不应该大吵大嚷，不应该造成一种假象，似乎有人要窃取您跟前总工长叶尔绍夫的功劳。首先，不管是他还是您，过去没有，现在也没有任何特殊的功劳。您还太年轻。他呢，已经老了。在你们二位共同的努力下，车间生产搞得涣散不堪。”

“请证明这一点！”

“好，我尽力为之。不过，我们或者上去，或者下去，您看怎么样？这儿风太大。”

他们上了楼梯，走进调度室隔壁的一间空房间。阿尔连采夫在一张小桌旁坐下来。伊斯克拉拒绝坐下，她站在小窗前。窗外起重机正在把红色的矿石从运矿船的船舱里卸下来。

“这就是证据……”阿尔连采夫开始列举炼铁时所有的缺点，这些缺点都是有一次伊斯克拉跟普拉东·季莫菲耶维奇谈到的。

“等一等，”她打断阿尔连采夫的话头说，“您怎么不害臊？您不是在部里工作过的吗？您明明知道这些缺点是带有普遍性的，不是单单我们车间存在。这是许多许多厂的缺点。它们主要应该由部里负责，而不是由车间工作人员负责，难道您在部里不知道高炉的电泥炮马力太小？不知道槽道的出清和填料工作没有机械化？不知道没有好的钻床加工出铁口？难道您不知道炉工的流动性大？不知道对于从事如此繁重劳动的工人的工资必须作适当的调整？各厂厂长把这些情况向部里报告，而您以前恰恰在负责处理这些事情的部门工作。为什么您和沃罗别内现在把一切都往普拉东·季莫菲耶维奇身上推？这是不道德的。”

“不要这样激动。”阿尔连采夫始终保持着笑容，这使伊斯克拉极其恼火，她决定向他说几句非常不客气的话。可是适当的话偏偏一句也想不出来。

“一个人应当正直，”她执着地说，“不能光为自己着想。在您周围还有别人。”

“您对我提的意见，”阿尔连采夫说，“仿佛我跟您是老朋友似的。可是在莫斯科我们只在部里的楼梯上打过照面，在此地也只见过这么十来次面。伊斯克拉同志，不能这样像广播似的乱叫：这是不正直的，这是不道德的。不能这样。请记住，甚至胸怀最宽大的人也会见怪的。不要倚仗您是个女同志，以为人家看在这一点上会原谅您许多事情。”

“我不需要您原谅。您不必拘泥于您所说的这一点。只管照实办。我们谈完了吗？”

“我们还刚刚开始谈呢。”

“我可得回家去了。我早已下班了。我得去幼儿园接我的女儿。对不起，”伊斯克拉说完走了，让阿尔连采夫一个人坐在桌子旁边。

她坐公共汽车到市中心，在轮船街上几乎是逃一般奔跑的。直到大门口才放慢脚步。对了，她这样急急忙忙要上哪里去？是为了把今天所受的全部委屈去告诉维塔里吗？听他心不在焉地说一声：“这伙卑鄙的小人！”然后又继续做他自己的事情，是为了这个吗？

伊斯克拉站住了。想到毫无办法使维塔里分担她遇到的困难和烦恼，想到他对这一切漠不关心，她的眼眶里挤满了泪水。这时，街道尽头出现了维塔里，他搀着柳茜卡的手从幼儿园来，一看见他们，伊斯克拉下意识地闪进一座拱门，赶紧用手指头擦去眼泪。听着女儿嘹亮的声音，她露出了微笑；她在说些什么可听不清楚，只听到欢乐、清脆的喳喳声。伊斯克拉想迎着自己的亲人跑过去，瞧他们多可爱，多好。但是不知一股什么力量不让她走出拱门，迫使她等他们走进自己家的大门，然后这股力量又驱使着她往回走，穿过市中心到峡谷街去。

“伊斯克拉·瓦西里耶芙娜！”卡芭高兴得叫了起来，“您来真是太好了。您要找安德烈吗？”

“不，卡芭奇卡，我是来看看您的。今天我跟安德烈·依格纳契耶维奇已经见过了，我向他交了班。我特地来看看您。”

“他已经把这事告诉您了吗？”

“什么事，卡芭奇卡？我不知道。”

“就是……”卡芭怪不好意思地跟伊斯克拉耳语了一阵。

“您真傻，卡芭奇卡，这事男人对谁也不肯说的！他们怕难为情。我恭喜您，卡芭奇卡，我为您高兴。孩子——这是很大的快乐……譬如我，有时候遇到困难，不痛快，可回到家里，一看见柳茜卡，——心头马上会轻松得多。一切烦恼都会烟消云散，离开我的躯壳，好像根本没有什么烦恼——只有她和我。”

她们在花园里樱桃树下一张圆桌旁的长凳上坐下来。卡芭向伊斯克拉问着有关做母亲的种种体己事情。

“您要明白，”卡芭说，“教科书上写的我全知道。另外我还买了有关的各种书籍。可是书里不可能全预见到。”

伊斯克拉欣然谈着她的柳茜卡，谈抚养她的经验。但是，并不缺乏医学知识的卡芭提出的问题有些使伊斯克拉觉得奇怪，也无法解答。

“不知道，”她说，“我不记得。我没有注意到。没有。”

她们直坐到天色开始暗下来。伊斯克拉说已经有些冷了。卡芭请她到屋里坐。屋子里一个人也没有，只有一座旧式挂钟发出滴答滴答的响声。整修房子的时候，卡芭把它留在墙上的老地方。当时她对安德烈说，也许他喜欢听钟摆的滴答声，他对这座钟一定习惯了，要是把它扔掉，他会不高兴的。安德烈说，她可以把它扔掉，他不会不高兴的。不过她还是把钟给留下了。

“时间在飞奔，”当卡芭开亮了灯时，伊斯克拉说，“它跑得有多快。快八点了。一天就要结束。日子一天天飞过去——连数也来不及数。人的一生也将这样飞过去，卡芭奇卡。我已经在自己头上发现一根白发。我把它拔了。”

“您的想法有些奇怪，伊斯克拉·瓦西里耶芙娜，”卡芭不安地说，“您一定有什么不痛快。是工作上出什么事了吗？”

“是的，卡芭奇卡，是工作上的事。”于是伊斯克拉把关于普拉东·季莫菲耶维奇被解除职务、关于车间里出现沃罗别内工程师等等的怪事从头至尾讲给卡芭听；她告诉卡芭，她跟普拉东·季莫菲耶维奇怎样拟订改进车间工作的计划，沃罗别内又怎样忽然当作自己的主张谈出这个计划；她还转述了跟阿尔连采夫的谈话，他对她的态度是那么奇怪——好像故意要气她似的。

卡芭听了非常气愤，她说这件事不能听其自然，对那些厚颜无耻的人必须好好整他们一下。

伊斯克拉得到了完全的同情和充分的谅解。她觉得轻松了些。不过没有多久，不管她怎样欺骗自己，她终究明白自己不是来找安德烈的妻子，不是来争取她的同情和谅解的。

临走，在栅栏门外跟卡芭告别时，她问：

“对了！……季米特里·季莫菲耶维奇不在家吗？”

“他今天上晚班。”

“哦！那好吧，让我们再说一次再见，卡芭奇卡，再见。祝您一切的一切都顺利幸福。”她搂住卡芭吻了一下。

回到家里，柳茜卡已经在屏风后面睡着了。屏风、柳茜卡的小床、洋娃娃和玩具摆得房间里转不过身来，只好在一大堆各种各样的东西中间挤来挤去。

维塔里嘀咕着说：

“伊斯克露哈，你今天准是上哪儿去玩了个痛快。我已经打过电话到你们车间。他们说你早就走啦。”

“我在党委会多留了一会。”伊斯克拉不知为什么忽然撒了个谎，接着她自己也对这谎话大吃一惊，觉得脸在发红，红得可怕。

但是维塔里什么也没觉察到。

“再也没有比老婆当社会活动家更糟的了，”他自顾嘟囔着，“伊斯克露哈，我在家里变成了保姆。做饭是我，洗碗是我，收拾房间是我，上幼儿园接送柳茜卡——也是我。”

“可你要明白，维塔里……我本来很乐意……”

“我又没说什么。我不是诉苦，只是说明一下事实。算了，伊斯克露哈，虽然晚了点儿，可你终于回来了，现在请容许我出去一趟。亚历山大·里沃维奇来找过我，他在公园里等我。他跟一位剧作家要给我念一个剧本，跟我商量一下舞台设计的事情。他说那个剧本是写工人的，我一定能把它搞好。他认为我现在对工人阶级的主题比较有把握。好了，再见，你睡吧。别等我，一定得睡。否则你会等得不耐烦的。”

“那你干吗不请他们上我们家来呢？在我们家念不是挺好吗？我也很愿意听听。”

“可是你瞧，伊斯克露哈！……”他用手向周围划了个圈子，再指指屏风，“你自己也明白。”说完在她额上轻轻吻了一下后走了。

伊斯克拉在桌旁坐下，她的头沉重地靠在手上。生活中的困难愈来愈多。

她这样坐了多久自己也不知道。看看表——厂里晚班快下班了。她站起来，眼睛视而不见地凝视着桌布，然后穿上短外衣，在睡着的柳茜卡热呼呼的脸上吻了一下，关熄电灯走了出去。她暗暗对自己说：我去散一会步，让头脑清醒一下。可是两条腿自动朝着工厂的方向走去。她走到桥边，见人们纷纷从大门里出来往公共汽车站跑。她也加快脚步，怕漏过，怕见不到……

怕漏过谁？怕见不到谁？

她站住了，突然害怕起来。她在做什么？她来这儿干吗？多么可怕！多么可耻！……立刻往回走，立刻回家去！

接着她又几乎像逃一般地奔跑——这一天里已经是第二回了，这回是逃避自己，她被自己丧失理智的行动吓坏了。奔进房间，她扑向柳茜卡的小床，跪下来把头埋在孩子温暖的肩窝里。这下她真正到了茫无所措的境地。

8

克鲁季里契坐的地方是用胶木板跟技术革新研究室的大房间隔开的。他要求在通这间小室的歪斜的胶木板小门上挂一块牌子。牌子挂出来了，上面写着：“副主任克鲁季里契同志”。这与他的理想不完全一致。他希望把他的名字和父名也给写上，哪怕用缩写也好。但是从来没有任何人用他的名字和父名称呼他，谁也不知道他的名字和父名，因此牌子上只写“克鲁季里契同志”。

克鲁季里契的桌上堆满了卷宗和文件，都是厚厚一叠一叠的。这张桌子上集中了各车间工人和技术人员的合理化建议。有些建议已经过主任审批，需要交专家研究。此外大部分建议上都没有审批意见，它们的命运须由克鲁季里契决定。当他看到某一条建议的设想有误、缺乏科学理论根据或者价值不大的时候，他就洋洋得意。对这样的建议他总要批上详细的意见，向主任报告，并且当笑话讲给办公室里的同事听，或者到阿尔连采夫那儿去，带着嘲弄的口气对他说：“瞧，多么伟大的天才，真了不起！”相反，头头是道，颇有价值的建议却使他生气着恼。他把这类建议搁在一边，心里想：“没关系，亲爱的，请等一等吧。”他想到自己一生所吃的苦头，准备用一切办法让别人也尝尝这个味道。凡是工作好并且得到应得报酬的人，凡是达到既定目标的人，甚至只要是做了比职务要求多一些的人，他一概认为是幸运儿、侥幸者，并且一概为他所憎恨。

在一个阴霾四布的七月天里，克鲁季里契面前坐着轧钢车间的一个加热青年工人——在车间里不知为什么总管干这一行的叫做烧钢工。这个工人说他想到一个主意可以改变在加热坑里加热钢锭的方法，他建议这么办：使钢锭变成像电线圈的轴那样的东西，让它在高压电流的作用下受热。克鲁季里契对电机是外行，这个建议需要交专家研究。他只能凭所记得的一些物理学上的知识对这个建议发表极其肤浅的意见。据他看来，这项建议理论上是说得通的。至于实际上是否适用，能不能收到经济上的效果，那可不知道。然而单就这个主意并不幼稚这一点已经使克鲁季里契生气了。

“您打哪儿弄来的这些资料？”他舒舒坦坦地靠在副主任的半软圈椅里问，“我是说您在什么地方学来的知识使您能这样讲一套理论？”

“在学校里，克鲁季里契同志。我是去年中学毕业的。”

“中学毕业？不再继续念书？奇怪，年轻人。”

“大学没考取。少了两分。”

“那就是说以前不用功。过惯了轻松的日子，习惯于让我们——你们的父辈——为你们克服一切困难，习惯于‘这儿青年到处都有前程’。不行，亲爱的同志！只有靠自己的劳动才能争得前程。记住我的话吧！”

“可我并不因为没考取大学而懊恼。”那位工人回答说。他不懂克鲁季里契为什么要向他来这样一套说教。“我喜欢我的工作。我为叶尔绍夫，为季米特里·季莫菲耶维奇加热钢锭。想跟上他——可得使出点儿能耐来。”

“那就使您的能耐吧，年轻人。至于您的建议，我们要研究一下，考虑一下，讨论一下。”

“要讨论很久吗？”

“问题很复杂。光凭一股骑士的冲劲解决不了。一个月，二个月，三个月……反正您不用着急，您的生活还刚刚开始呢。”

“嘿，英雄！”那青年工人走后，克鲁季里契在心中自言自语，“人家在这儿为了一个主意的产生和定型左思右想，绞尽脑汁，可他读了几本教科书——俨然已经是爱迪生再世了！熬一下吧，亲爱的，在狗窝不如的屋子里住一阵，挨几回饿，让老婆离开你逃跑，到那时再搞你的发明，到那时再提你的合理化建议吧。”

中午，沃罗别内给他挂了电话：

“克鲁季里契吗？您好，我亲爱的！劳您驾到我们高炉车间来一趟好吗？”

“你们那儿出什么事啦？”

“有件事想跟您商量。”

“既然有事，那就请到我这儿来吧，”克鲁季里契官气十足地回答，“我工作太多了，没时间跑车间。”

耳机里半晌没有声音。后来沃罗别内还是同意了：

“好吧，我来。”

“来吧，来吧。”克鲁季里契暗暗得意。自从那天晚上在卓娅·彼特洛芙娜家里，阿尔连采夫为这个工程师祝酒，并尊之为无辜受难的殉道者，——从那时候起，克鲁季里契就对沃罗别内抱有恶感。他认为沃罗别内被捧得太高了。

沃罗别内一来，克鲁季里契立刻摆出一副为国家大事辛劳忙碌的样子。他的眼睛竭力现出疲惫的神情和非凡的智慧。

“请，”他说，“您说吧，我听着。”

沃罗别内先在克鲁季里契的小办公室里踏着碎步打了个转，这才坐下来，说：

“并不要听我说，克鲁季里契同志，而是要一起立刻采取某种切实有效的措施。契比索夫曾经给您一个任务研究称量车的降温问题，您是否还记得？”

“是有过这么一个荒唐的任务，如果可以管它叫任务的话。”

“一点也不荒唐，”沃罗别内说，“这是实际存在的问题。那里的高温的确无法忍受。”

“那又怎么样呢？高炉旁的温度还要高，就连那边也没有办法可想。”

“可是在称量车里能想些办法。而且主要的关键已经解决了。是谁想出来的？卡扎柯娃，三号炉的工长。”

“她想出了什么办法？倒要请教。”克鲁季里契的眼神显得更加疲惫、深邃，更加耐人寻味了。

沃罗别内把伊斯克拉关于在称量车里装置电气冷却设备的建议告

诉了他。

“克鲁季里契，您可明白，结果会怎么样？结果将是专业的发明家解决不了的问题却被一个才炼了几天铁的黄毛丫头成功地解决了。这是一个打击，沉重的打击！”

“对谁的打击？”

“对谁？首先是对您，克鲁季里契。”

“您怎么这样关心我呀？不用为我操心。我自己能对付。”

“您摆这种臭架子干什么？我们不应该吵架，应该合作，克鲁季里契。”

“那就直说嘛，沃罗别内同志，”克鲁季里契脸上出现了笑容，跟阿尔连采夫那种微笑差不多：会意中微含轻视，还带一点嘲弄的意味，“那就应该说，您需要合作，或者说得更干脆些，您需要我的帮助。”

沃罗别内开始有了戒心。他觉得克鲁季里契把话头转往那个方向是要诱他中圈套，克鲁季里契这个人原来比表面上、比阿尔连采夫所想和所说的狡猾得多。

“这怎么能说是帮助？”他说，“我不过认为需要装置的不是电冰箱，而是通风设备。您应该从这上头去考虑。”

“在咱们搞通风设备的时候，”克鲁季里契冷冷地一笑，“关于电冰箱化的建议就让它搁一下，对不对？”

“这我可不知道了……您瞧着办吧，克鲁季里契同志。看来是得这样。当然也可以同时并举……”

“不过最好让它搁一下，是吗？”克鲁季里契掩饰不住得意的心情。他咧开了嘴笑着。“您想要我干什么，沃罗别内？您，一个苏维埃工程师，您对这一点考虑过没有？这明明是卑鄙下流的行为，难道不是吗？您凭什么认为我会跟您合伙干这样的事情？不，可敬的朋友，不成。我虽然不是党员，但我知道是党派我担任这个工作的。对，是党！我捍卫着，并且还将继续捍卫苏维埃合理化建议者和发明家的利益。这是我神圣的义务，我要把这项义务承担起来。”

“您有些不大正常，”沃罗别内说，“您完全歪曲了我跟您谈话的意图，手段可真够高明的。不过，把问题转往那个方向——这是挑衅。”

“别用那种字眼吓唬人，亲爱的。您要我干的事情才叫挑衅。我同意做的顶多是不公开这一次谈话，不把您所谓‘同我合作’的用心告人。放心，我不是叛徒。”克鲁季里契在最后两个字上特别使劲，眼睛逼视着沃罗别内。

“随您的便，”沃罗别内说，“不过事情一旦到了需要调查真相的时候，我要说的正是这个字眼，记住，我将再一次说您是挑衅者，是的，是的，是挑衅者。我把您大大看错了。我还以为您是另一种人。”说完他站起身来就走。

他走后，克鲁季里契也从椅子上跳起来，开始在自己的小办公室里来回走着。沃罗别内的话究竟不能不使他着急。如果卡扎柯娃的建议实现了，那对他的确将是天大的难堪。那时候一定会有不少人羞辱他，说这个发明家徒有其名，什么问题也解决不了。可是，真要命，他的确曾经试图解决这个问题。在那里任何通风设备都不起作用，只会造成很大的风，搞得人感冒，而高温却不下降。唉，他怎么没想到电气冷却这一着呢？这是二乘二等于四一样明明白白的事情。当然，沃罗别内说得不错，首先遭到打击的将是克鲁季里契的威信。然而沃罗别内也不是好人。现在他说，咱们来组织一个强盗集团跟卡扎柯娃作对。可是万一将来出了什么事，他会眼睛也不眨一下把你出卖。不，还是别跟这种人打交道。阿尔连采夫常对他说：“克鲁季里契，你错主要是错在单干这一点上。”这话也许有道理，可又怎么样呢？与其错在跟沃罗别内之流合伙上面，那还不如错在单干上的好。

他苦苦思索，用什么办法才能阻挠卡扎柯娃的建议实现。可是什么办法也想不出来。他懊丧极了。

晚上，阿尔连采夫来到他家里。

“唉！”阿尔连采夫把克鲁季里契的居处打量了一番，“您为什么不听我的忠告？现在您自己瞧瞧！……”

房间里气味难闻，脏东西到处乱扔，厨房里摊着用过没洗的餐具，里面还干粘着吃剩的土豆和白菜，长沙发上被褥也没铺好，窗台上、家具上尽是灰尘。克鲁季里契的橡皮鞋跟在镶木地板上留下许多肮脏的黑印，好好的拼花地板给作践得一塌糊涂。

“又变成了猪圈，克鲁季里契。请原谅我的直率。不能这样，您是一位工程师，有地位的工程师。要不就结婚，要不就用一个管家妇。没有第三条路，这样您会重新堕落下去。那时我再也爱莫能助了。”

克鲁季里契紧绷着脸不说话。他讨厌阿尔连采夫那套教训。他自己也知道，在新居过了几天像人过的日子以后，又回到了过去的老样。没有女人，他的生活不会起任何变化。可是到哪儿去找这么一个既可以信任、又不偷你、不骗你、也不像侦探似的监视你的女人呢？

“家里没有女人不行。”阿尔连采夫说。

“叫我上哪儿找去？”克鲁季里契说。

“那您怎么不早说呢，朋友！”阿尔连采夫笑了起来，“这事包在我身上。现在谈正经的。咱们坐下来谈怎么样？”他在靠椅上坐舒坦了，一条腿又开始习惯地晃起来。“您这个人也真别扭！您为什么要跟沃罗别内过不去呢？”

“他以为，自己下流，别人也一样下流，”克鲁季里契说得非常快，“他认错人了。”

“您误会了他的意思。我刚跟他谈过。他找您是要您提防可能发生的不愉快。要知道厂长明明向您交代过任务，要您想办法降低称量车里的温度。我还看到过这份文件。”

“什么文件？”克鲁季里契紧张起来了。

“厂长写给总工程师的一张字条，要他注意您这个任务完成得怎么样了。那就是说，总工程师也知道这件事。是的，全车间都知道您接受了这个任务，可是您什么也没搞出来。事情就是这样。沃罗别内是为您着想。”

“这样说来，应该接受他的计划，一起埋葬卡扎柯娃的建议？”

“您怎么说的，克鲁季里契！这是什么话？我看您真会开玩笑。难道可以这样对待有价值的建议？”

“可他正是需要这样。他说：咱们来搞一些通风设备，把卡扎柯娃的建议搁起来……”

“这是您神经失常的结果，克鲁季里契。您需要休假，应该到索契[①]或者旁的地方去一次。您去过索契吗？没有？应该去一次，应该去。您一到海滨浴场……啊，索契的海滨浴场上有多少可爱的女人啊！或者去苏胡米[②]也不坏。您到过苏胡米没有？”

“我哪儿也没去过，我没有到过任何疗养地，听见没有！”克鲁季里契恶狠狠地吼叫起来，“您这样问话是在取笑我。我只在当地的休养所住过三次，每次十二天。这就完了。我从来没坐过软席车厢。更甭说国际列车了。我……不愿谈这些！”

“为什么不谈呢？这一切都办得到。只要做人放聪明些。不要歇斯底里，不要忠言逆耳。博利斯·卡里斯特拉多维奇向我解释了，他想给您出的主意完全不是这么回事。他是想建议您跟卡扎柯娃一起研

---

① 苏联黑海沿岸一城市，是苏联劳动人民的疗养胜地之一。

② 阿布哈兹苏维埃社会主义自治共和国首都，也是黑海沿岸的一处疗养地。

究称量车的降温问题。”

“那怎么成？她不会同意的。”

“可是您同意不同意呢？我问的是您，您怎么样？”

“我？……这不由我……”

“请说得明确一点。”

“我明确地说——这不由我做主。”

“同意还是不同意？这不由您做主谁做主，克鲁季里契？”

“康斯坦丁·罗曼诺维奇，我完全不明白您的意思。既然卡扎柯娃提出了建议，那她就是倡议人，应该由她把这件事干到底。这跟我有什么相干？”

“相干，因为卡扎柯娃缺乏经验，因为您有一个职业发明家的头脑和经验，因为卡扎柯娃需要帮助。这就是跟您相干的理由。而最主要的一点，克鲁季里契……”说到这里，阿尔连采夫从靠椅上站起来，居高临下看着克鲁季里契，脸上没有习惯的微笑，表情森严可怖，完全不容你违拗他的意志，“最主要的一点是：在总工程师交给我整理的一批文件中，我发现了您写给厂长的一份报告的打字副本。您也提过建议，而且是在卡扎柯娃之前，建议的内容也是电气冷却。怎么，难道您忘了？”

克鲁季里契张口结舌，呆若木鸡。他自下而上惑然望着威严万能的阿尔连采夫。

“瞧，”阿尔连采夫从上衣口袋里掏出一张折成四折的纸条，“您看了就会想起来的。”

克鲁季里契抢过那张纸把它展开。他的手哆嗦不已。这是一份报告的副本，内容是某人向厂长报告说有可能解决称量车降温的难题。从右下角的打字具名来看，这个某人正是他——克鲁季里契。文件上注明的日期是一月二十六日，左面边上打着两个小洞以便装订在活页文件夹里，阿尔连采夫似乎正是从那里把它取出来的。上面还有人用钢笔写着“与正本核对无误”的花体字样。

“可不是吗，亲爱的朋友，”阿尔连采夫说着把那张纸从克鲁季里契手里拿回去，“您的记忆力太坏了。您为什么不作声？这报告是您写的不是？将来发明奖金归您还是归别人？也许您认真打算让掉它几十万给那位怪可爱的卡扎柯娃同志，还是怎么着？”

“几十万？”克鲁季里契屏息轻声重复了一遍。

“难道您不信？还有特许权呢。别的厂也将采用这项发明……钱的数目可不小哇。”

克鲁季里契捧住脑袋。他完全成了阿尔连采夫掌心的玩物，他被死死地掐住了脖子。这个人可不同于沃罗别内那个傻瓜。这是一个不折不扣的魔鬼。克鲁季里契当然明白这文件是从什么地方弄来的，他明白阿尔连采夫明天就会把它宣布出去，掀起轩然大波，说有人又像过去那样抹煞了克鲁季里契的一项建议；说不定这一回契比索夫将被宣布为压制发明创造的大罪人——阿尔连采夫恨这个厂长是不难料到的。一切，一切都有利于受欺侮的克鲁季里契，这一点根本无须怀疑。对于卡扎柯娃，人们将表示惋惜，说她不走运，发明了人家已经发明的东西。首创权当然归他——克鲁季里契。可能，对卡扎柯娃怀恨在心的沃罗别内还要指控她剽窃克鲁季里契的。那时候少不了要找报告的正本。找不到。契比索夫就得负遗失文件的责任。

克鲁季里契不敢抬头看阿尔连采夫。他完全被这个人掌握住了。他没有勇气拒绝唾手可得的名利。他将成为一个真正的发明家，真正的！再也不是多年来为追求幸福奔走四方而又到处碰壁的可怜的疯人。

“是的，是的，我把这件事完全忘了，”他有气无力地说，“完全忘了。这脑袋瓜儿……我需要治疗，对，对……”

“那就好了，亲爱的，我为您的理智豁然开朗而高兴，”阿尔连采夫松了一口气，“现在您面前摆着三项任务。第一、以后再也不要把这件事忘了。第二、明天以前找出报告书所有的底稿。这些底稿一定保存在您那儿。是手写的原稿。各种各样的笔记。也许还有草图。有草图吗？”

“好像有的，”克鲁季里契喃喃地应道，头始终没抬起来。

“好极了。第三、也是绝对必要的任务：去向沃罗别内道歉。您错怪了他，错怪了，克鲁季里契。”

克鲁季里契战败了。胜利者阿尔连采夫可以向他提出任何条件，可以任意嘲笑他。但阿尔连采夫没有这样做。他的全部条件都是正经事，绝对不是侮辱性的，只有向沃罗别内道歉一节除外。不过那也无所谓，可以忍受一下，反正只是一分钟的事情。可以在一个讨厌的人面前屈辱一次，而往后的好处和快乐多着呢。对，唯一不愉快的就是这个条件。在其他方面阿尔连采夫做得非常漂亮、大方，没话可说。他甚至建议上馆子去快活快活；还说，假如克鲁季里契没钱，不用担心，他会付账。

可是克鲁季里契哪儿也不能去，他累了，他的神经的确已经濒于错乱的边缘。不，他愿意留在家里睡觉。

“不过，在睡觉以前，”阿尔连采夫临走说，“请找好您的底稿。再见。祝您成功。”

阿尔连采夫走后，克鲁季里契把门关好，仍然在刚才坐的那把靠椅里坐下。得好好考虑并且解决一个问题：到底怎样对付卡扎柯娃。有三个解决办法。第一个办法——算是跟她合作，这样她只损失百分之五十。第二个办法——咬定青年女工程师发明的是他已经发明了的东西，不过把他的创造重复一下而已；一方面克鲁季里契坚持自己的首创权——毫无疑问，任何机构都会承认这一点，因为有报告副本为凭，底稿、草样和略图天明前也都能准备好。克鲁季里契箱子里有的是褪了颜色的书写纸，墨水也有办法搞得使写出来的字完全可以充当去年写的。这一切都好办，一切都能办妥。这样一来，卡扎柯娃的损失，将是整整百分之一百。可还有第三个办法——指控她剽窃他人的建议。那时这位女士所受的损失将不是百分之一百，甚至不是百分之二百，而是足足有百分之一千了。

选择哪一个办法呢？今后的策略就决定于此。克鲁季里契仿佛又见到阿尔连采夫在他面前，他端详着阿尔连采夫的脸，想从他的眼神里找到这个难题的答案。很可能，谁也没有看到过阿尔连采夫的这种眼神，只有克鲁季里契看到过，只有克鲁季里契知道阿尔连采夫工程师不是永远脸带笑容，不是永远为友谊干杯的。克鲁季里契不得不佩服这个人。哦，这个人要是生活在资本主义世界，定是一个袖里乾坤、挥金如土的大亨，无论总统、流氓都会在他面前发抖！他要把所有的人都抓在自己掌心之中，他是巨头中的巨头。

阿尔连采夫的话还是有道理——不能生活在这样凄凉的环境里。也不知哪来这样多垃圾。克鲁季里契到厨房里去，想拿把扫帚扫一扫地。可是粟秆扫帚已经不堪使用，一株一株脱落下来。

他把箱子打开，取出要用的东西。然后坐下来，铺开纸张，开始工作。眼前又出现了阿尔连采夫。他佩服阿尔连采夫。同时又恨他。深深地恨，疯狂地恨，不可调和地恨。

9

斯捷潘住在工厂宿舍里。这对于单身汉来说很方便。被褥床单不用操心，到时候会给换上。屋里有人打扫、收拾，地板经常洗刷。如果要早起——有人叫醒你。房间里住四个人，斯捷潘并不觉得拘束。相反，这样倒热闹些；他跟很多人在一起习惯了。虽然，有时候夜里你在睡觉，可是有人在外面玩罢归来，经过走廊时砰砰嘭嘭弄出很大的声响，或者为什么事争吵顶嘴，那时四个人全被闹醒，大伙轮流对这事发表意见，结果互相都搞得睡不着。不过，又不是每天夜里有这种事……

斯捷潘的收入不坏。他置了些衣服：买了一套现成的深灰色毛料衣服、一件肥大的黑大衣、一双黑皮鞋、一条毛线的花围巾。就是头上戴的问题他考虑了很久：买一顶呢帽、鸭舌帽还是制服帽。从前他喜欢戴水兵的制服帽——带飘带的。但是青年时代过去了，随随便便戴这种帽子会招人笑话。再说跟他宽肥的大衣也不配称。他在商店里试过一顶呢帽，往镜子里一照——看到自己这副模样很不好意思，赶紧摘下来还给女售货员。那售货员站在那儿像泥塑木雕似的；也不帮你出出主意，口也不开，一句话也不说。这种人怎么能做商业工作……应该到殡仪馆去工作，那儿基本上没有说话的对象，也没有说话的必要。

最后他买了一顶鸭舌帽把旧的换去。“戴上这顶新帽子您年轻多了，斯捷潘 · 季莫菲耶维奇，”打扫宿舍的女工跟他打趣说。“一下子就少去十岁年纪。”

他坐在理发店里理发，脖子上围着白布——就像幼儿园里小孩吃麦糊时围的那种白布，这时他想起了女工的话，往镜子里仔细看自己的脸。不，即使去掉十岁年纪，看这张脸也不止三十七八，至少有四十五，甚至可以看成五十岁，他差不多追上普拉东了——又是皱纹，又是白发，囟脑门上的头发简直数也数得清了……

斯捷潘自然也考虑今后的生活。他工作得不错，甚至可以说很好，他不时受到表扬，先进生产者的红榜上经常有斯捷潘的名字。然而，工资、表扬和在光荣榜上看到自己名字的喜悦——这一切没有一个人同自己共享。廖丽亚从他的生活中永远地离开了。即令他还对她怀有某种感情，再要见面也办不到。他们在困难的情况下表现大不相同；与她相比，他—— 一个年轻力壮的汉子——表现得太卑贱，太没有骨气了；这件事即使别人能宽恕，他自己也不可能宽恕自己。而且斯捷潘甚至连对她的感情也已经一无所剩，多少年来他一直想念的不是这样的廖丽亚，她变成了另一个廖丽亚，一个陌生的、属于季米特里的廖丽亚。季米特里不应该跟她断绝关系。他——斯捷潘——什么地方妨碍了他们？难道他在廖丽亚身上提出什么权利要求了？还是他对兄弟生了妒意？没有。那他们为什么不继续跟以前一样生活下去呢？

斯捷潘不赞成季米特里的做法，一直打算跟他谈一谈，使他感到惭愧。但始终没忙着这样做。跟季米特里可不是很容易谈的，也不知赶上他情绪怎样，不凑巧他会教你碰一个大大的钉子，那时可悔之莫及。“唉，奥莲卡，奥莲卡！……”斯捷潘有时这样暗自叹息，但这个奥莲卡完全不是现实中存在的廖丽亚。

当年有一个时期，关于未来的想法总跟奥莲卡·魏里奇金娜连在一起。现在，不但跟她连不上，跟任何人都连不起来。这使斯捷潘感到像有一块块沉重、冰凉的石子压在心上。

停车场里擦洗车辆的工人都是女的。她们大都长得粗壮，穿着不合身的旧工作服，油污满面，看起来全是一个样，年龄都很难确定；她们的名字不一定得记住，这里都管她们叫“丫头”。“嗨，丫头们！到这儿来！”她们对此已经习惯，所以并不以为忤，总是很好地做她们的擦洗工作。

一个星期天，斯捷潘到工厂的文化宫去；他在海报上看到那里有一场音乐会，演出者都来自很远的地方，有的从基辅来，甚至有从列宁格勒来的。他在小卖部买了一瓶汽水、两份夹肉面包，在一张小桌旁坐下来等入场铃响。

“您好，斯捷潘·季莫菲耶维奇！”

他抬头一看。面前站着一个三十岁左右的女人，穿一件蓝绸子的连衫裙，手里拿一只黑色发亮的小提包，头发梳得很整齐。斯捷潘看她似乎有些面熟，可是想不起究竟是谁。

“您好。”他说着从椅子上站起来，困惑地望着她。

“没认出来吧，”她笑了起来，“我是拉雅。擦洗工。”

“喝汽水吗？”他问，“我再去买一瓶。”

“不，我不想喝。我是来找一个朋友的。她不知跑哪儿去了。”

这时铃响了。

“该入场了。”拉雅说。

“忙什么？还有一次呢。”

在第二次铃响以前，斯捷潘说了十来遍这样的话：“真可笑！原来是您，拉雅。怪不得我瞧着面熟，可就是想不起来……”拉雅也重复着回答：“是难怪。我们在停车场的模样简直就像扫烟囱的……”

他们的座位相距很远，这天晚上他们没再见面。但斯捷潘老想着擦洗工拉雅，不时向周围环顾，可是没找到她。

第二天他们不同班，第三天还是不同班，直到第五天才见面。不过这回见面已经像老朋友一样，他们谈着对那场音乐会的印象——喜欢还是不喜欢。

下一个星期天，拉雅去文化宫已经不是跟她的女伴，而是跟斯捷潘一起了：是他请拉雅去的。此后他们就常常会面。斯捷潘知道了拉雅的过去。她嫁过人，因为丈夫不是东西，所以离开了他；现在她跟一个在战争中失去丈夫的姐姐住在一起。斯捷潘曾经问她，为什么她的丈夫“不是东西”，她回答说：“不是东西就不是东西。譬如说他很粗野。只为自己着想。”斯捷潘没再问下去。

拉雅的性情安详，头脑清楚，想来一定善于持家。跟她说话不觉得费力。斯捷潘对她有了好感。他常想她，而且不单是想，从某一个时候起他关于未来的打算开始和她的名字连在一起了。

在那些日子里，整个停车场都为一件不愉快的事情激动着。有一个行车调度员和几个司机已经连续两年用厂里的汽车承接各种私人委托——把家用东西运往别墅或者从别墅运出来，到菜园运土豆和蔬菜，还代运木材和砖头盖私人房屋；他们用假的凭单办手续，赚来的钱私下分掉。后来事情查明白了。

场里开了一个会。会上群情激昂，斯捷潘在大伙的情绪影响下，也忍不住第一次在大庭广众之前发了言。他指责那些骗子说，人们在那里建设新生活，可是他们只想着如何偷天换日以饱私囊。

拉雅对他说：“想不到您竟是这样一位出色的演说家！”

散会后他们一起离开会场。斯捷潘激动的情绪还没有平静下来。在车场上，一个司机——今天开会讨论的对象之一——拦住了他们的路。

“喂，叶尔绍夫，”他说，“你自己是什么东西？亏你还有脸大谈什么建设新生活，好一个建设者！你知道不知道，”他转向拉雅，“你的好朋友是附逆分子，你知道吗？他给德国鬼子……”

斯捷潘冲过去，把他当胸一把揪住。衣服撕破了，钮扣一颗颗掉下来……大伙儿把斯捷潘的手拉住，劝慰他说：“斯乔帕，斯乔帕，松手，你疯啦？为了这种坏蛋污了自己名声犯得着吗？”“他还怕污了什么？”那个司机喊着，人们正在把他拖开，“他的污点还小吗？我们顶多不过捞一点外快。可他是什么东西？”

这些话斯捷潘已经听不见了，他站在那里，只觉得眼前发黑，血在太阳穴里翻腾，全身都震动了；他怎么也喘不过气来——胸口好像给什么东西紧紧箍住一样。

斯捷潘怀着像被人唾了一口痰似的心情往宿舍走去。过去的、可怕的、刚刚开始淡忘的一切，又重新涌上来，像从泥塘里冒出来的气泡，破裂了，向周围散发出令人作呕的臭味。他甚至把拉雅也忘了。

可是那个沉静的擦洗女工却跟他并排走着。

“这是真的吗，斯捷潘 · 季莫菲耶维奇？”当斯捷潘终于发现她的时候，她轻轻地问。

“是真的，”他回答说，“是真的！怎么样？”

她收住脚步，不再跟他继续走。

“不应该这样，斯捷潘 · 季莫菲耶维奇，”她在他后面说，“为什么您不早说呢？……不该教人家希望落空。”

他惶遽地回过头来，张开了嘴，可是没有说出一句话。他这样站了好久，目送着拉雅几乎是逃跑似的离开他朝另一个方向匆匆而去。

他在工厂周围和城里晃来荡去，直到晚上不知不觉来到普拉东家里。

普拉东 · 季莫菲耶维奇默默地听着斯捷潘述说，一边把他有好几处焦斑的胡子握成一把。

“得跟季米特里商量商量，”他想了一会说，“这样下去不行。要不他们习惯了翻你的老账，那……你只有一条路可走——上吊。走，找季米特里去。”

为了不惊动安德烈小两口儿，他们从花园里绕到季米特里房间的小窗前。窗开着，普拉东 · 季莫菲耶维奇叫了一声。季米特里睡得正香，——这时正是夜里一点钟——所以没醒。普拉东 · 季莫菲耶维奇用枯树枝碰了他一下。季米特里起先闹不清楚是怎么回事，后来披了上衣走到花园里。兄弟三人在黑暗中围着一张桌子坐下来。

季米特里听完了斯捷潘又一次的叙述后说：

“你想怎么样？这有什么可奇怪的？”

“我不想怎么样，”斯捷潘无所谓地说，“刚才普拉东说：只有一条路可走——上吊。可我想——还是到别的地方去，离开这个地方。”

“要是工人的荣誉在你眼里还不是一文不值的话，你哪儿也别去，”季米特里说，“你得重新做人，目前照常干你的活。正因为当初你骨头不硬，才得到今天这样的报酬。”

“算了，季米特里，”普拉东·季莫菲耶维奇说，“过去的已经过去了……”

“怎么着？”从季米特里的语气听得出他的心火正在渐渐上升，“你们俩都认为这种事会不留痕迹地过去吗？不，你得忍受，你得背着这个包袱。谁记得你做过什么事，他就会怎么说。嘴巴是封不住的。”

三个人默默地坐了一会。在静静的夜里，隔着整整一个城市仍可以清楚地听到热空气不时从高炉的炉顶嗞嗞地冲出来。这种声音极像炮弹着地爆炸前的嘶啸。

斯捷潘回忆着他一生的道路，这条路一直把他带到这个由死去的父亲栽培起来的、黑洞洞、静悄悄的花园里。季米特里则是在想，要是父亲活着，对于斯捷潘这件事会怎么处理。

“斯乔帕，”季米特里说，“你去睡在我床上。我跟普拉东再坐一会。我有事要跟他谈。”

斯捷潘当然懂得这是打发他走开，所以虽然他不想睡，但还是照季米特里说的那样做了：他走进屋去，在弟弟床铺的被上躺下。

“普拉东，咱们得找到那个无赖，”等斯捷潘进去把门关上以后，季米特里说，“我要给他好好上一课，看他以后再敢随便乱说。”

“我看不必了吧，季玛，”普拉东·季莫菲耶维奇以息事宁人的口气说，“刚才你说得对：这也是斯捷潘应得的惩罚。”

“应当由咱们自己来惩罚他。这种事用不着那些无赖过问。你怎么连这点都不明白？”季米特里愈来愈气愤，“咱们去找那个司机。你不去我一个人去。”

普拉东·季莫菲耶维奇好容易说服季米特里夜里不要这样做，说明天他们一起去。他虽然不敢确信，但还是希望过了一夜季米特里的怒气也许能消掉。

他们把屋里所有能铺的东西全铺在地上，这样胡乱过了一宵。早晨，三个人一起到厂里去。

“别泄气。照旧干你的活，”在厂门口季米特里叮嘱斯捷潘说，“只有这样才能赎你的罪。懂吗？晚上常到我们那儿去走走。别像土拨鼠似的老躲在洞里。”

普拉东·季莫菲耶维奇以为事情可以告一段落。然而他想错了。下班后季米特里还是拖了他一起去找那个司机，他把那个人的姓名地址也已经打听明白了。

普拉东·季莫菲耶维奇一边走，一边在考虑事情的后果。因为季米特里会把事情闹得不堪收拾。但普拉东还是去了，准备承担一切后果，他毕竟懂得这是必要的，工人的荣誉要求这样做。

那个司机——也算他走运——上午已经被刑事调查局逮捕了，据说，除了“跑外快”，还查出他另外一些见不得人的勾当。普拉东·季莫菲耶维奇暗暗高兴，但在季米特里面前不露声色，他绷着脸说：“上帝救了这个坏蛋。不过没关系，他不会永远呆在那里。总有算账的时候。”“那时已经晚了。”季米特里说罢狠狠地啐了一口。

季米特里的话斯捷潘只听从一半。他没有泄气，仍跟以前一样工作。可是晚上没去找哥哥弟弟。这杯苦酒他一个人尝了。拉雅躲着他。他也不去找她。也许直到现在他才真正地、完全地明白，在那个相逢不相识的晚上，他使廖丽亚痛心到什么程度……

10

剧院党委会和党的积极分子会议就阿列克萨辛所写的关于奥库涅夫一家的剧本进行了两天的讨论。几乎所有发言的人都主张接受这个剧本，并争取在十月革命节演出。雅柯夫·季莫菲耶维奇取得了胜利。托马舒克和艺术指导只得承认在剧院的集体里有比他们更强大的力量。

托马舒克说："好，那就演吧，不过在这件事上我跟你们志不同，道不合。戏肯定要失败，你们只好演给空场子看。"

艺术指导推说生病，有十来天没到剧院，连一点消息都没有。这几天有一个外地来的剧作家在他家里做客，也就是艺术指导所说的那个曾经热心地向剧院提供一个剧本并保证可以获得巨大成功的作家。

这位从外地来的剧作家与其说有写作天才，不如说他有一些编剧的经验。他没有自己的主题，他写剧本也没有为之战斗的目标。他不为找题材而深入生活。他只是在各个不同的圈子里转来转去，留神倾听，测度社会形势，判断在这种形势下什么可以带来当前的成功。他什么都能写，因为没有什么对他是特别亲切的，也没有什么是他不可分割的一部分；他以局外人、旁观者的身份对待一切事情，他轮流为这个或那个题材服务，至于今天选择什么题材，这完全决定于目前什么对他有利。

这位剧作家有一套猜测他称之为"莫斯科秘密"的本领，他能不费力地对国内的社会生活下断语，并把这些"秘密"私下里、没有第三者在场时、悄悄地告诉艺术指导，而且每次都叮咛再三："当然，这绝对不能让外人知道。您自己也明白，我只对您一个人说。"他带来某些外国批评家写的文章的译文。这些以前不为艺术指导所知的批评家疯狂地攻击苏联的文学、艺术，攻击社会主义现实主义的创作方法，归根结蒂攻击到社会主义制度本身。艺术指导搁在肚皮上的两手不时把指头互相绕着圈儿转，他忽而点头，忽而摇头；不过根据这些姿势并不能判断他对剧作家告诉他的情况抱什么态度。当他偶尔开口的时候，大部分也只是“哦呵！”“姆！”“这他们未免那个……”之类的空话。

剧院里那时正在排练关于奥库涅夫一家的剧本。托马舒克不干，也没人强邀他，排戏由一位青年导演担任，他请古良也夫也参加导演工作。阿列克萨辛自从那天朗诵剧本不欢而散以后，一度情绪低落，现在又振作起来，也常常到剧院去了。

工作正在紧张地进行，忽然，在一次排戏的时候，艺术指导来了。大家都非常惊奇。他在排练厅的角落里坐下来，看着，听着，还提了几点意见。后来他走进雅柯夫 · 季莫菲耶维奇的办公室，说：“你们不应该把排戏的事保密。我还没有退休。”说罢，他涨红了脸，大发脾气。

雅柯夫 · 季莫菲耶维奇心平气和地回答他说，他对艺术指导愿意参加新戏的排练工作非常欢迎。这个突然的转变的确使他高兴。只是他不明白应该如何解释这个转变。艺术指导的心真是高深莫测。

其实，即使雅柯夫 · 季莫菲耶维奇能窥到他的心底，也还是远不能彻底明白，因为艺术指导甚至对自己也要隐瞒。这位颇具才能的演员和导演聪明而又狡黠，有着丰富的人生经历，他善于从那位消息灵通的编剧匠的报导中抓住真正的要义。他看透这是一个见风使舵、没有自己思想、沽名钓誉的文人，这种人总是唯恐天下不乱。“吁，你们哪，”艺术指导心中对他以及像他那一类的人不无恶感，“你们神通虽广，可是眼力不济。”那位剧作家走后，他觉得很满意，因为这种谈论正好像沿着一个泞滑陡峭的泥淖边缘走路，现在危险过去了。但是，他甚至向自己也不敢承认这黑暗的深渊有多么可怕。他只是对自己和雅柯夫 · 季莫菲耶维奇闪烁其词地说：“他的剧本还是谢绝的好。我们剧院力量有限，不比首都的剧院，这样的戏我们排不起来。”

托马舒克莫名其妙，他无法判断是哪儿吹来的一阵风在艺术指导身上产生这样奇怪的反响。他当面对艺术指导说不赞成他参加阿列克萨辛的剧本的排练工作，说这个戏没有前途，注定要失败，说它不会给艺术指导带来荣誉。“可能是的，完全可能，”艺术指导回答说，“不过我还是愿意尝试一下。我请求您，尤里·费多罗维奇，不要来妨碍我……不要在我面前噜噜苏苏纠缠不清。”“您是在侮辱我，”托马舒克不习惯于艺术指导用这样的口气跟他说话，“我好像没有什么地方得罪过您……”“可能是的，这也完全可能，但是不管怎么样：请不要噜苏。”

托马舒克碰了一鼻子的灰。他需要支持，需要切实的、友好的忠告。他想到了阿尔连采夫，上次托马舒克见到他是在莫斯科回来后向他转达莫斯科的朋友们的问好。当然，艺术远非阿尔连采夫的本行，他是个冶金工程师，但是首先，他在文艺界交游广阔，这一点托马舒克在带着他的介绍信拜访了莫斯科的好些住宅后已经深信不疑；其次，阿尔连采夫对于上层情况消息很灵；第三，他在各方面都是一个懂得多、办法也多的聪明人。

阿尔连采夫照例很亲热地接待了托马舒克，一手搂住他的肩膀，让他在软绵绵的靠椅里坐下来，用白兰地和柠檬招待他；还埋怨托马舒克简直把他忘了。

“不愉快啊，全是不愉快，康斯坦丁·罗曼诺维奇。”

“您可别见怪，尤里·费多罗维奇，不过这是事实，”阿尔连采夫说，“这话我已经说过：外省人总是把不愉快比愉快看得认真。在这里不论跟谁说话，一定能听到不愉快的事。你们不懂得如何满足于生活——这是你们主要的缺点。人家还以为外省人生下来就是自寻烦恼的呢。”

“可是不愉快的事确实压得你喘不过气来，这有什么办法呢，康斯坦丁·罗曼诺维奇？”于是托马舒克开始叙述剧院里发生的事情。

“尤里·费多罗维奇，您是否注意到，”阿尔连采夫仔细听完他的话以后问道，“到处都有那些……姓叶……叶……叶尔绍夫的，他们占据的位置不是太多了吗？譬如说：您的不愉快是为了叶尔绍夫。您说他的名字叫雅柯夫·季莫菲耶维奇，是吗？”

“对，是雅柯夫·季莫菲耶维奇。但不光是他一个人，康斯坦丁·罗曼诺维奇！我认为古良也夫更危险。”

“就算这样。但我说的是一个非常触目的情况。你们那里有一个叶尔绍夫。而我们厂的高炉车间曾经被另一个叶尔绍夫——普拉东·季莫菲耶维奇——弄得一团糟。现在那边还留下一个叶尔绍夫，年纪很轻，他是工长。在轧钢车间工作的也有一个叶尔绍夫。这还不算，那些叶尔绍夫所掀起的波浪还变成许许多多同心圆扩散到表面上似乎跟他们风马牛不相及的领域。比方说，是什么在美术展览会上轰动一时？是卡扎柯夫画的人像。为什么？因为画的是叶尔绍夫，就是轧钢车间的那一个。挡住您去路的是一个什么样的剧本？阿列克萨辛写的剧本。这个剧本表现的是谁？奥库涅夫一家。这不过是叶尔绍夫一家的别名。主人公是谁？老奥库涅夫，也就是老叶尔绍夫，叶尔绍夫这一家的头儿。”

“这说明什么呢，康斯坦丁·罗曼诺维奇？”

“不说明什么。我只是罗列一下事实。总而言之，在你们的戏剧问题上我不是什么权威专家，如果您需要我的帮助，我只能这样帮助您……首先让我们说定，您必须为坚持自己的正确立场进行不调和的斗争。”

“当然。我是个闲不住的人。您别以为我泄气了。我不过是想听听您的高见……”

“对，对。所以说，必须行动起来。我准备提供这样的帮助：将有一位十分可爱的年轻人——省报的记者——去访问您。他很聪明，伶俐。我跟他的关系搞得好极了。附带说一句，我亲爱的朋友，我们有很多人对报刊的作用估计不足。在我们工程师中间，或是在你们文艺工作者中间，都有这样的怪人，他们看不起报纸刊物，看不起新闻工作者。有时记者去访问他们，他们总是说：我忙啊，没时间哪，下次再谈吧。这些人不知道自己的损失有多大。拿我来说，如果有记者来访，我能搁下任何最重要的事情。任何事情。万一不能搁下，我也要约一个准确的时间，按应有的礼节接待那位同志。我跟新闻界从来没有过争吵。相反，新闻界经常支持我。刚才我对您提到的那个年轻人，他就写过一篇出色的文章。还记得吗？写克鲁季里契如何遭人冷遇，厂里如何压制这位发明家，写契比索夫……”

“记得，怎么不记得！文章写得不错，很泼辣。”

“可是文章也可能完全是另一个样子。要不是我跟这个人见了面，要是他碰上一个喜欢搬弄是非的人，难保不听到一大车鬼话。而话一进了耳朵，就可能在脑子里卡住，一时出不来。而某些人不愿跟新闻记者打交道，您知道这会造成什么后果？他们把新闻记者打发到别人那里去，而那些人可能是不客观、不怀好意的，结果会使他们自己挨到报纸的巴掌。因此，向新闻记者——特别是年轻缺乏经验的新闻记者——介绍情况，一定得亲自出马，尤里·费多罗维奇。只有这样您才能放心，报纸所得到的材料是客观的，报导也将是客观的。现在我可以向您担保：明后天那个出色的青年人会去找您。您可以跟他谈谈剧院的情况……据我看，您还完全没有估计到报纸的力量有多大，虽然您在这世上已经生活……多久啦？”

“半个世纪了，康斯坦丁·罗曼诺维奇，”托马舒克喟叹一声说，“五十二岁了。人开始觉得疲倦，已经没有当年那股血气。”

他们在靠椅里还坐了很久，在娓娓清谈中消磨了一个雨蒙蒙的黄昏。

“就这样说定了，您等他吧，”临别时阿尔连采夫说，“不要学那些不善于跟新闻界交朋友的近视大叔的样。如果一个人对新闻工作者表现出傲慢态度，那恰恰暴露了自己的粗鲁，等于承认自己目中无人，结果却做了傻瓜。”

过了两天，那个省报的记者果然来到剧院。托马舒克就剧院的事情与他作了长谈，说个人迷信的不良后果在剧院里还没有克服，说这里还念念不忘于粉饰生活和无冲突一类的戏，摈弃包含尖锐批评的、有重大现实意义的剧本，结果是对党、对人民没有尽到责任。说经理在剧院里大权独揽，他的事情应该是管行政、财务，而不是剧目问题。几年前他还在工厂乐队里吹喇叭，他懂得什么艺术?

记者听着，一边在笔记本上把话记下来。

“是的，是的，”每隔一些时候，他就这样说上一句，“康斯坦丁·罗曼诺维奇关于你们这里的情况向我介绍的大致上也是如此。您跟他很熟吧?”

“我们是朋友，”托马舒克回答说，“虽然他是工程师，我是戏剧工作者，但这一点并没有把我们隔开。人不能光是局限在自己职业的框子里。这样一定会变得迟钝近视，您说是不是?”

“当然。您说得很对。您猜我现在想到了一个什么主意?这篇文章不应当我来写，而是应该由您来写，尤里·费多罗维奇。您写最恰当。现在我们正在发表一组由各种不同职业的人写的感想文章。十月革命节前的感想。”

“您说哪儿的话！我不会写文章！”托马舒克连连摇手，“您从我这里得到的只会是一份公文式的报告，而不是感想。”

“这您不用太操心。如果您同意的话，主要的麻烦我会代劳。我不是把您的意见全记下了吗，我只要把它们归纳一下，也就是所谓使之成文，然后请您过目。您认为不妥当的地方，就请您修改……”

“我看这……”托马舒克有些犹豫不决。

但那个记者坚持这么办。最后他得到了同意，临走时说妥，他三天后把托马舒克的文章初稿拿来。

三天后正好是礼拜天，托马舒克遵照阿尔连采夫的叮嘱请记者到他家去。

“您在两点左右来，我们一起把这件工作做好，那时午饭也就准备好啦。”

想到阿尔连采夫果然说话算话，托马舒克怀着满意的心情去看阿列克萨辛的剧本排练的情况。“走着瞧吧，”他默默自语，“你们将收到一份精彩的节礼。下次再要把人家一脚踢开可没那么容易啦。”他认为艺术指导也不是东西；也得把他作为一个不能坚持立场、甘心一生脚踏两条船的人写进文章里去。“一条无原则的变形虫。”

看到托马舒克出现在排练厅里，古良也夫立刻停止他所念的那段独白，他说：

“我等托马舒克同志出去了再念。他显然走错了地方。”

“别挖苦人，亚历山大·里沃维奇。”托马舒克说着在一把椅子上坐了下来。

“这怎么是挖苦呢？明明是您自己说的，在这个戏的演出问题上您跟我们志不同，道不合。这话您说过还是没有说过？”

“说过，但这没有什么意义。我到这里不是来参加排戏的。作为剧院的导演，我有权了解每一个同志的工作情况。”

演员们围在古良也夫身旁，在他耳边轻轻说着什么，他把手一挥。排练继续进行。托马舒克憋着一肚子的火。他听着生动有力的对白，看到演员们的工作热情，心里明白，戏一定能获得成功，也明白这将是一个好戏。他愈是清楚地意识到这一点，就愈是恨这个古良也夫，恨经理，恨艺术指导——这个不能坚持正确立场的窝囊废，恨所有那些一下子就背离他——托马舒克——的演员。

走出排练厅，他在一道走廊里碰见了卡扎柯夫。曾经不止一次有人把他介绍给这位画家。可是卡扎柯夫每次都把这个新相识给忘掉。虽然有一次他们还在阿尔连采夫邀集的宴会上见过面，但连这也不起作用。

“卡扎柯夫同志，”托马舒克说，“怎么能这样呢？人家介绍我们认识，可您就是不愿承认。”

“假如是这样的话，请原谅，”卡扎柯夫心不在焉地说，“您要知道，我老是在想这一件或者那一件事情。我们生活在这样一个复杂的时代，脑袋里永远挤满了……”

“不愉快，是吗？”

“也有不愉快。”

“哈哈！”托马舒克笑了起来，“可是我们共同的朋友康斯坦丁·罗曼诺维奇却认为只有外省人才是不愉快的温床。难道您也变成外省人了，画家同志？不过这是说说笑话，闹着玩儿的，您不要见怪。请问，您光临我们剧院有何见教？”

“他们邀我为一个戏作舞台设计。我在这儿看看，酝酿构思。我喜欢这个戏，剧本写得很好。有好些地方很有力量。能激动观众。”

“您知道这是个什么剧本？”托马舒克觉得已经不能控制自己，眼看着就要照准这个白痴卡扎柯夫的下巴挥拳痛击，并且跑去把墨水瓶、吸墨器往经理、艺术指导脸上扔，他们太不把他放在眼里了，什么也不跟他商量。好哇，连舞台设计也邀妥了，闹得可真欢哪。

“是关于奥库涅夫一家的。作者是位青年剧作家。”维塔里回答说。他没有注意到托马舒克的神态。

“这么说，现在您成了画生产画的专家啦？”托马舒克又哈哈大笑。

“这话怎么讲？”维塔里感到很意外。

“怎么讲？炼钢工人的画像、渔民的画像……轰动一时的轧钢工人像……现在又是……据我所知，这个戏里需要高炉、炉料以及诸如此类的东西，太有意思了！”

托马舒克撂下在走廊里发愣的卡扎柯夫，径自到经理室去找雅柯夫·季莫菲耶维奇了。

“也许我该打一份报告了吧？”他坐下来问道。

“什么报告？”雅柯夫·季莫菲耶维奇站了起来。

“很简单。剧院恐怕再也用不着我了。”

“您听我说，尤里·费多罗维奇。”雅柯夫·季莫菲耶维奇明白了他的意思。“您听我说，”他重复了一遍，“这要看您自己。如果您跟党组织、跟整个集体在观点上的分歧竟是如此严重，那您的事情的确不妙。但是请记住：打报告的事不是我对您说的，也没有其他任何人说过。这是您自己说的。您显然要人家挽留您，恳求您，向您说：尤里·费多罗维奇，请将就点儿，跟我们一起工作吧。不过我不会强留您。我在这里不是老板，您也不是伙计。在党的面前我们是平等的。请不要给我表演那种俗套的悲剧。不愿工作——请便。没有您，我们未必就对付不了。”

托马舒克被雅柯夫·季莫菲耶维奇这一席话以及整个事态的演变趋势吓了一大跳。但他不知道雅柯夫·季莫菲耶维奇自己对自己说的话也大吃一惊。雅柯夫·季莫菲耶维奇不止一次听到这样的忠告：“婉转些，婉转些，要小心对待干部，他们大都敏感得很，动不动就认为受了侮辱，于是就情绪低落，把一切闷在肚子里。”他也一再答应过：“好，我尽可能婉转，尽可能小心。”可是今天还是沉不住气，爆发了。托马舒克一定会霍地站起来一怒而去，把门关得震天价响。十五分钟以后，雅柯夫·季莫菲耶维奇的桌上将出现他的辞职书。那时麻烦就开始了……这个人一定会到处捏造，说他被强迫提出辞职，说经理当着他大声叱喝：“辞职好了，不愿工作——请便，我们不强留，没有您也行！”

托马舒克的确站起来一句话也没说就走了出去。但是过了一小时、两小时也没有回来，也没有他的任何报告出现在雅柯夫·季莫菲耶维奇的办公桌上。

这天晚上托马舒克又去找阿尔连采夫商量。

“您大错特错了，”阿尔连采夫责备他说，“这算哪一类歇斯底里症：‘我要离开剧院！我要辞职！’这对那个叶尔绍夫才是求之不得的事情。他会立刻在您的辞职报告的一角批上：‘同意。结清工资。叶尔绍夫。’您给他免去了许多麻烦，您这是向对手无条件投降。难怪我们的古典文学大师常常嘲笑俄罗斯知识分子弱不禁风。您的神经不够坚强，尤里·费多罗维奇，太不够了。”

“现在该怎么办呢？”

“现在？现在只能这么办：只当没有过这次谈话，您只管展开斗争。记者来过没有？”

“来过了。”

“很好。应当滚开的不是我们，而是他们——那些钢筋混凝土式的家伙。他们的时代过去了，他们只是在苟延残喘。我们有幸接触到的都是些僵尸。然而，俗语说得好，僵尸不倒地还不算死人。所以要行动起来，把他们彻底打倒。要记住，在这种事情上不能有丝毫顾虑。成则为王，败则为寇。懂吗？”

“我似乎懂了。”

“必须掐住你们那个经理的脖子。告诉共产党员们，说他要您自愿提出辞职。彻底揭穿他们——那些叶尔绍夫之流——歧视不顺他们意思的干部、排斥异己的阴谋。切不要沉默，什么也不要宽恕，不要怕‘犬吠一声，风传千里’。不，尤里 · 费多罗维奇，根本就不能让他们吠起来。否则他们瞧你不声不响，以为你害怕了。那时就会来狠狠地咬你。”

阿尔连采夫陪送托马舒克回家。他们在黑暗、低垂的天空下穿过大街小巷。从海那边飘来一堆堆蓬蓬松松的灰云，云堆里不时洒下讨厌的海滨细雨。阿尔连采夫在街上还不断嘱咐托马舒克：不能沉默，必须斗争。托马舒克说斗争不容易，很少会有人支持他。过去他对艺术指导曾寄予很大希望，可现在他也在动摇了，简直猜不透他葫芦里卖的什么药。阿尔连采夫说，当然，坚持真理是不简单的，开始的时候很少有人做你忠实的同志。但是不能悲观绝望。如果你得到成功，如果你能熬过不顺利的阶段，志同道合者的队伍就会开始壮大，那时回忆起当初如何孤军奋战而终于坚持到胜利，你会尝到说不出的喜悦。看到并且意识到自己的胜利——这是最美妙不过的一种感觉。

11

自从在那个可怕的冬天的晚上，斯捷潘没有认出廖丽亚就是从前的奥莲卡，在这以后她很久没到峡谷街去了。那天晚上，廖丽亚从斯捷潘的眼睛里看到的不知是惊恐、厌恶，还是怜悯，也可能每一种都有。过去，在城市边缘的这座土房子里她觉得那么温暖，像在自己家里一样，她的心老是向着那里，向着季米特里。但自从斯捷潘出现在土房子里，廖丽亚就失去了季米特里，她知道土房子里住着一对幸福的新婚夫妇，他们无暇顾及别人的不幸。她确信季米特里的心被画家卡扎柯夫的妻子、那个名叫伊斯克拉的身材娇小、鼻子微翘的女人抓住了。春天，季米特里去看过廖丽亚一次，在宿舍附近分手时，季米特里曾经对她说：到峡谷街来玩玩。虽然廖丽亚知道他这话仅仅是出于礼貌，甚至是不经意地信口说的，但廖丽亚还是记住了他的邀请，她很愿意记住这句话。因为这是保持在她和季米特里之间的最后一条可怜的藕丝了。

八月里的一个星期六，一天的劳动完毕了，最后几公尺被上次暴风刮破的渔网也已从廖丽亚粗糙的手里经过。她用一块像润滑油膏一样黏腻的绿色肥皂在公用洗脸池里洗了洗，然后跟从前一样穿上大约两年前季米特里送给她的那件花上衣和一条比较体面的长裙，脚上穿了一双绿色皮鞋——这也是他送的礼物，以后就到轮船码头去了。

廖丽亚慢悠悠地走在暮色苍茫的城市的街道上，看看商店的橱窗、电影院和剧场的海报，看看照相馆门口的照片。这些照片老是刺痛廖丽亚的心，因为上面照的都是廖丽亚被剥夺的，都是她没有得到过、也永远不会有的。廖丽亚会朝着一对年轻的未婚夫妻——也可能已经结了婚——看上好几分钟。他们坐在那里，好像有些被幸福吓慌似的。男的穿着簇新的、熨得笔挺的成套礼服，女的衣服当然也是新做的，洁白耀眼。他们的姿态很不自然，简直可笑，尽管照相时摄影师请他们向左看着他的手指，可是他们的眼光还是对准镜头。完了他们从椅子上站起来，由于紧张而出了点汗，接着就回家去……回家……廖丽亚想像着他们的家，他们的房间，还猜想着他和她的职业。其余的照片有不少照的是小孩儿——有穿衣服的，也有光身子的。另外有几张照的是骄矜的小姑娘，她们的学生手册上也许全是三分，可是脸上的神气却不亚于东方的公主。从前廖丽亚也曾经希望像这样照一个像，可是这个理想始终没有实现，给她照相的总是那些男同学，他们的技术很不高明，不能使她变成一位公主。

廖丽亚走着走着，到了峡谷街的土屋前。花园里几株樱桃树中间有一张桌腿钉在地上的圆桌，上面有一盏明亮的电灯，无数飞蛾和蝴蝶绕着灯泡盘旋飞舞，它们的影子在地上、墙上、树干上互相交叉。廖丽亚向桌旁正在忙着的卡芭叫了一声。卡芭走到栅栏门前，高兴地说：

“是您？请进来，快请进来！见到您我高兴极了！”她挎着廖丽亚的胳膊把她拉到圆桌边，“咱们来喝茶。安德烈快回来了。请坐，您坐嘛。”

廖丽亚受到这般亲切的接待非常激动，因而起先没有注意到卡芭的大肚子。看到了以后，她觉得光阴过得真快。一个新的生命已经在这屋子里孕育了。看起来这小土屋东歪西斜的，可是说不定它还能支持一百年。一批又一批新人将来到这座房子里接替老一代。将来新人们也许不记得老的一代，不记得当年曾经住在这里的人，不记得他们的喜怒哀乐，不记得他们的希望和不幸。将来新人会有他们自己的欢乐与烦恼。

“您在想什么？”卡芭问。

廖丽亚只是微微一笑，耸耸肩膀。

“我明白。”卡芭说。接着她问道：“您说我该怎么称呼您？我不能叫您廖丽亚，您比我年长。”

“那就叫我魏里奇金娜。渔村的人都管我叫魏里奇金娜。连孩子也是。”

“魏里奇金娜？这样我也不能，”卡芭轻轻地说，“您总该有个父名的。奥丽加……奥丽加什么？”

“不，别这样，别这样！”廖丽亚双手乱摇。“这太不习惯了，怪难听的。我不要。”

“您可教我为难了。”卡芭叹了一口气。

“不要紧，会过去的。慢慢您就不觉得什么了。”廖丽亚用截然不同的语气把话题转开去，“这么说，您快做妈妈了？这儿不久又可以听到孩子的声音了。”

“是的，是的，季米特里·季莫菲耶维奇也这么说！”卡芭立刻又高兴起来，“他说这房子将开始它的第二次生命。第一次生命已经到头了。他说他们差点儿没把这座小屋给扔下。”

“季米特里·季莫菲耶维奇他现在在哪儿？”廖丽亚问时觉得自己的心怦怦乱跳。

“到普拉东·季莫菲耶维奇那儿去了。”

“对不起，卡芭奇卡……”廖丽亚站起身来想告辞，想说她只是顺路来看看的，正在这时，栅栏门旁传来老人的咳嗽声，接着可以听到毡靴在干燥的地上拖动的声音——是马凯伊契爷爷来了。

“怎么好久不见你来啦？”他在长凳上坐下来对廖丽亚说，“坐下，坐下，咱们聊聊。要跑总来得及。反正所有的事情到死也干不完。比方说我吧，干呀，干呀，总以为没有我不行。可是后来我什么也不干了——人家照样能行，而且干得比我更好。坐下吧，把烦恼统统丢开，往快乐的地方想想。你知道你现在的神色怎么样？简直像要往火车轮下跳下去一个样。”

“您怎么啦，爷爷！”卡芭说，“老是胡思乱想的。您怎么说起这种话来……”

“什么话，正经话，”马凯伊契不服气，“我说她的神色不对。我见到的多了，你们家的事我也不是一点不知道。你坐下，坐下来，来得及，你要去哪儿都来得及。”他拉住廖丽亚的手，硬叫她在自己旁边坐下。“我来给你们讲一个故事。那是在尤卓夫卡附近的一个厂里，我跟这屋子的主人——已经故世了的季莫菲·依格纳契耶维奇——一起在那边的高炉旁干活。有一次我跟他一起站在引铁水流进桶去的斜槽旁边抽烟，一边瞧着沸腾的铁水在盛铁桶里激起一个又一个漩涡。忽然，在我们旁边不知从哪儿来了一个姑娘。她打扮得整整齐齐，娇小可爱，简直是一只可爱的小鸟。‘依格纳契耶维奇，’我推推朋友的腰，‘别是飞来跟你约会的吧？’‘也许是来找你的，’他说，‘谁保得住你私下里不在谈情说爱？’我们哥儿俩就那样站着瞎扯。可是她把黑色的短外衣一脱，头巾撂去，我跟依格纳契耶维奇正想向她走过去，可是才跨了一步，——唰！那姑娘已经越过铁栏杆跳进了盛铁桶，跳进了铁水起着漩涡的地狱。别的我什么也没看见，站在那里用袖子遮住眼睛。后来依格纳契耶维奇告诉我：当时隐约只见桶里升起一缕白色的蒸汽。就这么完了。”

马凯伊契在口袋里掏了一阵，摸出一根折弯的烟卷，把它弄直粘好。当他整烟卷的时候，廖丽亚和卡芭都不作声，他的故事使她们受到极大的震动。马凯伊契把烟点着了，继续说：

“那天我们哥儿俩茶也不想喝，饭也不想吃。后来还折腾了好几天。因为当时我们没有好好看她的眼神，只顾开玩笑，没有猜透她的心情，没有挡住她，没有制止这场不幸。可我们是能做的，姑娘们。全能做。事后我们想起，当时她的眼睛里一团怨气，她不是跟我们约会来的，而是直接去向上帝诉说活着没有意思……”

“她遭遇到什么事了，爷爷？为什么活着没意思呢？”卡芭问。

“姑娘家寻短见还有为什么的？还不是为了哪一个缺德的浪子。”

“难道就不能把她救活吗？”廖丽亚费力地张开激动得僵硬的嘴唇问。

“我已经说过——她化成了一道白烟。救活！连埋葬也不知葬什么好呢。可你还说救活！大伙儿把铁水从出铁口放出来，就这样把五十八吨生铁埋在墓中，插上个十字架，写上她的姓名。听说这个十字架到今天还在厂里空地上。”

“我走了。”廖丽亚说着又站起来。

“坐下。”

“不，不，我走了。”

“我把你吓着了吧？那我就说一个滑稽的。我们有一个老爷爷娶媳妇。他满以为娶了个老太婆，跟他差不多岁数。谁知道竟是个年轻轻的姑娘。这小妮子可狡猾呢，她假扮成一个老太婆。这下事情就开始啦……”

“别说了，别说了，爷爷！”廖丽亚默默地握了下卡芭的手，三脚两步往门外走去。

她重又穿过笼罩在幽暗中的城市，但已经不去看商店和照相馆的橱窗了。她眼前始终是马凯伊契爷爷所说的那幅景象。她清清楚楚地看到那个被命运虐待得活不下去的青年女工。廖丽亚看到她那穿旧的黑色短外衣、颜色晒淡了的头巾，看到她的一双除了绝望没有任何表情的眼睛。她在空中飞，还没有掉进铁水桶。这只是一眨眼的工夫。再一眨眼铁水桶上升起了一缕白烟。后来，人们考虑如何处理桶里的铁水，——要知道里边有一条性命，多少幻想、希望、幻想的破灭、眼泪和悲哀跟桶里的铁熔化在一起了。这样的合金不能制造钢轨、车床底架、机器或工具。这虽然是金属，但也是人命……

廖丽亚按铃，乌斯金诺芙娜出来开门请她进去，说家里只她一个人，来一位客人她很高兴。

“季米特里·季莫菲耶维奇没上这儿来吗？”廖丽亚问，“有人告诉我说他找普拉东·季莫菲耶维奇去了。”

“也许是的，”乌斯金诺芙娜说，“也许他直接到菜园里去了。今儿个星期六。男人们每逢星期六总在菜园里。”

于是廖丽亚就到城外去。

黑暗中只见小山丘的斜坡上点着一堆一堆的篝火。歌声、吉他和曼陀铃的声音迎着廖丽亚飘来。廖丽亚走到一堆又一堆篝火前问叶尔绍夫的菜畦在哪儿。人们往黑暗中指点着告诉她。她继续向前走，不时在陌生的路上绊倒滑跌。

普拉东·季莫菲耶维奇盘腿坐在篝火旁边，他正从火堆里取出烤熟的土豆。周围至少有十五六个人。有的站着，有的坐在长凳和木箱上，有的铺了干草躺在地上。他们正在高声谈话。

廖丽亚闪在黑暗中看季米特里是不是在这群人中间。但是没有找到。她鼓足勇气再走近一些。人们全神贯注在谈话上，没有注意到她。

“我认识他，没错儿。鼻子大大的，谁见过一次就一生不会忘记，”一个小老头儿在说，“那时候我在仓库附近站岗。小伙子们把一辆长长的、黑颜色的汽车停在一座仓库的墙背后，要是德国人开起炮来，不致被弹片碰坏了车。当时事情就是这样。”

“你是在哪儿又看见他的？在什么时候？”普拉东·季莫菲耶维奇问，手拿着扦住一个土豆的枯枝动也不动。

“就是今天，在城里的邮局里。我是去领养老金的。我一看，在一个窗洞口站着一个人……我看着他觉得面熟。从他的鼻子我认出他来了。我心里纳闷儿：这孬种干了这样的坏事，怎么到今天还自由自在的？‘对不起，’我说，‘请问您是在钢铁厂工作的吗？’‘是的，我是在钢铁厂工作，’他说。‘请问，’我又说，‘一九四一年秋天，德国人攻打这城市的时候，您是不是也在钢铁厂工作？’他说是的。‘那您记不记得有这么回事？……’我一边说，一边气得全身直哆嗦，喉咙里像卡住了什么东西似的。‘是这么回事……’我说，‘当时有人把一辆汽车马达里的火花塞拧掉，让汽车落到德国人手里，害我们的人走不成，这件事您记得不记得？’‘老大爷，您上了年纪头脑不清楚啦，’他说完拍拍我的肩膀走了。可是他的脸烧成了灰我也认得。他的鼻子活像个蒜头。”

“得把这件事告诉斯捷潘，”普拉东·季莫菲耶维奇说，“斯捷潘虽然记得火花塞的事，可是他自己没有看见是不是沃罗别内拧掉的。只是猜想。可是你，老爷爷，是个活证人。”

“沃罗别内为了给德国人修复炉子等等的事情受审时，这条毒蛇就没提火花塞半个字。”有人在黑暗中说。

“难道你以为他会老老实实承认一切？说这也是我干的，那也是我干的？”火堆旁另外一个人说，“罪犯的打算是什么？还不是想尽可能少说，尽可能多隐瞒。”

“这火花塞的事有什么稀罕！”第三个人说，“沃罗别内干的坏事还少吗？主要的是他甘心为德国鬼子做事，甘心替他们修复炉子，甘心给他们炼钢铁打红军。”

“为这些他已经受到了应得的惩罚。要不是大赦，现在他还在坐牢呢。”

“要查明火花塞的事，”普拉东·季莫菲耶维奇说，“不是为了对他重新进行审判，而是要让高炉车间的人知道他们的总工长是个什么东西。”

“我们本来就知道，季莫菲耶维奇。还是扔一个土豆到这儿来吧。别谈这个沃罗别内啦。星期六为他扫兴又何苦呢。”

普拉东·季莫菲耶维奇从火堆旁站起来，这才看见廖丽亚。

“你在这儿？”他觉得很奇怪，“这么久没见到你，你在哪儿？来，尝一个烤土豆。新鲜的。”

“新鲜的不烤着吃，”廖丽亚说，“还是煮的好。”

“对。再加上一点酸奶油。”有人附和着说。

“有茴香末就更好。”

“没关系。烤的也挺不错，”普拉东·季莫菲耶维奇说着把一个土豆递给廖丽亚，“你坐下。坐在我的外套上。你来有什么事吧？”

“我找季米特里。说是早就上您这儿来啦。”

“会不会他在家里等我？”

“您家里我去过，那里没有。”

“那就不知道了。我没看见他。一个星期没见他了。瞧，亲哥儿俩住在一个城里，可是一星期见不上一面！”

他不过是说说笑话，可是廖丽亚心似刀割。那么季米特里到底在哪儿呢？多么想看见他，听到他的声音，望着他的眼睛，哪怕在他身边待一会儿也好。由他骂，由他嘀咕，即使季米特里不理她也无所谓。要知道除了他，廖丽亚在这世上没有第二个更亲的人。她不能永远离开他。她有什么地方可去？她该怎么办？……除非……

也许因为这时扔在火堆里的干树枝突然烧着了，向黑暗的天空撒出一大把火星，也许由于别的缘故，马凯伊契爷爷讲的故事中的那一幕又像一场大火在廖丽亚眼前掠过。她甚至用一只手遮住了脸。

“怎么啦，太热了吧？”西多林老头说。“你稍为退后些。要不会把裙子烧破的。烧破了你穿什么？我瞧你的穿戴也不会像亚历山大第三的皇后玛丽亚·费多罗芙娜那么齐全。战前我到过列宁格勒附近的嘎特钦纳宫，到过他们的寝宫。她一个人的衣服就有一千五百件。不相信你可以数。光是放这些衣裳的橱就占了八间屋，一排又一排，一排又一排，尽是衣服……”

“老爹，你在那里还见到些什么来着？”黑暗中一个年轻人的声音问。

“还见到些什么？我还见到沙皇宫殿里有这么一座螺旋形的梯子——从这一层通到那一层。顺着这梯子往上转或者往下转，所有的墙壁全糊着有漂亮小姐的花纸，一不小心踩了个空，摔下去包你落地开花。”

“你别胡说啦，西多林！沙皇宫殿里怎么能有漂亮的小姐——皇后不答应的，那儿只有御座、金球、皇笏之类的东西……”

“不懂就少开口！”西多林生起气了，“金球、皇笏！……这些都锁在储藏室里。在他们的寝宫里还有铁砧子、老虎钳等等各种各样的工具。他闲时锉锉钥匙，做打火机……他还会吹喇叭。”

大伙争论着，笑着，打断老头的话，挖苦他。廖丽亚几乎什么也没听进去。她呆呆地一口一口咬着热腾腾的土豆，心里充满了怅惘，最好能爬到黑暗的、被露水浸湿了的草地上去睡觉，永远也不要醒过来。

“我走了，”她向普拉东·季莫菲耶维奇说着站起身来。

“你上哪儿去？再坐一会儿，回头一起上我们家去。明天再走吧。”他的语气好像有什么地方对不起廖丽亚似的。

“不，我走了，”她抖抖裙子，掠掠头巾下的头发，向大家道了声“再见”，然后顺着小路往城里走去。

“她是谁？”当她的脚步声去远时，人们问普拉东·季莫菲耶维奇，“亲戚？”

“呣，呣，”他回答说，“亲戚。”

廖丽亚走着走着，就这样在城里走到深夜，最后几处窗里的灯光也都熄了，她走到海岸边，在浴场的一条长凳上坐下来。得等到早晨才有第一班轮船。浪头平稳地打在系船桩上，顺着岸边的小圆石沙沙地淌过去。夏夜的风清新而又温暖。和风轻拂下，廖丽亚渐渐在沙沙的水声中打起盹来。

忽然，一团熊熊的火焰直扑她的眼睛，可怕的景象又出现在脑际。廖丽亚霍地跳起来。原来是一艘巡逻艇在海上啪啪地响着，用它又长又白的手臂——探照灯——搜索着海岸。

12

安德烈和卡芭在等候客人。这是卡芭出的主意——举行一个青年晚会。卡芭说，学年快开始了，到那时姑娘们和小伙子们就忙啦，趁现在大家都有空，叫他们来玩一次吧。安德烈问她，在她这样的情况下整整一个晚上忙着张罗一切可受得了。卡芭笑了起来，说情况还谈不上严重，再说在这样的情况下根本娇懒不得——娇懒只有害处，没有好处。

他们决定晚会的形式要简单朴素，真正是大学生的晚会，餐具只用此地有的，卡芭不向父母去借，也不为准备任何珍馐佳肴伤脑筋。

被邀请的不光是跟卡芭同班的男女同学，也有安德烈厂里的几个朋友。“看看效果怎么样，这很有意思。”卡芭说。

到得最早的是平炉车间的一个组长，他个儿不高，体格结实，老是笑嘻嘻的。

“卡芭奇卡，认识一下，”安德烈说，“我跟他从一年级到七年级一直同坐一张课桌。郭里亚 · 普赛辽夫。过去大家都叫他普赛立[①]，念书的时候成绩不见得特别好，不像现在这样总是先进工作者。有一次他的照片登在报上我指给你看过，记得吗？他是市苏维埃最年轻的代表。”

“鉴定作得真详细呀！”普赛辽夫笑了起来。“甚至在介绍候选人的时候也没有把我介绍得这么详细，虽然他们用了不少漂亮的字眼。我坐在选民面前，恨不得地上有个洞钻下去。”

他们派郭里亚翻过栅栏到马凯伊契爷爷那儿去搬一条长凳来。

---

① “气泡”的意思。

在郭里亚之后来的是卡芭的两个女同学。安德烈记不得她们姓什么，只记得皮肤浅黑、一副大眼睛转个不停的那个叫玛鲁霞；身材瘦小、长着褐色头发、对屋里的一切都觉得新鲜的那个叫静娜。

随后一批一批又来了好几个，一共到了大约二十个人。大伙聚集在花园里的樱桃树下面大声谈笑。安德烈的三个朋友跟大学生们保持着一定的距离，他们有点儿感到拘束，只得一支连一支抽烟。卡芭急忙请大家进屋里去就座，——在餐桌旁交朋友比较容易。她预先用纸写好谁应该坐在什么地方。郭里亚·普赛辽夫坐在眼珠转得很快的玛鲁霞旁边，技师马霍特金给安排在好奇的静娜一起，让煤气工谢辽金——也是安德烈的朋友——跟胖胖的阿洛奇卡去攀邻座之谊。卡芭说阿洛奇卡是个未来的外科医生，——她有一双强有力的手。卡芭和安德烈不希望有人喝醉。卡芭事先问过安德烈，他的朋友中谁喜欢喝酒。安德烈说，在这一层上除了谢辽金稍有一些危险以外，另外两个都不爱喝酒，也不会胡闹。“至于在我的朋友中，”卡芭说，“要注意萨沙·贝洛博罗蒂柯和若拉·保保夫。我让他们跟比较严肃的姑娘坐在一起。伏特加绝对不用，只备一些葡萄酒。”

入座后，主人用小酒杯给大家斟了葡萄酒，接着出现片刻的冷场，胖胖的阿洛奇卡开口了：

“应该有人讲话，祝酒。谁会？”

“这用不着会不会，”头发蓬松、面容苍白的贝洛博罗蒂柯回答，“在这座屋子里只可能为一件事干杯。”他站起来举杯说，“为不久将在这屋顶下诞生的新生命干杯。”

“对！”

“好极了，萨沙！”

口径不一、形状各异的酒杯响起了一片碰杯声。

“为新人干杯！”

“为他的母亲干杯！”

接下来有一段时间大家都跟邻座的人攀谈起来，互相敬吃的，问姓道名，——刚才主人给介绍的时候，匆促间谁也没记住谁姓什么叫什么。然后贝洛博罗蒂柯建议再干一杯——为安德烈，因为这座房子里将诞生的新生命跟安德烈直接有关，要知道他是未来的爸爸。安德烈窘得满脸通红，举杯的时候手直哆嗦；有人说他从前偷过鸡，现在一看就明白。

在等候祝第三杯酒的时候，坐在阿洛奇卡旁边的煤气工谢辽金把小酒杯挪开，用大玻璃杯给自己斟酒。阿洛奇卡毅然用她胖鼓鼓的手把杯子捂住，说：

“这里头至少有五小杯。您得分五次喝。懂吗？”

“懂，”谢辽金说，“您还在学习，可已经像大夫一样限制病人的饮食了。”阿洛奇卡给谢辽金的印象很好。她那强壮的身体不时透出一股暖流，虽然屋子里本来已经够热的了。谢辽金在悄悄地向她挨近。“您的嘱咐我一定照办，我很守纪律。”

“谁把您训练得这样守纪律的？是妻子吗？”

“是工会。我还没有妻子。”

“为什么？该有了。”

“我没有住宅。现在住集体宿舍，睡单人床。”

“那您就结婚呗，结了婚可以早些配到房子。在这种事情上对有家室的人总有些照顾。”

“人家不愿嫁给没房子的人。怕万一不给照顾怎么办？”

在餐桌的另一端，淘气的玛鲁霞对郭里亚·普赛辽夫说的话可完全是另一个样：

“喝了这葡萄酒嘴里就是一股酸味。您不觉得吗？”

“那您喜欢什么酒呢？”郭里亚问。

“我爸爸——他在前线牺牲了——他常说，最好的酒是伏特加。我同意他的说法。我也只喜欢伏特加。”

“你胡说些什么，玛鲁霞？我敢说你从来没有喝过伏特加。”一个姑娘在她耳边悄悄地说。

“别打岔，”玛鲁霞着恼地把她支开，然后面朝着郭里亚继续说，“男人应该有男子气，对吗？”

“对，”郭里亚爽朗地回答，“但这并不等于说，男人应该以酒量来证明自己的大丈夫气概。”

“哦，是这样！您是一位工人吗？”玛鲁霞问。

“是的，我是工人。”

“您在厂里是做什么的？”

“炼钢。我是炼钢工人。”

“啊！……对不起，我向您说了许多蠢话。您知道，我还没有接触过像您这样的、真正的工人。我碰到的只是来修锁或是糊房间的。他们大都是酒鬼兼无赖。”

“这不是工人，”郭里亚说，“这些人只会敲诈无能的普通市民。他们修锁修得很坏。”

“的确这样！”玛鲁霞兴奋地说，“过了一天又得重修。”

“糊房间他们糊得很慢。”

“一点儿也不错。而且总要先收一笔定钱，然后一个礼拜不见人影。所以请原谅我从他们身上形成了对工人的看法。至于像你们炼钢工人、锻铁工人等等，我总感觉离得远远的，只是书本上还有。他们当年闹过革命，完成过几个五年计划，现在把所有的国家大事都交给了工程师和知识分子。”

“那么他们自己到哪儿去了呢？”

“这我没想过。请您不要生我的气。”

“玛鲁霞，我觉得你道歉太多了，”一直没开过口的保保夫隔着桌子说，“不要把现代的工人理想化了。今天的工人跟当年闹革命的工人完全不一样。”

“是的，是不一样，”郭里亚说，“今天的工人有了文化，他们在七年制、有的还在十年制学校毕了业。”

“就是有了些文化！可是一直是工人阶级优秀品质的革命性到哪里去了？”

“这话是什么意思？”技师马霍特金觉得奇怪，他立刻提起反问，“计划超额完成，指标一破再破，这是什么？……高炉四座顶五座，这是什么？难道这不是革命性？我们厂里的工人一年内就提了千万条合理化建议，采用这些建议节约下来的资金达八百万卢布——这难道不是工人阶级革命性的表现？”

“我指的不是这个……请问，哪里有群众性的统一行动？”

“我懂了！……您大概是希望看到罢工是不是？请问要罢工反对谁？反对什么？”

“要反对的还少吗？”保保夫喊了起来，“官僚主义，各种各样的不良现象有的是！贵族老爷到处都有。”

“听我说，公民，”郭里亚沉着地说，“这些贵族老爷、官僚主义者您见过没有？您碰到过他们没有？还是从《新世界》杂志上看来的？”

“同志们，这没有保守秘密的必要，”一个大学生说，“保保夫同学经常收听‘美国之音’和各种‘自由欧洲’之类的广播。就这件事我们已经向他提出过批评。他的思想不够坚定，抵挡不住谣言的冲击。”

“谣言中间也有几分真理。”保保夫不甘示弱。

“请教这是什么‘真理’？”

“小伙子们！我求求你们别说啦！”阿洛奇卡站起来喊道，“停止这些无聊的空谈吧！”

“这不是无聊的空谈！”保保夫大声说，“这事不能沉默。可是我们装聋作哑，什么都怕，什么都规避。于是病毒攻心。”

“什么病？”

“我来告诉你们。既然我们要根除个人迷信的后果，那为什么不把旧的机构解散？”

“什么机构？”

“各种各样的。反正是官僚主义的机构。”

“我父亲就属于他所说的机构！”卡芭怀着自豪的心情激动地说，“从他懂事起，他就为党、为苏维埃政权、为人民忘我地工作、斗争。他从来不知道有一小时的休息。从来也没有过！因此他有严重的心脏病。他把自己整个儿给了人民，给了祖国……”

卡芭眼睛下面的皮肉开始抽动。郭里亚·普赛辽夫急忙拿了一杯水跑到她跟前。

“您怎么啦，您怎么啦！”他说，“您不能这样激动。他不过是个傻瓜罢了。”

“不，他不是傻瓜！”卡芭呷了一口水，“他已经不是头一遭说这样的话。我们一直原谅他。他还说我们离开了革命的道路。我们不该一次一次原谅他。他是一段烂木头，烂木头！”

“卡芭奇卡，你太过分了，”静娜说，“不能随随便便说人家是烂木头。若拉才二十二岁。他哪儿来得及烂掉啊？”

“也有从根上烂起的。”安德烈说。

“尤其在气候恶劣的情况下，”一个大学生支持他的意见，“在雨雪交加、遍地泥浆的天气里。”

“保保夫同志，”安德烈说，“我们还是初次见面，互相不了解，也许，您可以不听我现在想说或者您的同学和我的朋友已经在这里说过的话。但我要告诉您，您所说的关于工人阶级的那些话使我感到极大的侮辱。我就是工人。我父亲、祖父都是工人。甚至我祖父的父亲也是工人。”

“上大课吗？”保保夫靠在椅背上傲慢地问。

“是的，”安德烈平静地回答，“我们知道，向某些人讲真理的时候，他们就大喊大叫：‘这是上大课！老生常谈！教条！’譬如在联合国，那边干脆就把真理叫做‘共产党的宣传’。所以您说这是上大课也可以。我的曾祖父是在炉子爆炸时烧死的。工人们把他埋葬的时候，老板叫来了一批哥萨克。他们用皮鞭抽、用马刀砍曾祖父的朋友们。为了永远不再有这等事，我的祖父参加了十月革命。为了让人民自己掌握自己的命运，祖父和我父亲挑起了建设自己的苏维埃国家的重担。我祖父因为不让希特勒匪徒们在我们厂里炼钢铁，他英勇牺牲在工人阶级的战斗岗位上。我父亲在前线作战，他为了我和您献出了自己的生命。他们都是为了不让过去的日子重来，为了永远不再有哥萨克的皮鞭或是警察的马刀。为了这个，我也随时准备着献出我这还年轻的生命。您要我们采取如您所说的‘群众性行动’反对谁？难道要我们自己反对自己？反对我们曾祖父、祖父、父亲的事业？反对我们自己的事业吗？”

“您的祖宗也未免太多了！”保保夫冷笑着说，“他们从前过的什么日子，这我们不知道。可是在您的描写中却看不清楚我们过的是什么生活。”

“保保夫！”阿洛奇卡愤愤地说，“他的曾祖父、祖父，”她指着安德烈，“食不得饱，衣不蔽体。而你呢？瞧你身上的衣服料子多讲究。这难道是‘美国之音’给你的？你在一个月里有一天饿过肚子没有？你有吃，有穿，有住，国家给你助学金，给你念书。你这样胡说八道怎么不害臊的？到资本家那里去吧，你这蠢货……”

“请不要出口伤人！”保保夫说。

“不，我要伤人。是的，你是蠢货，蠢货，蠢货！你听外国广播听得太多了，愚蠢的坏书你也看够了。一开口尽是胡言乱语。所以我说，你到资本家那里去，到那里去领助学金、受高等教育试试看，等你将来能够当上一名医生，那时候我们再来听你的高论……”

郭里亚·普赛辽夫决定打断这场争辩。

“同志们！”他说，“今天晚上我们反正来不及把这个人改造过来。那就见他的鬼去吧！我们还是把这几杯酒干了，然后跳会儿舞。安德烈对我说过，他这里有几张好唱片。”

“对！”阿洛奇卡欣然赞成，“郭里亚，您真是了不起的天才。”

“他是市苏维埃代表！”

“他还是车间组长！他有领导天才！”

“可我们又不是在这儿炼钢。”

“真遗憾。不过我还是要建议为那些在平炉旁炼钢的人们干一杯。”

“也要为在平炉旁炼铁的人们干杯。”

“平炉不炼铁，铁是在高炉里炼的。”

“这不要紧。来，让我们为你们干杯，安德烈、郭里亚同志，也为你们，马霍特金和谢辽金同志！”

“保保夫当然是不愿为你们干杯的，”贝洛博罗蒂柯说，“因此我不得不承担喝双份的义务。”

“不，”阿洛奇卡始终不稍懈怠，“没人强迫你喝双份。这儿大家一律平等。”

餐后，青年们开始在花园里的樱桃树下跳舞，鞋跟踩在夏天干燥的地上扬起了尘土。电唱机放在窗台上，音乐响彻整条峡谷街，也许甚至穿过谷地远远飘向草原。阿洛奇卡只跟郭里亚·普赛辽夫一个人跳舞。他们哪哪哝哝无休止地不知在谈些什么。

“郭里亚，这样太不够朋友了。”谢辽金抓住一个机会对他说。

郭里亚不理会他的责备，谢辽金愈想愈气，悄悄地走了。保保夫也走了，谁也没有注意到。

酣舞之后，大伙儿在花园里散开。虽然这个花园很小，但每个人在里边都找到了僻静的一隅。到处有谈话、争论，甚至有……卡芭敢起誓……她说：

“安德烈，有人在接吻。”

“那又怎么样？”安德烈说，“你反对吗？”

“我不过想知道是谁。”

过了一会，大家吃了茶点，不太整齐地合唱了几首歌曲，然后客人们开始告辞。最后走的是郭里亚 · 普赛辽夫跟阿洛奇卡。因为阿洛奇卡把一条小披巾忘在花园里什么地方了，她在那儿找了很久，郭里亚也帮着她找。

“调皮的阿洛奇卡，”等他们也走后，卡芭说，“我看得出来，她看上了你们的郭里亚。她故意弄出这些花样，好让郭里亚送她回家。”

“下一步是交换地址……告诉电话号码：22000。”

“对，回头又是约好一起去划船，”卡芭接下去说，“将来郭里亚在平炉旁烫伤了，阿洛奇卡会给他医治。”

他们在栅栏门口互相拥抱。黑暗中传来了马凯伊契爷爷的声音：

“你像熊瞎子似的把她抱得那么紧干吗？在她这样的情况，这可要不得。得好好保护重身子娘们，傻小子。”

他们笑着逃进屋里去了。

“真滑稽，”卡芭说。“娘们！要是我爸爸妈妈听见了才有趣呢。他们养了个什么：娘们！”

餐桌上凌乱的一切等明天再收拾，他们坐下来，安安静静两个人喝茶。

“我到底累了。”卡芭说。

“你们那个保保夫真是个蠢货。”安德烈说。

“你们回答他的话说得好极了。我真高兴。也许他这样明说了倒好，大家一下子都有了回答的话和例证。”

“总的说来究竟不愉快，”安德烈说，“这说明在我们中间还有持这种观点的人。我还以为这一切都不存在了。平时一直工作，工作，面前老是炉子，炉子以及厂里的小伙子们，渐渐地以为生活就是由这些组成的。可事实上生活里还有这样的人……”

他们面对面坐在桌旁，互相望着对方眼睛里关切、不安的神情。对于他们来说，如果祖国一旦面临威胁，他们将采取什么行动，这毫无疑问。他们热爱保尔·柯察金和青年近卫军的英雄们，热爱卓娅、海鸥和马特洛索夫，因为这些人在严峻的年代里所采取的行动正和他们——安德烈·叶尔绍夫与卡芭·叶尔绍娃——一样，如果他们处在这些人的情况下的话。

13

阿尔连采夫来到了党委办公室。

“我记得，”他坐在靠椅里晃着一条腿说，“在这个办公室里曾经讨论过我们的契比索夫厂长对待克鲁季里契工程师的合理化建议的态度问题。当时契比索夫同志这样解释自己的行为，说是对他的建议估计不足，没有了解透彻，工作忙，钻不出事务堆。遗憾的是事实证明并不是这样。请看看这些文件。”他从皮包里取出好些书面材料，把它们摊在党委书记面前的桌上。

早就可以到党委会来，早就可以公布所有这些文件了。但阿尔连采夫希望这事由克鲁季里契自己来做，他正是要这个暴躁的人自己带着假文件到处奔走挑起讼端。然而有一点他未曾估计到：得到了住宅、工资又不少、地位高居于厂内其他发明家之上的克鲁季里契，已经失去了他的“战斗热情”。按照阿尔连采夫的意图，必须把卡扎柯娃斥为剽窃者，可是克鲁季里契却说：“坦白说，我倒愿意原谅她这个小小的过失，康斯坦丁 · 罗曼诺维奇。可能我跟她的工作是各管各进行的。可能她并不是什么剽窃者。说不定我和她同时想出了这个主意。这样的例子历史上有的是。”“唉，克鲁季里契，克鲁季里契，您真是个怪人！”阿尔连采夫竭力把语气放平稳。“可是我不比某些人坏，”克鲁季里契回答，“不比别人坏，康斯坦丁 · 罗曼诺维奇。”

阿尔连采夫得不到克鲁季里契直接的支持，也许还不会贸然抛出这些文件，可恰好在这时候，《钢与作风》一文的作者又到厂里来了。他们在一起度过了三天。这位客人大为气愤，为什么看到他的文章还不采取措施；他上市委找戈尔巴乔夫，还到报社去过。就是绕过契比索夫一个人——不知为什么他不愿意跟这位厂长见面。他对阿尔连采夫说：“凡是旧的、保守的、教条主义的一切都将被清除——对这一点不应该有任何怀疑。您在这里难道感觉不到有一阵清新的风吹起来了？”他还说要发表一篇新的、更尖锐、更激烈的文章。

铤而走险——这当然跟阿尔连采夫的处世原则严重相背，但是那位来自文学界的客人的话使他进一步确信有必要积极地行动起来。否则就会错过机会，就不能拔得头筹。

“请看吧，”他把所有的文件一份份在党委书记面前摊开，“从里边可以得出这样的结论：契比索夫同志对待发明家的态度使人难于理解。这是他给总工程师的便条，便条上厂长要求总工程师注意，称量车降温的任务克鲁季里契同志完成得怎么样。这说明有过这么回事，说明厂长关心这项工作，说明发明家克鲁季里契已经受托研究这个问题。可是接下去又怎么样呢？接下去——请看，这是克鲁季里契关于工作已经完成的报告书。这是他所附的说明。这是称量车电气冷却设计的示意图。这是工作笔记和草样。请看日期——这是在什么时候？很久很久了，还是一月份的事情。克鲁季里契完成了厂长交给他的任务，而且是出色地完成了，可是为什么没有人知道呢？为什么所有这些文件订进了活页夹就被束之高阁呢？书记同志，是不是因为契比索夫口头上承认了自己对待克鲁季里契的态度不正确而对他怀恨在心？也许他把这个任务交给发明家就是希望他完不成，要发明家出丑？可是凭着克鲁季里契超人的天才这个任务还是完成了，于是厂长就把这件事瞒过厂里的舆论。然后又怎样呢？然后……由于称量车里的高温问题终究必须解决，就决定采用克鲁季里契的建议。但要使大家知道发明者不是他，而是在各方面都碌碌无能的卡扎柯娃工程师。这里头用的是什么方式——很难说。或是直接把所有这些材料交给了她，或是巧妙地向她提示了解决问题的关键。具体情况如何我不能担保，我只不过说出我的猜想。不一定完全正确，请原谅。”

党委书记十分激动。一方面——阿尔连采夫提出了一大堆材料。另一方面——不可能相信契比索夫会做出这等事来。

“嗨……”他意识到事情是严重的，“好吧，这些文件就留下，阿尔连采夫同志，我们要研究。”

契比索夫被请到党委办公室，他看到了这些文件，如堕五里雾中。

“我能说什么呢？”他说，“对，这是我给总工程师的便条。对，我向克鲁季里契交代过任务。至于其余的……这些文件，我还是第一次看见。”

“那么跟卡扎柯娃谈过没有呢？”

“谈过。她把她的建议告诉了我。这是个很有价值的建议。我表示支持。总工程师也支持。具体的工作交给了设计师和电工们。现在已经在安装了。”

“为什么对卡扎柯娃的建议表示支持，而把克鲁季里契的内容相同、并且更早提出的建议束之高阁呢？”

“我不知道。真的不知道。”契比索夫努力回忆着跟克鲁季里契的每一次见面、每一次谈话，同时一支连一支抽烟，他的神态像有极大的负疚。

“事情可太费解了。”党委书记默默地用一小块麂皮把眼镜擦了半天。

于是把总工程师、阿尔连采夫、各有关科室的工程师、高炉车间的车间主任、总工长沃罗别内等都叫来在党委办公室开了个会。沃罗别内说，关于克鲁季里契的建议他春天的时候似乎听说过，——不知是克鲁季里契已经提出了这个建议呢，还是正准备这样做。不过的确有过这么一回事。还在一年前，克鲁季里契曾经下吊车坑去过，这一点工人们可以作证。总工程师说，厂长这张便条他记得很清楚，但是他应该承认自己的过失：他没有执行厂长的指示，没有及时跟克鲁季里契谈过，没有检查工作的进展情况。他问阿尔连采夫，克鲁季里契的文件是在什么地方发现的。阿尔连采夫说跟厂长的便条一起，也在那个活页夹里。“怎么会到那里去的呢？”契比索夫问，“谁放进去的？”“显然是您，契比索夫同志，”阿尔连采夫回答，“那个夹子里都是厂长给总工程师的文件。”“我没有见过这样的文件！”契比索夫说，“从来没有！这里头一定有鬼！”

最后决定成立一个调查组调查这桩头绪纷乱的事情。但是关于这件事的流言却已经在调查组之前传开了。沃罗别内当天跟阿尔连采夫单独作了短促的会面之后就在车间里对工长和工人们说：“当然，不能全怪卡扎柯娃一个人。卡扎柯娃有错，这是无可否认的事实，她没能抵挡住外来的诱惑。但是领导也不应该这样引诱她——把别人的建议向她提示。”“厂领导为什么要这样做？”有人问沃罗别内。“建议是克鲁季里契提出的还是卡扎柯娃提出的——这有什么区别？重要的是生产上的问题解决了。”“有区别，同志们，而且还是不小的区别。首先，厂长跟克鲁季里契早就过不去。为了克鲁季里契，厂长好像还挨过批评。第二，我们大家究竟都是人，普通的人……卡扎柯娃工程师是个女人，而契比索夫同志是个男人……我什么也不加肯定，这只是我的猜想，不过我认为未必毫无根据。”

这团流言蜚语的雪球就这样愈滚愈大，向伊斯克拉当头压下。

“是什么魔鬼教您去偷克鲁季里契的发明？”车间主任用他不拘礼的语气向她说，“随便哪个都好惹，偏偏去惹这个十足地道的疯子。”

“可这是没有的事，”伊斯克拉愤懑地说，“这是捏造，天大的捏造。难道您相信这话？”

“当然，我很愿意相信您，伊斯克拉·瓦西里耶芙娜。可是我也不能不相信文件哪。我在党委会看到的……都是硬邦邦的文件。”

“就算这样！就算是克鲁季里契提的建议，让他得到一切，什么都归他。反正我没有偷过他的发明……我是自己搞的……”

“一切都可能，伊斯克拉·瓦西里耶芙娜，一切都可能。调查组会弄清楚的。”

“维塔里，维塔里，维塔里！”她嚷着跑到家里，“倒霉透了，倒霉透了。”

维塔里不在家里。桌上照例留着一张字条，柳茜卡已经在屏风后面睡着了。字条上写着，他已经给柳茜卡吃饱了，给伊斯克拉也做了一些吃的——裹在棉被里，——他在执行保姆任务完毕以后才出去，希望伊斯克拉不要等他。

伊斯克拉在房间里跑来跑去，什么也不吃——咽不下，最后她跑到街上，她需要找一个人向他说出肚子里所有的话。

她无法向自己解释怎么会想出这样的主意，她跑到厂里新盖的公寓式宿舍去——不找别人，单找阿尔连采夫。因为是他找出那些文件并把它们送到党委会去的。关于这件事总工程师说过："他不一定要这样急急忙忙跑到党委会去。可以先通知我一下。或者先跟厂长谈。"自从那天在车间里阿尔连采夫企图用假和气、真放肆的口吻跟她谈话，结果发生了冲突之后，伊斯克拉对他就有了恶感，但这跟事情没有关系，恶感管恶感，事情总得弄弄明白。

在一套公寓的门上写着，找阿尔连采夫请按三下铃。伊斯克拉按了铃。阿尔连采夫在家。他出来开门，穿着又厚又软的睡衣站在伊斯克拉面前；从他握在手中的烟斗里散发出香喷喷的烟味。

"是您？"阿尔连采夫感到意外，"请进。"

他领伊斯克拉走进他的房间。在书桌上有一本摊开的笔记本，笔记本上搁着一支漂亮的金笔。她按铃的时候，阿尔连采夫显然在写什么东西。除此以外，桌上一干二净，什么也没有——没有一本书，没有一张纸，也没有一支铅笔。

"请坐！"阿尔连采夫指着一把靠椅。

伊斯克拉坐下来，这才感觉到自己来找这个人是做了件蠢事。她来找他干吗？这是一个冷酷、自私的人。她只会遭他的嘲笑，别的什么也得不到；他将把她来访的事当作笑话告诉他的朋友。她默不作声。阿尔连采夫磕去烟灰，用金黄色的烟丝重新装满烟斗。忽然，伊斯克拉的眼泪不由自主地顺着腮帮淌了下来。

"这是为什么？"他说，"您是多么勇敢、多么坚强的一位妇女……"

伊斯克拉很快擦干眼泪，说：

"对不起，当然我不应该来打搅您。但是我很想知道，您凭什么认为我剽窃了克鲁季里契的东西。难道在您送到党委去的那些文件里也提到了我？还是您仅仅这样猜想？”

阿尔连采夫一根又一根地擦火柴点烟斗。

“这对我非常重要，”伊斯克拉继续说，“假如里头有确定什么抄袭行为的提法——那就说明这些文件是伪造的，因为我没有抄袭任何人的任何东西。我要知道……”

阿尔连采夫用专注的目光盯着她看了很久。

“没有，”他说，“关于您所问的情况，在那些文件里没有书面证明。我在党委会也绝对没有肯定这一点。”

“但是您说过这话。说过没有？”

“那纯粹是猜测和假想。如果不是这样——您可以推翻。我乐于承认错误。”

“推翻！不，您得提出证据来！您散播了谣言，就得拿出证据来……”伊斯克拉这时恨不得跳起来照准这个狂妄自大、摇晃着一条腿的人冷笑的脸上给他一巴掌。

“女人享有这样的特权——可以任意放肆说话。”阿尔连采夫潇洒地鞠了一躬，“男人的义务就是无条件忍受这一切。”

“您不用把自己扮成小丑。”

他又鞠了一躬，但是已经没有笑容。

阿尔连采夫内心经历着矛盾的斗争。当他开了门看见伊斯克拉的时候，他曾感到一阵难堪，他不太好意思正视一个——说得缓和些——被他冤屈了的人。一分钟以后，良心的责备和不安过去了，而当她在靠椅上坐下来，甚至开始擦眼泪的时候，他已经重又露出那种使人招架乏术的冷笑。甚至有这么一瞬间：他想抓住这个女人的胳臂，把她拉到自己身边，让她忘掉他们所有的嫌隙和争吵。这究竟为了什么？难道他跟女人对立、争吵得还不够吗？何况在近看之下发现这还是一个相当可爱的女人。但当她开口说话转入反攻的时候，他觉得势头不妙。等到她说他把自己扮成小丑时，阿尔连采夫终于老羞成怒。可爱的女人不再可爱了。

“还有吗？”他生硬地问。

“还有，”伊斯克拉把心一横，回答说，“您没有丝毫苏维埃人的气质，您是个阴险、卑鄙的人。”

“还有吗？”

“还有，如果学您高尚的榜样，我应该把以前在部里听到的所有那些关于您的那些传说也在厂里散布出去：关于您的风流逸事，关于您太太几乎跟每一个年轻的女工作人员都闹过的醋海风波，关于大名鼎鼎的珈玖尼雅……”

“我认为已经够了，”阿尔连采夫说着站起身来，“我衷心感谢您使我享受到这样美妙的一个充满回忆的晚上。”

“不用客气。”伊斯克拉也站起来。她因为无法激怒这个人而气得发抖。

她再也没向他说什么，就这样走了。阿尔连采夫送她到楼梯口。她已经下了一层楼，阿尔连采夫从上面向她说：

“请常来玩。我非常欢迎。可惜不是每天晚上都能有这样一位令人愉快的人过来谈谈的。”接着他砰地把门关上。

伊斯克拉回到家里。明天要早起，得躺下睡觉。可是她不能躺下，她睡不着。她一生还没遇到过像最近几天临到她头上的这么大的不幸。以前她在书上看到好人横遭诬陷的时候，她总是说：“不可能有这事，谁会相信那些诽谤者？谁能容许他们冤枉好人？”对生活中存在的许多坏事她都不相信；她觉得差不多所有的坏事都绝迹了，都已成了过去。而如今……这究竟是怎么回事？难道她真遇上了这事？会不会一觉醒来就什么也没有了？会不会这是一场小时候常做的可怕的噩梦？

她开始回忆童年时代和死去的父亲，他常背着她到树林里和小河边去。贴在父亲暖呼呼的背上可真好。亲爱的爸爸！……小伊斯克拉在他背后不知躲过多少灾难。她记得有一次一群孩子逗着呆头呆脑的劈柴汉高里亚，把他惹急了，劈柴汉高里亚挥着大杖不知为什么偏偏追她——大夫的八岁小女儿。她拼命叫着从村道上绊绊跌跌往家里跑。要不是父亲忽然出来保护，她一定逃不过那根包铁的大杖。

只要躲到父亲背后，一切都能逢凶化吉，化险为夷。

现在她多么需要这样的保护！这时候她真想躲到某一个人可靠的、温暖的背后去。维塔里？……唉，维塔里……伊斯克拉发现了自己这声叹息，开始寻思她为什么叹息，——莫非她喟叹自己没有幸福？她对自己说，这是荒唐的想法。我幸福。我很幸福。我有柳茜卡；我的丈夫爱我，我也爱他，他善良，有才华；我有一项别的妇女没有的专业，这是一门非常有意思的专业。

她反复默念着她是幸福的，幸福的，而眼眶里却渐渐挤满了泪水。为什么不见维塔里？为什么每当她困难、痛苦的时候他总不在身边？他在为剧院工作，给一个新戏作舞台设计。他被工作吸引住了，——这一切都可以理解。可是为什么不在白天工作，偏偏要在晚上，而且每次都搞到深更半夜呢？

她熄了大灯，只留下沙发旁边的小柜上那盏光线微弱的小灯。平时她和维塔里就是把这张没有靠背的沙发当作床的。可是今天她没有在沙发上躺下，却到屏风后面去蜷缩在柳茜卡身边了。柳茜卡在睡梦中搂住她的脖子，紧挨着她，均匀有节地向她耳朵里呼出热气。伊斯克拉不敢动弹，就这样躺了一小时，也许有两三小时，直到维塔里回来。他由古良也夫陪着回来的。维塔里醉得人事不省，而古良也夫却是完全清醒的。

伊斯克拉和古良也夫把维塔里扶到沙发上，让他躺下。

“伊斯克拉·瓦西里耶芙娜，我不知道他跟谁在一道，”古良也夫看到她的眼光愠怒地提出质问，便这样回答说，“我自己没有参加，对他、对您我都问心无愧。我已经有两个月滴酒不沾。老奥库涅夫的形象把我抓住了。我不能从这样崇高的境界堕落到借酒麻醉自己的地步：那个形象决不答应。”

“您是在什么地方找到他的？”伊斯克拉痛心地问。

“那个形象吗？”

“我是说维塔里。”

“全完了！一切都完了！”维塔里在沙发上翻来翻去喃喃地说。

“一路上他就光向我耳朵里这样嘟囔，”古良也夫说，“我在我家门口的台阶上发现了他。他坐在那儿睡觉。他说是来找我的，说他不愿回家，还说一切都完了。”

“是的，都完了！”维塔里喊着在沙发上坐起来，“您欺骗了我，您把我拖进了死胡同，那里的艺术早已过了时，成了冷冰冰的僵尸。我要开辟一条清新独特的途径。可是您……还有你！”他指着伊斯克拉的脸，“是的，还有你，还有你！你们把我引上了已经没人再走的泥辙。”

他倒下睡着了，睡梦中呼吸急迫，还间以低声啜泣。古良也夫吻过伊斯克拉的手，说他随时愿意为她效劳，然后离去。伊斯克拉坐在沙发上睡着的维塔里身旁，望着他疲倦的脸，摸摸他不知怎么弄湿了粘在一起的头发，不再对自己说：她非常非常幸福。

这一夜她几乎没有合眼，在天色将明她应该起床的时候，维塔里起来从水瓶里喝了点水，他看到在自己身边的伊斯克拉，她的上衣、裙子全弄皱了，头发蓬松，一双疲惫不堪的眼睛望着他。

“你怎么啦？”他问的时候自己还有些站不稳，“干吗愁眉苦脸的？”

“维塔里，”她在沙发上坐起来说，“维塔尔卡，我遭到了极大的不幸。”

他不问伊斯克拉有什么不幸，只是在她面前摇晃了一阵，走到门边平时挂着他的雨衣的地方，在昏暗中摸索着，大概要找什么东西找不到，骂了一声“见鬼”。然后又在房间里踉踉跄跄走了几步，撞到一把椅子上，发现伊斯克拉把他的上衣挂在椅背上，他立刻去掏上衣的口袋，取出一份揉成一团的报纸。

“你老是只关心你自己，”他气冲冲地说，“你有不幸！你会有什么不幸？大不了铁水煮过火了……可是这里是整个儿一切的复灭。一切！喏，你去欣赏吧！”他把报纸扔在她膝上。

要看这份揉皱的报上写着些什么，得找到眼镜，可是眼镜到哪儿去了？找眼镜看报已经没有时间。厂里的汽笛已经用它男低音的全部音量在催人上班。再过四十分钟就要接班。但是，发生了昨天这样的事，叫她怎么到厂里去？怎么见人？

14

安德烈在向伊斯克拉交班的时候说：

“伊斯克拉·瓦西里耶芙娜，别难过。真相总会大白的。”

“您知道事情的真相吗，安德烈？”

“详细情况不太知道。可是我们没有一个人相信那些胡话。”

“谢谢。”

白天，伊斯克拉找机会把早晨塞在上衣口袋里的报纸看了一下。她走进高温测定室，展开被维塔里弄得一团糟的报纸。她的眼睛一下子就找到卡扎柯夫的字样。他的名字出现在一篇占中页底栏一栏半的大块文章里，署名是导演托马舒克。文章的标题是：《艺术中毫无生气的教条主义》。

和维塔里一起生活了这么多年，从跟他的朋友熟人——画家、演员——经常的接触中，伊斯克拉当然知道他们创作上的争论的实质，知道他们在社会主义现实主义的定义和解释方面存在着分歧。她自己也参加他们的争论。有一次还在莫斯科的时候，一位画家为印象派辩护说，不应该为反对这一流派大兴问罪之师，相反，社会主义艺术必须用它来武装自己，创立自己的社会主义印象主义。伊斯克拉听了这些话，说："假如可以创立社会主义印象主义的话，那不是也可以有社会主义超现实主义、社会主义抽象主义或者干脆就是社会主义形式主义了吗？"她直截了当的论断把那些主张"社会主义印象主义"的人驳得无言对答，只得大喊不能这样简单地相提并论。

读托马舒克这篇文章的时候，伊斯克拉一眼就看破作者攻击的矛头指向何方，指向什么人。可怜的维塔里——他怎么不明白自己受到这篇文章的攻击完全不是因为他的作品不好，而是因为托马舒克反对表现伟大的生活真实，反对崇高的艺术思想。当然，托马舒克这样的写法是卑鄙的："谁需要画家卡扎柯夫对现实所采取的处理手法？他选定钢铁厂的一个工人作模特儿，可是不愿看到他的模特儿被战争破了相（这用不到害羞——这是高贵的伤痕！），不愿看到在作为背景的巨型轧钢机械前一个工人绝不可能显得如此伟大，老实说——这个人在机器中间几乎看也看不到（这也不足为怪——机器确实其大无比，这更能显出驾驭这些机器的人的劳动之重要）。卡扎柯夫肆无忌惮地违背真实。在卡扎柯夫无视真实的笔下画出的人像居然具有大思想家的面貌和统治机器世界的巨人的体格。这样一来，请问，画家卡扎柯夫的社会主义现实主义与当初某一个东方国王所要求的在艺术中表现真实的方法有什么不同？请读者原谅，但笔者不得不讲一讲这个有益的笑话。那个国王的左眼是斜眼，右腿比左腿短了一截……"

伊斯克拉读着托马舒克不厌其详地复述他在莫斯科女画家的沙龙里听来的笑话。“维塔里真是个怪人，为这种事也值得这样苦恼？”她心想，“既然连笑话也被用来作为反对你的证据，那说明对方已经什么也没有，说明他站不住脚，说明你胜利了，说明真理在你这一边，不在他那一边。”

伊斯克拉先读完了针对维塔里的作品而发的恶意嘲笑，然后把这篇文章从头至尾循序读一遍。原来它主要的攻击对象还远远不是维塔里，而是剧院中准备上演关于奥库涅夫一家那个戏的那部分人。在这里托马舒克才真够得上极尽刻薄之能事。他嘲笑青年剧作家阿列克萨辛，按他的说法，阿列克萨辛在处理内容深刻、富于人情味的题材方面作了一些尝试以后，明白这是一条艰苦的、只有真正的艺术家才走得通的道路，于是就折入另一条路——粉饰现实的道路（当然用社会主义现实主义的口号作为掩护）。托马舒克大声疾呼：“值得深思的是：为什么最热烈、最积极地拥护上述方法的正是那些不敢暴露阴暗面、不敢揭示脓疮和矛盾的人？”

骂过阿列克萨辛之后，作者掉转笔锋指向古良也夫——“他过去曾是个有天才的演员，但是因为一再背弃人之常情而耗尽了他的才华，再不能表现多面、多彩的性格，自然只好去找公式化、概念化、不用下多少功夫钻研的形象。”文章在好几个地方提到了剧院经理叶尔绍夫：“他以前在铜管乐队吹喇叭，现在要艺术工作者服从他的意志。”甚至艺术指导也没有饶过。托马舒克比较客气，但仍然十分明确地说，这位杰出的戏剧大师的杰出学生和追随者从远非坚持原则的考虑出发，在那些打着社会主义现实主义旗帜的粉刷匠的压力下低了头。最后，维塔里的名字再一次遭攻击，说正是这位画家应聘为这个戏作舞台设计——这不是偶然的。托马舒克写道：“有害的艺术观的共同性、有害的创作方法的共同性在这个戏里把他们全都集结在一起了！”

结尾他呼吁不要把社会主义现实主义的方法当作万灵神药，而应该大家一起来创造兼容并包一切方法、一切流派的社会主义时代的艺术。“要是我们在方法上面争吵不休，就不可能攀上真正的艺术顶峰。我认为，只要有出色的作品，至于它们是用什么方法创作出来的，留给我们的后代去研究——这样岂不更好？”

伊斯克拉真想马上跑回家去找维塔里，把她对这篇文章、对这个托马舒克以及对维塔里本人懦弱的态度的看法全告诉他。这时候她甚至忘了她自己的不幸。

但是不幸并没有离开她，不幸继续在围着她转。将近下班时，车间里来了一个党委委员、一个工会干部和厂管理处的一个工程师。他们说是受调查组的委托来的，他们问了伊斯克拉很久，问她是怎样想出把称量车驾驶舱电冰箱化这个主意的。由于他们不愿一下子就相信她的话，偏要盘问再三，还要提出许许多多她认为完全多余的补充问题，伊斯克拉感到非常痛苦。她甚至忍不住说：“你们好像在民警局里跟我谈话。”厂管理处的工程师向她疲倦的脸上看了一眼，说：“卡扎柯娃同志，您怎么能这样想呢？我们这样力求详尽，一丝不苟地问您，是因为我们自己也为这件事深深地激动着，我们一定要把它查一个水落石出，不留半点含糊。”“但是模糊的地方还相当多，很多。”工会组织的那个同志说。“还有什么模糊的地方，你们认为什么地方还不清楚？”伊斯克拉感到不耐烦。“请您想像一下，”工程师说，“假定我们对您所说的话完全相信，那又该如何对待党委会掌握的那些文件呢？”“难道在那些文件里有一句话提到卡扎柯娃工程师利用了发明家克鲁季里契的资料吗？提到她知道这些资料，提到有人给她看过，向她谈起过这些资料吗？”伊斯克拉气得两手发抖。“没有，那里完全没有提到这一点。”党委委员回答她说。“那就好啦，那就好啦！……”伊斯克拉握紧两个拳头反复地说。

四个人低着头坐在那里，四个人都觉得不痛快；副总工程师阿尔连采夫同志交到党委去的文件以及他对这些文件的解释使他们陷入极其难堪的僵局，现在四个人都在想打破这僵局的办法。

伊斯克拉的一班已经结束，可是调查组的人还在车间里。他们下吊车坑，找车间主任，跟工人们谈话。伊斯克拉没等到他们走，自己换了衣服回家去了。站在公共汽车站上，她第一次对季米特里·叶尔绍夫没在这里等她、招呼她感到遗憾。他一定能对她说一些明白了当的话，一定会支持她，安慰她。她甚至想像得出他会怎样把她的手握在自己粗糙而温暖的手掌中……

维塔里在家里，没有出去，这使伊斯克拉感到奇怪。他在家里教柳茜卡用字母积木拼"妈妈"和"爸爸"。他头上裹着一条毛巾。

"头疼得要命，"他说，"我的血压一定增高了。"

"可你老是说伏特加能使血管扩张。"伊斯克拉说。

"不是伏特加，是白兰地。"

"那么你昨天喝的是什么——伏特加还是白兰地？"

"记不得了。"

伊斯克拉假装在桌旁做了些什么，然后又在房间里走了一阵。

"维塔里，"她说，"你真不中用！我读了那篇文章。你为什么会有这样的反应？你为什么大喊：'完了，一切都完了！'你怎么能……"

"为什么？"维塔里发火了，"因为我被搅昏了头，被拖进了这个泥坑，而现在他们马上就要一哄而散，把我一个人扔下。粉刷匠！膜拜者！颂德派！马屁精！我不会再有旁的名字。许多大画家也正在因此挨打。我这种人不让他们当作苍蝇给拍死才怪。"

"照你这样说，那个托马舒克是对的喽？"

"谁说得准？……也许是对的！我怎么知道？"

“可你不是一直说社会主义现实主义……”

“完全不是一直这样说的。是的，我说过，说过。那又怎么样呢？你别提这个了吧。社会主义现实主义！你怎么不听听国外对它的评价！”

“国外对它的评价怎么样？”伊斯克拉把她整个娇小的身躯挺直，一个字一个字清楚地问。

“他们说，按照这个方法造出来的都是‘三夹板房子’，而不是艺术作品。”

“你同意这种说法吗？”

“这跟我有什么相干？这是他们说的。譬如在匈牙利就是这样。听说那里有人上街游行。有大学生，有作家……”

“昨天你跟谁在一起？”伊斯克拉问。

“没跟谁在一起。一个人。白天买了份报……”

“那么今天呢？”

“今天……最近城里来了一位作家……他带了昨天这份报纸来找我。他说我走错了路。”

“于是他就对你说了这些关于匈牙利的话，是吗？这些事情他又是从哪儿知道的呢？”

“在莫斯科的时候我跟你什么事情都比在此地知道得多。你自己也记得过去一切是怎么样的。我早就对你说过，我们不应该到此地来，我说过不止一次！现在我们就好像陷在泥塘里，落在生活后面。”

“唉，维塔里，维塔里，”伊斯克拉摇着头说，“你怎么老是这样彷徨不定，从一个极端掉向另一个极端。说什么你被引进了泥坑，人家要抛弃你，这明明是胡话。我不知道匈牙利怎么样，可是在我们这里，我们的苏维埃人喜欢苏维埃画家的画，喜欢苏维埃作家的书，也喜欢你的作品。这不是三夹板房子，为什么你也跟着别人说这种不怀好意的混账话？你想想，季米特里·叶尔绍夫的画像得到了多大的成功！这是真正的成功。那个托马舒克说叶尔绍夫的像是按照东方国王的方法画出来的，那是他撒谎！你走的是真正的康庄大道。你没有简单地加以复制，而是把握住了一个人的心灵。唉，你呀，真笨，真笨！……”

正在这当儿，古良也夫来了。

“怎么样，”他说，“走吧？”

“哪儿去？”维塔里闷闷不乐地问，“去剧院吗？……”

“当然。”

“我不去。我再也不上那边去了。我要撕毁合同，停止工作。‘有害的艺术观的共同性、有害的创作方法的共同性在这个戏里把他们全都集结在一起了。’”

“你在引用托马舒克的话？真无聊，维佳。别理他。快去把布景画完，我们的排练也快结束了，后天是彩排，十一月七日首次公演。”

“可是托马舒克呢？文章呢？”

“只要戏成功，管它什么托马舒克，什么文章！这无疑是一个好戏。至于说到文章，那是一篇既愚蠢又恶毒的东西。而且还狗屁不通。他想卖弄学问，结果反出洋相……他不知道，那个关于东方国王和三个画师的笑话根本就不是什么笑话，而是十八世纪杰出的格鲁吉亚作家苏尔汉-萨鲍·奥尔别里安尼写的一篇小说。再说，打比方的时候也不能颠倒古今。总而言之，你必须继续工作，维佳，必须工作，不应当垂头丧气。”

“我也是这么说，”伊斯克拉表示赞成，“可他完全泄了气。”

“你得向你出色的妻子学习学习，”古良也夫把一只手搁在维塔里肩上，“有人把她的不幸告诉了我。说真的，伊斯克拉·瓦西里耶芙娜，”他转向伊斯克拉，握住她的手，“我们中间竟然还有这样卑鄙无耻的小人。比方说，我对那位首都名流就没有好感。”

“您说什么？什么不幸？”莫名其妙的维塔里打断了古良也夫的话。

“是这么回事，”伊斯克拉说着又开始激动起来，“我被指控犯了剽窃罪，说我盗用了克鲁季里契工程师的发明。还记得吗，我对你说过关于电气冷却的事？……”

“就是这些吗？这就是全部不幸和灾难？”维塔里淡然一笑，“我还巴不得处在你的地位呢。”

“维塔里，你怎么可以这样说话！”看到伊斯克拉气得面色苍白、找不到话回答维塔里，古良也夫急忙说，“你应该知羞，亲爱的。对她的指控非常严重，这是极大的不幸。要弄清是非得花不少力气。”

“也许是。”维塔里耸耸肩膀。

“对了，”古良也夫急忙用话把伊斯克拉的注意力吸住，“对了，刚才我说到对那个阿尔连采夫没有好感。起先他很想跟我交往，他有什么目的，我不知道。我跟他见了两三次面。后来就开始疏远了。这人狡猾透顶。他好像老是在扮演什么角色。我这双演员的眼睛看得出来，这一点您可以相信我，亲爱的伊斯克拉·瓦西里耶芙娜。我想你们厂里的舆论一定能正确处理这件事情。不要过于想不开。要不，这双小眼睛漂亮的颜色会给眼泪冲淡，两腮会气得失去红润，鼻子也会拉长的，您不知道这颗小小的翘鼻子有多惹人喜欢呵！”

伊斯克拉听了这些话当然不能不强作笑容。她说从昨天起就决定不哭了，说她的性格渐渐有了铁一般的硬度。

维塔里却不为古良也夫的玩笑话所动。

“翘鼻子，翘鼻子……不过……”他含糊其辞地说，也不知道这话是对谁说的。

伊斯克拉很想问他一个明白，这话是什么意思，但是当着古良也夫不便这样做。这时古良也夫说：

“好啦，我的亲人，别再发知识分子的丧气病啦。穿上雨衣，拿起帽子，咱们走吧，亲爱的。等把活干完，那时候你尽可以抒发任何不同的意见，有什么委屈都可以谈出来。只要明天给我把布景画好，那里只剩下一些细节了。”

维塔里不肯走，把古良也夫给他披在肩上的雨衣撂开，说他头疼得厉害；可是古良也夫坚持着，最后还是把维塔里拖走了。

他们走后，一直在地板上不声不响地玩积木的柳茜卡说：

“妈妈！人家说你偷了一个叔叔的电冰箱，这是胡说，对吗？”

“当然是胡说！”伊斯克拉不假思索地说，但在想到是谁在跟她说话时，她笑了，把柳茜卡抱了起来。

柳茜卡继续阐述她对生活的观察结果：

“妈妈，咱们跟别人家完全两样。人家总是妈妈生气、叫喊、发急，爸爸安慰她们。可是咱们家老是爸爸生气、叫喊、发急，你安慰他——虽然你是妈妈，不是爸爸。所以你是我们家的爸爸，爸爸是我们家的妈妈。不过你是妈妈比爸爸是妈妈更好。你懂我的话吗？”

“懂！当然懂！”

柳茜卡还在嘟囔着，可是刚才维塔里说的“翘鼻子，翘鼻子……不过……”这句话重又刺痛伊斯克拉的心。他究竟想说什么？从前维塔里的确很喜欢她这个翘鼻子，根本没有什么“不过”。“不过”就是“但是”。“但是”在这里也可以理解成：别再跟我唠叨什么鼻子嘴巴了。

想到这里，伊斯克拉觉得有满腹委屈。维塔里对于阿尔连采夫向她提出的指控竟会那样漠然置之，这在她原有的委屈上又增添了另一段委屈。

委屈是委屈，但在想了一下以后，伊斯克拉得出了结论：她也没有指望维塔里表示另一种态度。她是了解他的，了解得很清楚；她明明知道他对她在厂里接触到的一切不感兴趣，他根本不把这些当作一回事；老实说，伊斯克拉本人也未必为他所重视和关心。这一切伊斯克拉全知道，然而，一个希望始终没有在她心底泯灭：也许，也许……也许维塔里会到厂里去找党委，或者找阿尔连采夫，用拳头敲他的桌子，以男子汉的气魄毫不含糊、声色俱厉地说："你凭什么欺负我的妻子？我要把你！……"

隔壁打开了收音机。女声合唱队在唱一群鸭和两只鹅不知往哪儿飞的歌曲。一边唱，一边发出"嗳咳""哦呵"的叹息。那些会凫水的禽类偏偏飞了好半天，"嗳咳""哦呵"之声也就相应地很多。伊斯克拉心里烦死了，真想到隔壁去把他们的收音机关掉，她需要安静。但是只能忍耐。她想到生活中不得不忍耐太多的不愉快，正是因为某些人常常把某种东西加入生活，不考虑这会引起别人什么反应，只关心自己，只顾自己的趣味和情绪。当然，换了别人处在伊斯克拉的地位也受不了这音乐，他也许会去切断电线，拔掉电源插头，搞一个什么减音器，甚至可能去把邻居的收音机全部弄坏。但是伊斯克拉不会这样做。虽然她可以做，但她没有做。"真糟糕，"她对自己说，"能做而不做——这有多么糟糕。正因为一部分人过于逆来顺受，过于克制自己，另一部分人便得寸进尺，愈来愈不把别人放在眼里。"

要不要真去打断这音乐？

伊斯克拉犹豫了很久，考虑了半天。结果终于去按邻家住宅的铃。

"对不起，"她说时心中对自己的无礼行为暗暗吃惊，"请原谅。你们的收音机声音太响了，我的小女孩睡不着觉。"

"好的，"一位胡子好久没刮、裤子用背带吊住的公民说，"我们反正谁也不在听。我们压根儿把它忘了，您别不好意思，请只管过来。”

伊斯克拉回到自己房里时，隔壁已经静悄悄的，没有鹅，也没有鸭了。瞧，事情多么简单。可见不必要光坐着想这是不是可能，而是应当做，应当采取行动，这样，不可能的也就可能了。

过道里响起了铃声，伊斯克拉去开门。门外站着一个男孩子，手里拿着一封信。

“这是给您的。”他把信交给伊斯克拉后，立刻往楼下跑。

伊斯克拉把信正面反面翻了一阵；回到房间里，戴上眼镜，撕开信封抽出一张纸；笔迹并不熟悉。她念道：“那些诽谤您的话谁也不相信。大家都知道这是造谣。别难过，别懊丧。季·叶尔绍夫。”

这时伊斯克拉才明白，她是在等季米特里的消息，等他表示态度。他不会、他不可能对她遭到的不幸置若罔闻！她果然没有想错：如今他表示态度了。

伊斯克拉倒在沙发上，手里拿着那封信，让它紧紧贴着自己的前额……

15

“您嚷什么？您到底嚷什么，卓娅·彼特洛芙娜？”契比索夫怒气冲冲地说，“现在不论问您什么，您马上就大叫大嚷起来。不能这样！工作不能这样做。”

“您把我撤职好了！”卓娅·彼特洛芙娜似乎抱着不顾一切的态度大喊，“那样一来就完全解决了。”

“解决什么？什么可以完全解决了？”契比索夫感到不解，“您的话叫人奇怪。”

卓娅·彼特洛芙娜没有回答。契比索夫默默地等了一会，说：

“不愿说，那也只好听便，不过至少别嚷嚷。现在言归正传。我问您：阿尔连采夫发掘出来的那些文件您知道不知道？您看见过这些文件没有？”

经过了昨天的一夜，卓娅·彼特洛芙娜对这个问题还能怎样回答呢？

昨天晚上阿尔连采夫把她带到他家里，待她亲切异常，向她劝了几杯白兰地，——这是他的拿手本领！——打开收音机，收到一家外国电台播送的相当诱人的音乐；他们跟着音乐跳舞。卓娅·彼特洛芙娜心中对自己说，也许她错恨了他，也许她没有充分了解他，因而无缘无故跟他闹别扭，也许时间会把一切都安排妥帖的。

到了半夜，阿尔连采夫忽然变得茫然若失，神色沮丧。她问他是怎么回事，他就让她在沙发上坐下来，把脸埋在她膝上哭了起来。她吓得什么似的，竭力把他的头抬起来，吻他的前额、眼睛；嘴唇被他的眼泪沾湿了，一大颗一大颗沉重的泪珠扑簌簌掉在她的衣服上。她慌得手足无所措，嗫嚅地说了些颠三倒四的话劝他别哭。他说：“我完了，卓伊卡，我完了，亲爱的。一切都完了。”她问他，他要就不吱声，要就反复地说：“不，不，全完了，什么都完了。也许这是我跟你在一起的最后一夜了。”

看着他的样子，听着他的话委实可怕，这到底是怎么回事？卓娅·彼特洛芙娜也抽抽噎噎哭了起来。但他并不劝她别哭。他说：“我将被迫自杀，我不能忍受这样的耻辱。”“什么耻辱，柯斯嘉？你说呀，什么耻辱？”这时候卓娅·彼特洛芙娜为他什么都愿意做，愿意自己承担任何耻辱，只要阿尔连采夫得救。“是这么回事，”他一手捂住眼睛说，“契比索夫存心跟我过不去。他一口咬定我交到党委会去的文件是假的……文件当然是真的，的确是真的，卓伊卡。这是克鲁季里契亲笔所写，这是他的笔记、他的底稿、草图……可是契比索夫偏不承认。为了升官发财他会把任何人研成粉末。”“这不可能，柯斯嘉。他完全不是那种人。他心地很好……”“什么心地好！只有在事不关己的时候心地才好。可现在事情直接关系到他，因为一切都是他的过错。他会想尽办法逃脱责任，会坑害所有的人。唯一能扭转乾坤、帮助我坚持真理，唯一能挽救我的人就是你，只有你一个人。”“既然您是对的，为什么要说挽救；既然你没有错，为什么这样焦急呢，柯斯嘉？”“唉，你不知道，这些人什么都干得出来，他们抱成一团，你袒护我，我撑你腰，就别想打破他们那堵铁壁。这难道你不晓得？”“你是说哪些人，柯斯嘉？”

收音机里缓慢的音乐这时停止了，接着，报告员柔和的男中音用俄语过分小心、清楚地咬着每一个字眼说：“注意，注意！这里是‘自由欧洲’电台。本台向各位报告一个非常重要的消息。饱受共产主义制度压迫的匈牙利人民起来挣脱了暴政的枷锁。全国正在进行争取解放的战斗……”

那声音由于兴奋过度而变得结结巴巴，卓娅·彼特洛芙娜屏止呼吸，身体缩做一团，两手捂住面孔。“亲爱的，”阿尔连采夫把她的手挪开，吻着她的眼睛，“亲爱的，我明白你的心情……我不在那边多么遗憾哪。否则这时候我一定在街垒上跟那些英勇地保卫着布达佩斯市委会的人们在一起抗击无法无天的反革命匪帮。这当然是反革命叛乱……”

卓娅·彼特洛芙娜无论精神或肉体都被这可怕的一夜彻底累垮了。到天将明时，她在阿尔连采夫口述的一张收据上签了字。收据上写着，她——钢铁厂厂长秘书卓娅·彼特洛芙娜·乌沙阔娃代厂长收到克鲁季里契工程师的报告书及附件共若干页。日期注的是早已过去了的一月份。阿尔连采夫说：“这样，也只有这样才能证明克鲁季里契的文件是真的，才能保障他提合理化建议的权利。谢谢你，你真好，太好了。现在躺在被窝里睡一会吧。我就坐在你身边守着。你累了，亲爱的。”

她只睡了一个小时。这一小时阿尔连采夫的确始终坐在她旁边，握着她的一只手；她在睡梦中感到他温柔的抚弄，假如没有外国电台幸灾乐祸的声音，假如不是隐约意识到她在这个夜里做了一件非常恶劣的事情，假如没有这张收据的话，她一定觉得很幸福，也许在她多磨折的一生中从来没有这样幸福过。

现在，契比索夫问卓娅·彼特洛芙娜知道不知道阿尔连采夫交到党委会去的文件，叫她怎么回答呢？她当然从未见过，也从未听谁说起过这些文件。然而昨天夜里她已经签了字承认在十个月前收到克鲁季里契工程师要求转交厂长的文件。只能说，她没有及时把它们转交给厂长，是不是这样？对，当然是这样。

“请原谅，安东·叶戈罗维奇，”她面色苍白地说，“这些文件的确到过我们这儿。我记得这事。是克鲁季里契工程师交给我的。我收下了。事情已经过去很久，还是冬天的事。他还向我要一张收据，您也知道他这人的脾气。我就写了一张收据给他。”

契比索夫吃惊地倒在椅子上愣住了。

“还给了收据……这么说，他交来过？文件到过我们这儿？……那么您把文件放到哪儿去了呢？！”他开始咆哮了，“不管您是否看到过那些该死的文件，我反正没有见过。说什么我也没见过！”

“是的，您是没见过，安东·叶戈罗维奇。一切都是我的错。我没有及时转交给您。这些文件我放在抽屉里忘掉了。后来我就把它们送到总工程师办公室去，我说这些都是旧文件。他们大概就把这些文件订入文件夹。”

“我要把您撤职，您给我去见鬼！”契比索夫气愤已极，“您不配当干部。您是个不负责任的女官僚。人家的劳动在您看来一文不值。

您可以把它往抽斗里一塞，自己心安理得地跟情人约会，不在家里过夜，我不愿听您的辩白！……立刻叫人事科长来见我。”

卓娅·彼特洛芙娜顺从地把人事科长叫了来，厂长对他说，立刻办手续，给卓娅·彼特洛芙娜结清工资，把她解职，并且马上另派一个人来接替她的工作。

一小时以后，厂长接待室里已经不见卓娅·彼特洛芙娜，她的办公桌旁坐着另一个从总机师室调来的年轻女子。她和颜悦色，笑容可掬，可是契比索夫看也不愿看她。

卓娅·彼特洛芙娜徒步走回家去。她费力地拖着两条沉重的腿。脑袋里好像给灌满了碎玻璃，不能转动，一动——玻璃片就跟着移动位置，就有无数尖角扎刺着大脑。

她勉强走到一个街心花园，在冰凉的长椅上坐下来，把酸痛的两腿伸直，让鞋跟埋在沙中，把冻僵的手腕缩进大衣的袖管；头自然而然地垂到胸前。思想空空如也，一切都无所谓。只觉得昏昏欲睡。明天，未来，只是一片漆黑，毫无希望。随它去吧，反正都一样，将来怎么样对她有什么差别？她一生从来没有敞亮过。一些人曾走进她的生活，什么也没带来，后来离开了，似乎也没带走什么，可是生活却不知怎么的愈来愈空虚；看来还是被他们带走了一些东西。

当初，还没有遭到这一次又一次的掠夺以前，她完全不是这样的一个人……

她回忆起中学里跟她同学的沃夫卡。沃夫卡是她真正爱上的第一个、大概也是最后一个人。战争一开始，沃夫卡就要求去前线。他被录取了，不过不是上前线，而是进空军学校。她也跟着他进这个学校当服务员。沃夫卡毕业后被编入某歼击部队。她跟他进了这个部队，也在那里工作——起先仍当服务员，后来被调往办公厅开始做打字员。他们悄悄地在沃夫卡短暂的战斗空暇时见面，谈着各种各样的事情，关于过去的学校生活，关于他们认识的小伙子和姑娘们，关于未来。后来他们决定结婚，公开他们的关系，不再偷偷摸摸。但是没来得及这样做——沃夫卡牺牲了。在一次空战中他在离机场不远的地方坠机阵亡。她跑进附近的灌木林，在长满毛糙的越橘的草丘中间整整躺了一天，以为自己会因悲伤而死去。在他的墓旁她又呆了一天，那是一个竖着一方红色木碑的小土墩，碑的顶端有一个五角星，木头上嵌着沃夫卡的相片。无法想像，他——乐观、英俊、聪明、善良的沃夫卡——竟躺在这松软的土下，他再也不会发出笑声，再也不会用一双孩子气的灰眼睛瞧她，再也不会吻她了。

她想起昨天这不堪回首的一夜，想起了可怕而固执的阿尔连采夫。他的柔情没能欺骗她很久。离开了他，她只看到这个人的残酷，只看到他摧毁周围一切的刚愎意志。亲爱的沃夫卡，我是多么需要你呀！除了你，谁也不会保护我；除了你，谁也不会当着这个人的面叫他滚开，别缠住我！……

寒气渐渐地、但是执拗地侵入大衣。卓娅·彼特洛芙娜开始打颤。她从长椅上站起来；冻得麻木的脚移动很困难。她现在没有急着要去的地方，这使她产生一种奇怪的感觉。甚至在休假期间也没有这样的感觉。哪怕在疗养所，也总有忙着要做的事情：忙着吃早饭，接受治疗，洗澡，看电影。而现在完全不必看表。不管到什么地方，不管什么时候到——反正对谁也不会有损害，什么也不会因此而起变化。

回到家里，她始终没法让自己暖和过来，她蜷蜷缩缩，最后躺到床上，要了一只热水袋。不一会，阿尔连采夫来了，他坐在床畔，吻着她的手。但她不愿听他的话，不愿看见他，眼睛始终没睁开，——她回忆着沃夫卡，脑海中只有他一个人。沃夫卡离开她很久了，很久很久了，在他之后什么也没有，既没有这个阿尔连采夫，也没有什么文件和收据，什么也没有。阿尔连采夫临走说，他明天再来。

傍晚，邻家一位胖胖的老太太（她丈夫是钢铁厂的工人，战时在前线牺牲了）很响地敲了一下门，手里拿着一份报纸走进来。

“卓娅·彼特洛芙娜，请原谅，亲爱的，你身体不舒服吧？可这件事情实在叫人不懂。你是个党员，你给我解释一下，这到底是怎么搞的？”她挥着手里的报纸，“是什么反动派在匈牙利闹事？我有个儿子在那边服役，他是坦克兵，叫舒立克，你也知道的。好端端的和平时期，忽然闹出这种事来。丈夫牺牲了还不够，如今儿子又……卓娅·彼特洛芙娜！这究竟是怎么搞的？人民民主嘛。人民当家做了主……是谁又想造反啦？是什么反动派？那是些什么人？”

“这是反革命叛乱，巴芙拉·费多罗芙娜。一九一七年以后，我们国家也发生过这样的叛乱。白匪、社会革命党、无政府主义者、外国间谍……”卓娅·彼特洛芙娜勉强张动嘴唇费力地说着；眼睛硬是睁不开，得花很大的力气抬起眼皮。

“可现在不是一九一七年哪！”坦克兵的母亲巴芙拉·费多罗芙娜还是平静不下来，“他们在人民政权下已经生活了这么多年。他们的政府管的什么事？怎么能纵容这样的反革命，怎么能让他们翘起尾巴来？这太不像话了！人民怎么会容许的？要是换了你跟我，难道咱们会熟视无睹吗？咱们妇女一定会用这双手掐死那帮混蛋。你说是不？”

“巴芙拉·费多罗芙娜，那里的人民也能够平定这次反革命叛乱。”

“谢天谢地，谢天谢地！”老太太说，“那么你看我的舒立克会怎么样，我的舒立克？……”

“您放心，巴芙拉·费多罗芙娜，”卓娅·彼特洛芙娜这才明白这位老太太急于想从她那里听到的是什么回答，“他不会出什么事的。这又不是战争。只是局部的冲突，骚动。”

可是老太太重又开始念布达佩斯的消息，仿佛还想从字里行间念些什么出来。对于一个有儿子在匈牙利当兵的母亲来说，消息显得太简短了。她想读到要能使整个布达佩斯的情况一目了然的报导；要能看到谁在保卫人民政权，保卫社会主义；谁在反对社会主义；要能弄清楚是谁唆使他们这样做，是谁给了他们武器；特别要能看到，清楚地看到，她的舒立克在那边什么地方，在做什么，他出了什么事没有。

晚上，时候已经很晚，老太太听完广播以后又来了。

“战斗还在进行。从国外又钻进了一批反革命。干得才野蛮呢。到处屠杀共产党员。这究竟是怎么回事，卓娅·彼特洛芙娜？你是党员，你一定知道。”

卓娅·彼特洛芙娜不知该怎样回答。她有病，有苦说不出口，怎么知道在匈牙利发生的事情？她明白那里一定发生了非常恶劣、非常严重的事件，但也只知道这些。她对这一事件所知道的不比邻居多，虽然自己是党员。“党员，”她暗暗自己嘲笑自己。一个在假收据上签字的党员。她哪儿是党员，她只是一个不幸的、可怜的、不会说话的动物。人家踢它一下，在它耳边搔搔，它就准备乖乖地执行别人的意图。

第二天，请到家里来的工厂门诊部的医生说，卓娅·彼特洛芙娜的情况十分严重，她的神经系统衰竭到了极点，如果不采取坚决的措施，结果将不堪设想。“可是采取什么措施呢，大夫？”母亲竭力说得不让卓娅·彼特洛芙娜听见。但事实上卓娅·彼特洛芙娜全都听见了。“她需要绝对的安静和休养，”医生回答说，“最好当然是进疗养院。现在是十一月，还不太晚，可以去加格雷[①]、索契。海水浴也许不适宜，但是阳光、空气、大自然、换换环境总是好的……您女儿是厂长

① 加格雷（现名加格拉），阿布哈兹苏维埃社会主义自治共和国一城市，滨临黑海，四季都宜于疗养。

的秘书。要是厂长肯费心一下，在特殊情况下很快就可以得到疗养许可证。”“对，对，我去找安东·叶戈罗维奇。”

“妈妈，”等医生走后，卓娅·彼特洛芙娜闭着眼睛说，“你哪儿也不用去。我被厂里辞退了。”

“我的天哪！怎么会这样的，卓伊卡？你不是一直受表扬和奖励的吗！……”

“我的确被辞退了。这是有原因的。我犯了很大的错误。我求你一件事。我提包里有一点钱，这是我领到的解职金。你把这些钱尽可能多维持一些日子，尽可能节约开支，只要管你自己和尼诺奇卡吃饭，我什么也不要。我们所有的钱全在这里。往后上哪儿去弄，我不知道。”

16

“同志，里边在开党委会。”戈尔巴乔夫的秘书茜玛奇卡努力使她的话具有较大的说服力，“至少还要开两小时，也许三小时。”

“没关系，我可以等一会。”季米特里说着在市委书记接待室里的椅子上坐了下来。

“开完了会伊万·雅柯夫列维奇还得吃午饭。他也是人，您说对吗？”

“我等他，我等他。”季米特里重复着说。

“找伊万·雅柯夫列维奇最好还是在接见日来。明天就是接见日。过了明天，星期五也是。可以先登记，不必匆匆忙忙，也不用久等心焦。”

季米特里翻开自己带来的一本书，说：

“星期五他接见，可是我得上班。凑不到一块儿。”说完他开始看书。

茜玛奇卡不再说什么，只顾处理文件。在这房间里工作三年来，各种各样的来访者她见得多了。起先，她很怕那些大吵大闹的人，他们用拳头乱敲桌子，一边嚷着什么官僚主义、脱离群众等等的话，还侮辱她和伊万·雅柯夫列维奇。那时，她觉得这些人个个都像捍卫真理、主持正义的威武的战士。他们动不动就大喊什么革命啦、先烈啦，拳头捶着胸膛，看到这样子她的腿就哆嗦。但是日子一久，现在茜玛奇卡早就得到一条经验：那些最爱嚷嚷、俨然以正义卫士自居的人照例都是无事生非、卑怯心虚的胆小鬼；只要抓起电话听筒，说："公民，要是您再胡闹，我要报告民警局了。"他们立刻就会溜之大吉。如果报告民警局的办法也不起作用，茜玛奇卡还有办法把他们打发走。她学会了怎样分析他们的性格，处理他们的事情。

比较可怕而且可怕得多的却是那些不声不响、无论你怎么说他都回答"没关系，我可以等一会"的人，他们会在接待室里一动不动坐上几小时，直到伊万·雅柯夫列维奇接见他们为止。其中有些人来倒也没有多大了不起的事情，也可能压根儿就是鸡毛蒜皮的事。可你怎么知道他来是为了鸡毛蒜皮的事情，还是确有要事？因为来的往往也有提出极其重大问题的人，这些问题伊万·雅柯夫列维奇甚至会提到常委会议上去。

"同志，您要不要先到食堂里去喝杯茶？"过了一会，茜玛奇卡说，"我们的食堂在楼下，下楼梯向左拐弯就是。"

"谢谢，"季米特里回答说，一边继续看书，"我在家里喝过了。"

"那大概还是在早晨吧？"

"不，是中午。"

到人们开始从戈尔巴乔夫办公室里走出来的时候，季米特里已经看了好多页书。开会的人互相继续交谈了几分钟，三三两两聚在门口和接待室里，向茜玛奇卡问什么事情、要什么东西，然后回办公室去，过了一会又出来。季米特里始终在那里看书，一只眼睛留神注意着别错过了戈尔巴乔夫。

终于，戈尔巴乔夫也出来了。于是季米特里站起来走到他跟前，说：

“您好，伊万·雅柯夫列维奇。”

“您好，季米特里·季莫菲耶维奇。您好，亲爱的。您是找我来的吗？”

戈尔巴乔夫眼睛里有这样的表情：假如季米特里不是来找他，而是找别人，他一定非常高兴。他的眼神疲乏，眼窝深陷。但是季米特里不能拖延这件事情，一天也不能。

“是找您，”他说，“完全正确。”

“那好吧……茜玛奇卡，”戈尔巴乔夫竭力露出愉快的笑容，转向他的秘书说，“请关照给我们送点儿茶来，再拿三四份夹肉面包。请进，季米特里·季莫菲耶维奇。”

他们在长长的会议桌旁面对面坐下。戈尔巴乔夫双手托住面颊，默默地望着季米特里，但他的注意力似乎在别的事情上。也许这时候他才想到比常委会议上通过的决议更妥帖的办法。季米特里也不说话。当他准备到此地来、在路上走、在等待接见的时候，多少激烈的话、多少有力而令人信服的例证简直脱口欲出。可现在都到哪儿去了？

“是这么回事，”他努力控制着自己说，“我不知道您会怎么看这问题，伊万·雅柯夫列维奇，可是我们厂里的混乱情况差不多要把我气炸了。”

“什么混乱情况？”戈尔巴乔夫问。

“您听我说。好人在那里受到侮辱。我哥哥普拉东从厂里被赶走了。现在卡扎柯娃工程师又遭冤屈。她年轻，工作积极，为人正直……可是您知道她受到什么样的指责？她正蒙受着剽窃的嫌疑——说她把别人的发明当作自己的。”

“你好像说动了肝火，季米特里·季莫菲耶维奇。”戈尔巴乔夫从烟盒里取出一支烟卷，“别太激动……把事实说出来！”

“事实？……请问，我哥哥普拉东为什么被挤出车间？难道还不是为了安插那个败类沃罗别内？这人不论为谁服务都无所谓，哪怕为我们的敌人都愿意效劳。不要闭着眼睛不看事实，伊万·雅柯夫列维奇！卡扎柯娃工程师是个心地纯洁的人，可是他们怎么对待她？他们散播那样的谣言诋毁她，眼看要把人逼着去上吊。契比索夫……他跟我非亲非故。他是厂长、领导人。如果按庸俗的旧眼光来看，我跟他没有共同的利害关系。但事实上我们的利益是共同的，一致的。我们是共同事业中的同志。他是一个真正的人……”

“你别向我推崇他，”戈尔巴乔夫打断他的话头，“契比索夫咎由自取，因为他对待发明家和发明创造事业采取了轻率、错误、非党的态度。这件事我知道。我自己也有责任。应当及时给他警告，这能使他重视纪律，认识错误。”

“可你知道现在有人打算把他怎么样？打算把他一脚踢开。事情本来微不足道。可是某些人把它夸大到什么程度你知道吗，伊万·雅柯夫列维奇？简直无法想像。厂里的流言愈来愈难听。还有剧院！……你最好把我哥哥雅柯夫叫来问问那里的情况。前几天导演托马舒克写的一篇文章看过没有？他在文章里骂谁？你以为他是骂雅柯夫？还是骂演员古良也夫？还是画家卡扎柯夫？不，他是攻击培养了并且支持这些人的党！正是骂党！表面上装作讨论社会主义现实主义，其实……不，伊万·雅柯夫列维奇，这不能再忍耐，不能沉默。要不还会……你可以问问你自己的女儿，在某些大学生中间存在着什么样的思想情绪。这些年轻人的头脑给搅昏了。各种各样的糊涂观念乱作一团。”

“听我说，季米特里·季莫菲耶维奇，”戈尔巴乔夫说，“当然，生活中可能有如你刚才所说的某些分子。但总的说来，你未免太夸大了些。”

“夸大危险比轻视和低估危险好。百里城池能毁于一根火柴。”

“但也不能夸大。这只会造成恐慌。”

“可是估计不足就会自安自慰，麻痹大意。而麻痹大意的人最容易被打败，你知道吗?”

“我知道。可是一个散播恐慌的士兵能瓦解整整一师的军心。”

“如果能被一个胆小鬼瓦解军心，那这个师也是一支不中用的队伍。不管怎么样，伊万·雅柯夫列维奇，我来找你是作为一个普通共产党员来找党的领导正面提出：书记同志，请调查研究一下情况。从前，我们还是孩子的时候，常常把东西乱丢，后来要找怎么也找不到，那时我们的父亲就说：‘自己的东西不好好保管，丢失了就哭鼻子。’自安自慰、麻痹大意会使我们受到很大的损失，到那时只好以泪洗面，空咬指头。这就是我所要说的，伊万·雅柯夫列维奇！”

“你太过火了，太过火了！”戈尔巴乔夫摇摇头，以责备的口吻说，“到底还年轻。你不知道我们的路是怎么走过来的。我们曾经赴汤蹈火，什么样的考验都经历过。今天我们有一个在党的周围团结无间的民族大家庭。我们有多少出色的人物！当然，有些人在政治上还有些糊涂观念，对某些问题还不能理解——不可能所有的人思想水平都一样，各人觉悟的程度不同。但在总的方面，总的说来，他们都是好人，都是苏维埃人。当然，也可能有个别的人，由于自己的无知，由于他们挡不住外国宣传的攻势，企图把我们往回拖。但这毕竟像蚊子叮那样，没什么大不了。”

“你说的关于好人的话完全正确，伊万·雅柯夫列维奇。但是对蚊子也不能麻痹。蚊子叮咬会造成疟疾，能教人打上好几年寒颤。”

季米特里闷闷不乐地走了。临走时他说：

“我告诉您，关于这一切我要写信到中央委员会去。”

“这是您的权利。”

戈尔巴乔夫把季米特里送到楼梯口后，自己也打算回家了。但茜玛奇卡告诉他说：

“伊万·雅柯夫列维奇，刚才克鲁季里契工程师来电话，要求把一份什么报告书还给他，他说正本在您那儿。”

“是的，有这么回事。这已经很久了。您这儿文件橱里没有吗？”

“没有，伊万·雅柯夫列维奇。我找来找去，后来想起了：当时您把它带到家里去的。那天您还不大舒服，您说要去躺在床上看看。”

回到家里，翻遍了桌子所有的抽斗和书橱的每一档架子。哪儿也没有这要命的文件夹。

“会不会给我们烧了？”安娜·尼古拉耶芙娜说，“夏天休假前，你把没用的纸都剔出来……会不会也把它塞在那一堆废纸里了？我对你说过多少回：别把文件带回家来，放在市委会。”

“你这人真怪，我得看这些文件哪，不能光搁着。可是在那边全都看得完吗？市委会的日常工作情况你又不是不知道。”

这天晚上，卡芭到父母家来商量一起欢度十月革命节的事。她不知道父母为什么事这样烦恼，等问明白了以后，她说：

“唉，爸爸，你把这些文件丢了才麻烦哩。你不知道克鲁季里契这个人。为了他，厂里发生了一连串的不幸。那里也是丢失了什么文件。现在害得大家都心烦意乱。”

“亲爱的，你怎么把我也比进去啦？”戈尔巴乔夫甚至吹了一声口哨，“那里是因为契比索夫不负责任……”

“可是季米特里·季莫菲耶维奇说……”

“季米特里·季莫菲耶维奇今天到我那儿去过，”戈尔巴乔夫截住她的话头，“你跟安德烈得好好帮助帮助他呢。”

“为什么？”

“你听我说……”戈尔巴乔夫想告诉她，季米特里·叶尔绍夫思想偏激，看社会现象的角度太狭窄。但他没有这样说。他开始沉浸在深思中。

虽然他今天跟季米特里·叶尔绍夫发生了争论，然而他十分明白，叶尔绍夫的话包含着不少真理。第二十次党代表大会以后的十个月以来，从各个党组织来过不止一份报告，说有些几十年不开口的人，乘党在消除个人迷信的后果之机，居然高喊着激昂的革命口号抬起头来了。在大叫大嚷者中间当然也有一些人只是一时糊涂，没有很好地分析事件的本质。但也有一些类似六足动物的东西，它们在洞里过了一冬，一解冻立刻开始蠢动，跃跃欲试地已经在伺机咬人。碎嘴饶舌的人出现了，侈谈架空计划的人出现了。一些怪人开始喊叫什么艺术不受任何责任约束等等。真是些怪人，不能给他们别的名字。难道他们以为，艺术“摆脱了”党的领导能够“自行”存在？难道资产阶级思想不会把它拉过去？资产阶级思想还很顽固，而且狡猾，它的策略是巧妙地腐蚀人，把他变成个人主义者，变成贪心鬼。在资本主义世界，它迫使一切——文学、戏剧、电影、绘画、各种形式的表演和娱乐——都服从这个目的。奇怪的是那些高唱“艺术自由”的怪人不懂得这一点，他们不知道自己是在天真地张大了嘴巴跟着“自由”的诱饵走，就像童话中被妖婆用五彩的姜饼诱入密林的小孩子，而妖婆是想把他们喂肥了放在炉子里烤熟吃掉。

这一切都是事实，这一切他——戈尔巴乔夫——也都看到。但这究竟是个别现象，个别人。这些人也不是敌人，他们不过是迷了路。

叫一阵、闹一阵以后就会停止，他们会自己明白自己迷了路；生活将迫使他们明白过来；那时他们会脸红的。

卡芭早已跟安娜·尼古拉耶芙娜谈妥了过节的事，而戈尔巴乔夫还坐在那里寻思。

“当心，爸爸，克鲁季里契的文件会叫你吃苦头的。”卡芭突然说。

他一下子没闹清楚她说的什么。等到明白以后，他生气了。

“总会搞清楚的。”他不悦地说。

17

十一月七日，古良也夫没去游行，虽然他很喜欢在这一天到街上去挤在唱歌、跳舞、欢笑的人群中。在他们中间会觉得年轻，会想起过去，能使精神振奋。

他没去是因为要准备晚上的首次公演，心情非常激动。彩排经过很顺利，不过邀请的都是剧院的朋友，他们从某种错误的考虑出发可能没有说出全部实话，在祝贺、握手、接吻的时候可能把全部实话还是保留了下来。文艺工作者有这样的作风：不肯当面指出你的缺点，怕你不高兴。前天还举行了招待演出。来看戏的也都是些不寻常的观众——各部门的领导同志、文化新闻界的人士，或者，假如这一天他们中间某些人不能来的话，就让他们的姑妈、奶奶、保姆来看。可是今天，今天是首次公演，今天来看戏的都是用自己的劳动所得买票的戏剧爱好者。他们不会致祝词，不会在经理室或者艺术指导办公室里呷着柠檬水拐弯抹角地谈他们的看法。今天的观众或者将在剧终后一再要求谢幕，或者不看完戏就走，或者在戏演完时勉强报以零落的掌声聊示礼貌，然后急急忙忙去穿套鞋。

古良也夫在他的演员生涯中不知参加过多少次演出，不知演过多少角色，似乎在新戏上演之前不应该再激动了。但是不，事情不是这样，他还不能泰然处之；他激动得仿佛今天将是他第一次上舞台似的。他甚至考虑过，要不要喝一小杯白兰地壮壮胆。不，他打消了这个念头。他对自己说，这里头就种着可能导致失败的祸根，这可能造成演奥库涅夫老头这个角色时失去分寸——或者把他演成一个舞台上传统的来自人民的老爷爷，夸大其好嘲弄揶揄的一面；或者降低到俗不可耐的悲喜剧的水平。不，一切都必须真实，必须符合崇高、壮丽、伟大的生活真实。

古良也夫一出场，疑虑、激动、犹豫自然而然都消失了。他几乎没看到场子里的观众，只是在头脑里留下一个印象：大厅里座无虚席，甚至还有人坐在加座上。接着大厅就从他眼前隐没，开始了钢铁世家奥库涅夫一家的生活。舞台上反映了战前苏联人民的生活，人们谈着计划，憧憬着已经显得那么接近的共产主义的未来。有的人准备结婚，有的人到了退休年龄，也有的还刚刚出生。战争爆发了……婚礼、退休、理想、计划——一切都被抛在后边。但是这一家人的生活，就同全国的生活一样，一刻也没有停止。生活变得严峻、紧张了；人们产生了新的计划、新的理想——打垮敌人，无论如何要打垮敌人，直捣敌人的心脏，迫使制造血和泪的敌人自己付出血和泪的代价。为了一定能到来的胜利，奥库涅夫钢铁世家克服着任何艰难困苦。这一家的大部分成员已经走上战场，另一些人为了制造坦克和大炮，在乌拉尔炼钢。而年纪最大和最小的则由于局势急剧变化而留在故乡废墟中，留在被敌人侵占的土地上。

幕间休息时，古良也夫把自己关在化妆室里。他避开朋友和熟人。他不愿让自己在台上走最初几步路时就把握住的情绪因为他们的话而松弛下来。他感觉到这种情绪一幕比一幕、一场比一场紧张；他整个儿进入了角色的内心世界。最后第二场老奥库涅夫遭到了希特勒匪徒的毒手，但他的牺牲却使观众看到刽子手们自己已经面临逃避不了的死日。古良也夫以震撼山岳的力量演完了这一场。当舞台上灯光熄灭、最后一场开始前转台辘辘响动的时候，掌声和喝彩声震动了整个剧场。等到全剧告终，场内的欢呼声如春雷轰鸣。钢铁工人、码头工人、海员、造船工人一致叫好，观众请导演、剧作者出台，一次又一次要求古良也夫谢幕。阿列克萨辛弄得手足无措，不知怎么的被帷幕卷住了差点儿掉进乐池里去。古良也夫满脸热泪纵横。他已经好久没有这样高兴、这样亢奋了。

艺术指导最后也出来谢幕。他的模样似乎深受感动。他走到聚集在台上的每一个演员跟前，跟他们握手的握手，拥抱的拥抱；他按俄罗斯风俗跟古良也夫吻了三次；他感谢大家，双手紧按在胸前。观众给他的掌声是那样热烈，仿佛剧院演出这样一个激动人心的好戏主要是他的功劳。

甚至舞台设计者画家卡扎柯夫也被拉上台去。台上就是没有剧院的经理雅柯夫·季莫菲耶维奇·叶尔绍夫。他看到观众对这个戏欢迎到这般程度，自己激动得什么似的，急忙到经理室去开了好几瓶香槟酒，关照请演员们和他们的朋友都到那里去。过了一会，宽敞的经理室里渐渐挤满了人。大伙拥抱，互相祝贺，个个都好像喝了很多酒。今天是剧院的节日，今天有真正的、天大的喜事。就戏论戏，阿列克萨辛的剧本也许比不上有经验的老作家的作品，也许剧中有些地方是多余的，但观众并没注意这些细节，因为他们在舞台上看到了自己，看到了自己的生活，自己的情感，自己的思想、理想和激情。他们感谢剧院就是为了这个。

古良也夫不是一下子，而是慢慢地看清楚了聚集在经理室里的人们的脸。这一天，他分送了十几张自己花钱买的票子。他邀请的主要是在钻研角色深入生活时交的炼铁工人朋友，他们曾向他贡献过不少宝贵的意见，提示过一些他自己和阿列克萨辛都不知道的词句。这些新朋友中有几个现在也在经理室里。他们说："真棒，亚历山大·里沃维奇！简直太棒了！您给了我们一份最好的节日礼物！"但另外还有不少人显然不好意思上这儿来，甚至没有想到上这儿来。卓娅·彼特洛芙娜大概也是这样，古良也夫没有忘记诺言，给她也送去了两张首次公演的票子。不过也可能她没来看戏，也许那位首都来的美男子自己不愿看外省剧院根据外省剧作者的剧本上演的外省戏，也不让她来……

伊斯克拉·卡扎柯娃对他说，他老是左顾右盼，好像不见了什么人。

"我佩服您的观察力，伊斯克拉·瓦西里耶芙娜，"他说，"不过并不是某人不见了，而是没有来。我请了一位挺漂亮的女士今天来看戏。也许您认识她，就是你们厂长的秘书卓娅·彼特洛芙娜。"

"卓娅·彼特洛芙娜不是他的秘书了，"伊斯克拉告诉他，"厂长粗暴地把她撤了职，简直是像旧社会老板解雇伙计那样把她撵走的。大家都很气愤。"

古良也夫犹如被泼了一头冷水，他问道：

"您说什么，伊斯克拉·瓦西里耶芙娜？为了什么事？"

"我被调查组传来叫去，她被厂长撤职，都是为了同一件事……都是为了克鲁季里契……阿尔连采夫……什么报告书啦、收据啦。还不是为了这一切！真不愿在这样的好日子、在这样的节日里提这些事！"

古良也夫还想详细问问伊斯克拉关于卓娅·彼特洛芙娜的情况，这件事他深感意外，但这时戈尔巴乔夫走过来握住他的手说：

"恭喜您，古良也夫同志。我自己从前也是个工人，对于您表现的工人我愿意给最高的评价。您演得真是恰到好处，充满了对工人的热爱和尊敬。谢谢您，再一次谢谢您！”

“也谢谢您，”古良也夫鞠躬致意，“谢谢您的鼓励。”

人们开始集中在他们周围。雅柯夫·季莫菲耶维奇说：

“这个戏上演不容易哪，伊万·雅柯夫列维奇。我们经过一场激烈的斗争。亚历山大·里沃维奇是这个戏的主要支持者之一，不，应该说是最主要的支持者。”

“说实话，他比剧本的作者重要得多，”阿列克萨辛怪不好意思地说，“要不是亚历山大·里沃维奇，剧本根本就不会产生。他鼓励我写了这个剧本，他自己也写了足足有一半。”

“够了，亲爱的，你说得太过分了！”古良也夫不让他说下去。“不要过于谦虚，这样也不对。”

“思想，思想，思想在艺术中总是起决定作用的。”艺术指导说，他的手搁在肚子上，手指互相绕着圈儿转。

“可是某些人偏说艺术中主要的是技巧、形式，”古良也夫忍不住向艺术指导提起不久前的谈话，“而且，他们还把技巧理解成使观众吃惊、发愣、发呆的本领。”

“没有技巧也是不行的，不行的，不行的，这话我也要说，而不仅是某些人说。”

“谁也不反对这一点，”古良也夫继续说，“要技巧，但更要思想，不能光卖弄技巧。”

“这话也对，亲爱的，也对。”

要把艺术指导激恼可不容易——他上了年纪，世故太深，太老练了。

古良也夫告诉戈尔巴乔夫说，舞台设计者的功劳也不小，布景画得很生动，有风格，他把卡扎柯夫拉到他们跟前。

“对，完全正确，”戈尔巴乔夫也同意，“您懂得怎样表现工人阶级，卡扎柯夫同志。那幅轧钢工人像我还记得很清楚。一闭上眼，他就整个儿出现在我面前。那是一件出色的作品。”

“可是，戈尔巴乔夫同志，这件您认为出色的作品却被导演托马舒克骂得狗血喷头，那篇文章您看到没有？”维塔里问。

“看到了。这不必太介意，”戈尔巴乔夫以调解的口吻说，“创作上的争论嘛。你们艺术工作者之间总是那样。真理愈辩愈明。”

“真理？……”维塔里摇摇头，“您肯定轧钢工人的画像是件出色的作品，是吗？”

“是的，我肯定这样说。”

“可是他却认定这是虚伪、粉饰、阿谀。那么究竟什么是真理？谁能给我们下结论？谁的说法比较正确呢？”

“我看是我的比较正确。因为大多数观众跟我的看法一样。这有展览会参观者的意见为证。您不要为这篇文章不高兴。继续工作，用新的作品来证明自己是对的。新生的事物总会遇到一些障碍。您听见没有，刚才同志们说这个戏就是在斗争中产生的。可不是吗？”

“是的，”雅柯夫·季莫菲耶维奇接上来说，“而且，您可知道向我们挑战的人是谁？就是您说的那位托马舒克同志，他是我们剧院的导演，顺便告诉诸位，他今天没来看戏。您知道他说过什么话？他说过：你们只好演给空场子看。”

“您瞧，”戈尔巴乔夫向维塔里说，“他这个预言也没有应验。他是个不高明的艺术评论家。噢，对了，主笔同志！”戈尔巴乔夫转向布绥林说，“应当支持剧院，发表一篇剧评。”

“我们一定把它列入计划，伊万·雅柯夫列维奇。我自己写。”

大家还谈了一会，吃完了还不太熟的橘子，然后开始散去。

古良也夫独自在街上走。地上有薄薄的一层霜冻，空中飘着疏疏朗朗的小雪。他心中充满阳光，正像一个人做了一件有意义的、为人们所需要的好事情那样。只是在脑海最深处有一颗莫名的不安的种子在颤动。他把全剧从头至尾再玩味了一遍，默默念着某几段台词，反复推敲自己念得是否恰当；耳际还响着掌声，面颊上还感到亲吻，掌心保存着愉快热烈的握手的暖气；一切都是那么美妙，然而不安又开始颤动，又教人想起它来。

这究竟是怎么回事？古良也夫收住脚步，甚至摸了一下前额。是丢失了什么东西，还是忘了什么事情？忽然他明白了。卓娅·彼特洛芙娜！对了，对了，是卓娅·彼特洛芙娜。这件事多么荒唐！契比索夫太不讲道理！古良也夫想起那天送卓娅·彼特洛芙娜回家时她曾经问他世界上有没有好人。单是这个问题就包含着多少想法！如果一个人开始怀疑到底有没有好人，那就是说这个人在世上过得并不幸福。可想而知这个人受过多少欺骗，尝过多少辛酸！

古良也夫准备立刻折道向卓娅·彼特洛芙娜的住所走去。虽然时间将近夜里三点，这也拦不住他。无辜受屈的人不论昼夜任何时候都乐于接受友好的、真诚的同情。但是，一想到阿尔连采夫，他止步了。这个人看来在卓娅·彼特洛芙娜的生活中起着十分重要的作用。这位同志的神通何其广大？这儿也有他，那儿也有他。他把这样好的普拉东·季莫菲耶维奇挤出车间，还把维塔里的妻子害得多苦……

古良也夫没有折道。他深深地吸着夜里新鲜的空气，徐步走到家门口，用钥匙开了门；屋子里静悄悄，邻居看来都已经入了梦乡，虽然他知道普拉东·季莫菲耶维奇和乌斯金诺芙娜也在看戏，他还看到他们俩聚精会神、庄重严肃地坐在前排。古良也夫换了拖鞋，在房间里走来走去。睡觉完全谈不上，他太激动了，兴奋过度了。多年来他一直幻想着能演今天这样的角色，它将确定他今后生活的方向。现在他又将满怀信心，又将感觉到自己站得稳稳的。他完全懂得曾经和他一起在休养所度过一个月的那位作家的话。这位作家说，他的某些同行委实使他吃惊，他们写了一本书，居然能靠它过上十年、二十年。“我指的并不是物质方面，”他解释说，“我是指精神方面。拿我来说，要是我三四年写不出一本书，我就觉得不好过，我就觉得没有权利在读者面前演讲，在自己的同志面前发言，没有权利被选入作家协会的领导机构——总之我会觉得自己什么都不够格。可是也有这样的文学家：他们自己不写书，却在那里领导别人，教训别人，大谈其创作经验。”古良也夫现在觉得自己就像一个写出了一本好的新书、因而在艺术界问心无愧的作家。

有人轻轻敲他的门。他把门开了。走廊里站着乌斯金诺芙娜。

“您什么时候回来的，亚历山大·里沃维奇？”她问，“我们一直在等您！……幸亏我看到门缝里有灯光，要不还以为您没回来呢。上我们那儿去，上我们那儿去。普拉东已经为您的健康干了一杯。”

原来叶尔绍夫他们根本没睡觉。桌上摆着酒和吃的东西。

“哦，亲爱的朋友，”普拉东·季莫菲耶维奇站起来迎接古良也夫，跟他紧紧地拥抱，“快坐，让我们来庆祝你今天的成功。我姑妈今天流干了眼泪，我也用一个指头不断捂住眼窝。你抓住了我们的心，紧紧地抓住了！”

三个人在桌旁坐好了，他说：

“你知道你给了我什么东西？告诉你，你恢复了我的全部力量。我明白了自己没有权利让路，没有权利离开车间。老实说，我去给小伙子们传授工艺只是挑了一个决定自己命运的折衷办法。我应当去炼铁，炼铁！我无病无痛，身强力壮，我懂得怎么炼铁。过了节，我就开门见山提出要求——我要回车间，旁的地方哪儿也不去。这都要感谢你，里沃维奇，你给我作了这样一个榜样，我简直没法用言语感谢你。”

他们谈着戏剧、艺术，谈着钢铁、高炉，谈着生活中险恶的回流，谈了很久；当他们谈起厂里有时候发生的不正确事情时，古良也夫也提到了卓娅·彼特洛芙娜。

“是的，”普拉东·季莫菲耶维奇说，“她的生活也给搞垮了。如今她躺在家里生病。听说病很重。契比索夫也在后悔自己的做法不当。”

“他是个冷酷的人。”

“不，他不是这样的人。他是给搞糊涂了。”

“怎么能随随便便把一个人撵走？”

“生活中什么样的事情都有，里沃维奇。要知道，生活——这是一团错综复杂的线球，里沃维奇！对它不能一下子就作出定论。我们每个人都可能做一些糊涂事。可能因为心中无数，也可能因为神经扭曲过度——一下子爆炸了，发作了。也可能有别的原因。重要的是事后抱什么态度。比方说做错了什么事，后来明白了自己的荒唐，有的人立刻改正错误，不怕在别人面前承认，说：‘是的，同志们，我错了，我保证挽回一切，假如可能的话请帮助我。’可是另一些人说什么也不肯认错。我们生活中也有这样的人。他们硬是坚持错误，顽固得像匹驴子。明知自己闯了数不清的祸，可还是照旧一桩又一桩地干荒唐事，死也不承认错误。这种人就好像光滑的皮肤上隆起的疱疹。”

“那么契比索夫属于第一类还是第二类呢？”

“他是被搅昏了脑袋，里沃维奇。说不定他自己在厂里也呆不下去了。现在正刮着这样的怪风，难保不把他连根拔起。不过他是条硬汉，不是那种经不起风险的胆小鬼。”

第二天古良也夫起身很晚。他又被叶尔绍夫他们叫去喝茶。乌斯金诺芙娜自己做了些馅饼，烤了些饼干。古良也夫觉得心情愉快，甚至可以说像在家里一样，如果他有过自己的家，如果他还记得什么是家的话。

下午，他决定到外面去走走，天气那么好，阳光灿烂，又不刮风。他走在街上，见人们都是高高兴兴的；他想去看一场电影——因为路过一家电影院，那里正上映一部他没看过的影片。但是票已经卖完了。这时他才明白，吸引他出来的不是晴朗无风的好天气，他是想去看看卓娅·彼特洛芙娜，——这才是他出来的真正的目的。

向自己说明了这一节，他觉得轻松了许多，于是径直向她住的那条街走去。

卓娅·彼特洛芙娜卧病在床。她的小女孩坐在窗口一把椅子上看书，古良也夫跟她握手，她告诉他说，她叫尼诺奇卡。姥姥在桌旁用绿色毛线编织着。卓娅·彼特洛芙娜的面孔几乎跟这毛线差不多颜色。

"请原谅，"她说，"昨天我没去看戏，实在抱歉。"她没有坐起来，伸手在床头小柜上摸了一会，摸到一只信封。"白白浪费了两张票。谢谢您，真过意不去。我想撑起来，可是撑不起来。头疼得厉害。非常厉害！……"

"请别说话吧，"古良也夫说，"这对您是很费力的。"

"不，我要说。我已经很久没有说话。我沉默得腻了。"

"难道没人来看看您吗？"

"有的，有的。厂里的一些女同志来过。昨天游行完了也有人来过。"她说了一些他不认识的人的姓名。其中没有阿尔连采夫。古良也夫很想问问他的情况，但是没敢问。

"我的事谈够了，没意思，"卓娅·彼特洛芙娜说，"还是谈谈首次演出的情况吧。"

他详细地叙述了演出的经过、戏演完后的谈话以及他自己的激动和感触。

"您不累吧？"他每隔一会就问，"听我说得不耐烦了吧？"

"不，不，您说哪儿的话！"

他到这里来是打算问问卓娅·彼特洛芙娜，她是在什么情况下、为了什么缘故被契比索夫撤职的，他想知道她的过失在什么地方。他很难想像卓娅·彼特洛芙娜会做出足以构成撤职理由的事来。但是他看到，现在问这事不是时候。他讲着各种各样的事情，坐了很久；他甚至没注意到时间的飞逝，窗外的天色已经开始暗下来了。

卓娅·彼特洛芙娜的母亲请他喝茶。

“不过请您原谅，”她说，“除了茶，没有什么能招待您。”

“妈妈！……”卓娅·彼特洛芙娜惊恐不安地叫住她。

“不用叫妈妈！亚历山大·里沃维奇是明白人，知道我们不是资本家。既然你不在工作，那我们根本就没有收入。”

“妈妈！……”卓娅·彼特洛芙娜更加惊恐、更加不安地叫了一声，“我马上就起来。听见没有？”

妈妈不再作声。古良也夫给这个场面弄得很不自在。他也不作声了。他跟卓娅·彼特洛芙娜的女儿一起坐在桌旁喝茶。妈妈给卓娅·彼特洛芙娜端了一杯到床前。古良也夫暗暗对自己说，她母亲的话不错：既然养家活口的人没有了工作，又病倒了，这个家庭目前的生活当然很困难。卓娅·彼特洛芙娜的医药费恐怕也没有着落。既然她丢了工作，有谁负担她的医药费?

他告辞了，心中盘算着如何帮助卓娅·彼特洛芙娜。譬如说，可以买些吃的东西送来。但他买的保险不是女主人所需要的。最好是给钱。当然，他不是富翁，一个地方剧院的演员薪金有限，不过他还是能帮助这一家几百卢布。可是她们肯不肯接受呢？诚然，老太太在这方面大概完全能说通。但要是被卓娅·彼特洛芙娜知道了，事情一定不堪设想。

他又想起了阿尔连采夫。他所得到的印象是：这位头发微呈斑白的社交家大概再也不上她家去了。

18

“你逃不了啦，混蛋，这下你逃不了啦！”克鲁季里契想到阿尔连采夫的处境，按捺不住衷心的雀跃，“还教人家做人之道呢，你的一条腿摇摆起来气派多大，花钱不当一回事。现在你也安分啦，亲爱的！等着吧，你还会变得更加安分……”

克鲁季里契对厂里发生的事情都感到高兴，——总工长叶尔绍夫不在高炉车间了；卓娅·彼特洛芙娜被撤了职；契比索夫有可能受到党的严重警告甚至更重的处分；卡扎柯娃工程师被折磨得快要发疯，据说她跟丈夫闹翻了；调查组整天忙着调档案、开会、写初步结论。现在连法力无边的阿尔连采夫自己也有危险了。有人说克鲁季里契的文件值得怀疑，它们会不会是在那位阿尔连采夫同志当了副总工程师以后用倒填日期的方式出现在总工程师文件夹里的？要是穷究细查，请司法机关用现代的化学方法或X光波测定法进行鉴定，那自然能戳穿阿尔连采夫的伪造诡计。“卑鄙的野心家！”克鲁季里契在心里骂他，“他把所有挡道的人排挤得多么巧妙。一心想当部长！野心不大也不小——只想当个部长。”

克鲁季里契对自己并不十分担忧。他已经拟就一套绝妙的计划应付万一。谁也没看见他在哪儿拿着这些报告书、说明书等等的文件，——他没带着文件跑过任何地方。拿着它们到处跑的是阿尔连采夫。当然，有人问过他——克鲁季里契——这些文件是谁的？他回答说是的，是他的文件，别的什么也没说。万一到了紧要关头，他会说“阿尔连采夫为了诬陷曾经得罪他的契比索夫，从我家里捡去了这些文件，并且交到了党委”；克鲁季里契不打算否认这些文件是他巨大劳动的结晶，但是作为一个严肃对待工作、不喜欢草草了事的工程师，他——克鲁季里契——认为自己的工作还不合要求，不够完善，所以暂时把它搁了下来；他没有向任何地方提出过这个建议，工作不完成，他根本就不会提出；要不是阿尔连采夫搬弄是非，野心难餍，人们也不会过早地知道这个建议。这番话冠冕堂皇，如果再补充一点，说卡扎柯娃工程师的建议可能比他的完善，他愿意在这件事上把荣誉让给她，那就更显出他的人格高尚了。一场风波的结果将是他们——卡扎柯娃和克鲁季里契——被迫接受并分享这份荣誉。这也不太坏，要知道到那时，三头六臂的阿尔连采夫将现出卑劣的阴谋家的原形。对，对，一切都很漂亮：卡扎柯娃自己搞称量车驾驶舱电冰箱化的设计图；在这同时，他——克鲁季里契已经设计好了自己的图样，不过当时谁也不知道这件事，因为克鲁季里契认为它还不够完善。对，查问起来事情就是这样。

克鲁季里契对一帆风顺、刚愎自用的阿尔连采夫私下怀着强烈的憎恨，他早就想发泄，只是苦于没有机会，因此一直积压在心里，这下终于给他等到了时机。等着瞧吧，这个不可一世的英雄马上就要百般扭曲蠕动，肚皮贴着地爬行。克鲁季里契已经在搓手了。他感到满意，因为这样一个大人物居然栽在他的手下。他感到满意，因为厂里的一切混乱实际上都是由于他——克鲁季里契——而发生，可是在人们眼里冒尖的却不是他，而是阿尔连采夫。“永远不要跑在前面，”他自己教训着自己，“重要的是做完一件事情，何必一定要人家知道这事情是你做的呢？不要尚慕虚荣。只要你自己明白，一连串牵连许多人的事件的幕后策动者——因而也是威力更大的策动者——是你，而不是别人，这才是最大的愉快！”

每当他这样想的时候，克鲁季里契喜欢照照镜子。他走到镜子前，用扔在镜台上的一只脏袜子拭去上面的灰尘。他家里始终没有一个女人，虽然阿尔连采夫答应在这件伤脑筋的事情上帮他的忙。固然，他也介绍过几个人来。关于其中一个，阿尔连采夫在字条上写着，说她是一个出色的厨娘。可是她的鼻子是那么尖——仿佛要啄破你的头顶，又是斜白眼——你瞧着她，自己的眼睛也会转向鼻子。真怕人。他拒绝了。厨娘！他又不大张宴席请客！另一个自我介绍说，她从前在莫斯科的许多将军、元帅那儿工作过，知道他们每个人的名字和父名；克鲁季里契听她说了一大堆将军生活中的细节，心想："我的妈呀，你不是家庭女工，十足是一位穿裙子的劳伦斯上校[①]。"这一个他也拒绝了。第三个在整套住宅里走来走去，一边神秘莫测地暗笑着，然后问，哪一个房间将是她的房间。他说哪个也不是，于是他们就互道"再会"。第四个他连房里也没放她进去——他把门打开一点点，问明她的来意后，说："不要，不要，我又不是大少爷，"说完就把门锁上了。

因此，屋里仍旧到处是灰尘。

他在马马虎虎拭了一下的镜子里看到了自己的尊容。气色很好。眼睛里没有过去那股邪气，颧骨也不隆起。目光安详自若。这个人不是废物。将来某些人还会知道他的厉害，某些人还会懊悔当初有眼不识泰山，不该以傲慢的、不是平等相待的态度对待他。克鲁季里契认为对任何人、任何事都不应当原谅。你原谅他们，他们未必领情。还以为你软弱呢。不原谅，他们立刻感觉到你的力量，就会尊敬你。即使不能尊敬，至少也要怕你。这也许更好。因此，当他知道戈尔巴乔夫找不到他夹着说明书的文件夹时，克鲁季里契决定也不原谅他。他就这件事向省党委写了一封信。让他们把这位"一市之主"叫去谈谈，让他也尝尝挨批评的滋味。要不他无忧无虑的也太舒服了。

昨天戈尔巴乔夫把他请了去，表示歉意，说文件夹不见了，怎么也

---

① 劳伦斯上校是一名英国军官，第一次世界大战时在中东一带搞间谍活动。

找不到；当时他身体不好，没留意搁到哪儿去了。他说：总之，很抱歉，克鲁季里契同志，我们都是普通的人，难免……等等。

的确，我们都是普通的人。但是你，亲爱的，说一声“抱歉”，事情对你就完了。而要是我把你的一张什么一文不值的小纸片儿给弄丢了，你会把我怎么样？警告——这是最起码的了。八成是一纸工资清单往你脸上一扔——卷铺盖滚蛋。这种事有过，有过，克鲁季里契一生中不止一次遇到过这种事。这就是你说的“我们都是普通的人”！

克鲁季里契往心火堆里一匙一匙加油，使恼恨戈尔巴乔夫的火愈烧愈旺，手自然而然地伸向纸和笔。笔尖刷刷地响着，开始一个字一个字、一行一行地编造起来。市委书记戈尔巴乔夫哪里知道，怎么会料到，他昨天向克鲁季里契道过歉，而这个瘦骨嶙嶙、肮脏猥琐的小人今天已经在挖他的墙脚了。

听到铃声，克鲁季里契把自己的大作藏在抽斗里，然后去开门。来的是阿尔连采夫。

“您还过着猪圈生活？”他说着在靠椅里坐了下来，“到您这儿来过以后，就得把衣服送去洗。”

克鲁季里契不答话，在他对面坐下来，情不自禁恶狠狠地瞪着阿尔连采夫。阿尔连采夫也没有往常那副笑容。

“怎么样？”阿尔连采夫终于开口问道。

“什么怎么样？”克鲁季里契不客气地反问。

“我问您日子过得怎么样。”

“马马虎虎，康斯坦丁·罗曼诺维奇，马马虎虎。”

“对生活满意吗？”

“十分满意，康斯坦丁·罗曼诺维奇，十分满意。”

“您这样的好日子快要过完了，您知道不知道？”

“请问为什么，康斯坦丁·罗曼诺维奇？”

“告诉您，克鲁季里契，因为人家要宣布您的文件是伪造的。要是我处在您的地位，在这种情况下可不会那么逍遥自在。”

“奇怪，康斯坦丁·罗曼诺维奇，我对自己的文件并不关心，倒是您不知为什么挺关心的。我对自己的命运不太操心，倒是您不知为什么这样操心。哪来这样的关怀，哪来这样的体贴，令人费解！”

阿尔连采夫仔细看了看克鲁季里契的脸，再看看他的手、他的脚——克鲁季里契穿着刚买不久但已经歪向一边的黑麂皮镶漆皮的软鞋。这时他心里大不愉快。他后悔跟这个在他们结交之初是那么可怜巴巴、而后来渐渐地愈变愈傲慢的家伙纠缠上。为什么此人这样神气？他知道了什么阿尔连采夫不知道的事情？他手里有什么王牌？为什么他要冷笑？为什么他不怕事发？对这种人要时刻提防，他们连自己的亲爹亲妈也能出卖，更不用说……阿尔连采夫几乎要向自己说：更不用说出卖朋友了。这太可怕——他阿尔连采夫竟跟这样一条蛆虫、这样一个碌碌无能、惹是生非、妒忌心重、活该永远潦倒的烂小人交朋友！怎么能这样糊涂，怎么能这样不择手段？靠这种堕落不堪、卑微鄙陋的东西帮忙难道能达到什么目的不成？

“克鲁季里契，”他说，“也许您已经忘了，但我还记得很清楚：您的黄金时代、您的所谓‘普罗斯丕立蒂’[①]是在什么情况下开始的。”

“我也记得，康斯坦丁·罗曼诺维奇，记得很清楚，别以为我忘了。一切都是从您在我的可怜的狗窝里找到了我开始的，您给了我慷慨的帮助，把我提拔起来，使我重见天日。您为了我向厂领导展开斗争，您使人在报纸杂志上写文章谈论我和我的工作，您给我在厂里安排了待遇不坏的职位，您为我争来了这套住宅，您……”

---

① 英语 prosperity 一词的译音，在这里是“鸿运”的意思。

“倒是一笔相当详尽的流水账，”阿尔连采夫把他的话打断了，“那么您认为我这样做为了什么，出于什么动机，抱有什么目的和打算呢？”

“这我不得而知，康斯坦丁·罗曼诺维奇。不知道不能胡说。我只能作一些猜想。可能这是出于您天赋的所谓高尚德性，也许因为您具有超凡脱俗的磊落胸襟。”

阿尔连采夫注视着他的眼睛和他的嘴唇，不能断定克鲁季里契是认真这样说，还是在以最恶毒、最无耻的方式嘲笑他。狗东西，烂小人，可是偏偏像斯芬克司那样叫人莫测高深。

“您说的都是些漂亮话，”阿尔连采夫不太有把握地开始说，“这谈不上什么高尚德性等等！我不过是关心我们的技术进步和我们的工业发展罢了。我看到您是个有才能的人，有才能的工程师，我作为一个共产党员，有责任、有义务帮助您。如此而已。今后我还认为有责任在我能力范围之内给您帮助。”

“谢谢，康斯坦丁·罗曼诺维奇，谢谢。”

“我请您把今天我来找您的目的也从这样的角度来看。不知道由于什么原因，您似乎没有充分意识到目前情况的全部危险性。我可以肯定告诉您，情况相当不妙。您作为一个发明家的名声已经岌岌可危。”

“为什么呢？倒要请教，”克鲁季里契扮起一副焦虑的表情，“我不太明白。”

“因为，我已经说过，您的文件可能被认作是伪造的，如果他们要这样做的话。”

“可它们明明不是伪造的，康斯坦丁·罗曼诺维奇！”克鲁季里契逼真地惊叫起来，“这您知道得很清楚。它们都是我亲笔写的，任何鉴定都会确认这一点。”

“但它们是在卡扎柯娃工程师的建议提出后才出现的。”

“不错，是在她之后。但是为什么？只是因为它们搁在我这一只箱子里。我认为这件工作还没有完成，所以没有公开出去。可见我跟卡扎柯娃是殊途同归。不过她先公开提出罢了。那又怎么样呢？”

“怎么样？先公开提出的不是她，而是您，克鲁季里契同志！您的文件不是放在箱子里，而是在总工程师的文件夹里。从今年一月起就在那里。它们怎么会从您箱子里跑到那儿去的呢？”

“这就不知道了，康斯坦丁·罗曼诺维奇。我可以在任何人面前起誓：我不知道。”

克鲁季里契谦逊地低下头去，心中得意欲狂。他把阿尔连采夫逼到山穷水尽的地步。事实上的确不是他把自己的文件偷偷塞进总工程师文件夹里去的。

“喝一杯咖啡吧，怎么样？”克鲁季里契建议说，他觉得自己高兴得快要放声大笑，“我这儿有浓缩咖啡。我去烧开水……”他不等回答就把抽斗锁上，钥匙往口袋里一塞，到厨房里去了。走时他照了一下镜子，看到一张洋洋得意的脸，他把头一缩，仿佛因为他想出这么巧妙、简直精彩绝顶的一着而等着谁去拍他的后脑勺似的。“真有一手。”他在点煤气灶的时候暗暗佩服自己。

他手忙脚乱地把炊具杯匙弄得乒乓作响，把乱糟糟的纸袋里剩余的饼干和食糖抖在盘子里，这时候房间里寂静无声。阿尔连采夫一点动静也没有。克鲁季里契甚至担心起来——阿尔连采夫会不会开始摔他的椅子，他朝房间里觑了一眼。但是阿尔连采夫什么也没摔，依然保持原来的姿势坐在靠椅里摇晃着一条腿。

克鲁季里契请他坐到桌旁的椅子上来，等阿尔连采夫换了座，又说：

“要不要来一点白兰地？”

“还是那次庆祝乔迁之喜的时候留下的吗？”

“哪里！我有时候喝一点抵挡秋天的潮气。”

“有效吗？”

“很灵。”

“那好，就来一点。不过您这儿大概没有什么下酒的吧？”

“有苹果。”

桌上出现了一瓶新开的白兰地，这酒的酿造地不知什么缘故离盛产葡萄的谷地相当远——是顿巴斯阿尔乔莫夫斯克酿酒厂酿造的。

“这当然不是亚美尼亚酒，”阿尔连采夫从酒杯里呷了一小口说，“也不是阿塞拜疆酒，也不是格鲁吉亚酒，甚至也不是莫尔达维亚酒……”

“这是纯粹的冶金工人酒，矿山工人酒。”克鲁季里契插了一句。

他有开玩笑、打哈哈的心情，这时候他的感觉就像一只猫终于逮住了在墙角缝里捉弄了它好几天的老鼠。现在老鼠被逮住了，被猫用爪子揪得不成样子扔在房间中央，老鼠可以想像自己是自由的，甚至可以逃跑。但只能逃到一定的地方，再走一步——警觉的利爪立刻会把它抓回来。他甚至开始讲一个故事。

“从前，在某某东方王国里出了一位酿酒师傅。他是这个王国里酿酒的第一好手。国王知道了，说：这不像话，得砍掉这家伙的脑袋，免得他种下伤风败俗的祸根。当然，酿酒师傅被传去见国王。他听到国王要把他杀头，急忙叩头求饶，说：这完全不会伤风败俗，这是一种有神效的饮料。它能使瞎子开眼，能使没有手的人重获全肢，能使乞丐变成百万富翁。国王听了说：‘若得如此，我不但赦你死罪，还要大开恩典——让你当我的御前酿酒师。’来，您先干一杯，康斯坦丁·罗曼诺维奇。”

“要喝一起喝。我一个人喝算什么？”

“好，咱们一起来。祝您健康！好，于是国王开始试验。他吩咐把一个瞎子、一个没有手的人和一个从路上拉来的乞丐关在一间没有窗户的黑屋子里。给他们每一个人面前放上一坛美酒。这些可怜的人喝着酒，感谢国王这样款待他们。国王在屏风后看着，听着，留神观察。那三个人喝得差不多了，瞎子说：‘多亮啊，多亮啊！这里的窗子太好了！’那没有手的人像发疯似的大喊：‘去它妈的窗子！我这就站起来抓一把椅子把所有的窗都打破！’那乞丐倒在地上喃喃地说：‘打吧，大胆打吧。打光了我赔。’”

阿尔连采夫淡然一笑。

“怎么样，可笑不？”克鲁季里契得意地问。

“与其说可笑，倒不如说可悲，”阿尔连采夫说，“我们有不少人的行为就像这三位仁兄中的一个，可是自己还不觉得，以为这是指的别人。您说对不对，克鲁季里契？您有没有扮演过那个瞎子、没有手的人或者那个得意忘形的乞丐的角色？”

克鲁季里契耸耸肩膀。阿尔连采夫说到那个乞丐时的口吻使他不痛快。阿尔连采夫说这话的语气太耐人寻味了。

“好吧，现在言归正传，”阿尔连采夫没得到克鲁季里契的回答，又接下去说，“您说文件一直放在箱子里，这说法不对头。它们明明夹在总工程师的文件夹里。”

“只有在这种情况下它们才可能是假的！”克鲁季里契提高了嗓门，“任何鉴定都能证明它们是在上面所注日期以后很久才由某人偷偷塞进去的。我的文件是真的，始终放在我箱子里，后来您把它们从我这儿拿走，不知带到哪儿去了。我没有把文件带到任何地方去过，这件事我一点也不知道。”

“但是您曾经向调查组承认这是您写的报告书，上面有日期：是一月份。文件就是在那个时候订入夹本的。”

“一月份是一月份，但我写上这个一月份以后就把文件锁在箱子里，没有送交厂长。我明知道工作还没有完成，至于所谓半成品我是不卖的，康斯坦丁·罗曼诺维奇。从来不卖。”

“照您这样说，是我带了这些文件到处跑，是我把它们交给厂长，是我把它们偷偷订入夹本的，是吗？”

“不知道，康斯坦丁·罗曼诺维奇，我什么也不知道，请原谅。”

忧虑、慌张的神色与阿尔连采夫由于生活放荡而皮宽肉垂的面孔并不相称。他来找克鲁季里契时的脸色就是这样。然而现在，这张脸上重又出现习惯的微笑，也许它不像平时那么自然，也许可以感到阿尔连采夫这样做有些勉强，但这究竟是他那种习惯的、胸有成竹的微笑。

“您怎么这样健忘，我亲爱的朋友？”阿尔连采夫说，“每次都得给您的记忆力转动发条，使它工作。会不会是您大脑硬化了，克鲁季里契？这未免过早了些。虽然您过着这样不规则的生活……总而言之，克鲁季里契，今年一月某日您亲手把您的文件交给了厂长秘书，还亲手从她那里拿到一张收据。请看。”

阿尔连采夫从上衣口袋里取出一张纸，克鲁季里契看了这张纸条目瞪口呆，上面写着：

> 本人，钢铁厂厂长秘书卓·彼·乌沙阔娃，于今年一月二十六日收到克鲁季里契工程师交来关于在称量车里装置电气冷却设备的报告书及其附件共拾柒页。该报告书及其附件当立即转交厂长契比索夫同志。
>
> 卓·乌沙阔娃

克鲁季里契还在那里发愣，字条已经回到阿尔连采夫口袋里去了。

“我亲爱的朋友，单是收据的文体就能把您完全揭露。还有谁能要求秘书写这样文牍气十足的官样文章！”

“但这明明是捏造！”克鲁季里契说。

“收据明明是真的。从您手里接受文件并在收据上签字的人随便到哪儿都会一口咬定，文件是您交给她的。是您，是您，是您本人，她正是从您手里、而不是从任何别人那里接受这些文件的。”

克鲁季里契倒了一杯白兰地一饮而尽。又倒了一杯，又一饮而尽。可恶的阿尔连采夫又教他钻了圈套。

“您到底要怎么样？”他恶声恶气地问。

“这才是正常的谈话，”阿尔连采夫说，“这话才不像孩子说的，而是大人话。我要您别等着人家把您连心肺肝脏一起吞掉，我要您斗争，为您自己、为维护自己的权利而斗争。您应当去辟谣，去遏止一切怀疑文件是伪造的流言。”阿尔连采夫重新从口袋里取出那张收据，把它扔在克鲁季里契面前桌上。“反正您那儿还有跟您的建议有关的材料，只要在箱子里再找一下。最后，您还有这张收据。要是这东西，”阿尔连采夫指指那张收据，“由于某种原因不见了，您可以记住，克鲁季里契，写收据的人活着，随时能为您作证。您明白我的意思吗？就这样说妥了，亲爱的，行动起来，行动起来吧。您是一员老将了，用不到我教您。”说完阿尔连采夫站起身来。

他又以胜利者的姿态离去，这不知已经是第几回了！不，克鲁季里契不是他的对手，更谈不上压倒他。的确，他今天的举动活像那个喝醉了酒把自己想像成百万富翁的乞丐。

19

卓娅·彼特洛芙娜的母亲并不过于拘泥。在这一点上古良也夫没有料错。他把从自己的开支中撙节下来的几百卢布塞在老太太手里，说“等情况好转了，可以还我”，她也就心安理得地收下了。看着她敏捷地把钱藏在围裙里面的旧呢衣服口袋里，古良也夫又添上一句：“最好不要让卓娅·彼特洛芙娜知道。”“那自然，那自然！”她答应说，“这只有咱们俩知道。”

古良也夫常常来看卓娅·彼特洛芙娜，有时在白天，也有时在早晨。再晚不成，再晚得上剧院。奥库涅夫一家那个戏上演的盛况始终不衰，古良也夫差不多每夜都得演出。

卓娅·彼特洛芙娜恨自己还不能起床去看这个全城都在热烈谈论的好戏。“不过我已经好多了，好多了，”她说，“不久就可以到外面去走走，那时候就去看戏。”但她只是说说而已，事实上她的情况仍旧很糟，想撑起来连一丝儿力气都没有。至于饮食，她只能勉强吃掉母亲给她做的东西。她奇怪母亲怎么把她从厂里解职时领到的钱花得这样经济。日子一天天过去，母亲总是安慰她说：“别操心，别担忧，好好躺着，一两个月还满可以对付。一下子就看得出你不懂得持家，不管家务事，所以不晓得如今市场上东西便宜了。亲爱的，同样二十卢布，过去过一天，现在能拉扯上两三天。”

古良也夫经常来看卓娅·彼特洛芙娜，这使她很高兴。跟他在一起是那么愉快、有趣，同时又没有拘束、难堪的感觉。他有丰富的人生经历，能滔滔不绝地讲几十个、几百个人间的故事；其中有可笑的，也有可悲的，但都很激动人心。这位老演员熟知人的心灵，别人的心灵对于他不是漆黑一团，他善于读这本无字天书。

阿尔连采夫也来看过卓娅·彼特洛芙娜几次。她不愿跟他说话，总是脸朝墙默默地躺着。阿尔连采夫带来橘子、巧克力糖，有一次还带来一瓶上等葡萄酒。等他走后，卓娅·彼特洛芙娜对母亲说：“请你把这些东西统统扔掉。”母亲答应说：“一定，一定，卓伊卡。”但卓娅·彼特洛芙娜知道老太太什么也不会扔掉，一定悄悄地给尼诺奇卡吃。可是她没有精力争执和坚持。

现在她明白了，在那个悲剧性的夜里，阿尔连采夫痛哭流涕地说要自杀，这是一幕彻头彻尾捉弄她的滑稽剧。而她把这一切信以为真，简直瞎了眼睛！我们这种被幸福漏过的女人实在太愚蠢了，竟会这样轻信破绽百出的谎话！倒不是因为我们被说服了，或者看到证据相信了，而是我们自己愿意相信，狂热地、盲目地相信。

上次阿尔连采夫说他是来辞行的，——他准备去莫斯科度假期。“得去清清头脑，”他说，“这儿的空气太闷太潮湿了。匈牙利事件对人们究竟有些影响。人们变得疑神疑鬼。跟他们相处也困难了。”卓娅·彼特洛芙娜转身朝着墙壁，一语不发。“顺便提醒你，”阿尔连采夫继续说，“卓伊卡。也许有人会来纠缠不清，问你关于那张收据的事。要是有人问这到底是怎么回事，我恳求你，郑重地恳求你……”

卓娅·彼特洛芙娜忍不住开口了——自从那天夜里以后这是她第一次向他说话：“不揭露您是不是？您恳求的是不是这一点？”她转过身来面朝他，挣扎着在床上坐起来，她气得面色苍白，全身哆嗦，“是不是？您说是不是这样？”她的声音已经近乎叫喊。阿尔连采夫开始安慰她，想让她的头靠到枕上。她闪开了。“您太不知羞了！”她继续说，“这一年的生活您是跟什么人一起度过的？您以为这个人任何卑鄙的勾当都干得出来吗？您怎么不把这个人看看清楚？”她倒在枕头上，筋疲力竭，气喘吁吁。“放心吧，”她沉默半晌后说，“要做的话我早就可以这样做了。”阿尔连采夫抓住她的手吻了一下——这时她无力反抗。“我怎么没看清楚呢？”他轻轻地说。“可不是我把你推开。而是你……”“别说了，”卓娅·彼特洛芙娜说。“我累得很。”“那就请原谅，原谅我吧。”

他告辞走了。卓娅·彼特洛芙娜继续在想，他怎么有脸向她提出这样的请求。不，卓娅·彼特洛芙娜不可能下流到这般地步，她不能去说那个与她有暧昧关系的人怎么长怎么短，说这个人强制她、逼迫她做了什么什么事。这该有多么庸俗、下流！怎么说是强制？怎么说是逼迫？难道他曾经反剪住她的双手，或者把针插进她的指甲？难道他曾经用皮鞭或手枪威胁过她？没有，什么都没有，是她自己拿起钢笔在他的口授下写的。当时她可以什么也不写，谁也不能强迫她逆着自己的意志做这件事情。

她想起了他说关于人们在匈牙利事件以后变得多疑的话。也许是的。邻家老太太的儿子舒立克最近刚回来。他受了些轻伤，领导给他两个月假期回家小休。他说当时布达佩斯的情况相当严重。反革命匪帮简直无法无天。他们是从西方来的，这次叛乱经过长期周密的策划。但在国内也有他们的帮凶。舒立克谈到反革命匪徒的暴行，他们利用了某些人的落后思想，那些应当保持警惕的人偏偏麻痹大意，应当保持组织性和坚定性的人却又临危慌乱，这些都成了反革命匪帮的可乘之隙。

阿尔连采夫走后，卓娅·彼特洛芙娜把这一切事情反复想了很久，直到古良也夫来；今天他一反往日的习惯，竟在晚上来看她。

“今天停演，剧院休息，我决定来看看您。您不生气吧？”

“您说哪儿的话！快请坐。”

他们就天气和最近报上的新闻谈了一会。卓娅·彼特洛芙娜问：

“亚历山大·里沃维奇！有人说，在匈牙利事件以后人们变得多疑了。您认为这话对吗？”

古良也夫没有立刻回答，时而望望卓娅·彼特洛芙娜。他在想，卓娅·彼特洛芙娜已经不是第一次推说听到“有人说”向他提问题了。他记起有一次她也是这样听到“有人说”世上没有十全十美的好人，谁都带一些毛病。

“我说卓娅·彼特洛芙娜，假如您告诉我这话是谁说的，我比较容易回答您的问题。但如果您不说，我敢大胆猜想这话您是从谁那里听来的。不过对您有一个请求——要是我猜对了，您就加以肯定；要是猜错了，您就说错了。不要默不作声。好不好？”

“好。”

“这是阿尔连采夫说的。”

卓娅·彼特洛芙娜诧异地睁大了眼睛。

“您为什么这样想呢，亚历山大·里沃维奇？是的，是他说的，您猜中了。”

“我为什么这样想？因为这个人对我们生活中许多事情的理解和解释跟您我不同。譬如我说人们提高了警惕，对于一些表面上似乎微不足道、风马牛不相及的事实开始能看到它们之间的联系。可是他却说这是疑神疑鬼。我们看到什么，感到什么，就给这种现象挑选恰当的字眼。而他却不是这样。我没有权利干预您的生活，亲爱的卓娅·彼特洛芙娜，我不知道阿尔连采夫在您的生活中起着什么作用，但是作为一个比您多一些经验的人，作为一个任何事情经历得比您多好几倍的人，我要对您说……请原谅，但我非说不可。这个人表里不一，善于撒谎做假，而您！……您是一个忠厚善良的正派人。您的朋友应该也是这样忠厚善良的正派人才对。”

“沃夫卡，”卓娅·彼特洛芙娜在心里说，“只有他才是这样忠厚、善良的人。我的沃夫卡……”

她并不反对古良也夫的看法。隔了一会，她说。

“他已经没有了。”

“谁没有了，请问？”

她向屏风那边看看，母亲凑着台灯在编结东西，——她使着钩针的手的影子在花布屏风上晃动；尼诺奇卡在做功课，——她长着卷发的头的影子一动不动地向桌上俯视。卓娅·彼特洛芙娜抑低了声音说：

“阿尔连采夫没有了。他再也不起任何作用。瞧，我对您坦白到这个程度。也不知道为什么这样，亚历山大·里沃维奇。”

“因为我年纪大了，因为我是仆人。缪斯的仆人，”古良也夫打趣地回答，“您把我看作了接受忏悔的神父。”

“不，不是这样，您别开玩笑。我从来没有考虑过您的年龄。不知怎么的我就是无限地信任您。大概因为我对许多事情的看法跟您一样。刚才您提到了那个人……他跟我几乎对一切事情的看法不仅不同，简直完全相反。可是您，不论您说什么，我都同意，打心眼里表示同意……”

“卓娅·彼特洛芙娜，”古良也夫也朝屏风那边望望，放低了嗓门说，“如果您对我有一点点信任，您应该向我说实话，给我卸去压在我心上已经很久的重荷。把您解职的真相告诉我。我不相信您会对某人的命运漠不关心，把重要的文件束诸高阁，要知道这是某一个人花费巨大的劳动获得的研究成果。我不信有这等事。您不是这样的人，您不会这样做。我自问多少识得几分人，我认为这是不可思议的，因此这件事使我十分难受。我的话您听到吗？”

卓娅·彼特洛芙娜不做声。

“您不愿说。”古良也夫喟叹一声，“遗憾。非常遗憾。”

“我不能。”

“为什么不能？”

“这事涉及的不是我一个人。”

“那就是说这件事也有他——阿尔连采夫——的份。可见我所料不错——事实并不像厂里所说的那样。事实要复杂、费解得多。这个人连累了您，是不是，卓娅·彼特洛芙娜？”

卓娅·彼特洛芙娜不说话。

“那您至少应该告诉我一点，”古良也夫仍坚持着，“这件事从头至尾都是光明正大的，还是有一些不可告人的成分？”

这个问题卓娅·彼特洛芙娜也没有回答。

他在椅子上动弹了一下，想站起来。她拉住他的手，把他留在座位上，说：

“别走。我请求您别走。”

“可是您不愿跟我真诚相见。使我很难……”

“下次我把一切都告诉您。今天不行。请不要追问。我痛苦极了。如果这仅仅是我一个人的事情，我一定把一切的一切都告诉您。可是我说过，这事涉及的不是我一个人。”

“好吧。那就不要勉强。我再也不问什么。您已经很疲倦了。休息一下吧。还是我来给您讲点儿什么，好吗？”

他看到一大颗一大颗泪珠从卓娅·彼特洛芙娜垂着的眼睑下慢慢地滚下来。

他的思想差不多已经是第一千次环绕着这个女人、她的生活和她的不幸盘旋着。他是一个坚强的人，跟任何精力充沛的人一样，一生总是努力照顾他能照顾的人，可是从来没有得到什么结果。他跟维塔里·卡扎柯夫的父亲一起参加国内战争直到胜利。他们不仅用刺刀和手榴弹在前线作战，还在战地舞台上自编自演激励士气的剧本。他们俩一起复了员，一起加入剧院，而且……两个人爱上了一个姑娘——这是古良也夫极大的不幸。那姑娘选择了未来的维塔里的父亲。他们结了婚。古良也夫仍旧是他们的好朋友。为这个女人他什么都愿意做，甚至随时愿意把生命交给她，只要她需要。可是她对他什么要求也没有，更不要他的生命。后来她死了。

在伟大卫国战争的道路上，部队文工团的战士古良也夫收养了一个十来岁的垂死的小女孩，他悉心照料她恢复健康；光阴荏苒，他好像对这件事才习惯下来，而她已经满了十八岁，结婚后到亚细亚去了，不再需要他的关怀；大概连他去的信也不太需要，所以难得写回信。

然而他的心依旧感情横溢——只希望向人倾注。他愿意不分昼夜照料这个缠绵病榻的不幸的女人卓娅·彼特洛芙娜。可是怎么知道她需要不需要他的关注呢?

从卓娅·彼特洛芙娜家里出来，他感到非常惆怅。回到家里虽然已经很晚，他还是去敲了普拉东·季莫菲耶维奇的门。

“我正在给省委会写一封措辞坚决的信，”他说着把眼镜摘下来，“把有经验的干部这样乱扔对不对，请省委研究研究。”

“争取回车间吗？”

“一定回去！咱们有苏维埃政权，亚历山大·里沃维奇！当然，骗子流氓在咱们这里也可能得一时之意。但根本的区别就在于他们的得意是暂时的，长不了！并且建筑在欺骗政权的基础上。而欺骗毕竟是不稳固、不久长的。沃罗别内必须滚蛋，除了一纸文凭，他没有任何权利占据我的岗位。”

“普拉东·季莫菲耶维奇，”古良也夫在桌旁一把椅子上坐下来说，“既然您谈起你们厂内的那些事情，我得给您所作的这幅画添上一笔，那就是厂长秘书被解职的问题，这件事我已经跟您谈过……”

“您指的是卓娅·彼特洛芙娜？……”普拉东·季莫菲耶维奇问，“这跟我所说的情况不相干，这件事是明摆着的：她失落了文件，这是严重的过错。克鲁季里契是个烂小人，我提到他就恶心，但是总得有个公理，亚历山大·里沃维奇。要是你的劳动遭到这样的命运，你会怎么说呢，啊？”

“可是，普拉东·季莫菲耶维奇，您确信这些文件的遭遇真像厂里所说的那样吗？”

“她自己向厂长把一切都说了出来。又不是别人说的。谁也没有逼她承认。”

“您确信没有人逼她吗？”

普拉东·季莫菲耶维奇只得摊开双手。

“那可难说了，”他说，“在那种情况下，社会组织已经无能为力。这属于刑事调查范围，如果真有此事的话。”

“也许您是对的，”古良也夫若有所思地说，“不过请您仔细听完我的话。我刚从那个非常不幸的女人的病榻旁边来。我向她盘问了这件事，因为这件事折磨着我，使我不得安宁，我不相信她有罪。”

“可是她明明自己承认了，里沃维奇！”

“普拉东·季莫菲耶维奇，您可知道法学对这种自白是怎么看的？法学认为对待这种自白必须格外谨慎，因为它可能是受某种隐蔽的、我们所不知道的力量驱使所致。可能有人在向自白者施加压力，而咱们却看不到这一点。您说是不是？”

“谁会向她施加压力？你说得太可怕了。她是个成年人，又不是小姑娘——自己也已经有了个女儿。她还是个预备党员。”

“这还远远不足以说明一切，普拉东·季莫菲耶维奇。可能对某种力量咱们还没有充分的估计。假如您能保证对我现在要说的话采取十分慎重、妥善的态度，我可以向您谈谈我的一些看法和猜想。”

“难道我是碎嘴喜鹊不成？”

“不过这些想法也应该让人家知道。你瞧这有多么复杂。事情是这样的：影响着不幸的卓娅·彼特洛芙娜的那个人，根据我所听到的，您对他的印象一直不是最好。这个人就是阿尔连采夫。”

普拉东·季莫菲耶维奇的两道眉毛在鼻梁上端交接了。他凝神听着，双手握在一起搁在桌上。

“会不会这个阿尔连采夫正是要卓娅·彼特洛芙娜这样做？”古良也夫继续说，“我对你们厂的情况了解不够深刻。不过您觉得怎么样呢？”

“我能说什么呢，”普拉东·季莫菲耶维奇一时答不上来，实在因为这个问题太棘手了，“这样的事一下子不容易想明白。总的说来，阿尔连采夫此人并不等闲。我认为我们厂里不少人有账要跟他算。他在上层机构受到了阻塞，打算从我们头上踩出一条路重新爬上去。这点我们早已看出。至于克鲁季里契的文件一事，我不明白。假如说克鲁季里契在里头搞鬼，倒有可能。阿尔连采夫似乎没有这样做的理由。不过这很难说……文件是他找出来交到党委去的。不，我想不明白，想不明白，”普拉东·季莫菲耶维奇自言自语地思量着，“得告诉我们的季米特里。你愿意的话，咱们一起去找他。你该是认识他的。我记得你们在峡谷街见过面。”

“见过。我还看到过他的肖像。在画家家里和在展览会上都看到过。总之我认识。咱们几时去？”

“明天，你看怎么样？”

“当然好。不过我认为不妨也跟厂长谈一下。要是您能这样做，普拉东·季莫菲耶维奇，那就好极了。您可以小心地把我的猜想告诉他。”

“这好办，这好办。我还要对他说，他的行为好像旧社会掌柜的：把一个人撵走后就把她忘了。可是人家跟他在一起工作了三年多，帮他做了多少事情！秘书的职务可不简单哪！甚至厂长跟老婆吵嘴，卓娅·彼特洛芙娜也得调解。这样的事有过。”

“所以说他更有责任关心人家。现在她自己不能起床。她需要治疗。她应当去疗养。可是现在连吃饭都成问题。”

这一夜古良也夫难以成眠，他反复玩味跟卓娅·彼特洛芙娜的谈话。思来想去，总是得出这样一个结论：阿尔连采夫在她这件事情上一定起着某种不小的作用。

这时候，阿尔连采夫正在开往莫斯科的快车软席车厢里睡觉。外省俗物的无聊烦恼已经落在车站的信号机后面。跟莫斯科的气魄相比，这些事又算得了什么？过一阵子他回去的时候，厂里一切都将恢复平静、正常，一切都将被忘怀。到了莫斯科，不少有用的人会帮他的忙。可以没有一百个朋友，但要认识一百个有用的人！——这是一条颠扑不破的人生守则。它还从来没有教阿尔连采夫吃过亏。

20

这是一些充满疑惑的日子。谁也没法弄清楚这桩无头公案。由厂内党政工组织成立的调查组曾经几次改变结论。有一次已经确认，即使克鲁季里契曾经绘制出称量车电冰箱化的设计图，至少厂里没有人看到过。因而伊斯克拉·卡扎柯娃的工作是独立进行的，根本谈不上剽窃和抄袭。

后来，厂长秘书承认文件是克鲁季里契交到厂长办公室的，至于没有人看到这些文件——这不能怪克鲁季里契，而是她的过错，她应当负完全责任。于是又重新开始调查——到底是不是卓娅·彼特洛芙娜一个人的过错，如果是的，那么克鲁季里契的设想又怎么能为卡扎柯娃工程师所知道呢？

有一位工程师提出了这样的看法，大意是：在克鲁季里契的事情上阿尔连采夫似乎表现得特别积极。为什么他这样积极呢？阿尔连采夫就说，他要跳出是非圈，再也不过问这件事，听凭厂长在厂内独断独行，听凭不学无术的人剽窃天才发明家的技术创造，听凭与社会主义社会格格不入的风气散播开去。

他的确撇开了这些烦恼，跟总工长沃罗别内工程师一道按照还是伊斯克拉和普拉东·季莫菲耶维奇拟订的计划着手整顿高炉车间的工作；关于克鲁季里契的文件一事，那时完全陷入了僵局。

就在这当儿，克鲁季里契自己来到党委会，挥舞着卓娅·彼特洛芙娜写的收据，声称他已经忍无可忍，说，讼端不是他所掀起，他是一个谦和的人，但既然事情已经闹开，而且他清白的名声到处遭人物议，他要求彻底澄清：他的合理化建议在钢铁厂被束诸高阁应该由谁负责；该项建议的原作者究竟是谁——是他，还是卡扎柯娃。他要求最低限度对这两点必须立刻作出结论。

“这有什么费解的地方？你们在考虑些什么？”他怒气冲冲地说，“去年秋天厂长给我一个任务：设计称量车驾驶舱的降温设备。一月二十六日我书面报告厂长任务已经完成，同时附上必要的设计图。这里有收据为证！对于我的劳动被搁在厂管理处的抽斗里该由谁负责——是厂长秘书，还是曾经埋没过不少宝贵建议的厂长本人——这不重要。现在重要的是必须停止厂内对我的各种各样的议论，并且把称量车内的降温设备安装完毕。我们领导干部争执不休，倒霉的却是工人。”

克鲁季里契的要求听来名正言顺。调查组增加了人，开始又一次规模更大的调查工作。伊斯克拉本来对这个厂和厂里的人们已经产生了感情，不久以前她还怀着多么愉快的心情走进她那烟雾弥漫、沸腾的空气中带有一股酸味的车间，可是现在，每想到新的一天、新的一班又要开始，又得到厂里去跟那些不相信你、怀疑你、你一开口他们就互相使眼色耸肩膀的人们见面，她简直禁不住颤栗。

她跟季米特里·叶尔绍夫见了几次面。季米特里安慰她，说一切都将恢复正常，人们迟早总会辨明谁是谁非。他说这话的语气是那么平静而有把握，使伊斯克拉也安心不少。他说，整个这件事情并不值得奇怪。当前新旧两个世界之间正在进行斗争。她——伊斯克拉·瓦西里耶芙娜——恰恰处在斗争的最前线，旧世界的火力正集中在她身上。他的哥哥普拉东没有抵挡住这交叉的火力，成了最早的牺牲者之一。下一个轮到了伊斯克拉·瓦西里耶芙娜。但这样的事不会重演，人们决不容许。她以为人们不相信她，互相使眼色，耸肩膀，怀疑她说的话——这都是不必要的。假如人们不站在她一边，不站在契比索夫一边，事情早就根据阿尔连采夫和克鲁季里契的说法作出了决定。可见人们并非怀疑她的话，而是怀疑另一方的话。这一点难道她不明白吗?

当她和季米特里·叶尔绍夫在一起、听他这样说的时候，她的忧虑就烟消云散。当然，他是对的；当然，一切都会如他所说的那样，如果她自己还有所疑虑——那才是怪事。跟季米特里·季莫菲耶维奇在一起就像从前躲在父亲宽阔而温暖的背后一样。因此，一有什么新的变化，她立刻跑去找季米特里·季莫菲耶维奇。除了他，她还能向谁诉说自己的不安和烦恼，还能向谁倾吐衷肠？维塔里全神贯注在他自己和他的工作上。他一会儿腾云驾雾，飘飘欲仙，一会儿从云端掉到地上。目前正当他又感到飘飘然的时期。关于奥库涅夫一家的那个戏首次演出时，他作为舞台设计者曾在观众的掌声敦请下上台谢幕。的确，他创作的布景曲曲传出工厂景色的诗意、这个滨海城市别具一格的美以及工人家庭生活的质朴和伟大。这个戏的舞台设计获得很高的评价，甚至一本传染到非难和抱怨一切真正的党性、人民性和艺术性的歪风的戏剧杂志，也不得不对维塔里的作品说几句好话，尽管说得相当含糊。当维塔里兴高采烈地挥着那期杂志的时候，古良也夫曾对他说："维塔里，维塔里，不要得意忘形。说不定还会有沉重的打击！你画的人像起先也受好评，后来托马舒克窜出来给了你当头一棒。""此一时彼一时，现在托马舒克之流老实了。""不要自安自慰。在你我这个时代里托马舒克之流有的是。我跟你是看不到他们绝迹的。你的孩子还得跟他们斗争。说不定你的孩子的孩子也还得斗争。"可是维塔里谁的话也不听。他正处在创作力极度旺盛的时期。他同时开始好几件新的工作。他向伊斯克拉说："党给了我很大的帮助。比方说戈尔巴乔夫……他在我困难的时刻给了我多大的支持！他是个很有意思的人，可不是吗？一位老布尔什维克，挑着关心全市生活这样一副重担。要是给他画一幅像，你看怎么样？""可以尝试一下，不过他老是很忙，维塔里。你会感到困难。""困难算得了什么！当初叶尔绍夫压根儿就拒绝当模特儿哩。"

伊斯克拉为维塔里高兴，非常高兴。多年来她始终把他的苦乐当作自己的苦乐，把他的成就看作自己的成就。但是以前她从来没有碰到过偌大的烦恼。甚至不是烦恼，而是不幸。现在她在厂里遭遇到的事情明明是不幸。这一点维塔里应当懂得，应当对她表示比平时稍许多一点的关切。

维塔里不愿了解她的心情，苦闷渐渐地把她推向季米特里·叶尔绍夫。在荒凉的公园里，她跟季米特里沿着积雪没有扫清的小径散步，不顾严寒逼人。或者坐在火车站长椅上打盹的大叔们旁边。有一次还一起去看电影。在电影院里，季米特里握住她的一只手，她也不把手抽回去。这样直到终场。伊斯克拉有一种奇怪的感觉，非常奇怪。仿佛她正在随波漂流，至于漂往何处，她不太清楚，更确切些说是她不太考虑。显然，维塔里完全能够阻止这一切。但他连想也不曾想过这样做。

以后情况开始恶化。古良也夫说得对——维塔里高兴得太早了。戏剧杂志在"创作论坛"一栏刊登了一篇不太长的、但是十分尖酸刻毒的文章，评论根据阿列克萨辛的剧本上演的话剧。文章的作者与在前一期杂志上给予该剧好评的人展开争论，把该剧的演出以及它的舞台设计骂得一无是处。

"我再也受不了啦，"维塔里说，"完了。我不是铜打铁浇的。我是人。神经的抵抗力有一定限度。我们不能再在外省呆下去。他们对待外省人根本不讲客气，而对首都的自己人却是礼貌周到。要是杂志发表什么东西对首都某艺术家有未尽诚惶诚恐之处，他会跑到编辑部去，在主编对面坐下来，缠得主编筋疲力尽。可是我们在这里有什么办法？只好哑巴吃黄连。我们应当回莫斯科去。你听见没有？”

“你是说我们离开此地，向所有的人表明我们被吓倒了？”伊斯克拉说，“那时人人都将认定我是剽窃者，是贼。”

“你又只为自己着想？让他们爱怎样认为就怎样认为，有什么了不起？扔掉你那愚蠢的钢铁工业吧。人家不是少不了你。苏联的生铁产量不会因为你离开工厂而一落千丈。”

“那你说我该做什么呢？”

“总会想出办法来的。难道这就那么重要吗？”

“当然。我总不能坐在家里绣花呀。”

“为什么别人这样呢？”

“别人我不管，维塔里。我并不非难她们。但像她们一样呆在家里，我不愿意。我爱我的专业，你要明白！”

“可是你的专业却好像不十分钟爱你。”

“不，维塔里，我们不应当走。这里还要建造两座高炉……”

“哈哈，这样说来还在为我准备题材。”

“你可以嘲笑。但你是在嘲笑自己。你在绘画方面所取得的全部成就都跟这个厂分不开。将来你会明白的……”

“将来……两千多年前有人用大理石凿成一个女人，这座像现在陈列在卢浮宫，它的艺术价值不受时间的影响。可是将来——就是你所说的将来——工厂自动化了，人的劳动大大变了样，那时候我的《炼钢工人》《锻铁工人》和《轧钢工人》将失去任何价值。”

“我不懂你的话。它们应该比现在更有价值，它们将为我们这个奇妙的时代作证。”

“哦，亲爱的！上起政治课来了。这就是有一个党员妻子的福分。我在美术家协会受的教育已经够了。”

“从你的思想来看，你们那边这项工作做得非常不够。”

“伊斯克拉，不要斗嘴了吧。还是来考虑考虑具体问题。我们必须立刻收拾行李，尽速离开这个地方。火车一开，我们就可以舒舒畅畅喘一口气。你怎么连这也不懂！”

“你这是逃兵思想。”

“这可太过分了，我的亲爱的。这种话请不要乱说。”

维塔里激动得神经快要炸裂，看来，离开此地回莫斯科去的念头愈来愈强烈地摄住了他。

“不管怎么样，”他说，“反正要走。你不走可以留下来。不过你要后悔的。等着瞧吧，在一连串的调查以后将要开各种各样的大会小会整你，说不定会闹到法院去。你将受到审判，落一个剽窃犯的臭名。也许还会充当报纸上某一篇小品文的题材，甚至可以设想它的题目将是有趣的，《他人成功莫眼红》或者《坐享其成的悲哀》等等。克鲁季里契将被描写成劳动英雄，而你跟你们的契比索夫等人将以小偷、骗子的姿态出现在小品文中。多么诱人的前景！”

已经有好多天伊斯克拉无法摆脱这次谈话留下的印象。她打心眼里反对扔下厂、扔下车间到莫斯科去的念头。但同时又好像有一条小小的蛀虫在蠹蚀她的心灵。维塔里的话也有几分道理。的确，她蒙受剽窃嫌疑的这桩事情不知会怎么结束。季米特里肯定地说，结果将是她得到完全的胜利。可是要等到胜利，正像俗语所说，真相白，头发也白了。其次，维塔里这个人完全有可能单独离开此地。那时怎么办？他们的家将毁于什么？为什么要让柳茜卡受罪？即使不考虑柳茜卡的问题，难道他们就非拆散家庭、各奔东西不可吗？……想到这里，她非常痛苦，痛苦到极点。他们一起生活了这么久，共同经历了多少甘苦，互相成了对方的一部分，成了最亲的亲人——妈妈不算在内，这是另一种感情。想不到这一切将毁于一旦。原因仅仅是他坚持要回莫斯科，而她坚持要留在此地，岂不荒唐！

伊斯克拉怎么也解决不了这个问题。这件事又不能跟季米特里商量。

上次见面时季米特里说：

“伊斯克拉·瓦西里耶芙娜，我没有料错，克鲁季里契这件事一定有鬼。这不仅仅是一团乱麻，而且是有人故意把它搅乱的。有人去看过以前的厂长秘书卓娅·彼特洛芙娜。她虽然没有直说，但从谈话中人们明白她是代人受过。我们认为那张收据是她在事后给克鲁季里契的。”

“谁这样认为？”

“我，我的哥哥普拉东，还有演员古良也夫。”

“古良也夫？他跟这件事有什么关系？”

“每一个正直的人都要为这种事抱不平。你以为我们能让你被吞掉吗？不，伊斯克拉·瓦西里耶芙娜，我们活在世上看到了坏人坏事就非把它消灭不可。还有契比索夫也这样认为。总工程师也站在我们这一边。党委、工会，到处都有支持正义的人……”

一天，契比索夫把伊斯克拉叫了去。

“首先请您不要见怪，我要提几个问题，”他说，“我相信您，可是近来发生的咄咄怪事简直能叫人自己也不敢相信自己。比方说我的秘书……我一直认为这是个绝对可靠的人，谁想到……总之，您不要见怪，不过我想问您这样一件事。克鲁季里契的文件您当然做梦也没有看见过，这是事实。但是克鲁季里契会不会向您提到过他的工作？或者他跟别人谈起，而别人再在谈话中告诉您？这种事并不稀罕——一个主意产生了，悬在半空中，而另一个人无意中把它当作自己的思想摘下来……不过，工程师同志，请千万不要掉眼泪！”

“我根本不打算掉眼泪。我只觉得极大的委屈。您应该记得我曾经到这里来把降温的主意全都向您谈过。”

“这是事实，这是事实。我毫不怀疑。现在我跟您谈这件事只是为了摸清我们自己的底。你们女同志的性情是那么古怪……”

“这跟女人不相干，”伊斯克拉生硬地打断他的话，“整个这场风波都是男人掀起来的，而且男人的态度表现得不如女人。不过请您也不要见怪。”

他握了一下她的手，把她送到门口，再三请她不要生气。

伊斯克拉愈来愈相信季米特里·叶尔绍夫的话是对的，她看到厂里支持她的人愈来愈多，他们都准备为维护正义而斗争。试问她怎么能离开这个厂到莫斯科去？这将是荒唐、乖谬、不堪想像的事。要是她到处去告诉人家，说丈夫这样决定了，那更可笑？不，不，不，一定得说服维塔里，必须使他相信他们不能走……

“维塔里，”晚上她说，“我一切都考虑过了。我们不应该走，你必须克服自己一时的软弱……”

“好个‘一时的’。你知道我打什么时候起就考虑这事了？从我坐上火车跟你一起到这里来的那天起就开始考虑。难道你打算永远不走啦？”

他开始咆哮，指责她不会持家，说他们的家像个猪圈，简直不敢接待客人；说她欺骗了他——她说能分配到一套住宅，可是这住宅在哪儿？他在家里当保姆，没有时间思考，没有时间专心工作；他不是在生活，只是在混日子。所有他说的话在一定程度上确是事实，同时又完全不合道理，气人到极点。他希望自己的妻子也像他许多同行的妻子那样专门为他服务，给他安排舒适的生活，他可以全副精力用在创作上，旁的什么也不管。也许他是对的。也许应该这样。但在那种情况下，他错选了作他妻子的人，他们的确无法生活在一起，的确应当分开。

这一切伊斯克拉开始逐渐说出声来。她说得很轻，声音发抖，嘴唇扭曲。她非常非常地可怜自己。打乱了他的生活，也搞坏了自己的，——这有多么糟糕！

维塔里也很懊丧。他拥抱她，亲她的手，暗暗对自己说：他给她招来这么多烦恼，真是个傻瓜、白痴、混蛋；他非常爱她，以后一定竭力不再使她受这样的委屈。但从另一方面来说，她也应该体谅他急躁易怒并非无缘无故，因为这里已经没有题材供他创作。目前应当回莫斯科去再作道理；将来他们还可以到旁的外省地方去。

“伊斯克露哈，搞创作的人不能老呆在一个地方，你懂吗？他必须看到很多东西。只有见多识广的人才能把很多东西告诉人们。我的话难道不对吗？”

是的，看来他是对的。不过应当看到很多东西以便去告诉人们的艺术家是他——维塔里，而她为什么也得从一个地方飞到另一个地方呢？

他们互相拥抱着坐在沙发床上，两个人都闷闷不乐。后来维塔里重又开始更热烈地劝她走：

“我们甚至还不能算真正看到了生活。你从来没有到过别的国家。从这里任何时候也别想得到出国的机会。可是在莫斯科……我能向你保证弄到创作旅行的证明，带你出国，你喜欢去意大利还是希腊？说呀，喜欢去哪儿？又不开口，傻丫头。你就喜欢炼铁，旁的什么都不要。”

他推开伊斯克拉，走到橱前，打开一扇橱门。

“我找伏特加，”他说，“这里好像还留着一点。我要变成一个丧失理智的酒鬼。在莫斯科我难道是这样的人？在那边你经常看到我喝醉吗？我现在染上了外省的白痴病，它最明显的症状之一是大清早就得喝一杯伏特加和一大杯啤酒。用面包皮送下去。”

“好，”伊斯克拉看了看表说，“我们走。不过请你千万别催促，维塔里。现在不行，得过一些日子。我不能临阵脱逃，否则我将无法尊重自己，维塔里，而这是极可怕的。必须等事情弄清楚，证明我受了冤枉。”

“这要等多久？”

“不知道。也许一个月。也许还要多些。何必立刻就走呢？这会是轻率的举动。我们可以稍稍迟一些走。但一定走。你该满意了吧，维塔里？不过要记住，你的决定是不正确的，生活会告诉你这一点。”

“没关系，没关系，跟生活总可以谈妥的。主要的是要跟你谈妥。我很高兴。你真好！我到底没有把你看错。你是个好妻子，出色的妻子！要不是你那些焦炭、炉顶什么的，你算得上是真正的无价之宝，我的伊斯克露哈。”

21

他们面对面坐在桌旁，相当不客气地对视着。

“契比索夫，”戈尔巴乔夫说，“我曾经上百次警告你：对发明家和合理化建议者做好工作是促进技术进步极重要的手段之一。这是党交下的不容忽视的任务。可是你显然忠言逆耳。你抱怨别人刺激你的神经。但这是谁的错？你，你一个人的错。我们不打算再宽恕你。必须把这样一个党员叫来在党常委会上严肃地谈一谈。星期四你来，看来你得作好受警告处分的思想准备。”

“为什么？”

“就为了……为了一切。”

“这不是成文的理由。你说，为什么？应当提出成文的理由来。一年来在厂内有几千条建议被采用到生产上去。我们给国家节约了千百万卢布。你去看看——每一个车间都挂着征求合理化建议的题目，每一个工人都知道，在生产组织、技术使用、设备结构等方面有哪些薄弱环节需要考虑改进。我们有专供发明家和合理化建议者使用的研究室和资料室，定期为他们组织答疑，及时给予各种奖励，从不拖沓。要是没有这一切，我们也不可能像现在这样超额完成计划。你明知道，我们厂一年生产的钢铁在革命前俄国南部所有的钢铁业也生产不出来。你凭什么理由给我警告处分？阿尔连采夫跟克鲁季里契煽起的这件事是个骗局。应该由刑事调查局进行调查。我们厂的党委会就要向你报告这件事。那边的调查工作快结束了。”

“你瞧，你瞧，”戈尔巴乔夫严厉地说，“难怪有些人说我们某些领导干部一点点批评也受不了。”

“唉，你呀，伊万·雅柯夫列维奇！你指的‘有些人’说你我的坏话还不止这些呢。难道你同意他们的话？他们还说你我都是对抗第二十次党代表大会决议的顽固堡垒。而大会的决议又被他们解释成好像要我们实现一些资产阶级民主制度。既然他们企图把建设共产主义的战斗纲领颠倒歪曲，那也可能把有许多缺点的我——一九二八年入党的安东·契比索夫骂成卞肯陀尔夫[①]。

“我说，安东·叶戈罗维奇，近来像你这样的人相当多。”

“你指什么样的人？”契比索夫问，“我倒想知道。”

“我指的是那些惊惶失措、夸大情况的人。”

---

① 卞肯陀尔夫（1783—1844），尼古拉一世的宠臣，曾镇压十二月党人起义。一八二六年起任宪兵司令，并主持第三厅（沙皇的特务机关）。

“你打算给他们每人送一次警告吗？要知道这些人都是最忠于党的干部，他们感到不安，要求采取绝对明确的思想立场，要求采取措施制止对党员积极分子的恶毒诽谤。”

“这我同意。我们要采取措施。我们一直在采取措施，从来没有停止过斗争。只是一切应当和风细雨地来搞。”

“伊万·雅柯夫列维奇，生活会判断我们哪个对。我明白你的想法。你是这样想的：反动派，机会主义、修正主义在我们国家以外兴风作浪。而我们如整块巨岩巍然屹立。在这方面我完全同意：我们的党和人民的确像整块巨大的岩石。我们这一代人是在什么样的危险、困难面前坚持过来的——这一切足够令人惊讶。但是，亲爱的同志，还不是所有的人都乐意接受无产阶级专政的坚强领导，某些人还想生存得更自在些。你同意不同意。有这样的人没有？”

“那当然有！”戈尔巴乔夫说，“你对他们说：要为人民服务，为工农的事业服务。可是他们却这样想：那我什么时候才能为自己的事情服务呢？为人民、为工农的事业已经服务得够了。这里就有这样一位‘大思想家’……”戈尔巴乔夫从架子上取下一本厚厚的、油墨味还挺浓的书，把它打开，翻动书页，“你听，这位‘大思想家’在他的文章里写着：‘不要把人民敬之如神，对之跪地膜拜，个人迷信要不得，但迷信人民也要不得。’瞧，他已经在摩拳擦掌，向人民虎视眈眈了。”

“好，我们谈到一块儿啦！”契比索夫兴奋地说，“虽然像这种发出臭味的人为数不多，可是为什么要以臭味不重聊以自慰呢？我希望在我们的社会中到处都是健康的空气。必须正面提出这一点，伊万·雅柯夫列维奇，必须毫不含糊地确定我们的立场。可是请别见怪，在你这儿市委会里，有些人却对这一点保持沉默。还在夏天，剧院经理雅柯夫·季莫菲耶维奇·叶尔绍夫就跟我谈起过。他说：‘有时我去请示一下某些事情该怎么办，可是得到的指示总是：要慎重、灵活、婉转。而我竭尽灵活、婉转之能事，简直把自己扭曲成一个螺旋锥似的玩意儿。现在我只能被用来拔瓶塞子了……’”

“螺旋锥，螺旋锥！”戈尔巴乔夫不耐烦地说，“可是他们上演了一个多么出色的戏。他老是埋怨托马舒克，可那个托马舒克并没能挡住他的路。”

“要不是托马舒克，叶尔绍夫他们也许已经搞出三个这样的好戏，而不是一个。也不会让各种各样的垃圾搬上舞台了，你说是不？问题不在于托马舒克之流能否迫使我们开倒车。这是谁也办不到的，世界上没有这样强大的力量。问题在于这样会减慢我们前进的速度，因为我们老是得抽去托马舒克之流搁在我们车轮下的木棒。这就是问题所在。好吧，我们星期四再见，伊万·雅柯夫列维奇，我将听候市委常委会的裁决。但我可以告诉你，我要为自己辩护。如果你已经准备好给我一次警告，这是不公平的处分，我不能承认，我要据理力争，哪怕事情一直闹到中央委员会。你要记住。”

契比索夫走了。这次谈话惹得戈尔巴乔夫心烦意乱。他走到保险箱前，往一小块糖上滴了几滴戊酸薄荷酯送入口中，在桌旁坐下，嘴里感到清凉的薄荷味。他在想，契比索夫、季米特里·叶尔绍夫、以前来过的他的哥哥普拉东·叶尔绍夫家的另一个弟兄——剧院经理，还有非党演员古良也夫——在首次演出后戈尔巴乔夫跟他交谈过，他自己的女儿卡彼托林娜、女婿安德烈、市委以及各企业和机关党委的干部——所有这些人的不安和激动实际上都是正当的。的确，抓住一点攻击全面的歪风近来时有出现，这种攻击不是批评，它会造成虚无主义的空气，把党和人民在苏维埃政权建立三十九年来所取得的成就一笔抹杀。恶意攻击妨碍着正直的人们工作。必须采取措施，这是绝对肯定的。当然，措施原来就有：政治学习指导组在不断工作，演讲会、报告会上经常宣传祖国建设中的各项成就。但是看来还需要考虑新的、更灵活、更有效的方法。什么方法呢?

戈尔巴乔夫垂头坐着，心脏每隔一会就发出一阵剧痛，像电火花一闪，往手臂方向消失。

市委会直通州委会的电话机上一盏小灯亮了。州委书记在电话中说：

“你是戈尔巴乔夫？有时间吗？你来一趟。这儿有一份文件，你来看一下……”

戈尔巴乔夫穿好衣服就到州委会去。州委会设在城市另一端一幢条件并不好的旧房子里。在俯瞰大海的山丘上正在盖新房子，工程已经进行了两年多，等它盖好以后，不但州委会要搬进去，市委会也要搬到那里去，这样将方便得多。

州委书记先问戈尔巴乔夫的健康情况，再把十二月的中央全会详细情形跟他谈了一下，关于这次全会的决议精神，州委书记已经在一个半月前出席全会回来后向全州党的积极分子大会作过传达。他们谈到党中央为了改进对国民经济的管理——特别是对工业和建筑业的管理——而提出的具有重大意义的措施。两个人都举了不少事实说明下放经济管理重心的好处。

“不过目前这仅仅是开端，”州委书记着重指出，“中央委员会正在拟订具体的建议。”

他们谈了很久。戈尔巴乔夫几次想把话题转向最近一些令人不安的现象，述说契比索夫、季米特里·叶尔绍夫以及他自己心中的疑团。但戈尔巴乔夫每次都是欲言又止——他不愿自己也被认为是一个大惊小怪的人。他默默地问自己：“难道我们自己不会处理自己的事情？难道非惊动州委不可吗？”他在那里举棋不定，这时州委书记从抽斗里取出一个绿色卷宗交给他，说：

“你看一下。这样心里可以有个底。你坐到那张小桌子旁边去看，那儿比较方便。得沉住点儿气。东西很长。”

戈尔巴乔夫开始看那个卷宗。他一页一页翻过去，心里的疼痛就愈来愈加剧，心脏的跳动愈来愈响，愈来愈不规则。他的面颊、耳朵、脖子火辣辣地发烧。

这是一份告他的“诉状”。“具状人”是克鲁季里契，他从戈尔巴乔夫丢失他的极重要的技术文件一事写起。他写道：诚然，市委书记就这件事向他道过歉，要是在别的时候，克鲁季里契出于轻信可能会忍受某些人借此摆脱发明家纠缠的这套办法。但事实证明，失落文件一事是目前城里一连串反党行为中的一个环节。首先应该让州委会知道，戈尔巴乔夫毫无原则地免除了厂长契比索夫和市报主笔布绥林的警告处分，而这两个好喝贪玩的酒肉朋友都是压制批评的能手，他们拧成一股绳跟发明家作对。戈尔巴乔夫之所以轻饶他们，因为自己跟他们差不多，他自己也完全不把发明家的工作当一回事。戈尔巴乔夫的道德面貌有待改进。他的一个亲戚——他女婿的叔父——曾经在卖国贼伏拉索夫的军队里为希特勒匪徒当差，此人当然也是祖国的叛徒，并因此被苏联法庭判过刑，关于这一节州委是否知道？粒尘不染的布尔什维克戈尔巴乔夫有没有向州委交代过这件事？戈尔巴乔夫的另一个亲戚应对去年钢铁厂三号高炉发生的事故负主要责任，州委是否知道？戈尔巴乔夫嫁女儿的时候曾大张华筵，狂欢达旦，市内的扫雪车按照戈尔巴乔夫的指示特地在举行婚礼的那条街上扫了整整一天的雪，州委是否知道？戈尔巴乔夫到处为拍马画家卡扎柯夫所作的一幅极尽粉饰、美化之能事的画像作宣传，因为画的是他第三个亲戚，州委是否知道？戈尔巴乔夫的又一位亲戚在领导市内的剧院，他在剧院内歧视、排挤最有才华的创作干部，为了替自己做广告，还拉拢初出茅庐的阿列克萨辛写剧本，大言不惭地颂扬那个戈尔巴乔夫与之沾亲的家族，州委是否知道？还有……

“流氓！”戈尔巴乔夫怒骂一声，把卷宗扔开。一只灼热的铁手抓住了他的心脏，把它死死地捏紧；戈尔巴乔夫觉得心中好像有什么东西碎裂了；一阵难忍的剧痛向肩胛骨下猛袭，透过肩头痛到胳膊肘，血直往头部涌，耳朵里嗡嗡地响，他几乎什么也看不见。“请原谅，我想躺一会。”说着踉踉跄跄向沙发那边走去。

州委书记急忙过去把他扶住，让他躺下，关照快去请医生来。

一小时后，戈尔巴乔夫已被送进医院躺在单人病房里。陪送他来的安娜·尼古拉耶芙娜和卡芭刚走。她们的眼泪沾湿了他的脸。医生的诊断是心肌梗塞。这个凶恶的灾星总是无情地袭击像他那样辛勤工作而又缺乏休息和睡眠的人，现在戈尔巴乔夫终于也成了病魔的牺牲品。

他想翻身侧卧。

“不能，”他听到了一个声音，“不能，伊万·雅柯夫列维奇。”

床边坐着一位护士。她继续说：

“请您耐心点儿。得这样躺上很久哩。否则好不了，伊万·雅柯夫列维奇。治好心肌梗塞这种病，依靠病人自己比依靠医生更重要。必须十分严格地遵守医嘱，伊万·雅柯夫列维奇。”

他闭上眼睛，什么也不说。忧郁把他摄住了。心痛已经停止。医院里给他注射了止痛和使血管扩张的针剂。现在他已经什么也不是，几乎是一件废物。他得在这里躺上两三个月，像一个塞着秫秸的褥垫似的躺着，不能动弹，他将不会走路，腿部的肌肉功能会逐渐衰退，他的性情会变得很别扭，医院里的一切必将刺激他的神经，而在他习惯下来之前，生命时时刻刻在危险中：一不小心动了一下就是死亡。

“不要考虑工作，”护士还在劝他，“别担心，工作不会停顿下来，有人会替您做的。总之要尽量少想，或者就想一些愉快的事情。”

想愉快的事情？他尝试了一下，可是毫无结果。愉快的事情想不起来。脑海中出现的却是一个可憎的绿色卷宗。卡芭曾经说，是的，她说过，对克鲁季里契要提防，说爸爸没有看透这个人是一个错误……想到这个无赖集中在那封信里的诬蔑和诽谤，只觉得痛心地委屈。

他想起了契比索夫，想起了季米特里·叶尔绍夫以及所有那些曾经到市委去为好人受辱而市委不过问表示不平的人。正直无私的季米特里·叶尔绍夫为契比索夫、为卡扎柯娃工程师、为他的哥哥普拉东进行了多么顽强的斗争……有没有这样的季米特里·叶尔绍夫去为他——为市委书记戈尔巴乔夫——作斗争呢？他——戈尔巴乔夫——总是安慰别人，说他们夸大事实，也许他这样的确做得不对？也许，应该毫不含糊地大声指出每一点不正当、不健康的表现，用这些例子教育共产党员，培养他们党的警惕性和原则性。也许，让人们激动比过分安心来得好。

医生来了，他带来一封信，说：

“本来我们不愿接受这封信。但这是州委书记写来的。您要看吗？”

“请给我。”戈尔巴乔夫说：

“不过请您别动，不要用手。我给您戴上眼镜……好了……我拿着信笺放在您眼前。对，这样。您看吧。看完一页的时候请告诉我，我给您换页。”

州委书记在信上写着：“亲爱的伊万·雅柯夫列维奇！一切都怪我，我不该把这份愚蠢的‘诉状’给您看。现在我不知怎么才好。良心责备着我：我不算毫无经验的毛孩子了，可是做的事却像个小学生。我的主观愿望是什么呢？我是想让你武装起来抵御新的攻击。要知道攻击者最可恶之处在于一被他纠缠上就很难摆脱。这种人根本就是肮疮。我以为生活给你的锻炼已足以使你不介意于这样的中伤。”州委书记再三道歉，祝他早日恢复健康，并答应星期天一定来看他。

“我以为生活给你的锻炼……”戈尔巴乔夫把这句话又看了一遍，甚至发出轻微的笑声。

“大夫，有没有一种对无耻行为的免疫力？这是否可能？”

医生耸耸肩膀。

“是这样的，伊万·雅柯夫列维奇，”他说。“据我看，这种免疫力还是存在的。它有两种可以说是互相排斥的形式。一种是自己变成无耻之徒。另一种是看清楚无耻是敌人的手段之一，这样，在跟敌人遭遇的时候就不会因敌人采取这种手段而惊奇。不过，我必须请您躺着，不要激动。”

戈尔巴乔夫又躺着，努力不使自己激动。他想着自己的家，这时安娜·尼古拉耶芙娜和卡芭在家里不知多么悲伤。他真想回家，到她们那里去，到熟悉的环境中去。说实在的，他跟亲人在一起的时候很少，简直太少了。老是急于离开家里人到什么地方去，认为事情不能等待，而家里人可以等一会。一家人团聚的时间一再被往后推，总是“下次再说”，“以后再说”。儿子长大了，没跟父亲在一起很久就离家开始独立生活，他们对父亲的生活知道得也不多。长子在乌拉尔当工程师，次子是北方一艘轮船上的大副。卡芭也长大了，她几次要父亲一起到公园或者海滨去散散步，可始终没去成。安娜·尼古拉耶芙娜和他一起生活了这么多年，老是盼望着烦恼比较少、比较平静的日子，她就在这样不断的左盼右等中不知不觉地老去。

戈尔巴乔夫迷迷糊糊睡着了。他梦见一个晴朗的秋日。他在一条船上。周围密密层层都是这样的船，满载着穿黑呢制服、戴无檐帽的水兵慢慢地向岸边靠拢。后面一艘炮艇的烟囱在冒烟。白匪的机枪从陡峭的岸上迎面扫来，水被机枪弹溅起无数浪花，仿佛沸腾起来了。

炮艇回击白匪的炮声震耳欲聋，打得岸上的陡坡卷起笔直的土柱，纷纷塌落。

船已经迫近沙滩。戈尔巴乔夫整整胸前的机枪带，从束得很紧的腰带里面拔出一支手枪，跳到水中。当脚下响起砂砾的嚓嚓声时，他感到胸口好像被什么东西猛撞一下，疼得他叫了起来。“狗强盗，把我打伤了！”他倒下去时脑际闪过这样的想法。

睁开眼睛，看见顶上是病房的天花板，床边是穿白衣服的护士。“是的，我受伤了，”他又闭上眼睛想道，“现在同志们在哪儿？既然我躺在医院里，那就是说，城市给我们拿下了。对，一切都很好。我们在乘胜前进。”他又安心睡着了。

22

星期四，市委常委例会照常举行。会议由第二书记主持。他把戈尔巴乔夫病倒的消息通知党常委委员。但大家差不多都已经知道这件事，并且非常难过。

“我不知道这事情该怎么办，”第二书记说，“我们的日程上有伊万·雅柯夫列维奇提出的一个问题。能不能在他缺席的情况下进行讨论？”

“哪个问题？”港务局局长问。他头发花白，体格健壮，穿着有金线条纹海员上衣。

“就是关于钢铁厂厂长契比索夫同志的问题，关于他对待合理化建议者和发明家的态度。”

“通知契比索夫了吗？”常委委员、市报主编布绥林问。

“通知了。叫他四点钟来。”

“问题研究过了没有？”

“研究过了。这项工作是由市委工业部进行的。全部材料都集中在工业部长那儿。我看了一下。”

“那我们就讨论吧，”港务局局长建议。“没有理由把它搁下。我想这样的事伊万·雅柯夫列维奇信得过我们。以后在医生许可的情况下我们再把讨论经过告诉他。”

他的建议得到一致的赞成。

四点钟，契比索夫来了，厂党委书记和总工程师也应邀同来。

契比索夫就厂内对发明家所做的工作以及这项工作在生产上获得的经济效果作了详细的报告，他还谈到未来的计划。总工程师举出几个生动的例子为厂长的发言作了补充。

接着，由专人报告他们到厂管理处以及各车间去了解情况所获得的材料，然后，工业部长把他们的结论加以综合，他说：

“如我们所见，契比索夫同志把实际情形作了正确的介绍。在领导发明家和合理化建议者的工作方面是有缺点。但这些缺点绝对不能抹煞巨大的成绩和良好的经验。当伊万·雅柯夫列维奇把这个问题交给我们研究的时候，他曾经指出，契比索夫同志对待发明家克鲁季里契的态度存在着严重的错误。但是，坦白说，我们并没有发现这种错误。甚至相反：发明家克鲁季里契辜负了厂方对他的种种厚待。这位发明家向周围散布极其浑浊的空气。他把一切都弄得乱七八糟。在这方面还有副总工程师阿尔连采夫同志有力地支持着他。”

“党委会为什么保持沉默？”一位常委委员提出这样的问题。

厂党委书记回答说：

“我们成立了一个享有威信的调查工作组，这个组一直在进行调查研究。但事情确实非常复杂混乱。不论对克鲁季里契或是阿尔连采夫，我们已经不存在半点幻想。”

“同志们，”布绥林激动地开始发言，“请容许我谈一下。也许，我对这件事情比别的同志更了解一些。非常遗憾的是伊万·雅柯夫列维奇不在这里。看起来像是背着他进行议论。好在有会议记录，等他恢复了健康，可以看记录。此外，这些话我以前也向他当面说过。事情是这样的：伊万·雅柯夫列维奇说过，要在常委会上把我和契比索夫同志狠狠批评一番。因为克鲁季里契—阿尔连采夫事件跟我也有牵连。总的说来，这件事的范围比较广，涉及的不仅是克鲁季里契、阿尔连采夫、契比索夫同志和我。与此事有关的有现在高炉车间的总工长沃罗别内、剧院导演托马舒克，还有一些人可能我们不知道。你们也许记得，省报上发表过一篇关于克鲁季里契在厂内遭歧视的文章。当时我很注意这件事：这样不真实、这样片面的报导怎么能在苏维埃的党报上发表。有一次我把文章的作者——一个挺可爱的年轻人——请到我们编辑部去谈了一下。他刚从大学新闻系毕业。愿意为真理而斗争，也想铲除一切坏事。但是严重缺乏经验，稚嫩得很。原来事情的经过是这样的。厂里某些同志没工夫跟他谈，而阿尔连采夫同志却十分殷勤地接待了他，腾出时间跟他详谈，给他看各种文件，还领他到克鲁季里契工程师家里去……当时克鲁季里契的住处简陋得可怕。总之，在这个年轻人的头脑里留下了强烈的印象。而编辑部也没有很仔细地核对材料。只是打电话到厂里问：有没有克鲁季里契这个人？有。他是否提出了一项很有价值的合理化建议？好像是搞了个什么东西。审查一直拖着吗？是的，还有争论。行啦，材料经过核对，全部符合事实。”

“你们编辑部没有这样的事吗？”港务局局长问。

“可能我们那里也有，”布绥林回答说，“编辑部是活人组成的。而人各有不同。有的工作比较踏实，有的差些。但是，我再说一遍，这不仅仅是克鲁季里契和阿尔连采夫的问题，问题的面要广得多。在这位还佩着大学校徽的年轻人愿意跟我真诚相见以后，在我使他明白他受了欺骗以后，他还跟我谈了一些别的事情。他告诉我，导演托马舒克那篇文章是怎么写出来的。在那篇文章里，作者借创作讨论之题恶意攻击忠于党的艺术工作者——剧作家阿列克萨辛、画家卡扎柯夫、演员古良也夫以及我们剧院的其他艺术家。原来又是阿尔连采夫把那个青年记者请去，又对他施展迷人的本领，介绍他跟‘才华盖世’的导演托马舒克同志相识……”

“等一下，”市委第二书记说，“这位一再被提到的阿尔连采夫在哪儿？今天为什么不把他请来？”

“他到莫斯科度假期去了。”契比索夫说。

“遗憾。非常遗憾，”港务局局长说，“我觉得，今天的会议我们只是开始研究这件事情，以后恐怕还得不止一次地回到这个问题上来。这里头似乎存在着不可告人的秘密。据我看，契比索夫没有错，如果有错，那只是他不该对自己厂内的混乱情况容忍那么久。厂党委的过失也在这里。同志，你们拖得太久啦。你们做得不够坚决。剧院的问题也要处理。意识形态方面的敌人到处在寻找空隙把导火线塞进来，而我们却没有加以反击。”

“不，比方说在剧院里，意识形态方面的敌人已经遭到强有力的反击，”市委第二书记说，“那里党的力量、正义的力量获得了完全的胜利。”

“那就应该帮助这样的力量。要比我们现在所做的更多地帮助他们。党能做的、市委会能做的还很多很多。”

几乎所有的常委委员都发了言。大家都赞成港务局局长的意见，认为市委会必须更多地帮助各级党组织反对种种不良影响，对于基层反映的情况必须更主动地采取措施。虽然，谁也没有提到戈尔巴乔夫的名字，但每个人心中都认为——这从他们的发言中可以明白，——伊万·雅柯夫列维奇早就应该把这样复杂而且严重的问题提到常委会议上来了。

决议上记录着，市委常委会毫不怀疑契比索夫的忠诚老实，但认为厂内对克鲁季里契—阿尔连采夫—沃罗别内事件的调查工作拖得太久，必须加速查明事实真相，提交工人及工程师们讨论。此外，常委会议决议召开全市党的积极分子大会，在会上将提出有关意识形态以及加强对资产阶级影响的斗争等问题。

休息时，大家到走廊里去吸烟，港务局局长说：

“伊万·雅柯夫列维奇在这个问题上犯了点儿自由主义的毛病。他心地忠厚善良，行为光明磊落，可是在这个问题上大意了。”

“而现在自己受了暗算，”布绥林接着说，“他对克鲁季里契等辈一片好心，可是他们却以这样的‘好心’报答他。”

23

阿尔连采夫在莫斯科逗留的时间不止一个月。部里一些“有用的人”告诉他一个秘密：最近党中央将举行一次重要的全会，他不妨在莫斯科再呆上两个星期。他们给他安排的理由是需要接受有关推广吹氧炼钢法的指示。这些日子阿尔连采夫的熟人朋友都激动不安，到处打听消息，而消息流言各种各样的都有，对它们的解释也莫衷一是。

有的人叹道：事情不妙，好些部可能要撤销，国民经济管理重心要下放，各共和国、各省将出现一批经济协作机构。这样一来，许多久居莫斯科并对自己的办公室、固定的生活方式习惯了的人，就得离开首都不知到什么地方去，那里可能连卫生设备也还没有呢。“应该说将来会有，”乐观主义者回答说，“你们可以去建设嘛。”

另一些人认为，即将实施的经济改组是件大好事情，对于这一措施将结出的丰硕的果实目前还只能作大略的猜想，管理重心下放将为人们发挥才能提供更广阔的天地。

也有一部分人用各种方式暗示他们与最高领导很接近，消息非常灵通。这些人耐人寻味地说：“放心吧，什么也不会改变。那边，”他们指指上面，“那边对这个问题看法不一致。某些人另有独特的见解。一切都将照旧。”

两个跟阿尔连采夫最接近的“有用的人”所说的正是这样完全相反的话。一个说：“柯斯嘉，死心了吧。你在厂里还得呆上很久。什么变化也不会有。老头们不会答应的。他们都是守旧的人。我劝你还是要有耐心。”另一个说：“柯斯嘉，相信我，你知道我常跟谁接触，改组一定要实行。而且规模巨大。地方上将建立协作机构。你等着，我们不会忘记你的，有机会一定给你调一个好地方——比方说列宁格勒，或者基辅、哈尔科夫。从那边回莫斯科就不远了。”

阿尔连采夫在莫斯科东奔西走，竭力想从这些流言中理出个头绪来。这是万万不可忽略的。庄稼人说三春靠一冬，可见在农业方面抓紧时机是多么重要。而阿尔连采夫坚信，在社会生活方面关系尤其重大。在那里，他认为对某个问题所作的判断能决定一个人很长时期内的命运：你或者平步青云，如果你的判断正确；或者一蹶不振，如果你的判断错了的话。

当然，也可以选择这样一条道路：勤勤恳恳做你的工作，那无论发生什么事情，不管风从哪儿吹来，往哪儿刮去，你始终留在自己的位置上。但是这条路不是阿尔连采夫走的。只有那些没出息的中庸之才满足于所谓自己的位置。老实说，谁知道他阿尔连采夫的位置应该在什么地方？谁知道那会是一个什么样的位置？

那么谜底究竟何在？到底哪一种说法比较可靠呢？在文艺界他认识的一些“有用的人”圈子里，就这个问题也没有人能告诉他什么。那位女画家兼预言家正处在完全泄气的状态中。在一次情绪热烈的会议上，有人称她是个庸俗、无聊的歇斯底里症患者。最近她一天到晚无病呻吟，吁请同情和公道。另一些曾在夏天嚣张一时的人，现在纷纷到各自的创作组织去要求看自己发言的记录，据他们说是为了“修正某些措辞”。某一篇诋毁性的短篇小说在文坛上已受到严厉的批判（小说的标题阿尔连采夫没记住），它的作者决定把自己装扮成契诃夫笔下误触法网的农民[1]，逢人便说：“天地良心，我不知道会造成这样的后果。我的主观愿望是想帮助党。我还以为能获得好评呢。”——总而言之，没有坠子怎么能钓鲶鱼？那位老是紧绷着脸的《钢与作风》一文的作者一度也声势逼人，后来到边远的森林地区去了，连一点消息都没有。作家们在准备迎接作协理事会议，据他们说，有一个文学小集团，人数不多，但相当狂妄，他们筑有坚固的对抗批评的防御工事，这次会议将慎重研究在这个小集团中造成霉烂的原因。

阿尔连采夫的一个文学界的熟人——还在战时他就到过阿尔连采夫服务的部队，还写过几篇关于阿尔连采夫的特写，——他说：“康斯坦丁·罗曼诺维奇，我把一切都坦率地告诉您。过去我一直装作好像是跟那个小集团一伙的。为什么我要这样做呢？理由很简单。我是个小作家，这一点我明白。我很容易被踩扁。而那个小集团里的人尽管没有了不起的才华，老实说简直只是些庸才，可是他们的名气偏偏响得很，在出版界有不容忽视的影响。我想您该明白我的意思了吧？因为只要他们中有人说一句话——就能决定我的书能不能出版。”

战时，这个人出入前沿的堑壕毫无惧色，他总是到最危险的作战地段进行采访……想起他当时是那么勇敢，阿尔连采夫忍不住说：“我万万没料到您竟会这样背弃自己的同志。”那人大为生气，说：“难道

① 契诃夫的短篇小说《凶犯》（1885 年）中有一个农民把联结铁轨和枕木的螺丝帽旋下来当钓坠用。

您要我用自己的胸膛堵住枪炮眼救他们吗？不，对不起！要是我在患难中，他们才不为我操半点儿心呢！”

最后，阿尔连采夫明白，那些对自己的社会意义估计太高的人，在过去一年中嚣张过度了，现在他们只有一条路可走——在同志们面前痛哭流涕，深切忏悔，承认自己不仅是政治上的盲人，简直完全无知。他得出的结论是：最好不跟他们来往，也不要去冒险，还是静观其变。

经过反复的考虑，阿尔连采夫还得出这样的结论：工业管理方式无疑将有所改变。于是他决定写一篇醒目的长文预测未来的大事，使自己的脚步与党和政府的决定合拍。他与一家讨论这类问题的专业报社谈妥后就开始写这篇文章。诚然，他担心人家是否还记得一年半以前他发表过完全是另一个调子的《一个工程师的札记》，在那篇《札记》里他认为必须尽一切力量加强并改进集中管理制，必须走更进一步细化分工的道路。从一方面看，假如承认自己的错误，说生活纠正了我的观点，——立足点似乎非常漂亮。冠冕而又堂皇。然而这毕竟是一种忏悔。而靠忏悔很少能达到抬高自己的目的。忏悔终究是忏悔。这是抒发情怀的玩意儿，起不了实际作用。最后他决定只当从来没有过《一个工程师的札记》这回事。谁会记起那篇东西！谁有兴致去翻查过期的杂志！

现在，他狠狠地批评各种各样的因循守旧者和政治上的盲人，证明下放管理重心有绝对必要，本位主义造成的障碍非消除不可；他这样赞美地方上的协作机构：“可能这将是类似伟大的列宁还在世时就曾经建立过的国民经济委员会那样的组织，可能这将是经过考验的旧形式的恢复，但旧形式有了新的、更完善的内容！”真是文情激越，才思横溢。

在他离开莫斯科以前，文章就发表了。几天后举行的中央全会的决议证明他果然有眼力。这篇文章受到了重视，人们向他祝贺。

但有一桩事情却使他扫兴，那就是：他在厂内跟克鲁季里契以及有关称量车电冰箱化的整个问题牵连在一起——这是大错特错的一着。何苦呢，他何苦要这样做呢？没出息，没气魄，十足的外省腔。跟一个契比索夫过不去，多么可笑！……跟他——阿尔连采夫——比起来，契比索夫又算得了什么？真不应该跟这等人一般见识。他反正要离开那边到某一个大规模的国民经济委员会去，到那里就有了用武之地，可以一显身手。不管怎么样，他在任何情况下总比他们高。可是现在，假如他们还没有结束那件事情，还没有扔下那笔糊涂账，问题可能趋于复杂。唉，克鲁季里契这个白痴死掉就好了！阿尔连采夫后悔自己一手把他提拔起来，就像童话中那样从瓶子里放出了一个邪恶无耻的妖精。

回到厂里，阿尔连采夫知道克鲁季里契依然健在，完全没有离开人世的打算；他知道没有人扔下那笔"糊涂账"，人们正等他回去，好了结这桩公案。甚至市委也抓起这件事情来了。但他又一次相信自己发表这篇论经济改组的文章做得确实高明，有远见。工程师们纷纷来向他打听中央全会的情况，以为阿尔连采夫既然写出这样一篇文章，一定十分熟悉全会的详细过程。阿尔连采夫回答时故意转弯抹角地闪烁其词，暗示还有很多新的重要的事情以后他们都会知道。他态度大方，亲切地拍拍工程师们的肩膀。他还风闻州委书记对他那篇文章也相当赏识。

阿尔连采夫去求见州委书记。约晤推迟了好几次。后来州委书记终于接见了他。阿尔连采夫带了用绳子捆在一起的十来本书到他那里。这些书是他头一天特地从市立图书馆选借来的。其中有关于伊斯兰教历史的著作、土耳其语句法、撒哈拉沙漠资源概论、德文本的俾斯麦传记、关于彼得大帝以前俄国铸铁生产的古版书、法国十九世纪诗人贝朗瑞诗歌选……他把这些书放在身旁一把椅子上。

阿尔连采夫这天的衣着也相应地简单朴素：他不穿上衣，只穿厂里的蓝布工作服——事前已经洗得干干净净，熨得笔挺，——胸前排列着一条条佩奖章的绶带——数量相当多。

不出阿尔连采夫所望，州委书记一下子就注意到那些书，请他解开绳子，开始翻阅——显然已发生了兴趣。

“我们没有学过黑格尔的辩证法，”阿尔连采夫谦虚地说，“辩证法我们是在枪林弹雨中学的。”

“是的，我看得出您经历过战斗。”州委书记向他的绶带瞧了一眼。

“因此得补充一些知识，”阿尔连采夫继续说，“人类的知识积累了那么多，简直教人望洋兴叹，因为即使只想把这些财富走马观花浏览一遍也完全不可能。”

“的确，的确，有时我也这样想，”州委书记表示有同感，“还不过在一个世纪以前，要经常了解文学状况以及社会思想和科学方面的成就，一个受过中等教育的人已经可以应付裕如。可是现在呢？现在，纵然你聪明绝顶，也休想包罗万象，休想！今天人类每年要创造成亿册的书。成亿册！而据统计，一个人毕生能读完的书平均只有两千册左右。当然，某些人读的书远不止此数。但无论怎样，这在每年出版的成亿册书中又能占多少百分数呢？”“一昼夜睡八小时对一个人来说实在太多了，”阿尔连采夫带着温和的笑容说，“我们简直在虚度光阴。医学应该和生物学共同努力把睡眠缩短到四小时、三小时。这样可以腾出多少时间来学习知识，提高自己！”

他从一个话题跳到另一个话题，在各方面都显示出渊博的学问，当他谈到州内应该建立自己的经济区时，给州委书记留下的印象几乎达到完美的程度。后来州委书记在电话中对契比索夫说：“阿尔连采夫在你们的描写中是否被过分贬低了？据我所知，他是一个好战士，又是一个富于主动精神的工程师。你不妨推心置腹跟他谈谈。这个人的学问渊博极了，而且全都是自己埋头用功得来的。你不妨去了解一下他在读些什么书。应当把一切再仔细斟酌一番，然后作出结论。”契比索夫回答说：“这要看群众的意见。我个人跟他没有什么过不去。是他自己好像跟谁都有账要算。我又能怎么样呢？让群众来裁判吧。”

阿尔连采夫渐渐安下心来，开始恢复原来那种自信和泰然的态度。他甚至向总工程师说，厂领导指定沃罗别内当总工长恐怕是一个错误。沃罗别内工程师不宜担任这个职务，首先因为车间集体不喜欢他——那显然由于他的历史不很清白。总工程师说：“我还以为他是您竭力推荐的呢。您不是一直很器重他的吗？”阿尔连采夫回答说：“是的，是有过这样的看法。但是我错了。我对他作为一个工程师的经验估计过高了。不过我始终是从怎样对工作有利出发的。”

阿尔连采夫还开始设法把克鲁季里契也从厂里排挤出去。他搜集了许多工人的书面意见；工人们对克鲁季里契的官僚主义作风、自高自大和对工作漠不关心的态度非常不满。阿尔连采夫把这些意见转交给契比索夫。契比索夫气得大叫：“您给我看这些东西干吗？好像是我提拔这位莱奥纳多·达·芬奇担任这个职务似的！是您把他推荐给我们的，现在就由您处理吧。您妨碍我的工作。我的工作是钢，钢！可是我整天得断一桩桩打不完的官司。我没研究过伊斯兰教的历史，也不懂土耳其语的句法。但我知道苏联的五年计划，我知道我们厂的计划，知道我们生产的钢关系到我们的未来，也关系到其他社会主义国家的未来，我要继续生产这样的钢，不管您跟您那位克鲁季里契有什么别的想法，阿尔连采夫同志！”阿尔连采夫平静地回答说：“用不着提高嗓门，契比索夫同志。现在吹胡子瞪眼睛的首长不太受尊敬了。请您还是好好考虑考虑，盲目的实践、整天钻在事务堆里、轻视马克思列宁主义理论——这是非常危险的，契比索夫同志。”契比索夫把手一挥，再也不愿跟他说话。

阿尔连采夫带着胜利的微笑离开厂长办公室。他想：反正得请克鲁季里契滚蛋，你厂长管也罢，不管也罢，反正得请他滚蛋。阿尔连采夫当初曾寄予希望的这个小人物现在成了他的负担。非扔下这个包袱不可。但是怎么个扔法呢？他自己弄乱的线团现在又怎么把它解开呢？

他想去找卓娅·彼特洛芙娜，问问她有没有人就那张收据的事来跟她纠缠不清。可是卓娅·彼特洛芙娜的母亲事先已得到如何应付此人的指示，她对他说：“卓伊卡病仍旧不轻，医生不准别人见她，现在她正睡着，你走吧，先生，为了你事情弄到这般地步，你还来做什么？”“真遗憾，”阿尔连采夫站在过道里说，“我从莫斯科给她带来了新出品的香水。”“香水可以留下，我会转交的。不过进去看她可不行，先生，不行。”

后来他知道古良也夫常去看卓娅·彼特洛芙娜，就一笑置之：原来不接待他是为了这个原因，根本不是什么医生不准。再说生病也不会病那么久——已经一个半月过去了。算了，算了，让上帝去保佑她吧，这样也许更好；这个泪人儿早已成了他的累赘。

他甚至试图搞好跟伊斯克拉·瓦西里耶芙娜的关系。他心想，要是跟她一起着手做某一项工作倒挺不坏，这样过去的种种“误会”自然而然可告冰释。他去找伊斯克拉，说她和沃罗别内停止在车间里采用新技术的做法是不对的，事实上有一整套技术革新有待实施，而她又是这些革新的设计者之一，不能一遇到困难就裹足不前。

伊斯克拉照例像在任何一次原则性谈话时那样挺直身子，——她觉得这样能显得高大、威严一些，——怒冲冲地眯着一双简直不会发怒的眼睛，厉声说：“今天我是设计者之一，明天就是剽窃者，是这样吗？谢谢，谢谢，再一次谢谢！”她的一只小手在空中狠狠地甩了三下。

现在看来，支持阿尔连采夫的人一个都没有。有用的人也没用了，老实说，只有当你自己为他们所需要、有力量帮助他们的时候，他们才是你的有用的人。这种人究竟不同于朋友。而阿尔连采夫是没有朋友的，因为他自己心目中从来只有所谓有用的人。当然，可以很快地拉拢一批人重整旗鼓，但这需要花很多钱，需要有白兰地、鱼子酱、土耳其式的烤羊肉才能“为友谊”干杯。但这笔钱他没有，阿尔连采夫耗尽了他的资本，他很久没有大东西发表，也很久没得到奖金了。

回到家中，只好一个人坐在圈椅里晃着一条腿抽烟斗。或者躺在沙发上望天花板。有时他忍不住了，就到一家三流饭馆或者小酒店去。在那里跟女服务员们开开玩笑，装作一个老实人，听听邻座的谈话，对一群群快乐友好的伙伴感到羡慕。这样直挨到营业时间结束，然后把一位疲倦的女服务员送回家去，路上给她讲一个动人心弦的故事，只说是他自己的一段经历；女服务员很同情他，感慨地说：“真可怜，真可怜！”

有一次他在街上遇见市报的主编布绥林。阿尔连采夫立刻显出往常那种事事如意的神态，跟他握手，问主编读过他在首都报纸上发表的那篇文章没有。布绥林说，当然拜读过了。编辑部甚至打算把它转载。但是同志们找到了阿尔连采夫曾在杂志上发表的《一个工程师的札记》；两篇文章的立论存在着原则分歧，而且是绝对无法自圆其说的。

布绥林说这话时毫无表情，语气很冷淡，但阿尔连采夫能感觉到主编在取笑他。乍见面时想到的一个主意——向市报兜写一篇类似题目的文章——旋即被打消。他跟布绥林互相道了再见。阿尔连采夫一路走，一路寻思，主编这样的态度其实没什么可奇怪的，——布绥林和契比索夫不是最要好的朋友吗？想到这里，羡慕的心油然而生：人家都有真心朋友，知道怎样互相支持，不像他阿尔连采夫口袋里有钱时聚在他周围的那帮翻脸无情的酒肉朋友那样。

孤独的感觉步步紧随着他。阿尔连采夫认为，离开莫斯科到这个无名小地方来大概是他一生所犯最严重的错误之一。当时他怕丢了党证，想摆脱妻子的报复行为，可是他得到了什么？党证是保住了，然而付出的代价太大！原先他指望工厂可以充当他东山再起的跳板，可是结果怎么样呢？……“没关系，没关系，不要泄气，”有时他自己安慰自己，“一切都会过去，否极自会泰来。”谁，好像是所罗门王有一个戒指，他命人在上面镌着“没有挨不过的难关”几个字，每当遇上什么倒楣事，他就把戒指转过来，看看上面的格言，从中得到安慰。

的确，一切都会过去。即使是不愉快中最大的不愉快也不是永久的。但遗憾的是生命也随之过去了。而且一去则不复返。

24

布绥林坐了特地向契比索夫借来的“毕卡普”[1]穿过覆雪的原野到离海一百五十公里的一座古老的草原小城去。昨天他从广播中得悉，一位著名的作家——他写过许多关于人民生活的作品——应师范学院学生的邀请从莫斯科坐飞机到了那边。布绥林无论如何要见见这位作家，跟他谈谈，希望从他那里得到对最近某些疑难问题的答案。

还在去年，当布绥林发表文章分析和评论关于工人家庭奥库涅夫一家的那个话剧时，他就明白自己走上了一条极不容易走的道路。首先，他收到十多封充满谩骂的匿名信。那些隐名的作者骂布绥林是不

① 一种小型卡车，能坐人，也可以运货。

学无术的教条主义者，还写打油诗挖苦他。有的谩骂信上有具名，信封上清清楚楚写着寄信人的地址。可是当布绥林想跟写这些信的人见见面时，每次都发现“该地址查无此人”。其次，某戏剧杂志对他的文章也大张挞伐，在“剧坛近讯”栏的一篇通讯中，阿列克萨辛的剧本、戏的演出、布绥林的评论文章以及布绥林本人都遭到了嘲笑。

但是这位新闻界老将曾用自己的笔积极投入马格尼托哥尔斯克和库兹涅茨克的大建设，也曾乘坐记者组的小卡车从斯大林格勒到华沙和布拉格随军采访，他的坚定的党性立场不是随便动摇得了的。他开始在自己主编的报上进行顽强的战斗，捍卫与人民休戚相关、帮助人们生活和建设的艺术，捍卫培养高尚情操、号召人们奔向革命理想的文学。过去，市报的报导面主要是市内的工业单位、港口、公用事业、市民生活福利等等，文学艺术问题占的篇幅极少，只是偶尔所谓应应景的。布绥林明白这是他的错误，因此请求市委常委听取他的报告。他进行了严格的自我批评，并建议常委作出关于巩固和加强文艺编辑组的决定。

就在那些日子里，布绥林认识了那位撰文袒护克鲁季里契并帮助托马舒克写文章的省报青年记者。通过跟布绥林的谈话，那年轻人深感懊悔。“在大学里什么都教我们，”他激动地说，“就是没教到在生活中我们还可能遇到非常狡猾、伪装得极其巧妙的野心家。可是，布绥林同志，请您告诉我，怎么能把他们从好人中间识别出来呢？”“亲爱的朋友，”布绥林向他解释，“在三十年前，我们那时候问题倒比较简单。社会上的阶级情况比较清楚。当时我们知道有反革命的富农，有破坏分子，我们也知道有在一定时期内潜伏着的白匪军官。还记得肖洛霍夫的《被开垦的处女地》中那个波洛夫采夫吗？而现在这些人没有了——没有反革命富农，也没有白匪在谷物烘房后面藏一挺机枪和一箱手榴弹……人民已经把他们从我们的土地上消灭干净。然而旧时代还有一些东西留了下来，例如：一心向上爬的野心家、不择手段的自私鬼。这种人比较难对付，因为他们学会了耍一套革命词藻。因此，亲爱的朋友，我并不过分责怪您。您只是中了别人的圈套。但这对您应该是一次教训。您说是不是？只有从经验教训中您才能学会如何识别人。过一两年您就不会受骗了。”

布绥林加强了对报社主办的文学爱好者小组的注意。这个小组的成员在年龄、才能和对生活的看法上差异悬殊。其中也有头脑严重不清的人。有两三个人醉心于不知哪道的新颓废派，他们对西方抱有许多幻想，尽写些玄奥费解的诗，诗里没有任何能懂的内容。必须把他们引到正路上来。布绥林对自己的能力不敢寄予太大的希望。他跟他们谈过几次，但发现自己的话对他们并不起很大的作用；只有名重一时的作家方能使他们信服。可是能请到这样的作家来辅导区区地方报纸主办的一个文学爱好者的团体吗？

恰巧昨天无线电广播了这个消息……布绥林催促司机开快些，怕到晚了作家已经飞走。

作家倒是没有飞走。不过找他还得继续坐车赶路。因为那位作家昨天在俱乐部跟大学生们度过了一个晚上，今天一早就出发到草原上的集体农庄去了。布绥林直到傍晚才赶上他。他们就在一所招待客人的村屋里过夜。屋子很整洁，又暖和。一间大房间里放着四张铁床。这个乡村招待所的女主任知道了来的是什么人，就关照把其中两张床搬到别处去；房里已经有三盆其大无比的无花果，而她又给添上一盆更大的，还带来一只鸟笼，里头有一只跛足的白头翁，她说：贵客们如果感到寂寞，可以跟这只鸟聊聊，它挺聪明，也很健谈。

作家用暖瓶里的开水泡中国绿茶请布绥林喝，问他办报的事情。

“我对报纸工作感兴趣并不是偶然的，”作家说，“我的文学生涯也是在一个跟你们差不多的小报馆里开始的。也许比你们的更小。这是一九一八年的事，在一个偏僻的小城里。报纸每天印在各种各样的纸上。有时还印在包装纸上，您大概也知道，有那么一种蓝色的包糖用纸。有时甚至用糊壁纸印。可是工作愉快极了，劲头也特别大。”

那位作家身材不高，虽然上了几岁年纪，但体格健壮。斑白的唇髭修得短短的。犀利的目光令人想起普拉东·季莫菲耶维奇·叶尔绍夫的一双眼睛。跟他谈多久也不会生腻，因为他了解你。

“我一定上你们那儿去，一定去，”他接受了布绥林的邀请，“我喜欢跟年轻人和初学写作的同志见面。跟他们辩论一番，有时甚至可以争吵。结果总有几颗种子落在这片土壤上。不会白费唇舌的。”

布绥林把剧院的情况以及自己因为写了一篇文章遭到匿名者怎样的攻击告诉了他。

“应当严厉一些，”作家微微笑着说，“过去你们大概老是报导各种各样的百分数，报导完成和超额完成了什么等等，只是着重在人的所谓物质问题上，却忘了人的思想。而那方面总是隐藏着危险。思想问题千万放松不得。就像刀剪必须常磨才能保持锋利。而磨炼思想的重要砥石就是文学艺术。通过一本书、一出戏、一幅画最能影响人的思想。借助于这些强大的杠杆，可以使人的思想从善，亦能使之向恶。我们的任务就是要使之从善，与使之向恶的企图进行斗争。我们的杠杆应当起这样的作用。”

布绥林知道作家这番话不是空话。从苏维埃政权建立时起，这位作家就以他的全部创作——包括最初一些还不十分成熟的短篇和中篇小说在内——为树立人的新思想、帮助人们摆脱资本主义的恶劣影响而斗争。

“您难道只是应大学生们的邀请才到此地来的吗？”布绥林问。

“坦白说，不完全是。邀请我去的有几十个城市、几百个地方——机关、学校、图书馆、工厂、集体农庄。尽管我衷心希望能走遍这些地方，但怎么也办不到。哪怕满足其中十分之一的要求，就得完全放弃写作，整天来去匆匆。目前我打算把两件事情结合起来：既跟大学生们见见面，也会会集体农庄的庄员们。每当我在创作上停滞不前，每当我遇到困难、疑惑不决或者觉得有些问题不够明确的时候，我就到群众中去，到我描写的主人公所生活在其中的人们那里去。接触群众，接触人民——这对于我的创作就像空气和水一样必不可少。您明白我的意思吗？”

布绥林问到那些喧噪一时的集子——某些作家曾在上面发表具有不良倾向的作品，——也问及他对几个短篇和中篇小说的看法。

“哦，”作家说，“这些东西在文学上不会保存下来。这是些劣等品。当一个艺术家的思想不对头的时候，表现手段照例也不会对头。请放心，我们迟早会使这问题明朗化的。写这些短篇和中篇小说的人有一天将感到羞惭。羞得无地自容！为什么？因为当人民在加倍、三倍地努力建设共产主义社会、大踏步前进的时候，他们却站在一旁，站在一旁且不算，甚至还拖后腿，妨碍人民前进。我可以坦率地告诉您，他们的命运是可悲的。永远不为人民所承认——您说这可怕不可怕？本来嘛，你不帮忙，反而碍事，谁能承认你？”

布绥林跟那位作家坐车在草原上各处跑了两天，第三天和他一起回到城里，把他请到编辑部跟文学爱好者们作了一次情恳词切的长谈。作家三言两语就粉碎了幼稚的新颓废派的“理论根据”，把他们遵循这些论据实验所得的玄奥大作进行彻底剖视，同时对一位青年医生所写的短篇小说作了适当的鼓励，还回答了许多问题。通过这次谈心，大家都感到收获不小，对很多事情的看法也明确了。组员们感谢布绥林为他们组织了这样一次会面。

作家在城里还逗留了几天。他去看了关于奥库涅夫一家的戏，给它的评价很高，但也指出了一些不小的缺点。他希望跟叶尔绍夫家的人见见面，因为古良也夫告诉他，奥库涅夫就是叶尔绍夫的化名。他参观了钢铁厂，到了几个车间，跟季米特里和安德烈谈了一下，也到普拉东·季莫菲耶维奇家里去过。作家对季米特里家里的藏书颇感惊异。他把那些书翻了很久。“难道您这本也看过吗？”他翻着一本厚厚的俄罗斯艺术史方面的著作问道。“看过，”季米特里简短地回答。“这本也看过吗？”作家手里拿着一本贝朗瑞的诗歌选。“看过，”季米特里答道。“那么这本呢？”作家掂着一卷沉甸甸的《俄罗斯英雄歌谣》的分量。“也看过。”

后来他们坐下来喝茶时，作家说：

“可惜当年率领工人阶级冲击专制政体的先烈们不能看到现代的工人。可惜列宁同志没能活到今天。一切都起了多么深刻的变化，需要刮目相看成长了的人们。我的朋友，你们已经不是过去的工人，而是知识化的工人了！”

听着作家这一番话，季米特里想起了廖丽亚。廖丽亚也曾这样对他说过：“季玛，论起来，你也是知识分子。”他心中顿时起了一阵惆怅。作家还说了些别的话，但季米特里已经听不进去了。

25

“我不试，请不要拿给我看，”戈尔巴乔夫决然回绝，“不，不，我不干。”

护士劝他尝试一下在十字布上绣花。她拿来了一副绣架、丝线和一本图案集，说这活计挺有趣，主要的是它能使人完全不想旁的事情，对神经系统有很大的镇定作用。

“莫斯科有一位部长……他一生病，就立刻要求让他绣花。”

“等我当了部长再说。”戈尔巴乔夫打趣地回答。

他在医院里一点也不知道市委会的情况。来探病的人也不告诉他任何重大的事情，因为医生不准许。不过戈尔巴乔夫却有很多时间看书，在这方面医院里对他怎么也禁止不了。他看了一本又一本，日甚一日地确信自己在不间断的工作中所补充的知识过于片面了，有太多太多的好书被他失之交臂。虽然几乎所有的预订书籍——全集，选集，三卷集，两卷集——他都订购，市委会书亭的女售书员也总是把新书留给他，他家里堆着的书成百上千，但每拿到一本新书，他只能约略翻一下，看看目次，对自己说这本书很有意思，非读不可，随后书就被送上书架。这样一年一年积欠下了还不清的债务。

现在戈尔巴乔夫一动不动地躺在病床上。他打算把这笔债还掉。医院准许安娜·尼古拉耶芙娜和卡芭来念书给他听，以减轻他视力的疲劳。

他埋头钻研列宁的著作。他不是一般地阅读，而是对每一句话、每一个字咀嚼再三。当他把列宁充满激情的结论跟当代的事实加以对照时，发现可以从很多地方体会到新的意义。他明白了今天在谈论的许多事情：修正主义不是别的，正是早已为列宁所揭露的机会主义。机会主义对于革命运动永远是危险的。机会主义是为资产阶级服务的，因为它在保存革命的词藻并借以掩护自己的同时，总是竭力阉割马克思主义的革命实质，竭力使人民、使劳动者阶级——首先是工人阶级——对社会主义、对革命斗争的伟大目标丧失信心，最后放弃革命事业，停止为社会主义而斗争。

戈尔巴乔夫在病倒前几个月读到过不少外国修正主义者的“高论”，据他们说：十月革命在历史上并非必要，而是被强加于历史的；说共产党不能领导文学艺术，文学艺术根本就不能有领导，因为那是发挥创作灵感的天地，那里要求给艺术家绝对的自由云云。在这些盖世奇文中甚至无产阶级专政也被列为怀疑的对象。

读到这些东西委实令人吃惊。要知道苏维埃政权建立已有三十九年，社会主义国家的巨大成就本身已经证明共产党领导是正确的。现在他开始清楚地意识到自己犯了错误：他没有非常敏锐地察觉出披着各种不同的外衣从国外渗透进来的资产阶级影响在某些知识分子身上找到了生存的土壤，而这些人也就跟着重复外来的谬论。

现在他唯一的愿望就是快些起床，早日出院，——他要召开全市党的积极分子会议，重振昔日的雄风。当年在红军部队里，在工厂的群众大会上，他经常发表火一样热烈的演说……今天，革命还在继续，必须继续做一个革命者，按革命的需要行动，也就是要最大限度地坚持原则，一切行动要以对工人和农民的事业有没有好处和是否必要作为衡量的标准。

戈尔巴乔夫计算着自己恢复健康需要多少日子……但那还是一个很长很长的时期。

安娜·尼古拉耶芙娜和卡芭平日经常来念书给他听，但从来不跟他作任何谈话，因为“大夫不准许”。他笑她们，问她们怎么突然变得这样守纪律了。但是这母女俩对他的笑话没有反应。只有星期日下午五点到六点可以作一小时的谈话。那时戈尔巴乔夫就问家里的事情，——他非常想回家，——对卡芭和安德烈的近况也非常关心。他问卡芭：“快了吧？”卡芭知道他指的是什么。“快了，爸爸，已经快了。”“你怕不怕？”“好像不怕。”他焦急地等待着这新的一代。他迫切希望她生一个男孩子，一定得是男孩子——他的外孙。将来戈尔巴乔夫退休了，他要带着这个小胖子一老一小祖孙俩在花园里散步。不过，也许外公还没有退休，外孙倒已经有了自己的孩子。在戈尔巴乔夫那些为党工作的同志中间，每一个都是这样鞠躬尽瘁，死而后已。

叶尔绍夫家差不多所有的人都到医院里来探望过他。他跟季米特里谈得十分投机。季米特里也在孜孜不倦地学习列宁的著作。

“伊万·雅柯夫列维奇，我看某些人是在胡乱解释列宁同志的著作。甚至报章杂志上也出现了一些怪话，要是信以为真，从中可以得出这样的结论：列宁的心肠软得连苍蝇也不忍拍死，不抵抗恶势力，纵容无政府状态，总之慈悲到顶了。但事实上，当问题关系到革命利益的时候，列宁同志是铁面无情的。难道不是这样吗？”

“对，季米特里·季莫菲耶维奇，您说得完全对。”

“谁要在这样的事情上开玩笑、瞎胡闹，列宁同志可不会答应。他会把那些家伙收拾得老老实实。不能用别的办法。本来嘛，跟那些磨刀霍霍准备对付你的人有什么客气可讲？跟敌人讲客气只会把自己的朋友弄糊涂。一切都应当清清楚楚，明明白白，不能有半点含糊。”

“对，”戈尔巴乔夫表示赞成，“不过，正像我国伟大的寓言作家伊万·安德烈耶维奇·克雷洛夫所说的那样，就连弯车轭也得有本领[①]。”

“我知道，在学校里我们就学过。”季米特里说完，把这则寓言几乎一字不错地背了一遍。

“您的记忆力很强，季米特里·季莫菲耶维奇。”

“可以说不太坏。该记的我都记住。”

这年冬季的气候很糟糕，真正的严寒几乎没有，海上经常飘来浓雾，地下尽是泥浆，高处老是滴水，患流行性感冒的人很多，咳嗽的咳嗽，擤鼻涕的擤鼻涕，人们引颈鹄候着春天来临。在二月里一个阴霾四布的星期天，戈尔巴乔夫久久不放安娜·尼古拉耶芙娜和卡芭回去。他周身关节酸麻，心脏隐隐作痛，只觉得郁闷，怕冷。

“再坐一会，”他恳求说，“再坐这么十分钟。哪怕五分钟也行。

---

① 克雷洛夫的寓言《勤劳的熊》中有一只熊见农夫弯车轭为生，也想干这一行，结果砍坏了许多树，车轭还是做不成。

不忙回家。”他开始对她们讲自己小时候的事情。有一次他翻过栅栏去偷苹果，给果园主人抓住了用荨麻抽打一顿。“从此以后我就牢牢记住，别人家的苹果是碰不得的。荨麻是培养良好道德的有效工具。”

当然，他童年时代的这些奇遇，安娜·尼古拉耶芙娜和卡芭已经听过不止一遍，但她们愿意再听一遍关于苹果和荨麻的故事，并且打心眼里发出笑声，然后，尽管他又要求她们再陪伴他一会，母女俩还是走了。

戈尔巴乔夫心想，生病是最糟糕不过的事情。只要能重新起床，他一定要执行一套全新的作息制度。他要锻炼身体，强化心脏，决不让旧病复发。他要每天早晨做早操，一天至少得步行五六公里，有空还要去游泳、钓鱼或者打猎。生活中有趣的事情很多，不能老是把它们往后挪，不能老是“以后再说”，因为说不定这“以后”永远也不会有了。现在只求能早日起床，他要把自己的生活彻底改造。

有人把门推开一点点问道：“还没睡？伊万·雅柯夫列维奇，可以进来吗？”接着走进了病房。那是他的“病邻”、某研究所所长、科学博士、一个乐观的胖子，他发过两次梗塞。几天前他开始恢复走路，以后就走个不停。

“我的腿又开始像腿了，”他说，“疼也减轻了。以前，您也许不相信，我这两条腿活像刀在割，一步也迈不开。肌肉萎缩了。那简直不是肌肉，是皮肤做的袋子。高尔基说：‘人，这是个值得骄傲的称号！’我认为有必要补充一点：健康的人才是值得骄傲的。至于病人！……”他把手一挥，在戈尔巴乔夫床畔一把椅子上坐下来。“病人是可怜虫。特别是您跟我这样的梗塞症患者。我们就像抱在怀里的婴儿离不开保姆。告诉您，伊万·雅柯夫列维奇，我第一次患梗塞躺在床上的时候，曾经立下最坚决的誓言：只要能起床，我一定要彻底改造自己的生活。我要做体操，每天步行多少公里。还要钓鱼、打猎……雄心壮志真不小哇。可是一回去上班，日常工作的风磨又开始转哪，转哪。我们恨不得把世上的事情都做完，是我们有点儿不太正常还是怎么的？事实上又没人用鞭子赶着我们，可我们就是自己愿意咬紧牙关飞奔向前。”

奇怪，病邻这一番话跟戈尔巴乔夫自己刚才所想的完全吻合。那位病员说了一会就走了，他坐不住，急于使腿部的肌肉发达。

风在黑暗的窗外呼啸，把玻璃窗震得咯吱咯吱发抖，咆哮着越过屋顶；挂在檐前的冰柱叮叮当当落到人行道上。海在喧嚣。戈尔巴乔夫想像着这时候在那边黑暗中的情景。沿岸的冰破裂了，碎成一小块一小块，在寒浪冲击下往岸上爬。

“气压很不稳定，”护士说。她把临睡前服的药拿来了，“这样的夜里高血压病人都很痛苦。喝下去吧，伊万·雅柯夫列维奇，这是您今天最后的一服药了。安心睡一觉，明天也许能出太阳，情绪就会好起来。风暴过后总有太阳。祝您晚安。”

在这月黑风高的夜里，戈尔巴乔夫睡不着觉。生活中一切不愉快的事情一次又一次浮现在脑际。他也想起了克鲁季里契那份卑鄙恶毒的“诉状”。这份东西戈尔巴乔夫没来得及看完。那里还剩下大概五六页。简直难以想像，这个可憎的人在那几页中还能编造些什么。这种人的快乐就是给别人制造痛苦。而且你对他毫无办法……

戈尔巴乔夫开始回忆当时他从克鲁季里契的信中所看到的一切，忽然他感到心脏又被一只铁手死死地掐住了，就跟那时候一样；血向头部涌上来，耳朵里嗡嗡地响。他伸手想按铃叫护士或者医生，但又阻止住自己：也许没什么要紧，也许只是有点儿激动罢了。但接着他突然产生这样一个念头：在夜里某一个时候，他可能就这样死去，再也看不见他那忠实的老伴、一生跟随他历尽艰辛的安娜，再也看不见卡彼托林娜，看不见儿子们，看不见任何人……他们早晨来时，可能他已经不在这个世界上了。

他不能再往下想。不，他必须立刻看到自己的家属，不管这合不合规定，他要看到他们，他要他们到自己身边来，他要抓住亲人的手，感觉到它们的温暖。

他的手按到电铃上。

先后跑来了两个护士，随后大夫也来了。开始按脉搏，听心脏，商量要不要打针。最后认为必须立即打针。

“你们去把我的家属叫来！”戈尔巴乔夫烦躁地坚持着，“我要他们来，不要打什么针。”

“别激动，伊万·雅柯夫列维奇，请安静一下，”大夫安慰他说，“先别着急。深更半夜去惊动他们恐怕不太妥当。我们还是再考虑考虑。好在天就快要亮了，您看怎么样，伊万·雅柯夫列维奇？……”

这时，戈尔巴乔夫觉得仿佛有一团热雾流入大脑，把眼前的一切——人和病房的墙壁——全遮蔽了；只有天花板下的电灯像一只吐着白焰的眼睛逼视着他的心脏。

“把灯关掉！”他气喘吁吁地说，只感到这一枚炽热的白针犹如扎在他的心窝上一般，“安娜，卡彼托林娜，我的孩子们！……我的亲人！……”

风在城市的街道上哀号，海上的风暴如大批重炮齐轰。但是，一九一八年加入布尔什维克党的伊万·戈尔巴乔夫，已经什么也听不见了。

这一夜，世上少了一个人。

但就在这可怕的一夜将尽之时，世上也诞生了一个新人。震惊和悲痛的结果，使卡芭早产两个星期。正合戈尔巴乔夫殷切的期望，卡芭生了个男孩子——他的外孙。

26

名义上这叫厂工会委员、工会积极分子扩大会议，但是俱乐部的大礼堂里却聚集了几百个工人、工程师和职员，结果变成一次规模巨大的全厂职工大会。

厂工会主席宣布开会，他说，日程上的问题有些不同寻常——这是一件极其复杂混乱、包含严重冲突的事情，在他记忆中厂里从来没有发生过类似的事情。这件事可以从两方面来看。一种看法是，似乎有人在小题大做，应该大事化小，小事化无，这些鸡毛蒜皮的事算不了什么，生活中一切都能发生，久而久之，一切都能解决的。这是一种看法。但也可以从坚持原则的布尔什维克观点来看，可以从这件事情中看到与我们格格不入、妨碍我们前进、应当无情地加以根除的资产阶级思想作风的丑恶表现。不过这仅仅是所谓开场白，接着主席请负责研究此事的、享有威信的调查组作报告。

调查组组长是位平炉老工人，论年龄早就可以退休了，可是他自己坚决不同意。这位参加过国内战争的布琼尼战士蓄着雪白柔密的唇髭，表示对光荣的过去的纪念，他登上光滑的木板讲台，干咳了一声，从水瓶里倒了半杯水，呷了一口，然后开始发言。他的声音不高，语调平稳，像一个公正无私的法官。他说，调查组进行了长久的工作，也许时间太长了些，但他认为，在关系重大的事情上匆忙草率很容易出岔子。尤其因为在调查过程中不断发现许多新的细节，所以益发匆忙不得。

他详细叙述了事情的实质以及事情发展的各个阶段。

“如果把这一切综合起来，那我们看到的是什么呢？”他说，“我们看到的是副总工程师阿尔连采夫同志、技术革新研究室副主任克鲁季里契同志以及高炉车间总工长沃罗别内同志之间存在着不正当的合作关系……”

“这不对！”有人从座位上说。

大家一齐朝发出声音的方向看去——不明白是谁在那里喊？

工会主席说：

“过一会有您发言的机会，阿尔连采夫同志。您可以说您要说的话。现在请忍耐一下。”

“为什么要别有用心地歪曲事实！”阿尔连采夫又叫了起来。

调查组组长作了一个不要打岔的手势。

“若问这三个人为什么要破坏厂里好人的名誉，”他继续说，“调查组的权限到此为止了，但破坏名誉的事实确实存在。厂管理处没有任何人看到过克鲁季里契的文件。”

他读了一些文件和记录的摘要，这些摘要并不指控某人，只是证明工程师卡扎柯娃、厂长契比索夫、高炉车间以前的总工长普拉东·叶尔绍夫、总工程师以及其他所有被阿尔连采夫和克鲁季里契诋毁的人都是绝对清白的。

调查组报告完毕后，出现了片刻的静场。接着从会场各处喊声纷起：

“有问题！”

“问谁？”工会主席问。

“问阿尔连采夫！”

“问发明家克鲁季里契！”

“那先让他们自己发言怎么样？”工会主席提议。大伙同意了。“阿尔连采夫同志，”他说，“刚才您有意见。现在您愿意发言解释吗？”

阿尔连采夫站起来，登上讲台，他以疲乏的眼神向全场扫射一周，目光没有在任何人脸上停留。

“当然，这不是解释，”他开始说，“我不是在法庭上，我没有什么要解释的。我坚决驳回执有偏见的调查组的诽谤。是的，是的，调查组里有些人执有偏见。也有一些正直的、但过分轻信的同志接受了他们的影响。整个事情完全不是这样，也根本不存在什么不正当的合作关系。这样的说法是可耻的。克鲁季里契跟我非亲非故。我支持他，因为他是一个有创造性的、勇于探索的发明家。仅此而已。完全是为了我们共同的国家利益。至于沃罗别内就更谈不上了：我几乎不知道他是怎么个人。”

“他为希特勒做过事你也不知道吗？”会场上有人高声问。

主席用铅笔敲敲水瓶。阿尔连采夫装作没有听到这个问题，继续说：

“我在一个灰尘厚积的档案夹里发现了克鲁季里契的文件，这是关于一项非常重要的技术革新的材料，当时我自然很气愤，作为一个共产党员，我有责任把这件不能容忍的事情报告我们的党领导。难道我做得不对吗？要是你们看到了令人愤慨的不平，难道不会这样做吗？这些文件是怎么落到那个档案夹里去的，我不知道。这不是我的事情。我认为重要的是它们被埋葬在里边这一事实。我始终为技术进步、为贯彻我们党的政策而努力。今后我仍将忠于这个事业。任何人都不能把我从这条道路上推开。”

他傲慢地昂着头离开了讲台。

“克鲁季里契同志！请您发言。”

克鲁季里契说他没有什么要说的。他走出来，在讲台上站了一会，无可奈何地摊开双手。

“我是发明家。我的事情是研究技术问题，而不是在无聊的争吵上伤脑筋。你们认为该怎么办就怎么办。我反正始终为祖国效忠。以后也还要效忠。”

“请您告诉我们，”一个工会委员问，“乌沙阔娃写的收据怎么会到您手里的？您是自己把这文件交给她的呢，还是托人转交的？是不是您亲眼看她写的这张收据？并且是否果真在一月份，而不是在一月份以后？”

“您为什么这样提问？”克鲁季里契心虚了，“是否您对我有什么怀疑？”

“不，我对任何人都没有什么怀疑。只是希望了解一下。这张收据是乌沙阔娃交给您本人的，还是托人转交的？”

克鲁季里契不知道应该怎样回答，因为他不知道阿尔连采夫在党委会关于这一点是怎么说的。

“是的。”他说这“是的”就跟说“不是”一样。

“什么‘是的’？是交给您本人还是托人转交的？”

“我记得是交给我的。”

“那么在什么时候？是不是在收据上所注明的一月份？还是在一月份以后？”

“确切的日期我说不准。我又不知道会无辜被人猜疑。谁记得住所有的日期？”

“那么大约什么时候？冬天还是夏天？”

“大概是冬天。”

大家提出了很多问题，阿尔连采夫、克鲁季里契、沃罗别内轮流被叫上台去。工会委员们发言谈出了自己的看法。但是事情没有进展。阿尔连采夫、克鲁季里契和沃罗别内矢口抵赖一切，又没有直接的证据揭露他们。到晚上十点多钟，工会主席建议休会，第二天再继续开会。建议被接受了。

契比索夫上了在门口等着的汽车，他不回家，而是去找卓娅·彼特洛芙娜。他遇见古良也夫也在她家。他们互相打了招呼。卓娅·彼特洛芙娜已经可以起床，医生准许她在房间里走动，偶尔也可以出去走走，不过病还没有痊愈：有时候头晕得厉害，后脑也常感到疼痛难忍。看到契比索夫，卓娅·彼特洛芙娜愣住了。

“对不起，”契比索夫说，“我有一件非常紧要的事必须跟您谈。您可以生我的气，甚至可以恨我，鄙视我，这是您的事情。但有一些事情比您我之间的分歧和争执重要得多。我们能不能在一个地方单独谈谈？”

在卓娅·彼特洛芙娜家里找不到可以单独谈话的地方。虽然古良也夫说要回家去了，可是还有她的母亲和小女儿留着，这么晚总不能再打发她们到街上去。

“请穿上衣服，”契比索夫说，“我们到汽车里去。”

他们坐在车上，司机抽着烟在周围踱步，等谈话结束。契比索夫说：

“假如那张收据是您自愿写的，当时没有人强迫您，没有人用任何方式威胁您，那么请您向我保证一下。”

“安东·叶戈罗维奇，要是您认为他会使用威胁手段，那您对他的看法显然错了。我写收据完全出于自愿，因为文件既然交给了我，那就不可能有别的做法。”

契比索夫认为卓娅·彼特洛芙娜说的“他”毫无疑问是指克鲁季里契。

“那就请您作为一个共产党员向我保证……别忘了您是一个预备党员，卓娅·彼特洛芙娜……请您保证那张收据正是在一月份、而不是后来写的。”契比索夫坚持着。

“安东·叶戈罗维奇！这样可就是强迫和施加压力了。这样不好。”

“不好？难道包庇坏蛋是好的？这伙卑鄙恶棍中的一个对老共产党员、忠诚老实的戈尔巴乔夫进行污蔑诽谤，以致于把他害死，难道您认为这是好的？他们恶意中伤卡扎柯娃工程师已经有好几个月，他们挤倒了总工长叶尔绍夫，他们把我也几乎逼得发疯，难道您认为这是好的？您跟我在一起工作过，您看到过，您知道，难道我是流氓，是无赖，是刑事犯？……”虽然契比索夫说得很轻，声音近乎耳语，但卓娅·彼特洛芙娜还是能感到他气得在发抖，他内心在大发雷霆，他的神经紧张到了极点。

“不要激动，”她说，“您怎么啦，安东·叶戈罗维奇？”

“您想做一个正派人，可是您冷眼旁观恶棍得意，好人受屈，这就不是正派人的态度。我知道，我确信，收据的事不是光明正大的。这件事主要也不能怪您。对您不能苛求，您到底是个女人。”

契比索夫始终没从卓娅·彼特洛芙娜嘴里问出什么来。他怒气冲冲地坐车走了。卓娅·彼特洛芙娜回进屋去扑到床上，脸埋在枕头里。沉重的心情实在无法忍受，因而她不放古良也夫走。他也不愿在这种情况下离开她。她已经筋疲力竭，无法独自承担阿尔连采夫卸到她身上的可怕的重荷。她把契比索夫的来意告诉了古良也夫，然后把关于收据的事向他和盘托出。

“怎么办呢？我究竟该怎么办呢，亚历山大·里沃维奇？您是个好人，我相信您甚于相信自己，请您告诉我，该怎么办，该作出怎样的决定？”

“卓娅·彼特洛芙娜，”古良也夫说，“如果您真的相信我，请您仔细听完我的话。您把在您和阿尔连采夫之间发生的事情一直保守着秘密，这样的行为孤立地看来当然是很高尚的。但是不管您愿意不愿意，这种做法实际上却使您参与了一件肮脏的勾当，成为陷害好人的共谋者。您应该、您必须放弃原来的立场，因为在这种情况下这是错误的立场。或者……当然，我不是党员，也许我不能对这个问题发表意见，但在我看来……假如您不放弃原来的立场，您应该要求退党，那时您可以去跟阿尔连采夫同流合污，如果您愿意的话。但既在党内，又采取实质上是反党的立场——我认为这不可能，卓娅·彼特洛芙娜，不可能。”

第二天工会继续开会，会场里的人比前一天还要多，卓娅·彼特洛芙娜在古良也夫陪同下也到了会。古良也夫给她找了一个比较舒适的座位，留神照看着她。

问题又接连不断地提出来，又开始激烈的辩论。阿尔连采夫、克鲁季里契和沃罗别内百般狡赖，满口革命词藻，发誓说他们热爱祖国，忠于人民。看来一时无法揪住他们的尾巴。

“去吧，卓伊卡，去吧，”古良也夫说，“您不去，死结解不开来。”

当卓娅·彼特洛芙娜站起来向台那边走过去时，座间起了一阵殷殷的嘈声。接着所有的人都静下来，会场上鸦雀无声，出现了一片紧张的沉默。

“有人告诉我，”卓娅·彼特洛芙娜用微弱的声音说，但寂静中她的话大家都听得见，“有人告诉我，”她重复了一遍，“昨天克鲁季里契同志肯定地说，那张收据是我交给他本人的，说我从他手里接受了文件……还说这是一月份的事。同志们，我显然做了一件很坏很坏的事情。我愿意因此接受任何处分。虽然我已经得到了无情的惩罚。但是不管怎么样，你们可以对我进行最严厉的审判，我铸了大错。收据我不是交给克鲁季里契的。”

“你们别听她胡说！”阿尔连采夫叫喊起来，“她有病。她在发烧。”

“别打岔！”人们喝住他，“您的话我们听过了。”

“我没有发烧，”卓娅·彼特洛芙娜说，“我身体还没有好，这是事实，但我现在不发烧。我再说一遍，收据我不是交给克鲁季里契，而是交给阿尔连采夫同志的。并且也不是在一月份，而是在秋天。至于克鲁季里契的文件我根本从来没有看到过。关于这一点我向安东·叶戈罗维奇说了谎，而且还愚蠢地坚持这谎话。”

她垂头站着。这时阿尔连采夫走到讲台前把卓娅·彼特洛芙娜推开。

“我说，同志们，把病人从床上拖起来充当证人，这不仅残酷，这已经接近于某种极严重的行为了。契比索夫把卓娅·彼特洛芙娜从厂里撵走，契比索夫砸了她的饭碗，而现在还要利用她目前的状况对她的意志施加压力……你们自己也看到了，她目前的状况怎么样。”

“阿尔连采夫同志！回到座位上去！”工会主席敲敲水瓶，“您才是真正在用不体面的手段企图使人们怀疑乌沙阔娃同志的话呢。事实上她的陈述与司法部门的鉴定完全符合。”他开始读一份文件，文件上说，经检验确定，那张收据并非写于一月份，而是在秋天，这与刚才卓娅·彼特洛芙娜所说的一样；检验还确定，克鲁季里契的文件写成的日期也比阿尔连采夫和克鲁季里契所声称的晚得多。“由此可见，发明家同志，”主席说时目光向着克鲁季里契，“您昨天记忆力不好确非偶然。没有的事当然想不起来，您说得对。”

一听到司法鉴定，老奸巨猾的克鲁季里契明白形势已急转直下，立刻联想到庭审和刑法，他三脚两步奔上讲台。

“同志们！”他大声叫喊，“我要把真相全部说出来。我不能再沉默了。我是一个安分守己的发明家。我什么也不需要，只想为祖国谋福利。可是这个人，这个阿尔连采夫把我拖进了这个龌龊的勾当。是他逼着我把我的草稿当作已经完成的发明拿出去。是他利用跟乌沙阔娃的特殊关系给我拿来了这张假收据。是他强迫我把收据交到党委会。

当时由于头脑简单，我没有特别重视所有这一切。可是对于他来说，这是向上爬的手段。他是个野心家。你们尽管问我，我愿意回答任何问题。决无半句谎话。”

“您发明了什么？您有哪些发明被采用了？”会场上有人问。

“我的发明很多。但是被采用的……目前还没有。”

“为什么？”

“为什么？……”克鲁季里契重复说，突然发作起来，开始疯狂地叫喊，“因为我受人践踏！因为贵族老爷、官僚主义者压制创造，垄断发明……他们都想剽窃我的构思。即使因为才能不够而剽窃不成，他们也要把我的发明埋葬！”他对自己完全失去了控制，只隐约感觉到自己说了多余的话，但还是滔滔不绝地说着，说着。

会场里的人个个惊愕不置，大家在寻思：这样一个腐烂不堪的坏分子怎么能把厂内的发明家和合理化建议者组织领导好？他是通过怎样的道路爬上这个岗位的？

他说完以后，阿尔连采夫立即再次要求发言：

“本来我可能还要继续支持克鲁季里契，还要在对他的看法上继续错下去，但他刚才的发言使我看清楚了这个人的真面目。他的话散发出反苏维埃的恶臭。”

“您自己才是反苏维埃分子！”克鲁季里契喊道，“您是怎么对我说的？您对我说……”

“是您对我说了各种各样的混账话！”阿尔连采夫从讲台上大叫，“同志们，你们瞧，我一直支持的竟是这样一个人，我为他的发明抱不平，想不到好心却换来恶报！”

“你们俩都不是好东西！”会场上喊声四起。

“一对宝货！”

克鲁季里契又登上讲台。

“野心家永远是野心家！”他拼命拉高嗓门，“为了挽回自己狼藉不堪的名声，阿尔连采夫不惜坑害别人。刚才他提到了反苏维埃思想。请问，阿尔连采夫公民，您自己的思想怎么样？您的道德面貌怎么样？同志们，我手头有一些材料。这里是他妻子写的两封信……”他从口袋里掏出几封信来。“这一封是一个叫珈玖尼雅的女人写的，她跟阿尔连采夫生了一个小孩，可是阿尔连采夫连半个子儿的赡养费也不给。这一封是卓娅·彼特洛芙娜·乌沙阔娃写给这个下流坯的……”

“够了！”一个工会委员喝住他，“不要再说下去！”

古良也夫看到，当克鲁季里契提起那封信时，卓娅·彼特洛芙娜的脸涨得通红。是的，她写过这样一封信，信上她要求阿尔连采夫不要再来找她，因为她看不到他们之间有什么感情，而既然没有感情，何必继续保持这种令人难堪的关系。但她把这封信搁在办公桌里没有发出。

“被他偷去了！一定是他偷的。”她向古良也夫说，“他常来打字，乘我不注意就……”

古良也夫站起来向台上走去。会场内“够了！”“不要脸！”“把他轰出去！”的喊声响成一片，可是克鲁季里契还赖在讲台上。古良也夫走到他跟前，以他浑厚有力的男低音说：

“立刻把卓娅·彼特洛芙娜的信交给我。快！”

克鲁季里契把信给了他。会场上响起了掌声。古良也夫回到原位上。卓娅·彼特洛芙娜接过信就把它撕得粉碎。

真相已告大白。大会再也不让阿尔连采夫和克鲁季里契说话。工人和工程师们纷纷发言，对厂里出了这样的坏事而厂领导一直容忍着没有及时采取措施表示愤慨。他们说，不论是克鲁季里契还是阿尔连采夫，都不配担任领导工作；他们应当在机床边站上几年改造自己，而不是去领导别人。

以前几乎从来不在大会上讲话的季米特里·叶尔绍夫也起来发言：

“同志们！我们都看见了，当这些人的尾巴被踩住的时候，他们曾怎样诡辩狡赖。真够朋友！可是一旦自身难保，他们就开始廉价出卖伙伴。当然，克鲁季里契是一条小爬虫，恶毒的坏分子。虽然这样的小爬虫有时也能置人于死地。另一位——阿尔连采夫公民——却是一尾大鱼，他的野心大得多。这种人要的不是无产阶级专政，而是个别强者的专政！刚才你们听到克鲁季里契透露了他们的一部分谈话，他们认为这是工程师和技术人员的时代！不是工人和农民的时代，而是工程师和技术人员的时代。然而他们忘了，今天我们的工程师和技术人员，正是昨天的工人和农民。你们腐朽的谬论是行不通的，阿尔连采夫公民。我们一定要把你们的阴谋粉碎。我毫不含糊地说—— 一定得粉碎！”

会场上爆发出雷鸣般的掌声。

“过去没有，将来也永远不会有某一种力量能把工人阶级压倒，”季米特里继续说，“我们工人肩并肩紧紧团结在一起，我们召唤每一个人——要是愿意跟我们一道，就站过来，我们不会出卖你，不会把你扔下不管。我们的事业是正义的，为它曾流过伟大的鲜血。可是你们，你们只会使苏维埃知识界丢脸，因为有时人们正是根据你们这种人来看整个知识界。我也有过这种错误的看法，现在我有勇气承认。现在我看清楚了，明白了是怎么回事。你们不是知识分子，而是……知识界的败类。苏维埃知识分子不是这样的。你们不跟知识界齐步前进，而是反对知识界。你们企图把卡扎柯娃工程师，还想把我们的厂长契比索夫同志研成粉末……为了这个目的甚至不择手段。在别的地方，假如那里的集体不太强的话，你们也许能得逞。可是在我们这里，谁能容许你们这样做？”

季米特里走下讲台，激动得面色有些苍白。这是他破题儿第一遭在大庭广众之前作这样长的发言。

阿尔连采夫要求发言作某些说明。

“同志们，”他开始说，“有人在这里说了不少多余的话。某些演说家已经开始把我归入反苏维埃分子之列。当然，看来我是有错误。但是我不可能一下子就明白错在哪里。这需要时间。姑且假定我有错误。也不能就此说我是反苏维埃分子。这我不能接受。我当过少先队员，当过共青团员……我在卫国战争前线流过血……”

这时，厂内以前的警卫长、退休老工人西多林也要求发言作某些说明。

“他们出了事总忘不了自己小时候当过什么少先队员啦、共青团员啦。而我们都是好怜悯的，听了总要心软，仿佛我们面前真是一些不懂事的孩子。”

“我们不心软，老爷爷，决不心软！”会场上有人高喊。

大会通过决议谴责阿尔连采夫、克鲁季里契和沃罗别内的卑劣行为，要求行政上考虑这几个人是否能再留在领导岗位上，并请党委会讨论阿尔连采夫的党籍问题，同时也提请党委会注意预备党员乌沙阔娃写假收据的严重错误行为。

散会后，斯捷潘·叶尔绍夫走到沃罗别内跟前。

“您可认得出我是谁？”斯捷潘问，“我的面貌不使您想起什么事情吗？”

“我想不起来。”沃罗别内回答说，一边端详着他的脸。

“跟我走，”斯捷潘说，“我有话要跟您谈。很简单，只几句话。”

“请吧。”

他们走进一间没人的、堆着俱乐部杂物的房间。斯捷潘把门关上。

“沃罗别内公民，”他说，“我就是应当在炸毁高炉后把汽车开走的那个司机。可是您把火花塞拧掉了，自己留下来为德国人做事。后来，我跟工长瓦西连柯一起步行走的，如今瓦西连柯已经去世。现在您该想起我来了吧？”

沃罗别内茫然站着，频频眨着眼睛，找不到话说。

“也许您想知道现在我对您有什么要求，是不是？”斯捷潘慢慢地逼近他问，“我只要求……您只配得到一种下场……”

斯捷潘愈逼愈近，两只手紧按在口袋里。他知道，要是把它们伸出来，事情将不堪收拾。他因自己的一生被毁而感到的痛苦，以及他对那些造成这悲剧的人的憎恨—— 一切都将倾注于这一拳之中。阴险狡猾、如今狼狈不堪的沃罗别内在斯捷潘眼中成了这样一个目标，他要为自己、为奥莲卡·魏里奇金娜、为季米特里、为父亲母亲、为他在战争中牺牲的哥哥依格纳特、为他们遭受的一切苦难跟这个人算账……

沃罗别内缩头藏尾地步步后退，鞋跟给什么东西绊了一下，背朝下跌倒在一大堆布满尘垢的俱乐部杂物之中。

斯捷潘头也不回走了出去，根本不理他的詈骂。

27

离厂将近一年以后，总工长普拉东·季莫菲耶维奇·叶尔绍夫重又回到了自己的高炉车间。他步履稳健，膝关节不再叽叽嘎嘎作声，不久以前的疲塌感觉连影子也没有了。

他在车间里遇到的第一个人就是伊斯克拉，她高兴极了，不知怎么绊了一下，险些儿掉进流槽里去。普拉东·季莫菲耶维奇急忙把她扶住。当他跟工人们互相道好，察看炉子，检查复杂的炼铁设备时，伊斯克拉一直跟随着他。

“你们简直什么也没有做。哎呀呀！”他说，“可是我跟您计划过要做多少事情哪，伊斯克拉·瓦西里耶芙娜！”

“谁说什么也没做！我们还是做了一些事情，”伊斯克拉回答，“所有的炉子都换上了新的泥炮。高温测定室里有了新的仪器。球磨机也运来了……”

“行啦，现在咱们好好干吧。咱们要把车间提高到全苏联的先进水平。伊斯克拉·瓦西里耶芙娜，您不知道闲在家里有多难熬。有些结实健康的人竟会自愿退休，真使我吃惊。要是闲惯了，就会不知不觉地变成一个老爷爷。”

工人们向他们走来，一边抽烟，一边谈着养老退休者的事情，对他们的生活毫不羡慕。伊斯克拉听着，却引起了心头的怅惘。人们从事这样繁重而紧张的劳动，可是对那些一天到晚可以什么也不做，或者整日坐在岸边垂钓、种菜栽花、有最充分的时间睡觉和看书的人却表示惋惜。

“在这儿干上六天，到第七天去钓钓鱼——那还可以。可要是每天呆在桥边守候石斑鱼，那怎么受得了？这简直是混日子，没出息！”

伊斯克拉苦闷地想，难道她也得这样没出息地去混日子？昨天维塔里又开始谈走的问题，他说，既然她答应过等冤屈得到伸雪以后就走，那么现在这里再也没有什么留住他们的事情了。纠纷已经顺利结束，没有必要等下一件未必能这样顺利告终的纠纷发生。该动身了。

愚蠢，荒唐！现在走才叫做大不应该。普拉东·季莫菲耶维奇回来了，沃罗别内调到另一个车间当副工长去了，现在可以重新大干一场，可以像过去那样从工作中得到愉快、欢乐。她要跟普拉东·季莫菲耶维奇一起着手搞车间的技术改革。近来在炼铁生产方面有许多创造革新，也许，他们有必要到外地去取经——去马格尼托哥尔斯克或者库兹涅茨克。事实上维塔里希望她做的那种该死的菜汤她做得很糟糕。她不是一个善于持家的主妇，她呆在家里对谁也没有好处。怎么办，怎么办？难道还是跟他走吗？难道就不能说服维塔里打消这个主意？

她想到了古良也夫。说不定他能影响故友之子：不管怎么样，维塔里还是相当尊重亚历山大·里沃维奇的。

伊斯克拉拿定主意后，一交班就到古良也夫家里去。乌斯金诺芙娜出来开门，说古良也夫一早就出去了，什么时候回来也说不准。伊斯克拉决定过一会再来。

但是，这一天不管伊斯克拉到古良也夫家去多少次，总是碰他不上的。因为这一天他在为卓娅·彼特洛芙娜送行。

在厂工会会议开完以后，契比索夫到卓娅·彼特洛芙娜家去，说她要是愿意的话，他还是要她当自己的秘书。他说，他不念旧恶，年岁大了变得重感情了。再说，人事处给他找来当秘书的人每星期要换，跟这些洋娃娃在一起他没法工作。

“一句话，您同意不同意，”他说，“这里已经有关于恢复您的工作的决定。我要给您一次严重警告处分，但同时恢复您的工作。”

“可是我有病哪。”

“给您一个月的假期。由工会设法搞疗养证。”

他还嘟囔了些什么。然而卓娅·彼特洛芙娜知道他的心地与他表面上佯装的粗鲁恰恰相反。在他面前，卓娅·彼特洛芙娜为自己所做的一切对不起他的事情感到惭愧得无地自容。

“您做得对，安东·叶戈罗维奇，”她说着眼睛不朝他看，“您应当把我撤职。我做了一件可耻的错事。这不仅仅是错误，应该说是犯罪。”

“就为了这件事，我想您还要受到党纪的处分。好好休息，等病好了，党委还要跟您谈话。我个人主张延长您一年预备期。我想结论大概也会是这样的。以后可不能再让坏蛋玩弄了。”

事情完全跟契比索夫说的一样，——疗养证弄来了，卓娅·彼特洛芙娜搭傍晚的火车去索契。据说那边已经是百花盛开的春天；她的健康也会像草木一样欣欣向荣。

伊斯克拉第二次听乌斯金诺芙娜说：“没有，没回来，不知道在哪儿。”——这时正好古良也夫在挥手送别卓娅·彼特洛芙娜，她在已经开动的火车的玻璃窗里也在做着手势。

火车在黑暗中消失了，最后一节车厢上的红灯也已经看不见了，古良也夫对卓娅·彼特洛芙娜的母亲说：

“希望她回来的时候身体健康，精神愉快。咱们等她吧。”

他们踏着月台上的木板向出口走去。

“亚历山大·里沃维奇，”老太太说，“您是打算娶她吗？”

“我不懂您的意思。”古良也夫觉得奇怪。

“我是说，您也许会娶卓伊卡吧？”

“请问，为什么我应该娶她，凭什么理由？”

“她怪孤单的。命运老是欺负她。可年纪还轻，人也不丑。她会爱您的。”

“您肯定她愿意嫁给我？”

“当然。她非常敬爱您。她没有比您更亲近的人了，亚历山大·里沃维奇。如果不算我和尼诺奇卡的话。”老太太指指身边的小姑娘——她还频频回头朝黑暗中妈妈消失的方向望着，一边用一只小小的花手套在擦眼泪。

“可敬的老太太，”他们走到车站旁边的广场上的时候，古良也夫说，“我劝您还是不要代您女儿决定她的命运。即使她同意，她也没有嫁给我的理由。她现在的心境是任何安慰、任何帮助都乐于接受。可是往后怎么样呢？您教她跟一个年龄比她足足大一倍的人生活在一起吗？要是娶您，我倒可以考虑，”古良也夫微笑着说，“我想，您大概还比我小两三岁。怎么样？还是让卓娅·彼特洛芙娜继续去寻找她的幸福。幸福对有些人很慷慨。对另一些人却很吝惜。也有一些人在艰苦的斗争中争取幸福，最后终于找到了，那时就会像保护自己的眼睛一样珍惜幸福。不能灰心，幸福是要争取的，对幸福要寄予希望，直到生命的最后一刻。应该这样。至于我，我可以当卓娅·彼特洛芙娜的父辈，凭这样的身分我将乐于给她帮助，只要有此必要。现在我要告辞了。我会常去看您和尼诺奇卡。再见。”

他在街上走，一边喃喃地诵念着什么。他凝神倾听被回忆从他心底深处唤起的字句：

从此我就习惯了靠近光亮——
虽然心爱的声音再也不能听见。
再没有人对我叮咛，
更没有人向我召唤，
但在我的身上呵，
却还保留着原来的习惯。

这是在哪儿看到的？他想起来了，这是伊斯克拉的诗。这几句前面好像是“……就在这街灯下面走吧，好让我多看你两眼。”

应该去看看老朋友们。最近简直把他们给忘了。已经连续几星期他一有空就去探望病中的卓娅·彼特洛芙娜。甚至跟剧院的生活也有些脱节了。天知道他已经多久没跟阿列克萨辛见面。事实上需要见面，十分需要。他为新剧本想到了一个很有意义的主题——揭露一个陷害好人的野心家。这个人善于搬弄革命的词句，表面上似乎热心共同的事业，其实是一个彻头彻尾的个人主义者。他的假面具本来也许还能以欺骗集体的手段保持下去，但这个极端的个人主义者对人民生活中一个困难的时期和某些复杂的事件的实质估计错误了。他把人民力量强大的表现看作软弱的迹象，企图利用机会达到个人目的，结果碰得头破血流。

必须鼓励阿列克萨辛。典型人物不用到很远的地方去找。古良也夫认识这样一个鬓发斑白的美男子。应当让小伙子考虑写这个新剧本的问题。剧院里的情况改变了，在那边青年剧作家已经不会遇到像一年多以前遇到的那种障碍，因为艺术指导改变了态度，托马舒克则已威信扫地，他不能再像过去那样左右剧院的动向。不过这种状态将持续多久——谁知道？在平日建设性的劳动生活中，看得到和听得见的只是那些握斧柄、提矿灯进行建设和创造的人，只是那些从舞台上跟观众谈论伟大理想的人。但一旦在前进的道路上遇到困难和障碍——那时各种各样在这以前看不到和听不见的托马舒克之流就会翘起尾巴来。他们甚至会在演讲台上慷慨陈辞，头发蓬松，面容苍白，仿佛全身燃烧着神圣的火焰。唯一可喜的是他们也会很快地销声匿迹：好像鬼脸小丑从装有弹簧的匣子里跳出来，一下子又躲回到匣盖下面去了。

沉思中不知不觉已经走到家里。乌斯金诺芙娜告诉他说，卡扎柯娃工程师来找过他两次。古良也夫看看表，时间很晚了，他们大概已经睡了，——伊斯克拉是劳动妇女，一大早听到工厂的汽笛声就要起床，不能去打扰她。

他决定明天去卡扎柯夫家。

第二天他去时只有柳茜卡一个人在家。小女孩乖乖地在玩，家里没有发生大事情的任何迹象；他放了心，在一张硬纸板上写下他已来过的事，然后到剧院去了。

晚上伊斯克拉看到他的留条，把硬纸板一扔：她已经没有跟古良也夫谈话的必要。昨天她跟维塔里闹翻了。她要求维塔里把行期再推迟一下，可是他说：不成，不成，得马上就走，明天，最迟后天一定得走。最后伊斯克拉表示她根本不打算走；维塔里说，这样也好，他的痛苦可以结束了，他可以舒舒畅畅松一口气。

“什么？”伊斯克拉听到这话凉了半截，“你乐意跟我分开？”

“是的，我乐意。”

“你再说一遍，再说一遍！”

“再说一百遍、一千遍也可以！……你把我的神经完全搅乱了。我没有生活，老实说也没有妻子。假定我身上白天黑夜发出一股煤油或者原油的味儿，试问你高兴不高兴？而要是我在炼油厂当老师傅，那的确会这样。你身上就是一股焦炭味……这一点你也该想想，要知道你是一个女人，女人！……”

“我首先是一个人！”伊斯克拉高声说，“你真不知羞！你是在重弹庸俗小市民的滥调。你说话的姿态简直像个可怜而又可鄙的市侩……”

“好极了。做你的超凡脱俗的神仙吧。我在这灵霄宝殿之上可呆够了。”

第二天傍晚，维塔里开始把衬衫、内衣、修面用具、领带放进一只手提箱。伊斯克拉也不问他这是什么意思。

八点过后，等伊斯克拉安置柳茜卡睡了，维塔里看看表，说：“好吧，再见了。反正事情弄成这样不是我的错。”说罢，他提起箱子向门外走去。在门口他站停片刻，也许想等伊斯克拉说句话。但是伊斯克拉头也不回，继续在桌上熨柳茜卡怪可笑的小衣服。伊斯克拉气的是他们的共同生活竟会这样告终，他竟会这样轻易地毁掉多年建立起来的一切。可见，他们生活中没有任何东西是他所珍惜的。

门在她背后砰然关上。伊斯克拉回头一看，维塔里已经不见了。她放下熨斗跑到衣架前取下大衣。她把大衣紧按在胸前站了一会，重新把它挂到衣钩上。这会得到什么结果？假如她到街上去追维塔里，钩住他的胳膊把他往回拖，在火车站上嚎啕痛哭，而他呢，你愈是苦苦哀求，他就愈加固执，最后还是要把她推开，还是要走。不，这不是办法……

伊斯克拉在房间里跑来跑去，两只手握得指关节格格作声；她重又取下大衣穿上后奔到街上。她不考虑自己在往哪儿跑，去做什么。跑到出租汽车停靠站，她雇了一辆汽车上火车站，要快。

但是司机驾车白赶了一场，火车已经开走——才开走几分钟。这么说，维塔里还未去远，大概在市郊什么地方，可以坐出租汽车追上去，赶到下一站。可是，既然他真的会走，既然什么也没留住他，那又何必呢？要走的人是什么也留不住的；他迟早反正要走。

伊斯克拉重新坐上出租汽车。“上哪儿？”司机开动汽车问。

上哪儿？的确，她要上哪儿？回到那间空洞冷落、永远不复当初的房间里去吗？……

司机等着，车走得很慢很慢。

“您知道峡谷街吗？”伊斯克拉说，“在那个方向，一直到底。”

假如路程再长一些，伊斯克拉也许来得及改变主意请司机往回开。但是司机走小巷抄近路，几分钟以后，汽车已经在伊斯克拉所指的一个房屋前停下了。

假如伊斯克拉有时间在栅栏门外站一会，她考虑一番以后还有可能不走进去。但是季米特里一听到关车门的声音就出来，因此伊斯克拉没有时间深思熟虑，她走进了栅栏门。

“出了什么事？”季米特里请伊斯克拉在桌旁坐下，凝视着她的脸问。

“出了事？……”她以一种突如其来的淡漠的语调说，“是的……是出了事。”她漫不经心地向周围环顾。“家里一个人也没有吗？”

“没有。卡彼托林娜还没有出院。不过身体已经好起来了。安德烈在车间里。”

“是的，是的，明天早晨我得接他的班。”伊斯克拉突然双手捂住面孔。“季米特里·季莫菲耶维奇，您不能想像，不能想像我是多么不幸！”

季米特里把伊斯克拉的手从脸上挪开，看到她眼睛里充满了绝望的神情。

“您怎么啦，伊斯克拉·瓦西里耶芙娜？”他困惑地说，“安静一下。您怎么啦？”他开始小心翼翼地抚摩她的肩头，她的脊背。

她靠到他身上，说：

“我不能，季米特里·季莫菲耶维奇，我不能这样生活下去。这样我一定会死的。我再也没有力量……”

季米特里不知如何是好，他小心地握住她的肩膀，把她温柔地搂在自己身边，伊斯克拉并不推开他，他的嘴唇微微碰到她的头发，香喷喷的，完全没有焦炭味……

28

廖丽亚走到熟悉的栅栏门前，向窗子里边一看，立刻退到一旁。隔着纱窗帘她清清楚楚地看见季米特里抱着画家卡扎柯夫的妻子。保留在廖丽亚和季米特里之间的最后一条藕丝终于断了。在一场长期的、无言的斗争中，廖丽亚失败了。获胜的是另一个女人——她健康、漂亮、幸福。她有画家卡扎柯夫这样的丈夫，在她圆满的幸福生活中什么也不缺，干吗还要季米特里？这不能不说是任性、放肆、不知足。

廖丽亚不愿再看到薄薄的窗帘后面所发生的一切，她沿着峡谷街慢慢地往回走。她回忆着上次跟季米特里见面的景象。那是在三个星期以前。廖丽亚来到这座小屋子里。她说："你曾经叫我来，还记得吗？现在我来了。"季米特里说："你来了很好。"她说："你的模样怎么这样可怕？是不是要我走？"季米特里说："夜里戈尔巴乔夫死了……卡芭突然早产，现在在医院里。情况相当严重。"

她在他身边坐了一会，摸摸他的头发。季米特里的头发很硬，而且——按她的说法是——挺凶的，根本不听梳子的话，爱怎么就怎么竖起来。季米特里并不闪避。她坐了有半个小时，然后说她该走了。当然，她愿意留在他身旁，所以嘴上说走，心里却希望他说："坐着吧，这么晚还上哪儿去！"但他没有这样说。廖丽亚原谅他：家里一下子出了这么多烦心和不幸的事情，难怪他异乎寻常。

在栅栏门旁分手时，他说："廖丽克（完全跟过去一样称呼她）。廖丽克，你常来走走。别把我们忘了。听见没有？""你要我来吗，季玛？""不要你来我就不说了。"

看来那时他撒了谎，说的不是真话。他压根儿不要她去。他有了另一个人……廖丽亚不敢往下想。以前她总是对自己说，季米特里是她跟生活唯一的联系。她活着只是因为世上有季米特里。可现在季米特里没有了，生活也就失去了意义。失去对季米特里的思念，她生活中还有什么呢？拉得手指起泡的渔网？宿舍里的单人床？一瓶伏特加？谁能迫使她继续忍受这样的生活？

脑海中瞬息间出现一幅可怕的幻象，她还没来得及看清楚，幻象已经消失。廖丽亚激动起来了：这是怎么回事？什么事情使她这样不安？她努力回想着什么？突然，她清清楚楚地回忆起马凯伊契爷爷讲的关于他没及时发觉一个姑娘眼睛里一团厌世怨气的故事。

廖丽亚在一家商店黑暗的橱窗前经过。她想从玻璃上看到自己面孔的反照。但看到的只是模糊的一团。“我现在也怀着一团厌世的怨气，”她心想，“我把它带往哪儿去呢？……”

廖丽亚已经知道要把它带到哪儿去。她在向马凯伊契爷爷所讲的那个姑娘去的地方走。“嗞的一声，升起一缕白色的蒸汽，就这么完了。”

她从围墙的隙缝中钻进去来到厂内。找到高炉车间一点也不费事，那里屋顶下轰隆隆燃烧着熊熊的火焰，红光把周围的空地照得亮堂堂的。没有人拦住她，也没有人问她干什么。她穿着狗皮领磨光了的短袄，很像个女工，这样的女工还有不少在厂内来来往往，虽然时间已经很晚了。

扶着摇摇晃晃的铁梯走上去时，她感觉到一座座高炉都被炉内翻腾着的潜力震得发抖，高炉周围所有的附属建筑也为之微微颤动。

廖丽亚走到浇注场，这里刚刚出铁完毕，坑槽还闪着暗淡的微光，炉工们在出清凝块。在她所站的栈桥下面停着一列铁水包，包内盛满了耀眼的金属。“嗞的一声……”对，嗞的一声就是从这样的盛铁桶里出来的。廖丽亚站在那儿，一眼不眨地望着沸腾的铁水。不，她不能这样做。不能。对不起，不幸的陌生姑娘，我不能步你的后尘。也许，你比我更加不幸，当时你的不幸我不知道是用什么标准衡量的……

“廖丽亚！”她听到有人在喊。这声音来得那么突然，恰恰在这当儿她可能纵身越过栏杆投入这令人目眩的铁水地狱。她的心疯狂地乱跳，以致没有立刻认出向她走过来的安德烈。“廖丽亚！”安德烈又叫了一声，他心中直纳罕。“你怎么会到这儿来的？”

“安德留沙！”廖丽亚扑过去抱住他的肩膀紧靠在他胸前，“亲爱的！我的亲人！生活能这样对待人吗？……”

安德烈站着莫名其妙，后来从廖丽亚的话中听到她对他和卡芭遭到的不幸表示深切的同情，这使他很受感动。廖丽亚哭得那么伤心，她已无法确定自己是在为别人掬同情之泪，还是为自己不幸的遭遇痛哭。

“这不能怨生活，”安德烈说，“这都是人造成的。”

“人太卑鄙、太狠心了！”廖丽亚哭着说，这时出现在她想像中的是画家的妻子——健康、美丽、称心如意、无缘无故把别人好不容易得到的一点点幸福的屑粒也要抢走的伊斯克拉·卡扎柯娃。

画家的妻子卡扎柯娃这时脸埋在茫然失措的季米特里胸前也在伤心地痛哭。季米特里搂抱着这个娇小的女人——他对这已经向往好几个月了，——现在他可以感觉到她身上的热，他从未触摸过的她的肩膀、手臂现在都在他的臂抱之中。他还迟疑什么？他不是殷切地盼望着这一瞬间吗？

然而季米特里还在迟疑，这一瞬间正在过去。

“您为什么哭？”他问。

她惊愕地望着他，好像在一个陌生的地方睡了一觉蒙眬中睁开眼睛。

“哦，”她说，“我心里很着急。我担心柳茜卡会出什么事。她一个人在家里。”

他使她贴近自己，凝视着她的眼睛。

“不，不，不。”她连声说着把他推开。

他想吻她的嘴唇。

“不要这样，不要这样。”她继续想推开他，“季米特里·季莫菲耶维奇，亲爱的，不要这样。我会非常爱您。非常地爱，就是不要这样。”

她虽这样说，可想的完全是另一回事。季米特里看得出伊斯克拉·瓦西里耶芙娜激动、懊丧、痛苦到了极点。这时她脑海中什么事都有，什么人都有，就是没有他。他放开了她，一面对自己的冷静感到惊讶，一面微笑着说：

“您为什么要说这话，伊斯克拉·瓦西里耶芙娜？您永远不会爱我。”

她低头望着地板没有回答。

“我送您回去。”季米特里说着把大衣递给她。

“您生我的气吗？”伊斯克拉用勉强可以听见的声音说。她的手伸来伸去伸不进大衣的袖子。

“生什么气，伊斯克拉·瓦西里耶芙娜？您因为被某一件事搅乱了情绪来找我，您需要友谊的忠告，您需要支持，难道不是这样吗？这是我的手，请握着。凡是它力能所及的，它都会为您做到。至于您所说的爱，我再说一遍，您错了。您不可能爱我。”

“为什么！”伊斯克拉紧握着两个小拳头问，“为什么？”

“因为您爱丈夫。”

“我没有丈夫，没有！”伊斯克拉喊叫起来，“他走了。您懂吗，他拿起箱子就这样走了。卑鄙可耻地逃跑了！”

季米特里吐了一口气。原来这就是她焦躁失常的原因。他明白了，这天晚上他险些儿堕入大不幸的深渊。他完全可能相信这个娇小的女人的话而凭着他的慷慨把自己的心永远地献给她。可是到明天早晨，在伤心痛哭一阵以后，她会赶到火车站去追她的丈夫。

他们默默无言地在街上走。到了伊斯克拉家门口，他们站停片刻。

“好吧，”季米特里说，“别了，伊斯克拉·瓦西里耶芙娜。”

“不，不，不要说‘别了’！！”她急忙纠正他，“我们明天就要见面，一定见面。好吗？”

"好，"季米特里说着微微一笑，就像大人跟小孩说话时明知道小孩在耍滑头撒谎那样。

伊斯克拉用钥匙小心地开了门蹑手蹑足走进房间，这时已是夜里一点钟。

"维塔里！"她惊叫了一声，钥匙掉在地上。"维塔里！"

维塔里坐在桌旁，大衣帽子都没脱。显然，他在等她的时候头伏在手上睡着了，——袖口上一颗大钮扣在他的脸颊上留下有四个小孔的印痕。

"伊斯克露哈，"他负疚地说。"离开你我不能生活。这是真心话。——谁竟会想出分居这样愚蠢的主意？不过你这么多时候在哪儿？我马上就回来了，连车厢也没进。"

她紧张地睁大了眼睛望着他。他毫不怀疑，他绝对想不到今天晚上可能发生的事情。跟往常一样，他什么也不察觉，什么也不怀疑。

"你回来了多好哇，"她说着向他走过去，"太好了！"

他抱住她，她一动不动地靠在他肩上，只感到不可言喻的轻松，一块其重无比的大石头从她心上搬走了；她有一种避免了巨灾大祸的感觉，就像从前躲在父亲可靠的背后一样。

29

窗外寒冷的大海伸展到很远很远的地方。卡芭坐在窗前在给小东西喂奶。这小东西生气时小脸蛋儿涨得通红，会把奶头咬得生痛，虽然他还没有牙齿。这就是她的儿子。他叫瓦尼亚。这名儿是卡芭给取的。还在医院里的时候，卡芭就写信给安德烈："安德留沙，要是咱们用我爸爸的名字叫他，你没有意见吧？安德留沙，请你不要反对，虽然这名字也许有点古板。"她很担心安德留沙会嘀咕。但是安德留沙没有嘀咕。安德留沙真是太好了，这样的人世上当然再也找不出第二个来。

小东西生气和脸红绝对不是因为脾气坏。他虚弱而又敏感，他的出生是不容易的，而且太早了些，当时没有引起任何人一点点喜悦，因为那时候他所有的亲人都沉浸在巨大的悲痛中。以后也远非一切顺利。他妈妈有好多天一直奶水不足，加上奶味也不好。小东西不得已才咬奶头。虽然他妈妈体质强健，情况慢慢开始好转。但这个诞生于那个悲剧的风暴之夜的小东西只要稍有些微声响就会震动，常常莫名其妙地哭起来。

卡芭爱他几乎爱得发狂，她生安德烈的气，因为安德烈并不接连不断地吻他。安德烈说：“卡芭奇卡。你知道做父亲的什么时候才真正开始爱他的儿子？那要到儿子开始显示自己的男孩子气的时候。在这以前，母亲总比父亲更爱他们。”“这是异想天开的奇谭，我听也不要听！”卡芭还是很生气。

他们搬进新房子的新住宅已经一个多星期了。安娜·尼古拉耶芙娜在丈夫死后得搬出原先他们独家住的房子。由于害怕孤独，她问卡芭和安德烈，他们愿不愿意跟她住在一起。这样卡芭也可以轻松些——孩子有人照顾了。卡芭同意了。父亲死后，她对母亲更加体贴，更加爱惜了。不管卡芭多么伤心，她知道她还有亲爱的好安德烈，可是妈妈呢？妈妈已经什么也没有了——儿女、孙儿孙女都不能代替跟她一起度过三十多年的那个人。

他们现在住着三间房的一套住宅，这正是卡芭以前所希望的。住宅在三楼，在楼梯上可以跟邻居聊聊，她们见面总是亲切地互相问好。现在大门口没有民警。但是过去卡芭常为门口站着民警的事向他表示不满的那个人也没有了。他被载在炮架上随着令人肠断心碎的哀乐送往公墓去了。卡芭是在医院里隔着窗户听到这乐声的。

直到一家人悲恸欲绝的日子里，卡芭才看到她的父亲有这么多朋友。以前他们从未到她家来过，他们老是没有空，老是没有闲工夫来一起坐一个黄昏，休息休息，暂时忘却永远做不完的工作。他们大概想把这样的会面推迟到一个比较空闲的时期，老是“以后再说”。直到现在，他们才抽出时间来踩着泞滑的泥浆，跟在他们的朋友的灵柩后面步行到墓地，才抽出时间来陪伴安娜·尼古拉耶芙娜坐一会。

安德烈告诉卡芭——这是厂里的人对他说的，——发明家克鲁季里契听到戈尔巴乔夫的死耗时说：“有什么可惜的？少了一个官僚主义者。未必有人愿意奉陪他的棺材走路。”安德烈告诉卡芭，事实上有成千上万的人去给她的父亲送殡，——全市所有的工厂、港口、高等学校、中小学校和各机关都有人去。

搬家的时候，安娜·尼古拉耶芙娜被送到峡谷街，由乌斯金诺芙娜跟她做伴。她不能看到搬动这件或那件东西，特别是伊万·雅柯夫列维奇书房里的东西，不能看到房间渐渐变空，现出一片凄清。在伊万·雅柯夫列维奇书房里，卡芭在其他许多文件中找到了克鲁季里契的那份该死的说明书。在原稿旁边空白处父亲作有批注。末尾卡芭还看到这样的批示：“我认为应当支持这位同志。这是一个闲不住的人。而闲不住的人可贵之处就在于能教别人也闲不住。”

安德烈对季米特里说要带着这个文件夹去找克鲁季里契，用这个东西刷他的狗脸。“你刷不着他，”季米特里说，“克鲁季里契公民已经起锚了。每当人们开始明白他是个什么东西的时候，这家伙就溜之大吉，他一生都是这样。这回他去的是垦荒地区。不是哈萨克就是乌拉尔。到那边找他去吧。他还想在那里挣一枚勋章呢。”“得把他交给法院审判！”安德烈愤愤地说。“凭什么？”季米特里问，“我倒是同意你的主张，可是有几个诽谤者受到我们法院的审判？当然，某些地方可能有这样的事例，不过我不知道。安德留沙，可能还有人会遭克鲁季里契的暗算，也许还不止一个人。除非法律确认：诽谤是敌人用以反对我们的一种手段。”

这一个星期卡芭的经历和体会着实不少。这几天她在医学院共青团的大会上发了言。“同学们！”她热情洋溢地说，“再过有限的几年，我们就要担负起把父辈的事业进行到底的责任。我们的父辈给我们留下了巨大的财富，他们把斗争得来的社会主义传给我们。它是在不到四十年的时间内建成的！在未来的四十年——我们的四十年内，也许还要短一些，我们必须建成共产主义。我们没有权利轻视我们的父辈、祖辈用鲜血换来的一切。任何人离开这条道路一步，哪怕是自己最好的朋友，我们也没有权利原谅他。我在一本杂志上看到，有一个批评家嘲笑那些走笔直的康庄大道、不走路边也不走沟槽的人。我们不能在路的侧边走，可能那边土质比较松软，但即使这样也不能。我们不能爬到沟里去拨琉璃草。这会给我们带来困难，减低前进的速度。同学们！这个过程也许比我们所想的要艰苦一些。但要知道目前世界上还有斗争，不仅有，而且还在尖锐化。如果说我们的父辈在街垒上打过敌人，那我们还没有权利离开战场。既然有斗争，一定有困难，也就有胜利！”

“卡普卡，你简直是一个布尔什维克！”会后，胖胖的阿洛奇卡对她说。

“真的吗？”卡芭问，“你真这样想？我太高兴了。这个称号对我来说充满了伟大的内容。”

现在，卡芭在给小瓦尼亚喂奶，眼睛望着窗外，千头万绪在她的脑中简直容纳不下。一条船在海上行驶。它往哪儿去？去哪个国家？它的船舱里装载着什么东西？以前住在父亲家里或在峡谷街的时候，她看不见这些，可是这儿窗外每天可以看到船舶来往。世界各地的港口里桅杆上飘着红旗的船愈来愈多。卡芭的祖国愈来愈强大，在世界上的影响也愈来愈大。不远的未来将是多么光明和欢乐的日子，人将生活在没有疆界、没有边防哨的大同世界里，这该有多么美好！也许卡芭也能活到这样的日子，至于小瓦尼亚，他毫无疑问一定能活到。只要不发生战争。以前卡芭不太认真考虑战争的问题——也许会爆发，也许不会爆发。她不去深思。现在她手里抱着小瓦尼亚，在考虑可能发生的战争时，她对那些战争贩子更加切齿痛恨了。

安娜·尼古拉耶芙娜趿着拖鞋走来，从卡芭手中接过小孩，把他安置到小床上去。卡芭坐下来看书，她拧亮台灯——天开始黑了。不一会，安德烈来了，他所有的伯父、叔父也跟他一起来了。他们还没到新居来过，特地来瞧瞧。而最主要的是——用普拉东·季莫菲耶维奇的话说——来看看这位世袭的高炉工人。

“人家说王位有世袭。可是咱们有更隆重的头衔：世袭的钢铁工人，世袭的高炉工人。我们在路上想买两瓶香槟。可是怕喝了头疼。而伏特加又遭到我们的禁酒主义者季米特里的反对。结果就这么空手来了。”

“其实我们还应该为季米特里干一杯呢。”雅柯夫·季莫菲耶维奇说。

“完全正确，”普拉东·季莫菲耶维奇表示赞成。“季米特里当选厂党委委员了。说他为人耿直，立场坚定……”

“再直也没有了，”雅柯夫·季莫菲耶维奇笑了起来，“不向左看，也不往右瞧，就像劈柴的斧头。”

季米特里以惋惜的目光看了他一眼。

“拐弯抹角走路可以少担风险。”他说。

“你这话指的是谁？”雅柯夫·季莫菲耶维奇问。

“不指谁，这是观察生活中的事实所得出的结论。”季米特里回答。

“得了，自己人别吵架！”普拉东·季莫菲耶维奇说，“斯乔帕，你给大伙讲讲，他们不知道，你是怎么跟沃罗别内算账的。”

“有什么可讲的？我提醒了他几点细节。可是他不知怎么一来——就脚朝天跌倒了。”

“真的？”雅柯夫·季莫菲耶维奇乐坏了，“可见他本来就站不稳。”

他们开始议论：契比索夫仍旧让沃罗别内留在厂内而没有请他滚蛋，这样做对不对。卡芭把季米特里叫到另一间房间里去悄悄地问他：

“廖丽亚在什么地方？还没有消息？”

“没有，”季米特里望着黑暗的窗外回答，“没有消息。”他脸上的表情丝毫没有改变，只是微微眯着眼睛，似乎想在窗外黑暗的远方看到某种别人没有必要知道的东西。

客人们走后，卡芭说：

“安德烈，为人耿直和立场坚定就一定像劈柴的斧头吗？你认为怎么样？”

“我认为，有些人没有做到耿直和坚定，他们就想出各种各样例如劈柴的斧头之类的话来取笑那些做到这一点的人。”

“不过，也许这毕竟是一个缺点？”

“我不知道，卡芭奇卡。比方说列宁就是很耿直的。”

“你知道我为什么要这样问？因为有时人家也对我说：你太耿直了。我心想：也许这样不好？你不觉得这是我的短处？你不为这一点而苦恼吗？”

安德烈笑了起来，他抱住卡芭，说：

“你真可笑！你身上没有短处，没有缺点……”

“别胡扯，我是认真问你。”

“我也没开玩笑呀。真是个怪人。我干吗要研究你的短处？我愿意看到、也只看到你的长处，请不要强迫我看到别的东西。”

一天过去了，做母亲的繁忙的操心事暂时告一段落，城市笼罩在夜色中，卡芭睁着眼睛躺在黑暗里，重新体验着父亲死去那天夜里她的一切感受。这感受大概永远不会过去，永远不会忘记。精神的苦楚与肉体的疼痛搅和在一起。卡芭确信自己要死了。但当时死对她并不可怕，失去父亲的悲痛压倒了一切。他再也不会用他那双含笑的眼睛看她，再也不会摸摸她的头，弄乱她剪得像男孩子似的短发，这不能想像，这难以相信。当时她跟母亲奔进病房，两个人一起扑倒在他床边，怎么也扶不起、怎么也拉不走她们。安德烈把她抱起来放到担架上，工友和护士直接把她送到产科病房。那时她已经失去知觉，看不见周围的任何东西。

卡芭看到父亲在她面前。她喃喃地自言自语，声音是那么轻，任何人，甚至安德烈都听不见。她无声的言语大意是这样：但愿快一些在医学院毕业，让她快一些成为一个医生，可以自力更生。那时人们将看到，一定能看到老共产党员戈尔巴乔夫的女儿怎样生活和工作。她和安德烈要做很多事情，要以事实证明，不仅他们的父亲是布尔什维克，他们自己也是布尔什维克。“爸爸，希望你能知道。不过，这好像是你向来知道的。”

30

钢锭燃着白热的火焰，顺着辊道接一连二地向轧钢机的轧辊下面奔去。季米特里从容不迫地运用操纵杆把钢锭不断翻身，时而往轧辊下推，时而又往回拉；钢锭渐渐变得细长，火热的红光愈来愈暗，后来被拉成长条，红光完全熄灭，季米特里就把它们送到别的压锻机器下去，在那里它们再变成铁路上的钢轨。

季米特里喜欢这个在巨大的重型轧钢机操纵室内进行的工作。他喜欢感觉到自己有制服钢铁的力量。他只要一推操纵杆，夹在滚轴中间的钢锭就像擀面杖下的面团给愈搓愈扁。然后季米特里把它面朝下放，使钢锭朝另一个方向受压渐渐变长。准确的操作，周密的计算，显著的效果。季米特里做一班，就有几百吨钢锭这样经过他的手最后变成几公里长的钢轨！

熟练的手几乎是自动地工作着，因此有时间想别的事情。

季米特里在想新选出的党委会昨天举行的会议，会上讨论了共产党员阿尔连采夫的行为。会议的气氛是沉重的、不愉快的。阿尔连采夫又像在工会召开的大会上那样，说他当过少先队员、共青团员，卫国战争中曾两次负伤。可是当问题涉及他是否承认错误时，他一次又一次避而不作正面的回答。

季米特里注视着阿尔连采夫，观察他的一举一动，留神听他的每一句话。他在想：这个人是共产党员，可是他身上哪有一点共产主义的气息，哪有一点党性？他只做有利可图的事情。即使现在，在这对于一个党员说来很不轻松的时刻，他仍想讨价还价。他力图逃避处分，千方百计不承认错误，他向前看得很远——他也许在想，将来可能还有机会卷土重来。

党委委员们都作了义正词严的发言——一致认为不能把阿尔连采夫留在党内。

“一个人不尊重他自己所属的组织，不尊重这个组织里的同志，他必须被开除出这个组织。”平炉车间的一个工程师说。他说话有些咬文嚼字的味道。“至少这个人是党的累赘。”

“不，说他是累赘不恰当，”一位驾驶机车的老共产党员说，“他处心积虑地妨碍党，危害党。既然他心中有另一套纪律，那就请他带着这套纪律走他的路吧。”

季米特里在会上一言不发，厂党委委员的新身份使他感到拘束，但最后他还是忘了这一点，忍不住开口说：

“不能把阿尔连采夫留在党内。他已经失去了这样的权利。也许他以前有过，但现在失去了。过去的一年对于我们的党是一个艰苦的时期。对于世界上整个共产主义运动也是一样。我们经受了严酷的考验。可是在这场考验中阿尔连采夫同志采取了什么态度呢？他是否捍卫了党的事业、工人阶级的事业、人民的事业？他想乘修正主义者掀起的浊浪蹿上领导岗位。我完全赞成开除这个人的党籍，不论到哪儿我也要坚持这个主张。”

会议一致通过把阿尔连采夫开除出党。到这时候——看来这是生平第一次——他丧失了平时惊人的自持力。他露不出往常那种假惺惺的笑容，挺不直狭长的脊背，昂不起气度不凡的白头，再也无法使所有的人流露出惊异、羡慕、钦佩、尊敬的神情目送他向门外走去。他弓着腰悄悄地走了出去，拉长的脸更显得皮肉松垂。

克鲁季里契该多么高兴：不可一世的阿尔连采夫倒了。但是克鲁季里契到别的地方去了——或者在垦荒区某国营农场，或者在阿尔泰的一家工厂里，也可能在一个我们料想不到的地方，——这时他大概把一些草样略图之类的东西锁进了箱子，这些东西他也许还用得着，也许还有人会吃它们的苦头……

季米特里望着水龙似的火花从滚轴下飞出来打在他面前的厚玻璃上，最近几天他常常在这飞溅的火花中看到廖丽亚……

廖丽亚……哪儿也找不到她。安德烈告诉他说，廖丽亚到高炉车间去过，不知做什么；第二天季米特里就到渔村去。那边的人告诉他，廖丽亚进城去了还没回来。他直等到天黑。在彻骨的寒风中沿着岸边走来走去，在翻倒的船底上坐着。忍着寒冷等待。结果还是没等到。

隔了几天他又去。这回人家对他说，廖丽亚回来辞去工作走了。他们建议季米特里到管理处去问问，那边总知道她的去向。但在去管理处以前，季米特里详细问过了跟廖丽亚同住一间屋的几个女人，问她们可晓得她为什么要走，去哪儿。“谁知道她，”她们说，“她从来跟谁也不谈自己的事情。她只说：她痴心盼望得够了，生活究竟是生活，总得活下去。她说她左盼右盼，还是没盼到，现在明白她没有什么可盼望的了。亲爱的，她盼的恐怕是你吧？”管理处告诉季米特里，他们只能说廖丽亚大概去什么地方。因为以前领导曾不止一次给她学习的机会。渔业机械站的站长建议她去学习当渔轮驾驶员、当机师或者当领航员——什么专业都可以。别的同志又向她夸说水产专业的好处。她全都拒绝了。可是最近突然心血来潮——要学习。而我们这一带现在没有这样的训练班招收学员。所以她到别处找这样的训练班去了。可能去牟尔曼斯克或者罗斯托夫。也可能去敖德萨……列宁格勒、波罗的海沿岸什么地方……

那几天季米特里的心情很沉重，非常沉重。自从他第一次在镜子里看到自己被刀疤破了相以后，还没有过这样郁闷的感觉。家里空荡荡的：那时卡芭还在医院里，安德烈歇班的时候就去安慰安娜·尼古拉耶芙娜，或者去医院在规定的时间内探望卡芭。季米特里在家里一个人苦恼，一个人难受。他明白了，他梦寐以求的伊斯克拉·瓦西里耶芙娜就像是一个长途跋涉的行人穿过田野和谷地时遇到的一团雾。这团雾能使你迷路，弄得你晕头转向，然后又消失不见。他明白了，他需要的并不是画家卡扎柯夫的妻子。他想从她那里得到的仅仅是廖丽亚所没有也不会有的东西。然而当他把她们两个人并列作比较时，廖丽亚胜过了娇美可爱的伊斯克拉·瓦西里耶芙娜——凭纯洁的心灵、诚挚的爱和满腔热情胜过了她。廖丽亚不会在任何难题面前犹豫，如果季米特里需要，她愿意为他牺牲一切，甚至生命。像她这样的朋友不是每个人遇得到的。“自己的东西不好好珍惜”——季米特里带着苦笑想起父亲的话，这话有一次他曾对伊万·雅柯夫列维奇说过。只会教训别人，可自己是怎么搞的？他失去了一个多好的朋友，多好的人！……他完全不怨伊斯克拉·卡扎柯娃。但不愿见她。“明天见。明天一定见面！”当时他从她这话里听到了虚假的音调。她将来会怎么样，不知道，也许她到底还是不能永远将就跟画家卡扎柯夫生活在一起，不过季米特里知道自己已经得到一次残酷的教训。一天找不到廖丽亚，他的良心一天不得安宁……

有人把一只手搁到他肩上。他回头一看，是契比索夫。跟厂长一起登上轧钢机操纵室的有总工程师、厂管理处的和车间里的几位工程师，还有三个陌生人，看样子是外国人。他们一开口，季米特里就知道那三个是英国人。他们想跟他谈谈。季米特里把机器交给助手操纵。他开始通过翻译回答有关轧钢机的效率、钢锭的重量、工资收入、家庭情况等等问题。

后来客人们下去了。季米特里也陪他们一同下去。那些外国人说，苏联冶金工业的成就使他们感到惊讶。他们已经到过不止一个工厂，到处都看到极好的设备、生产的高度现代化和独特的工艺规程。翻译努力使双方了解对方的话。不过季米特里满意地意识到自己没有白下苦功：他们的话不用翻译他也能听懂很多。尤其当其中一个瘦高个儿、平分头、露出淡红色头皮的老头儿说话时更容易懂，因为他讲得比较慢，一个字一个字分得很清楚。

“不错，”老头儿说，“成绩是有的。而且是不容忽视的。规模大。目光远。质量高……但是……但是美国一年生产的钢几乎达到一亿吨。而你们，先生们，只有六千万吨左右。”

“我们也会有一亿吨，甚至更多。”季米特里仔细地操着英语说。他非常激动，唯恐他们听不懂，或者笑起来。但是他们完全听懂了，三个英国人一同以好奇的目光望着他。

“那当然，”老头儿微笑着说，“我并不怀疑。但是等你们达到一亿吨，他们已经到两亿了。”

“我们达到一亿吨的时候，他们也许到一亿两千万，”季米特里回答说，“他们能否达到我不知道，虽然我表示怀疑，但是到他们能生产一亿五千万吨的时候，我们已经达到两亿吨了。”

“您是工人吗？”另一个英国人问。

“是的，是工人。我是这台机器的第一操纵手。”

“您的英语是在什么地方学的？”

“家里。不过我还掌握得很差。”

“您掌握得很好。到你们一年生产两亿吨钢的时候，您就能说得跟英国人一样。”

季米特里觉察到对方这句话含有讽刺的意味。

“到我们一年生产两亿吨钢的时候，先生，您可能也要坐下来学俄文了。”他这样回答。

总工程师暗暗将他的工作服扯了一把。

“我说的是实话，难道不对吗？”季米特里说。

三个英国人微笑着跟他握过手，这一群人又继续到别的地方去。季米特里把他们送到车间门口。户外天气晴朗。阳光给波平如镜的海面飞上了一层金；太阳晒得挺猛，沿车间的围墙已经有新绿初吐。淫雨烂雪偏多、伤风感冒流行的一年过去了，春天正以洪流之势席卷全国。清新有力的春风从海上吹来，工作服迎风敞襟。多少路走过来了，多少考验经过了，多少困难克服了……

季米特里回到操纵室。钢锭又开始在滚轴下跳舞，火花向玻璃上飞溅……

在他面前的火花中又出现了廖丽亚的形象。他非找到她不可。他一定能找到她。这毫无疑问。他要利用休假期去走遍那些地方——牟尔曼斯克、敖德萨、罗斯托夫、波罗的海沿岸……总能找到。他不能没有她。他必须跟她一道——也只应该跟她一道——踏着展现在前面的宽广的大路前进。他无论如何要找到她，把她带到峡谷街的小屋子里来。以后永远在一起，永远不分离。